收获

60周年纪念文存 珍藏版

中篇小说卷（1998—2003） 《收获》编辑部 主编

怀念声名狼藉的日子
龙凤呈祥

池莉 李洱 等 著

人民文学出版社

图书在版编目(CIP)数据

怀念声名狼藉的日子　龙凤呈祥/池莉等著;《收获》编辑部主编.—北京:人民文学出版社,2017
(《收获》60周年纪念文存:珍藏版.中篇小说卷.1998—2003)
ISBN 978-7-02-013008-5

Ⅰ.①怀… Ⅱ.①池… ②收… Ⅲ.①中篇小说-小说集-中国-当代 Ⅳ.①I247.5

中国版本图书馆CIP数据核字(2017)第157647号

总 策 划　黄育海　程永新
责任编辑　朱卫净　潘丽萍
装帧设计　汪佳诗

出版发行　人民文学出版社
社　　址　北京市朝内大街166号
邮政编码　100705
网　　址　http://www.rw-cn.com
印　　刷　上海利丰雅高印刷有限公司
经　　销　全国新华书店等

开　　本　720毫米×1000毫米　1/16
印　　张　25.25
字　　数　344千字
版　　次　2017年8月北京第1版
印　　次　2017年8月第1次印刷

书　　号　978-7-02-013008-5
定　　价　99.00元

如有印装质量问题,请与本社图书销售中心调换。电话:010-65233595

| 编者的话 |

巴金和靳以先生创办的《收获》杂志诞生于一九五七年七月,那是一个"事情正在起变化"的特殊时刻,一份大型文学期刊的出现,俨然于现世纷扰之中带来心灵诉求。创刊号首次发表鲁迅的《中国小说的历史的变迁》,好像不只是缅怀与纪念一位文化巨匠,亦将眼前局蹐的语境廓然引入历史行进的大视野。那一期刊发了老舍、冰心、艾芜、柯灵、严文井、康濯等人的作品,仅是老舍的剧本《茶馆》就足以显示办刊人超卓的眼光。随后几年间,《收获》向读者奉献了那个年代最重要的长篇小说和其他作品,如《大波》(李劼人)、《上海的早晨》(周而复)、《创业史》(柳青)、《山乡巨变》(周立波)、《蔡文姬》(郭沫若),等等。而今,这份刊物已走过六十个年头,回视开辟者之筚路蓝缕,不由让人感慨系之。

《收获》的六十年历程并非一帆风顺,最初十年间她曾两度停刊。先是称之为"三年自然灾害"的困难时期,于一九六〇年五月停刊。一九六四年一月复刊后,又于一九六六年五月被迫停刊,其时"文革"初兴,整个国家开始陷入内乱。直至粉碎"四人帮"以后,才于一九七九年一月再度复刊。艰难困顿,玉汝于成,一份文学期刊的命运,亦折射着国家与民族之逆境周折与奋起。

浴火重生的《收获》经历了拨乱反正和改革开放的洗礼,由此进入令人瞩目的黄金时期。以后的三十八年间可谓佳作迭出,硕果累累,呈现老中青几代作家交相辉映的繁盛局面。可惜早已谢世的靳以先生未能亲睹后来的辉煌。复刊后依然长期担任主编的巴金先生,以其光辉人格、非凡的睿智与气度,为这份刊物注入了兼容并包和自由闳放的探索精神。巴老对年轻作者尤寄予厚望,他用质朴的语言告诉大家,《收获》是向青年作家开放的,已经发表过一些青年作家的作品,还要发表青年作家的处女作。"因而,一代又一代富于才华的年轻作者将《收获》视为自己的家园,或是从这里起步,或将自己最好的作品发表在这份刊物,如今其中许多作品业已成为新时期文学经典。

作为国内创办时间最久的大型文学期刊,《收获》杂志六十年间引领文坛风流,本身已成为中国当代文学的一个缩影,亦时时将大众阅读和文学研究的目光聚焦于此。现在出版这套纪念文存,既是回望《收获》杂志的六十年,更是为了回应各方人士的热忱关注。

这套纪念文存选收《收获》杂志历年发表的优秀作品,遴选范围自一九五七年创刊号至二〇一七年第二期。全书共列二十九卷(册),分别按不同体裁编纂,其中长篇小说十一卷、中篇小说九卷、短篇小说四卷、散文四卷、人生访谈一卷。除长篇各卷之外,其余均以刊出时间分卷或编排目次。由于剧本仅编入老舍《茶馆》一部,姑与同时期周而复的长篇小说《上海的早晨》合为一卷。

为尊重历史,尊重作品作为文学史和文学行为之存在,保存作品的原初文本,亦是本书编纂工作的一项意愿。所以,收入本书的作品均按《收获》发表时的原貌出版,除个别文字错讹之外,一概不作增删改易(包括某些词语用字的非标准书写形式亦一仍其旧,例如"拚命"的"拚"字和"惟有""惟恐"的"惟"字)。

特别需要说明的是,收入文存的篇目,仅占《收获》杂志历年刊载作品中很小的一部分。对于编纂工作来说,篇目遴选是一个不小的难题,由于作者众多(六十年来各个时期最具影响力的作家几乎都曾在这份刊物上亮相),而作品之高低优劣更是不易判定,取舍之间往往令人斟酌不定。编纂者只能定出一个粗略的原则:首先是考虑各个不同时期的代表性作品,其次尽可能顾及读者和研究者的阅读兴味,还有就是适当平衡不同年龄段的作家作品。

毫无疑问,《收获》六十年来刊出的作品绝大多数庶乎优秀之列,本丛书不可能以有限的篇幅涵纳所有的佳作,作为选本只能是尝鼎一脔,难免有遗珠之感。另外,由于版权或其他一些原因,若干众所周知的名家名作未能编入这套文存,自是令人十分惋惜。

这套纪念文存收入一百八十余位作者不同体裁的作品，详情见于各卷目录。这里，出版方要衷心感谢这些作家、学者或是他们的版权持有人的慷慨授权。书中有少量短篇小说和散文作品暂未能联系到版权（毕竟六十年时间跨度实在不小，加之种种变故，给这方面的工作带来诸多不便），考虑到那些作品本身具有不可或缺的代表性，还是冒昧地收入书中。敬请作者或版权持有人见书后即与责任编辑联系，以便及时奉上样书与薄酬，并敬请见谅。

感谢关心和支持这套文存编纂与出版的各方人士。

最后要说一句：感谢读者。无论六十年的《收获》杂志，还是眼前这套文存，归根结底以读者为存在。

《收获》杂志编辑部
上海九久读书人文化实业有限公司
人民文学出版社
二〇一七年七月二十四日

| 目 录 |

尤凤伟	蛇会不会毒死自己	1
池　莉	小姐你早	69
池　莉	怀念声名狼藉的日子	136
须一瓜	淡绿色的月亮	198
李　洱	龙凤呈祥	238
笛　安	姐姐的丛林	337

蛇会不会毒死自己

尤凤伟

一

我是六〇年春由河北清河劳改农场转到黑龙江兴湖劳改农场的，那时全国范围的大饥饿正在迅速蔓延。犯人在各个劳改单位间转移遣发通称转场。在我总共二十二年的劳改生涯里这种转场经历了不下七八次。按惯例犯人一般不可在同一劳改场所待三年以上，据说这是耽心时间久了犯人和管教干部熟悉了会导致预料不到的情况。就是说犯人不断转场是劳改制度中的一个环节，是安全措施上的防患于未然。尽管这样的动机不会见诸任何文字，更不会对我们犯人（大概也包括管教干部）明说，事实上大家对此皆心照不宣。犯人转场均在严格保密情况下进行，状况可与军事行动等同。在犯人到达目的地之前，任何人都不知将要被转移何处（知道了也没有任何意义），几百名犯人挤在一列闷罐火车里，罐头鱼一样与外界完全隔绝。白天黑夜耳朵里都响着哐当哐当的车轮声，无休无止。同一种声音单调地重复，即使是优美音乐，对人的神经都是一种折磨，何况我们每个人正经受着不测命运的折磨。我是五七年被打成右派的，不久又升级为现行反革命，判刑后送到清河劳改农场改造。从清河到兴湖是我的头一次转场，当时心里很惶恐，也抱有幻想，希望到了新单位生活境况会有所改善。但一到兴湖幻想就破灭了，希望变成了失望。这里的一切就像随同闷罐车从清河原封不动搬过来的：一样肮脏拥挤的监房、一样高强度劳动和一样少得可怜的食物……这种种的不变会使你觉得犯人的待遇是从上帝那里颁下来的，天南海北都得照章行事，不得走样儿。当然大同之下的小异还是感觉得出来的，比如气候，清河的四月已是春暖花开，而兴湖这里冰雪还没完全融化；再比如伙食，同样杂和面儿窝头，清河的发黑（地瓜面为主），兴湖的发红（高粱面为主）；还有管教干部的口音也明显不同，初听东北口音觉得怪怪的，脆中带柔，唱曲儿似的，再严厉的训斥都让我们犯人感到很温和，很有人情味儿。仅凭这一点，我还是觉得兴湖好，别的犯人也觉得兴湖好。如果此时让我们返回关内故里大家肯定是不情愿的。"月是故乡明"对我们犯人可不切实际。

但——我在兴湖农场只劳动了两个月又接到转场的命令。"收拾东西"，管教只说了这四个字。我摸不着头脑，不知出了什么差错。我立刻反省自己（劳改最大的收获是知道遇事先反省自己），回顾到兴湖后的一言一行，看是否违反过场规，是否冒犯过管教，是否放松了改造。我像晒谷物一样在领袖思想的阳光下一遍一遍翻晒着自己的肉体和灵魂。两个月的头一个月是兴修水利，具体说是修一条贯穿农场的"反修渠"。我努力劳动，不偷懒服管教，也积极参加学习，不断批判自己的资产阶级右派思想。虽然有时心里也有牢骚和委屈，可没表现出来（改造的另一个收获是知道将与外界不合的东西包藏住）。后来天暖了，播种时节到了，就搁下水渠开始播种。农场幅员辽阔，有一眼望不到头的土地，春播工作量很大，农场进入"战斗"状态，管教干部以种种行之有效的办法激励我们积极表现。"考验你们的时候到了,表现好的摘帽解教(摘掉右派帽子解除教养),表现不好的后果自己知道!"我知道,犯人们都知道。"你们的前途掌握在我们手中,孙猴子跳不出如来佛的手心!"这是句大实话。管教干部最喜欢同犯人讲大实话,我们犯人也听惯了大实话。当然,也并不是所有管教都这么把话说得响当当硬邦邦,有的很温和很入耳,有位姓邢的副队长还在队前讲了他家乡的一则农谚,说是"春天累掉裤子,秋天撑破肚子"。这有趣的话把队前的管教都逗笑了,可我们犯人都没笑,因为谁都清楚"累掉裤子"和"撑破肚子"于我们犯人没有因果关系。但那段时间我们可真正是累掉了裤子,天不亮就被哨子吹起,然后列队到营外的大田"战斗"。肩扛"武器"的我们行走在夜色未退的天地间,会让人联想到一队秦兵汉勇的破晓征战。我们同样是征战:战天斗地。拉犁、刨地、耙土……累得上气不接下气。可谁都不敢停下休息片刻,我们每个人的表现都在管教的监视之下。我们并不怨恨,因为清楚自己是被管制的人,清楚累掉裤子才是好表现。为节省时间,早饭由伙夫(同样是犯人)挑到地头,一人一个形状大小颜色都像猪心的窝头,吃了一直干到天晌。午饭还是一人一颗"猪心",再就一直干到天黑。这时人人都饥饿疲劳到极点,全身都像散了架,五脏六腑都像被掏空,心情也极坏,谁都不理谁,用凶凶的眼光盯人,连管教这时也睁一只眼闭一只眼不愿多事(兴湖曾出现过管教在这时刻训斥犯人被殴打的事件)。回营区的路上不时听到有人摔倒的声音,就像一口袋粮食从驴驮子上重重掉到地上。许多人倒下再也起不来。晚饭还是不差样的"猪心",各人吞下肚就立刻趴在铺位上睡觉,睡得死猪一般,连鼾声都像猪哼哼,我们犯人都怀疑是顿顿吃"猪心"吃得人也变成了猪。

  我回想在兴湖头两个月的所作所为无非是为自己的"反常"转场寻找缘由,我没有找到。事实上找到了也毫无意义。在管教干部向我宣布"收拾东西"十几分钟后我便走出了营区大门。这时我被告知,这次属本场内部调拨,新地方是农场边缘被犯人称为"御花园"的附属地。

二

"御花园"离农场中心四十多华里，步行大半天路程。这里也被称作"小场"（对兴湖大场而言）。打眼望去，所谓的"御花园"实际上是一大片沼泽地包围着的一块小平地。时下沼泽地一片泛绿，足足的春天景象。粗略估计，沼泽地有几万亩面积，而"御花园"不过十几亩。"御花园"这名字很容易使人想到是一块花卉苗圃地，实际上不是，"御花园"里种植的是庄稼。与整个农场方圆百公里土地相比，区区"御花园"实在算不上什么，完全可以忽略不计。而场方却不肯忽略，其一，这里土质肥沃，且被沼泽包围长年湿润，利于作物生长；其二也是最重要的：这里是一块不在册的土地，确切点说是场部的一块自留地。自留地的作用自然用不着解说，尽人皆知，犯人将它称作"御花园"已道出其中含义，但这多少显得不厚道，在人人饿肚子的大灾年，领导想法子多弄几斤粮食养家糊口也实在是情有可原的。"御花园"通常有三个犯人劳动，以人均耕种土地面积衡量，比大场的犯人要轻松。我被遣发到这里是因为不久前死了一个（后来我知道死者是天津一所大学的一位姓孟的教授。死因不明确，晚上睡下早晨没有醒过来），我顶替了他的空缺。这里的另外两个犯人，一个姓陈，叫陈涛，二十六岁，人大历史系学生；另一个姓龚，叫龚和礼，北大物理系的教授，一头半白头发，使人一下子看不出他的实际年龄（后来他说他四十四岁），他俩被劳教的案由同我一样：五七年的老右。

龚教授、陈涛和我可以说是整个兴湖农场数千个劳改犯中最幸运的人。只要对我们的境况稍作介绍你就会相信我说得一点也不过分。我们脱离了农场的管制，来到这块自由的天地，天蓝地阔，空气流畅，没有铁丝网电网的圈围，没有警卫的日夜监视，甚至一个管教干部也没有（场部只不定期来人检查工作），不知根底的人从沼泽地外面向这边望来，会以为这里是一户平常人家。却也不错，是我们三个劳改犯人组合的特殊人家。我们过自己的"日子"，地由我们自己安排耕种，伙食也由我们自己料理，没有硬性作息时间，想干就干想歇就歇，可以随便说话，大声说话，高兴了也可以唱上几嗓，拉屎尿尿也不用请示报告，够了，这就够了，仅仅这些就足以让大场的犯人羡慕一千年。"御花园"是我们三个人的小天堂。如果不是还穿着劳改服，我们会忘记自己的犯人身份。好好干呵，好好表现。满意中我告诫自己。人交了好运总希望与别人分享，到"御花园"的当天我就给家里写信，我在信纸上不停笔地写："新地方好，新地方真好，新地方太好了。"我恨不能一口喊出一千个。只可惜这里寄信困难，好消息家里人至少晚知道一个月。

三

　　陈涛是我们三个人的头儿，这是场方宣布的。只是让他负责，却没明确职务。是"御花园"劳改组组长，还是"御花园"劳改小场场长，还是别的什么什么长？不清楚。我刚来不知该怎样称呼他。不论大小，是领导就不宜直呼其名，笼统地喊他"头儿"难免有嘲讽意味儿，以年龄论，叫他小陈既恰当又亲切，只是亲切有余恭敬不足了。瞧我们犯人遇事就是这么思前想后的没出息。后来我听龚教授叫他老陈，我也就叫他老陈。这么叫心里却不住地嘀咕：我新来乍到姑且不论，龚教授无论年龄和资历都比陈涛高，为何场方不用龚教授而用陈涛？如果陈涛是刑事犯也情有可原（劳改部门如有需犯人担当的差事大多派给刑事犯），而他和我们一样都是政治犯。另一种可能是陈涛所犯错误（罪行）比较轻，因此而获得场方信任。后来龚教授告诉我陈涛是从陕北老区考上人大的，五七年鸣放他就他家乡对革命作出的贡献说了一通话，末尾加了一句"革命成功后毛主席一次也没回陕北"，这话是事实不假，但难免不叫人觉得话中有话，果然就有人指出这话是影射毛主席共产党忘本。问题一下子就严重了，把他打成了右派。他不服，慷慨激昂地为自己辩护，他说那天他没把话说完，后面要说的是"革命老区人民从心里想念毛主席",可这话还没出口就被别人打断了。但没人同意把他没出口的话狗尾续貂接到上面去,何况接上去革命的也抹杀不了反动的。他的话没人听,他继续为自己申辩,后来问题就升了级:将他批捕劳教。他的问题就这样。平心而论,陈涛本质上是个很单纯的青年人(只要看看电影里他的陕北父辈们那一张张憨直的脸,他即使成心复杂恐怕也复杂不到哪里去),他的心术不坏,处事也算公道。以他的负责人身份,他完全可以指手画脚不干活,可他和我们一样干;他掌握伙食,也不以权谋私多吃多占。但他也有不少叫人讨厌的地方,一是吹吹呼呼口出狂言,再就是以领导身份自居动辄教训人。这一点我来到"御花园"的当天就领教过了。他先是向我打探场部情况,问我听没听到政府为右派摘帽解教的消息。我们犯人都关注这个问题,"摘帽解教"这个时代词语就像一轮明晃晃的太阳悬在我们头顶上,给我们热量、光明和希望。犯人在睡梦中笑醒十之八九是因做了被摘帽解教的梦(而不是"做梦娶媳妇"——有些作家在写精神与身体都极其虚弱的劳改犯人的生活与心态时总是将性饥渴写得轰轰烈烈如火如荼),但梦境与现实又是那么遥远,两不相及。我在清河的三年里,只听说有一个作家因表现出色而被批准摘帽和按期解教,而众多的右派犯人却没有他那样的好运。我们的刑期被无限制地延长着,我原本三年的教养期从五七年一直延续到七九年——这自是后话。"御花园"与"世"隔绝,信息不畅,所以我一到陈涛和龚教授便迫不及待向我打听这方面消息。我如实相告:没有什么好消息。以前关于"中央政策放宽"的传言随着中苏关系的紧张烟消云散,新的小道消息说,打算给右派摘帽的主意是国家主席刘少奇出的,庐山会议后政治形势突变,毛主席提出"千万不要忘记阶级斗争"的口号,刘少奇主张为右派分子摘帽,就是"阶级斗争熄灭论"的表现,不但被毛主席否定了,还因此受到批评。这是流传在兴湖劳改农场的普遍说法,我将我所知道的情况无保留地说出来,龚教授听了只是摇摇头,没再吭声。而陈涛听后脸唰地变成了死人颜色,两只透出绝望和愤怒的眼珠凶凶地盯着我,就像摘帽解教大权归我掌握偏偏我又不肯高抬贵手那样。我被他盯得不知所措，我说，老陈……你先闭嘴！陈涛把手一挥，随之将眼光转向在油灯下看书的龚教授，说，老龚你出去一下。出去？龚教授抬眼看着陈涛。出去。陈涛口气很横。老陈，这么晚了叫我出去干啥？龚教授满脸疑惑，不动。我心里也纳闷，不晓得陈涛要的是啥威风。只听他说，老龚，叫你出去你就出去，我要和老宣谈话。他把"谈话"两字咬得很重，我不由一怔，想起流传在劳改犯人中间的一句话：天不怕地不怕就怕管教找谈话。管教干部找谈话准没好事。可陈涛是管教干部吗？他有什么资格找我谈话？还霸道地把另一个人赶到黑乎乎的野地里去。我说，这样吧，老陈，咱俩到外面去，老龚用灯光……不行，陈涛斩钉截铁地说，我也要用灯光，做记录。这时老龚没说什么就走出我们住的窝棚。陈涛占领了龚教授原来的位置，并摸出本子和笔摆在面前，板着面孔，一副审人的架势。我心里很反感，也感到屈辱。自从当了劳改犯不仅失去了自由，失去了个人前途，也失去了做人的起码尊严，在任何人（犯人同类除外）面前都得卑躬屈膝，将自己装扮成摇尾乞怜的狗。而今天这个狗日的同类也狗仗人势耍"官"威。我不言声，等着他信口雌黄。他说，老宣，你也别太紧张，咱这是按常规行事，是场部的指示，我在这里负责，须掌握这里每一个人的思想状况，你刚来，有些情况我得知道，不然领导来一问三不知，也不好交代。不过你放心，我决不会在领导面前说你的坏话。虽然你是河北人我是陕北人，但咱都是犯人，犯人的心是相通的。他这番话说得我丈二和尚摸不着头脑。我仍没言声。他这时扭开钢笔帽，笔尖对着纸页，说，我问什么，你要如实回答。姓名？我答宣文祥。他记录了。下面还是一问一答。民族？汉。性别？男。籍贯？山东烟台。出生年月日？一九二九年八月十二日。文化程度？大学本科。婚否？结婚又离婚。政治面貌？右派分子、劳动教养分子。被打成右派的原因？原因？我咬起嘴唇，不知该怎样回答。陈涛见我闭口不言，以一种被冒犯的不满眼光盯着我。但我清楚自己不是回避问题，都走到今天这一步还有什么回避的必要呢？我只是觉得一言难尽。被打成右派的人，情况是不尽相同的，有的一句话就能说清根由，有的则复杂，不是一句话两句话能说得清楚的。我的情况即属于后种。陈涛等了一会儿，见我仍不开口，就很严肃地做我的思想工作，说，思想改造可不是一句空话，要有实际行动，这就是……我说，老陈，咱都改造好几年了，这个还能不懂？可，我的问题……陈涛问，你是言论问题吗？我摇摇头。陈涛又问，那是什么问题？我明白不说是不行的，但又没心情说详细，便简单扼要地向这个"御花园"的犯人头报告起我被戴帽判教的缘由过程。我说那时我在山大教中文，鸣放时我没有言论，也没有行为。到了鸣放后期，学生被发动起来了，对校党委提了许多意见。有的意见还很尖锐。但这时市一层领导已经知道风向有转，市报便将学生的鸣放材料摘要发表并进行了批判，因此引起学生的强烈不满，纷纷拥到报社要讨个说法。这就是后来被定为"右派学生闹报社"的著名事件。那天我听说我的学生、女友冯蕾也去了报社，很担心，我不想她被牵扯进去，便立刻赶到报社大门口。那时学生与报社正处于对峙状态，人围得水泄不通。我找不到冯蕾，只得退出，正在这时被赶来监视学生的校团委书记胡滨看见了。他问我是不是和学生一起来的，因当时不愿暴露我和冯蕾的特殊关系，再说我也不想让胡知道冯蕾也参与其中，便支支吾吾没正面回答。这就留下了致命后患，到了反右时我被胡滨检举出来，说我是右派学生的黑后台……我为应付陈涛三言五语讲述了我的那段"历史"，就像画房屋只画出房屋的四梁八柱那样。然而即使这样，我内心也十分痛苦。陈涛听后顿了一下，问我的女友后来怎样，我说她和所有去报社的学生一样被打成了右派。由于她的态度强硬，后来又和我一样被判了劳动教养。陈涛问，她现在在哪里呢？我说关在上海的监狱里。陈涛问，怎么会关在上海的监狱里呢？我说，这个说起来话就长了，老陈你对冯蕾的案子也需要了解吗？听我这么说，陈涛便不再问下去了。最后告诫我今后要好好改造，争取早日摘帽解教。说到这儿大概他才想起自己的犯人身份，情绪突然低落下来问，老宣，刚才你说的那个情况是真的吗？我问，我说的哪个情况？他说就是毛主席不同意为右派摘帽解教。我想到刚才我说这事时他那副吓人的样子，便故意加重语气说，是真的，而且已被事实证明了的。果然他的脸又变得像刚才那么难看。我说，没事了，我去把龚教授叫回来吧。狗屁教授！他使劲将手里的记录本合死，眼盯着我说，所有的事情都是让龚和礼这样的抗拒改造分子搞糟的，本来中央不想把我们关这么久，可有些人就是不识趣，自以为有点鸟毛学问有个教授学者鸟毛头衔就可以不买共产党的账，就可以摆清高拒改造，须知胳膊扭不过大腿的。这不到底是将中央惹翻了吗，真是一泡鼠屎坏了一锅汤呵！陈涛说得痛心疾首。末了转向我，教训道，毛主席说过凡有人群的地方就有左中右，右派中间也有左中右，我们要做右中之左，切不可做右中之右，你可要站对自己的位置呵。

四

无论如何"御花园"都是个自由宽松的天地。陈涛以官自居，可他毕竟不属于品行恶劣刁钻古怪的那类人。他表面咋咋呼呼，实则有口无心。缘于他性情上的疏懒，体现在对"御花园"的管理也较懈怠。由于孟教授的猝死，劳力减少，这里的春播比大场拖后了些。我来赶上个末尾，干了三四天就结束了。之后便是打井。"御花园"本来有一口井，就在我们住的窝棚后面，水量可以满足我们三个人的吃用，但也仅此而已，场部让我们另打一眼是为了用于灌溉。打井是一桩很累的活，幸好这里的土质较松软，劳动也相对轻松，与在大场修水渠和播种相比，我们可以称得上是优哉游哉了（大场的犯人可没有优哉游哉的可能，只要日头不停止转动，他们就不会停止工作）。陈涛教导我右派中间也有左中右，但对于我们三人而言，无论这右中之左、右中之中及右中之右怎样划分，"读书人"角色都是一致的。我们读书的"臭"味相投，劳动之余，我们每人都手捧一本书在读。陈涛读的是社科类，主要是马恩列斯毛著作及古典章回小说；我读的是国内与国外文学方面的书；而物理学教授读的是生物学方面的书，且多是国外原版，如施莱登的《植物学概论》、达尔文的《物种原始》、海克尔的《生命的奇迹》及中国人朱洗的《生物的进化》等。我和陈涛都觉得奇怪，不知他从哪里弄到的这些书。问他为何对生物学感兴趣，他回答，不是兴趣，是学以致用。这更让人不解。继续追问何意。他沉思良久，方说，物理学是作用于社会发展的科学，以我的年龄和我对国家前景的分析判断，我的专业在有生之年已无用武之地了。而生物学是关系到人类生存的学科，在以后的岁月里我们中国人面对的最重大课题是怎样活下去，记住吧，小伙子，是怎样活下去……

不久便证实，"怎样活下去"这个怪物离我们并不遥远，而是近在咫尺。在四月的最后几天，"御花园"断炊了。我们兴致勃勃的读书活动只能终止，在我们这里，书中没有黄金屋，没有颜如玉，也没有千担粟。

说到断炊必须先交待一下背景材料。古语曰：民以食为天。对于我们犯人，食不仅为天，而且为九重天。事实上每一个犯人从判刑那天起，便面对着怎样活下去的可怕现实，但具体状况还是取决于全国整个经济形势的。比如五七年我刚进清河农场时犯人每月定量最高可达四十五斤，还有可观的蔬菜和副食，虽不能吃个肚儿圆，但也差不多（这样高的定量仍吃不饱主要是劳动强度太高消耗太大），之后来了灾年，定量一次一次往下减，在我转场之前每人每天只有不到半斤粮食。我们常说存在决定意识，这不错，但不全面，存在还决定着人的形态，在大饥饿的煎熬中，犯人的身体迅速向着两极分化，要么奇瘦，瘦得只剩一张皮贴在骨架上，要么奇胖（水肿），那胖法就像劳改农场一天有八顿饭吃。劳改农场成了瘦子和胖子的天下，看不见体态适中的人。（谁还敢说凡有人群的地方便有左中右？）幸运的是瘦子，看上去没活头了却像墙头上的枯草摇摇晃晃总倒不下。胖子就不济，看模样富富态态，可瞒不过阎王爷的眼，死人先死胖子。想想劳改农场大批死人的日子，现在头皮还发麻，那时犯人的一项重要工作就是埋葬饿死的犯人，这是一个犯人能为另一个犯人提供的唯一帮助。兴湖农场情况与清河大致差不多，到了"御花园"，情况也没多少不同；不同的是自己起伙，每月从场部把应得的那份口粮领来，怎么吃自己安排，问题也正出在这里。这又要说到负责人陈涛，他掌管每顿饭的下粮，每回都是对他意志的严峻考验，不仅是他，连我和龚教授也多是用目光鼓励他从粮袋多抓出一把。饿得快死的人是顾前不顾后的，"今日吃了明天的粮，该死该活鸟朝上"。这样到了月底就见出了缺口。"御花园"月底断顿还有另外一个原因，即管教干部每月几次检查工作，来就要管饭。对这一点场部有规定：依照管教干部在这里吃饭的顿数进行补偿，但补偿的与他们吃到肚里的却不成比例（出于讨好的目的，陈涛不厌其烦地劝来人多吃）。总之，不管怎么说我们是完了，傻眼了，在领到下月口粮之前我们只能扎起脖梗来。

我们鼓励陈涛去场部提早领回下个月的口粮，陈涛连连摇头。他说以前曾有过"寅吃卯粮"的企图，不仅没成功，反被场部狠狠训了一通。龚教授说，没成功是因为你没力争，在我们面前你本事一万，在管教面前就软成一摊泥水。反正你是这儿的负责人，饿死人你得负责。陈涛哼了一声，说，这儿饿死人我负责，那么兴湖饿死人谁负责？黑龙江饿死人谁负责？全国饿死人谁负责？要是有人站起来负责，我也负责。龚教授说，谁说没人负责？中央早就指出有人要负全面责任。陈涛问，谁？龚教授说赫鲁晓夫。陈涛张眼看看龚教授又看看我，笑了，说，没想到你个龚教授肚里长牙，竟敢讥讽党中央毛主席。现在看来尽管反右中你没言论，但打成右派是不多的。我来之后便发现陈涛和老龚心存芥蒂，经常唇枪舌剑地斗嘴，我不参与，但有自己的是非判断。而眼下正面临生死存亡的问题，不是吵嘴的时候，我说，我们该怎么办呢？饿上几天怕连去场部背粮食的力气都没有了。陈涛仍不放过老龚，说，老龚说了，读生物学书是为了致用，现在就到了致用的时候了，那么老龚，你说你从书中找到活下去的办法了吗？老龚并不生气，平静地说，找到了。陈涛问，啥办法呢？老龚说吃草。吃草？！我和陈涛面面相觑，又一齐把目光转向老龚。老龚一丝也不显调侃的神情，满脸肃穆地凝望着前面的绿色沼泽地。是的，他说，眼下归我们所有的只有沼泽地里的青草，因此谁要想活下去，就必须学会吃草。陈涛说，净胡扯。老龚说，这是现实也是历史，人本来就是吃草的动物，后来进化成食肉动物，现在人得按原路返回去才成。这叫返祖，懂吗？这叫返祖。听听，老龚饿傻了，说昏话了，陈涛对我说。

　　吃草是老龚的邪说，没人会当真，更没人会去实践，但草的嫡亲——野菜却一向是穷人度荒保命的宝物。无论在清河还是在兴湖大场，犯人们其实不是靠那一丁点粮食，而是靠野菜及其他杂七杂八的东西活命。那时"吃"字是中国字典上最大的一个汉字，在吃的问题上连日理万机的伟大领袖都十分具体地指示：闲时吃稀，忙时吃干。到后来不仅忙时不能吃干连稀的也吃不上时，就另辟蹊径：瓜菜代。再后来瓜菜代又成了民间的稀世珍宝就提倡吃代食品。我记得在清河劳改农场的大院里曾放映过一部介绍将茅草根制成代食品的科教片，画面是一群妇女推石碾粉碎焙干的茅草根，妇女们个个喜笑颜开。（到现在我还不清楚拍片子的人用什么高招让这些面黄肌瘦的娘们儿绽出心满意足的笑容，但也就是从那个时候起，我只要看见那些肩膀上扛机子的人便有一种本能的不信任。）影片画外音对茅草根代食品的营养是这样分析的：茅草根的营养价值相当于韭菜，韭菜的营养价值相当于菠菜，菠菜的营养价值又相当于粮食，这几个相当于就将茅草根与粮食等同起来。既然山上的茅草根海海的营养又那么丰富，那还犯什么愁呢？这部科教片留给我的印象极深刻，在以后的几十年里只要遇到与吃有关的事情我总会想到这部科教片。当时我们想到野菜便立刻行动起来，三人一头扎进沼泽地里，从草棵间搜寻可以吃的野菜。刚刚开春，许多野菜还没长出来，只有星星点点的苦菜、荠菜、野韭菜之类，在沼泽地里转悠半天也采不到多少，回去洗了下锅，一人就是一碗野菜汤，当时觉得肚中有物，可转身撒泡尿又觉得空落落的了。后来陈涛突然想起曾在沼泽地外面某处发现有一小片榆树。榆树无论是皮还是叶都可食用。我们就立刻行动，朝陈涛指引的方向穿越沼泽地。还不到雨季，沼泽地里没有积水，但有些黏滑，这是冬季里的积雪融化所致。我们捡草地和干燥地行走，还免不了滑跤，老龚是我们三人中体质最差的一个，行走更艰难，不多会儿便摔成个泥猴。陈涛取笑说，看老龚返祖已返到猴子年代了。老龚不吭不睬。他本质上是个沉闷的人，不多言语，但有时喜欢卖弄自己的广博知识。陈涛说他没言论被打成右派不多，不多是不过分的意思。我还是从陈涛那里知道老龚被打成右派的过节。系里召开整风会议请大家鸣放，他不发言，主持会议的人再三启发敦促，告诉他只有给领导提意见才是真正拥护党，他伸手摸摸脖子（这是他为难时的习惯动作），终也未开口，弄得主持人很尴尬。后来开始揪右派了，那个主持人没忘记那天情景，他分析说龚和礼不发言摸脖梗是暗喻"不能说，说了共产党要杀头"。这般的"恶毒"可谓是无声胜有声了，于是罪加一等打成极右。后来我一直想"祸从口出"这句警世格言并不全面，起码对龚教授不适合。

我、老龚和陈涛终于走出了沼泽地，也终于找到了陈涛记忆中的那片榆树林，可我们来迟了，树皮树叶都被人剥光采光，打眼望去，日光下通体白亮的树林怪模怪样的很吓人，冷丁有种置身冥境的感觉。我们搜寻捷足先登的"杀手"，眼光不约而同投向前面不远处的一座小村。这时候的小村也像被人杀死了，无声无息卧在地面上。陈涛告诉我们那是小关村。希望落空，我们只有返回沼泽地。

这时已近中午，日光直射在潮湿的草地上，半空中飘散着一层薄薄雾气，散发一股难闻的腥臭味儿，直顶脑门，我有一种想呕吐的感觉，可又吐不出来。失望加饥饿使我们无精打采往回返。蛇！走在前面的陈涛突然惊呼一声，吓得我和老龚赶紧止步，顺着陈涛的眼光我看见一条两尺多长的灰蛇横着从我们前面滑行，它似乎没察觉我们，从从容容在草皮上滑，一点声音没有。是两头蛇，老龚说。我吓了一跳，再看果然是条两头蛇，看了心里不由发怵。打死它！陈涛大声吆，并开始从地上寻找可以击蛇的硬物，可光秃秃的地面除了草什么也没有，陈涛急得团团转。打死它！我也吆，这是为自己壮胆。我从小怕蛇，见了蛇便逃得远远的。我听说过两头蛇的厉害：谁看见它就注定要遭殃。还听说过孙叔敖杀死两头蛇的故事。儿时的孙叔敖和小伙伴们上山割草看见了一条两头蛇，别的孩子都吓跑了，他没跑，用镰刀将蛇砍死了，回到家他把这事对母亲讲了，他问母亲他以后是不是要遭厄运。母亲问他为什么要把蛇杀死，他说，我杀了它就不会有人再看见它了，也就不会再有人遭殃了。他母亲说，孩子你不会有事的，你的心肠这么好，老天爷会保佑你的。后来孙叔敖官至楚国宰相。我不知道当时我想杀死这条两头蛇的愿望是不是与陈涛嘴里念咕着别让它跑了、抓了吃肉有关。老龚将陈涛喊住，告诫他冬眠过后的蛇毒性大也好斗，不可造次。陈涛犹豫了一下止步了，但神情仍有一丝不舍。我问陈涛是否吃过蛇，他摇摇头。我说，没吃过何苦要动这个念头呢？他不满地斜了我一眼，说，听你这话好像你一天三顿吃得饱饱的了。尽管我对生物学没有研究，但我知道生物间的相互捕杀不是因为吃过吃出了滋味儿，而是为了各自的活命。说着他转向老龚，说，老龚你是个半路出家的生物学家，你同意我的观点吗？老龚没吭声，他又问，龚和礼（他经常对我们直呼其名），你吃过蛇吗？老龚说，蛇不属于人的食物链，我饿死也不会吃蛇的。陈涛不屑地向老龚望望，然后大步朝前走去，走出几步又戛然止步，转身向老龚大声问道，龚和礼，你说蛇会毒死自己吗？也许这问题太突然，太古怪，也许老龚压根儿没听清，老龚没回答。陈涛又抬高嗓门说，我问你，蛇会不会毒死自己？

老龚似乎怔了一下，但没作回答。

五

我们在等待，心里装着希望，这希望就是几天后从场部领回下月的口粮。这样的等待可真是度日如年呵。为了将消耗减到最低限度，我们调整了劳动时间。所谓调整说穿了是减少劳动（打井）时间，我们每天只干两个多钟点的活，而且干活时间从上午十点左右开始，这也是陈涛应付检查的一种小狡猾，因为管教每次来大抵是十点以后到达。这样就保证不论管教哪天来都会发现我们在努力劳动改造，不松懈。如果干到天晌时分还不见管教骑自行车的身影在沼泽地尽头出现，就说明今天平安无事了，我们就立刻收工，转而到沼泽地里挖野菜以解决肚子问题。下午或睡觉或看书。我和陈涛躺在窝棚里，老龚则坐在外面空地上。后来发现老龚脱衣裤，身子光光的，只剩一条裤衩，开初我们以为他是图凉快，没理会他这有些不雅的举动，可他被日光晒得浑身淌汗仍不挪窝，我们就觉出有些不对劲儿了。我们劝他移到树荫下面，他不动，他说他光身子不是图风凉。我们问不为风凉为啥。他说是从日光里摄取营养。我们诧异，头一次听说晒太阳能晒出营养来。他说这是确实的。植物的生长靠叶片进行光合作用，人的皮肤也具有植物叶片的功能，只是这功能过于微弱，人们难以印证罢了。但人在缺乏食物时，就可以把自己当成一棵植物从日光里得到一些营养。因为我和陈涛对生物学是门外汉，且老龚又分析得挺"深奥"，一时我们难以反驳，只是问他这是书本上说的还是自己的研究成果。他说也算不上研究，只是对书本知识的举一反三。我们无话可说，可心里还是觉得老龚迷生物学有点走火入魔了。

晚上，饥肠辘辘使我们睡不着觉。只有一盏油灯看书也成问题，就只能躺在铺上闲聊。话题海阔天空没定规。我看过一些描写劳改犯人的书，似乎犯人在一起只有两个话题：吃和女人，物质精神两方面的会餐。我不是说没有这种情况，人缺少什么便想什么，但更多的情况下我们都是尽量回避。饿中说吃会更饿，性饥渴中谈女人会更饥渴，何必自寻烦恼？我们也很少谈自己的事情，因为说这些也无益。我们都是来自五湖四海，为了一个共同原因走到一起来了，我们经常这么戏谑自己。幽默是有一些的，可其中包含着不尽的辛酸血泪。说起来，犯人和犯人的关系真有些特殊，有些古怪，大家本来没有任何社会关系（亲情、同事、朋友等），却在一起朝夕相处，形影不离。即使是一个和睦家庭，成员间也会有短暂的分离，而犯人们每天的分分秒秒都厮守在一起，甚至都不能瞒着别人放一个屁。什么叫完全失去自由？把你定为犯人又把你和犯人关在一起就是。这时你的实际状况就像牲口和另一些牲口拴在同一个畜栏里。

只是人和牲畜毕竟还有些不同，牲畜永远以沉默相对，它们始终遵循那句伟大的处世真理：沉默是金。而人却不然，是他们归纳了真理，自己却不愿遵循（要是遵循的话全国会减少多少右派呵），大概这也正是人的本性所在。囚禁使人的生活变得十分单调枯燥，唯一的排解方式便是谈话，犯人间的斗嘴咒骂实际就是排解的方式之一。我没见过哑巴犯人，所以不知道将一群哑巴关在一起会是怎样一种情景。我们曾因为说话而招致灾祸，而现在又为活下去不得不继续说话。人可是要多贱有多贱的。也没有多少正经话说，说的大部分是废话、昏话、一钱不值的话。我老龚陈涛在饥饿的夜晚说的就是这一类狗屁话（你相信不相信，我们确实谈论过狗屁是臭味还是臊味的问题，但最后未统一认识）。话题从这一个跳到另一个，完全没有根由，没有过渡，像满天飘着雪花，抓到哪片是哪片。这晚的话题似乎是从全国各地人的特点开始的，因为劳改农场的犯人几乎来自全国每一个省份，他们的表现无形中便被认为具有地域性特征。比如一个湖北籍的犯人爱向管教打小报告，大家就说湖北人品性低劣；再比如一个安徽籍的犯人喜欢占小便宜，有偷盗狱友东西的行为，大家就认为安徽人有贼性，需提防。陈涛先说到河北人，说河北人很虚伪，也好炫耀。论据是他原来所在的石村农场有个姓齐的河北籍犯人，大家见他经常有香烟吸，很羡慕，都想跟他套近乎好吸他支香烟，可这河北籍犯人每回吸烟都和别的犯人保持一种距离。开始大家想这小子是怕别人向他要烟抽才躲得远远的，但后来就戳穿了他的鬼把戏。原来他每次点烟，装样子吸两口后又偷偷装进烟盒里，这样一盒烟他能吸好几个月。说到这儿，陈涛把脖子向老龚一歪说，老龚，你们河北人是不是都这么爱面子？老龚说，别问我，我不是河北人，我是天津人。陈涛说，天津不在河北地盘上？老龚说讲地盘北京也在河北的地盘上。陈涛说，我听说天津人每家都备有一块猪皮，一家老小吃完了饭都用猪皮擦嘴，出门让人以为家境富裕顿顿吃大油水。老龚说，想用一块猪皮脏天津人，没门儿。就算天津人有点爱虚荣，但虚荣心本身有进取性，不像你们陕西人，惰性十足，把种子撒进地里就不管了，整天晒太阳抓虱子。还有你们陕西人缺乏责任感，自私。陈涛打断说，你有什么根据吗？老龚说，当然有根据，你们陕西人，我是指陕西男人，一遇上灾年，就丢下老婆孩子走人，什么时候年景好了什么时候回来。陈涛说，你老龚根本不了解陕西，那叫走西口，是我们千百年的传统。老龚说，我不管什么传统不传统，只讲实际，无论是走西口还是走东口，说到底是只顾自己活不管别人死。陈涛有些急，说，老宣，你们山东人遇到灾年不是也下关东吗？我说我们下关东都带老婆孩子。陈涛噎住了，半天不吭声。我又开头说起别的。我说头一年到东北，怕冬天受不了，要是有件皮袄就好了。老龚说以前北京有很多旧货行，羊皮袄只需十几块钱就买得到。陈涛说要买就不能买旧货。我说，咋？陈涛说旧货商都是些只知赚钱不知别的的二百五。老龚说，旧货商又怎么得罪了你？他也是河北人？陈涛说，你们听没听说旧货商娶小妾的故事？我说没听过。陈涛说，这个故事在我们那儿传得很广，人人都知道，说有个姓陈的旧货商瞒着家里的黄脸婆在外面蓄了个年轻小妾，陈老头总是以到外面进货为由离家住在小妾那里。后来这事让黄脸婆知道了，这天她找到那小妾住的地方，叫开门，不管三七二十一将那小妾一顿揍，将小妾打跑了。这时天已经黑了，黄脸婆想了想，就脱光了身子上床睡了。没过多会儿陈老头来了，进门也顾不上点灯，三下五除二脱了衣裳钻进被窝，什么也不说抱着床上的女人就呼咚呼咚干了起来。干完后黄脸婆起身点上灯，睁眼看着自己的男人，陈老头一看站在面前的是自己的老婆，先是一怔，接着就爬起来呼咚呼咚给老婆磕头求饶。他老婆不屑地哼了一声，说，你还算什么旧货商，连新货旧货都分不清。我和老龚都笑。陈涛说，老龚老宣你俩都结过婚，你们说新货旧货到底你能不能分得清？老龚说，你个毛孩子别和老头没大没小的。陈涛说，这算啥的，开开心嘛！再说论官衔我比你们大，我不摆官架子和你们平起平坐算高抬你们了。老龚你说呀，新货旧货到底能不能分得清？老龚被逼不过，叹口气说，三年多没照老婆的面了，还谈什么新货旧货呢，依我看，世界上所有的事情都是学问，术业有专攻嘛。比方那个旧货商，如果说他对货品的鉴别是专业水平，那么他对女人的鉴别只能算是业余水平。人无完人，他老婆没理由嘲笑他。陈涛问，老龚你是过来人，你说对女人真的有很专业的男人吗？你能举出个例子吗？老龚说，你看过《金瓶梅》吗？陈涛说那是禁书哪看得到。老龚又问，你看过《水浒传》吗？陈涛说看过。老龚说《金瓶梅》和《水浒传》里都有这个人物。陈涛问，哪一个？老龚说西门庆。陈涛问，西门庆很专业吗？老龚说，西门庆每回去找女人，手里都提着个工具箱，就像进作坊似的，你说这还不专业？我和陈涛都笑了。过会儿陈涛说，老龚，你为什么不让你婆姨来探望呢？叫她来吧，她一听说"御花园"这地名肯定喜欢，一准来。老龚说算了。我说，咋算了？老龚说场部不会批。陈涛问，你以前打过报告吗？老龚说，打过，没用。陈涛说，这回我给你想个办法，给你婆姨写封信，叫她不通过场部，直接到沼泽地东面的小关村，那村里我有熟人，你去小关村和她团聚。我给你批假，在这儿我有这个权力，只要别和你婆姨一块跑了就行。老龚说，往哪儿跑？我说，这个办法可以，老龚，你明天就给嫂子写信。老龚不吭声，过了会儿说，算了吧，何苦招惹是非。我说，这事我和老陈不说谁知道？老龚说，办法是行，可现在来不是时候，她来了我拿啥给她吃呢？我和陈涛都不言语了，因为这确实是一个实际问题，总不能千里迢迢让她自己背干粮来。这话题就断了。过会儿陈涛问老龚，老龚，我问你句话你必须如实说。老龚说，问啥？陈涛说，鸣放时叫你发言你摸脖梗究竟是不是"说了共产党要杀头"的意思？老龚说，深更半夜你问这干啥？陈涛说，我只是好奇。老龚说，你自己都进来三年了还好奇个啥哩。陈涛说，我自己的问题我自己心里清楚，可别人的问题……老龚打断说，我明白你的意思，你是说你清楚自己是冤屈的而不相信别人是冤屈的，是不是这个意思？陈涛说，对，我一直是这么认为的。因为不这么认为许多问题不好解释，逻辑上讲不通。我问，怎么讲不通？陈涛说，如果右派中的全部或者大部分是冤枉的，那么只能是当局有意制造冤狱，有意陷害它的子民，那么这究竟是为了什么？没有道理也不合逻辑，所以我始终不相信别人和我一样是错案。老龚在黑暗中哼了声，所以你就是当领导的材料。陈涛说，别嫉妒，你还没回答我问题呢。老龚说，你今晚是一定要弄清我是不是用手臂反党的问题了，那我就如实告诉你，我没那个意思。如果当时他们将我的动作分析为"不能说，说了共产党要关你禁闭的"这样还有点谱。事实上当时我也没有这个先见之明，要有的话我连脖梗也不会摸的。我说，快别说这些事了，事到如今还说这些有什么劲呢？陈涛说，说说有什么要紧的呢，身子都掉进井里去了还差个耳朵了？说说心里痛快些嘛。老宣，你的问题……我赶紧说，老陈，我的问题那天不都向你说过了吗？就那些了。陈涛说，我、你、老龚咱三人比较起来，你……我打断他说，说这些事情老陈你心里痛快吗？我心里可不痛快，换个话题吧。陈涛说，行，既然你们都回避现实，那就说点现实之外的，古代的、外国的，或者民间传说鬼神故事都行。我说，陈涛你先说。陈涛停了片刻说，干啥都是领导带头？那我就先说。说的是我们村老辈子的一桩事，有个外号叫"鼓王"的人。这外号来自他打得一手好鼓，陕北腰鼓是远近闻名的。这鼓王敲打的那鼓也是远近闻名的。这就像老龚说的术业有专攻，那鼓王敲鼓就是术业有专攻。这鼓王不仅鼓敲得好，为人也很仗义，村里人有了三灾八难都去找他借贷，他也是有求必应。借出去的钱粮，还就还了，不还也不讨要。真是天有不测风云，人有旦夕祸福，这一年鼓王得了绝症，他知道自己要死了，也知道这一死撇下婆姨娃子日后的日子不好过了，他很忧虑，怎么也不肯咽最后的一口气，后来他吩咐婆姨，让她命人竖着挖掘他的墓穴，并把他直立埋葬，还要给他陪葬一面鼓。见老婆点头应允，他就立即闭眼咽气了。生时婆姨对他是百依百顺，死了也一切都照他说的去做，不打折扣。就如此这般地把男人埋葬了，平平静静。过了一年，我们那一带大旱，庄稼颗粒不收，就出现了饥荒。忽然在一天夜里，村里的一户人家听到门外有敲鼓声，而且一听那非同一般的鼓点就知道出自鼓王之手，决不会是他人。这户人家非常恐惧：鼓王死了好久咋又到家门前闹鬼呢？莫非——那家的男人突然想到曾向鼓王借过几次粮，鼓王没讨要他也就没还。他心想一定是鼓王的鬼魂替他婆姨来讨要粮食，鼓王死了还惦记着自己的婆姨娃子，真是个有情有义的男人呵。想到这儿那男人就冲着大门说鼓王你放心回吧，天一亮我就去你家还粮。果然鼓声就戛然而止了。那男人没有食言，尽管家里也十分困难，还是想方设法还了鼓王家的粮食。但事情并没有完结，几天后的一个夜晚，又有一户人家听到大门外响起了鼓声。这时关于鼓王为婆姨讨债的说法已在村里传得纷纷扬扬，这户人家听到鼓声自然什么都明白了，天一亮就去还了粮。从此以后，几乎夜夜村里都响彻着鼓王的鼓声。这一夜就敲到一个外号"粘糕"的光棍儿门口，从这外号就知道这人不是等闲之辈，是个混混，无赖。他听了鼓王的鼓声置之不理，照常睡他的大觉。这鼓声就从天黑一直敲到天亮，后来就熄了。第二天天黑后鼓又在"粘糕"家门外响起，且敲得更急更响，"粘糕"还是照睡不误。就这么连着敲了三夜。鼓王执着，"粘糕"更是强蛮。到第四天天亮，"粘糕"扛着镢头去了"鼓王"的墓地，刨起坟来，这时闻讯赶来的村人一齐对他规劝，让他念"鼓王"生时对村人的那份情谊，不要做出这等伤天害理的事，"粘糕"不从，说一定要刨出"鼓王"的鼓砸碎。他刨坟不止，不久便刨出棺材上面的那面鼓，一看鼓，"粘糕"一下子怔住了，村人也怔住了，只见鼓面上印着斑斑血迹。那天埋葬"鼓王"的人记起，由于疏忽，下葬时只往墓里放了鼓，没放鼓槌，"鼓王"只得用手敲鼓，结果将手敲得鲜血淋淋，把鼓面都染红了。村人正嗟叹间，忽见"粘糕"直通通倒在地上，口吐白沫，眼珠直翻，爬起后便抓起那面鼓敲起来，那"粘糕"本不会敲鼓的，可他一下子会了，而且村人们听出他敲得和"鼓王"一模一样，村人也就什么都明白了。从这一刻"粘糕"便不停歇地敲鼓，走村串巷，从天明敲到天黑，再从天黑敲到天明，一边敲一边和着鼓出声：锵锵锵！锵锵锵！……人们听到的分明是：粮粮粮！粮粮粮！……陈涛的故事讲完了，一时窝棚里寂静无声。过了许久，我问后来"粘糕"怎么样了，陈涛说死了，他敲鼓一直敲到倒地死去。我说他是罪有应得，人应该讲道义；相反，鼓王了不起，做了鬼魂还不忘记自己的责任。陈涛颇得意地说，刚才老龚不是还污蔑我们陕西男人自私，没责任感吗？听了"鼓王"的故事老龚你有什么感想呢？是不是会考虑修改你对陕西人的错误看法？陈涛真是个不吃亏的人，讲了半天"鼓王"原来是针对着老龚对他家乡人的非议，小肚鸡肠。我说听了"鼓王"的故事我想起我家乡的一个故事，这是一个关于女人的故事，可故事从男人开头。说一个男人外出做生意，发了财。回家的路上怕强盗抢劫，就扮成一个穷光蛋，衣裳破烂，满脸污垢，把金银财宝装在一只破麻袋里，背在肩上，一路上果然平平安安。到家后老婆看出外的男人这么一副穷相，心想一定是将本钱赔光了，就很窝火，不给男人好脸子，连饭也不做，那男人见状叹口气将身上的麻袋丢在地上，金银元宝哗哗作响。那娘们儿一听什么都明白了，立刻脸上堆笑，嘴里唱道：元宝元宝满地转，我的哥哥我的汉，我刚要说话没得面，你是吃饺子还是吃面？陈涛问，完了？我说没完，后面这女人又向男人报告家中情况：咱家的谷，收了二斗五；咱家的牛，下了个花脸虎……再下面我记不清楚了，反正这个故事对女人不利，揭露女人的薄情寡义，嫌贫爱富。陈涛说，我要是那个男人，二话不说，背着金银财宝走人，才不吃她的啥子饺子和面哩，哦不，吃是要吃的，吃了再走。我心里想，你陈涛这番话倒道出你和你的"鼓王"老乡可不是一种人哩。可我没说出口，怕惹恼他。我说，老龚该你讲了。老龚说，我讲什么呢？我说，不是讲好只要不讲现实啥都行。陈涛也说，老龚你不能光听，我们讲你也得讲。老龚想想说，那我就讲则寓言吧。是一只蝎子和一只青蛙的一次不成功的合作。陈涛说老龚啥时都忘不了他的生物。老龚说下去：有一只蝎子想过河，但蝎子不会游泳，于是它找到会游泳的青蛙，蝎子对青蛙说，青蛙先生，我想过河，你能驮着我过河吗？青蛙想了想说，我要是驮着你过河，你会蜇我的。蝎子回答说，不会的，我要是蜇你咱们都会淹死。后来青蛙同意了蝎子的要求，可等到它游到半路上，就觉得背上火辣辣地疼，青蛙叫道，蝎子先生，你为什么要蜇我，我俩都会淹死的。蝎子回答说，没有办法，这是我的本性。老龚讲完窝棚里又是久久的寂静，过会儿陈涛说，我还要问老龚那个问题：蛇会不会毒死自己？陈涛的思维就像大海里的浪花瞬息万变，一跳又跳到昨天在沼泽地遇到蛇时问老龚的问题。老龚说，这问题我已开始研究，我正在读有关爬行动物的书，边读边思考。一谈到生物学上，老龚就来了兴致，完全忘了刚才陈涛对他的诘难。他继续说，蛇会不会毒死自己这是个怪诞而有趣的问题，就像那个先有鸡还是先有蛋的问题一样，要弄清蛇会不会毒死自己，首先必须弄清蛇是怎么产生出毒液的。最早的蛇是没有毒液的，经过若干演化阶段，蛇的唾液，一种温和的助消化的像我们人的唾液一样的液体逐渐变成了甚至在今天也难以分析的毒液，就成了毒蛇。人们或许认为：唾液转变成毒液有一个固定的程序，其实没有，因为这一类毒蛇和那一类毒蛇产生的毒液很不一样，一种蛇的毒液作用于神经，像马姆伯斯大毒蛇和眼镜蛇，一种作用于血液，像蝰蛇、小蝰蛇和响尾蛇。比较起来，神经毒液是这两种毒液中较原始的一种，打个比方说，血毒液是一种经过改造了的新配方生产的新产品。老龚侃侃而谈，谈得很专注也很专业。尽管黑暗中看不见他的表情，但从他的声调中判断出他带有某种亢奋，像大多数老师在课堂上给学生讲课时的那种亢奋。我和陈涛听得津津有味，鼓励老龚讲下去。老龚继续说，那么另一个问题就来了，唾液变毒液，认为毒液是生存竞争的产物，实际上不是。无毒蛇不是也在地球上生存下来了吗？因此毒液对蛇来讲只不过是一种奢侈品，懂什么叫奢侈品吗？陈涛说，没有也行，有了更好的东西算奢侈品吧。老龚说，对，无毒蛇捕捉动物需经过长久的搏斗，毒蛇扑上去咬一口就完事大吉，然后不慌不忙地享用，所以几乎所有动物都惧怕毒蛇，见到便躲得远远的。我问，为什么只有蛇的唾液能转化成毒液，而别的动物像牛马猪鸡兔子之类却不能？老龚说，这很神秘，的确很神秘，谁也说不清大自然为何单单在蛇身上调制出这样高效的毒液来。

六

那晚谈蛇的话题至今不忘，是因为不久蛇便进入了我们的生活（更确切地说是我们侵入了蛇的生活），那场人与蛇之间丑恶的生死搏斗今天想起来还有些毛骨悚然。我们靠每天从沼泽地寻觅一点野菜活命，总算熬到了月底。正满怀希望要去场部领取口粮，这时场部来人了，是一个姓黄的操南方口音的管教。他是来检查"御花园"春播情况的。黄管教来的时候我们正在打井。井已挖下去三米多深了还未见水，泥土已很潮湿，我们知道离水层不远了。黄管教来后先看了看打井情况，指出说要加快进度，要保证春作物的抗旱。我们说没问题。接着黄管教又检查"御花园"的播种情况。几天前刚下过一场雨，玉米苗出齐了，地里一线一线的绿，这样的播种情况很直观，黄管教也表示了满意。接着黄管教又向陈涛询问了我们的思想改造情况，之后他很严肃地告诫我们越是远离管教越是要自觉改造思想，不能松懈。他又讲了最近国际国内的形势。最后他说这次他顺便带来一个消息：下月口粮在原来基础上减少一半（即每人每天二两半杂和面儿），而且须推迟一周再领取。这是消息吗？不，不是，这是噩耗，是晴天霹雳，是告诉我们临近世界末日，我们三人一下子懵了，瞪着黄管教的眼珠半天不转，死人一般。黄管教显得有些紧张，连忙解释，说场部作出这样的决定也是不得已而为之，省下粮食是为了支援解放军。苏修亡我之心不死，在边境屯守重兵，我们不能让亲人解放军空着肚子保家卫国。听着黄管教教导的减粮支军的伟大意义我们无话可说，以前每次往下减粮都有这样那样（其中不乏支援社会各方面）的理由，支援灾区啦，支援国家建设啦，等等。就好像我们犯人最具支援能力，又最具崇高的共产主义风格一样。（要是这样又何必从边界上分出兵力来看押我们？）我们无语还因为说什么都无用处。

　　克服克服，现在全国是一样地困难。黄管教边说边看看太阳，天晌了，赶快弄饭，吃了我得回去。

　　陈涛犯难了。情况明摆着：粮食一点没有，野菜得现到沼泽地里挖。管教大老远从场部来检查工作，叫人家吃野菜那怎么成，这可是扒着眼照镜子——自找难看的事。但这就是现实，是不可改变的现实，陈涛吞吞吐吐一阵子只得实话实说。

　　黄管教听后点了点头，说，吃野菜，垫垫肚子能骑车回去就行了。

他忽然想起什么,说,我来时在沼泽地里遇见好几条蛇,咱去抓几条回来不就有东西吃了吗?我们听了都有些意外,一齐望着瘦瘦的黄管教。我问,黄管教敢吃蛇吗?黄管教平淡地笑笑,说,从小就吃,蛇肉是美味哩。老龚说,蛇不可吃。黄管教问,为什么?老龚说,蛇不属于人的食物链。食物链?啥子食物链?黄管教疑惑地看着老龚。陈涛赶紧替黄管教打圆场,瞪着老龚说,快别谈什么食物链不食物链的,孤陋寡闻,人家黄管教那地方⋯⋯黄管教打断陈涛说,我们那地人三天不吃蛇就全身痒,在旧社会,财主家都养着一笼子蛇,随吃随杀。你们没听说有人怎样吃活蛇吗?下地干活怀里揣一张饼,中午就近抓条蛇卷进饼里,上面露头下面露尾,先一口将头咬掉,然后往下吃起来,一边吃蛇尾一边在下面甩。我听着脊背一丝一丝往外冒凉气,我看老龚也死灰着脸。陈涛接黄管教茬说,不仅中国人吃蛇,外国人也吃,我见报纸上报道伏罗希罗夫访问中国时在广州吃"龙虎斗"吃狠了吃坏了肚子。黄管教笑着说,你们可真是身在宝地不识宝呵,我要早知道早就跑来了,走,你们一块跟我去抓蛇,学两手。陈涛连忙应着,老龚说他去挖野菜,我也说挖野菜。陈涛不满地瞪了我和老龚一眼,跟在黄管教身后向沼泽地走去了。

　　我和老龚从不同方向进入沼泽地。

　　刚下过一场雨,沼泽地变得泥泞了,低洼处水汪汪的,在日头底下一片一片泛着光。野菜只能在隆起的干燥地方找。时令延迟,荠菜已开花变老,不能吃了,苦菜还能吃但很稀少,低头转悠半天也难见一棵。肚子空空,身体虚弱,头重脚轻,直起腰眼前便一片黑。本来可以蹲在地上,但这样有危险,遇到蛇来不及躲避。随着天气渐热,沼泽地里的蛇也渐渐多起来,这是一个适宜蛇类繁衍生长的地方,可以说是蛇的乐园。蛇生相丑陋,对人造成威胁,但见得多了,就看得眼熟,对蛇本能的恐惧便减退了。"一般情况下蛇不主动向人进攻。"老龚安慰说。老龚对蛇的研究已成绩显著,他能一眼认出蛇的种类属游蛇科、蝰蛇科、蝰蛇科还是眼镜蛇科以及其他什么科,属于有毒蛇还是无毒蛇及其生活习性。他喜欢对我和陈涛讲述，多少有些卖弄。但这一次老龚沉默寡言，好像心不在焉，他不时抬头向陈涛、黄管教所在的地方观望，他们在我们的南面，离得挺远，看不见他们的所作所为，却听到他们一阵又一阵的呼叫，我们知道这是他们一次又一次的得手，这时刻我突然对人生感到十分迷惘，感到对人类的陌生，同时又意识到在这生死关头个人无论其理性还是感性都面临着何去何从。

由于野菜比蛇更难寻觅，当我们返回"御花园"时他俩已归来多时了。我们没看见他们杀蛇和烹饪的过程，只见锅里冒着蒸汽，空气中飘着一种异样的气味儿，让人作呕。满面春风的黄管教用勺子敲打锅沿，半认真半玩笑地冲我和老龚说，社会主义分配原则，不劳者不得食。

我和老龚没吃蛇，即使是共产主义分配原则各取所需，我们也不会吃。

七

黄管教的到来一下子改变了"御花园"的生活形态，我们像掉进了"冰窟窿"，心里冷得直打哆嗦。前面说过，我们对于自己能在"御花园"这里劳动改造十分满足，尽管也饿肚子（最近又完全断炊），但心里总还存有一种希望，现在我们的希望全消，没有了任何指望。"一是自力更生，二是自力更生，三还是自力更生。"黄管教临走时慷慨地将这一精神礼物连着送了我们三回，我们领情可我们知道送一百回一千回也不管实际用处，填不饱肚子。我们陷入了绝境。

绝境面前，陈涛不再以领导者自居。他嘴里也念念有词：一是自力更生二是自力更生三还是自力更生，实则放弃了责任。他自己是无忧的，他有蛇吃（他是黄管教来"御花园"最大的受益者），黄管教教会了他捕蛇吃蛇的本领，沼泽地里也有的是蛇。他到沼泽地里走一趟回来手里便倒提着三四条蛇。"陈涛变成了蠎。"老龚这么形容陈涛。人也好，蠎也好，他终归还是"御花园"的犯人头儿，有事就得找他。我和老龚敦促他去场部反映"御花园"的实际情况，要求领导发放一点口粮救急，陈涛拒绝，理由是既然场部有规定，去了也白搭，反倒要挨批评。老龚说，挨批评也要去，我们不能等着饿死。陈涛说，按领导的指示办，自力更生，自力更生就死不了人。老龚说，你是行了，你有蛇吃，我和老宣咋办？陈涛说，你们也可以吃蛇嘛。我带你们一块儿去沼泽地里抓。老龚说，你知道我和老宣不吃蛇。我说，我真的很害怕。陈涛说，那我就爱莫能助了。老龚火了，抬高声音说，看来我说你们陕西人缺乏责任感可真没说错了你，你知不知道你现在的行为就是走西口。陈涛被老龚说得一怔，后火辣辣地说，你个老龚真他妈能胡联想呵，看样还没饿昏，离饿死差得更远。我说，老陈，你是这儿的负责人，负责人就是负责任……陈涛打断说，谁说我不负责任？中午我负责向你们提供一份高蛋白的食物，清炖蛇段，你们吃不吃？吃不吃呵？！最后反让陈涛将了军。

那段光阴真是不堪回首，如果将陈涛比作食蛇螈，那么老龚呢？我呢？"老龚是只羊。"这是陈涛回敬给老龚的称呼。"老龚是向日葵。"这是我对老龚的比拟。羊和向日葵都是取其一点，如果合起来就全面了。老龚一直坚持认为人与植物有相同的光合作用功能，并身体力行地实践，每天大部分时间他都沐浴在阳光里，或看书或闭目养神，他永远面对着太阳，身体随着太阳的移动而移动。于是我说他是"葵花向太阳"，陈涛说得损，说他是在"烤全羊"。说实话，我对老龚的理论将信将疑，对他的实践也不敢苟同，所以我不效仿。应该说一段时间里我和老龚同属于一个营垒，这营垒不指思想形态，也不指共同的被领导地位，而是指共同的生活方式，即以吃野菜为生。我们和以食蛇为生的陈涛分道扬镳。陈涛的生活极有规律，天刚放亮他就走出"御花园"，像猎人那样手提武器（木棒）向沼泽地走去，他抓蛇一般需小半天时光，天快晌时提着猎物返回"御花园"。我和老龚和他有约法三章，一是要他在离住处远些的地方杀蛇，二是单独用一个锅。他也乐得和我们划清界限。中午陈涛午睡。下午再次回到沼泽地抓蛇，但这次不杀光吃光，而是有所储存。黄管教临走时除了告诫我们自力更生外，还半开玩笑对陈涛说好东西可不能吃独的。陈涛心领神会。他在住处附近挖了一个深坑，将蛇养在里面，留待回场部的机会带给黄管教，很快便有了可观的数量。陈涛没事的时候总愿到蛇坑那里去转转看看，就像农民喜欢到自家的谷仓旁转转看看那样。领袖教导：家中有粮心里不慌；陈涛是家中有蛇心里不慌。无忧无虑，夜里也睡得香。这就是陈涛一天过下来的大体情况。不知是出于对蛇的厌恶还是出于对陈涛的成见，老龚和我有意在生活节奏上与陈涛不同步。早晨陈涛去了沼泽地，我们留滞在"御花园"，老龚晒太阳进行光合作用，我则看书。那时我已经明显感到体力不支，人饿过了劲儿就失去了饥饿的感觉，肚子里永远像装满了沉甸甸的东西（而不是像人们说的空空如也），却无着无落，浑身无力，脑袋眩晕，看任何东西都走形。精神上也趋于麻木，什么刑期，什么未来，什么幸福生活，统统变成空中的流云。总之一句话，人变成了一个干巴巴的躯壳。待老龚晒足了太阳，我们就一起去沼泽地，这时陈涛也快返回"御花园"了。前面我说一段时间里我和老龚同属一个"营垒"，这"一段时间"是指我们一起以野菜为生的时光。后来沼泽地里的野菜日渐枯竭，老龚改为吃草，我们这个"营垒"便分化瓦解，不复存在了。一进入沼泽地，老龚朝青草茂密的地方去，我选择青草稀疏的地方，因为这种地方才有野菜。寻找野菜的过程是一个怒气填胸的过程，在心里怨恨老天的吝啬，连最下等的食物都不肯多给一些，这不是不给人活路了吗？我相信苦难中的人是不会真心膜拜神明的，也会完全失去对神明的信仰。既然上苍全知全觉魔力无边，为何对身遭劫难的人熟视无睹，不予救援？沼泽地里野菜稀少，挖大半天也不够一顿吃，而且会越来越少，我真不知道以后的日子怎么熬。陈涛一如既往地动员我和他一块儿抓蛇、吃蛇，这不能说不是种诱惑，可我难以和他为伍。我并不同意老龚关于蛇不属于人的食物链的说法，不是因为这个才不抓蛇吃蛇，而是实实在在地怕蛇，如果让我在所有生物中举出最惧怕的一种来，不是狮子，不是老虎和狼，而是蛇。记得很小的时候，村里叔辈一伙人黑下在村外大水湾里洗澡，到半夜时都又累又饿，有人提议抓鱼烧了吃。他们就下湾抓了许多鳝鱼。燃起火堆，在火上烧鱼。边烧边吃，吃饱了就回家睡觉了。第二天有人从水湾边路过，看见熄灭的火堆旁堆满了蛇骨，吓得飞快跑回村，向村人说有人在湾边烧了蛇吃。这话传到那伙叔辈们的耳朵里，他们承认这事是他们做的，但吃的是鳝鱼。目睹现场的人咬钢嚼铁说看见的是蛇骨不是鱼骨。叔辈们这才惊惧起来，立刻奔到湾边去看，果然看见的是绿色的蛇骨。他们当时就吓懵了，死人似的直挺挺不动，后来又一齐呕吐起来，那是翻江倒海样的大吐，吐出了五脏六腑，吐出了苦胆水。回家后都大病一场，个个都脱了人形，蔫蔫的一点精神都没有，像掉了魂。这件事当时被当成一桩奇行凶为在周围一带流传，可见我们那里的人对蛇是怎样一种恐惧心理。我至今还清楚地记得也同样说明这一点。所以我不敢想象自己去靠近一条蛇，追逐一条蛇，捉拿一条蛇，更不敢想象能用手杀蛇和张口吃蛇。每当进入沼泽地，意识里一方面对蛇回避，另外也打着别的生物的主意。饿极了的人看见所有的东西都与食物相联系，考虑能吃不能吃。眼下的时节沼泽地里的动物极少，一年生的动物大多是幼虫，如水湾里的小蝌蚪，草尖上蹦来蹦去的小蚂蚱、小螳螂、小蟋蟀、小金钟儿、小油葫芦。在灾荒年里我家乡的人有吃青蛙、癞蛤蟆、蚂蚱和螳螂的，我没吃过，现在会吃，也有人抓老鼠吃，我没吃过，现在也会吃。只是老鼠的穴很深，掘不出来，老鼠出洞时又总是跑得飞快（躲避蛇也躲避人），别说身体虚弱，就是身强力壮也难能捉住它，鼠肉是吃不成的。沼泽地上空有各种鸟类，它们或是成群结队飞来飞去觅食，或是独来独往，啼叫声给沼泽地一点活气。我对这些鸟有强烈的兴趣，看着它们真有些馋涎欲滴，可我找不到网，更找不到枪。没有网和枪，吃鸟肉是妄想。在清河我们曾捉过雁。是一个姓苏的犯人的绝招，他说捉雁最好的方法是智取。黑夜，成百上千只的雁群在麦地里栖息，有一只更雁在执勤。更雁多是失偶的"单身汉"，地位卑下，又被叫作雁奴。捉雁人朝警惕守护雁群的更雁划一支火柴，更雁见到火光立刻向同类发出危险信号，雁们从睡梦中醒来仓皇起飞，但不飞远，只在空中盘旋，发现没有真实"敌情"便又落回地面，继续睡觉。这时捉雁人再对着更雁划一支火柴，更雁不敢疏忽，又再次发出撤离信号，后面的过程和前面就没有什么两样，这样一而再再而三，雁们便恼怒了，以为是更雁"谎报军情"，戏弄雁众，便一齐去啄更雁，施以罚戒。更雁很委屈，要是它和人一样有思维无疑会大发牢骚，骂骂咧咧。思维反映于行动便是更雁脱离了集体，独自飞去了。这时捉雁的机会便来到了，到雁群中抓到哪个算哪个，就像在地里拔萝卜似的。这几乎是发生在雁族中的"狼来了"的故事。可见许多事理不仅适用于人类，也适用于整个生物界。用这种方法捉雁可称得上人类狩猎行为中的一绝，但不适用于我们犯人，因为我们不能使用火光，那会被岗楼上的警卫发现，一旦被发现我们就成了被捉拿的雁了。我们惟有徒手捉雁，这办法同样奏效，但要历尽艰辛。在离更雁几百米的地方我们匍匐下身子，慢慢向雁爬去，那是极其缓慢的爬行，不能出一点声响。这时要是遇到水湾也绝对不能迂回，得老老实实从水湾里过去。离雁愈近，爬的速度愈缓慢，完全像一只蜗牛，一丝一毫向前挪动，十几米的距离竟需一个多时辰。这样直爬到雁的近前，雁也不会发现。它们将人当成了静止不动的物体，不加提防。捉雁的瞬间可以说惊心动魄，与爬行时的缓慢截然相反，伸手以迅雷不及掩耳之势将雁的长脖抓住，雁叫都来不及叫一声，就做了俘虏（我们戏谑地将捉雁叫捉俘虏）。那时候我们差不多夜夜出来捉"俘虏"，也天天晚上有雁肉吃，这是清河留给我的最美好的回忆。在沼泽地里想着这些时我盼望着秋天和冬天早些到来，那时我会给老龚和陈涛露一手，我们就会吃到鲜美洁净的雁肉，那时的"御花园"就是真正的人间天堂。我不时抬头看看老龚，他在我左前方不远的地方，正在一口一口地吃草。劳改农场是个没有"自我"的地方，任何行为都在别人的眼皮子底下进行，老龚吃草也不例外。他看好草地一般先在范围内巡察一番，看有没有蛇躲在草丛里，如果不放心，就再用棍子搅动草丛——打草惊蛇，要是还见不到蛇，他就蹲下身子（有时也坐在草地上），开始辨认各种草类混杂的草窠（在这之前他已对照着书本对各种草类的可食性进行了研究），沼泽地土质肥沃，草也长得肥美，绿油油的，草叶上的露珠在阳光下闪闪发亮。老龚毕竟是人，他不像羊那样用嘴啃草，也不像羊那样打嘴便吃不加辨别。老龚先用手掐下了可食草的嫩叶和草心，填进嘴里慢慢咀嚼。这是一个品味鉴别的过程，味觉对草的反应完全呈现在他的脸上：苦、淡、异、良好、尚可……我敢说这是我所见老龚表情最丰富多样的时刻。最后他将嚼过的草咽下肚，看着老龚安静地吃草，我的心出奇地平静，以极其超然的态度看着眼前的一切，似乎觉得这是世界的一种惯常景象，不稀奇，用不着大惊小怪。正如老龚说过的，我们正面临人类进化史的新纪元，人必须按原路返回到进化的初始，谁要想活下去，就得学会吃草。现在想想老龚真是有先见之明，他是个大预言家。我知道在大饥饿中有相当多的人在吃草，说人吃草并不是耸人听闻，也不是诋毁国家经济形势（我看过的那部科教片可以为证），但我不知道是否有人像老龚这般以最动物化的方式吃草。吃生草，吃不经过任何加工的草。如果没有第二个人，老龚便是先驱者，对昭示后人功不可没。在沼泽地里，饿得眩晕的人的思维竟出奇地活跃，不，不是活跃，是迷乱，真的是迷乱。我感觉自己全部的精神都陷入了泥潭不能自拔，也无援无救。绝望像一口大铁锅罩在头顶上。老龚却不乱方寸，仍然不慌不忙地吃草。有时抬头看看我，有时招手将我唤到他身边。这种情况大多是他在草间发现一棵野菜，他总是把野菜给我。自从吃草，他就不吃野菜了，似乎他的返祖退化已超越人吃野菜的阶段，对野菜已不再有兴趣，不屑于再为了。当然也可能出于对我的友好，帮助我这个冥顽不化的俗人。不管怎样我对他都是很感激的，我愿意在他身边多待一会儿。在近处看老龚吃草忽然就有一种不堪入目的感觉，从草的入口到咀嚼再到下咽的这一连贯过程，以及他满嘴涂染草汁的绿色，都让人作呕，让人心悸，我好像看到一只真正的老羊在吞食青草料，我无法接受这个现实。我记得有次我直截了当向老龚提出问题：蛇不属于人的食物链，那么草就属于人的食物链吗？再说人毕竟已经进化到今天，怎能一厢情愿想退就退回去呢？老龚凝神一刻，说，我累了，咱到那块干地方坐一会儿吧。坐下后老龚两眼望天，问，你看看天上太阳在不在？我不知他为啥问出这个不搭界的问题，我说，在，怎么？老龚说，你再闭上眼。我仍然不知道他想干什么，还是照他说的做了，闭了眼。这时老龚说，你现在能不能看见太阳？我说看不见。他又问，这时候太阳还在不在天上呢？我说，这算什么问题呢？当然在天上。老龚狡黠地笑了，露出一口绿牙，他说，老弟你错了，当你看不见太阳时，太阳已经不存在了，消失了。我惊奇地说，这怎么可能呢？这违反物理学的常识吗。老龚说，我是学物理的，后来教授学生的物理课，我会不懂得物理学的常识吗？但是我告诉你，按照新的物理学学说，当你看不见某一物体时这物体便是不存在的，而且人们还能通过计算和实验对这一理论进行验证。我说，真是不可思议。他说，我举一个例子吧，把一只猫和一个扳机同置于一个大木箱内，扳机有少许放射性物质，它在一小时之内可能有原子衰变也可能没有原子衰变，两者的概率相等。①如果有原子衰变，扳机将杀死猫。因此，一小时之后，箱中的猫死去和活着的概率相等，即猫的状态概率分布是（死：活）=（1/2：1/2）。这意味着猫处于死活未卜的状态。现在你打开箱子，发现猫还活着，这样猫的状态的概率分布就突变为（死：活）=（0：1）。于是，由于你的观察，半死半活的猫变成了完全的活猫。由此看来，猫的死活决定于人眼的一瞥。这是一个叫薛定谔的物理学家提出的案例，叫"薛定谔猫"。它说明，不是事物的客观状态决定观察者的主观认识，而是相反，观察者的主观认识决定事物的客观状态。你说是不是这样呢？我一时真的掉进了云里雾里，难以判断是非。过一会儿老龚说下去：这是个专业性很强的问题，你用不着深究，我说这个就是想说明一点，常识这东西不够用也不可靠，人必须为常识之外的事物找到合理与必需的根据。比如吃草，既然非吃不可，为什么要把它想象得那么悲惨可怕？完全可以这么想：草和蔬菜没有根本的区别，在被人食用之前所有的蔬菜都被看成草。就说蕨菜，原先叫蕨草，当人开始吃了就改

---

① 原文有误。该实验中，木箱内放有连接盖氏计数器的手枪，盖氏计数器用来测量电离辐射强度，当放射性物质发生原子衰变，就会触发盖氏计数器的机关，从而扣动手枪扳机杀死猫。

叫蕨菜，后来皇上吃了，就叫了贡菜，被当成菜中珍品，世上事情无定规。我说草没有营养。老龚说不对，植物不但有营养，而且营养极丰富，甚至超过肉类。我说这是海外奇谈，不可能。老龚说可能不可能要由事实说话，拿食肉动物和食草动物比较，以身体的大小论，世界上最庞大的动物是食草动物，不是食肉动物；以活的寿命论，世界上活得最久的还是食草动物，不是食肉动物。我惊奇老龚怎么有这么多的古怪念头，而且听起来总是有理有据的，叫你无可辩驳。这时我想起陈涛曾提的"蛇能不能毒死自己"的问题，老龚一直没作回答，我也生出刁难他一下的念头，说，有的草有毒，人吃了会送命的，怎能辨别出有毒和无毒的草呢？老龚想想说，大多数的草都有一种草苦味儿，小部分的草没有味道，我不吃没味道的草。这样的草有毒的可能性最大。我问，这是书本上说的吗？他说这个书本上没有，是他推断出来的结论，他说他坚信有毒的物质是无味的，无味才有欺骗性。要是毒药有异味，世界上就不会有毒死人的事情发生了。事实是这样的事情古今不罕见。我无话可说，我无法反驳他，也无法相信他。我觉得老龚太自负，走到吃草这一步仍以哲人自居，谈天说地，自以为是。知识分子怎么是这样地不可救药？

此刻，我实实在在地觉得，我、老龚和陈涛已经成为沼泽地上的生物了，与人类已经没有关系，我们属于北大荒的这片沼泽地。

八

我不想说自己死过一回，不是那么回事。人生是一回，死也是一回，不再有多。大活人说死过一回其实就是昏过去一回，昏不等于死，但接近死，昏的过程是人在生死之间徘徊的过程，是生命的千钧一发，是命运的非此即彼，这状况大致相同于老龚所说"薛定谔猫"理论中的那只木箱里的猫。猫的生死决定于人眼的一瞥，而那天我的生死则决定于老龚和陈涛的一瞥。

他活过来了！我听出是陈涛的声音。很轻，像从天边飘过来的，也很悦耳，像出自笙管。

我看见了陈涛和老龚，同时产生了意念：我这是怎么啦？

陈涛告诉我，昨天打井时我昏倒在工地上，是他和老龚把我抬回来的，昏迷了一天一夜。

老龚安慰地朝我笑笑，露出他的绿牙，说，幸亏地面松软，没摔出硬伤，你现在感觉怎么样呢？

我说，我累，想睡觉。

那就睡吧，老龚说。

再醒来，天还亮着，窝棚里只有我一个人，我试着活动一下身体，觉得还听使唤，便慢慢从铺上起来，走到窝棚外面，看看天上的太阳，我知道是傍晚。

夕阳照耀下的沼泽地空旷而寂静。

真是奇怪，光天化日之下我的意识突然闯回到梦境。我不知道梦是什么时候做的，是昏迷中还是苏醒后的睡眠中？我不清楚。我属于多梦的那类人，几乎每觉必梦，哪怕是短暂的午觉也不例外。我一般不回忆梦境，我听人讲想梦会损害记忆力。但这次不同，我努力回想梦中的情景：我又见到了母亲（我这么说是因为我经常梦到母亲），是在家乡的河边，母亲坐在水边洗衣裳，用棒槌捶衣裳发出响亮的"砰砰"声。我想给母亲一个意外，踮着脚从后面向母亲走过去，走到母亲背后她也没发现我，还是一下一下捶衣裳。从近处看，我突然发现母亲本来花白的发髻变黑了，当时我想：母亲怎么返老还童了呢？我把眼光转向四周，发现许多东西都变了模样，河堤上的桦树变成了柳树，河上的石桥变成了木桥……梦到这儿就断了，下面又接到我走在桥上，是向离村子去的方向走，桥上满是青苔，很滑，我很小心往前走。梦又模糊了，后来不知怎么又回到母亲洗衣裳的水边，母亲变成了我的女朋友冯蕾。小冯头上挽了个像母亲那样的发髻，我问小冯咋留了发髻，小冯说老人不都这样吗。我说你可不是老人，小冯说是。这时小冯指指河水，说河里的鱼真多。我果然看见水里游着许多许多的鱼，我一下子兴奋起来了，说凭着这么多鱼不抓真傻呀，咱们快抓鱼熬鱼汤喝。我正要下河被小冯一把扯住，她说，你还是四肢发达头脑简单呵，想喝鱼汤还用得着抓鱼吗？我说，你真怪，不抓鱼咋能喝上鱼汤呢？小冯指指河水，说，鱼在里面，这不就是鱼汤吗？我心想：小冯咋啦？净说些不着边际的话。小冯走到水边，伸手捧起一捧水举到我面前，说，喝吧喝吧，这才是正宗的鱼汤呢。我心里还在想小冯真怪，可还是听从了她，把嘴对着她的手喝了起来，这时就更奇妙了，我觉得满嘴都是鱼汤味，又鲜又美。再往下又模糊起来，只记得似乎回到了校园里，也似乎是个不熟悉的地方……我不再往下想了，我觉得头痛，心想头痛一定与刚才想梦有关。我不往下想梦，刚才想起来的梦境却老在脑子里转悠。谁也不会把梦当真，可谁都想从梦中寻找些什么，我敢说没人像我们犯人那样在忆梦了，平时一个重要话题便是相互交流和诠释各人的梦。可以说梦是我们犯人生活重要组成部分。因为惟有梦才能冲破关押我们的牢笼，日有所思夜有所想，实际生活中实现不了的事情由梦来完成。尽管虚空也多少是一种安慰。当然有的犯人也因梦引发出许多麻烦。在清河农场管教曾暗示犯人要向当局报告同监室犯人夜里说的体现反动思想的梦话，于是那些"积极改造分子"闻风而动，一夜一夜地不睡觉竖起耳朵听狱友的梦话。这种事说起来像天方夜谭，却是事实。谁要听稀奇古怪的事情不要去找别人就找我们，怪事多得像沼泽地里的蛇。

  傍晚时分老龚从沼泽地回来，手里拿着一把野菜，是给我的，他像伺候病号那样将野菜熬熟，端在我的面前，叫我吃，我要分给他一些，他坚决不从，说已经吃过了。我自然知道他说吃过了是吃过了什么，不知怎么，只要看到老龚，我的眼前便出现他趴在地上吃草叶的情景。我不想规劝他什么，因为这没有实际意义，但愿口粮能早点发下来，结束这一切。我问怎么不见陈涛，老龚说陈涛去场部了，我眼睛一亮，问是不是为口粮去的，老龚说他是去给黄管教进贡（送蛇），顺便也问问口粮的事。老龚后面的这句话又燃起了我的希望。

  陈涛是在天黑以后回到"御花园"的，两手空空。他一天来回跑了八十多里路，疲惫不堪，情绪也很不好，嘴里骂骂咧咧的，说烧香引出鬼来了。原来他给黄管教送蛇被另外几个南方籍管教看见了，也向他要，说什么要一视同仁。虽是玩笑着说，可他不敢玩笑着听，今后他得不断穿梭于场部和"御花园"之间送蛇了。我问他口粮情况如何，陈涛说根本没戏，说这次去场部在犯人中间听到一些情况，缩减口粮标准根本不是像黄管教来说的支援解放军，而是整个农场储粮虚空，去年向上报的产量太高，超出实际产量，上面按上报的产量调出粮食，自然就出现了虚空。另外他的情绪低落还因为证实了我对他说的摘帽解教的前景黯淡。我和老龚问他大场最近有什么动态，陈涛听了愤愤说，什么动态？动态就是挨饿、死人。没这两样还算得上劳改农场吗？我和老龚便不再问。

晚上睡觉前陈涛突然对我说，老宣，明天跟我一块去抓蛇吧。我听了一怔，一时没说出话来。陈涛接着说，天气热起来了，蛇越来越难抓，可我们需要更多的蛇，管教要送，我们自己要吃。

我们？我看着陈涛，我们指谁？

陈涛说，你和我，还有谁？老龚早说了饿死也不吃蛇。

我也不吃，我说。

你已经吃了，陈涛平淡地说，这事我没来得及告诉你，大概老龚也没说，昨天你昏倒的原因很简单：饿的。营养极度缺乏。我不是医生也不会诊断错，为让你活过来，我喂了你蛇肉和蛇汤……

啊！我像被蛇咬了那般惊叫一声，立刻有种急于呕吐的感觉，我赶紧向窝棚外面跑，但被陈涛一把揪住，瞪着我吼，你他妈少来这一套！

你——我被他突如其来的蛮横震住了，向喉咙上升的呕吐也被压住，我不认识似地盯着陈涛，说，老陈，你——

你，你以为你是个人物吗？陈涛愤然打断我说，你以为你是谁？你是中央首长吗？你是省长是专员是县长吗？你是外国人吗？看把你高贵的，把你忘乎所以的，我给你提个醒，你他妈和我一样，什么都不是，只是个犯人，是一条关在笼子里的狗，快饿死的狗！

陈涛劈头盖脸地臭骂，把我骂懵了。我木木地站在那儿，嘴里蹦不出一个字来。

陈涛没骂解气，继续骂，但声调降低些了，人得识时务知道吗？识时务者为俊杰，人得有自知之明知道吗？人贵有自知之明，到了现在这份儿上——老龚你也给我听着，别他妈猪八戒挟着两刀烧纸混充斯文，都当了劳改犯人，还自我抬高说什么"兴湖农场是全中国文化程度最高的农业单位"，文化程度高又怎么样？大学教授还不是向那些一个大字不识的管教警卫点头哈腰，屁颠屁颠跟狗似的？快收起这一套吧，别自欺欺人了。我告诉你老宣，还有你老龚，咱"御花园"要是再昏倒了人，我老陈是不救的，死了也不埋，我可是有言在先呵！

这一晚我没睡着觉。

九

我终于与食蛇人陈涛为伍了，尽管很不情愿，可我知道我不是屈从于陈涛，而是屈从于我自己。那天早晨陈涛带着捕蛇家什走向沼泽地，没有喊我，的的确确没有喊我，是我自己跟在他后面的，那一刻我像神差鬼使似的。陈涛转身一笑，说，老宣你行了，这遭行了。

我行了？行了什么呢？指已具有与蛇较量的勇气？指迈出这一步今后便无后顾之忧？我不知道。

我只知道头一次极恐惧。陈涛慢下来和我走并肩，安慰我，鼓励我，说任何事情都有一个过程，迈过去就迈过去了。今天你不要动手，看我给你做示范，收拾蛇首先是胆量的问题，得敢下手，然后才是技能，陈涛说，他这是经验之谈。

陈涛带着我穿越沼泽地，径直走，像有个目的地似的，我知道他对蛇在沼泽地的分布已了如指掌。走了大约有半个时辰，我们来到一大片洼地前。这里是龙潭，陈涛指着洼地对我说。

这时太阳已经升起来，很明亮。沼泽上空没有了雾气，被陈涛叫作龙潭的大洼地很透明。

陈涛将一个包袱系在腰上，将一个"丫"字木棍交给我说，要是有蛇向你进攻千万不要跑，用棍子叉住它的脖子，它就动不了了。

陈涛说这话时我感觉已经有条蛇向我袭来，我心悸地问，要是叉……叉不住呢？

那就干脆打死它，陈涛说。

打哪个部位？我问。

打哪儿都成，蛇看样子凶恶，其实很脆弱，你捏着它的尾巴向上一提脊椎骨就脱臼了，就和死的一样了，陈涛说。

我没再吭声。

陈涛又说，我估计前面这块大洼地隐藏着成百上千条蛇。虽然数量很多，但发现也不容易，蛇的习性好静，平时多待在窝里或草丛里，只有觅食的时候才出动。我归纳了抓蛇的四字经，一看二听三引四轰。一看……哎，老宣你看见了吗？

我摇摇头。

人不抗念咕，蛇也一样，一念咕就来了，看那儿，陈涛一指。

顺陈涛的手指，我看见一条大灰蛇，有二尺半长，听召唤似地向这边滑过来。我有些恐慌，欲退，陈涛将我扯住。

别怕，陈涛说，蛇的视力很差，现在它还没发现我们，发现我们后就停下，然后拐弯溜走。

这是条什么蛇呢？我问，问是为了壮胆。

这得去问老龚，陈涛说，我不研究这些，不为这个费心劳神，没实际意义。你也无须知道太多，蛇是肉，知道这就足够了。

没等蛇溜走，陈涛便迎上去，走到蛇前面，像随便从地上捡样东西那样把蛇捡起来，握在手里。往回走，陈涛手里像握着一张弓。

七八两，陈涛掂着分量说。用空着的手从腰间解下包袱，丢给我，说，铺在地上。

你要干吗？我不解地问。

过会儿就知道了，陈涛说。

我满腹狐疑地照陈涛的吩咐去做，将包袱平铺在草地上。这时陈涛蹲下身子，用两手将蛇身子理直，吊角放在包袱上，接着开始卷包袱，三卷两卷就把蛇卷进去了，首尾全不见。然后陈涛就把蛇卷（我不知道还有什么更好的叫法）系在腰上。

我看得目瞪口呆。我敢说，如果不是我亲眼所见，任何人讲述我也不会相信的。

除此还能有什么办法呢？陈涛看出我的惊愕，多有得意之色，你试想，没有装蛇的家什，不能打死它，也不能弄断它的脊椎骨，当然也不能让它伤着你，可以说这是唯一能把它安全带回去的办法。

你怎么能想到这样呢？我余悸未消地问道，也是黄管教教的吗？

陈涛说，不是，但得承认是受了他的启发，你记得他讲他家乡有人用饼卷蛇吗？我想既然可以用饼卷蛇吃，为什么不能用包袱卷蛇带走呢？而且这样比用筐篓方便得多，走到哪儿带到哪儿，再抓了再往里卷。而且在夏季还有解暑作用，蛇是冷血动物，体温很低，围在腰上感到凉丝丝，很舒服。不信你试试？

我信我信，我连忙推辞，不敢做这个试验。

我们开始往洼地里走去，陈涛在前面，我在后面跟着，我们都在"看"，不过陈涛是看前面，我是看脚底下，我生怕冷丁从草丛里窜出一条蛇来，心里很紧张。但这时候并不像刚开始时那么恐惧，高手陈涛给我做出了榜样，他用实际行动证实了"蛇看起来凶恶，实际上很脆弱"的话。"人是世界上最歹毒的动物"，这是我家乡人常说的一句话，现在我也搬过来为自己壮胆。

走出百多米远，陈涛又发现一条蛇，是一条青蛇，蛇发现有人，就向侧方的草丛里飞快逃窜，毕竟跑得不如人快，陈涛追上去捉住，然后用同样的办法将蛇卷进包袱里，"蛇卷"就粗了一倍，陈涛重新系在腰间。

我们再往洼地纵深处走。地面愈来愈泥泞，我们小心翼翼地防止滑倒。如果很久看不到蛇，陈涛便蹲下，示意我也蹲下，他将一只耳朵侧向地面，屏声静气地倾听四下的动静，我知道他这是在"听蛇"，听蛇爬行时身体和草叶摩擦的细微声音。尽管我不认为这是陈涛在故弄玄虚，但他却没有听到蛇的行踪。几次都没听到。天热了，蛇懒得动了，陈涛说。又往前走了走，陈涛又蹲下身，这次他没有将耳朵对向地面，而是用手做筒状放在嘴上，发出"咯咯咯"的蛙声，叫得很逼真，他这是在"引蛇"。"引蛇出洞——"我脑际立刻跳出这四个字来。反右中无人不晓这四个字的著名政治术语。但我断定，发明和使用这个术语的人并没见到自然界真正的引蛇出洞，他们应该到这北大荒的沼泽地里来见识见识当年被他们引出"洞"的"蛇"今日又是怎样在引大自然的蛇出洞。

"咯咯咯、咯咯咯……"陈涛很有耐心，并不断变换"蛙声"的节奏，时而还手拍打地面，做出青蛙跳跃的声响。过了十几分钟，一条蛇出现了，从远处昂着头向这边滑过来，匆匆忙忙就像来赴宴似的。直到近前发现有人，方晓悟不是那么回事，掉头遛弯，却已经迟了，转眼间便被拿住。我想蛇与同类之间一定是没有语言交流的，否则便不会这条蛇在陈涛手中龇牙咧嘴，而另一条蛇却一无所知地向这边赶来。啊，不是一条，是几条，形态各异，从不同方向向这边滑过来，俱急急匆匆，也是一副怕来迟占不到座位的样子。看到这么多蛇忽啦啦围拢过来，我的心又一下子提到嗓子眼儿，脚一点儿也不敢动，心里叫苦不绝：完了，这遭完了。老陈——我喊。陈涛将空着的那只手向我摆摆，让我安静，他不急于动手，静等蛇们继续靠近（后来他告诉我早动手将拾不过来）。"咯咯咯、咯咯咯……"陈涛大概怕蛇改了主意，仍不断制造出蛙声，且更加逼真。"咯、咯、咯咯、咯、咯、咯咯……"这时一条蛇停止了前进，侧头看看，看出了破绽，掉头而去，陈涛便从它拿起。之后陈涛连续拿蛇，他就像一条狗跳着脚转圈，一圈转下来五六条蛇就握在两只手中，看得我眼花缭乱。陈涛兴高采烈，像耍蛇人那样爱不释手地晃动着手里的蛇，我知道他的喜悦不仅为丰收，更为在我眼前露了一手。师傅是很在意在徒弟面前的表现的。

这次卷蛇就麻烦了些，但还是卷起来了。直到这时我紧张的心才又平复下来。陈涛掂着圆滚滚的"蛇卷"对我说，老宣系在你腰上吧，这样我抓蛇轻便些。我连忙拒绝，说，老陈，这可不行，真的不行。陈涛就不说什么，重新系在自己腰间。

我们一路往前走，陈涛一路学蛙叫，故伎重演。这时候我就分心了，思绪执拗地将现实与历史拉扯在一起。"咯咯咯、咯咯咯"我听成"说说说、说说说"，"咯、咯、咯咯"我听成"说、说、快说"，我感到不寒而栗。

整个上午我们都在"龙潭"里与蛇周旋较量，我在极其复杂的心情中接受着陈涛对我的启蒙。我渐渐发现，陈涛捕蛇的技能并非无可指责，他对蛇缺乏理性认识。比如他难以对有毒蛇和无毒蛇进行区分，或者说只是一种模糊区分。他把头部呈三角形的蛇归于毒蛇类，对毒蛇陈涛不敢掉以轻心，在捕捉时小心谨慎，以专业水准衡量就不免露怯。但尽管如此，陈涛在对付毒蛇（三角头蛇）方面还是自有一套的。在发现三角头蛇后不急于动手，先观察一阵子，然后从怀里掏出一只布袋，迂回到蛇行进的前方，将布袋抖开，蛇就感到有了威胁，改攻为守地跃起朝布袋攻击咬噬，一次又一次重复着跃起咬噬，每次都在布袋上留下一点湿迹，这是它注入的毒液。这样就消耗了它的毒液和力气。陈涛忙里偷闲地教导我。陈涛如此这般地斗蛇，使我自然地联想到西班牙斗牛，牛鬼蛇神，斗起来是何等地相似。结局正如陈涛所说，蛇终于耗尽了毒液和体力，软软地瘫在地上，对人已不存在威胁，陈涛这时的神色很有几分得意，说这是对付毒蛇的办法之一，在没有布袋的情况下可以抓住蛇尾，蛇跃起探头向你攻击，你就扯着蛇尾向后一退，蛇扑空后就重重摔在地上，如此重复，蛇连跌带累，很快就瘫软了，乖乖做了俘虏。我听了无言以对，就像学徒对师傅那样心存敬畏又甘拜下风。

中午时分，我们回到"御花园"，可以说满载而归。老龚不在，但我知道他在的地方。由于我的变"节"，"御花园"的形势也像国际形势那样发生了"大动荡大分化大改组"，可不是吗，原来的龚宣联盟变成了陈宣联盟。食蛇族压倒了食草族。但这里有一点让人感叹，最懂得"适者生存"法则的人却不肯趋同于这一法则，甚至背道而驰。生存不是一切，那天在沼泽地老龚这么对我说，人为了生存，有的事情可以做,有的事情不可以做。他还说,我在一些资料上看到,历次大饥荒里都发生过易子而食的事例。我不相信这是真的,如果那样人就真的不是人了,而是野兽,呵,不,连野兽都不如——我们都知道"虎毒不食子"呵。

那天中午我没有参与杀蛇,但也没有回避,我眼睁睁看着一条条活蹦乱跳的蛇在陈涛手里瞬间变成了白肉条,那时刻我恐惧,我在心里咒骂着该死的蛇:狗日的你也有今天呵!你在沼泽地里恶霸似地东游西走,见啥吃啥,罪行累累,今日活该着你倒霉!

十

在陈涛的言传身教下我很快便成了捕蛇的行家里手。陈涛说得对,关键在于勇气,勇气在前,别的就在其后,迎刃而解。当然是循序渐进的,开始拿蛇须借助于工具,先用木棒叉住蛇头,然后抓住它的脖子,蛇在地上跑时十分灵敏,一旦被人拿住就失去了一切反抗能力(这主要缘于它的脊骨十分脆弱)。后来就可以像陈涛那样徒手拿蛇了。任何技艺最终必须达到出神入化的境界,这样才实用,才属专业水准。除了捉蛇,我也能像陈涛那样用包袱卷蛇,也敢于把"蛇卷"系在腰间,开始确实是提心吊胆的,有句话叫"如芒在背",现在可成了"如蛇在背"。没有了恐惧感,我便感觉到蛇身确实是凉冷的,在闷热天气里,围在腰间很舒服,很解暑气。有时我和陈涛争抢着"蛇卷",为了使背部凉爽,我们还将"蛇卷"斜背在身上。从一种斜背再变成另一种斜背,什么叫游刃有余?什么叫术业有专攻?这就是。

也不是每次都有收获。有时候大半天看不见一条蛇,任你使尽"一看二听三引"招法也不奏效,这时候不得已采取"轰"的办法,说不得已是指"轰"的办法太费体力,也费喉舌,用木棒打草(打草惊蛇),以此将蛇轰赶出来。有时打草累得筋疲力尽,便放弃,将行为方式改为

"君子动口不动手"（天才知道我们是不是君子）。我们扯着嗓子吆，声嘶力竭地吼。想吆什么就吆什么，想吼什么就吼什么，没人听得见也没人来管。多少年没这样放肆地出声叫一叫喊一喊了，心里十分舒畅，好像将满肚子的郁闷都从喉咙里喷发出来了。

　　吼得久了，又觉得单调无聊，便琢磨将吼寓以适当的内容，这不难。我提议背诵唐诗，一人一首轮流着背。陈涛赞成。我背的头一首唐诗是《登鹳雀楼》：白日依山尽／黄河入海流／欲穷千里目／更上一层楼。这是我小时候学的第一首古诗，是爷爷教的，不知怎么，我总是将第三句"欲穷千里目"念成"欲穷千里眼"，无论爷爷怎样更正，我都改不过来，认准是千里眼，气得爷爷说教我是对牛弹琴。现在爷爷早已不在人世，而他的不肖子孙却在这茫茫草地上对蛇吟诗了。陈涛朗诵的第一首诗是王昌龄的《出塞》。陈涛的陕西家乡口音很重，他"走西口"出来在北京不到两年就到劳改农场了，普通话没来得及学好。平日说话是陕西普通话，而朗诵诗由于发音太高，陕西口音就突出出来了，听起来很像秦腔戏中的道白。当时我想，如果蛇当中也有"走西口"来到这北大荒的，没准会出来会会它的陕西老乡的，只是难保陈涛会念及乡情而放过他这乡党一马。我和陈涛你一首我一首地比赛着朗诵古诗，"听众"都无动于衷，不肯显形露影。后来陈涛说这么一首一首地背诵太单调，没意思，不如只背古诗中的名句。我知道他的古诗底子很厚，也知道他是想借机炫耀，有与我叫板的意思。而我是不惧的，前面说过，我从小在爷爷的严教下像受刑罚似地一首接一首背古诗，在大学学的、教的都是中文，我自信不会败在陈涛手里。陈涛又提出不论谁先背诵，后面背的开头一个字必须与前面背的头一个字相同。其实这也是小儿科，我说行。陈涛说我先背你跟上，若是跟不上算你掉一分，你再起头背我跟上。我说随你便。于是陈涛一马当先，以一字开头背起来。

　　陈：一年好景君须记，最是橙黄橘绿时。

　　宣：一道残阳铺水中，半江瑟瑟半江红。

　　陈：一骑红尘妃子笑，无人知是荔枝来。

宣：一掷千金浑是胆，家无四壁不知贫。

陈涛见难不倒我，又变换规则，相同的首字只许使用一次，且轮流为先，十次为满。我仍同意。我让他再为先。

陈：大漠孤烟直，长河落日圆。

宣：大鹏一日同风起，扶摇直上九重天。

陈：小荷才露尖尖角，早有蜻蜓立上头。

宣：小楼一夜听春雨，深巷明朝卖杏花。

……

好了，我领完了，陈涛说。原来他是扳着指头的，不多不少领完十次便打住。我说，该我领你跟了。陈涛说，你领吧，大点声，像蚊子叫一样蛇可听不见。我说好。

宣：西风吹老洞庭波，一夜湘君白发多。

陈：西塞山前白鹭飞，桃花流水鳜鱼肥。

宣：百代兴旺朝复暮，江风吹倒前朝树。

陈：百里西风禾黍香，鸣泉落窦谷登场。

……

我在心中暗暗惊讶，一个人大历史系二年级学生对古诗词竟如此地熟悉。看他对应诗句时的得意之色，再联想到平日他对我和老龚的那种居高临下的姿态，我就生出教训一下他的念头，我努力从古诗中搜寻不易对应的句子。

宣：丑女来效颦，还家惊四邻。

陈：丑……丑……丑……

果然陈涛对不出来了，但他不甘认输，这，这是你自己胡编的，谁能对得上来。他自己找台阶下台，可我不让他下，我说，怎么是我胡编的呢？这有出处。"丑"句出自李白《古风五十九首》之三十五：丑女来效颦，还家惊四邻，寿陵失本步，笑杀邯郸人……太生僻了，太生僻了，陈涛打断说，这句不算数，你重来。我说行。我吟道：

远看千佛黑乎乎，上面细来下面粗。

　　陈涛怔了一下，随即打断说，得了吧，老宣，越说越没谱了，这算什么诗，算什么名句，古诗中根本没有。肯定没有。我说，诗本上是没有，但我们山东人对这诗却是家喻户晓，这是曾为山东父母官韩复榘的大作，老陈，你知道韩复榘其人吗？陈涛说，不就是那个不抵抗日本人被蒋介石枪毙了的山东省主席吗？我说对。这首诗是他游览千佛山时所作，当时天已昏暗，韩复榘远眺蒙眬山脉，诗兴大发，吟出一首七绝，全诗为：远看千佛黑乎乎／上面细来下面粗／要是把它倒过来／下面细来上面粗。陈涛听毕大笑不止，几乎笑岔了气，笑罢说，文如其人，山本来是上面细下面粗嘛，倒过来可不就是下面细上面粗吗？人都说山东人实在，却不晓得这实在原是省主席带的头。我也忍不住笑了，说，老陈你可找到糟践我们山东人的机会了，别忘了，这诗你还没对上呢，快对吧。陈涛想了想问，换个对法行不行？我问，怎么个对法？陈涛说，就以刚才你吟的李太白那首"丑女"诗为对应，我吟一首写照韩主席的诗。我说可以。陈涛点点头，略一沉思，便吟道：笨官充斯文／吟诗唬子民／本末强倒置／笑煞陕西人。陈涛吟毕一脸得意神色，看着我。我以为诗对得算不上有水平，但眨眼间能对成这样子，也算不易了。特别是最后那句"笑煞陕西人"对得还蛮机智。我说，老陈你意识中永远忘不了你是陕西人，陕西人真的有什么可自豪的吗？陈涛说，当然有，陕西矿产丰富，煤储量全国第一；陕西的省会西安是全国六大古都之一，延安是中国革命的圣地（这时我一下子想起陈涛在鸣放时说过的那句叫他遭殃的话）；从文化方面说陕西的秧歌、民歌信天游、秦腔戏……哎，老宣你看过秦腔戏吗？我说看过。陈涛说，秦腔是全国诸多剧种中最有味道的，干脆咱俩唱段秦腔吧，要不你唱山东地方戏。陈涛的思维就像雨天的闪电，东游西走。我说，山东的地方戏很多，可我一样不会唱，我不大爱好，老陈你很爱好秦腔吗？陈涛说，爱好，从小听，就像人从小吃奶，就一辈子对娘亲。外面的戏班子常到村里唱，村里也有自己的业余戏班子，每逢年节就扎台子排演，秦腔的剧目很多，如《一字狱》《三回头》《赵氏孤儿》《三滴血》《审坛子》《山河破碎》《雪鸿泪史》《李寄斩蛇记》……哦，说到这儿陈涛叫了一声，停下他如数家珍般的开列剧目。他把眼光从我身上移开，转向茫茫沼泽地，我猜想一定是他刚说出的《李寄斩蛇记》这出戏令他的思维回到了现实，回到了沼泽地上。果然他很快又把眼光转向我，就唱出《李寄斩蛇》怎么样？我说，是陈涛斩蛇，戏曲新编。陈涛不理会我的调侃，说，这出戏的声腔高昂有力，说的是越庸山有一大蛇，盘踞山谷，攫食人畜，为害百姓。地方官吏无能为力，听信巫祝鬼话，每年用重金购买一童女供蛇吞食。官、祝、巫互相勾结，从中渔利，百姓苦不堪言。只说有一个叫李诞的人，生了六个女儿，小的一个叫李寄。她聪明勇敢，自告奋勇去填蛇口。祭日晚，她带一条狗、一把剑，隐于蛇洞口，蛇出后犬咬剑刺将蛇杀死，为民除了一害。却不料众巫祝买通了郡都尉，诬陷李寄父女，打入牢狱中，下面我唱李寄父女在狱中的唱段，陈涛清清嗓子便唱起来。

　　我得承认陈涛唱得不错，唱出了秦腔那怪怪的韵味儿，特别是一人唱男女二声很见些功力。他见我听得很有兴味又连着唱了几段。后来停住，硬要我给他唱一段山东地方戏，他说凡事得讲个公平合理，不能光他唱我光听。我再次讲明我要唱只能唱新歌。陈涛想想说行，就唱新歌。我又说我的嗓子不好，要他和我一块唱。陈涛倒也通融，说就一块唱，这样声音响亮，唱他个惊天地泣鬼神，不信轰不出蛇来。我们开始选择歌曲，这并不容易，我会的陈涛不会，陈涛会的我又不会，最后总算选了一个两人都会的，是《黄河大合唱》组歌里的《河边对口唱》，两个人唱对唱再合适没有了。我们扯着嗓子狂唱起来：

　　　　张老三，我问你，
　　　　你的家乡在哪里。

　　　　我的家，在山西，

离河还有三百里。

……

唱完《河边对口唱》我们又唱了其他一些革命歌曲，比如《抗日军政大学校歌》《毕业歌》《怒吼吧黄河》等，我们引吭高歌，唱得极投入，唱得声嘶力竭，如同要把五脏六腑全倾倒出来。遗憾的是我们的听众——蛇却无动于衷，不出来就是不出来，它们好像识破了我们的阴谋，也好像在开着一个重要会议，会议期间任何个体不许外出。

十一

这是个会永远留在记忆里的日子。这一天收到了场部发放口粮的通知，这一天老龚病倒了，这一天陈涛被蛇咬。

老龚并不是一下子病倒的，他的身体是一天一天虚弱下去，光合作用和营养丰富的草没有阻挡住垮下去的步伐，到十日这天早晨他没爬起来。

本来我和陈涛一起去场部运粮，老龚一病不起，陈涛就让我留下来照顾老龚，他说那二十斤半（能领多少我们早就算得清清楚楚）粮食他自己也背得回来。他到"御花园"后面储养蛇的地方卷了很粗的一个"蛇卷"系在腰上，就出发了。他说今天一定要赶回来，保证老龚当天能吃到药（粮食）。

上午天空晴朗，中午开始变阴，沼泽地上空低垂着浓黑的乌云，冷风一阵阵从"御花园"后面方向刮来，将窝棚刮得吱吱响。看情势下雨是不可免的，只希望能等到陈涛回来再下。但老天不从人愿，傍晚时分雨飘下来，不大，淅淅沥沥。我站在窝棚门口望着通向场部道路的蒙蒙雨帘，心急如焚。

老龚一整天都躺在铺上，时睡时醒。醒来时我便坐在他身旁说话。陈涛让我留下来照顾老龚，照顾是谈不上的，面对虚脱的老龚我束手无策。陈涛说得对，眼下粮食就是治老龚的药。可我不能为老龚做一口饭，做一碗汤，只能一遍一遍让他喝水（"御花园"里有一口井，水取之不尽用之不竭）。我也动过为老龚杀条蛇吃的念头，就像当初我昏迷时陈涛做的那样，可思考再三，觉得这样是对老龚最大的亵渎和伤害，便放弃了，将全部希望转向陈涛快背回来的口粮。

陈涛是黑天后到"御花园"的，他撞开窝棚的门，我和老龚都惊呆了，昏暗的灯光下我们分明看见一个赤身裸体的泥猴。"快看看粮食湿没湿。"泥猴的声音是陈涛，这时我们看见他扔在地上的一个水淋淋的大布包。我上前解布包，发现布包是他的衣裤，他是脱了衣裳包粮食防止被雨水浸湿。谢天谢地粮食没湿。我说没湿，陈涛长长地嘘了口气，接着说出了那个让我们惊骇万分的消息：我叫蛇咬了，我完了！陈涛说完便倒在地上。我没有这方面的经验，一时间惊慌失措，参着手不知怎样才好。老龚慢慢从铺上爬起，对我说，快弄盆水来给老陈擦擦身。我诺诺照办。擦身子的时候陈涛不时"我完了，我活不了了，我要死了"地叫唤，声音十分凄凉。我们也顾不上安慰，全力以赴给他擦身；之后，把他抬上铺。这时老龚问他蛇咬了哪个部位，他说左脚背。老龚让我把灯端来，借着灯光我们在陈涛左脚背和脚脖子相连处找到伤口，两个"八"状的牙痕十分明显，瘀着紫血。

原来事故发生在回"御花园"的途中，也就是在刚刚踏进沼泽地时，陈涛发现一条蛇在泥水中缓慢爬行，当时他犹豫了一下，意识中清楚此刻不是捉蛇的时候，但终是经不住诱惑，决定将其捉拿，他追蛇捕捉时不慎滑倒在地，这时蛇瞅准时机咬了他一口，逃走了。当时天已快黑，雨还下着，返回场部已不可能，只好回到"御花园"。

你能断定咬你的是有毒蛇吗？老龚问。

是毒蛇，长着一颗三角形头，陈涛说。

这不完全说明问题，长三角形头的蛇不见得都是有毒蛇，老龚说。

陈涛开始发烧了，浑身很烫，又冷得在被窝里打哆嗦，完全是中蛇毒的症状。但我们没有对症的药，只能硬撑，我和老龚都清楚陈涛能不能渡过这一关，取决于他自己的生命力。

我完了，老宣，陈涛用绝望的目光看着我，那天咱们还唱打回老家去，看来我回不去了，我要死在这儿啦。

老陈，你别胡思乱想，不是所有中蛇毒的人都没救，关键是要有活下去的信心，精神是第一位的。我极力安慰他，我知道自己的话有多么苍白无力。

龚教授，平日里我对你不尊重，没大没小，这都怪我政治觉悟不高，我现在提前向你道个歉，否则我死了……

你不会死的，老陈，你好好睡一觉，明早就会好的，老龚安慰地说。

我不要睡，我知道一睡就醒不过来了，我，我才二十六岁呀，我还戴着帽子，我还没结婚，呜呜……陈涛说着哭起来。

我和老龚都不知怎样安抚他，只是木木地看着他。

我知道，是我作了孽呀，我杀了那么多蛇，这是报应呵，呜呜，我发誓，只要别叫我死，以后就不会再杀一条蛇了，呜呜。陈涛边哭边说，像对自己，又像对沼泽地里的蛇们，我怀疑他的神志已有些不清楚了。

这时老龚也有些支撑不住了，他本来就虚弱，加上刚才一番折腾，额头往下掉着大颗汗珠，身体也摇摇晃晃，我赶紧把他扶到铺上让他躺下。老龚闭了一会儿眼又睁开，让我把油灯挂在他头上方的墙上，他从枕边摸出一本书看起来。

陈涛渐渐安静下来，慢慢合上眼。

雨下大了，雨声很响。

陈涛又睁开眼，把头歪向老龚的铺，声音微弱地问道，龚教授，你说神经性蛇毒和血液性蛇毒哪样厉害呢？

我说，老龚讲过血液性蛇毒厉害，但你中的肯定不是这一种毒。

你有根据吗？他问。

有，根据就是你现在还活着，我说。

陈涛将信将疑地盯着我，看得出我这句话他听得悦耳。

这时老龚将目光从书本上移到陈涛脸上，问，老陈，你看见咬你的蛇吗？

陈涛哭丧着脸说，看见了，要不是当时顾脚就能把它抓回来。

老龚说，这本书里有各类蛇的照片，你看看有没有咬你的那一种？老龚说着将书递给我，我交到陈涛手里，陈涛就看起来，过会儿摇摇头说没有。

都不说话了。

这时雨下得更大了。电闪雷鸣，春季里下这种大暴雨是罕见的。在闪电耀亮的瞬间，我从窗子看到沼泽地白花花汪洋一片，随之而来的雷声好像要把我们的窝棚震垮。我不知道雨继续这么下会不会吞没了"御花园"，我感到恐惧。

陈涛陡然坐起，瞪着眼说，老宣，我想吃饭。

我一怔，你说什么？

我想吃饭，咱有粮食了，我真馋粮食呵，龚教授你也别睡，咱一块儿吃，老宣你也吃，今晚吃上一顿饱饭死也闭眼了……陈涛认定自己是死定的人，死也要做个饱死鬼。

我的心一酸，险些掉下泪来，说，老陈，我给你做饭，让你吃饱。我转向老龚，老龚，你也吃，这些日子……我没说下去，大家都心明的事情说出口是多余的。

我看看搁在枕边的手表，时间是上半夜十一点零五分。我开始做饭。"御花园"有一个小煤油炉，来路我不清楚，因为煤油短缺，平时基本不用，我决定这次派它的用场。领来的口粮还是以高粱面为主的杂和面儿。做烙饼还是做粥？利弊是很好权衡的。吃饼过瘾，可太费；喝粥不解馋，可细水长流。我一时拿不定主意，就问陈涛想吃干吃稀。陈涛不假思索地说吃干。陈涛的回答使我顿生疚责，他差不多是个快死的人了，还有奄奄一息的老龚，在这生死攸关时刻我还管他妈的什么细水长流，我算个什么东西！我说吃干，咱吃干，吃烙饼。窝棚在风雨中剧烈摇晃，闪电横扫，雷声震耳，水从天降，世界似乎到了末日，我也无疑在制作"最后的晚餐"。

饼做好了，满屋香气扑鼻，我喊陈涛和老龚起来吃饭，却没有回声。

再喊还没有回应，一看，见他们都紧闭着眼，我的心猛一沉，有种不祥的预感，刚才光忙做饭，没顾上注意他俩的动静。我首先到陈涛的铺前，把手按在他胸上，啊，他还有呼吸，很微弱。他还活着，这时我又一次想起老龚的"薛定谔猫"。按照老龚的推理，陈涛原来处于半死半活的状态；当我把手在他胸上一按，半死半活的陈涛就突然变成了活的陈涛。难道事情是这样吗？我不懂物理学，但我不相信事情会是这样。事实是，在我按陈涛的胸之前和之后，他都还活着；但只有通过这一按他还活着这一事实才被我所认识。这里确实有一种突变，但突变的是我的主观认识，而不是陈涛的客观状态。回头再看"薛定谔猫"，情况也是这样，"猫的状态的概率分布是（死：活）=（1/2：1/2）"说的是观察者的主观认识，而"猫半死半活"说的则是猫的客观状态。老龚把这两个概念给混淆了，这才得出"太阳在没有人看时就不存在"的奇谈怪论。烙饼的香味给了我灵感，我终于摆脱了老龚的这一难题带给我的困扰。我不知道别人怎样评价我的这种想法，反正我自己理清了思路。

无论如何，此时此刻陈涛还活着。是睡着了还是昏迷了，我无从判断。我又走到老龚身旁，他睡得很熟，呼吸很均匀。我知道老龚一直神经衰弱，睡眠不好，可现在倒睡着了，莫非是烙饼的香气将他催眠了？我同样无从判断。我不忍心叫醒他，让他醒来便吃上期待已久的食物也是一种莫大的幸福。现在又有了问题，问题是我，我怎么办？今天我没吃任何东西，早已饥肠辘辘。还有做饭这一过程已唤起我不可遏制的食欲。现在我该怎么办呢？在陈涛和老龚无知无觉的情况下，我吃不吃"独"食呢？生要面临许许多多的选择，小到丢不丢弃一条脏手帕，大到放不放弃一个王位；就是说大人物有大人物雷霆万钧的选择，小人物有小人物无足轻重的选择，但在某种特殊情况下，无足轻重就完全成了雷霆万钧，比如我此时此刻的"吃还是不吃"的抉择，其意义和分量完全不亚于哈姆雷特的"是死还是生"的抉择。我承认自己是个小人物，是个俗人，小人物和俗人的特征是欲望总要占理性的上风。我吃起饭来，大口大口地独自吞咽，我的嘴巴和头脑分工合作，嘴负责将饭送到肚里，头脑负责找理由为自己的行为开脱。但在意识深处，我清楚任何开脱都是苍白无力的都不能将"小人"开脱成"君子"。"御花园"那个风雨大作的夜晚，我经历了人生两种截然相反的体验，我一方面得到了无与伦比的饕餮之足，另一方面，心灵上受到难以愈合的创伤。

十二

　　早晨雨停风止，明媚的阳光从窝棚窗口射进来，一扫昨天的阴霾景象。晚上睡得很好，很踏实，不用说与睡前吃饱了饭有关。吃饱了饭真好，吃饱了饭睡觉更好，吃饱了饭睡觉醒过来的感觉赛神仙，浑身每一个毛孔都舒畅，都消停，透着满足。

　　我醒来头一件事就是看陈涛，看他是否还活着。昨晚吃过饭我守护了他一阵子，后来实在困得不行，就睡了，一觉睡到大天亮。我是陈涛冒雨背回粮食的头一个受益者，蛇又咬了他，生死未卜，我不该只顾睡觉，我为自己未能尽责而感到内疚。我走到他的铺边上，心一下子提起来。我曾做过一次木箱里的猫，而这遭轮到了陈涛，他的死活决定于我的一瞥。这是多么残酷的一瞥。我简直就像一个刽子手回头一瞥他的刀下人那般把目光投到陈涛身上。呵，谢天谢地，他还在喘气，身上的被子随同他呼吸的节奏起伏，很微弱，却说明了他活着，我放下心来。伸手摸摸他的额头，仍然很烫，烧没有退。大概是我的抚摸给予他感知，他嘴里发出呜噜呜噜的呓语，像对我诉说什么。是说别担心，我还活着？我不再管他，又去看老龚，这一刻日光正透过窗子照在老龚的上身，聚光灯似的，我陡然发现老龚铺上换了一个人，一个陌生人：圆圆的一张大脸（老龚的脸是长形的），绽着光亮（老龚的脸像树皮般灰暗无光），这瞬间我惊讶得叫出声来。这叫声惊醒了睡觉的陌生人，他睁开眼，四目相对中我一下子明白过来：是老龚，不是别人，是肿了的老龚。我的心忽搭一沉。在劳改农场犯人本不把肿当成一回事的，一是大家都肿，再是一时半时死不了人，一旦补充上营养也就没事了。问题是肿与肿不同，有人是一点一点地肿，有人是突然肿，犯人都清楚突然肿是很危险的，十有八九没救。老龚一定是看出我的神色异常，问，老宣，你咋啦？我连忙掩饰，说，没什么，一切都好好的，老陈也没有事儿，还睡着。老龚朝陈涛看看，那陌生的圆脸现出让人无从揣摸的表情，说，不知他是睡着还是昏迷。我说，咬老陈的大概不是毒蛇吧，要是毒蛇老陈早就完了。老龚说，叫毒蛇咬了过十几天才死是有的。我问，为什么同样被毒蛇咬，有人立即死，有人拖几天死，还有人能活过来呢？老龚说，这与蛇毒的类型和中毒的程度有关。当然，也是因人而异的。生命力顽强的人活的希望大，老陈体质一向不错，也许他能坚持过来。我点点头，觉得老龚的分析是有道理的，从哲学上说就是决定事物状态的主客观两方面因素。我希望老陈能战胜毒蛇，同时也希望老龚能战胜水肿。我想老龚若能从镜子里看到自己的模样，他就会明白死神离他并不比陈涛遥远。我考虑是否把老龚的真实处境告诉他，可嘴张了几张终是没出声。我赶紧拿出昨晚烙的饼让老龚吃，老龚看见饼犹疑了一下，还是接了，他说你也吃。我说我吃过了。他又问陈涛吃没吃。我说陈涛那一份留着，等醒了就给他吃。老龚就吃起来，可刚咽下一口，就"哇"的一声吐了出来，我赶紧给他擦干净，又让他继续吃。老龚摇摇头，没说任何话，重新躺下了。当时我想：是不是老龚吃"草食"已吃得不接受"人食"了？但只是一念，我便否定了这种想法，我明白老龚已病入膏肓了，心里不由升起一股悲哀。

我走到门口，推开了门。眼前立刻呈一派让人魂惊魄动的景象，极目远望，昨日的沼泽地已变成一片茫茫大水，浩浩荡荡看不到边际，水面极平，日光照在上面反射出镜面样的光亮。"御花园"的田地庄稼已全被大水淹没，只剩下窝棚所在的高处露在水面上，我们的脚下成了汪洋大水中的一处"孤岛"。我不由感到惶恐，感到茫然，我慢慢收缩目光，将目光停在大水与"孤岛"连接的那条水线上，那里离我站立处只有几步距离。这时我突然大叫一声，啊，蛇——蛇——我惊呼着连滚带爬倒退回窝棚里。一定是我的声音太尖厉，老龚和陈涛都从铺上坐起来，一齐以惊疑的目光盯着我，刚醒的陈涛显得更为恐惧，两眼瞪得溜圆，嘴哆哆嗦嗦，蛇、蛇在哪儿？！我镇定了好一会儿方说蛇在外面。老龚从铺上下来，向门口走过去，陈涛也壮着胆子下铺，站在地中间，当他和走过来的老龚打照面时，他盯着老龚叫起来，你，你是谁？！老龚也怔了，一时不知怎么作答。陈涛又转向我，老宣，他，他……我向他使个眼色，嘴里说，老陈，你干吗大惊小怪的，他是老龚，老龚呀，你连老龚都不认识啦？老龚叹口气说，老陈的神志不太清。在我的不断示意下陈涛也很快意识到老龚是怎么回事了，忙掩饰说，我、我被蛇咬傻了。我们三人一齐走到窝棚门口。

蛇，不是一条也不是几条，而是数不清的蛇。蛇全部聚在水线上，下半身没在水里，上半身露在陆上，一条一条排成一大圈，就像水边筑起了一道五颜六色的箭状铁栅栏。我们三人过去都没见过这可怕的蛇阵，不由毛骨悚然，全僵在那里，一动也不敢动。

我，我完了，这遭完了！陈涛透着哭声嘟囔，蛇是冲我来的，找我报仇……我死定了……

我紧咬牙关不言声，可心里也极紧张：冤有头债有主，我是陈涛的同伙，蛇不放过陈涛也同样不会放过我。我并不迷信，不信鬼神故事，但动物不是鬼神，是活生生的生物，有灵性，有智力，羊和牛被宰杀前都会感知到末日来临，下跪落泪以求生。民间关于动物向人复仇的故事很多，不能说没有夸张，没有以讹传讹，但决不会完全虚假。眼下，任何人看了水线上排列有序的庞大蛇阵都不会怀疑它们是有目的而来。我感到一股阴冷的杀气从水边升腾而起，森森逼人。

我们完了，要倒大霉了。我在心里对自己说，同时将求援的目光投向老龚。

这都是些旱蛇，陆地上的蛇大多属于旱蛇。老龚说，大水淹了沼泽地，这些蛇不能在水中生活，必须寻找陆地栖息，就聚集到这儿来了。你们说它们不到这儿还能到哪儿呢？不是冲着谁来的，不是报什么仇，它们是求生。

求生？我和陈涛互相看看，又看看老龚，迎着大自然的亮光，老龚肿起来的脸像贴上去一层透明纸，白里透青，死人样的吓人，说几句话就累得不住地喘息。想想老龚的话也似乎有道理，但毕竟眼前的情景太阴森可怕，我仍然心有余悸。

老龚喘息了一会儿又说，万幸的是雨没继续下，要是水涨到窝棚底下，蛇就会一股脑儿钻进窝棚里来，那时……老龚戛然止住。

我的想象力却不肯戛然而止，我的眼前映现出千百条蛇缠绕窝棚的恐怖情景。我的嘴里呼呼直吐冷气。我下意识地转头看看陈涛，陈涛的身子摇摇晃晃，我赶紧把他扶住，问，你咋啦，老陈？

我，我不行了，陈涛有气无力地说，我发晕，头痛，蛇毒一定是跑到脑子里去了。

我要把陈涛扶进屋里。我也不想再面对这些可怖的蛇了。

等等，老龚伸手拦住，我看见他眼里的一抹亮光。他指指水边那排"蛇栅栏"，以命令的口气说，老陈，你从里面指出来咬你的那种蛇。

陈涛瞪着老龚，不动。

老龚严肃地说，老陈，这可是个机会，认出来我就知道是哪样蛇咬了你，有益处。

我明白了老龚的意图，觉得眼下确实是个机会，不应错过，便帮着老龚动员陈涛认蛇。

在我和老龚一再劝说下（最主要的还是人的求生欲吧），陈涛同意认蛇。我们三人紧靠在一起跨出窝棚门，极慢极慢地向蛇驻守的水线挪步。我感觉到陈涛的身体在剧烈地颤抖，他此刻的怯懦与往日捕蛇时的骁勇判若两人，真可谓是一朝被蛇咬十年怕井绳呵。我们肩并肩向蛇阵靠拢，这种怪异的冒险，我敢说是前无古人后无来者的，要不是我亲身经历，任别人说破天我也不会相信世间会有这等事。当我们走到离蛇阵三步远光景时我们立住了，这时已能看清蛇的模样。我轻声问老龚前面的这些蛇会不会蹿上来咬我们。老龚说关键是不要惊吓了它们，只要它们没觉察到有危险，便不会向人进攻。我又问老龚怎么能认出毒蛇无毒蛇。老龚说这可不是一时半晌能教会的，从头、形体、花纹颜色都能分辨得出来，不过最简捷的方法是看它的眼睛，看它的眼睛是凶恶还是平和，凶恶就是毒蛇，平和就是无毒蛇。我惊疑地问，是不是奇谈怪论？老龚说，不是。其实不仅仅是蛇，世上任何生灵（包括人）都能从它的眼睛里看出是善是恶有毒无毒。我说，人也有有毒的吗？老龚说，人毒最歹毒，伤人没救。老龚总是有奇谈怪论，到了这种时刻仍然不改初衷。老龚伸手指着正前方一条把头昂得高高的黑头褐身有红色窄横纹的蛇，说，这是条赤练蛇，属无毒蛇，捕食鱼、蛙、蟾蜍和蜥蜴，分布于我国从南到北几乎所有的地方。陈涛，就以这条赤练蛇向两边一条一条地看仔细。陈涛诺诺，将怯怯的眼光投向前面水边上的"蛇栅栏"，这时老龚就指点着蛇阵为我和陈涛介绍着蛇，看，这是乌风蛇，游蛇科，无毒蛇；这是黑眉锦蛇，游蛇科，无毒蛇；这是龟壳花蛇，又叫"烙铁头"，蝰蛇科，毒蛇。你们看它的眼是不是同别的无毒蛇不一样？不一样，陈涛说。不一样，我说。我们两个人的声调都有些抖，两眼紧盯着被老龚指出的那条毒蛇，生怕它一跃而起向我们袭来。恐怖中我听老龚问陈涛发现没发现咬他的那种蛇，陈涛说没发现。老龚说那就只有绕着窝棚往前找了。听老龚这么一说，我和陈涛顿时吓得目瞪口呆，两腿打颤。绕窝棚找蛇，实际上就是绕着蛇阵转圈，那状况就像检阅一支水陆两栖仪仗队一般，人与蛇可以说是擦肩而过，一旦有了事变就完全猝不及防又没有退路。老龚怎么能想出这样的主意？盯着老龚那张变形可怖的脸，我们一动不动。老龚见状只好作罢。他想了想，说前面没有，那就从窝棚后窗看有没有，反正得认出那条蛇来，不然不好办。这倒是一个安全可行的办法，我们立即响应，退到窝棚里，又一齐扒在后窗上往外看。看到的情景和在前面看见的一样，也是沿水线铺着一排五颜六色的"蛇栅栏"，这就意味着我们的窝棚已被蛇们团团包围住，包围得水泄不通。这种处境让我们不寒而栗。我看见了！陈涛突然凄声叫道，就是它！就是它！这瞬间我像突然被蹿上来的蛇咬了口似地跳了一下脚，用手使劲搂抱着一边的陈涛和另一边的老龚，此时陈涛的身体抖得更凶，眼睛里透出极度恐怖，好像这条被他认出的蛇会前仆后继为它的同类再咬他一口那般。老龚很冷静，朝陈涛指的那条蛇看看，然后说，把窗关严。

关严了窗，我们三人就倒在各自的铺上。都极累，我的心还在怦怦乱跳。我都记不起刚才是怎么倒在铺上的。陈涛比我更糟，他看着老龚，想问又不敢问，一副倒霉相。老陈，没事了，老龚说。陈涛一下子从铺上坐起，他怀疑耳朵听错了，问，你说啥？

你没事了，咬你的不是毒蛇，老龚说。他的精神已有些不济，说话有气无力。

老龚你，你不是骗我吧？陈涛仍不敢相信。

咳，我骗你干啥哩，要骗你还用得着费这么大的事儿吗？老龚说。

我问老龚，不是毒蛇，为啥老陈有中毒症状呢？

陈涛很警惕地听老龚的回答。

老龚喘过几口气后说，老陈是重感冒，昨天淋了雨，又以为叫蛇咬了，连惊带吓，主要是心理作用，就……据说癌症病人十有八九是吓死的。

我点点头，说，要是找不到这条蛇老陈没准也会……老陈，这遭没事了，放心吧。

陈涛仍将信将疑，又连着追问老龚是不是骗他，当他认定老龚不是给他吃定心丸，而是真真实实的，才完全解除了心理负担，顿时焕发出精神来，他拍拍自己的脑袋，说，噢，不晕了，也不疼了，真怪，人的心理作用怎么这么有效呢？

我觉得陈涛被蛇咬就像出演了一场悲喜剧，让人哭笑不得，我问老龚咬陈涛的究竟是什么蛇，这时老龚已合上了眼，他闭着眼回答说，那是条滑鼠蛇，游蛇科，无毒……

说着老龚睡过去了。

这时陈涛想起我昨晚烙饼的事，问，老宣，我真的饿透了，饼烙出来了吗？我把饼拿给他，他就坐在铺上狼吞虎咽起来，我知道这与昨晚是完全不同的，昨晚他是为死而吃，现在则是为生而吃了。老陈吃饭的时候我心里老装着一件事：蛇将要把我们围困多久呢？

<h1 style="text-align:center">十三</h1>

或许人们会以为下面将是一场人与蛇之间惊心动魄的故事了，这不对，没有什么惊心动魄。"惊心动魄"这四个字历来都不属于我们犯人。当全国数十万之众的知识人几乎在同一个时刻被宣布为敌人被送进监狱或劳改农场时，有谁说过这是一个惊心动魄的故事？当饿得濒死的犯人为死去的狱友挖掘墓坑口中唱着"……挖呀挖，今天咱们埋别人，明天别人埋咱们"的歌谣时，又有谁说过这是一个惊心动魄的故事？说到底，就算我们"御花园"的三个犯人在与群蛇的搏斗中被咬死，也不会被认为是什么大不了的事情。尔后人们提到时只会平平淡淡地说一句：三个犯人被蛇咬死了。就这样。

老龚睡觉（或许是昏迷）的时候我和陈涛倚在各自的铺上想心事。有道是"人心隔肚皮"，是说谁也不知别人心里是怎样想的。但此刻我和陈涛都知道对方在想些什么，就是怎样渡过眼前这一关，包围我们的大水和蛇什么时候能退走。陈涛解除被毒蛇咬的恐慌后确实兴奋了一阵子，但很快，兴奋消失了，脸上布满了愁云。咬他的那条蛇自然已不在话下，可大批蛇正盘踞在窝棚的四周，"蛇"网恢恢，疏而不漏，躲过了初一还能躲过了十五？我和陈涛都感到自己的命运未卜，或许已到末日。

天快晌午时老龚醒来，说要喝水。我连忙从暖水瓶给他倒，可提起水瓶发现空了（昨晚剩下的水让陈涛吃饭时喝了），我对老龚说稍等，立刻烧水。而我去水桶装水时发现水桶也是空的。那时我的脑子还未反应过来，提起水桶要去窝棚后面的井里打水，但走到窝棚门口时我的头轰的一声炸开，完了，我们完了。我心里绝望地叫道，是习惯害死了我们。平日我们没有储水的习惯，随用水随从井里提。现在水桶空了，水井被大水淹没，而周遭森森大水又被蛇据守着，无法取来。这时陈涛和老龚也从我的惊恐中明白了我们的处境：我们断水了。

置身大水当中却须面对干渴，与大水近在咫尺却像隔着万里之遥，谁能说这不是倒了八辈子霉的人才会遇到的事？望着水线上密密匝匝的蛇我似乎觉得这一切都是囿于预谋，囿于天意。我们束手无策。

退回窝棚，放下水桶，倒在铺上我闭上了眼睛，一种从未如此强烈的心灰意冷袭上心头。奇怪的是这时我竟又想到了上帝，想到《圣经》中记载的一个故事（我在上大学的时候读过《旧约全书》）：摩西和他的希伯来族人被埃及法老的军队追赶到红海边，在这危急之时摩西向他的上帝求援，上帝施法力劈开了海水，让摩西带领他和人民从海底逃出了埃及。对于希伯来人上帝总是这么万能又无所不在，可对于我们中国人，上帝却总是销声匿迹。我想如果上帝真的全知全觉又大慈大悲的话，就应该劈开"御花园"外面的大水让我们这三个可怜的犯人逃生。我这么胡思乱想时听老龚和陈涛在探讨着从外面大水中取水的办法，办法想出了许多，可要么无法实施，要么不可实施。比如用一根长杆挑起衣裳，从窗口伸进水里浸透，然后挑回衣裳从中榨水。这办法可行，但无法实施，因为窝棚里找不到足够长的杆子。这办法只能被搁置。再比如用一根绳子系着水桶，从窗口将水桶扔进水中，然后将水桶拖回，桶里总会存留一些水，这办法同样也有合理性，问题是没有可行性，因为拖水桶经过蛇阵时必然会惊扰了蛇，被惹怒的蛇会向窝棚发起进攻……这时我一下子从铺上坐起，说我有办法。老龚和陈涛一齐看我，我说我们还有半桶煤油，用布浸上点着扔到窝棚门外，把蛇烧跑，烧出一条通往水边的通道。说出口我便明白这更不是个好办法，我这么说更多的是出于对蛇的义愤，果然老龚和陈涛都摇头否定。

我们于干渴中谋划着解除干渴的办法，尽管绞尽了脑汁，最终也没有找到什么良策。没有水的后果是清楚的。没喝的，也没吃的（连饭也做不成），唯一的希望寄托天上下雨，接雨水饮用。但这又会产生新的问题：下雨会使包围我们的大水继续上涨，水上涨蛇又会更逼近窝棚，最后终归会与我们争夺窝棚栖身，那时的情景是连想都不敢想的。福兮祸所伏，祸兮福所倚。我们像走进了一个生死迷宫，刚找见一条生路，又随即被堵死。

俗话说：天无绝人之路，我相信这句话，老龚说。我发现他的脸似乎更"胖"了，"胖"得把眼都挤成一道缝。他喘息了一会儿，又说，只要努力就会绝处逢生，我给你们讲个故事吧。

我和陈涛相视着摇摇头，都什么时候了老龚还有心思讲故事。

这是一个外国故事，发生在巴拿马的丛林里，老龚说。由于缺水，他的嗓音沙哑：一个叫特里的总工程师带一伙人在丛林中勘探，晚上他们睡在各自的睡袋里。早晨总工程师特里和助手瓦尔加斯及印第安人向导起来，发现工程师艾尔还睡在睡袋里，特里便走过去喊他。走到近前，特里发现艾尔大睁着眼，并且眼珠拚命地转动，他的脸像柴灰一样灰白，他的嘴动了动，吐出一个字来：蛇。

啊，蛇，蛇，又是蛇！陈涛嘴里嘟嘟噜噜。

听老龚说下去，我说。

特里的眼睛顺着艾尔的目光，朝他肚子上的一团东西看去，顿时全身血液凝固了，他看见艾尔的前胸上卧着一条很粗很丑的蛇。特里不敢出一点声，那条蛇随时会进攻。他一点一点地退了回来，他把看到的情形和瓦尔加斯、印第安人向导说了，两个人都吓得张口结舌，但为了救艾尔，特里三个人又朝艾尔走过去，踮着脚尖，像踏在羽毛上一般。他们默默地朝睡袋里的蛇看去，发现那是一条巨蝮——世界上最毒的蛇。瓦尔加斯伸手取枪，但艾尔的眼睛从左转到右又从右转到左，意思是：不要这么干。瓦尔加斯立刻明白，要是一枪打不中蛇头，蛇就会咬艾尔。他没敢放枪。但有什么办法能把毒蛇从艾尔身边驱逐出去呢？谁都没这方面的经验。人和蛇就这么僵持着，谁也不敢轻举妄动。突然印第安人打破寂静，吐出一个字：烟。他装出抽烟的样子，为了告诉他们他的意思，他在地上画了一个睡袋的轮廓，又拿出刀子，做出扎破睡袋的样子。特里和瓦尔加斯明白了，印第安人的意思是说在艾尔的睡袋上开一个洞，用烟把蛇熏出来。特里觉得可以试试，便绕到艾尔的脚下在那里用刀将睡袋开了一个橘子大小的洞,这时印第安人和瓦尔加斯在远处点起火来,用一只工具袋从火上储足了烟,然后来到艾尔身边,将烟袋靠在睡袋的洞口处。很快,艾尔的脸周围烟气缭绕,熏得两眼直流泪,突然蛇扭动了,它在动了。特里他们迅速跑开,等蛇从睡袋里出来。可不久烟消云散了,蛇不动了,它又在艾尔的肚子上安定下来。特里他们气坏了,急坏了,可没有一点办法。这时日头升高了,艾尔满脸大汗。特里见状突然想到艾尔曾对他说过的话:蛇是冷血动物,体温会随着周围的气温而变化。蛇的体温升起来很快,在丛林烈日下晒半个小时就会晒死。这时特里知道该怎么办了。他招呼着另外两个人一起将睡袋上方的防雨篷皮揭掉,让太阳光直晒在睡袋上。毒辣辣的阳光照射着艾尔和睡袋,艾尔紧闭着眼,一副半死的模样。艾尔能顶得住吗?"只要再坚持一下。"特里为他祈祷着,瓦尔加斯和印第安人也在祈祷。蛇终于扭动了一下,阳光起作用了。特里他们奔进丛林中,向这边窥望,只见蛇扭动并弓起了身子,又平躺下来,接着它慢慢向艾尔的脖子游去,艾尔的脸颊边突然冒出一只凶恶的、沉甸甸的蛇头。蛇的脑袋来回摆动,然后那褐色丑陋的蛇身从睡袋开口处游了出来,它从艾尔的脸边滑行过去,并向附近的树丛游去。特里他们赶紧把浑身湿透的艾尔从睡袋里拖出,给他喝了水,将他放在一张吊床上,他几乎立刻就睡着了……睡着了……

老龚也睡着了。

如果在过去,老龚讲述的这个故事会吓得我毛骨悚然,但此刻——我们被成百上千条蛇围困的此刻,我的神经已经麻木,我只是在想:蛇已经使我们恼恨透了,老龚为什么又雪上加霜给我们讲蛇的故事呢?

老龚讲这个是什么意思呢?陈涛问我,是说任何时候都不要冒犯蛇吗?

我摇摇头。

是说外国人和我们一样对蛇心有恐惧吗?

我又摇摇头。

沉默。

这时日光从窝棚门直射到屋里来,天晌了。我觉得饿从中来。我问陈涛饿不饿,他说饿。我说那只有吃生面了。陈涛点点头。我们从铺上下来,开始用餐(多么文明的说法呵!)。从粮袋里抓出生面往嘴里塞,用唾液将生面拌湿往肚里咽,开始还行,后来怎么拌也拌不湿了,干面呛到嗓子眼里,呛得不住地咳嗽,眼泪都咳出来了,只得作罢。望着门外的泱泱大水,我们真他妈的无可奈何。

老宣,你说人活着有什么意思呢?陈涛突然蹦出这么一句。眼没看我,直勾勾盯着窝棚顶。我吃了一惊,惊的不是他说的什么,而是这一刻我脑子里也转悠着这一个问题。我也在想人活着真是没劲。从早晨开始,我便发现我们俩的思维几乎完全同步,都好像钻到对方心里头看了看,这究竟是怎么一回事?我只听说孪生弟兄之间的思维有同步现象,而我和陈涛不仅没有血缘关系,还一个山东一个陕西,南辕北辙。我们唯一共同之处是都是劳改犯人。

我说,人和人也不一样的,有人活着是受罪,有人活着是享福,享福的人就活不够。

陈涛点点头。

我又说,像我们这类人一死了之倒真是一种解脱。

陈涛再点点头,无疑我是说到他的心里去了。

又是沉默。

老宣,你说,要是我们死了,我们这一辈子到底算怎么回事呢?陈涛问道。

什么算怎么回事呢?我一时不解其意。

换个说法,要是我们死了,别人会怎么为我们写悼词呢?

悼词?你可真会造句,放心吧,不会有人为你和我写悼词的。我冷冷地说,说这话时我的眼前闪现出一大片杂乱的坟墓,那里长卧着无以数计病饿而死的知识者犯人们。

我知道。我是说假如,假如总是允许的吧?陈涛很固执。

现实中是没有假如的。我比他还固执。

老宣，你说得不对，假如……

假如个毬哩！不知道怎的，一股无名火突然蹿上我的心头，我恶狠狠地盯着陈涛，劈头盖脸地臭骂着，假如你他妈的早出生十年，跟着刘志丹闹革命，你今天就有的师长旅长的当当哩；假如你他妈的不想三想四出来读大学，你今天还在陕西"老婆孩子热炕头"哩；假如你他妈的当初发言没漏了那句"陕北人民从心里想念毛主席"，你就成了反右分子，运动后能弄个主任副主任的干干哩；假如……假如是想多少有多少哩，想多么好有多么好哩，可现实是怎样呢？你不仅没当上师长旅长主任副主任，倒是当上了反动派劳改犯人，你还有什么话说呢？！

陈涛被我骂懵了，用盯蛇的那种眼光盯着我，直到我住口，他的嘴唇才鼓了鼓，你，你……

我不吱声了。

你，你咋啦？我，我惹你了吗？……陈涛仍然盯着我。

我摇摇头。我说，老陈，对不起。

陈涛叹了口气，也不吱声了。

窝棚里的光线起了变化，由明亮变暗了。天阴了，乌云遮住了太阳。我和陈涛对对眼光，都告诉对方：要下雨了。

这现实让我们惶惑。突然一道闪光将窝棚内外照亮，雷声迅即从天而降，这是春雷，春雷总是一鸣惊人，不同凡响，像要给人某种警示。

雷声唤醒了老龚。我和陈涛靠到他的铺边，关切地看着他。抑或是一种错觉，我觉得老龚的脸一分一秒都在增大，一张本来和善可亲的脸变得很怪异很狰狞。

场部来人了吗？老龚睁开眼即问。

我和陈涛摇摇头。从一开始我们便盼着场部来人，解救我们于危难之时，但又清楚这不可能，场部不会想到沼泽地会储起这般大水，更不会想到蛇会出来作祟。

我好像看见黄管教、陈管教还有于管教……我和陈涛只是听，不作声。

雨下来了，声音很响，我和陈涛不约而同走到门口，只见雨帘将整个天地间迷蒙住，闪电起时才撕开一道缝隙，我们极担心雷电雨会激起蛇的愤怒。静观了一会儿，没有异常动静，蛇还据守在水边，只是暴雨将它们的队形冲得有些凌乱。

我回屋拿出水桶接雨。不论以后会出现什么局面，水解决了是个大问题，我们感到一丝欣慰。"生活总是有问题的。"这是我在一本书中看到的一句话，我很赞同这一精辟之见。人不能一下子解决所有问题，即使都解决了又会有新的问题产生。操他妈，该死该活鸟朝上，先吃饱喝足再说，我这么想。日他婆姨，今朝有酒今朝醉，管他明日死与非。陈涛再次与我"心往一处想"了。老龚没有反对的意思，默默地看着我和陈涛。我们立即行动，开始做饭，陈涛点煤油炉子，我和面，用刚接到的雨水和面有一种与上苍十分接近的感觉，呈一种天人合一的境界。事实上不正是这样吗？也许我们即将由脚下这块方寸尘界腾起升往宽广灿烂的天界。做饭的过程是宁静的，吃饭的过程也是宁静的。我和陈涛轮流喂老龚稀粥。老龚像吃药般往肚里吞咽。我们都清楚这"最后的晚餐"具有一种怎样的性质。雨继续下着，天完全黑了。我们点上油灯，将窝棚的门窗封死，将墙上的每一道缝隙堵死。这是做水没窝棚的准备。一旦出现这种情况，让蛇只能攀附在窝棚外部，进不到里面来。当然这仅是我们的一厢情愿，窝棚破败不堪，千疮百孔，蛇又是无孔不入的。我们这么做说到底是一种"尽人事"之举。后来我们就一齐倒在铺上。

喝了一点粥，老龚的精神好些了，话也多了，他问我和陈涛读没读过英国作家儒勒·凡尔纳的《八十天环游地球》那本小说。又来了。我和陈涛苦笑笑，到这般地步这龚老夫子还谈什么外国小说，让人难以接受。我们回答了他，读过。老龚说船航行在海上没有了燃油，菲里斯·佛格便买下了那条船，拆下甲板以充作燃料，最后终于把船驶到港口。我记得这个情节，曾很为菲里斯·佛格的机智与气魄折服。老龚接着说，这个情节给了我启发，一旦水上涨到窝棚根，我们可以把窝棚拆了，造起一个木排。木排？我和陈涛眼一亮，这真是一个绝妙的好办法，造起了木排，还愁从大水中出不去吗？我们十分兴奋，眼前似乎现出一条金光灿灿的生命通道。但这条通道须臾间便堵塞了，黯淡了，老龚忽略了最可怕的现实，即蛇的存在。当木排造好了漂浮在水面上，那些该死的蛇还会谦让什么吗？它们会一拥而上抢先占领。难道人蛇能够同舟共济？（这时我想起了老龚讲的青蛙背蝎子过河的故事。）我们否定了老龚的拆屋造排的设想，有理有据，老龚也无话可说。

窝棚外面的黑暗世界响着排山倒海的水声，我们有生以来从未像此刻这样对水声充满警惕，充满了恐惧和恨意。水声像一曲挽歌，将我们的末日铿锵奏响。想想人真是可悲，不可救药，千苦万难活得如猪如狗，可一旦望见了死神，却惶惶退缩，硬是不愿舍弃这条卑贱的命。就说我们劳改农场，死人的事是经常发生的，大多死于病饿，也有的是逃跑被子弹击毙的，但很少有人自杀。自杀率本应最高的地方实际情况却是相反，连我们自己都感到羞愧。活下去，总会有出头之日的。大概这就是照耀我们、温暖我们身心的希望之光。就是说我们活着不是为了今日，是为了明天。

老龚、陈涛和我还会有明天？

今天是几号了？老龚突然问了这么一个问题。

我和陈涛相视一下，都摇摇头，答不出。我们一向忽略时日，因为对我们没有什么意义。

我讲，大概快过端午节了吧？

陈涛说，不到，起码还有一个星期。

我说，小时候最爱过的节一是年，二是端午节，有鸡蛋和粽子吃。

陈涛说，要是雨能停下来，咱今年就好好过个端午节，我保证叫你们俩吃上鸡蛋和粽子。

我不以为然，说，去偷？去抢？

陈涛说，不用偷，不用抢，会有人送上门。

我说，胡吹。

陈涛说，我老陈不是吹牛皮的人，真会有人给我们送，怕只怕……

我替他说下去，怕只怕咱们没有福气吃上，是不是？

陈涛点点头。

我说，能不能吃上是一回事，有没有的吃是另一回事。你说真的会有人给咱送吗？

陈涛说，真的有。我转向老龚说，老龚，你听见了，到时候吃不上咱找老陈算账。

老龚说，行，咱等着吃老陈的鸡蛋和粽子。老陈，可得言而有信呵！

陈涛夸张地拍拍胸膛，我保证。

都不说话了。大家又一齐倾听着外面的雨声。不是别的，是雨牵动着我们全部的神经。雨声仍然很响，像不远处有一道瀑布向下跌落。我们的心也不住地往下跌落。

这个夜晚我们是无法入睡的。

过会儿陈涛又提起话头，说，端午节我想起《白蛇传》那出戏，白蛇在端午节那天现了原形，是因为许仙让她喝了雄黄酒。说明蛇也有忌讳的东西。咱们能不能想个办法将蛇驱走呢？

用酒吗？我说，可我们没有酒。

用煤油，陈涛说，绕窝棚边浇上一圈，煤油味儿烈，它们就不敢往里面钻了。

这办法可行，老龚赞同。

不知从什么时候起，老龚的话在"御花园"具有了某种权威性，大概是因为他的知识渊博，值得信赖的缘故吧。此刻老龚说用煤油驱蛇可行我和陈涛就立刻行动，我们争先恐后去拿煤油桶。

但煤油桶空了。我和陈涛傻子般钉在地上。希望——破灭，再希望——再破灭，这几乎成了我们命运的铁定公式，这究竟是怎么啦？！

该诅咒的蛇！陈涛眼冒怒火。

诅咒？我冷丁一怔。

该诅咒的蛇！陈涛又重复一遍。

诅咒？哦，我记起什么了，记起了什么呢？稀奇古怪，我记起我的爷爷对付"老黄"的那桩事了。是在我七八岁的时候，那一年冬天南山上的"老黄"泛滥成灾，每到夜晚就成群结队到山下各村骚扰，见鸡咬鸡，见鸭咬鸭。百姓恨之入骨，却又无计可施。后来是爷爷提出由他来驱除"老黄"？他说他从一位道长那里学了驱赶鬼怪异类的十字真言。村里人就请他驱除"老黄"，那天黑下爷爷躺在炕上一遍一遍朗念十字真言，从天黑念到天亮，果然没听见"老黄"进村的动静。从此以后村里再也没见到"老黄"的踪影。想起爷爷的这段功德事，我顿时升起效法他驱蛇解难的念头，这念头一发而不可收，真有点走火入魔的样子。我本来打算将我的想法与老龚和陈涛说，后来想想便作罢。我只是说头疼想睡觉。接着我便用被子蒙起了头。我在被窝里温习爷爷曾教我的十字真言。我自信不会忘记，也果然就是没忘。当记准后我便集聚起意念，默念起十字真言：奄叽咪辟痴吧哑哇讹啶，奄叽咪辟痴吧哑哇讹啶……我一遍一遍地默念，无休无止，也无限虔诚。这时我的精神上又呈现出那种天人合一的境界。不知念了多久，不知不觉睡着了，将十字真言、蛇、生与死及所有的一切都丢到爪哇国里去了。

十四

到现在我也不知道是不是我祖传的十字真言发生了灵验，奇迹是实实在在出现了。早晨起来我们发现围困"御花园"的蛇一条也不见了，像接到什么总号令似的，撤退得无影无踪。陈涛和老龚惊奇，我更惊奇，我又一次想把十字真言的事对他们讲，想想还是作罢。说心里话，昨晚起意用十字真言驱蛇也是迫于无奈的"有枣没枣打一杆"，不想竟奏了效。当然这么想时心中还有疑惑：也许起作用的并不是十字真言，而是冥冥中其他的什么因素吧，但不管怎么说，威胁着我们的蛇逃遁了，这使我大有从死神手中脱逃的感觉，轻松无比。

只是老龚不行了。

沼泽地里的大水也于三天之后退去了，这么大的水说退就退，同样使人感到神秘。浩劫后的沼泽地一片疮痍。

这三天老龚大部分时间处于昏迷状态。我和陈涛轮流守护着他，就在大水退去的那天早晨他醒过来，这次醒的时间很长，精神也显得很好。他说想吃一点东西，我赶紧烙饼，怕他咽不下去又做了粥。他吃了饼又喝了粥，尽管吃的喝的都很有限，但没有吐出来。我们很高兴，也很担心，我暗地里对陈涛说老龚大概是回光返照，要严加注意。我可以说的只有一句话，就是这三天是我生命中最黑暗的三天，是噩梦中的噩梦。

我不知道老龚对自己是否有预感，如果有的话，那么他对自己的死就看得很淡，他和我们说一些事情，都不是些重要事，多是些即兴的，想到什么说什么。我忍不住问他知不知道自己得了什么病。他说知道。我问是什么病，他摇头不答。后来他像突然想起了什么，把头转向陈涛，说，老陈，你还记得问我那个蛇会不会毒死自己的问题吗？陈涛说记得。老龚说，我已经找到答案，现在可以告诉你了，蛇不会毒死自己。为什么？我和陈涛同时问道。老龚咳了几咳，他说他太累了，想再睡会儿，他立刻睡着了。这一睡便没再醒过来。

老龚死了。

后来我们问了时日，老龚死这天是端午节的前一天。

依着我和陈涛，本想把老龚葬在"御花园"附近的沼泽地上，这里离我们近，我们一早一晚都可以来陪陪老龚，另外这里又是老龚熟悉的地方（又岂止是熟悉？），但场方驳回了我们的意见，理由是大场有专门掩埋犯人的地方，一切都应该规范，井然有序。我们就不再说什么，又提出由我们两人送老龚去十里之外的犯人墓地，这个场方同意了。"御花园"有一辆板车，是秋收后往大场送粮食用的，现在我们用它来运送老龚，我们在车上铺上老龚的全部被褥，将穿了全部衣裳的老龚放在上面，这时的老龚完全像一个大腹便便的"阔人"。我们拉着这位"阔人"离开了"御花园"，穿越泥泞无比的沼泽地。天快晌时才望见了黑河边上的犯人墓地。那是一个青草茂盛的小山岗，我们拉着老龚走上了松软的草地，这时我的心里突然生出一种怪异的联想，是有关生物链的联想：草从地里生长出来，被牛羊吃到肚里，人又把牛羊吃到肚里，人死后埋于地下又被草类吸收。这就是三点一圆的生物食物链，亘古不变。但"阔人"老龚改变了这一点，他取消了一个中间环节，他直接吃草，然后把身体又归还于草，谁又能说这不是一种伟大的创造？

尽管我们的条件有限，但还是尽其所能把老龚的后事做好。我们挖了一个很像样子的墓穴，小心翼翼将老龚葬下，然后又在上面堆起了同样很像样子的墓丘。墓丘比周围的墓丘高出许多，用意不在于使老龚卓尔不群，而是便于我们记忆。也许有一天我们将把老龚的家人带到这里，那时我们不费力地直奔老龚的墓前。我们为老龚烧了纸，只可惜不是正宗的烧纸。陈涛果然言而有信，将鸡蛋和粽子供在老龚的墓前。事实胜于雄辩，一贯吹吹呼呼的陈涛那晚说让我们吃上鸡蛋和粽子不是虚妄之言，后来陈涛说了他和那个送东西的农民间一段生死之谊，在此权且不赘。殡葬的仪式简而又简，之后我们便在墓前久久默立，大概这是人生最肃穆的时刻，我们回忆着和老龚相处的那些时光，想着老龚颇有些荒诞不经的言行，同时也感念着他对我们兄长般的友情。这时候我们又听到了水声，不是"御花园"外面惊心动魄的水声（我终于忍不住说出了"惊心动魄"这四个字），而是山冈下面那条叫作黑河的流淌声。那流水像在呜咽，我们都想哭，但终于没有哭，哭泣与欢笑同样都不属于我们。不知怎的，置身于这大片埋葬客死他乡者的坟场，我和陈涛的思维再次出现同步：我们想歌唱，想放喉高歌。我们不约而同唱起了那天在沼泽地轰蛇曾唱过的那首《校歌》，更不可思议的是我们又同时改动了一个字。我们唱起来了，一遍接一遍地唱着：

> 黑河之滨，
> 集合了一群
> 中华民族优秀的子孙
> ……

（原刊于《收获》1998 年第 4 期）

小姐你早

池 莉

一 女人的顿悟绝对来自心痛的时刻

黑的夜亮了。戚润物一步一步走进这五彩斑斓的亮夜里，压抑在心窝子里的泪水便无法遏止地泛滥起来。

国内贸易部国家物资储备局设计院粮食储备研究所的副研究员戚润物，在她缓缓步入"麦当娜"夜总会的时候，她眯缝起了她的泪眼。她心里无比难过地想：她踏在一百多年前的灯光上。可是，这灯光已经不是那灯光。电灯的最初发明者戴维爵士在一八〇二年向往与创造的是在某一段时间里获得照亮黑暗的弧光，一八八〇年的爱迪生十分明确的理想就是延续白天驱逐黑暗，一九九六年的人类却已经是那么地居心叵测，利用灯光的目的是使黑暗更加黑暗，使原本单纯的黑暗变成复杂的糜烂的黑暗。戚润物展眼望去，"麦当娜"灯具的形状是各种各样的，颜色是各种各样的，所放置的地点也是各种各样的，一切都是那么明显地居心不良。这黑夜的亮是那故意的亮，是那暧昧的亮，是那挑逗的亮，是那诱惑的亮，是那放肆的亮，是那虚伪的亮，是那不洁的亮。人们要这种亮夜做什么？戚润物悲愤地暗笑了一笑：男人。这是男人们要的夜。她猜测设计"麦当娜"灯光的一定是男人。戚润物扬了扬手，一个侍应来到她的身边。戚润物先要了两个小点：一个开心果，一个糖豌豆。侍应很高兴。接着戚润物装出漫不经心的样子，问道："你们夜总会设计得很不错，尤其是灯光。你一定不知道设计者是谁吧？"

侍应说："怎么不知道？阿虫是很有名的设计师啊。"

戚润物说："阿虫是男的还是女的？"

侍应说："是男的，哇，我很崇拜他的。"

戚润物说："好了，你可以走了。"

男的，男的，男的。戚润物心痛地想：男的男的男的。在戚润物四十五年的人生过程中，她突然地遭遇了一个问题，在一九九六年的春天。这个问题就是：男的。

在此之前，当然是王自力与白三改的事情发生之后，戚润物一连躺了两天，不吃不喝，就那么仰面躺着，茫然地望着空中。后来李开玲实在是着急了，对戚润物说："戚老师，你这样折磨自己是何苦来着？王总可没有苦自己，人家夜夜都在夜总会潇洒。"

"潇洒"和"夜总会"这样的词汇在戚润物看来并不陌生，它们繁茂地生长在电视里、报纸里和人们的口语中，但是戚润物从前还真没有把它们当一回事。戚润物从来不去夜总会潇洒。这几年，我们国家的粮食年年大丰收，年年有大量的粮食霉烂在仓库里，这就使得戚润物的研究工作遇上了特别好的时代机遇，她的科研项目研究和论文发表都得心应手，由此顺利地成为全所最年轻的副研究员，眼下已经填表申报了研究员。研究员意味着什么？意味着通常老百姓所说的国家一级教授，这是我们国家给予知识分子的最高级别，象征一个人的事业达到了较高的峰巅。戚润物目前正是很潇洒的时候。眼看着我们的粮食还在大丰收，而粮食一般却只能储藏三年，但农民的粮食国家又不能拒绝收购，否则就严重地打击了农民种粮的积极性，国务院的领导们都急得挠脑袋了。在北京的一个专家会议上，国务院一位副总理站起来给大家敬礼，对他们说：我拜托了！斯时斯刻，戚润物在座。副总理的一句话使戚润物感动得热泪盈眶。戚润物抓住了这个时机，猫着腰勇敢地走了过去，轻轻地坐在副总理身边，咔嗒，一道耀眼的闪光，这是戚润物的傻瓜相机在动作，戚润物成功地单独与副总理合影了！无疑这是具有历史意义的人生时刻。戚润物与副总理的合影被最大限度地放大，之后嵌在一只定做的精致的镜框里，挂在戚润物家客厅的最显要的位置上，人人来了人人都要仔细端详一番。多少人羡慕戚润物啊。能够与国家副总理单独合影的人是什么人！世界上又有几个人能够获此殊荣！戚润物真的是觉得自己现在生活得很好，很潇洒，很有意义，很繁忙，很充实。一切都很好的戚润物当然知道她的丈夫王自力有一部分活动在娱乐城里，因为王自力在做生意，而且他也是身不由己，他是市政府委派到某公司的总经理，对于党的信任，你有什么办法呢？惟有勇往直前。几年来，戚润物只是从理论上也只愿意从理论上知道做生意的人总不免要有吃喝玩乐的应酬。说实在的，戚润物一向没有把吃喝玩乐的生活放在眼里。什么档次！

但是，就在一九九六年春天的这么一天里，李开玲的话忽然非常具体非常生动地把现实拽到了戚润物眼前，遥远的云朵原来是一只风筝。戚润物饿得发绿的眼睛突然从混沌的状态变得恍然大悟，继而黑白分明，继而精光灼灼。戚润物当时就挣扎着爬了起来，坚定地迫不及待地说："我要吃饭！"

戚润物静静地坐在"麦当娜"夜总会的二楼，挑的是一张最不起眼、观察角度却是最好的小桌子。她慢慢地嚼着果子，让"麦当娜"夜总会这种亮的夜在她眼前徐徐经过。戚润物这是第六次来到"麦当娜"了，对夜总会一次比一次熟悉。除了她那永远流不尽的女人泪水永远证明着女人的幼稚之外。这是没有办法的事情。眼泪就是女人之水，戚润物自己无法控制它的表达。

在"麦当娜"的六次，戚润物有三次发现了王自力。王自力和所有男人一样，以大大咧咧的主人翁姿态走进来，敞开西装，半歪半躺，十分地放松，就像在自家后院里晒太阳。坐台小姐过来，要么倚在他的身边，要么坐在他的膝盖头，她们半跪着给他点燃香烟，当他有兴致的时候他就一遍又一遍地将火苗吹灭，没有兴致的时候便让小姐一次点燃算了。王自力唱卡拉OK的水平已经很高，高到了令戚润物惊讶的程度，因为王自力原本五音不全，十几年来从来都羞于唱歌。在戚润物的印象中，那还是早些年的时候，王自力最多在洗菜的活动中，趁水龙头放得哗哗作响之机，从喉咙深处细细地挤一点点歌声出来。当然，现在的王自力还是谈不上会唱歌，但是胆量之大可能是第一流的了。他公然敢与歌喉训练有素的小姐对唱"我的思念是无法触摸的网，我的思念不再是决堤的海，为什么总在那些飘雨的日子，深深地把你想起"。这种有拖腔的柔情歌曲把王自力有先天缺陷的情感和嗓子都暴露得一览无余，王自力却还懵懂无知，气壮如牛。尽管灯光是迷蒙的，陪唱小姐的无奈和应付还是被戚润物看了一个清楚，她简直为王自力感到羞愧难当。她完全迈不开脚步去质问王自力。

戚润物眼中已经没有王自力了，她看见的是许多男人，是王自力们。王自力们一进夜总会就像进了男人的澡堂子，松松垮垮，摇摇晃晃，打酒嗝，乱抽烟，瞎跳舞，胡唱歌，摸小姐，随便吐痰，就地撒野，完全是天不管地不收不招人爱不惹人疼失去了蓬勃生命活力的行尸走肉。戚润物发现了这一点，她的心疼痛得直哆嗦，比她发现王自力与小保姆在一起的时候更加疼痛。因为她是鼓起勇气来寻找王自力，来了解王自力的，结果她发现王自力已经根本不值得她计较。王自力已经腐烂。而在此之前，戚润物还在爱着他，他是她的丈夫，是她孩子的父亲。其实他已经什么都不是了。正如"麦当娜"，它哪里是麦当娜？整个夜总会表面繁花似锦，实际虚张声势；罗马柱看上去似汉白玉，其实是泡沫；地板号称大理石，其实是塑料；楼梯的扶手上油漆斑驳，沾满无数脏手的污垢；屋顶和窗帘上灰尘累累，提供夜点的小碟不是油腻腻的就是有破损的，穿着制服的保安开口全是乡下土话，指甲缝里积满了黑色的污垢。正如现在的男人，他们哪里还是男人？除了怀里揣着大把钞票之外，他们没有了挺直的脊梁，没有了堂堂正正的仪表和神态，没有了对女性最基本的爱惜、尊重和礼貌，没有了责任、信诺和豪气。他们既没有从前男人的勇猛、忠诚、淳朴和强劲的生命力，也没有现代男人的文化、优雅、含蓄和永不消失的青春感。这就是为什么戚润物的泪水一次又一次无尽流淌的根本原因所在。戚润物从王自力身上发现了其他男人，又从其他男人身上更深刻地发现了王自力，她恐惧地认识到王自力已经发展到了某一地步；也正如她从一个夜总会发现了当下的中国，又从当下的中国更深刻地发现了夜总会，她恐惧地认识到如今中国的转型期或者说社会主义初级阶段已经混乱到了某一地步。现在盛行的是简单的摹仿和抄袭，弄得城市不像城市，乡村不像乡村，新也不新，旧也不旧，饱也不饱，饥也不饥，说落后也不落后，说先进也不先进，说爱爱不起来，说恨恨不下去，一切都似是而非，缥缈无根。戚润物不再想找王自力了。她的心膨胀得无比巨大，怦怦跳动的是对眼前一切的质问和批评。而戚润物实际能够做到的是：坐在二楼角落的小桌子边，呆呆地坐着，一把鼻涕一把泪。男人糟透了，女人只有哭。

最后，哭着的戚润物终于获得了顿悟。获得了顿悟之后，戚润物冷静地作出了决定：不要急于与王自力离婚了。离婚是肯定的，但是要把离婚变成狠狠打击王自力的有效手段。通过打击王自力起到打击所有这一类男人的作用，杀一儆百。为社会、为人民、为国家、为中国女性做一件有益的事情。这样的离婚才是有意义的离婚。

显然，只有爱情在女人心中消失以后，女人才比较地聪明起来，可以用脑子思考问题了。矛盾的是，当一个女人没有了爱情以后，她的女人味也消失了。当戚润物初次来到"麦当娜"夜总会的时候，她垂着眼睛，含着泪水，身体软软的，脚步款款的，有如细雨中的一绺垂柳。当戚润物最后一天离开"麦当娜"夜总会的时候，她的头高昂着，目芒如锋，脚步刚劲而飞快。她身体上所有可见的线条全都没有了弧度，变成了刻薄和冰冷的直线。一个不同凡响的计划就此萌芽。

二 别人的事情也会发生在自己身上的

特殊的事情永远都是别人的，都只会发生在别人身上，发生在传说之中，戚润物一直都是这么认为的。比如经过某个建筑工地，大吊车突然倒下来砸在了身上；比如房间里根本没有煤球炉子却煤气中毒，原来是别人家的煤气从烟道进来了；比如说很随意地在菜市场买了一条海鱼，剖开的时候发现了一只法国路易十六时代皇室所用的钻戒。这些与众不同的事件全都是别人的事件。就连马路上的热闹，戚润物也都从来没有赶上过。远看围了一大群人，待戚润物走过去，人群准散了，马路上什么也没有。戚润物有一个朋友，她的奶奶已经一百零三岁，一辈子都居住在汉阳，每天都编织毛衣，每天都吃前一天吃剩的饭菜，每一天都心情不错。出于好奇，戚润物去拜见过老人家好几次，有一次老人家告诉她说：生活很平常，百年如一日。戚润物听后长久品味，觉得深有同感。所以戚润物从来都没有想到自己的生活中会发生什么特殊的事件。所以她对特殊事件没有一点预感。所以当她从机场返回来，推开他们自己卧室的房门之前，她丝毫没有思想准备，就那么毫不在意地把房门推开了，脸上还挂着只对最亲近的人才露出的顽皮的笑容：我不是出差了吗？你猜猜我怎么又回来了？可是，她的丈夫王自力和他们家的小保姆，这两个人！正在！他们的床上！赤裸裸地热火朝天地！做着男女之事！

小保姆凭空崛起正在抖动的肥硕乳房，几乎是，对着戚润物劈面撞来。如此地撞见另一个女人正在状态的乳房，戚润物非常非常地不好意思，她全身的血液呼的一声全都往脸上涌流，涨得她血管怒张，难受至极，她脱口而出的话是："对不起！"

说完了"对不起"戚润物便立刻意识到了自己的错误，怎么是她对不起呢？但是第二个错误又接踵而至，在戚润物说完了"对不起"之后和在她跑开之前，她还给他们带上了房门，那种正常的带门，而不是摔门。笨蛋！凭什么要给他们带上房门！戚润物首先是痛恨自己，但她同时又非常明白她应该首先痛恨他们而不是痛恨自己。一切全乱套了！戚润物在大街上驭风而行，嗖嗖地冲了出去，冲到很远的地方遇见了不知什么障碍物，又转过头，嗖嗖地冲了回来。最后，她停留在公共汽车的街边站棚里，但她永远不上车，与理解不了她而感到恼火的售票员大眼瞪小眼。最后她才发现，这里是距离她家最近的一个站棚，她还是回来了。戚润物就这么坐在站棚里，满脑袋是嗡嗡乱飞的蜜蜂。直到两个多小时以后王自力的手从她的身后试探地落在她的肩上，戚润物这才触电般地跳起来，说出了比较准确的话："请不要用你肮脏的爪子碰我！"一直紧绷的眼泪随之决堤。

到此为止，戚润物终于明白：一桩别人的故事发生在了自己身上。紧接着蜜蜂又飞了回来，戚润物的脑袋里又充满了嗡嗡之声：她不知道她该怎么处理这桩故事，而王自力就站在她的面前，装出没有发生故事的模样要她回家。

"请不要用你肮脏的爪子碰我！"戚润物再一次地强调说。她抱着一根金属柱子，防止王自力使用他的力量把她拉走。

王自力在戚润物眼前展示了他没有任何企图的两只手，然后明确地把它们抄进了裤子口袋。他说："王壮在使劲找妈妈，回家再说吧。"

这就是王自力在事情发生之后对戚润物说的第一句话，但这恰恰是戚润物最不能接受的一种话。戚润物的确是气傻了，一时间只会紧抱着公共汽车站里的金属柱子，不知道怎么对待王自力，可是她清楚地知道王自力首先应该做的是什么。他首先应该无条件地认错和忏悔，而不是与她耍心眼。王自力想以儿子为诱饵，把戚润物引诱回家，回了家以后戚润物就不会翻天覆地地闹了，因为他们家里挂着戚润物与国家副总理的合影，因为隔壁左右的邻居全都是戚润物副研究员的同事，因为目前戚润物副研究员正待晋升研究员，因为儿子王壮在家，因为王壮有着先天疾患，十五岁的少年有着一颗十五岁少年敏感的心，身体却还是一个蹒跚学步的幼儿，戚润物是绝对不会伤害儿子敏感的心灵的。王自力实在是太卑鄙了！戚润物更加怒不可遏，几乎发狂。她失态地叫道："王自力你太卑鄙了！你想拿儿子作诱饵是办不到的！"

王自力连忙解释说："我不是那样想的。真的是王壮在要你。"

戚润物说："不许你提我儿子的名字！我不许你玷污我的儿子！"

王自力观察了一下眼前的形势，息事宁人地说："好，好，一切都听你的。要不我们去哪个饭店喝点咖啡？"

戚润物说："不！"

王自力说："要不就近去喝茶？"

戚润物说："不！"

王自力说："那就回家。"

戚润物说："不！"王自力的态度还是让戚润物感到别扭，他的态度不对，他采取的是受尽委屈的姿态。他受了什么委屈？

有人在向他们靠拢，这些人是那些扁担。扁担们终日徘徊在马路边上，抢一些挑抬搬扛的力气活做，这些活是城市男人做不了和不愿意做的。尽管城市男人做不了力气活，城市生活也少不了扁担，但是大家对扁担的态度却是一致地比较讨厌和轻蔑。道理说不清，原因也很多，心态都比较复杂，局面就这么形成了。受尽了城市冷落和欺负的扁担们尤其喜欢大街上发生交通堵塞、车祸、火灾、巡警抓人和夫妻当街吵架，这都是当代城市的特殊风景。当戚润物与王自力一露出吵架的架势，扁担们就饶有兴致地向他们麇集。

王自力左右扫了扫蠢蠢欲动的扁担们，眉头便纠结起来，他沉吟了一刻，眉头又平坦了，他知道他此刻是一个没有权利发脾气的人。

王自力近乎乞求地对戚润物说："你要干什么都成，但这是大街上，我们总得要找一个适合谈话的地方吧？"

戚润物断然说："不！"她得顶住。她得让事情的本质表现出来。

扁担们公然地吃吃地笑，城市风景使他们快乐。王自力的两手抄在裤子口袋里，黑西服两边分开掖在屁股上，微腆的肚皮突出着白色的衬衣和深色的领带。在戚润物面前无奈晃动的王自力像一只委屈的企鹅。

王自力终于有一点忍不住了，他说："戚润物同志，您是一位高级知识分子，一位教养良好的文静秀气的上海女性，在武汉的大街上吵闹，荒唐不荒唐？"

王自力居然倒打一耙，好了，来了，戚润物说："你说得好！荒唐，这事情发生得实在是荒唐至极。"

戚润物一下子找到了说话的源泉，她向王自力挥出了第一拳："我不是傻瓜，对吗？我是一向知道自己的分量也知道他人分量的人。我的亲爷爷以及叔爷爷都是中国现代史上留名的人物，我为自己的家庭出身深感自豪。是的，我是上海人，是一个上海姑娘，那又怎么样？现在成了一个话柄吗？在我们中国，尤其是在中国改革开放之前，上海姑娘就是比别的地方的姑娘优越。要不，你一个在武汉工作的北京人，为什么一定要找上海姑娘？告诉你，我不是在浅薄地炫耀自己上海人的身份，我是要你懂得人和人的质量就是不一样。"

王自力抵挡着："好的，我懂了。不要在大街上说这些好不好呢？"

戚润物是一往无前的神态："不好！既然你可以荒唐，我就索性荒唐一次。我没有地方可以说话。大街上非常好，他们谁都不认识我。"

戚润物在大街上不可阻挡地向王自力挥出了第二拳："王自力，你也不是一个傻瓜，你应该知道自己的分量。你一贯号称自己是满族人，号称自己祖上是正黄旗。你以为我不知道你的血缘来自于一个街头的二满子，你的曾奶奶不幸被一个好逸恶劳混迹街头的二满子青皮强奸之后又不幸有了身孕，如此而已。"

王自力说："太过分了！"

戚润物根本不理睬王自力的插话，她慷慨激昂，口齿流利地面对大街向陌生的人们诉说："王自力，你有什么真本事？无非是好吹牛，好交结狐朋狗友，仗着一口北京话山高水低地神侃而已，浅薄不浅薄？你这一辈子，一直都在逃避艰苦寻找运气。知青下放不想去内蒙，千方百计找了一个投亲靠友的理由来到了湖北。读电视大学的目的就是为了一张大专文凭，文凭到手就是为了提干。你内疚不内疚？你从骨子里不热爱任何工作，你一会儿干这个，一会儿干那个，调动了至少八个单位，哪一行你都狗屁不懂。现在经济是热门，你摇身一变又做了总经理。你以为你是为了什么？为了钱，为了享受，为了虚荣。瞧你那模样，头发梳得溜光，皮带上挂一排机器，走到哪里都唧唧响，走到哪里都随便拿出手提拨打，就像随地大小便一样。你知羞不知羞？"

这一拳劈面打在了王自力的脸上。围观者中有人鼓掌。王自力飞快搜寻，没有找到鼓掌的人。王自力的脸色变了。趁戚润物说得起劲忘乎所以放松了胳膊，王自力一把拽过戚润物往他泊在旁边的小车里拉。戚润物拚命挣扎着不肯上车，大街是她的碉堡和战壕。王自力突然地抽了戚润物两耳光。一刹那，夫妻之间出现了意外的安静，他们都颇感意外地面对面看着对方。

戚润物说："直到刚才我还在给你留面子，你不仅不认错，还这么地不知好歹？你有狐臭，手术了两次还有。你一口烂牙，臭不可闻，只好不停地嚼口香糖。你包皮过长，里面藏污纳垢，令人厌恶。你偷偷地拿着电影明星的画报手淫。你陷害过你们局长。你做两本账，偷税漏税。用公款吃喝玩乐。你下贱到和一个乡下小保姆胡搞。"

王自力一把掀开戚润物，自己钻进了小车。王自力把车嗤的一声开走了。不一刻，小车又忽然冒了出来，嗤的一声急刹在戚润物身边，王自力从车窗里伸出头，对戚润物说："实话告诉你吧，我真不知道你他妈是这么一个愚蠢的货色。如果不是为了儿子，我他妈撞死你！"

戚润物挺胸道："你撞吧，撞啊！来呀！"

王自力拍打着方向盘，叫道："告诉我，你到底要干什么？"

这个时候的戚润物哪里知道自己要干什么，她要杀了他！戚润物说的却是"我要离婚"！

王自力说："很好。今天你总算说了一句人话。"

戚润物终于明白：又一件发生在别人身上的事情发生在她身上了——她得离婚。

事情刚刚发生，戚润物就已经不敢相信自己居然在大街上喧嚷出了他们夫妻之间从来没有揭露过的私事。她怎么想得出来？又怎么说得出口？但是她的确想到就说了。她是气疯了。人一疯就心口一致，没有遮拦了。通过对大街上看热闹人们表情的回顾，通过对方才自己与王自力较量的回顾，戚润物发现他们的婚姻完全就是一场拳击赛。婚姻的实质是实力平衡。人们说这个与那个相配或者不相配都是根据实力来掂量的。男女之间也是时刻掂量着对方的实力的，只是不用明说而已。实力不相当的，结不了婚，即便一个恍惚结了婚，日后也得离婚，谁轻了谁重了分分钟都感觉得到，人都敏感着呢。戚润物当年对男朋友的要求是身材高大，相貌不俗，有大专以上文凭，有比较好的工作单位，出身于大城市，懂得体贴他人。王自力对女朋友的要求是漂亮文静，温柔体贴，最好是上海姑娘，最好从事文化工作。当年戚润物为找到王自力而倍感欣喜，王自力也为找到戚润物而倍感欣喜。加上他们两人都是在武汉工作的外地人，有着外地人共同的感受和由这感受引发出来的许多话题。一时间好像他们有说不完的话。所以他们结婚了。他们的婚姻有才子佳人十全十美的味道。只是王自力略感戚润物的学历高了一些，但是他也非常知道自己的优势所在：整个中国，有高学历的漂亮姑娘并不少，而有文凭有好单位的高个子男青年相当少。戚润物当时就觉察到了王自力的心思，但是她根本就忽略过去了。原来她忽略的不是小问题。她应该忽略的是实力的对等，而重视他们对对方的感情。要说感情，戚润物也还是懂的。每一个年轻姑娘天生都懂，都埋在心底，都想要，那是人间一点点真的东西，是疯狂的，痛苦的，易碎易爆，杀伤力太强，不太像是婚姻范畴的物质，来得有一点怕人。戚润物真正应该要的是那种东西。戚润物当时是太理智和太世俗了。

戚润物悔悟了！大吵过后的戚润物，耷拉着头的戚润物，在人行道上踽踽独行的戚润物,已经四十五岁的戚润物,雾着双眼告诉自己:原来你真傻!

三 总有一朵玫瑰停留在夏天的最后

李开玲来得非常仓促。王自力往公司打了一个电话,让李开玲放下手中的一切尽快赶到他家里来。李开玲说:"好的王总。"李开玲拎起自己的小包,打了个出租车,很快就来到了王自力的家。当李开玲穿过粮食储备研究所宿舍楼陌生的小路时,她猜测王自力可能是发生了家庭问题。家庭发生问题不是一件奇怪的事情,是日常生活。但是王自力是那种对日常生活没有兴趣的男人。他绝对不会瞅个空跑到汉正街批发市场,买一些便宜的手纸、洗衣粉和塑料制品回家。他的公司向来不分发袋装泰国米和桶装食油,他给职工的福利就是红包,是纯粹的钱。王自力从来不谈家庭,不谈爱情,不谈孩子。他用一句话概括他们:一切都很好。王自力的兴趣在外面!外面。三朋四友。跷着二郎腿穷聊。抽烟。喝茶。匆匆出差。说走就走。肚子饿了才吃饭。没有时间概念。所以,李开玲猜测不出王自力急急地把她叫来干什么,但是有一点是无疑的,今天发生的事情一定是王自力的私事。王自力的朋友很多,可王自力没有召唤别的朋友,惟独召唤了她。这显然是因为李开玲的许多美德所赢得的信任。李开玲这个人守口如瓶。李开玲这个人忠贞不贰。李开玲这个人一诺千金。李开玲这个人忍辱负重。李开玲这个人善解人意。李开玲这个人吃苦耐劳。作为女人,李开玲这个人母性十足,修饰得当,干净利落。李开玲非常知道自己的一系列美德,她为自己拥有这些美德而深感自豪。

从绿树的穹隆里走过来的李开玲迈的是不慌不忙的脚步,她的处世态度永远都是不慌不忙的,有着天鹅的风韵:身体挺拔着,举手投足有板有眼,眼神静寂得几乎迟缓,仿佛是对世间红尘的不屑。李开玲的眼睛是一个奥秘,它的瞳孔可以随着主人的情绪改变颜色。李开玲情绪好的时候，她的眼睛是一池柔和的碧水，反之颜色就会变深甚至呈现冰凌状。但是她的视力一向不佳，年轻的时候是原因不明的近视，不到五十岁就开始老花。李开玲一辈子都是用感觉来判断是非黑白，她早已习惯自己的方式，所以她从来不戴眼镜。李开玲从绿树的穹隆里走过来，她那花白但依然浓厚的头发在脑后挽着一个硕大的髻，这漂亮的发髻配着一件削肩高领的中式夹袄，夹袄的领口别了一枚镶钻扣花，镶钻扣花被在风中飘动的阳光抚摸得光芒四射，照亮了宿舍楼许多人的眼睛。许多人都注意到了一个矜持的古典的陌生的李开玲，有人互相询问：她是谁？

到了王自力的家里之后，王自力急急地对李开玲说了一番话，李开玲明白了。她是谁？她是一个女佣。王自力是要她到他们家来做女佣，但是王自力不对她坦率地说话。王自力花言巧语，说："李大姐，你是我多年的好朋友。李大姐，现在我遇上大麻烦了。我的儿子有先天疾患，就像婴儿一样需要照料，可我太太戚润物精神又出毛病了。也许是更年期提前到来，也许是看不惯我这个生意人，也许是怀疑我在外面有事，总之，她胡说八道，胡搅蛮缠，赶走了小保姆，自己也跑出去了。李大姐，我只信得过你，我请你来替我管管家，请你替我劝劝戚润物，帮我渡过这个难关。李大姐，我的婚姻破裂了，离婚是迟早的事情，我不会让你长久陷在这个泥坑里的。但是现在我实在需要你的帮助。我不能让我的儿子饿死啊！"

李开玲无比难堪地明白了眼前的事情，她一路上的自豪感被彻底粉碎。李开玲垂下了眼睛，王自力对她的使用使她对王自力感到了前所未有的失望和屈辱。多年来，李开玲一直以为王自力欣赏她的美德。通过王自力对她美德的欣赏，她以为女人的美德是可以征服任何男人的。李开玲这一辈子就是靠这种信仰生活来着，做人来着。王自力怎么能够如此卑鄙地利用和轻视她的美德！王自力怎么是这样的一个男人？这些男人为什么要平白无故地就把你伤害得体无完肤呢？

王自力有一点急躁地说："李大姐，这是我的私事，我不愿意让外面知道。我只信任你一个人。可能我有一点强人所难了，但是你必须答应我。怎么样？"

李开玲还能够怎么样？李开玲想：我还能够怎么样？王自力是她的老板，她欠王自力巨大的人情。他们心里都非常明白这一点。李开玲把自己挪到光线阴暗的一处地方，这才抬起眼睛来。她装出没有受伤的样子对王自力说："好的王总。就怕我做不好，但我将尽力而为。"

王自力也装出没有发现李开玲情绪的样子，干练地决定道："OK！谢谢你！你现在就上班了。你的月薪将提到一千二百元。"

这是使李开玲更受伤的口气了。王自力根本没有把她真的当作他的大姐！没有当作朋友！他在哄骗她！在倚势压人！他以为他是谁？

王自力急急火火地走了。他说要去寻找戚润物。他说他也可能从此不回这个破家了。他规定李开玲每天至少呼他一次汇报家里的情况。李开玲一律顺从地回答："好的王总。"王自力出门前着实清醒了李开玲一下，他说："李大姐，我不会亏待你的。以后你每天还是可以打扮得这么清爽，但你一定要下驾做好家里的活。戚润物这个人虽然有很大的毛病，但她毕竟是硕士生毕业，是他们所最年轻的副研究员，连国家副总理都与她合了影的。"

习惯于忍辱负重的李开玲强作微笑点了点头，话是一句也说不出来了，她喉咙哽咽。李开玲埋藏了一辈子的对男人的怨恨由此爆发。好！她想：好！山不转水转，相信咱们后会有期。

戚润物回来了。独自一个人回来的。比照片中的人憔悴得多。当戚润物正要敲门的时候，李开玲赶紧为戚润物打开了房门。戚润物被李开玲吓了一跳，以为自己走错了家门。李开玲连忙说："戚老师，我是李开玲啊。"王自力让李开玲叫戚润物为小戚，李开玲没有那么叫，既然戚润物是高级知识分子，她就叫她戚老师。

"戚老师，王总说让我来替你们照顾王壮和料理家务。我非常乐意。您有什么事情尽管吩咐。我已经喂王壮吃过饭了，也洗过澡了，饭菜还给您热着呢。"李开玲尽职尽责地说。

在这一天之中，戚润物又一次地被弄傻了。引导戚润物回家的是需要她照料的儿子，支撑着戚润物精神的是对小保姆的严厉审讯。她要采取措施，也许要把小保姆带到王自力的公司去，当着众人，一把将她推进王自力的怀抱；然后，让王自力立刻在离婚协议上签字。那将是一份高度简洁的举世罕见的惊世骇俗的离婚协议：戚润物只要儿子，王自力必须拿走他所有的东西以及被他沾染过的所有东西。戚润物不要王自力的一分钱，戚润物要的是：王自力将永无权利与他们母子来往。

然而，家里形势剧变。王自力又领先了一着。他在短短的两个小时里，让小保姆消失了，让新的女佣生长出来了。方才在大街上，戚润物唇枪舌剑，她以为她痛击了王自力。现在她才发现，王自力比她想象得要狡猾得多。他已经消灭了证据并且已经派人监视了她。李开玲哪里是一个女佣？中式高领围着挺拔的脖子，发髻梳得比芭蕾舞演员还地道，分明是一个老妖精。王自力的女心腹总是这一类有狐气的女人，无论老少；而戚润物压根儿都瞧不上狐媚女人。戚润物又发现了她与王自力的一个根本分歧，这是以前没有认真想过的问题。看来，戚润物与王自力的离婚势在必行。一个王自力还没有对付过来，又突然冒出来了一个李开玲，戚润物不得不重新调整思路，思考对策。戚润物看过儿子之后，就坐到了客厅里，她捧着脑袋，呆呆地坐着，心里又气又急。

李开玲给戚润物倒了一杯水，送到她的手边。

戚润物没有理会。

李开玲又给戚润物端上了菜饭，说："先吃一点，看看合不合你的口味。"

戚润物还是不予理会。

李开玲的脸忽忽地热了一阵，退到一边，心里十分别扭和难受。

时间就这么地过去。除了夜色在房间悄悄地弥漫之外，戚润物没有任何变化，从进家门到现在，戚润物还一句话都没有说过。

李开玲是头一次遇到这种死不开口的女人，她不知道她该怎么办，她的尴尬渐渐地加重，她开始在房间走动，寻找一些事情做。她去看王壮，王壮已经睡着了。她看见阳台上非常零乱，便去收拾阳台，给干枯的盆花浇水。她一边做着这些事情，一边注意着戚润物的动静。她想：天下居然也有这样的女人，这种女人就是学问再大，又有什么意思？是不是学问大的女人都是这么臭不懂事呢？

李开玲正这么想着，戚润物叫她了。

戚润物已经想出了办法，她决定收拾掉李开玲。她要赶走这个矫揉造作的、无端地穿中式高领的、生着一双阴险的猫眼的、替王自力来监视她的女人。

戚润物平静地说："您是李开玲？"

李开玲说："是的。今年春节，您和王总请我们公司全体职员吃团年饭，您在我身边坐了好长时间。您还记得吗？"

戚润物说："您还是穿高领的中式衣服啊？看来您很讲究自己的风格。"

李开玲谨慎地回答："哪里谈得上什么风格，只是习惯而已。"

戚润物话锋一转，单刀直入："三改她人呢？"

李开玲说："谁？"

戚润物说："您真的不知道白三改是谁？"

李开玲说："我真的不知道。"

戚润物望着李开玲说："白三改是我们家的小保姆。几个小时之前她还在这里，现在她到哪里去了？"

李开玲说："我不知道。"

戚润物说："混账！"

李开玲说："戚老师！您怎么随便骂人呢？"

戚润物说："你给我滚！"

话说到这一地步，李开玲就不能再忍让了。她说："戚老师，我不是自己要求来的。是王总请我来的，我替你们照顾了孩子，做了饭，你不能这么不讲道理。"

戚润物说："王总请的更要滚蛋！李开玲同志，我看你年纪和我姐姐一般大，我就给你留一点面子，不戳穿你们狼狈为奸的关系，可条件是你立刻给我滚蛋！"

到了这种时刻，李开玲的眼泪再也忍不住了，她扯掉围裙，拿过自己的小包，哆嗦着说："戚润物同志！我走，我马上就走！但是我也要告诉你，你真是让我大开眼界，一个高级知识分子，竟然不如我们普通人有文化有档次，我感到非常遗憾！我要郑重地告诉你：我和王自力没有什么不可告人的关系。他是老板，他让我来就来了。我看孩子被扔在家里，我不忍心离开这样的一个孩子，就遇到了你。但是我曾经是共产党员，是国家人事干部，是工人阶级，是一家大公司的职员，我从来就不是女佣。王自力污辱了我的人格，现在你又污辱我的人格，无非是你们暴富了，有一点臭钱而已。我不在乎这一点臭钱。我正要告诉你我必须离开。所以，我很高兴现在就离开你们家。"

灯光下，李开玲愤怒的眼睛骤然起了变化，她的瞳孔由浅入深，又渐渐地放射出黑色的光芒来。戚润物惊奇地发现了这个现象。她完全忍不住好奇，一时间忘掉自己在进行阶级斗争，跟着自己的感觉走到另一个话题上，她说："嘿，你的眼睛，颜色在明显变深。怎么回事？"

戚润物突如其来的变化更使李开玲吃惊，她万万没有想到戚润物是一个如此天真的人。

戚润物的惊奇还在继续："你不要紧吧？"

李开玲无奈地叹了一口气，说："不要紧。天生的，因为生气。"

戚润物并不注意李开玲无奈的叹气，一股劲儿地问："有科研单位发现你吗？"

李开玲说："没有。"

戚润物说："我说呢？怎么我进门就感觉你像猫。原来你有特异功能。"

李开玲说："我没有特异功能。"

戚润物兴奋地说："你有的！"

李开玲沧桑地摇了摇头，说："戚老师，你这个人哪！你多保重，我走了。"

其实戚润物已经相信李开玲的话了。她相信李开玲的精神受到了王自力的重创。她在设法转弯。

当李开玲转过身，走到门口，握住门把手的时候，一直望着她的背影的戚润物说："对不起，你知道不知道，今天中午我从机场突然回来，王自力和小保姆，他们在我们的床上。"戚润物终于把真话说出口了。

李开玲停住了。戚润物需要有多大勇气对一个素昧平生的人坦言啊！她感觉得到这种困难的程度，感觉得到这种勇气来自信任和依赖。这可怜的女人完全气傻了。李开玲慢慢扭过了头。戚润物的眼睛是一双受了欺负的孩子的眼睛，呼唤着她的帮助。她已经许多年许多年没有遇上这种呼唤了。

李开玲瞬间就作出了一个非常重大的决定：她得留下来。

四　倾诉比什么都重要

国内贸易部国家物资储备局设计院粮食储备研究所的宿舍坐落在汉口沿江大道的某一处。临街的围墙原来爬满常青藤，绿绿的，茸茸的，亲切又漂亮。"文化大革命"后期，常青藤被破坏得七零八落，院子里又屡屡出现小偷，革委会开会决定在墙头扎上碎玻璃。春天来到的时候，顽强的常青藤伸出孤独的嫩叶缠绕尖锐的碎玻璃，这情形也有动人之处。后来就是改革开放的年代了，围墙外面终日被小商小贩挤满，所里的人回家，日日都要踩在烂菜帮子上面，所长的妻子因此还滑摔了一跤，导致骨盆骨折，用了所里一大笔医疗费。所里的老人逐年增多，医疗费已经是一个大问题。于是，所里也动了脑筋，开放搞活，依靠临街的围墙做了一排简陋的房子，间隔成窄窄的十间门店，出租给小商小贩们，每间每月的租金八百元，现在涨到一千二百元。这样，所里从宿舍区的围墙上每年可收获十几万元。常青藤终于变成了钱。戚润物是眼看着长青藤变成钱的。从社会现状来说，戚润物理解这个变化。但是从感情上来说，她还是喜欢和怀念常青藤。从前，爬满常青藤的围墙脚下是她年轻的身影。她和她的同事们在这里散步，交心谈心。她也经常和王自力在这里散步，也是交心谈心。他们沿着围墙慢慢地走，沿江大道上偶尔跑过一辆汽车。长江的风从长江里吹来，带着一股新鲜的江水的气息。十七码头和十八码头的客轮总是在傍晚起航去上海，汽笛浑厚的呜呜声漫长而悠远，一直舔荡到人心的最深处，谁都会由此生出几分柔情——那时候人和人之间就是亲，就是互相信任，只要你作了自我批评，我必定也要抢着作一个自我批评——那个时代注定是过去的了。

　　现在，戚润物没有地方好散步了。围墙外的门店早上卖早点；白天家常小炒，煤炉煨汤；晚上火锅，烧烤，大排档；美容美发，洗面洗足；台球乒乓；卖书卖报；小葱大蒜，柴米油盐，烟酒副食；冲洗胶卷，维修家电；钟点旅馆；音像租借；介绍婚姻；工商部门不纠察的时候还清洗汽车，突然来纠察了就狼奔豕突，儿哭母叫。这些门店的食品吃是不能够吃的，东西也是不能够用的，几乎全是假冒伪劣，哄的是民工的几个钱和码头上外地流动人员的几个钱。粮食研究所的领导每次开大会必定要警告大家千万不要购买宿舍楼门口的东西。现在，戚润物不出门了，她就在她的家里散步，在家里走来走去。

　　戚润物在她的家里走过来，走过去。李开玲一会儿站一会儿坐。她们都受了王自力的伤害，转眼就成了知己。她们在一套光线昏暗、设施陈旧、凡转弯抹角处都积满多年油垢的两居室里团团散步，无头无序地做着女人之间的讨论。她们的讨论与她们的人生感受在这样局促的灰色的空间里重现，没有一处光明与亮堂。

　　戚润物说："李大姐，恕我直言，如果王自力是与一个漂亮的有文化有品位的姑娘，我还能想得通。一个乡下的小保姆？耳朵根子从来都没有洗干净过的。难道我还不如她？"

李开玲说："戚老师，你也要恕我直言，照我看来，小保姆给你提鞋都不配。可男人有时候是不可理喻的。男人是动物。永远喜欢年轻漂亮的女人。永远喜欢刺激。就像他们永远喜欢权力和金钱一样。"

戚润物说："是吗？"以前戚润物没有时间去研究男人，李开玲的经验之谈使她有茅塞顿开之感。戚润物想了想，说："你说得对。但是好像理论上可以这么说，可现实生活中应该有所不同，小保姆耳朵根子都没有洗干净，恶心不恶心？"

李开玲说："我以为正好相反，理论上倒是不好讲的，因为理论总是比较堂皇。生活中他们倒是什么事情都做得出来。王自力现在不缺女人，一大群白领小姐围着他讨好，但他还是干出这么恶心的事情。是的，男人就是动物。我活了五十岁了，我算是看透了。"

戚润物不停地走过来走过去，穿着一双破旧的拖鞋，皱巴巴的睡衣外面套了一件毛衣，毛衣刺痒了她的脖子，她一边走一边大肆挠痒痒，抓得忽忽响。

李开玲总是端庄的，起床后一定要换下睡衣，梳好发髻，修饰修饰眉毛，在嘴唇上抹一点口红。五十岁的嘴唇不滋润一下是不行的了。李开玲这个女人一辈子都非常注重自己的性别。因此，当年她的局长最后抛弃她而回到他那邋遢的老婆身边，这是李开玲心中永远解不开的结和永远的痛。也正是她在一瞬间决定留在戚润物身边的根本原因，该与男人计较计较了。戚润物的事情，李开玲觉得并不难理解。首先，她了解王自力。她知道王自力内心里喜欢的不是戚润物这一类的女人。有多少男人喜欢早上起来不梳不洗的女人呢？喜欢大肆地挠痒痒挠到腋窝里之后还抽出手指闻闻的女人？哪怕你学问再高，社会地位再高，这些外在的东西对男人来说没有实用性。

李开玲提醒戚润物说："一个女人要有实用性。"

戚润物说："什么意思？"

李开玲说:"就是要能够勾起男人的性欲。"

戚润物说:"天!那不成了妓女?"

李开玲说:"你呀!"

李开玲恨铁不成钢地苦笑了一下。她站起来,去看厨房里正在烧的水。她搅动了房间里分布的光线,一条细长的人影从厨房里倾泻出来。戚润物心有所动,若有所思,但她自己也捉摸不着自己在想什么,一切都是飘忽的,让人忧郁和难受。

戚润物说:"不管怎么样,李大姐,你是有盼头的,你的女儿在国外读博士,还嫁了一个外国人,自己健健康康。可我的王壮等于是一个终身残疾,王自力不能够这样对待我们母子。"

李开玲说:"那是的。有一点是不能含糊的,要向王自力讨个说法。他们哪里知道一个独身女人抚养孩子的艰辛!尤其像王壮这样的病孩子。说起来,我简直都不敢想过去抚养女儿的那些日子。但是问题是,现在时代不同了,你现在把男人怎么办?过去有组织,他们犯了作风错误要受到严厉的处分,现在呢?嫖了妓,罚个款就行了。"

李开玲把烧开的水灌进了开水瓶,给戚润物沏了一杯茶。戚润物端着茶就喝,茶一进口就呸呸地吐了,茶太烫了。李开玲还以为戚润物是不会猛喝刚沏的茶的。李开玲赶紧拿拖把来擦地。戚润物说:"谢谢。"李开玲无奈地摇头。李开玲来戚润物家只有三天,就养成了无奈摇头的习惯。李开玲喜欢戚润物的笨拙和粗糙,她因笨拙和粗糙而显得天真可爱,但是李开玲明白戚润物无法讨得男人的喜爱,如果戚润物按自己的说法很有志气地与王自力离婚,娘儿俩以后的日子将不堪设想。

女人对男人与情感问题的讨论是永无结果的。戚润物与李开玲智者见智仁者见仁。她们被局限在家里,无法与大自然沟通。她们一天又一天,不见日出不见日落,阳台上的视线本来是可以目及长江的,但是阳台上安装了防盗网,防盗网无情地把长江分割成了条状,条状的长江不太容易被戚润物她们看成是长江了。江上轮船的汽笛应该依旧,只是被城市空前喧嚣的市声所冲淡,到达戚润物的窗前就像虚弱的猫叫。现在像她们这种年纪和状况的女人的苦恼类似于腌菜的苦恼，被闷在封了口的坛子里，没有任何的可能性。最后戚润物又暴躁起来，她又哭了，她觉得怎么就不是那么气顺呢！她说："李大姐，我很感谢你，但是心里头我还是很难受。"李开玲到底比戚润物有生活经验，她按照生活常识告诉戚润物："那就别想为什么了，只想具体办法吧。"

戚润物的具体办法还是赶紧离婚。李开玲说："看来你还是太不了解王自力。"

戚润物说："怎么说？"

李开玲说："他是巴不得离婚啊！"

戚润物说："为什么？"

李开玲说："这不是明摆着的事情吗？现在他找一个年轻姑娘是轻而易举的事情，而你却一天天地人老珠黄。"

戚润物说："我人老珠黄了？我才四十五岁，是我们所最年轻的副研究员。"

李开玲说："是的，你的事业很成功，但你毕竟四十五岁了不是？"

不错，戚润物今年是四十五岁了，但戚润物自己觉得自己就没有受到年龄的伤害。她的四十五岁与她的二十五岁有什么不同呢？在戚润物自己看来，没有根本的不同，时间一晃就过去了，真的仅仅是一晃而已，非常地快。要说不同之处也许就是：现在四十五岁的戚润物比从前二十五岁的戚润物更好。现在的戚润物身材并没有太大的变化，服装也比较地多了起来，有时候也戴一戴项链和戒指。才四十五岁却已经功成名就。二十五时候的戚润物整天穿一件老蓝色的春秋装，冬天用"百雀灵"或者"万紫千红"香脂油抹脸甚至还用蛤蜊油，春秋用雅霜抹脸，夏天什么都不用。除了不考上大学就不谈恋爱是自己的想法之外，其他什么自己的想法也没有，胸部发育了就把胸窝起来。那样的年轻姑娘有多大的意思？

李开玲说："戚老师，戚老师，你要知道，现在的年轻姑娘没有把胸部窝起来的了。你要知道,年龄是女人的致命伤啊!"

戚润物说:"年龄是女人的致命伤吗?"她想了一会儿,走到镜子前面照看自己,照看了半天,扯了扯衣服,抓了抓头发,欲言又止,泪水便哗哗地流了出来,拉着李开玲的胳膊说:"李大姐,这种事情怎么会落到我的头上?只有杀了他我才解恨啊!"

戚润物不再说话了。她躺在床上不再起来。任李开玲怎么劝慰,戚润物就是不吃不喝。一连两天,戚润物就那么仰面躺着,茫然地望着空中。

李开玲出去在公用电话里给王自力打了呼机。王自力早已恢复常态,夜夜开饭店住,天天在娱乐城潇洒,正等着戚润物提出离婚。李开玲被这朱门酒肉臭、路有冻死骨的现实激怒了。李开玲回到屋里,径直走到戚润物的床前,激动地对她说:"戚老师,刚才我和王总通电话了。今天他连王壮都忘记了问候,一心等着你找他离婚。戚老师,你这样折磨自己是何苦来着?王总可没有苦自己,人家夜夜都在夜总会潇洒。"

戚润物的灵感从天而降,"夜总会"一词突然把王自力得意忘形的嘴脸刻画得淋漓尽致,尽管它不是什么形容词。好像现在的生活越来越不需要形容词了,形容词的心太软。理想不是现实。遥远的云朵原来是一只风筝。风筝就是风筝,不要想象得如云那么美好空灵。戚润物饿得发绿的眼睛突然从混沌状态变得恍然大悟,继而黑白分明,继而精光灼灼,她立时就挣扎着从床上爬了起来,坚定地迫不及待地说:"我要吃饭。"

女人模糊不清的讨论永远结不出具体的果实。重要的是戚润物没有继续垮下去。她要吃饭了。这就是女人的胜利。

五　回旋是深刻的前提

黑的夜亮了。戚润物一步一步走进这五彩斑斓的亮夜里,压抑在心窝子里的泪水便无法遏止地泛滥起来。

国内贸易部国家物资储备局设计院粮食储备研究所的副研究员戚润

物，在她缓缓步入"麦当娜"夜总会的时候，她眯缝起了她的泪眼。她心里无比难过地想：她踏在一百多年前的灯光上。可是，这灯光已经不是那灯光。电灯的最初发明者戴维爵士在一八○二年向往与创造的是在某一段时间获得照亮黑暗的弧光，一八八○年的爱迪生十分明确的理想就是延续白天驱逐黑暗，一九九六年的人类却已经是那么地居心叵测，利用灯光的目的是使黑暗更加黑暗，使原本单纯的黑暗变成复杂的糜烂的黑暗。戚润物展眼望去，"麦当娜"灯具的形状是各种各样的，颜色是各种各样的，所放置的地点也是各种各样的，一切都是那么明显地居心不良。这黑夜的亮是那故意的亮，是那暧昧的亮，是那挑逗的亮，是那诱惑的亮，是那放肆的亮，是那虚伪的亮，是那不洁的亮。人们要这种亮夜做什么？戚润物悲愤地暗笑了一笑：男人。这是男人们所要的夜。她猜测设计"麦当娜"灯光的一定是男人。戚润物扬了扬手，一个侍应来到她的身边。戚润物首先要了两个小点：一个开心果，一个糖豌豆。侍应很高兴。接着戚润物装出漫不经心的样子问道："你们这里设计得不错，尤其是灯光。你一定不知道设计者是谁吧？"

侍应说："怎么不知道？阿虫是很有名气的设计师啊。"

戚润物说："阿虫是男的还是女的？"

侍应说："是男的。哇我很崇拜他的。"

戚润物说："好了，你可以走了。"

男的，男的，男的。戚润物心痛地想：男的男的男的。在戚润物四十五年的人生过程中，她突然地遭遇了一个问题，在一九九六年的春天。这个问题就是：男的。

戚润物坐在"麦当娜"夜总会的二楼，挑的是一张最不起眼、观察角度却是最好的小桌子。她慢慢地嚼着果子，让"麦当娜"夜总会的这种亮的夜在她眼前徐徐经过。戚润物这是第六次来到"麦当娜"了，对夜总会一次比一次熟悉。除了她那永远流不尽的女人泪水永远证明着女人的幼稚之外。这是没有办法的事情。眼泪就是女人之水，戚润物自己无法控制它的表达。

戚润物眼中已经没有王自力了,她看见的是许多男人,是王自力们。王自力们一进夜总会就像进了男人的澡堂子,松松垮垮,摇摇晃晃,打酒嗝,乱抽烟,瞎跳舞,胡唱歌,摸小姐,随地吐痰,就地撒野,完全是天不管地不收不招人爱不惹人疼失去了蓬勃生命力的行尸走肉。戚润物发现了这一点,她的心疼痛得直哆嗦,比她发现王自力与小保姆在一起的时候更疼痛。因为她是鼓起勇气来寻找王自力,来了解王自力的,结果她发现王自力已经根本不值得她计较。王自力已经腐败。而在此之前,戚润物还在爱着他,他是她的丈夫,是她孩子的父亲。其实他已经什么都不是了。现在的男人,他们除了怀里揣着大把钞票之外,没有了挺直的脊梁,没有了堂堂正正的仪表和神态,没有了对女性最基本的爱惜、尊重和礼貌,没有了责任、信诺和豪气。他们既没有从前男人的勇猛、忠诚、淳朴和强劲的生命力,也没有现代男人的文化、优雅、含蓄和永不消失的青春感。这就是为什么戚润物的泪水一次又一次无尽流淌的根本原因所在。戚润物从王自力身上发现了其他男人,又从其他男人身上更深刻地发现了王自力,她恐惧地认识到王自力已经发展到了某一地步;也正如她从一个夜总会发现了当下的中国,又从当下的中国更深刻地发现了夜总会,她恐惧地认识到如今中国的转型期或者说社会主义初级阶段已经混乱到了某一地步。现在盛行的是简单的摹仿和抄袭,弄得城市不像城市,乡村不像乡村,新也不新,旧也不旧,饱也不饱,饥也不饥,说落后也不落后,说先进也不先进,说爱爱不起来,说恨恨不下去,一切都是似是而非,缥缈无根。戚润物不再想找王自力了。她的心膨胀得无比巨大,怦怦跳动的是对眼前一切的质问和批评。通过质问和批评,戚润物确切地明白自己该怎么做了。哭是没有用的,戚润物擦干泪水,告诉自己别哭了。

至此,戚润物已经敢说自己比较了解王自力了。戚润物踏着夜色归来,走着走着,渐渐地开朗了起来,她发现这个城市的夜色还是很漂亮很不错的。戚润物胡思乱想着,她不同凡响的计划在这漂亮的城市之夜萌芽。基于王自力的现状，对他摧毁性的打击就是使他沦为穷光蛋。如何使王自力变成穷光蛋呢？还是女人！现在的王自力，糖衣炮弹一击就中。那么戚润物可以设法找到或者购买一枚糖衣炮弹。无数的小报都有报道，说现在带有黑社会性质的流氓团伙非常猖獗，明码实价地替雇主杀人，卸一只胳膊多少钱，卸一条大腿多少钱。当然，戚润物不会去找黑社会，不会去触犯法律。要知道，她是一个高级知识分子，她又不是一个傻瓜，她相信自己的智商远远高于一般人。但是既然现在的社会风气如此这般，为什么她就不可以收买一个女人呢？

戚润物一踏进家门，李开玲就发现戚润物变了，一派天高云淡的景象，李开玲很高兴。

戚润物说："李大姐，你会打麻将吧？"

李开玲说："当然会。"

戚润物说："快，你下楼去买一副麻将回来，教我打麻将。"

李开玲说："出什么事了？"

戚润物理直气壮，充满弦外之音地说："倒没有出什么事情，只是我想通了。我的病假到此结束，我明天就上班。今天我要学会打麻将，以后我将广泛接触社会，享受人生，做一个时代的强者。"

六 女人的游戏不是好玩的

这么一天，约好了在大将军饭店，戚润物和王自力见面了。或者说王自力和戚润物见面了。这次见面是双方都愿意的。事情已经过去了一定的时间，他们双方都希望得到隐藏在对方打算中的某个结局。

戚润物是乘坐公共汽车来的，时间不好掌握，结果早到了半个小时。她在大堂吧一落座，着水手打扮的小姐就过来亲切地问她喝点什么，要不要时鲜水果盅。戚润物没有经验，无法拒绝他人的热情，慌忙说，行吧行吧，水果吧，茶吧。小姐又问要不要冰糖红枣人参茶，女士喝了很滋补的。戚润物仍然说行吧行吧。

王自力自己开小车来，故意迟到了三分钟，看见早到的戚润物面前摆上了水果盅和冰糖红枣人参茶，就知道她被饭店小姐宰了一把。他不由得暗笑。他想如果今天他不来了，戚润物说不定会被扣在这里，她口袋里的钱一般都不会超过百元，她付不起这一座的。王自力有一些怜悯戚润物了。他想这女人也太没见过世面了，人家毕竟还是一个副研究员呢。

王自力步履匆匆地来到戚润物身边，坐下，假装抱歉，使劲撸头发，装出处理了工作赶来的样子。戚润物没有表情。她以为她再见到王自力眼睛就会出血，但她的眼睛没有出血。时间绝对是疗伤的灵丹妙药，你不相信还真不行。小姐过来，问先生喝什么。王自力大大咧咧地打发她说："一壶不加糖的菊花就行了。"

第一个回合，王自力小胜。

戚润物默默喝茶。她绝不会首先搭理他。这一点小心眼一般女人都有。王自力看透了戚润物的心理活动，不以为然。关键不在这里，王自力想，关键在于结局。王自力以男人的豁达首先搭理了戚润物。

王自力说："儿子好吧？"

戚润物说："好。"

王自力说："你好吧？"

戚润物说："很好。"

王自力说："你看这环境还行吗？不然我们换地方。"

戚润物说："不用了。"

王自力说："还想吃点什么喝点什么就说。"

戚润物说："谢谢。"

戚润物的"谢谢"是习惯性用语，有时候并不表示她真的感谢什么，而是表现她自己的文雅，此时此刻就是这样。就是这样王自力也感到由衷地高兴，看来戚润物的文质彬彬、温文尔雅、温良恭俭让的美德已经恢复，大街上的疯狂不会重现，王自力暗自松了一口气。王自力暗自松的一口气立刻就被戚润物感觉到了。戚润物也暗暗高兴。她希望今天她能够既使王自力感到压力,又使王自力放松警惕,还希望王自力自以为是,男人一旦自以为是,就会尽力表现自己的坦诚与大度,问什么都愿意回答。戚润物时刻告诫自己要低调要笨拙要迟钝,要在低调、笨拙和迟钝中小心地把握和操纵形势。

今天形势大好。王自力、戚润物双方都这么认为。

让王自力绞尽脑汁的是,他将如何把今天的大好形势维持并发展下去,引导戚润物解放思想,利用戚润物对他的嫌恶,顺利地到达快速离婚的结果。离婚的确不是王自力首先想到的,因为他的家庭一贯不错,因为戚润物一贯也不错,在事业上干得也挺风光,还因为有一个令人心疼的病孩子,离婚与他们没有关系。但是当戚润物斩钉截铁地宣布"我要离婚"之后,王自力突然觉得眼睛一亮,大有解放区的天是明朗的天的感觉。原来没有想到过离婚是不敢去想离婚,不敢去想离婚的潜意识里埋伏的就是渴望离婚。现在不是从前了,从前一切都受制于环境受制于他人,找个老婆也要首先考虑是否对自己的生存有利。现在王自力不愁生计了,作为一个男人,他有权利,他应该重新生活一次,否则他这一辈子也太亏了。

自从戚润物提出离婚的强烈要求以后,王自力天天盼望着戚润物的实际行动。放眼展望,现在我们的祖国,大地满园春,处处有芳草。要紧的是时间。现在真的是一寸光阴一寸金。已经是人到中年了,莫等闲白了少年头,空悲切。但是王自力又不能操之过急,王自力了解戚润物,人家看上去是一个平庸的不会修饰打扮的神情麻木的中年妇女,实质上人家一肚子的书没有白读,分析能力和思考能力绝对是第一流的,而且前几天大街上的发作也证明人家该泼的时候也会泼,该刻毒的时候也刻毒。王自力是不能流露出渴望离婚的意思来的。要从形式上表现出是她抛弃他,让她占据精神上的优势,而王自力是不得不被抛弃,是孤家寡人的下场;她是高尚和清洁的,而他是低俗和肮脏的。只有这样,才能够顺利离婚。与读书太多的人打交道,你必须弯弯绕。这一点常识王自力还是有的。王自力不能直奔主题,王自力必须迂回前进,先拉一些家常话。

王自力说:"李开玲怎么样?"

戚润物说:"就那样。"

王自力说:"她是不是还有一点放不下臭架子?她以为她是谁?落难的公主?"

戚润物说:"她还好。"

王自力跷起了一条二郎腿,说:"应该还好。她是一个明白人,我看中她的就是这一点。想当初,在轻工局,她被局长玩了还被打发到下属工厂去当工人,是谁替她抱不平的?是我。后来,工厂又被兼并,下岗了天天在家里哭,是谁给了她饭碗?是我。我这样的外贸公司,懂一门外语的大学毕业生都不要,至少要双外的研究生,让她来,明摆了是在养活她和她女儿。现在她女儿已经出息了,嫁了老外,定居法国。应该是她报答我的时候了。你不要对她太客气,我就是让她去伺候你和儿子的,她可以伺候你们一辈子。这个人最大的优点就是口比较紧,心里很明白,是现在少有的好保姆。"

一个不当心,王自力蹦出了"保姆"一词,说完他就拿巴掌打在自己的嘴巴上。掌嘴也来不及了,戚润物果然就想到了小保姆,她说:"你把白三改弄到哪里去了?"

王自力说:"我的姑奶奶,你饶了我行不行?就算我对不起你了。"

戚润物说:"就算?"

王自力说:"就是,就是。"

戚润物说:"白三改呢?"

王自力说:"给了她一点钱,让她回乡下去了。"

戚润物说:"你为什么要搞她?"

王自力把眼睛望向别处。然后,王自力沉痛地说:"我检讨,现在我正式向你检讨。我腐朽,我堕落,我流氓,我他妈真不是东西!后来我认真想了想,觉得非常对不起你,我实在是配不上你。你说要离婚,开始对我打击很大,一时间接受不了。现在我明白了,你这么淳朴高尚的一个人和我在一起实在是不公平,那就离吧。"

戚润物与外界接触太少,电视也看得太少,不然她就会发现王自力的又一大缺点,这就是:贫嘴。王自力是想装出沉痛的样子来的,但说着说着就有一点贫了。现在从北京到外省,从中央电视台到地方电视台,男人正流行贫嘴。都误以为贫嘴是幽默和潇洒。男人现在就剩下一张嘴了。所幸的是戚润物对社会变化没有那么敏感。她憨厚地与王自力就事论事还自以为切中要害。她说:"你的记性真不好,我记得你当时就表示同意离婚。"

王自力说:"那是气话,要面子的。一个大男人,谁愿意当街被女人甩了!"

戚润物说:"你还是得告诉我你为什么要搞她?"

王自力说:"求求你不要痛打落水狗了,我已经在灵魂深处挖了根子,作了沉痛的检讨。"

戚润物说:"我要知道的是你当时的真实想法。"

王自力说:"当时还能够有什么想法?人都失去理智了,满脑袋流氓念头而已。哪里知道一失足成千古恨呢。"

戚润物说:"你少来这一套!"

王自力说:"说真的,我的心都碎了。世上又没有后悔药卖,要是有,花多少钱我都不眨眼。"

侍应小姐过来了,继续使用亲切的语气,说:"小姐先生,你们还要一点什么?需要加水吗?"

戚润物和王自力的交谈被人为地打断了。他们都点头同意加水。加水的过程中他们都挪了挪屁股,换了换坐姿,四处闲看了一下。大堂作舰艇状,基调是白色的,很纯洁的样子。钢琴也是白色的。一个穿长裙的女孩子提着裙边走过来,打开钢琴,放好琴谱,目不斜视地弹奏起来。她弹奏的是《致爱丽丝》。大堂吧里的人不少,三三两两,成双成对,坐在沙发里,轻言细语地交谈。男人都是楚楚衣冠,皮鞋尖亮得晃眼。女性绝大多数是年轻女孩子,一个个粉面朱唇,香气扑鼻,穿着都很入时,故意穿黑或者穿咖啡的，为的是强调自己独特的身体特点，确实她们也达到了这个效果。戚润物显然就感到了无形的压力，在穿着打扮这一点上，戚润物就很没有学问。戚润物看女孩子们，女孩子们根本不看戚润物，她们的眼睛忙碌在她们的领域。戚润物的落寞与感伤想要隐藏也不容易。王自力选择谈话地点是预先考虑过这个效果的，他以为要解放思想也须有合适的环境和气氛给予暗示。看来戚润物是受到暗示了。王自力想：不管怎么说，戚润物这个人还是比较淳朴和老实的。这么一想，王自力不觉又生出了对戚润物的一些怜悯。现实就摆在面前：男人正是好时候，而女人已经过时了。王自力想：只有在离婚的时候多给一点钱了。

　　王自力对戚润物说："我要上一下洗手间，你呢？"戚润物摇摇头。戚润物主要是不好意思在大堂走动，她不知道洗手间在哪里，进去要钱不要，等等，总之，不去算了。戚润物干脆就一直看着那弹琴的女孩子在琴键上跳舞的手指。那是多么美丽的跳跃！

　　这一回合，似乎又是王自力小胜。

　　谈话在《童年的回忆》的琴声中继续展开。

　　戚润物说："王自力，离婚的问题今天我要谈的。今天我就是来谈离婚的问题的。但是在这之前，我有几个简单的问题。我也没有别的意思，只是坐在这里，这环境，让人有一些感慨，想了解一下现在的情况。因为我发现我好像落伍了，也许我应该跟上时代。"

　　王自力相信这是戚润物的真实感受，他已经看出来了。他说："好哇。你一向是一个研究生。你问吧。"

　　戚润物说："现在的社会，对于一个男人来说，最重要的东西是什么？"

　　王自力说："那我就坦率地告诉你吧：是相当一级的权或者相当数量的钱。没有的话，任何理想都谈不上，老婆孩子也过不好。"

　　戚润物说："要多少钱和多大的权？"

　　王自力说："有了房子和私车之外，至少还要上百万的钱，有一点可以随时出去的美金，当干部嘛，至少要省级干部以上级别。"

戚润物说："谢谢。现在的男人怎么看待离婚？"

王自力沉吟了一刻，小心地回答："现代社会，离婚和再婚都不是一件特别不正常的事情。中国过去婚姻质量不高，现在离婚其实是有一点拨乱反正的意思。"

戚润物说："谢谢。何谓婚姻质量高呢？"

王自力回避说："你不用每答必谢，又不是记者采访，咱们闲聊，探讨一下社会现状而已，你这些问题对我也很有启发。"

戚润物说："你没有回答我的问题。"

王自力谨慎地说："我看一些杂志上说，高质量的婚姻主要在精神上有饱满的爱情感觉和生理上有和谐的性。"

戚润物说："孩子在婚姻中的地位呢？"

王自力更加谨慎了，他怕踩上地雷。他说："孩子应该是爱情的结晶。不过孩子与父母的血缘关系不会随着离婚断掉。孩子跟谁生活都不会影响婚姻质量。"

戚润物没有在意，也没有联想，有一点索然寡味的态度了。她说："算了算了，说这些太理论了。来一点儿通俗的，男人是否总是喜欢年轻漂亮的女性？"

王自力笑了，这就得告诉她一点真情况了。他说："一般来说，当然。"

戚润物说："男人从心底里是不是觉得他这一辈子多睡一些女人好？"

王自力脱口而出："肯定了。"

戚润物讯诮地说："哦。"

王自力连忙解释："你听我说，要是寻找理论根据，我们可以去读弗洛伊德。"王自力一边说一边这么想：索性就给你上一课吧。他说："要是说通俗的社会心态，那就是我说的这样。所谓石榴裙下死，做鬼也风流。又所谓千金买一笑。其实我们现在的婚姻制度也是自欺欺人，说是一夫一妻制，可又容许离婚再婚，这种再组合的概率是无限的，实际上还是造成了群婚。制度本身就不合理，我们还在那儿穷讲究干什么？像我这样的优秀男人，多有几个女人爱我，我多爱几个女人，不是很合情合理的事情吗？我是不是有一点儿厚颜无耻？"

戚润物说："非常地厚颜无耻。"

王自力忍不住大笑一声，说："好了，我是从理论上说的，我并没有那么去做。"

戚润物说："怎么没有？白三改也一定是爱你的。"

王自力说："看，又提这事了吧？但是我实话告诉你，的确是她非常主动的，要不我不会犯这个错误。毕竟她是一个小保姆，还是很丢人的嘛。"

戚润物说："注意，我只有最后一个问题了：你有多少钱？或者说目前我们家有多少钱？"

王自力一愣，说："这是两个概念。我可以告诉你的是，我负责养活你和儿子一辈子。你们一辈子的温饱是没有问题的了。"

戚润物说："这就是说，其实我从来都没有弄清楚你的收入是多少？"

王自力说："你没有必要弄清楚，你也弄不清楚，因为连我自己都不太清楚。"

戚润物说："我提醒你，你是政府委派的总经理，不是私营企业的老总。你不要太贪婪。你的财路说断就可以断的。有一句话，说是多行不义必自毙，我送给你，但愿你好自为之。"

王自力说："这我当然明白。你放心好了。无论如何，我一定要养活你和儿子。"

戚润物说："谢谢，我自己能够养活我们母子。"

戚润物不再说话，低下头去吃水果盅，一口气把它吃完了。她不愿意浪费东西。

话到这里，已经是告别的意味。王自力以为戚润物马上就要谈到离婚的具体打算了。他眼珠不敢错动，看着戚润物一口一口吃水果，盼望她尽快吃完。当戚润物吃完水果抬起头来的那一刻,王自力甚至心跳加快了。

戚润物告诉王自力:"今天我终于对你有了一个比较全面的认识。对于你这么优秀的男人,你可以暂时不回家,但是,我不想离婚了。"

王自力一败涂地,片甲不留。

戚润物走了。小姐送来账单,加上王自力要的一盒香烟,一共是两百八十八块钱。王自力失去了绅士风度,他暴跳起来,吼叫道:"我操!怎么他妈的这么贵?"

戚润物回到家里,什么都来不及做,首先是要上厕所。尽管戚润物比较土气,不敢在大饭店上厕所,但事实证明今天的结局是戚润物赢了,王自力输了。

七 最难得的境界是进入人与人之间

人是会变化的,戚润物相信这一点,但是她的相信是针对一般人的,一般是年轻人和犯了错误的人。戚润物想都没有想到自己会有什么变化。戚润物已经有了一定的成就,有了一定的社会地位,形成了自己的学术观点和整套的世界观。她早上几十年如一日地吃泡饭。她觉得吃泡饭很好。一碗开水泡米饭,一样两样小菜,这当然是世界上吃得最舒服的早点。一个人到了人生的这个阶段,就是他影响和改变别人的时候了。戚润物就是这样的一个人,仿佛泰山顶上一青松。她每天早上早早起床,睁开眼睛就打开伴随了她多年的小半导体收音机,她要听新闻。她的梳洗五分钟即可,牙呼啦一刷,脸呼啦一洗,短发呼啦梳几下,雪花膏一边走出卫生间一边在脸上抹,到了餐桌前,雪花膏已然抹毕。泡饭吃罢,套上外衣,骑着自行车去上班,车网里放着黑色公文包,悠然地前行。

戚润物的处世哲学是首先严格要求自己,这一点在研究所有口皆碑。当年她生了孩子,发现孩子患有先天性疾病之后,她上班总是心神不定,思想一会儿就溜到了孩子身上,时常不由自主地流出眼泪来。为此,戚润物痛苦极了。后来，她想了一个办法，她主动写了自我检查，主动地将自我检查公开贴在食堂里，让全所的人都知道，让自己感知羞耻，这样，她终于使自己的思想稳定了下来，一心扑在工作上。

戚润物不是一个一般的女人。所里新来的小青年，三天以后就敢与所长嘻嘻哈哈，与戚润物是绝对不敢的。改革开放以来，所里经常出入一些外面的人，有的说是来买粮食储藏技术的，有的说是来谈合作项目的，有的说是来挂靠办公司的，有的是欠了租金的宿舍区门店的小老板，等等。这些人总是谈着谈着就要求请所里的有关人员出去吃个工作餐，办公室有时候通知戚润物去，戚润物是从来都不去的。戚润物不止一次地撞见中午出去吃了工作餐的领导和同事回来，他们的汽车门一开，酒气就冲了出来，随后是一个个赤红脸膛的人，睁着一双兔子眼。戚润物当着他们的面就用手绢扇鼻子。如果有人胆敢仗着酒兴说："扇什么扇？"戚润物立刻就会迎头痛击，说："我们是什么人？我们是什么单位？我们受的是什么教育？我们应该保持什么样的形象？这还用我说吗？我认为现在的知识分子的确是丧失了自己的精神家园，丧失了理想和追求，正在腐化和堕落。作为知识分子的一员，我感到痛心和忧愤。"这种不着边际的空泛的批评人家不生气，领导装作没有听见，上楼去了。领导的跟班与戚润物逗着玩，说："戚老师！戚老师说得对，说得好，我们深受教育和启发。"但是群众不答应，群众义愤地说："你们干什么！吃了玩了得了便宜还卖乖？戚老师当然说得对了！"每当这个时候，戚润物就淡然一笑，退下，她心里非常踏实。一个人只要下有群众上有党，他做人就会非常踏实。这就是戚润物的原则。

后来，王自力开上了他们公司的小车。王自力是一个以四海为家、以家为旅馆的人。这样的人难免好赶潮头，社会上一流行老总自己开小车，他就把公司的小车开着上下班。研究所里的人与戚润物开玩笑说："老公当老板了，开上小车了，戚老师要坐小车当太太了。"戚润物说："不稀罕。"王自力的确邀请过戚润物乘他的便车上班，戚润物真的谢绝了。戚润物认为，小车终归是领导坐得比较多，商人用车多少都有一点儿摆阔的味道，戚润物既不愿意把自己凌驾于领导之上，更不愿意沾王自力的摆阔之气。戚润物骑自行车十分钟之内就可以到达研究所，又朴素又方便还能够锻炼身体。二十年来，戚润物一直骑着她的自行车上班，穿过风雨，越过四季，路边的小树苗在她的车轮边渐渐地长成了参天大树。在研究所的人们的眼里，戚润物是不变的，就像时钟，在她自己的轨道里，每天以同样的姿态经过同样的地方，给人以岁岁年年的感觉。这岁月在悄然退色，颜色在渐渐地发灰和陈旧，为他人提示着红尘易老的感觉，而她则永远游离在红尘之外。

突然，戚润物家里发生了故事：女主人的丈夫偷搞小保姆。绝对的丑闻一桩。戚润物无法稳稳当当地骑着自行车去上班了。她病倒了。岁月停顿了一下，偏离了原来的方向。

戚润物自己一点觉察都没有，但是她确确实实因此开始发生巨大的变化。首先，戚润物跑到大街上，激烈地痛斥了王自力一通，现场居然有许多扁担和候车人围观。这是戚润物生平第一次做出这种张扬的不顾体面的事情，简直像鬼魂附体了。后来她想起来都后怕。

接着，李开玲出现。再接着，她六进夜总会。再接着，她约见王自力。事情总在节外生枝，一环套着一环，戚润物不得不去应付这一切。

现在，她已经与单位的同事们被请出去吃过多次的饭了，她还参加了各种聚会，积累了一大把名片。戚润物最初的意思是想通过这些渠道寻找一枚糖衣炮弹，狠狠打击王自力。可在寻找的过程中，戚润物不知不觉地对社会有了一些新的了解，对生活产生了一些新的认识，接受了一些新的观念。春风挡不住，一夜入墙来。好事可以变成坏事，坏事可以变成好事，这就是生活的辩证法。你不信就是不行。

戚润物要去夜总会看看王自力在怎么生活，但是她没有去过夜总会。李开玲去过。李开玲告诉戚润物："你这个样子去，人家都不会让你进。"戚润物问："什么样子进去才行呢？"李开玲就翻箱倒柜地替戚润物寻找和搭配服装。最后，李开玲把自己的扣花、香水和唇膏都贡献出来了。

这才使得戚润物得以理直气壮地缓缓迈进"麦当娜"夜总会。

尤其在大将军饭店与王自力交锋之后，瓶插鲜花、水晶吊灯、氤氲的香气、弹琴少女靓丽的手指、打扮入时的姑娘们那挺拔的身姿，都长久地在戚润物眼前晃动。戚润物把感想告诉了李开玲，说她本来是针对王自力去的，可是另外的那些东西倒是让她注意上了，好看的东西就是好看，现在的女孩子就是好看。话从这里又聊开了。

李开玲说："是啊，现在的女孩子就是好看。她们从小就营养好，身体长得高，皮肤长得滋润，又有各种服装、首饰和化妆品，怎么能够不好看呢？"

戚润物说："可是我以前是最看不惯谁化妆的。"

李开玲说："我也是。可我在公司上班后，想法就不一样了。尤其是中年以后的妇女，身段皮肤就是在走下坡路，我们不承认人家承认，你不用一点化妆品，不穿得整整齐齐，人家就是不爱看你，对你没有信任感。"

戚润物说："问题有这么严重？"

李开玲说："有。"

戚润物说："接着说下去听听。"

李开玲说："你知道空姐一律是要年轻女孩子的，你可能还不知道现在火车列车员都要年轻漂亮女孩，通勤车的售票员都只要漂亮女孩。这是因为中国女人自己不争气，上了一点年纪就不爱惜自己了。其实国外的航班上有许多空嫂和空奶奶，因为人家非常讲究自己的个人形象，所以社会也就非常重视她们。女人为什么不能适当地化化妆呢？"

这是女人之间一些琐碎如细雨的话语，打湿的却是戚润物对世界的观照。她忽然就意识到了自己的不足之处，她说："你看我是不是太不讲究了？你看我这个样子是不是不行？"

李开玲说："谢天谢地。你到底明白了。"

戚润物说："说干就干，你和我现在就上街去买衣服怎么样？我一切都听你的。"

她们说着就上街了。李开玲调动了她这些年在公司工作积累的全部经验，精心为戚润物选购了一批服装和化妆品。日子不长，戚润物自动地就改口说"我的润肤露"，而不再说"我的雪花膏"了。

对于李开玲，戚润物最初自然就是把她当作一个保姆看待的。李开玲已经五十岁了，文化程度也就是个初中毕业，身上还有一股狐媚之气，到底也是王自力派来的。最初戚润物无法重视李开玲。戚润物受过高等教育，当然懂得人和人之间一律平等，她不会因为李开玲是他们家的保姆而轻视她，但是戚润物觉得至少她们之间不会有多少共同话语。然而生活的现实与戚润物的认识很不一致。李开玲这个女人一旦出现，就渗透进了他们家生活的核心。戚润物每一天都会发现一些李开玲的与众不同之处。她知道许多戚润物不知道的事情，有许多新的观念，能安详地面对许多问题，菜烧得很精致，把家庭看得很重要。戚润物的这套两居室并不算很小，但是被戚润物、王自力越住越小，最后只剩下一条小径，从大门口到厨房再到卫生间再到卧室，其余的地方充斥着乱七八糟的家具、儿童玩具、水果纸箱、大小书架、四季的鞋子，等等，连阳光和风都找不到钻进来的缝隙。就是这样一个家，在李开玲手里一天一个新模样，戚润物每天下班回来都惊奇地发现自己家在变宽敞，变亮堂，尤其使戚润物感动的是，她十五岁的王壮可以在这变宽敞和亮堂的家里推着学步车，大步地笑声朗朗地学习走路了！

戚润物与李开玲的关系在微妙地变化着。戚润物变得很愿意服从李开玲的管理。李开玲成了戚润物的新单位。戚润物几十年如一日的泡饭，李开玲开始几天迁就，后来不再苟同。李开玲在征求过了戚润物的意见之后，她和王壮的早餐是一片新的局面。李开玲还是替戚润物把泡饭做好，让她吃，而她自己是熬粥，黄灿灿二米粥或者是芸豆粥、黑米粥什么的，李开玲和王壮坐在戚润物的对面，他们喝粥，每人还有一只煎鸡蛋和蒸得热乎乎的馒头花卷之类，每人还有一杯牛奶。李开玲倒是吃得斯文，动静不大，王壮却吃得狼吞虎咽，幸福地哼哼，像一只饱餐的小猪。终于有那么一天的早晨，僵局被戚润物打破，戚润物对李开玲说："我可以喝一碗粥吗？"

李开玲说："当然了。"

李开玲给她端来了粥，戚润物喝了一碗还想要。这个时候李开玲给了她一杯牛奶。李开玲说："戚老师，女人要对自己好一些，至少应该每天喝一杯牛奶。"

戚润物说："为什么应该喝一杯牛奶？难道泡饭就不行吗？"

李开玲说："女人到了中年以后缺铁缺钙，骨质容易疏松。早餐的营养是最重要的，它们要为你一整天的工作打下基础。"李开玲总是这么头头是道，娓娓动听。

戚润物下意识中想压倒李开玲。她说："现在外面卖的牛奶不可靠，馒头也不可靠，那么白的馒头一定是放了洗衣粉的。"戚润物顺手抓过一张晚报，说："你看看，《三桶泔水一桶油》。这则消息揭露说不法分子从饭店的泔水里把油煮出来，加一点硫酸，再怎么简单地弄一弄，就把又脏又臭的油还原成了花生油的颜色，当作牛油出售。你看看！你看看！我们买的油炸食品和副食品都有可能是这种油！怎么得了哇！"戚润物一说就激动。

李开玲不容易激动。她接过报纸阅读了《三桶泔水一桶油》，说："是的，现在的人为了钱，什么假冒伪劣商品都弄，但是我们还是得生活。我们得尽量选择优质商品。我们的早餐还是应该保持营养。女人还是应该每天喝一杯牛奶。社会主义初级阶段，资本原始积累时期，大概就是会这么乱一阵，关键是我们自己要珍惜自己。"

李开玲比戚润物说得有条理有水平，话放得出去收得回来。不由戚润物不服气。

戚润物是一个从善如流的人，她想了想，说："我是不是在这些问题上思想有一些混乱？"

李开玲明确地回答："是的，你只是对你的专业研究得非常深入和透彻。"

戚润物久久思考，最后对李开玲说："明天早上我再尝尝你们的早点怎么样？"

李开玲笑了起来，说："欢迎品尝。"

戚润物吃了多少年的泡饭就这样退居到了第二线。戚润物与李开玲的关系也自然调整到了正常的位置。她们是朋友了。她们相处得越来越融洽。从前戚润物根本想不到女人之间可以有这种新型的关系。

女人是被女人引导前进的。作为女人的戚润物被李开玲引导上了回女人之家的道路。戚润物来例假的时候使用的是月经带。戚润物的月经带是十年前她母亲给缝制的。戚润物还清楚地记得，十年前的某一天，她收到了她母亲从上海写来的一封平安家信，信的最后告诉她这么一个喜讯，说是她哥哥从一个沙发厂弄到了一块质量很好的人造革，做母亲的准备把它们缝制成十条月经带，送戚润物七条，送她嫂嫂三条，以支持戚润物抓紧全部的时间从事科研工作。戚润物回信向母亲表示了衷心的感谢。事后不久，上海寄来包裹。戚润物收到了母亲送给她的七条月经带。她母亲的手很巧，月经带做得比商店卖的合身，并且非常结实。戚润物很高兴自己从此不必再为购买月经带而操心了。这七条月经带就一直使用到了现在。李开玲来了之后，戚润物当然还是使用她的月经带。不过戚润物知道一般人是不愿意替别人洗这种东西的。白三改就坚决表示不洗，她认为洗了就不吉利。戚润物也没有让李开玲洗涤月经带的打算，她自己使用完毕之后，自己关在卫生间洗干净了，挂在衣架上，用一条毛巾遮盖着，晒在阳台上。李开玲从毛巾下面垂挂出来的参差不齐的布带子上猜测出了戚润物晾晒的是什么东西。好脾气的李开玲居然沉不住气了。李开玲说："戚老师，这是那东西吗？"

戚润物出来阳台上看了看，说："是的。我不要你洗，我自己洗就行了。"

李开玲说："不是谁洗的问题。你还在使用这种东西？"

戚润物说："当然。我还没有绝经的迹象。"

李开玲说："我的天，我向毛主席保证这是一个奇迹。"

戚润物一点都不明白李开玲说的是什么意思。李开玲告诉她，现在的女人早就使用卫生巾了。谁能够想象一个居住在大城市中心的，在某研究所工作的，老公是当老总的，自己是年轻的副研究员的女人，还在使用十年前妈妈缝的月经带？

　　这一下是戚润物吃惊了，她说："这和我的工作，和我的职称，和王自力有什么关系？难道现在的女性都不用月经带了？"

　　李开玲说："是的，时代早就进步了。我敢说至少城市的女性都不用了。商店里早就没有卖的了。有更适合女人的东西了。"

　　戚润物说："那怎么从来没有人告诉我呢？"

　　李开玲说："这我就不知道了。也许是没有人告诉你，但是电视里的广告你总归看到了吧？"

　　戚润物说："你知道我很少看电视。就是偶尔看看，广告也太多了，我根本就没有往心里去。"

　　李开玲百感交集，没有人关爱的女人就是无法与时代同步。她同情地望着戚润物说："我明白了。"

　　李开玲的表情和语气触摸到了戚润物的本质。戚润物望着李开玲，咀嚼着回味着由李开玲生发出来的某种东西，觉出了自己作为一个女人的落寞。戚润物的眼睛不再像平日那样的模糊恍惚，大而化之了。平日里戚润物的眼睛不习惯与人直接对视，它们总是含糊的，就像无所事事在街上闲逛的孩子。现在，戚润物的眼睛终于用心地落到李开玲的身上。她发现了李开玲。李开玲这个女人无论是上楼下楼，进进出出，弯腰起身，还是阳台上晒晾，都是非常飘逸和柔软的。她像狐狸，像蛇精，是细雨，是微风。她具有这些品质，人就是五十岁了也非常好看。女人的年龄唯一不能够伤害的就是女人的品质，戚润物明白了。戚润物明白得太晚，但到底是明白了。

　　李开玲替戚润物买回来了一袋卫生巾。戚润物将卫生巾一把拿进了她的卧室，晚上在台灯下仔细地阅读和研究了包装上的说明书。然后，戚润物就像一个初潮来临的小姑娘，欣喜而又害羞地第一次使用了卫生巾。她母亲缝制的人造革月经带终于被戚润物卷起来，放到了箱子的最底部，就如历史一般进入了以往的岁月。而戚润物正从以往的岁月中脱颖而出。

有一个夜晚，李开玲坐在王壮的床前，轻轻摇晃着身子，若有若无地哼着那支安详的摇篮曲。午夜的李开玲头发依旧一丝不乱，衣着依然整洁如新，她像一朵永不凋谢的花。

戚润物放下手中的笔，走到隔壁的房间，看着李开玲光滑流畅的侧影，心想有一个比喻也许不太恰当，但是她还是说了。她叫了一声"李大姐"，然后有一点羞涩地说："你就像一朵永不凋谢的花。"

李开玲淡然一笑："什么花？一棵草罢了。"

戚润物说："我要告诉你一句话：我衷心地感谢你。"

李开玲说："用不着的。"

戚润物说："我和王壮一样，我们的生活能力都很弱。"

李开玲说："只要你愿意，我可以照顾你们一辈子。"

一个宁静的夜晚，几句女人之间的絮语，看着是不经意的。可是它们是从一个人心里出来直接到另一个人心里去的，是一般中国人之间做不到的。它们鸿毛泰山，一言九鼎，这就是女人的诺言了。

八　如今谁请你吃晚餐

在戚润物认识艾月的这一天，事先戚润物并没有想到会认识艾月和最终获得艾月。李开玲也没有想到。但是她们都觉得这个晚宴是一个比较重要的活动。首先，晚宴的来源结构就比较复杂：晚宴是戚润物的大学同学出面邀请的，这位同学姓张，过去在班级与戚润物的成绩旗鼓相当，竞争厉害，有上层背景，毕业的时候光荣地被分配到国家部委机关，当时戚润物被气得哭过几次鼻子。现在张同学从北京打来长途电话，说要特意来武汉看望并宴请戚润物,这不能不让戚润物高度重视。但是实际上,要在武汉最高档的海鲜城为戚润物花钱的人并不是张同学,而是张同学的外甥的朋友,这位朋友称呼刘先生。在张同学牵线搭桥之后,刘先生分别从香港和广东和北京多次来电话。首先是表示感谢,其次是介绍自己,再次是约定武汉的晚宴时间。后来,又是戚润物打电话过去,因为她还没有弄清楚那位素昧平生的刘先生为什么要如此兴师动众地宴请她。张同学的回答是:主要是我想去武汉看看你,我的外甥和他的朋友是崇拜你。戚润物得不到实质性的回答心里很不踏实,又要往香港打电话问刘先生。戚润物又兴奋又紧张又好奇,到处找香港的电话区号。李开玲劝阻了戚润物。李开玲说:"别花冤枉钱了。现在的饭局约的时候都是这样含糊不清的。去吃了,就明白了。"

戚润物说:"现在还有很多这样的饭局?"

李开玲说:"多极了。约到香港去吃一顿饭也不是什么稀奇事。"

戚润物说:"那大家是为了什么?难道那位刘先生真的崇拜我,我有什么好崇拜的?"

李开玲说:"也许是真的崇拜你,他对你会有要求的。去吃了,就明白了。大家这么做一般都是为了做成生意。"

戚润物更加惊奇,她说:"我与生意有什么关系?"

李开玲只好高度概括地告诉戚润物:"现在这年头,谁一不当心都会和生意发生关系。"

总之,可以肯定的是,这次晚宴是一次比较重要的晚宴。不是一般宴请。一般的宴请一般是寻找价廉物美的餐馆,而这次是直奔最豪华、最昂贵、高举屠刀随时准备宰客的"海皇帝"海鲜城。刘先生的崇拜可以留到去了以后弄清楚。但是与张同学的竞争是没有硝烟的战场,十几年过去,现在倒要看看谁比谁过得好:谁的成就高一些,谁的职称高一些,谁的白头发多一些,谁的面相苍老一些。人到了一定的年龄,叙旧就成了最重要的生活内容之一。那么戚润物是不是要染染发呢?

从来没有染过头发的戚润物下了决心:染!她想现在谁不染?现在

北京开会,中央领导坐一长排,一长排头发清一色乌黑,个个是返老还童的模样,就是精神,挺好。

戚润物不愿意去美发厅,让李开玲在家里替她染发。李开玲非常高兴戚润物在深受王自力打击的时候有了积极的人生态度。李开玲比戚润物还要忙碌,替她染发,替她准备服装,替她擦亮皮鞋。这套衣服配在一起看看,那套衣服又配在一起看看,近距离看看,远距离又看看,繁复的过程弄得戚润物光是看着就累。戚润物坚持不下去了,她叫苦说:"太累了!"

李开玲反问说:"撒切尔夫人累不累?"

戚润物只好服输。李开玲替戚润物成功地染了头发同时还焗了油,头发是黑褐色的,非常接近自然。衣服是一套锈红西服套裙,里面是茶色衬衣,黑皮鞋,深肤色丝袜。脸上稍微打了一些粉底,涂了唇膏,修了乱眉,这是戚润物人生第一次认真的细致的打扮。在打扮的过程中,戚润物始终有可笑之感。打扮停当,李开玲把戚润物推到了镜子面前,戚润物只觉得眼前一亮,愣了。镜子里头是一个亭亭玉立、漂亮大方的女子,西服上简单的几条锈红缎面装饰闪动着华丽的光芒,勾勒出她的胸脯和腰身,呼应出她头发、皮肤和眼睛的光泽。光泽是女人的生命,是生命的核心。这光泽随着步态的摇曳而散发出的便是女性之馨香。光泽是香的,戚润物觉得自己清晰地闻到了。戚润物百感交集。她望着自己傻呵呵地笑起来。她恍若隔世地想起了从前的一天,那天她穿一双破旧肮脏的拖鞋,皱巴巴的睡衣外面套着一件已经松弛了的毛衣,头发花白,胡乱刺楞着,青黄不接的一张脸上布满蛛网。那天她看了镜子里头的自己,脑子里晃动着白三改肥硕健壮的乳房,她是多么痛苦啊。她清楚地记得她当时说的话是:"只有杀了王自力我才解恨!"

现在,镜子里头的这个年轻女人不想杀王自力了。杀人那是胡说。戚润物现在有更好的办法惩罚王自力。戚润物自信地想:咱们走着瞧。

晚上七点整,戚润物打的到了"海皇帝"海鲜城的大门口。她闪过了一个念头：现在应该是看新闻联播的时间。一般情况下，戚润物必须看晚上七点的中央电视台新闻联播，否则，她就觉得她与国家失去了联系。戚润物扫了一眼"海皇帝"门口云集的各种小车，心中讶异居然有如此多的人宁愿与国家失去联系。

穿制服的迎宾侍应上前一步替她拉开车门。大门两边的礼仪小姐程式化地给她来了一个九十度的鞠躬，说："欢迎光临。"小姐们一扭一扭地带领戚润物登上台阶。大堂里迎上来一个光艳照人的姑娘，极高的个子，冰蓝色丝绒旗袍，胸口缀一朵珠绣牡丹。姑娘一眼就看出戚润物乘的是出租车，并且是一个人。她眼皮向下，貌似礼貌，暗藏不屑地问："请问小姐您有订座吗？"戚润物一下子就被激怒了，她想：一个餐馆还如此势利，怎么得了！戚润物原本还准备乘坐公共汽车的，可她不知道应该乘坐哪一路。是李开玲建议打车算了。说是现在的公汽上大多是外地打工仔和做小生意的人，又脏又不准点，你今天要去的地方和今天这一身打扮坐公汽都不合适。戚润物幸亏还打了一个出租车来，若是乘坐公汽和骑自行车来呢？戚润物想：难怪王自力要与她离婚了。现在外面成了什么样子！是什么风气！中国还远没到发达国家那一步，就已经如此腐朽。戚润物想：此风不可长！于是戚润物不卑不亢地说："请教姑娘，订了座如何？没有订座又如何？"

冰蓝色的姑娘似笑非笑，说："订了座我就带您去，没有订座的话，对不起，散客已经客满。"

戚润物说："岂有此理，餐馆还有客满一说！餐馆是流水席，来一个走一个，凡是进门的都得请坐。"

冰蓝色的姑娘脸色不好看了，说："我们这里是海鲜城，不是一般餐馆。"

就在这时候，一个俏丽的女郎插了一嘴，她说："傻逼，海鲜城不也是餐馆吗？！吃海鲜的餐馆，而已！"女郎手里夹了一支香烟，吸了一口，公然地朝冰蓝色的姑娘徐徐吹了一口烟雾，说："小姐我看你干这一行好像不合适，眼水不亮堂。你以为这位女士是谁？在我看来，这位女士绝非等闲之辈，怎么着也是一个高级知识分子，你看人家这气质，这语言，这派头，说不定今晚的'美人捞'就是为她而包下的。"女郎指点江山的手指好似白嫩葱管，食指戴着一枚硕大的镂花银戒，出手便惊人。她的出现使冰蓝色的姑娘黯然失色，走过的男人无不瞟一眼女郎，有的还回头注意地张望。男人们无意中的那一瞟都被戚润物看了一个分明，那一瞟里尽是灵魂。女郎是一个年轻的狐狸，一个青春洋溢的狐狸，一个品质外露的狐狸。戚润物忽然想到王自力在这种女郎面前一定会束手就擒。戚润物不由自主地对女郎露出了亲切的微笑。

女郎的一番话使冰蓝色的姑娘顿时就慌乱了手脚，她左一声对不起，右一声对不起，神色间早已是十分的卑微。

俏丽的女郎懒得理睬那姑娘。她迎着戚润物的微笑挽住了戚润物的胳膊，说："一定是戚老师吧？我们都在等您呢。"

戚润物高兴地说："我是戚润物。"

女郎说："我是艾月。"

这就是艾月。艾月就是这样闯进了戚润物的生活。没有任何人的介绍。艾月一出现就替戚润物报了一箭之仇。艾月这一天穿的是黑色紧身裤，雪白的棉衫。棉衫烘托着艾月异常丰满的胸脯，裤子闪闪发亮显得她双腿浑圆，她耳朵上两只装饰性很强的耳环夺目地晃荡着，短发的颜色是稻草黄。戚润物对艾月印象非常深刻。印象中艾月是一匹精神抖擞、富于挑战、勾人魂魄的小母马。

戚润物说："请问你是谁？"

艾月说："我是刘先生的朋友，我们崇拜您。"

戚润物说："你怎么知道我是谁？"

艾月说："我有巫气。"

戚润物说："你很漂亮。"

艾月说："谈不上漂亮。性感而已。"

戚润物想，果然是一匹小母马。她感叹道："嘀！"

艾月说："嘀一个坏女孩。"

戚润物想：就是她了！

"美人捞"是海鲜城的一个包间。正是刘先生宴请戚润物的包间。也是"海皇帝"唯一的一间不公开对外只接待熟客的包间，并且以昂贵的收费体现它的价值。"美人捞"不叫美人捞，房门上有一个名字，写的是"听月轩"。听月轩是公开的名字，面对社会和公众，也面对工商和税务，是一个一般的名字，比较文雅，世俗气重的餐饮业都喜欢用。在中国，你绝对不会因为好风雅而被收高税。美人捞是熟客们叫的，是面对自己面对内心的，也是名副其实的。美人捞房间里面的墙壁不是一般的墙壁，是玻璃，是仿造的海。里面游动着大海龟、小鲨鱼、海参、海螺、龙虾、基围虾等一些奇奇怪怪的可供食用的海鱼。食客想要吃什么就点什么，看图说话。点了什么，就可以当场目睹一个小姐下水去捞。下去捞海鲜的小姐当然是年轻的，漂亮的，穿泳衣的。关键的地方就在这里了。小姐可以很快就替你把你要的海鲜捞出来，也可以捞得很慢，捞得很不容易。小费是现场给，如果小费给得高，小姐就捞得很不容易，如果高到一定的程度，小姐还会与鲨鱼搏斗，还会充满劳动喜悦地与海龟拥抱，还会向客人飞吻。水中的飞吻玲珑剔透，可望而不可即，非常刺激。在美人捞，吃的是过程而不是简单的结果。吃结果现在在中国太容易了，一般餐馆，路边大排档，几个钱就能够吃饱。吃过程就是吃艺术了。艺术总是非常昂贵的，这就有一点和国际接轨的意思。

戚润物对饭局的想象力显然比较苍白，首先她没有想到"美人捞"真的是美人下海捞鱼，二来她也没有想到客人多得连握手都是批发式的，名片如雪花飘飘。艾月为戚润物与客人之间一一地作介绍。

艾月说："这是我们公司的董事长兼总经理刘总刘先生。这是我国著名粮食储备专家戚润物戚老师。"

戚润物与刘先生握手，互相说："你好你好！久仰久仰！哪里哪里！"

艾月说："这是李先生李总。这是我国著名的粮食储备专家戚润物戚老师。"

戚润物与李先生握手，互相说："你好你好！久仰久仰！哪里哪里！"

艾月说："这是外贸部的张厅长，我们国家年轻有为的新一代干部——"

张厅长打断艾月，抢过一步握住戚润物的手，正要说话，戚润物也认出了她的老同学。这就是她的张同学。张同学发胖是发胖了一些，但不是一般的发胖，是中部崛起，干部款式的发胖；头发也谢了顶，留了一个欲盖弥彰的发型，民间俗称"地方支援中央"，但是现在有各种摩丝，张同学把边缘地带的长发覆盖并固定在头部中央，猛一眼看去，一个黑油油的头，还是很青春的样子。再加上张同学脸色滋润，神色爽朗，穿着精纺全棉衬衣，配着高级领带和高级皮鞋，挺胸腆肚的，有一点儿仪表堂堂的气势了，这是从前的一个清瘦大学生所绝对没有的。

张同学说："戚润物，你好吗？你一点都没有变，好像更漂亮了嘛！"

戚润物说："是吗？哪里。"戚润物话说得这么谦虚，其实是顺口说的，她心里还是很高兴。但张同学的话显然一贯是应酬场面的。在今晚的来客中，除了戚润物，其他三位女性都是年轻小姐，因为现在的美容化妆术，小姐们盛装之下，个个都漂亮非凡。其中有一位林小姐在刘先生的安排之下，从北京陪伴张厅长飞到武汉，一路上他们已经聊得十分投机。对于张厅长来说，林小姐至少是非常养眼的。四十五岁的戚润物埋头读书十几年，废寝忘食地从事科研工作十几年，不逛商店不逛街，不看电视不娱乐，业余一点时间全都消耗在孩子身上，她能够不变？能够漂亮到哪里去？再说她的漂亮是另一种，是靠智慧来表现的，需要机会和具体的过程，只有少数人才会欣赏这另一种漂亮，绝不是在灯红酒绿的海鲜城一见面就可以发现的，即便是戚润物今天被李开玲打扮了一番也不成。年龄绝对是女人的致命伤。对女人最大的欺骗莫过于不顾场合、不顾年龄、信口开河地恭维她一点没有变还是非常漂亮，干吗呢？戚润物场面见得少，被随意欺骗了还浑然不觉，咧着嘴对她的张同学笑。艾月是老手了，一眼就明白，知道戚润物是一个老实人，她推开了张同学，说："得了，你们老同学稍后再谈心，现在是戚老师和大家见面的时候。"

艾月说："这是林小姐，我们公司项目部经理，精通三种外语，与老外谈判不用翻译的。这是我国著名的粮食储备专家戚润物戚老师。"

戚润物与林小姐握手，互相说："你好你好！请多关照！哪里哪里！"

艾月说："这是电视台新闻部记者黄先生，是我国举足轻重的人物，我们都怕他。这是我国著名的粮食储备专家戚润物戚老师。"

戚润物与黄先生握手，互相说："你好！"黄记者见多识广，不屑多说话。

艾月说："这是《神州风》报社记者孙先生，大名鼎鼎的名记。这是我国著名的粮食储备专家戚润物戚老师。"

戚润物与孙先生握手，互相说："你好！"孙记者也不屑多说话。

艾月说："这是卓越公司的老总欧阳天，这是我国著名的粮食储备专家戚润物戚老师。"

戚润物与欧总握手，互相说："你好你好！久仰久仰！哪里哪里！"

艾月说："这是新世纪集团公司武汉分公司老总魏先生魏总，这是我国著名粮食储备专家戚润物戚老师。"

戚润物与魏总握手，互相说："你好你好！久仰久仰！哪里哪里！"

艾月说："这是当今中国最火的电视明星缨子小姐，这是我国著名粮食储备专家戚老师。"

戚润物与缨子小姐握手，互相说："你好你好！你真漂亮你真漂亮！"

艾月说："这是汉里斯拉国际时装大赛金奖获得者苗修绣小姐，这是我国著名粮食储备专家戚润物戚老师。"

戚润物与骨瘦如柴的苗小姐握手，互相说："你好你好！很高兴认识你很高兴认识你！"

还有一位腹大如鼓的年轻人，条子T恤衫，背带裤，摹仿的是歌星尹相杰的打扮，艾月介绍他是本店老板，戚润物也与他握了手。老板高声地对大家说："欢迎欢迎，衷心地欢迎，今天我的小店迎来了这么多著名人物,真是蓬荜生辉。如果我今天把你们灌醉了,明天中国股市就会摇荡。所以今晚我要奉送一道菜给诸位,每人一盅酸辣鱼翅羹。"

大家参差不齐地说:"谢谢!"

艾月对戚润物说:"OK。可以坐下歇一会儿了。"

戚润物与一张张笑脸笑过了,与一双双手握过了,这些人是谁,她已然混淆,信息爆炸,都是碎片,就连做东的刘先生也被她混淆在了一群老总里,张同学也不知被人们裹挟到哪里去了。瞧这一通乱,戚润物都出汗了。

"美人捞"表演开始,大家的兴奋点都集中在那里了。转眼间戚润物又感到空落落的,不知道干什么好。艾月来到她的身边,提醒她说:"您也点菜呀,重要的在于参与。"艾月的话让大家暧昧地笑起来。大家都兴兴头头地参与了点菜,并且比较着谁点的海鲜能够更充分地展现和暴露小姐的身体。戚润物没有点菜。艾月劝戚润物点一个,戚润物只是摇头。艾月小声说:"您不太习惯这种节目是吗?"

戚润物说:"我头都昏了。"

艾月说:"那我替您点一道最近特别流行的蔬菜吧。"艾月点的是樱桃萝卜。

樱桃萝卜是大棚里培育的绿色蔬菜,红殷殷的萝卜只有蒜头大小,带着绿油油的萝卜叶,水灵灵地放了十来只在瓷盘里,旁边配了黄酱,萝卜蘸酱生吃。吃的是北方风格。戚润物喜欢这道菜。艾月又一次地为戚润物解了围。

等到海鲜上桌,人们才坐定下来。艾月安排座位。戚润物坐在刘先生和电视台的冷面黄先生之间,艾月坐在黄先生和张厅长之间。张厅长身边坐的是林小姐。林小姐一直在与张厅长热烈地交谈。大家都在热烈地交谈,时而爆发出大笑。戚润物独自坐着,没有话谈,觉得有一点不知所措,她使劲地看着张同学。张同学终于侧了一下脑袋,戚润物抓紧时机叫了他一声。隔着两个人,戚润物伸过身子小声问张同学:"喂,今天是干什么?"张同学说:"什么?"

戚润物说:"今天是干什么?"

张同学笑眯眯地说:"吃海鲜吃海鲜。"

戚润物说:"我知道是吃海鲜。"

张同学强调说:"就是吃海鲜,叙旧,没有别的。你要放松,好好享受一下。"张同学嘱咐了戚润物,并没有与戚润物叙旧,又去与旁的人说话了。戚润物明白张同学已经走远,已经很滑,她抓不住他了。但是戚润物没有办法让自己好好享受这顿饭,为什么吃这顿饭?她实在是觉得莫名其妙。在她莫名其妙的情况下,她安定不下来。

戚润物与艾月只隔了一个人,所以戚润物想她还是得问艾月了。戚润物这个人做事情必须弄明白这是一件什么事情,她的作风一贯如此,她认为这是一个基本的道理。可是艾月却被刘先生支使出去再要一份樱桃萝卜,接着又发现在座的客人差一听饮料,艾月又被支使出去要某种饮料,艾月在不断地被刘先生支使着,大家需要什么也都叫唤她,艾月殷勤地忙碌着,像一只旋转的陀螺。戚润物找不到艾月,只好独自揣着一颗不安定的心,后悔不该轻易应邀出来吃饭。

因为刘先生不断以主人的身份支使艾月,戚润物终于认清了刘先生,一个很年轻的年轻人,个子矮小,相貌平常。张同学的外甥也是一个年轻人,也是个子矮小,相貌平常。他们的区别在于一个是白脸,一个是黄灰色的脸。大家坐定了,各人面前都有了白酒、白葡萄酒、饮料、醋碟和日本绿芥末之后,刘先生站起来给大家祝了酒。他说感谢大家给他面子,光临他的晚宴,他祝大家身体健康,心想事成,戚润物听得很认真但是还是没有从刘先生的祝酒辞里琢磨出自己被邀请的原因。大家纷纷碰杯。圆桌很大,碰杯不是一件很容易的事情,每个人的胳膊都要拚命地往前伸,跟打架一样,缨子小姐和苗小姐显然非常顾及自己的衣饰,生怕弄翻了面前的酒菜。刘先生是很灵光一个人,见此情形,便说:"坐下坐下,请大家都坐下,过电就行了。咱们这是在武汉,咱们武汉有一句很朋友的话,说是:屁股一抬,喝了重来。话是粗了一些,对在座的小姐女士不敬了,但是这的确是一句很重友情的话。我们谁也不许再站起来了。"于是大家再喝酒,就把酒杯往台子上顿顿,顿出一片杂乱而清脆的响声。

刘先生分别给客人敬酒首先就是敬的戚润物,他热情而诚恳地说:"我要向我久仰的我们国家级的粮食储备专家敬上这一杯。"他端的是满满一杯高度白酒。

戚润物说:"我不会喝酒。"她端起了一杯西瓜汁。有人起哄说:"这不行这不行!"刘先生说:"行!行行!戚老师喝什么都行,我虽然也不会喝酒,但是我一定要干了这杯白酒,以表示我对戚老师无比崇敬的心情。"刘先生说完,一仰头喝了一个底朝天。戚润物虽然对刘先生的无比崇敬有一些摸不着头脑,但是她还是感动了,感觉也好了一些,毕竟人家是首先敬她,毕竟人家不会喝酒的人为这无比崇敬喝了这么大一杯酒。戚润物也猛喝了一口西瓜汁,然后说:"刘先生你赶快吃菜。"接着张同学的外甥李总也上来给戚润物敬酒,这个年轻人一口地道北京话,北京话奉承人那是最好使的,所以他的嘴巴比刘先生还要甜。说因为他舅舅与戚老师同学的缘故,他打小就非常崇拜戚老师,戚老师身为女性,不仅在大学里出类拔萃,而且在事业上获得如此成就,人还生得如此漂亮,这真是何等造化!戚润物被张同学的外甥说得一阵一阵脸红,一口一口猛喝西瓜汁,脑子发热得迷迷糊糊的。戚润物与刘先生和张同学的外甥碰杯的时候,有人替他们拍照,闪光灯不住地照耀戚润物,她的眼睛就跟长了翅膀一样一下一下地飞翔。戚润物的感觉更加好了起来,不再那么地局促不安,于是心里就自己劝自己要入乡随俗一些,不要扫大家的兴。这样,戚润物暂时隐藏了自己的情绪,与大家七嘴八舌地聊起天来。记者有许多官场秘闻,讲一段,有一段民谣作为总结,比如说跑官的诀窍就是这么说:不跑不送,降职使用;光跑不送,原地不动;又跑又送,提拔重用。现在中国盛产民谣,诸如此类的民谣多得数不胜数,在戚润物听来,却也还是很新鲜有趣,便学着说,强行地记忆。刘总和李总,与戚润物聊的都是戚润物的专业问题,这使戚润物异常兴奋,她有问必答,倾其才情,谈得神采飞扬,十分深入。在混乱的谈话之中,刘先生还插空请戚润物签了字、题了词什么的。艾月伺候宣纸笔墨，伺候戚润物的吃吃喝喝。艾月专门给戚润物布菜，特意为她一个人介绍哪是日本北海道的三文鱼刺身，哪是南太平洋的龙虾刺身，扇贝怎么吃味道鲜美，而生吃海参又该怎么吃才味道鲜美，海螺的哪一截是泥肠不要吃，有蟹黄的母蟹才好吃应该如何辨别蟹的公母。吃到后来，戚润物甚至有一点得意了。这个晚上的客人虽然很多，但是戚润物感觉自己特别受重视，受重视的感觉是很好的，戚润物甚至为自己没有坚持自己的不安而感到了内疚。她内疚地想：人啊人，人的意志真是太薄弱了。

后来，刘先生他们终于去照顾别的客人了。张同学坐到了戚润物身边，两个老同学正式见面说话。两人互相望了望，都在猜测对方是否染了头发。但是大家都没有就头发的问题说什么，只是说："哎呀，老了老了，一晃人就老了。"

戚润物刚进门的时候，他们握过手。握手的时候就彼此问过好了。都说好好。现在坐在了一起，细说起来，又都说不好了。都说自己身体不好、发胖了、有胃病、血脂高、早搏早跳，等等。都说要锻炼啊。都说工资低，养不活人了。都说单位效益不好，医疗费很困难了，子女很花钱了。说着说着，戚润物就觉得有一些没有意思了。两人说的也许都是真话，却给人以假话的感觉，不是十几年没有见面的同学要说的话。

戚润物说："你没有老。你现在是很发达的样子。"

张同学说："是吗？那就借你的吉言了。"

戚润物说："你做生意了吗？"

张同学说："谈不上吧。"

戚润物说："我看你像。"

张同学又打一个大哈哈。戚润物记得张同学以前是不会打这种哈哈的，现在好像已经成了习惯。以前张同学与戚润物较量，十分地认真，具体到考试解题的每一个步骤，现在却海阔天空，不着边际，没有任何具体的东西让你摸得着了。人的变化真是大！戚润物如果早就知道她从前的张同学已经不复存在，她来吃这顿庞杂的晚宴做什么！

戚润物问张同学："你们请我吃这饭是做什么？"

张同学说："看你问的！不做什么。我们十几年不见了，见一个面呀。我看不是吃得很高兴吗？"

戚润物忍不住她的不高兴了："你呀，变了！"

张同学说："我变了？也许是变了。在今天这个时代，你怎么能够不变？不过，我发现你倒是保持和发扬了某种天真和质朴的东西。"

戚润物说："算了。我们没有办法谈了，还不如和他们年轻人谈得有趣。但是你应该告诉我，他们到底为什么要请我吃这么豪华的晚宴。"

张同学说："到了现在你还来问我？"

戚润物说："我不问你问谁？是你请的我。"

张同学说："你看你，我说你天真你还更天真了，刚才不是把事情都办了吗？"

戚润物说："办了什么事情？"

张同学说："你是真不明白还是喝多了？小刘和我外甥想在国家的粮食储备设施方面投资，刚才已经请教过你了。"

戚润物"哦"了一声，晃了晃脑袋，如梦初醒，昏昏沉沉的，也不知为什么，她心里忽然不舒服起来。戚润物不想与张同学再说什么了。再说出口的话肯定太重了。她想说的是：你们在利用我！你们在欺骗我！但是这种话显然是不能够说的，说了就是一个很不懂事理的人，因为人家并没有明确地构成利用和欺骗。现实生活中的情况总是比理论上来得复杂和微妙得多。戚润物一时间找不到合适的语言和表情。戚润物站了起来，前后左右四处打量，她的膀胱发胀了，她想上厕所。刘先生十分敏锐地注意到了戚润物的动态，他一看就知道戚润物想做什么事情，便将正在吃菜的艾月瞪了一眼。

艾月说："什么？"

刘先生严厉地说："什么！你说什么！"

艾月说："我刚刚坐下吃一口东西。"

刘先生人比较矮小，脾气倒不小，说发脾气就发了脾气，他立眉竖眼地呵斥道："让你来就是吃的？你还没有吃够！"

众人忽儿静了下来，都看着艾月和刘先生。艾月将一根长长的椒盐虾须叼在红唇间，与刘先生对峙。张厅长出面了。他说："刘总，这就是你的不对了。我们是男人，无论如何也不能够让小姐当众难堪。"刘先生嘘了一口气，把眼睛低下了。艾月这才吐掉了虾须，走到戚润物身边。戚润物倒吓了一跳，说："找我？"

艾月说："我想陪您去一趟洗手间，好吗？"

戚润物说："好的。但是，很不好意思了。"

艾月说："没事。我没有不好意思的时候。"

戚润物与艾月离席。电视明星缨子小姐与服装模特苗小姐在她们的身后对刘先生提出了抗议，认为他太不尊重女性，太大男子主义了。刘先生的声音清晰地送达戚润物和艾月的耳边，他说："我什么时候没有尊重你们？她是什么人？她就是给我伺候人的！"

戚润物震惊，飞快看了艾月一眼。艾月吊儿郎当模样。出了美人捞，艾月回头啐了一口，说："我操他妈和他妹妹！我操！"

上罢厕所，戚润物洗手，艾月也洗手。戚润物左右开不了水龙头，艾月替她摁了一下，水出来了。戚润物说："谢谢。"艾月说："别客气。"艾月说话的时候语气有一点闷，戚润物发现艾月的脸很阴沉。戚润物觉得这事和自己有关，她说："艾月，我很抱歉。"

艾月说："您用不着抱歉，这杂种一贯拿我泻火。"

艾月说话这么坦率，戚润物也没有了许多顾忌，所以她问道："艾月，我想问你一个特别私人的问题，可以吗？"

艾月说："您尽管问好了。"

戚润物说："刘先生那么歧视地说你'她是什么人'？这是什么意思？"

"您真天真可爱，"艾月说，"简单明了地通俗地告诉您吧，我是他的妾。"

戚润物连忙说："对不起对不起！"

艾月笑了。艾月说："戚老师，您真的是非常可爱。我爱您。"

戚润物慌乱地支支吾吾了一番，她架不住现在的小姐直截了当地抒发个人感情。人家没有不好意思，她倒不好意思了。

戚润物、艾月两人站在镜子面前整理头发。艾月补妆，补完说："您带了口红吗？"

戚润物说："没有。"

艾月说："用我的吧。"

戚润物说："算了，吃饭总归是要吃掉口红的。"

艾月对这件事情却是非常认真的，她说："完全吃掉倒也无所谓，可它总是被弄残了，残了很难看。"

戚润物仔细一看自己的嘴唇，只剩下外圈是红的，内圈因此被对比得格外苍白，是比较难看，戚润物不好意思照镜子了。艾月拉住她说："难看就是难看，修补一下不就行了。"艾月用小拇指蘸了一些口红，给戚润物补上了唇妆。艾月半开玩笑地说："女人不能残。志残身也不能残。"然后她们俩在镜子望见了对方，都是有心事的样子。戚润物感到艾月其实是一个有思想、有个性的女孩子，很理想的一颗糖衣炮弹。她们沉默了一刻。戚润物在沉默中焦急地想：机不可失，时不再来。她一定要有勇气，千万不要错过这个机会。戚润物踌躇了一会儿，她决定主动出击。

戚润物说："艾月，我也很喜欢你，你非常聪明，完全可以依靠自己的劳动养活自己。你为什么要走这条路呢？"

艾月从镜子里看着戚润物，半贫嘴半真实地说："您知道吗？您的话像春风温暖了我的胸怀。好久好久没有人对我说这种正直的火辣辣的话了。戚老师，说来话就长了。长话短说吧，总之我必须要在青春的时候，在漂亮的时候享受最好的生活。我热爱生命。"

戚润物说："热爱生命就不能够出卖灵魂呀！"

艾月说："我没有出卖灵魂，我只出卖了肉体。"

戚润物痛心地说："艾月，不要这样糟蹋自己！宁为玉碎不为瓦全。"

艾月说:"戚老师,二十世纪末了!生命如此短暂!应该是宁可碎瓦、不可碎玉了!"

戚润物做梦都没有想到,她会在二十世纪末的一天晚上,于一个海鲜城的洗手间里,与一个给大款做妾的小姐进行一场突如其来的推心置腹的直接对话。瞬间走进你的心,这种对话的方式本身就让戚润物非常激动。她的身体在战栗。她的下意识当中拒绝所有的人闯进这个公共的洗手间。她怕人打断她们。

戚润物说:"艾月呀艾月,你这个姑娘好糊涂。"

艾月说:"戚老师,不要和我争论了。我看您比我还糊涂,如果您的行为与您的理论是一致的话,恕我直言,您今晚就不会来了。他们也就是一顿饭和一个红包,您却倾其所有地为他们提供非常重要和非常珍贵的科研信息。我相信这也是您的灵魂吧?"

戚润物此时此刻真正梦醒。她这才知道现在人家请你吃晚饭不是那么单纯的,都在玩花样。这简直太污辱她太小看她了,她不是玩花样的人。她是一个真诚的人。

艾月看戚润物气呼呼的模样,粗声大气地笑了。她说:"好了好了。这就是现在的世道。吃的就是心跳。不过您和我绝对不是一回事情。放心吧。"

有几个小姐进了洗手间。艾月说:"我们回去吧。"戚润物就跟在艾月后面走了。在推开美人捞的房门之前,戚润物说:"我还要见你。我有一件非常非常重要的事情和你商量。"艾月奇怪地看了戚润物一眼,戚润物说:"我会让你有丰厚的收入的。"艾月说:"OK。"

后来戚润物反复回味自己的话:我会让你有丰厚的收入的。这种话她怎么说出了口?一个粮食储备研究所的副研究员,埋头做了半辈子学问的人。结果是她不仅说出了口并且机智地与艾月约定了下一个约会。这顿饭果真吃的就是心跳。

在吃罢晚饭赠送红包的时候,戚润物谢绝了刘先生的红包,提出一个别的要求。她说:"我看艾月的发型非常漂亮,我希望艾月在武汉多待几天,陪我去做个发型,买一点衣服。"刘先生当场答应了戚润物的要求,说:"这个太容易了,艾月留下就是。"艾月递上她的另一张名片,上面是她的手机号码和 BP 机号码。艾月说:"戚老师,您随时呼我。"

夜深了,"海皇帝"海鲜城美人捞的晚宴终告结束。这个晚宴的结果是各取所需皆大欢喜。这是当今比较典型和比较成功的一例晚宴。刘先生一行人的欢喜自不必说了,投资粮食储备设备的第一步开端良好,这意味着不久的将来金钱滚滚。像戚润物这样具有传统美德的知识分子,书生气十足,一顿晚饭就搞定,只要你捧着她,让她觉得自己是一个重要人物,你的咨询她就会创造性地回答。这顿饭钱算什么?何况同时还请了记者,宣传炒作的事情也就算办妥了。如果不请他们,电视台和报纸总归是要广告费版面费的。明星与模特也就是买个机票,住个饭店用个车而已,吃不了几口东西花不了几个钱,带上她们是档次,她们的档次那就是与三陪小姐不一样,她们本身就有新闻效应,记者见她们如蝇逐血,知识分子也喜欢社会热点人物,这种晚宴没有几个美女怎么行?晚宴既罢,送走客人,刘先生等人的下一个节目就是去洗桑拿,按摩按摩,彻底地放松一下。做生意就是这么累人。

戚润物还是比较高兴的。尽管她有一点上当受骗的感觉,但是用她专业上一些资料换取一个艾月,这是非常值得的。她已经寻找这么一个女孩子寻找得很焦心了。这真是天可怜见,她踏破铁鞋无觅处,得来全不费功夫。

艾月也高兴,她遇上了戚润物。戚润物这个女人对她很感兴趣,与她很有缘分,好像有一扇神秘的门在向她开启,她酷爱新的挑战和机遇。

电视台与报社的记者当然没有什么不高兴的,他们是经常吃这种晚饭的。他们如果愿意,吃饭是完全不用花钱的。经商必须依靠媒体的宣传,这已成商品社会的定律之一。他们注定了要被人捧着求着。作为新闻媒体,由国家保证权威性和提供生产资料,自己又不需要付出,反正不宣传你就是宣传他,应该宣传的人多了,总要有所选择,当然是选择够朋友的人了。朋友让你免费地吃了、喝了、洗了桑拿还有一个六百元钱的红包,多懂事理。这不挺好吗,要不光靠工资怎么活人?再说,这种场合还经常可以搜罗到一些奇闻轶事、社会花絮,正好热卖给眼下的许多报刊,稿费又是一块收入,足够经常带孩子去吃个"麦当劳",不也很好?

两位小姐也是非常习惯和喜欢这种生活的,在天上飞,在地上跑,吃喝玩乐看风景,都不用自己费心和掏钱。也许是朋友在利用她们,可谁又能弄清她们不是在利用朋友呢?她们的名气不也是靠不断地出头露面而赢得和扩大吗?

海鲜城的老板当然也很高兴了。话说顾客就是上帝,像这种一来就成千上万消费的主儿那就是他的上帝。

美人捞的小姐就更高兴了,游个泳,就能够得到几百块钱的小费,这是多么惬意的事情。回家洗了澡,躺在床上数小费,脑子里便有高级时装店和化妆品店在过电影,数小费是绝对愉快的事情。一个人在哪里游泳不是游泳?在哪里游泳又可以杜绝男人的目光?一般游泳还要收你的费用,一般男人看了你也不会给小费。所以可以肯定的是这是一份很好的工作,本小姐一定要好好干下去。

九 要想认识你却很是不容易

在一个没有什么特点的、排列在无数日子里的一天,戚润物把艾月请到了自己家里。

这是一个雨天,李开玲从阳台上看见了远远移动过来的两把伞,一把深蓝,一把浅绿。浅绿色的伞面下流露出的是一双抛光的黑色牛皮鞋,李开玲一看就知道这是一双昂贵的新款的皮鞋,在白领小姐中正流行,这一定是艾月了。只有艾月们才满不在乎地穿着这种皮鞋蹚水。李开玲也有一双昂贵的皮鞋,她一般都是擦好了鞋油,放在鞋盒里,再放在鞋柜里，在大好的天气里，出一趟重要的门，才穿这双皮鞋。李开玲认为自己不是吝啬，李开玲认为没有必要，李开玲认为平时就穿一般的鞋很舒服。李开玲还认为舒服与漂亮有时候无法统一，正如形式与内容，在这种时候，人就得有自己的主观能动性，或者取漂亮或者取舒服，鱼和熊掌不能兼得。在王自力的问题上，戚润物的头脑发热了，想兼得鱼和熊掌，异想天开地起用艾月，李开玲觉得这就有点接近胡闹了。如果是她，她就不会这么做。她的做法是自强自立，保持和发扬一个女人的全部优点，让那个男人后悔一辈子吧。当然，让男人后悔的同时女人也是很苦的了，要让他后悔一辈子你就得苦一辈子，孤独的玫瑰静悄悄地开，血一样残酷的寂寞会渗透你生命的每一分钟。在这个雨天里，李开玲倚着阳台等候着戚润物和艾月。艾月闪动着漆光的皮鞋尖撩动了李开玲的遐思：难道生命对于女人不也是一次吗？也许不该那么苦自己，也许有另一种活法呢？李开玲看着戚润物和艾月一步步地走来，她忽然有了一种期待的心情，或许她们是对的？

艾月来了。浅绿色果然是她。艾月进门就仔细打量了李开玲一番，赞叹说："哇，好古典的小姐！"

李开玲说："什么小姐，老太婆了。"

李开玲在餐桌上铺了一块洁净的方格子桌布，茶具上流动着瓷器温润的光泽。李开玲请艾月坐下喝茶。艾月喝茶，戚润物、李开玲笑盈盈地看着她。她的青春、她的美貌、她的气息、她的顽皮、她的袅娜、她那一些儿的嗲、她那一点点不由自主的以小卖小，搅动和激活了戚润物、李开玲曾经经过的岁月和记忆。经过的时候远没有回味的时候懂得欣赏。在细雨淅沥的午后，端一杯茶，与往事干杯——非常好——这就是人生幸福时刻的一种。

艾月说："我好喜欢这样喝茶！这是多么温馨啊！"无须过程，没有客套，艾月越过许多世俗的障碍直接逼近了戚润物和李开玲。像一只敏捷的小鹿，这非常好。艾月说："这种情调才像一个家呢，我有好久好久没有自己的家了。"她说："我喜欢你们。你们知道吗？你们是很好很好的人，你们知道吗？我在梦中曾经千百次与你们相遇，就像遇见我的妈妈和姐姐。"她说："今天与你们在一起，我不知道有多么开心。我想说爱你们又怕吓坏了你们。"艾月的唇鲜润如花蕾，说一说，停一停，牙齿的贝光在鲜润的唇里面一躲一闪。她的手指习惯性地缠绕着耳后的发丝，她的发丝丰盈如漫天细雨。当女人能够感觉到另一个女人的美丽并且能够欣赏这美丽的时候，她们的心将自然贴近与靠拢，她们必定是密友。年龄的差距、身份的差距、社会地位与经济实力的差距以及所有现实中存在的差距都不存在了。浪漫是女人的骨髓。只要到了某一火候，女人就糊涂了，就超越了，就傻了，就成仙了。

　　艾月的到来使戚润物的家里充溢着仙气。她们开始使用一种新的语言和语气。所有的线条在纷纷地清晰着和缩短着：心与心，身与身，物质与物质，世界与世界。戚润物用目光与李开玲交流着自己的得意。李开玲的眼睛开朗如蓝天。她感觉她的期待在向她走来。戚润物悲惨的故事在这里又一次地徐徐展开。她以为往事不堪回首，却不料不堪的往事与新的气氛竟然十分协调。

　　戚润物的故事不是平铺直叙地讲下去的，艾月不时地打断戚润物，插进自己的意见。她说："我操！"她说："我操他妈和他妹妹！"她说："他妈个×，真贱！"她说："你们家厨房里有刀呀，那还不趁热剁了这对狗男女！"艾月使戚润物的故事变得一唱三叹，有声有色。

　　李开玲的提问是过去向未来的提问，她说："这么说来，现在没有好男人了？"

　　艾月回答她："没有。现在没有。尤其是在九十年代暴富起来的四十岁左右以上的男人这一群体中，没有！他们个个贪财贪色，跟饿狼似的。他们都觉得自己的青春虚度了，拼着命要讨回来。完全是不要命了，理智彻底丧失。你们家王自力呢？是九十年代暴富的吧？"

　　戚润物老实地说："我不知道他是不是暴富了，但他的确是九一年去做公司的。"

　　李开玲说："我看王总是有钱的，但我没有想到他会让家里这么简单清贫。"

戚润物说:"是我喜欢这样,我没有提什么要求。"

艾月大笑了,她说:"别介。求求你们清醒一点儿。就是您提出什么要求,王自力也绝不会答应。他们一定是要装出清正廉洁的样子来的,他们的老婆基本是不用的,他们的爱人之心已经彻底湮灭,他们此生此世的目的就是享受。他们的钱都深藏在他们的保险柜里或者存在境外银行里,数目大得惊人。我太了解他们了。"

戚润物呆呆地望着艾月。李开玲也呆呆地望着艾月。她们知道艾月说得不错,她们也曾看过许多的报道。但是艾月面对面的锋利还是划破了她们少女时代遗留下来的理想。那理想虽然从来没有在她们的现实生活中出现过,可它总在她们的头顶上方悬挂着,影响着她们的视线,以至于她们商量好久也没能拿出一个具体的办法对付王自力。

艾月说:"很简单,做他一把,让他回到七十年代的老家去,甚至比从前还要穷困,没有权力也没有金钱。现在的男人,没有了权力和金钱就完蛋了。"

戚润物想起了在大将军饭店与王自力的谈话。王自力就是这么说的。权力与金钱是现在男人的根本。看来王自力果真早就离开戚润物了。他们必须离婚了。王自力非常迫切地要求离婚。已经又打过好几次电话了,让戚润物提出离婚的条件。戚润物能够提出什么条件?且不说她不知道王自力有多少钱,就是让她提出钱的问题和数目她都感到羞耻,她成什么了?商品?

艾月几句话就解决了问题。她说:"首先,在今天这个社会里,大家都是商品。这是客观事实。我以为商品并不让人感到羞耻。其次,王自力他有没有搞错?应该是他首先给条件,结婚证是一纸契约,是合同,他要撕毁就必须承担损失,付出代价。"

戚润物对李开玲说:"看,她说得多么精辟。"

李开玲点头微笑,她感叹道:"时代不一样就是不一样了!"

在这个让人记不住日子的雨天里,艾月直接进入了戚润物的家庭。

她走遍了戚润物这个两居室的每一个角落，划痕累累的墙壁、窗台上积年的灰尘、疲惫不堪的扫把和无精打采的蛛网还有戚润物多年的旧自行车、衣柜里陈年的衣服、床底下磨掉了后跟的鞋。这一切都使艾月深受触动，倍感心酸，这就是女人的未来！即便是李开玲在奋力打扫和维护，也不敌岁月的吞噬，这就是女人的未来！即便是戚润物这么一个人物，国内贸易部国家物资储备局设计院粮食储备研究所的副研究员，能够和国家领导人合影的专家，也就是这样的现在和未来。这种日子分分秒秒都在被污垢所淹没，与谁合影都挽救不了命运。在这里女人升腾不起来，衰老得很快；爱情必将成为笑话。不是笑话吗？谁爱你这么一个女人？女人是一种水做的物质，她要滋润、光鲜、饱满，她要无污染，无噪音，无暴晒，她要与宇宙同大的空间，因为她是曲线，要透迤而去，要摇曳而来，她要奔流和跌宕。她是大地，她需要天，她是苔藓和所有的植物，她需要雨露和充足的阳光。女人所需并非金钱！金钱太狭隘、太有限并且总在散发臭气。但是，男人的准则是金钱。所以，你必须首先重视金钱然后升腾自己，让一切都是新的，你们明白吗？亲爱的。

艾月最后停留在了王壮身边。王壮的头颅有十五岁那么大，身子却只有三四岁的幼儿那么小，他的鼻梁凹了进去，额头凸了出来，非常的丑陋。可是他的眼睛是沉静和明白的，看你看得你心碎。这是一个极其痛苦的生命，是做母亲的人永远永远的创口和疼痛。艾月抚摸着王壮，跪了下来，泪如泉涌。在这种时刻，艾月密封不了自己的秘密了。原来她也是个母亲。她有一个没有父亲的私生儿子，一个三岁的漂亮小男孩，名叫贝比，一直寄养在四川偏僻的乡村。艾月破涕痛哭。艾月在这里找到了破涕痛哭的地方。艾月紧紧地抱着王壮，亲吻着孩子，叫道："我要我的贝比！我的贝比！贝比！贝比！"

李开玲将艾月揽在了怀里，戚润物也挨了过来。三个瑟瑟发抖的女人都哭了。为了孩子，为了怀孕与生育那段共同的女人经历，那疼痛，那憔悴，那隆起又塌陷的乳房，她们哭了，她们不用语言了，她们有自己的密码。她们凭借这密码便紧紧地相聚在一起了。

王壮患的是地中海贫血症。这是一种遗传性疾病。王自力的曾祖父有一个患此病的兄弟。戚润物从来都没有想到的一个问题被艾月犀利地指了出来。艾月说："那王自力就更不是人了！首先他就不应该生育！既然生育了这样的孩子，他就不该抛弃他，他没有权利离开这个孩子，没有权利与孩子的母亲离婚。戚老师，这是一种特殊的情况，他作了孽，他就必须为孩子奉献一切，要对孩子一生的幸福负责。王自力连这一点都不懂，太畜生了！那么，咱们要求的赔偿价格就不应该是一般的价格了。"

李开玲说："法律上有这种条款吗？"

艾月说："法律是人定的。苍天在上，创造、背叛和遗弃王壮这样的孩子天理不容！"

李开玲说："是啊，戚老师必须要向他讨一个说法。"

艾月说："讨什么说法？不要说法，要让他从此下课。"

戚润物说："对，这就对了。要想王自力这种人悔过自新就必须让他彻底丧失他现在的权力和金钱。"

艾月说："正点！"

在中国的改革开放进行到二十世纪九十年代末期的一天，在一个有雨的日子里，三个不同年龄段的女性在这个历史时刻不期而遇。她们谈了很多很多，多得无法计量，谈得很深很深，深得无法测量。女人是感性的，她们的谈话也许没有什么道理，也许毫无道理，一如没有经纬的地球，真实和精辟得接近了原初。这一天晚上，艾月当然就没有回到饭店去。她住在了戚润物的家里。晚上她们躺在床上，仰望着没有星星的夜空，继续着她们的探讨。日出日落，花开花谢，那是自然景观，不再是她们的时间。

女人原本是不认识女人的，逐渐逐渐地，她们认识了自己。认识自己其实是最不容易的。李开玲花了五十年的时间，戚润物花了四十五年，艾月的代价是青春与爱情。她们认识了女人，她们成了密友。艾月的贝比将被接到武汉，进入戚润物的家庭。李开玲非常得意自己老来得子。艾月要求李开玲送贝比去青少年宫学习踢足球。她希望贝比是中国未来的罗纳尔多。既然现在的中国没有好男人，那就让她们来培养。戚润物虽然没有见过贝比，但是她对贝比将来踢进世界杯是有信心的。李开玲不懂足球，中国男足很差劲她却知道，公司的许多小姐都看球，都很想爱哪个球星，伤心的是她们无人可爱。

一个新的早上，戚润物、李开玲、艾月三个人坐在一起吃早餐，吃着吃着，她们互相瞅瞅，忽然地笑了。

李开玲和戚润物对艾月说："看你的了。"

艾月用勺子敲着玻璃杯，踌躇满志地说："真好玩。咱绝对是绩优股，你们就等着瞧吧。"

她们又笑了。

十　故事很古老但一再从头开始

黑的夜亮了。在这五彩斑斓的亮夜里，艾月一步一步走近了王自力。艾月一袭黑装，无限风情，眼含凄楚，在经过王自力身边的时候被他的脚绊了一下。王自力见是一妙龄女郎，便赶紧扶住艾月的胳膊，说："对不起！"

艾月同时也扶住了王自力的胳膊，定定地说："应该是我说对不起。"艾月说得一字一句，这是她酝酿了千百次的话，说出来已经很成熟，带着浓厚的酒香，味道里传达出多种可能性。王自力感到了意外的惊喜。在他的向往中，男女一见钟情的第一句话就应该是这么说的：眼睛定定地望着对方，话是一字一句地吐，传达的是多种可能性。王自力顿时就有被熏醉的感觉，愉快的眩晕笼罩了他。

王自力放不开艾月的胳膊了。他对她说："我请你跳一个舞好吗？"

艾月是一个冷面佳人，她冷幽幽地说："谢谢。"

音乐起，歌声响，王自力与艾月双双步入舞池，一场人生故事徐徐拉开帷幕。这真是上下五千年，往来多少事啊！

话说光阴似箭，日月如梭，转眼就是一九九八年的春天了。在这个春天的某一天，一家发行量巨大的晚报上刊登了这么一则半文半白的报道，大意这么写的：哗，拍案惊奇！中国当下的婚姻关系进入前所未有的动荡阶段，小姐终于敢对先生说不，五千年封建男权意识受到巨大挑战。话说有一位知识女性甲，无意中撞见丈夫与他人的奸情，一气之下，当即要求离婚。其夫正是年富力强的好年华，做着一家大公司老总，腰缠万贯，美女如云，对于离婚正求之不得。但是事情并没有顺利发展。甲的生活中意外出现乙，乙系一生深受感情所伤害之女性。甲乙聚会，交流心得，更激起对不检点男性的愤慨，遂合谋要向甲夫讨个说法。其间节外又生枝，甲偶尔又与青春靓女丙结识。丙为九十年代小姐，深懂自身价值。结识甲的时候，正巧嫌栖身之大款出手不够大方，渴望寻找新的发展。甲突发奇想，想收买丙为一糖衣炮弹击毁其夫。甲丙一拍即合。于是甲、乙、丙三女性密谋于暗室，策划阴谋。之后，丙出面勾引甲夫，甲夫被惑，不能自拔，不日就替丙派豪宅派好车，以求与之长期欢聚。这边厢，甲对离婚以巨款赔偿相挟。对峙一段时间，甲夫坚持不住，只好忍痛付款，了结婚姻。有趣的是，正当甲夫怀揣离婚证书兴冲冲地与丙相会，不料丙已离去，不仅豪宅好车系她产权，且所有现款以及家私一并卷走。与此同时，甲夫所作所为以及公司经营中种种经济问题由一台多点式传真机把材料传到各级纪检部门以及各级检察院。顷刻间，甲夫一贫如洗，身陷无比狼狈凄惨之境。而后来的故事更其精彩，据说在甲、乙鼎力相助之下，丙成功地飞到境外，在某小国家做服装公司，甲、乙皆为公司股东。不日甲、乙业已搬迁宽敞新居，心情愉快，面貌一新。一日，甲、乙的新居里出现了一个活泼的小男孩。乙每周送他去青少年宫踢足球。男孩子球感极好，万分可爱。据说原来是丙之私生子。故事越传越奇，大有演绎附会之可能，不可全信。但也不可不信，因为笔者曾经亲睹丙之风采，对其他当事人也不陌生。因考虑到社会影响，当事人的真实姓名就一概隐去。总而言之，当今之世，中国女性意识觉醒迅猛，中国男性当好自为之。

这篇报道的题目是《小姐说不，男士当心》，署名为：九九归一九。这自然是笔名了。不过圈内还是有人知道这个九九归一九就是《神州风》报社的孙记者。孙记者经常编一些奇闻轶事赚稿费这在行内已经不是什么秘密，所以并没有人把他的文章当真。但是，这一次他编得不是太假。现在生活中有许多事情，凭他孙记者怎么想象，也想象不出来。在孙记者以及一般人眼里，戚润物她们的故事也就是以上的小报故事而已。不过，小报故事永远是小报故事，与戚润物她们的生活无关。

一九九八年五月二十八日　汉口

（原刊于《收获》1998年第4期）

怀念声名狼藉的日子

池 莉

一

一个人的一生中，一定有最美好的一天。我的那一天，绝对最美好！

那一天我穿上了一套国防绿的衣服，崭新的，改良的，让老裁缝李结巴收了腰翘的。做这套衣服的时候，我的小心眼里就盘算好了一切，这套衣服绝对要为这一天而穿。所以当时我就鼓足勇气威胁了李结巴，我说："如果你不给我收腰翘，今后我对冬瓜绝对不客气！"

冬瓜学名李红英，李结巴的女儿，我的同班同学，班长，学校共青团团委副书记，胸前窝着一对发育过度的大乳房，乳房下面便是大屁股，中间没有腰。冬瓜是公认的好学生，人人都认为她前程似锦。冬瓜将要和我下放到同一个知青点，并且还将与我同住一间宿舍，是我的"一帮一，一对红"。我明白知青干部的意图，无非是要利用我的缺点来突出冬瓜的优点。我恭顺地笑纳了组织的安排，反正历史潮流不可抗拒，反正所有的知青都要好坏搭配地结成"一帮一，一对红"，以保证落后知青也能够顺利地成为无产阶级革命事业的接班人。假如我拒绝冬瓜，也会有别的假模假式的好学生住进我的宿舍。与其接纳未知数，倒不如接纳冬瓜。我和冬瓜两个人心里都明白，实际上冬瓜还是怕我三分的，只要我带头无理取闹，她这个班长根本就维持不了班级的纪律，她的政绩就会失去良好的纪录。况且打羽毛球的时候，总是我一拍扣死她，她从来也没有一拍扣死过我。体育课跳鞍马，我是全班最轻盈的女生，我像春燕飞过屋檐，激起一片惊叹，而冬瓜，两条短腿还没有打开，只听见哎呀一声，人已坠落红尘。不错，我也有绰号，学生时代谁没有绰号呢？同学们管我叫豆芽菜。因为我们学校坐落在市郊菜农的田野里，所以大多数学生的绰号都与蔬菜有关。可是，更多时候，同学们叫我豆豆，而冬瓜，则永远被同学们叫作冬瓜。冬瓜还是比较聪明的，心里还是有数的，期终考试的关键时刻，她会主动将她的数学试卷向我敞开。冬瓜特别善于暗中伺候对她有利的人，具备向上爬的基本素质。说实在的，我并不十分讨厌像冬瓜这样的人。

　　一切都很微妙，是吧？不要以为我们是单纯的学生，学校其实与社会同样复杂，同学们之间的比试和较量，远远不局限于成绩和奖状。从某种角度说，冬瓜的锦绣前程并不完全依靠她自己的努力，多半还要依赖于我的成全。这就是为什么一个毛丫头豆芽菜胆敢威胁成年人李结巴的原因之所在。

　　李结巴将我的这套衣服剪裁得非常合体。我一贯僵硬笼统的豆芽菜体态，忽然就被这套衣服修饰得春风杨柳起来。我简直喜不自禁。我果真在这个重大的日子里穿上了我的理想服装！我本能地知道服装是个人心灵的旗帜。这一天我必须高举我的旗帜，因为我太想这样做了。

我一穿上新衣服,妈妈的眼睛就直了。妈妈的眼神,顿时成了没头苍蝇,在爸爸脸上撞来撞去。爸爸则假装没有感觉。女儿大了,做爸爸的不知道为什么就不好意思起来。我可怜的父母,他们不敢正视眼前的事实:他们的女儿居然如此亭亭玉立!

我的身处"文化大革命"之中的父母,就连"亭亭玉立"这个词语都不敢想,因为显然这是一个充满了小资产阶级情调的词语。既然连一个词语都不敢去想,他们的女儿怎么能够真的生得亭亭玉立呢!我的妈妈,从前也是亭亭玉立来着,"文化大革命"初期就被红卫兵在大街上剪破了裤管。红卫兵管这种细瘦的裤管叫作考板裤,考板是英语牛仔cowboy的译音。按照红卫兵顺藤摸瓜的农民思维方式,考板裤代表的就是西方资产阶级思想。我妈妈当街就吓了一大跳,灵魂深处爆发了革命,为自己的裤子羞愧难当。她除了积极配合红卫兵的革命行动之外,还把家里所有细瘦的裤子全部清理出来,统统撕毁,扎成了擦地的拖把。我的爸爸热烈支持妻子的革命行动,把裤子变成拖把,便是由他亲手实施的。

我的父母双亲,他们对毛主席无比崇拜,对共产党无限地感恩和无比畏惧,为生活在世界上最伟大的社会主义国家,自豪得无以复加。他们像猫一样日夜警惕,生怕帝国主义对我们国家进行和平演变。那些细瘦的裤子,是他们长年节衣缩食买来的,据说我妈妈曾经酷爱华衣美服。但是,为了击退和平演变的阴谋,他们不仅毫不怜惜地摧毁了那些昂贵的裤子,还主动防微杜渐,自己革自己的命,将旗袍、高跟皮鞋、西服和领带,也都抛掷出来,在批判大会的广场上,与成堆的古今中外文学名著一起烧毁。妈妈的披肩烫发,也主动剪成了齐耳短发,并且将她的发缝永远留在左边,以表达自己的左派立场和对右派的绝不苟同。我可怜的父母,从此只穿肥大的工装蓝衣服,裤子后面打着对称的屁股形状的圆补丁,积极要求进步,放屁细声细气,见了工农兵一律点头哈腰;单位里的大小批判会,每日晚上的政治学习,风靡全国的忠字舞,他们必定按时参加，甚至不惜把我们兄妹三人长年地反锁在家里，使我们三个没有懂事的孩子在狭小的空间里争夺地盘，大打出手，勾心斗角，煮豆燃萁。他们把家里的书都处理掉了，只剩下几本孤零零的车床技术什么的。我一读小说，他们就发抖。他们烧毁了我的《迎春花》，说是黄色小说。他们还收缴了我的《唐诗三百首》，说是封建残余。妈妈给我的衣服，统统宽大无比，把我打扮得像一个先天愚型患儿。我晚上出门，一定要事先向他们报告时间地点和理由。如果是与男同学打交道，则必须在妈妈的陪同之下，或者让弟弟贴身跟踪。豆芽菜真是受够了！

  我可怜的父母，又不是什么大人物，却煞有介事地过着紧张的日常生活。多年以来，他们每天清晨醒来都脸色蜡黄，战战兢兢，忧心忡忡，害怕他们的子女在一夜之间，突然由无产阶级的红色接班人变成了资产阶级的跟屁虫。我觉得他们太夸张了。我向毛主席保证，我承认他们是养育我的父母，我应该孝敬他们，可是他们把我们的家庭生活弄得令人生厌，讨厌透顶！

  豆芽菜的忍耐是有限的，豆芽菜几乎一天都待不下去了！高中毕业的那一天，豆芽菜第一个贴出了请战书，请求毛主席和共产党尽快地把她下放到农村那个广阔天地去。豆芽菜不惜糟践自己说："我的世界观充满了腐朽的封建的资产阶级的思想，我这种四体不勤、五谷不分的知识青年，只有立刻奔赴农村，接受贫下中农的再教育，才能滚一身泥巴，炼一颗红心，改造自己的世界观，为解放全人类而奋斗终生！"同时，豆芽菜还心怀叵测地狠批了孔子"父母在，不远游"的封建思想，巴望及早离开她的家庭。

  学校对于是豆芽菜而不是冬瓜第一个贴出请战书感到非常惊讶，甚至对豆芽菜产生了一点好感。冬瓜很委屈，本来她是第一的，她的毛笔、墨汁和红纸都准备好了，只待散会之后就动手挥洒豪言壮语。而豆芽菜的请战书，早在前几天就写好了。对不起，冬瓜，不是豆芽菜一定要抢夺你的风头，只是因为豆芽菜后院起火了。

我的父母，发现他们的同事们都在纷纷地想方设法，钻政策的空子，把子女留在身边，就近参加工作，他们也开始蠢蠢欲动，天真地想让我患上先天性心脏病，然后争取分配在妈妈的单位上班。我的天啊，这不等于判了豆芽菜的无期徒刑吗？这也许是我父母这辈子唯一的一次，胆敢对毛主席的号召阳奉阴违，他们这么做的同时，一定把自己吓坏了。但是我敢肯定，我被吓坏的程度远远超过他们。

我对父母的密谋断然拒绝，说："不！"

我志向远大，虚张声势地对我的父母说："鸟不高飞，怎知蓝天之阔？我坚决要听毛主席的话！毛主席说知识青年下农村很有必要，绝对就是很有必要的。如果大家都设法把子女留在城市，贪图享受，我们祖国的未来真是不堪设想啊。"

我可怜的父母，听了我的话，点头如捣蒜，简直无地自容。他们的私心杂念刚一闪现，就被大义凛然的革命小将斗掉了。可是他们的女儿豆芽菜刚满十七岁，体质瘦弱，青春萌动，年少无知，独自踏上社会，岂不是风暴雨狂的汪洋大海上的一只小木船？女儿稚嫩的双肩，怎能担得起百斤重的粪桶，她正在发育的身体，哪里能够得到相应的营养？我无地自容的妈妈想着女儿的将来，不禁泪流满面。

豆芽菜怎么劝慰他们才好呢？我可怜的父母，一心投入到"文化大革命"之中，居然一点都没有觉察到自己的女儿已经在这场浩大而漫长的大革命中长大成人了。她虽然瘦弱得像一根豆芽菜，但绝对不是一个善茬子，她不让别人吃亏和受苦就算不错了。要知道，豆芽菜可是一个有阅历的人。小学三年级，夜晚睡觉还偶尔尿床，豆芽菜就开始造反了。她曾经跟随着红卫兵哥哥姐姐们，冲到走资派和反动学术权威们的家里，趾高气扬地抄家。她曾经端上长矛，把守大街的路口，随便拦住行人，命令人背诵毛主席语录。她还把教室里面的桌椅垒成碉堡，从碉堡里面向老师扔扫把，胜利地将老师赶出了教室。到了初中，豆芽菜已经成为班级里叛逆主流小头目，她调皮捣蛋，往得宠的学生书包里放死老鼠。高中时期，豆芽菜已经知道了考板裤起源于资本主义国家的工人阶级，是牛仔们喜欢穿的，是牛仔裤，是劳动裤，据此，豆芽菜便瞧不起她愚昧的父母了，并且决定坚决喜欢考板裤，从此豆芽菜便望穿秋水地期待着有权利决定自己穿什么裤子的那一天。对于持续了多年的"文化大革命"运动，豆芽菜和她的一大帮好友早就疲乏和腻味了。大家没完没了地读《红旗》杂志，没完没了地读《人民日报》社论，没完没了地写批判文章和大字报，批林批孔批周公，与那些从来没有见过面的敌人和几千年之前的老人作斗争。这种与假想敌的斗争实在空泛乏味，读书生活就变得很无聊了。高中的英语课曾经给豆芽菜带来过新鲜感，她曾经觉得自己喜欢英语，可是整整三年的高中时间，英语老师最热衷的就是让全班学生起立，齐声大喊："Long life Chairman Mao！ A long, long life to Chairman Mao！（毛主席万岁！敬祝毛主席万寿无疆！）"谁都不敢给英语老师提意见，提了就会有现行反革命的嫌疑，因此豆芽菜一伙都学会了表面的逆来顺受。其实豆芽菜当然愿意毛主席万寿无疆，但是这样的英语课确实枯燥难当。豆芽菜只能纠集一伙同学，逃课出去，打羽毛球，逛大街，骑自行车，偷吃农民菜地里的红薯，拉帮结派，惹是生非，与男同学疯逗追跑，否则，让她怎么打发那一天一天的日子？消耗她过剩的精力呢？

为了孝敬我的父母，我的中学时代好辛苦啊！我得在表面上顺从和迎合他们，我得严密地隐瞒我所有的不良行为，即便我想要留住自己秀美的长发，也必须千方百计地迂回前进，得对父母说留长发是宣传毛泽东思想的必要。为此，我就必须积极参加学校的毛泽东思想宣传队并且长期忍受跑龙套的屈辱。在芭蕾舞剧《白毛女》中，学校领导让我戴上瓜皮帽，穿上黑色灯笼裤，我就得扮演地主黄世仁的狗腿子，在舞台上小丑似地蹦跳几下，退场；喜儿的爹被黄世仁打死了，学校领导又让我穿上贫穷村姑的服装，扎长辫，跑到台上，埋没在一大群人中间，假装抽泣几下，然后还是退场。

有一次，喜儿的未婚夫大春在后台羞涩地告诉我，说他其实特别想要我扮演喜儿。

豆芽菜粗鲁地对他说:"滚你妈的蛋!"

可怜的大春哥,难堪得眼泪夺眶而出。我感到抱歉,但是我依然觉得他活该。这英俊的男孩子大约是想找借口传达他对我的喜欢,可是他没有想到我的心情是多么复杂和辛酸!可怜豆芽菜只是为了留住自己的一把长发啊!

我相信除了我之外,所有的女生都拒绝不了"大春哥",我相信所有情窦初开的女生在遇到男生讨好的时候都容易受本能的支配,只有我,敢对大春哥说"滚你妈的蛋"。其实我妈妈实在不用替这样的女儿担忧,可是我无法劝慰妈妈。我的父母一直以为他们的女儿纯洁得比白雪还要无瑕,他们的女儿从来都不与男生说话,从来都不看男生一眼,绝对的浑金璞玉;如果他们知道我一句话就把大春哥骂哭了,我肯定他们至少会气得失眠和头痛。

我可怜的父母,他们哪里知道,他们高中毕业的女儿已经是一个非常狡黠的女孩了。她积极要求下放农村,使用的是一箭双雕之计。豆芽菜一旦下放,既摆脱了她的父母,又可以在农村那个广阔天地尽享自由,至少穿考板裤是可以随心所欲的。太没有必要替豆芽菜将来的知青生活担忧了。虽说豆芽菜刚满十七岁,可她对于革命运动高潮与低潮的把握和预感,都是有相当经验的了。就在去年,福建省的莆田,冒出了一个告"御状"的小学教师李庆霖。这可真是一个让豆芽菜之流大开眼界的人物!李庆霖老师居然胆敢给毛主席写信,说他的知青儿子在农村吃不饱穿不暖,一年到头风里来雨里去地种地,裤子破了都没有钱买新的,生病了也没有钱请医生,头发长了都没有钱理发。豁出去了的李老师,还冒天下之大不韪地揭发了知青招工回城中后门成风的问题,说知青下放其实是货真价实的镀金过程。当时我们大家胆战心惊地议论:天下还真有把脑袋别在裤腰上的人啊!李庆霖可能根本就不打算要脑袋了吧?谁料想,天意难测,毛主席不仅给这个大胆耿直的小学教师写了回信,还送了他三百元钱!据说一时间,许多知青都去找干部们要钱,他们见了干部就背诵毛主席的信,说:"李庆霖同志:寄上三百元,聊补无米之炊。全国此类事甚多，容当统筹解决。毛泽东，一九七三年四月二十五日。"于是，干部们无论如何，都要给知青一点钱了。豆芽菜明白，知青运动已经进入末期，问题很多，毛主席在考虑结束这个运动了。曾经非常严肃的知青运动，实际上已经变得十分好玩和滑稽。

  毛主席给李庆霖寄钱之后，豆芽菜的寒暑假期，都要跑到附近农村的知青队玩耍。豆芽菜发现知青与贫下中农的关系已然颠倒过来，只要知青不胡闹到放火烧贫下中农的房子，贫下中农就感激不尽了。像冬瓜那样的积极分子有没有？那也还是有的。毛主席说凡有人群的地方，都有左中右。可喜的是，大的氛围已成定局，绝大多数知青都比较松散，出于镀金的需要，敷衍地劳动着，为的只是在两年之后的招工或者招生回城中，顺利地拿到个人鉴定。豆芽菜羡慕地观察到，知青们说一口由他们自己创造了许多切口的黑话，游荡在月色下，吹口琴弹吉他，几乎人人都可以拥有自己的秘密日记本；许多男女知青在闹恋爱和同居，他们的枕头底下压着发黄的小说，是茅盾的《动摇》一类的书，翻到哪一页都会让豆芽菜脸红心跳。这就够了！这就是豆芽菜所向往的自由生活！虽说农活还是免不了要干的，缺盐少油没有蔬菜的情况也是普遍存在的，但是豆芽菜不怕！成千上万的知青能够熬过来，她就能够熬过来！再说实在缺吃少穿了，还可以效法李庆霖给毛主席写信。何况也只是需要熬上两年时间，国家政策已经明确规定，知青下放两年之后便可以择优回城。将来，豆芽菜倒是要不慌不忙地择良木而栖的，豆芽菜要充分利用人生的各种机会，选择自己感觉最好的城市和职业。

  我想自由自在；我想飞翔；我想疯狂地奔跑；我想放声大笑；我想尽情痛哭；我想彻夜不眠地玩耍；我想在无人的田野上敞开喉咙唱歌；我想穿考板裤；我想留一头瀑布般的长发；我想成为绿林好汉，率领一帮知青好友呼啸而来呼啸而去；我想人人都喜欢我；我想吸引最著名、最引人注目、最有成就的男知青；我想最终战胜冬瓜，将来她又胖又丑，一事无成，而我苗条美丽，功成名就，我们偶然相见在某种场合，都感慨万千，抱头唏嘘，从而成了真正的好朋友。

可是，我怎么劝慰我的妈妈呢？我什么话都说不出口，我能够说出口的话，必定吓死她。我和我的父母没有共同的语言，从心灵到嘴巴，一路都是锁。我的父母永远都不可能真正地了解他们的女儿。生活在这样的时代，父母与他们的宝贝女儿注定了要此生相隔。

今天，是我下放的日子！是我获得解放的日子！是我要隆重庆祝的日子！我的妈妈柔肠寸断，女儿豆芽菜也只好装得柔肠寸断。

一大早，豆芽菜就穿上春风杨柳的服装，亭亭玉立地在镜子面前梳理长发。她把两条发辫盘了起来，发髻油亮而硕大，镶嵌在雪白的后脖颈上，比舞台上的芭蕾髻更加丰满动人。更有甚者，豆芽菜还将一枚妃红的月牙形有机玻璃发卡别在了鬓角。这种有机玻璃发卡是最新潮和最时髦的饰品，刚刚在上海开始流行，一般人根本就得不到这么漂亮的发卡。

妈妈再也不能坐视不管了，她忧郁地说："取下来吧！"

豆芽菜已经决心从今天开始她只属于她自己，豆芽菜说："为什么？"

豆芽菜装得懵懂无辜，老实巴交，做出一张表情呆板的蜡脸。豆芽菜就拿准了她的妈妈不敢说出原因。今天是一个特殊的日子，十七岁的女儿将要离开父母而远行。妈妈既不忍心强迫和责备女儿，又害怕充当了伊甸园里的蛇。我可怜的父母，他们被女儿漂亮的衣服、漂亮的身段、漂亮的发髻和漂亮的发卡弄得心慌意乱，坐立不安。他们以为这是女儿挡不住的天生丽质，不明白这是女儿刻意的打扮。他们生怕说出"不要太漂亮"这句话，生怕由自己提醒了女儿沉睡的憨浑。我的父母，他们只得道貌岸然地对女儿说："今天又不是上台演出，今天是下农村啊，誓师大会上，肯定要来许多领导和带队干部，要给他们一个艰苦朴素的好印象啊！"

豆芽菜依然是蜡脸，继续懵懂无辜，说："我们有好几千人呢，谁看我？"

我的父母，他们面面相觑，相视无语；哑巴吃黄连，有苦说不出。

临到出门，妈妈终于还是忍不住，说："把发卡取下来吧！"

豆芽菜还是说："为什么？"

妈妈支支吾吾道："恐怕别的学生都不会戴这种发卡吧，这样会显得你脱离群众。"

妈妈以为她的女儿是谁？干部？领导？全市的知青标兵关山？他们这样的人物当然都不能够戴标新立异的发卡，而豆芽菜就是普通群众，不存在脱离群众的问题。今天是我有生以来最重大的节日，我必须隆重庆祝，我绝对不会取下发卡。我更加不会换上别的衣服改变我非凡的发型。今天我必须脱胎换骨，一扫先天愚型的邋遢形象，给所有人留下深刻印象。我已经忍受了十七年，今天我一定要用自己的姿态，走上我独立生活的自由之路！

于是，狡黠的豆芽菜这样回答她的妈妈："是呀，妈妈。同学们肯定没有这样的发卡。就是他们没有我才戴的呀。我要用这枚红色的发卡，向各位领导和带队干部，表达我在广阔天地滚一身泥巴炼一颗红心的决心。"

突然，妈妈歇斯底里地尖叫起来："不行！你得给我把发卡取下来！把衣服换掉！把头发剪短！赶快！赶快！赶快！"

妈妈的声音都劈了，我和爸爸都吓了一大跳。如果是往常，我肯定完蛋，我最害怕妈妈歇斯底里发作。妈妈一发作，我就感到末日来临。可是今天，我撑住了自己。我咬紧牙关，逼迫眼眶中的泪水倒流回去。今天是我的日子！今天谁也不敢阻止我向农村那个广阔天地飞翔！开会的时间就要到了，我必须马上离开而且永远离开父母，到大礼堂去，我要在那里与我的几千名兄弟姐妹汇合，我们要开会，举起小拳头高呼口号，然后神气活现地登上大卡车，嘀嘀——再见吧妈妈！她的女儿必须立刻动身了！

豆芽菜傲然地挺胸伫立，动作夸张地看看桌子上的座钟，然后背起了自己的背包和军绿色挎包，就要独自迈步出门。

爸爸赶紧拍拍妈妈的肩，说："算了，算了，来不及了！"

妈妈掏出手绢，捂着嘴巴呜呜哭了起来。我可怜的父母，他们今天真是愁死了。

这一天真是豆芽菜一生中最美好的一天。她不仅要远离她厌恶的一切，而且还生平第一次战胜了她的妈妈。我想从此以后，妈妈就别再指望奴役女儿豆芽菜了。

豆芽菜意气风发地迈步出门，头都懒得回一下。我可怜的父母，还是只好跟随在女儿的身后。今天他们的女儿再不顺眼，他们也必须送她。这还不仅仅是出于疼爱，是他们的世界观决定了他们的行为方式。因为去年的三月，国务院副总理华国锋悄悄地步行来到他小女儿读书的北京一六六中学，参加了家长会，发言说："……我们革命家长，要听毛主席的话。……小莉是我最小的女儿，身边就这一个了，我还是支持她走毛主席指引的上山下乡的道路。"我的父母，把华副总理的这段发言背诵得滚瓜烂熟。我们国家的副总理都作出了表率，送他女儿上山下乡，我的父母敢不送我？他们是革命家长，势必就要亲自送我下乡，否则，他们就把自己推到了反革命的那一边——这就是他们一贯的逻辑。我可怜的父母，就连去大礼堂的方式也要与华副总理保持一致：步行。据报载，华副总理步行了半个小时，我的父母却要步行四十五分钟。人家华副总理在完事之后，有警卫和小车接走，我不知道我的父母将怎么回家。

我爸爸用自行车推着我的小箱子和行军背包。妈妈用网兜拎着我的洗脸盆和牙具。出门之后，他们及时地调整了表情。在众多父母送子下放的大路上，我的父母可不想被别人误认为他们对知青下放运动不满和具有儿女情长的小资产阶级情调。我的父母，在阳光下，土黄色的脸被镀上了一层釉光，酷似腌菜坛子。他们的表情，看上去既肃穆又高兴。

大礼堂到了。大礼堂披红挂彩，锣鼓喧天。广场上一排排整齐的大卡车也是披红挂彩、喜气洋洋的样子，它们在耐心地等待着豆芽菜，誓师大会一结束，它们就变成了豆芽菜的翅膀。我的父母和所有的父母都留在广场上，与忙碌的工作人员拥挤在一起，登记交运孩子们的行囊。搪瓷脸盆在碰撞，不当心的热水瓶在爆炸，我的心在欢跳。我起锚了。我离开了父母和他们的时代，缓缓登上大礼堂的台阶，沿路吸引着同学们的目光，简直所向披靡。今天是多么美好啊！晴朗的天空整个都是我的，它温柔地环抱着我，颜色明丽娇嫩，就像刚刚煮熟刚刚剥壳的鸡蛋，我幸福得都不敢大声出气了，生怕我的呼吸碰碎什么。

我进了大礼堂，一眼就看见了主席台上的关山，我当即就决定一径往前走。我超过了我们学校的方队。我的狐朋狗友们以为我迷失了方向，大声叫唤道："豆豆！豆豆！"豆芽菜不理睬她们。豆芽菜索性装作迷失了方向的样子，一直走到主席台前。

关山就在台上，豆芽菜竟然只与他咫尺相隔了！在豆芽菜的现实生活里，关山是最闪光的也是唯一的真实的英雄。关山是来迎接我们新知青的老知青代表，他是市革命委员会的成员，是全国著名的知青标兵，是红星公社党委副书记，他的母校是市二中，与我同一所中学，是我们学校莫大的骄傲。关山的照片和事迹经常刊登在全国的大报上，他的照片是我们城市照相馆橱窗里永久的炫耀。关山瘦骨铮铮，典型的保尔·柯察金一类的革命者形象。他肯定不认识豆芽菜，可豆芽菜早就认识他了。豆芽菜与她的狐朋狗友还给关山取了一个绰号：排骨。豆芽菜暗中称呼他为"阿骨"。

传说中的老三届精英人物阿骨，端坐在主席台上，俯视着新知青，剑眉紧锁，目光深沉，若有所思，大约正在为全人类的命运操心。他的个子比豆芽菜想象的要矮小，但是面容比照片上的要老成。阿骨有密集的青色胡茬，青春痘已经结疤，酱色的疤斑写在他坚强的颧骨上，酷似句号，清晰地表示着他少年阶段的完成。而应届毕业的许多男生，青春痘鲜红肿胀，惨不忍睹，阿骨才是真正的男子汉。

就是在这一瞬间，我明白了自己为什么要径直地走到主席台前面来，我明白了阿骨从此便从传奇里面走进了我的生活。我向毛主席保证，阿骨一定会从成千上万的新知青当中注意到我的。我早就预感到今天是我生命中非同寻常的日子。今天必须发生新的情况，好让我苦闷的内心荡漾起生活的激情。崭新的生活总得要有崭新的希望、崭新的情节和崭新的挑战啊！原来阿骨就是那崭新的希望、崭新的情节和崭新的挑战，因为他是那么深不可测，高不可攀，头顶环绕着一层层金色的光圈。

冬瓜奋力拨开人群，从后面挤了上来。她一边排挤他人一边高声叫唤："豆豆！豆豆！豆豆！"开会的电铃刚刚响过，兴奋的新知青们正在勉强地肃静，冬瓜急切的呼唤使我成为众人目光的焦点。豆芽菜，可真是一个狡黠的女孩啊！她居然一点都不急于归队，而是充分利用着她的同学冬瓜。豆芽菜在众目睽睽之下大胆地爬上了第一排的椅子，装着寻找冬瓜的样子，展示了她与众不同的奇装异服和超凡脱俗的青春光彩。豆芽菜像白毛女迎着曙光走出山洞那样，做出引颈遥望状，乌黑的眼睛闪闪发亮，明媚的脸蛋霞光璀璨。她的衣服有腰翘，裤子有考板风味，发型独特华贵，一枚耀眼的妃红色发卡强烈地刺激着人们的心灵。就在这轰动的一刻，豆芽菜把脸转向了主席台。豆芽菜的目光与阿骨的目光正好相接，阿骨的目光不是方才那深沉的目光，而是波澜骤起，电闪雷鸣。一股炽热的暖流涌出了豆豆的心窝。

这时候，冬瓜抓住了豆芽菜的裤管，她气喘吁吁地说："豆豆，我在这里！我们班在那里！"

于是，豆芽菜向黑压压的到会者们回眸一笑。豆芽菜绝对地震惊了她的同胞，那拥挤在大礼堂的几千名灰头土脑的高中毕业生们发出了潮涌一般的声音。

今天这个日子，可不是要说有多么美好就有多么美好吗？这一天我将终生难忘！

二

亚克西！豆芽菜过上了幸福的知青生活。

一到农村，我就不由自主地操上了一口知青语言。我与我们时代的流行语言之间没有一点障碍，我甚至都不用学习，只要融入知青生活，我就会说某一种语言了，就跟新生儿出了娘胎就会哭一样。

知青语言是我们自己特有的语言，暗语一样惊心动魄。凭着这种语言，我们走到哪里都能找到自己的同志。知青之间不用认识，三言两语之后，谁都会倒出自己米缸里所有的大米，为大家烧火做饭。这样的饭，哪怕没有菜，拌一点酱油就很好吃。知青做的饭，全都亚克西。知青款待知青，就像强盗款待强盗，那个大方豪爽是没有话说的，那种共产主义精神是全世界第一清爽的。贫下中农背地里说我们知青语言是黑话，我们不计较。我们非但不计较，还暗自得意。因为黑话不是一般人敢说的，我们敢于说黑话，就证明我们不是一般的人。我们不与一般人一般见识。

其实"亚克西"来自于红话，一个参观了大寨大队的新疆大叔在回家的路上载歌载舞，唱道："我参观大寨回家乡哎，说不完的高兴话儿心里藏哎，没见过这么样的好地方，怎么能让人不歌唱哎！亚克西亚克西！亚克西亚克西！大寨真是亚克西！"大寨大队红透了全中国，库尔班大叔的这首歌也流行得不得了。在这首歌里，知青一眼就相中了"亚克西"这个词。我们感觉"亚克西"比平淡如水的大白话"好"字有意思得多。况且它还洋里洋气的，说话可以像外国人那样耸肩。知青们喜欢丰满、复杂、曲折迂回的词语，喜欢说出拥有时代气息且只有自己的同志才能领会的词语。贫下中农全都说大白话，实在很土，我们不喜欢。我们建立了自己的语言体系。我们穿考板裤，梳飞机头，管贫下中农叫土克西，管衣服叫叶子，管脸蛋叫麦子，管漂亮叫清爽，管色情的漂亮叫姐，我们用词很讲究的。如果我们放弃什么，我们就说巴扎嘿，如果表示厌恶的感情，就说拉粪，说拉粪的时候一般都有相应的动作，那就是把大拇指按在鼻翼上，另外四根手指拚命扇动。我们管钞票叫麻脑壳，管屁股叫磨盘，管偷钱包叫杀皮子。我们词典里的词语层出不穷，全都意趣盎然，引得许多贫下中农的子女，尤其是回乡青年和复员军人们十分羡慕,经常背着他们的父母,躲在阴暗的角落,哆哆嗦嗦地鹦鹉学舌。

我们这里是红星人民公社,也就是从前的黄龙驹公社。虽然"文化大革命"一来,黄龙驹被改成了红星,当地贫下中农却还是固执地一口一个黄龙驹,他们使"红星"这种趋炎附势的名字只存在于正规场合和红头文件上。我一看这种状况,就打心眼里喜欢上了我们公社的贫下中农。我觉得他们真实而大胆,就像我在下放的那天对付我的妈妈。日子不长,我和附近的贫下中农都混熟了,他们说我没有架子,我也觉得他们没有架子。很逗,知青和贫下中农,都觉得对方是应该有架子的,结果都很喜欢对方没有架子。像豆芽菜这种知青,其本质就是顽童,黄龙驹贫下中农的本质就是农民伯伯,顽童与农民伯伯,根本上是水乳交融的。

与贫下中农精神上的默契给了我极大的踏实感,下放农村以后,我睡觉就不做噩梦了。整个广阔天地,只是我们知青队的带队干部老王对我不怎么样,还有知青队长冬瓜,她习惯性地把我当作落后同学看待。大队派给我们的贫下中农队长马想福,却与老王和冬瓜截然不同,尽管马想福队长不怎么与我说话,但是很乐意教我打草鞋。比起时时刻刻被束缚的城市生活,老王和冬瓜的脸色算得了什么!幸福的豆芽菜,夜夜都是完整的酣睡,顿顿都可以吃上六两米饭。瘦弱了十七年的豆芽菜,就跟发面馍馍一样,眼看着一天比一天丰满。

我们黄龙驹公社,地理形状酷似一头巨大的牲畜,各大队小队的名称,也都是用各种牲畜的部位命名。我们知青队位于马的胯裆,属于马裆大队,我们就叫做马裆知青队。马想福队长率领贫下中农用土坯子砖瓦和茅草,将我们知青队修建在与他们的村庄隔河相望的废窑旁。我们的宿舍前后,有几棵粗壮的长满了癞痢的老树,树梢上有褐色的陈年鸟巢,给人以这里的历史相当悠久的感觉。夕阳西下的时候,温暖而斑斓的阳光把树的影子久久地拖在这排长长的知青宿舍门前,这种时候,豆芽菜总喜欢坐在门坎上吃饭。豆芽菜目及之处是无边的田野,遥远的地平线那儿是一溜淡青色的梦幻般的树林,微风拂面,可爱的倦鸟叫喳喳地归来，人的心里什么事情都没有，肩头什么责任都没有，无须写作业和考试，无须写批判文章和发言，父母的眼睛盯不着我的后背，每个月大队必须供给五十斤口粮，度过两年就可以回城，有毛主席统筹安排我们的美好将来——还有什么日子比这光景更加美好呢？

于是，豆芽菜经常捧着饭碗，心满意足地呆坐在门坎上，从黄昏到夜晚。在月辉明媚的夜晚，豆芽菜就会坐在老树树根的虬须上，弹着知青前辈留下的破吉他，五音不全地胡乱歌唱。《翻身农奴把歌唱》这首歌总归是必选歌曲，因为我感觉我就是翻身农奴。

带队干部老王认定豆芽菜在下放的第一天就学坏了。

豆芽菜来到马裆知青队的第一天晚上，周围知青队的许多老知青便慕名而来。豆芽菜在大礼堂惊世骇俗的表现，已经被飞快地传到了黄龙驹的土地上。一帮穿考板裤或者羡慕别人穿考板裤的老知青，如蝇逐臭，主动看望豆芽菜来了。豆芽菜和冬瓜的宿舍里，挤满了热情的老知青。大家帮豆芽菜用砖头垫平床板，用塑料薄膜绷好窗户，用麻绳挂好蚊帐。大家争先恐后向豆芽菜传授防止老鼠上床的办法，提醒她一年四季都务必把蚊帐垂下来并且四周一定要扎牢。尤其对于韭菜和麦子的区别，老知青们提醒豆芽菜一定要首先弄清楚，因为贫下中农非常热衷于用这种基本常识来捉弄和嘲笑历届知青，他们乐此不疲。我们马裆知青队，这一次下放来了十八个新知青，冬瓜是知青队长。这一群附近各大队的老知青却只是来看望我的。老知青个个都轻车熟路，如入无人之境，自己去厨房找吃的，把老王的老婆给他带来的一瓶榨菜肉丝，用开水冲成肉丝汤，全都吃光了，一声谢谢都没有说。他们对老王不屑一顾，对冬瓜也不屑一顾，对一般新知青也就是大大咧咧扫两眼。要知道，豆芽菜也就是一个十七岁的女同学，拥有这个年龄的女同学最大的毛病：虚荣心特别强烈。因此，豆芽菜无法不让自己的虚荣心尽情享受满足和膨胀。

我很大方地脱下了自己的新衣服，将它和时髦的有机玻璃发卡借给每一个想要试穿和试戴的女知青。牛胯知青队的男知青小瓦，骑来了一辆自行车，教我怎样在泥土路上安全行车。因为泥泞的黄土小路，被晒干之后非常地凹凸不平，想要不摔跤，就得学会垂直地跃过各种坑洼。小瓦天然鬈发，高鼻梁，黝黑脸，满额头的抬头纹，其长相酷似电影《瓦尔特保卫萨拉热窝》中的瓦尔特，故有绰号小瓦。小瓦因为能够自己组装自行车和收音机，成为公众赞赏的人物。贫下中农把打豆腐的手艺传授给了他，让他掌管牛胯大队的豆腐房，以便他有足够的业余时间，为贫下中农的婚丧嫁娶组装自行车和收音机。小瓦下放两年多来，很少下地做农活，长期有豆腐菜下饭，舒服得像旧社会的地主。豆芽菜轻易就可以看出来，大家都乐意跟着小瓦玩耍，都愿意听他的话。小瓦的话却不多，说起话来总是带着玩笑的意味，总是把周围的气氛搞得轻松活泼。从这一群老知青的嬉笑中我还知道，一般小瓦是不会主动地接触女知青的，可是他居然主动地教我在黄泥小路上骑自行车。豆芽菜的虚荣心一膨胀，头脑就发热，情绪就激动了起来，五分钟之后就开始佩服小瓦。小瓦不过是教教她骑自行车而已，而豆芽菜却得意忘形了。

时间稍微晚了一点，冬瓜在老王的授意之下，开始坐在我们宿舍唯一的桌子旁边，装模作样地认真看书学习，翻着眼白凝神思考国家大事。老知青们对冬瓜做起了拉粪的动作，把我们的欢聚移到了室外。大家在禾场上点起了篝火，从小河对面的贫下中农后院里摘来了向日葵。老知青们就这样抱着秋天的向日葵盘子生吃葵花子。村里的看家狗在小河那边气愤地狂吠。知青们吹起了口琴，唱起了歌。老知青实在是吊儿郎当，他们坚定不移地唱坏歌，如"嫁给干部怕下放，嫁给军人怕打仗，还是嫁给油子哥，有吃又有喝"之类。只要带队干部老王背着双手，踱了过来，老知青便有意调戏他，对着他深情地唱道："抬头望见北斗星，心中想念毛泽东想念毛泽东。"如此一来，老王也就不好说什么了。连天色太晚的话，老王也不敢说了。因为只有在深夜才容易抬头望见北斗星，才容易心中想念毛泽东。老知青们布下陷阱等候着老王，只要老王胆敢开口奉劝大家散场，老知青们就要质问："你不让我们想念毛泽东吗？"

小瓦不唱歌。坏歌好歌他都不唱，他只是教我骑自行车。乡下的泥土小路与城市的柏油马路的确有着根本的不同,我在城市里可以把自行车骑得飞起来,在下放农村的第一个晚上,我骑上去就摔下来了。越是摔跤,豆芽菜就越是不服气。豆芽菜就是这么一个到了黄河都不死心的倔女孩。豆芽菜干脆不吃葵花子了,气咻咻地征服着自行车。

小瓦说:"豆豆同志肯定不是雷锋,但是有一股雷锋同志的钉子精神。"大家听了,便手舞足蹈地开怀大笑。

豆豆便说:"我这个人别的精神都没有,就是有一股钉子精神。"

老知青们都乐了,说:"咦,咦,不得了,新丫头片子,还敢与小瓦斗嘴啊。"

豆豆说:"斗嘴算什么啊?今天晚上我就要把自行车骑得飞,还要在自行车上玩杂技。"

我的疯狂把小瓦镇住了。小瓦说:"好男不跟女斗,我宣布投降。"

豆豆说:"什么什么?这么瞧不起人啊!这么大男子主义啊!那我今天坚决要把自行车骑得飞,坚决要在自行车上玩杂技!"豆豆煽动地对知青们说:"大家说好不好?"

知青们当然地动山摇地欢叫:"好啊好啊!"

小瓦说:"算了,那是不可能的。我投降,我劝你好女不跟男斗行不行?"

豆芽菜说:"我就知道你不敢让我玩杂技,因为你的自行车骑得还不够水平。"

豆芽菜太猖狂了,简直出乎小瓦的意料。老知青小瓦嗤之以鼻地说:"开玩笑,我有什么不敢的。"

豆芽菜说:"那好。那就来吧。"

豆芽菜没有退路了。豆芽菜就是把腿摔断了也要兑现自己狂妄的承诺。豆芽菜只好立刻埋头苦干,练习骑车。有一跤,豆芽菜还真是摔得不轻,幸亏有夜色的掩护,要不然,大家肯定会发现豆芽菜裤腿上的红色渗出液。但是,在忍受了最疼痛的摔跤之后,自行车突然听豆芽菜使唤起来。豆芽菜找到感觉了!再骑上几圈,豆芽菜又可以粘在自行车上了，无论怎样的颠簸，都再难以把豆芽菜甩下自行车。现在轮到小瓦配合豆芽菜了。小瓦无可逃避地骑上了自行车，绕着篝火转圆圈。豆芽菜，这个不知天高地厚的小丫头，她首先轻捷地跳上了自行车的后座，然后在自行车的后座上慢慢曲起她的双腿，再扶着小瓦的肩膀，慢慢地悄然地站立了起来。篝火熊熊，大家欢声雷动。豆芽菜迎风站立在快速转圈的自行车上，在欢声雷动的鼓励之下，居然还慢慢张开了她那修长的双臂！在那一刻，豆芽菜真是飘飘欲仙呵！就连贫下中农队长马想福，都情不自禁地为豆芽菜的绝技发出了"嘿呀！"一声的赞叹。

第二天，豆芽菜便被关了禁闭。大伙出工的时候，老王黑着脸子让我留下。受够了老知青窝囊气的老王把豆芽菜狠狠地批评了一通：你这个同学，太自由散漫了！太目无纪律了！太没有警惕性了！这些穿考板裤、留飞机头、抽香烟的老知青，显然都不是什么优秀青年，你一来就和他们打得火热！近朱者赤，近墨者黑，你是不懂这个道理还是故意捣乱？一个大姑娘，不知道洁身自好，与男知青疯疯逗逗！还恬不知耻地坐在男知青的自行车后面，与他摸摸捏捏的——到这里，豆芽菜实在忍不住反驳道："我没有做你说的动作。"

老王拍了一下他的办公桌，喝道："还狡辩！我们马裆知青队的全体人员都出去了，大家都看见了。你还敢说你没有搂他的肩，那你是怎么站起来的？"

豆芽菜说："只是扶了一下。"

老王说："扶和搂有什么区别？下流动作在那儿明摆着，是能够由你信口雌黄的？"

豆芽菜说："就是没有搂！"

老王连续拍了几下桌子，冲豆芽菜吼道："这还六月天里下大雪，出了稀奇事哩！你还真是有蛮大一个胆子哩！下放第一天就敢学坏哩！我告诉你，我这个人是一个'老运动员'了，就是喜欢迎着风浪上，就是喜欢搞阶级斗争。你暴露得越早越好，你就看看我有没有本事把你教育过来！"

老王把豆芽菜关在会议室，勒令她写至少五页材料纸的检讨，要从思想意识方面深挖小资产阶级的根苗，要从灵魂深处爆发革命，要承认自己搂小瓦的肩属于道德败坏的举动。到了中午，如果检讨通不过，豆芽菜就不能够吃饭。并且到了下午，豆芽菜还必须独自挑满厨房大水缸里的水。到了晚上，全队知青大会，豆芽菜首先作检讨，自我批判，然后全体知青都要发言，要对豆芽菜进行切实的批判和帮助。

老王把会议室的门一反锁，我就哭了。我狠狠地干号了几声，觉得胸口不发闷了。然后我就抱着脑袋思考问题。我觉得这个老王太不了解当前的社会形势，也太不了解豆芽菜这位女知青了。据说老王以前是气象站办公室的干事，因为一直得不到提拔而闷闷不乐，便主动请战当了知青的带队干部。老王只顾急于表现自己，忘记了首先应该对我们有所了解，尤其是要对豆芽菜这种有个性的女知青多加了解。

豆芽菜当然不会接受老王的决定了。豆芽菜不仅不会接受老王的决定，还要利用老王的决定顺理成章地去做她自己最想做的事情——她得再次见见关山。

豆芽菜环顾四周之后，把椅子搬到了会议室的窗前。豆芽菜一把扯掉了用图钉固定在窗框上的塑料薄膜，然后紧缩身体，蚯蚓一样从窗口爬了出去。对于豆芽菜来说，这种低矮的窗户根本没有摔伤的危险。

豆芽菜奔跑到牛胯大队豆腐房，找小瓦借了一辆自行车。小瓦问豆芽菜有什么事情。豆芽菜镇静地说没有什么事情，只说你借还是不借。小瓦说当然借。豆芽菜骑上自行车就往公社奔。豆芽菜骑车一个半小时，大汗淋漓地闯进了红星公社党委副书记关山的办公室，她悲愤交加地质问知青的贴心人，说：“关书记，有人迫害新知青，你管不管？”

豆芽菜两腮通红，泪珠子在眼眶中打转，一副楚楚可怜的模样。关山对誓师大会上景仰他的女高中生和她妃红色的发卡记忆犹新，意外的惊喜自然不言而喻了。

公社党委副书记关山肯定地有力地说：“管！我们管定了！”

关山变成阿骨了。豆芽菜温驯地接受了阿骨的调查询问,然后甜蜜地对阿骨说:"谢谢!"阿骨请女知青豆豆在公社食堂吃了午饭。阿骨把自己碗里的回锅肉都夹给了豆豆,对她亲切地嘘寒问暖。阿骨谆谆教导豆豆说:"农村这个广阔天地是可以大有作为的,年龄十七不算小,爹爹挑担有千斤重,铁梅你——应该挑上那八百斤。"革命样板戏《红灯记》里面的唱词,关山很随意地小声唱了出来。关山捏着嗓子唱京剧旦角,唱得还真是有板有眼。豆豆被震慑了,她没有想到关山如此多才多艺。豆豆含着回锅肉不敢大嚼,没有嚼烂的肉也只好斯文地强咽下去。豆豆低着头,有问必答。她答应阿骨不再与老王计较,她乖乖巧巧一副小模样。豆豆的两只耳朵在发烧,烧得她晕头搭脑,上不着天下不着地,此后许多天,豆豆都还不敢相信自己与阿骨共进了午餐,并且阿骨还对她面授机宜,教她做人。

关山派遣的通讯员早在我之前就赶到了马裆知青队,向老王和马想福传达了关山书记的几点意见。这样,等到我回队的时候,马裆知青队会议室的窗户已经蒙上新的塑料薄膜,椅子也回到了办公桌前,就好像老王从来没有在会议室囚禁过女知青豆芽菜,更没有发现她爬窗逃跑,当然也没有打算要她写检讨和召开批判大会。十七岁的女知青豆芽菜经过阿骨的调教,也装出行若无事的样子。老王和豆芽菜,这两个人都心照不宣,一如既往。只是关于马裆大队女知青豆芽菜的各种谣言,特别是关于她与男知青过分亲密的谣言,不胫而走。冬瓜悄悄告诉我,说这些谣言都是老王在外面偷偷散布的。我猜也是这样,我知道老王不会轻易放过我的,不过我不在乎。

可怜豆芽菜,十七岁就绯闻缠身了。

必须承认,绯闻缠身的确是我不小的苦恼。主要是我得花费很大的精力向朋友们剖白自己,同时还得拜托他们为我严加保密。我唯一的担忧便是我的父母。我可怜的父母,最害怕的就是自己的女儿少不更事,在生活作风上犯错误,栽跟斗。他们认为,一个人如果犯政治错误,那是可以理解的；如果犯生活作风错误，那便不可饶恕。假如一个女孩子不能够守身如玉，那她一辈子就完蛋了！就连女孩子的父母，也没有脸面见人了。豆芽菜不能让父母没有脸见人。

除此苦恼之外，我的生活真是非常非常非常地幸福。

关山经常要检查知青工作，他已经来马裆知青队好几次了。关山每一次来，都要到豆芽菜的宿舍里转悠转悠，对她说几句语重心长的话，偶尔还拍拍她的肩，这使得豆芽菜心里非常滋润。一心为了提拔的老王由于需要巴结关山，只能对豆芽菜睁只眼闭只眼了。马想福队长是一个老实巴交、心地善良的农民伯伯，对豆芽菜总是那么慈祥。知青队长冬瓜对豆芽菜的批评永远停留在表面上，私下却对她照顾有加。

豆芽菜经常去别的知青队玩耍，别的知青也经常来找豆芽菜玩耍。豆芽菜会亲自参与偷窃他队菱角、红薯、蔬菜、甘蔗和玉米棒子的行动，豆芽菜年轻的肚子实在是太容易饥饿了，缺乏油水的米饭实在安抚不了它。但是，豆芽菜绝不偷窃贫下中农的鸡鸭鱼鹅狗，因为豆芽菜从小就喜欢小动物。还因为，她既怕看见贫下中农的眼泪，也怕听到贫下中农的咒骂。贫下中农骂起人来那是很厉害的，有些大妈和小媳妇，跳着脚骂大街，句句咒骂里面都有生殖器和性动作，意志薄弱的知青不躲快一点，很容易受到教唆和刺激。不过，假如有知青朋友叫豆芽菜去喝鸡汤或者去吃肉，她还是不问出处、来者不拒的。豆芽菜的吃喝哲学是眼不见为净。如果长时间没有吃荤了，豆芽菜便乐意跟她的知青朋友们成群结队地到镇上赶集。他们的队伍里，总有那么几个二百五的厚脸皮男孩子。总是这些男孩子用五分钱购买一个肉包子，哄得店主将蒸笼掀开，然后大家趁着迷眼的蒸汽，七手八脚将整笼屉的肉包子装进自己挎包。假如这一计不成，他们一定会再生一计。还是派遣那几个二百五，跑进餐馆，选中一桌丰富的菜肴，紧靠着人家食客的餐桌，故意口沫飞溅地谈笑风生。这一计实在无赖和恶心，几乎没有食客还能够继续吃下去，几乎也没有食客敢于向知青讨公道。因为我们的那几个无赖会强词夺理地这么说："你们吃你们的饭，我们说我们的话，难道不行吗？想剥夺我们知青最起码的人身自由吗？"连毛主席都要支援李庆霖的知青儿子三百元，客气地说容当统筹解决，谁还敢把知青怎么样？打骂和欺负知青都是犯法的事情。况且知青们一出现就是一大伙子人，腰里都别家伙，一般食客，只要不是傻子，谁都会主动放弃菜肴，自认倒霉，赶紧撤退。于是，丰富的菜肴便要让豆芽菜和她的朋友们好好打打牙祭了。

第一年的春节，冬瓜声称她不回家，她要与贫下中农一起过一个革命化的春节，以表示她扎根农村干一辈子革命的决心，一个知青，只要公开表示了这种决心，就比较容易入党了。冬瓜要捞党票那是冬瓜自己的事情，豆芽菜还是想回家过春节。说实话，豆芽菜并不是想念她的父母和弟妹，是想与她的知青朋友们把回家当作一趟旅行，是想回城看望和结识更多的知青朋友，是想与大家交流更多的信息，学会更多的黑话，是想逛逛大商场，饱饱眼福，购买一点女孩子心爱的小东西。大城市毕竟是大城市啊！那里有宽敞的大街和高楼大厦啊，有中山公园的小桥流水和秋千滑梯啊，有筱桃园的瓦罐鸡汤和四季美的汤包啊，有银幕清晰的电影院和能够自动翻转的皮靠椅啊，武汉武汉，美丽的江城，我们怀念你啊！

当豆芽菜跟着小瓦他们，摇摇晃晃、旁若无人地走进候车室的时候，候车室的广播响了。播音员怯弱地说："乘客同志们请注意，乘客同志们请注意，现在有一伙知青进入候车室了，请大家照顾好自己的钱包、车票和行李。"

广播一响，乐坏了我们。本来小瓦他们一路都在发愁。因为我们没有足够的钱购买到达武汉的车票，大约只能在蔡甸镇下车了。在蔡甸下车对小瓦他们男知青没有问题，他们可以很熟练地飞大卡车回武汉，豆芽菜也是可以飞大卡车的。可是还有几个女知青，却只有本事扒手扶拖拉机。手扶拖拉机与大卡车，那简直就是蜗牛和猎狗，不是一个质量和档次。一旦我们飞身上车，那就等于我们抛弃了几个战友。我们知青，既然一起出门，就必须一同到达目的地，阶级友爱是我们做人的原则，抛弃战友是极不道德的行为，我们绝对不能那么做！小瓦提议，为了照顾那几个笨手笨脚的女知青,他也就扒手扶拖拉机算了,或者,我们统统都扒手扶拖拉机算了。但是,身手高强的飞车者们都接受不了手扶拖拉机,他们认为这远远不是一个抛弃不抛弃战友的问题,扒了手扶,连他们自己人格都受到了严重的侮辱。身怀绝技的人去扒手扶拖拉机,今后传了出去,那还不被广大知青耻笑一辈子?

我们嘟嘟囔囔,意见纷杂地来到候车室。几个男知青心乱如麻,打算索性从这里就开始飞车,以便集中可怜的钞票,给几个女知青买到达终点站的车票。然而,我们庸人自扰、枉然费神了。随着播音员善意的提醒,拥挤的候车室一阵骚动。我们所到之处,人们面露惊惶之色,纷纷给我们让开道路;这道路并没有通向售票处,而是从我们脚下直接延伸到检票口;检票口的两个检票员,看见我们过来,便把眼睛望到天上去了,那根拦在检票口的麻绳,也自动地垂落了下来。这一切都说明了什么问题呢?显然说明祖国人民都认为我们知青应该免票乘车!大家夹道欢迎我们免票乘车!我们顿时受宠若惊,我们甚至没有交换意见的必要了,我们默契地接受了祖国人民的美意。我们当然不傻。小瓦将拦腰的草绳公然紧了紧,把胸脯挺得更高了,其他的男知青,故意犟着脖子看人,凶神恶煞一般,豆芽菜率领女知青,努力学习电影里面女土匪的神态,皱眉,撇嘴,目中无人,扬长而去。

到了车上,我们挤在最后一排座位上,捂着肚皮哈哈大笑。豆芽菜简直乐得直不起腰来了。她从来没有感到自己是这么强大和威风,是这么有主人翁精神。风驰电掣的长途汽车使豆芽菜产生了美丽的幻觉,豆芽菜觉得从农村到城市,从城市到农村,祖国大地,任她驰骋。知青生活可不真是清爽透顶吗?短短几个月的知青生活,远远超过了豆芽菜十七年生活质量的总和,也远远超过了豆芽菜的预计和想象。

如此的旅途无法使豆芽菜安坐不动。我年轻的同伴们,也全都像屁股底下有麦芒似的,谁都无法端坐。他们不住手脚地打打闹闹,互相呵痒痒。豆芽菜可不太喜欢别人没轻没重地动她的身体。于是,她便把过于充沛的精力和过于充沛的快乐化成了纵情歌唱。年轻人谁不迷歌？谁的青春时光不是与歌相伴？豆芽菜拉开喉咙，率先唱起了革命歌曲。要知道，不是什么歌曲都适合在长途旅行中歌唱的，最适合在长途的汽车旅途中引吭高歌的，绝对是毛主席语录歌和革命歌曲，不信谁都可以试试，让实践说明一切。

窗边闪过的田野啊，明镜般的湖泊啊，天边的流云啊，金色的太阳啊，拥挤在车厢里的我的父老乡亲啊，挂着冬天的鼻涕满脸冻疮的小弟弟小妹妹啊！憋在尿素化肥袋子里悲鸣的老母鸡啊，豆芽菜要对你们歌唱，要让你们寂寞的旅途充满向往，要让你们记住一个女知青十七岁的欢歌、十七岁的快乐！

听吧：天大地大不如党的恩情大，爹亲娘亲不如毛主席亲，千好万好不如社会主义好，河深海深不如阶级友爱深，毛泽东思想是革命的宝，谁要是反对他，谁就是我们的敌人！

革命，不是请客吃饭，不是做文章，不是绘画绣花，不能那样雅致，那样从容不迫，文质彬彬，那样温良恭俭让；革命是暴动，是一个阶级推翻一个阶级的暴烈的行动！

马克思主义的道理千头万绪，归根结底，就是一句话，造反有理！造反有理。根据这个道理，于是就反抗，就斗争，就干社会主义！

下定决心，不怕牺牲，排除万难，去争取胜利——下定决心，不怕牺牲，排除万难，去争取胜利！

老子英雄儿好汉，老子反动儿背叛，要是革命就跟着毛主席，要是不革命，就滚他们妈的蛋！

豆芽菜一唱百应。豆芽菜唱得热血沸腾，大家也都唱得热血沸腾，就连司机和售票员，还有绝大多数的乘客，也都跟着唱了起来。当大伙儿唱到"我们都是来自五湖四海，为了一个共同的革命目标走到一起来了"的时候，乘客们明显地消除了对我们这群知青的嫌恶，我们大伙真觉得是一个革命队伍的人了，我们都要互相关心、互相爱护、互相帮助了。我们的车厢内严寒驱尽，热浪滚滚，大家彼此赠送开水和馍馍，社会主义的公路上奔驰着一辆革命的长途汽车。后来到了家，我才发现，我的嗓子已经嘶哑得叫妈妈都叫不成了。妈妈见状，哽噎起来，以为我在农村吃了多大的苦头。她哪里知道，我简直幸福得愧对她的担忧。

三

我从来就不是一个假模假式的好学生，自然我也就不是一个假模假式的好知青。下放几个月，我就小有名气了。老王提起我，太阳穴就发胀。广大知青提起我，大家就开心。所以我并不因为自己的名气而内疚。相反，我没有理由不高兴。

事实上，我的朋友越来越多了，就连其他公社的知青，也有人长途跋涉地找到我们马裆来。我和冬瓜的宿舍里，经常开地铺，我的床上，也经常挤着睡上四五个女知青，我的口粮，也经常只能吃上半个月。就连我们马裆大队书记的女儿马想娇，一个回乡青年，为了争取自由恋爱的权利，也来寻求我的帮助。我几次三番把冬瓜约出去，在田埂上散步，要求向冬瓜汇报接受再教育的心得体会，缠住冬瓜长时间地交心谈心，而我们的宿舍，则提供给马想娇和她的恋爱对象约会，让他们尽情商量对付家长的计策。不久，马想娇怀孕了，生米做成了熟饭，大队书记只好同意把女儿嫁给地主的儿子。这对新人以及他们的父母，恭敬地请我而不是请冬瓜或者别的谁，在婚礼的喜筵上，代表知青致贺词。试想，如果不是下放农村当知青，十七岁的豆芽菜怎么可能人模狗样地在人家的婚礼上致贺词呢？别看豆芽菜在学校不是冬瓜那种优秀学生，深受贫下中农抬举的时刻，她也还是很会讲话的。

豆芽菜说："马想娇的婚姻好得很，体现的是社会主义的自由恋爱，反对的是封建主义的父母包办，毛主席教导我们说出身不由己，道路可选择，新郎大胆追求马想娇，证明他是一个要求进步、要求改变个人成份改造自己世界观的好青年，应该受到社会的尊重和赞扬。"

豆芽菜的一席话，说得新郎新娘热泪盈眶，贫下中农频频点头。人一得意，话就多了，豆芽菜接着说："一般人，都是举行了结婚仪式以后才有孩子，我们的新娘，还没有举行结婚仪式就有孩子了，这说明他们是天生的一对、地设的一双！"

作为婚礼司仪的马想福队长赶紧上来救场，抓起簸箕里的糖果，向宾客们撒去。宾客们的哄堂大笑使我意识到我的讲话可能有不妥之处，但是我不知道我的讲话不妥在哪里。事实就是这样，别人都是结了婚才能够怀孕，马想娇能够在婚礼之前怀孕，这难道不是奇迹和喜事吗？也就是因为有了这一次的讲话，广大贫下中农也开始亲昵地称呼我为"豆豆"。关于我的绯闻，贫下中农说他们根本就不相信。贫下中农都认定我是一个单纯幼稚的小丫头。还有几个大嫂子对我耳提面命，要我一定与关山把对象搞成。她们认为关山这么年轻，就已经是这么大的官了，跟定了他，傻豆豆这辈子肯定享福！傻豆豆一定要趁十七八岁与关山定下婚约，拖到二十岁就不好办了。广大贫下中农可不管国家的晚婚规定，他们认定二十岁的姑娘就是老姑娘了，像打了霜的蔬菜一样不够新鲜水灵了。我们的队长马想福，老婆刚刚病死，贫下中农立刻张罗，把他的寡嫂填到他的房里去了。豆芽菜对这种事情非常吃惊，贫下中农教导豆芽菜说："傻豆豆啊，这是好事情啊，一个孤男，一个寡女，两个半边人，不是日子啊，他们在一起就是全乎日子了。"

贫下中农的语言都很土，豆芽菜不是完全听得懂。但是豆芽菜感觉贫下中农的话说得实在和真诚。豆芽菜发自内心地喜欢贫下中农们对她的亲昵和那些说得实在和真诚的话语。如果豆芽菜真的生活在贫下中农之中，她是绝对不会落得声名狼藉的下场的。遗憾的是豆芽菜和冬瓜一个宿舍，过的是一种知青生活，于是豆芽菜就不幸地声名狼藉了。使豆芽菜落到声名狼藉的地步的，就是冬瓜。

冬瓜这个人，我真是不知道怎么形容她才好。她这个人，实在不怕累。她是一定要做一个好学生、好知青、好干部的，是一定要积极要求进步的，是一定要加入共产党的，是一定要出人头地、前程锦绣的。可是，她又不愿意放弃堕落。豆芽菜和她朋友们的生活方式，被老王评判为"堕落"。我们的堕落，冬瓜其实非常羡慕。我偷回来的红薯，盖在我自己的脸盆里，放在我自己的床底下，数量肯定会神秘地减少。我漂亮的手绢和发卡，也会神秘地减少。我只是与冬瓜一个人同住，我所有的好东西都在神秘地减少，然后经常在我们都不经意的时候，我的东西会突然出现在冬瓜的床上。每当这种时候，不用我指责，冬瓜就会脸红。然而，聪明的冬瓜懂得如何进行交换，她会在派工的时候派我从事轻松的活路，还会把老王对我的暗算提前告诉我，还会把老王、马想福和冬瓜开会的秘密内容也告诉我，由于我也得到了非分的东西，因此我也就想通了。我让小瓦给我做了一只带锁的木箱，专门存放我不愿意被冬瓜分享的一部分东西，比如我收藏了多年的糖果纸和香烟盒，我妃红色的发卡和牙边手绢，其余如瓜果、鞋袜、圆珠笔之类，我就随她去了。我是公开的堕落，冬瓜是暗地里堕落。我公开所以我轻松，她搞地下工作所以她劳累。早春二月，水田里还是冰封雪冻，冬瓜不顾月经在身，带头跳进去插早秧，过后经血淋漓不断，在半夜三更，一边熬中草药喝，一边偷声啜泣。而我，对不起，我有情况在身的话，谁拿枪比着我，我也绝不跳下冰冷的水田。我心血来潮地想见我们知青的偶像阿骨了，我会拔腿就走，去公社！或者，大庭广众之下拜托公社通讯员捎带口信，说豆豆欢迎关山书记来马裆知青队视察。冬瓜就不敢这么无私无畏地与丝瓜瓢子交往了。冬瓜总是在从事了一天繁重的体力劳动之后悄悄动身，摸黑去与鸡肠知青队的丝瓜瓢子约会。鸡肠知青队与我们马裆知青队相隔十五里路程，其间还有一片巨大的荒湖，至少得步行一个半小时。而且冬瓜还得披星戴月地赶回来出早工，装出一副纯洁的没有外出接触男知青的正经模样。

　　豆芽菜本来是非常讨厌冬瓜的行为方式的。不知为什么，与冬瓜相处的时间久了，豆芽菜却同情起她来了。虽然冬瓜大我两岁，毕竟也只是一个十九岁的女孩子啊！她把自己的生活搞得这么复杂这么累人，年纪轻轻眼角都生了皱纹,这可怎么好啊。她爸爸还给我做了那么漂亮的一身衣服,往后我还想要她爸爸继续给我裁剪衣服啊!我们报纸上的社论总是说:沉舟侧畔千帆过,病树前头万木春。敌人一天天烂下去,我们一天天好起来。可是,优秀的主流代表的冬瓜怎么一天天憔悴下去,而我这个被入了另册的好逸恶劳的堕落的豆芽菜,却一天天地鲜润起来呢?我真是不好意思,好像我欠了冬瓜什么债似的。

贫下中农总是叫豆芽菜"傻豆豆"。豆芽菜还以为是昵称。豆芽菜不知道她自己真是一个傻丫头。与豆芽菜相比,冬瓜可就太成熟、太精明了。冬瓜和豆芽菜同住一间宿舍,她随时都在揣摩豆芽菜。冬瓜对豆芽菜的心理活动洞若观火。

在她们同住了将近一年的时候,有一天晚上,冬瓜破天荒地在大队小卖部买了几块饼干。冬瓜亲热地说:"豆豆,我总是吃你的东西,今天我要请你吃饼干。"

豆芽菜一点警惕都没有,拿起饼干就吃,一边高兴地说:"好啊。难得你大方一次,我就不客气了。你这个人是不会白白付出的,是不是有什么事情有求于我啊?"

豆芽菜没有想到冬瓜说:"是啊!"

冬瓜竟然是要求豆芽菜默许她的男朋友丝瓜瓢子秘密进入她们的宿舍,与冬瓜幽会。当然,冬瓜并没有直截了当地这么说。冬瓜是以情动人、迂回前进的。冬瓜说:"豆豆啊,我们情同姐妹地相处了一年,今天我要对你袒露自己最大的秘密。"

豆芽菜果然立刻感动得一塌糊涂,大表决心道:"说吧说吧,你放心好了,我发誓,如果你的秘密被我传出去了,让我不得好死!"

冬瓜说:"豆豆,你不要发这种毒誓,我绝对相信你。"

于是,冬瓜满面赤红地对豆芽菜承认并且讲述了她与丝瓜瓢子的恋情。丝瓜瓢子原来是学校的团委书记,与冬瓜搭档做学生干部,从初中共同工作到高中毕业。在他们多年的相处中,相互产生了革命爱情。可惜的是，在下放的时候，冬瓜和丝瓜瓢子没有被分配到同一个知青队，他们再也不能并肩战斗了。冬瓜和丝瓜瓢子心里都明白，这种拆散是故意的，是组织上出于对他们政治上的爱护，是知青干部们害怕他俩在广阔天地里犯下生活作风错误。冬瓜和丝瓜瓢子，他俩都是革命的宝贝，重点培养对象，他们必须安全地成长为共产主义事业的可靠接班人，所以，他们一个必须在马裆，一个必须在鸡肠，中间还隔着一个巨大的淹死过许多人的荒湖。老王平时对冬瓜也盯得很紧，冬瓜去哪里都要向老王请示和汇报。

冬瓜难过地对豆芽菜说："我们这是在革命工作中产生的爱情，难道革命的爱情也不行吗？难道革命者就不能恋爱结婚吗？"

豆芽菜大打抱不平地说："当然不是！革命者不结婚哪里会有革命后代呢？革命的红色江山谁来接班呢？老王这是瞎整！不要管他，让他巴扎嘿吧！"

豆芽菜的心跳动得比冬瓜更激烈，因为豆芽菜还从来没有与谁产生过革命爱情。豆芽菜觉得冬瓜很勇敢并且很幸运。豆芽菜更渴望知道的是，所谓革命爱情，是否也有一些具体的男女行为。

豆芽菜问："你们亲嘴吗？"

冬瓜双手捧住脸，咕咕笑道："傻！"

豆芽菜说："你们抱吗？"

冬瓜还是咕咕笑说："真傻！"

豆芽菜惊讶地跳了起来。豆芽菜不相信冬瓜有这么大的胆量，也不相信冬瓜与丝瓜瓢子真的会亲嘴和搂抱。因为胆大包天的豆芽菜都不敢这么做，他们怎么敢呢？

豆芽菜质疑道："冬瓜你不是在吹牛吧？"

冬瓜说："这还用得着吹牛吗？"冬瓜脸上呈现出骄傲的自信，她说："豆豆啊，我绝对不仅仅是比你大两岁啊！我的经历你是没有的啊！你一个疯丫头，不就会咋咋呼呼的，不就是会在他们男知青的自行车上玩杂技吗？你哪里懂得爱情！"

可怜豆芽菜瞠目结舌，想了半晌才反击说："谁说的！阿骨和我好！阿骨请我吃饭，把他的回锅肉都夹给我了，他还经常来看我。"

冬瓜毫不留情地说："算了吧。你敢当面叫他阿骨吗？不敢吧？还是叫关山书记吧？他喜欢你，这不假，你不就是叶子出众、麦子漂亮吗？你大概还不知道一般男人都会喜欢活泼漂亮的女孩子吧？但那仅仅是生理现象而已，并不表示有感情。关山这个人，我和他开会多少次了，我太了解他这个人了。为了保持他崇高的光辉形象，他绝对不会与任何女知青谈恋爱。他正在选择北京或者上海的大学呢，将来到了高等学府，他还怕找不到更好的女朋友吗？他这种人，一定想找一个中央领导的女儿！你算什么，一个傻兮兮的小丫头。几乎所有的女知青都爱慕他，他在乎过谁呢。给你几片回锅肉，那是表示领导对知青的关怀。再说，他最不喜欢吃回锅肉了，在会议的饭上，他总是把回锅肉给别人。你说他真的喜欢你，那他亲吻过你吗？"

豆芽菜颓然了，她彻底地被冬瓜打败了，她的确没有冬瓜这么缜密的思想。她一直以为她能够引起关山的注意，关山能够经常来马裆，就已经非常荣耀了。

私房话谈到这一地步，冬瓜就不无卖弄地从自己的裤带上取下了钥匙，打开她的箱子，取出丝瓜瓢子送给她的日记本，让豆芽菜参观。这是一个紫红镶金的缎面日记本，一看就很昂贵，要在工艺美术大楼才可以买到，绝对不是一般的同学关系舍得赠送的。无论是初中毕业还是高中毕业，豆芽菜从来就没有收到过这么华贵的日记本。冬瓜只是让豆芽菜抚摸了一下日记本，就接了过去。冬瓜在衣襟上反复擦拭了手指之后，翻开了封面。扉页上是丝瓜瓢子写给冬瓜的一首诗歌：赠并与李红英同学共勉：生命诚可贵，爱情价更高，若为自由故，两者皆可抛。豆芽菜一看，内心顿时翻江倒海。豆芽菜知道，这首诗歌可是不能够随便写给别人的。因为"文化大革命"打倒和批判了绝大多数中外诗人，所以，可怜的匈牙利革命诗人裴多菲，可怜二十六岁就牺牲了生命的年轻人，虽然距离我们有一百多年了，还是成了我们贴心的好朋友。这首诗歌流行和畅销在我们的中学时代,它有着特定的用场。革命者的诗歌,冠冕堂皇的掩护,表达的却只是私情。

可怜的豆芽菜,还一直在同情冬瓜呢,谁知道人家冬瓜早就拥有了如此炽热和真诚的爱情。豆芽菜认输了。豆芽菜就是这样的一个人,在事实面前,她不硬撑,说认输就认输。冬瓜与豆芽菜并肩坐着,谦虚而又亲密地安慰她:"好了,你比我小两岁,你不要着急,你看这么多男知青喜欢你,还怕挑选不出一个男朋友。"冬瓜非常甜言蜜语地:"豆豆啊,从此,我信任你胜过信任我自己,我把自己的前途和命运也都交给你了,我和阿瓢的爱情也就靠你成全了。豆豆,如果阿瓢来和我约会,你能够让他进来并且就当他不在我们的宿舍吗?"

豆芽菜不胜信任地说:"可以!没有问题!我当然成全你们!"

眼看水到渠成了,冬瓜这才羞涩地一笑,告诉豆芽菜说:"阿瓢已经来了。"

冬瓜揭开了窗户上的塑料薄膜。鸡肠知青队的知青队长,瘦长干涩的男知青丝瓜瓢子,在夜幕中对冬瓜和豆芽菜亮出微笑的白牙齿,接着从窗口爬了进来。

冬瓜成功地结束了她和恋人风餐露宿、劳碌奔波、担惊受怕的野外幽会。

豆芽菜的嘴唇上还沾着冬瓜的饼干末子,就只好立刻钻进自己的蚊帐睡觉,好让冬瓜和阿瓢在冬瓜的蚊帐里坐坐。本来,懂事的豆芽菜执意要离开宿舍,甘愿到其他女知青宿舍去挤一挤,好给冬瓜和阿瓢提供方便。冬瓜死活不让豆芽菜离开,她说:"现在你比我的亲姐妹还要亲,我们没有什么不方便的,我们只是在蚊帐里面坐坐而已。你只管睡觉好了。我是绝对不忍心打乱你的正常生活的。"

傻豆豆还能怎么样呢?夜已经这样深了,户外风寒霜冷。豆芽菜只好钻进了自己的蚊帐。那边冬瓜的蚊帐里面,静悄悄一点声音没有,好像他们两人,真是坐坐而已。豆芽菜倾听了一会儿就犯困了,很快豆芽菜就睡着了。翌日清晨,豆芽菜醒来,冬瓜已经整装待发准备下地,丝瓜瓢子早就没有人影了。

从此，阿瓢经常来冬瓜宿舍坐坐。一坐就是一整夜。阿瓢对豆芽菜很客气，总是亮出白牙齿笑笑，然后就钻进了冬瓜的蚊帐里面。丝瓜瓢子为人也还不错，在学校的时候曾经找豆芽菜谈过话，居然还希望帮助豆芽菜这么落后的一个女生加入共产主义青年团。再说，豆芽菜乐意冬瓜有恋情。冬瓜有恋情，豆芽菜就有把柄。有恋情的冬瓜更有人情味，也更加平凡真实，通情达理。她会经常哼歌，换衣服的时候，浑身会散发出温热好闻的牛奶气息。再说呢，冬瓜和阿瓢在蚊帐里面很安静，最多有一点窸窸窣窣的织物摩擦声。贪睡的豆芽菜在清醒的时候，从来没有听到让她难堪的声响。豆芽菜是不懂得这种沉寂无声的恋爱的，她甚至奇怪冬瓜和阿瓢怎么会不腻味。久而久之，豆芽菜也就习惯她们宿舍存在着一个男知青了。万一老王或者马想福来敲门，就由豆芽菜应付说："我们已经睡觉了。"

我向毛主席保证，我是一个一诺千金的人。冬瓜的秘密，我没有告诉任何人。我一点都不知道关山和老王他们是怎么发现冬瓜的秘密的。

最近，关山还向我问过对冬瓜的看法。豆芽菜天真无邪地说："她不错啊，是一个无产阶级的红苗苗啊。"

不是豆芽菜存心要对阿骨撒谎。阿骨是她的阿骨，可也是关山啊，是公社党委副书记啊。豆芽菜再傻，也清楚这么一个道理：假如不是好人好事，千万就不要让领导知道。冬瓜和阿瓢，别说还没有结婚，就是法定的晚婚婚龄，都还差得老远，他们现在就在一起，一坐一整夜，这肯定不是好事。马想娇不就是在她们宿舍，说是和她的对象坐坐，突然就怀孕了吗？可是人家马想娇他们到了法定的婚龄啊。

可是，不知怎么搞的，领导还是知道了冬瓜的秘密。

那是一个下着小雨夹雪的深夜，阿瓢理所当然地爬进了我们的窗口。这样的天气，谁都知道是不能够出工干活了。贫下中农说：雨夹雪，半个月。看来这样的坏天气要持续好几天了。也就是等于说，冬瓜不必起早床，阿瓢也不必在天亮之前赶回去，他们可以安安稳稳地坐到大天亮。恋爱这么辛苦，豆芽菜不那么羡慕他们了。豆芽菜更愿意在热乎乎的被窝里面美美地睡大觉。豆芽菜需要做的事情就是：在明天起床之后，招摇地进进出出。在豆芽菜的掩护之下，阿瓢则可以大大方方地出现在冬瓜她们的宿舍，装出刚刚来到我们队看望朋友的样子。不能干活的日子里，知青们互相串门简直是太正常不过的事情了。

然而，就在那个令人麻痹大意的小雨夹雪之夜，马想福的狗叫起来了。我睡得死沉，起初没有听见狗叫声。冬瓜过来，扒开我的蚊帐，推醒了我，用一种骇人的声音说："豆豆，马想福的狗叫得不平常。"

我不是被马想福的狗叫声，而是被冬瓜的声音惊醒的，她的声音比马想福的狗叫声要凄厉得多，我说："你怎么了？"

冬瓜说："恐怕要出事了！"

我睡得正香呢，我说："出事？有小偷或者厨房失火了吗？"我恼火地说："我不管。有马想福和狗，有老王还有你，你们这些干部们抓小偷或者灭火去吧，我要睡觉。"

冬瓜摇晃着不让我躺下，她说："豆豆豆豆！不是小偷，也没有失火，可能是知青干部突击查房来了！"

真是做贼心虚，冬瓜猜对了。还真是知青干部突然袭击地查房来了。刹那间，外面狗吠人闹，知青队的每一间宿舍都被要求立刻开门。阿瓢想从窗户逃掉已经没有可能，马裆知青队被包围了！火把、灯笼和手电把我们的宿舍照得通亮，我听出了关山的声音，还听出了大队民兵队长的声音，还有许多陌生的声音。老王夹杂其中，他的声音激动又郑重，献媚又讨好。冬瓜面无人色，眼珠子乱转，她在想办法。阿瓢则绝望地拿起了一瓶农药。冬瓜上去夺过农药，说："阿瓢，坚强一点，不要随便就走极端，生命是最可宝贵的啊！"

这一下子，豆芽菜当然被彻底地惊醒了。不过，惊醒的豆芽菜没有回到现实生活中，而是抬脚就跌进了某部惊险影片或者某部革命样板戏里面：小雨夹着坚硬的雪粒，沙沙地打在低矮的屋顶上，外面闹得沸反盈天，危险就要破门而入，屋内的这对非法恋人，都只穿着单薄的内衣，面如土色，紧紧擎着对方的手，为他们的生死存亡倾吐着肺腑之言。他们的每一句对话都像精彩的台词。他们都在争夺牺牲的权利，为了保护自己心爱的人。这是冬瓜和阿瓢沉闷的蚊帐里坐坐的恋爱中最精彩、最灿烂的片刻，真是感人肺腑。

阿瓢是刚刚入党的新党员，一贯地埋头苦干，深受贫下中农的好评，他比冬瓜进步得更快，但是他决意放弃他的一切。阿瓢说："红英，人生或迟或早，总有一死！能够死在你的面前，我心满意足。我就算能够忍受他们的批评和处分，我也不能看着你遭受他们的羞辱啊！"

冬瓜说："那也不能自杀啊！我们俩哪怕能够逃脱一个人也好啊，留得青山在，不怕没柴烧！你要是死了，我怎么活下去？我们俩都死了，那不是畏罪自杀、遗臭万年吗？我们这么多年的努力，不能白费！我们还是革命接班人啊！"

阿瓢一把将冬瓜抱在怀里，两人搂得无比紧密。阿瓢说："红英，我要救你！你得赶快想想办法，我就豁出去了，你把一切责任都推在我身上吧！"

冬瓜说："我不能这么做！"

阿瓢说："你必须这么做！揭发我，批判我，臭骂我，打我的耳光吧，就是我来纠缠你的，我出去告诉他们这一切。红英，你是女同志啊，我一定要保住你的名誉！"

冬瓜说："不！不是你纠缠我的，是我们彼此相爱！"

人家冬瓜和阿瓢都顾不及流泪，热泪却从豆芽菜的眼睛里流了出来。豆芽菜披着棉袄，坐在被窝里，握着自己的碎花牙边手绢，眼睁睁地看着冬瓜和阿瓢，被他们感动得无法自制。

一定是豆芽菜的唏嘘提醒了阿瓢。阿瓢好像突然发现了豆芽菜的存在。阿瓢一下子朝豆芽菜扑了过来，说："豆豆，让我上你的床好吗？"

阿瓢扑通一声屈膝跪在我的床头，声泪俱下地恳求说："豆豆，我给你下跪了。你救救红英吧。她做到今天这种地步，作为一个女同志来说，实在是太不容易了！反正大家都了解你，反正他们不会对你有多高的要求，反正你也不在乎政治荣誉也不图表现，你就替我们担了一次吧。我向毛主席保证，将来我的回城指标一定让给你。豆豆啊，你一贯古道热肠，为朋友两肋插刀，这次就救救我们吧！"

冬瓜说："阿瓢！你不要这样啊！"

在这千钧一发的时刻，我们宿舍的房门被严厉地敲响了！老王厉声叫道："李红英，开门！快开门！"

阿瓢猛地拉过冬瓜，也让她扑通一声，跪在了我的面前。可怜的豆芽菜，在这十八年的人生里，何曾经历过这等严峻的形势？何曾拥有过这等复杂的心情？又何曾受过如此隆重的跪拜大礼呢？中国人的膝盖头可是最有尊严的啊！多少仁人志士，头可断，血可流，要想他们下跪，那是不可能的啊！人人都想做皇帝，为什么呀？不就是做了皇帝大家都要给他下跪吗？做了皇帝也还是只有一个肚子一张嘴，吃不了更多的东西，至尊的感觉就是别人的跪拜啊！豆芽菜何德何能，刚刚才十八岁，就被优秀的冬瓜和新党员阿瓢跪拜了！这可是怎么好啊！豆芽菜的脑子里面火烧火燎，心乱如麻，感觉除了接受阿瓢的恳求再也不可能有什么别的好办法。再说既然被人这么跪拜，也得拿一点勇气和派头出来呀。

坐在床头的豆芽菜，可怜只好把心一横！豆芽菜挥着她的手绢，对跪在床边的这对恋人说："好吧好吧！就这样吧，有什么了不得的，天又不会塌下来！"

冬瓜还嘟囔着不行不行，阿瓢却已经爬上了我的床，同时我们的房门几乎要被敲破了。

冬瓜的确非常了不起，天生是一个会演戏的政客。转眼间，冬瓜就变换了神态。冬瓜开门的时候，揉着眼睛，打着哈欠，睡得迷迷糊糊的模样。她略带埋怨地对老王说："出了什么事情啊？怎么也不事先通知我一声呢？"

老王没有理睬冬瓜，只顾带领一伙知青干部冲了进来。关山是最后进来的，他的身后跟的是一群民兵。关山与所有的大人物一样，用一只胳膊扶腰眼，手掌的虎口卡在胯骨上。顺便说一句，我最不喜欢的就是他的这种姿势，我觉得这种姿势非常老气横秋并且非常做作。关山显然是针对冬瓜来的。面对两张紧垂帐帘的蚊帐，关山毫不犹豫地选择了对于冬瓜的检查。老王和另一个带队干部一左一右，赶紧撩开了冬瓜的蚊帐，自然，冬瓜的蚊帐里面空空如也，清清白白。出乎意料的好戏在我这里。随后，我的蚊帐也被撩开了。豆芽菜依然是披着棉袄坐在床头，手里紧攥花手绢；而鸡肠知青队的知青队长阿瓢，也坐在豆芽菜的被窝筒子里面，只不过是在床的另一头。

　　来人都不敢相信自己的眼睛，都怔怔地看着我和阿瓢。一道疑惑的凶光从关山的目光中飞出，击中了我的眼睛，我赶紧垂下了脑袋瓜子。

　　冬瓜装腔作势地惊呼一声："豆豆，你怎么会……"

　　而老王，在关山的示意之下，上前掀开了豆芽菜的被窝。要谢天谢地的是，被窝里面的情形并不是十分难堪。本来豆芽菜一贯喜欢穿三角内裤睡觉的，因为广阔天地的冬天太冷了，她甚至连毛线裤都没有脱。阿瓢当然也是穿着长及脚踝的球裤。不幸的只是，我和阿瓢都是光脚丫子。我雪白的光脚丫子紧挨在阿瓢臀部的侧面，他的黑瘦光脚丫子也紧挨着我臀部的侧面，一双女脚和一双男脚，看上去还是比较刺眼的。这只怪老王敲门敲得太凶狠，时间太仓促了，但凡有一点余地，我肯定会和阿瓢商量一下，调整好我们的距离的。顺着关山的目光，我自己都不敢多看一眼自己的光脚丫子。我自责地想，我怎么如此糊涂呢？干吗不赶紧给自己穿上毛线袜呢？如果是那样的话，局面就没有这么糟糕，我和阿瓢，也就不会被定性为有肉体接触了。正如贫下中农评价傻豆豆的那样：嘴上没毛，办事不牢。此时此刻，我深刻地认识到自己的确太年轻、太幼稚了。

　　豆芽菜自责得流下了悔恨的泪水，她的花手绢顷刻就被湿透了。

　　当晚，阿瓢和豆芽菜就被分别带到了公社。豆芽菜从温暖的被窝、惊险的影片中被直接送进了毛泽东思想学习班。当然，还是如贫下中农说的那样：好事不出门，坏事传千里。豆芽菜与阿瓢被当场捉奸的消息，迅速被散布得家喻户晓。马想娇立刻驮着她的婴儿，赶到公社要求探望豆芽菜，她的要求理所当然地被拒绝了。马想娇也不是普通农家女儿，人家是书记的孩子，有脾气的。马想娇在公社院子里大闹说："党纪国法不是这样的，进了学习班就不让见人了？就是坐牢了，也还让送牢饭呢！"马想娇对劝阻她的关山说："人家豆豆是一个傻豆豆，未必你也是一个傻书记？如果我没有亲眼看见豆豆和阿瓢赤膊条胯睡在一起，打死我也不相信豆豆和谁睡了觉。这里面肯定有阴谋！"

不管马想娇在公社的院子里为豆芽菜如何辩解，豆芽菜和阿瓢睡觉的故事，还是被人们演绎得很具体很色情，在小雨夹雪的广阔天地流传。豆芽菜这一下子可是悲惨透顶了。即便是她的朋友，也不能够原谅她的行为。首先，她的朋友们为豆芽菜对他们的隐瞒私人秘密深感愤怒，因为正是豆芽菜在一贯倡导，说朋友们之间应该割头换颈，无所不谈。可恨的豆芽菜如此欺骗她的朋友！实在是卑鄙！其次，阿瓢是一个什么人呢？长相干涩瘦长酷似吊死鬼，行为上一贯假模假式贪图表现卖友求荣，要不他能够这么快入党？豆芽菜的朋友们悲愤地说："她和谁好不行？这么多朋友她都看不上吗？偏要和那种人睡觉？豆芽菜太下贱了！"

我在三天的学习班里什么都不说，整天哭鼻子。我的眼睛坚决不和关山对视，打定主意只哭鼻子。冬瓜则天天到公社来要人。冬瓜缠住公社的每一个书记谈话，冬瓜很会说话的。她说："豆豆年纪还小，并不懂事，也就是因为天冷，让男知青焐焐脚而已。这种事情过于上纲上线其实不利于教育广大知青，我觉得还是小范围整顿好。对于豆豆，一个才十八岁的女知青，她这辈子，路还长得很，我觉得还是以保护为主的好。毛主席他老人家已经够为我们知青操心了，我们应该尽量少出岔子。"

除了关山，书记们无一不被冬瓜说得连连点头。更加上冬瓜很有手段，她任凭公社食堂的粮食管理员怎么央求，就是不送豆芽菜的口粮给公社，每次都笑着赖账，说忘记了忘记了。豆芽菜一天三顿消耗的都是公社的口粮，阿瓢一天三顿消耗的也是公社的口粮，学习班还有其他的知青，也都学着冬瓜的手段赖账。在公社粮食管理员看来，别的都是虚的，吃谁的粮食才是实的。公社的大多数书记，都是比较实事求是的，当然也赞同粮管员的说法。于是，冬瓜终于把豆芽菜接回了马裆。

豆芽菜的母亲风雨兼程地赶到了马裆知青队。母女俩见面，二话没有，母亲就抽了女儿几个大嘴巴子，随即自己就昏倒过去了，幸好马想福队长既会掐人中又会刮痧。

凄风苦雨之中，孤独的豆芽菜能够对人们说些什么呢？豆芽菜什么都不能够说。即便对马想娇，也是什么都不能说。既然豆芽菜已经勇敢地为冬瓜承担了耻辱，她就得把这个英雄充当到底。其实事情到了这一步，已经容不得豆芽菜反悔了。反悔了豆芽菜更不是人了，又沾上卖友求荣的嫌疑。事实上就算豆芽菜反悔，冬瓜和阿瓢会承认吗？他们当然不会承认，因为捉奸捉双的时候不是冬瓜。冬瓜可不是一个简单的女知青呢。再说冬瓜待豆芽菜多好啊，一日三餐替她送到宿舍里来，晚上还给她打好洗脚水，满脸都是赔小心的笑容，尽管豆芽菜臭屁不理她。

噩梦真是不堪回首！还有最令豆芽菜难以启齿的隐痛呢，那就是豆芽菜对于怀孕的恐惧。豆芽菜的光脚丫子不当心接触了阿瓢的身体，阿瓢的光脚丫子也接触了豆芽菜的身体，因此豆芽菜拿不准这样的通道是否会导致怀孕。可怜的豆芽菜，在漫漫黑夜里通宵不眠，她敏感地抚摸着自己的小腹，如果她发现它在日渐隆起的话，豆芽菜肯定就去自杀。豆芽菜已经想好了如何自杀。她要跑得远远的，要坐火车去武当山，然后爬上金顶，然后在深夜里，用她心爱的手绢捂着脸，一头从金顶跳下去，让尸体被野兽吃掉。

豆芽菜茶饭不思，寝食难安。豆芽菜的心在日夜泣血。豆芽菜表现得本来就不好，这一下子，当然就声名狼藉了。

四

毛主席曾经教导我们说：好事可以变成坏事，坏事也可以变成好事。

从前我一贯吊儿郎当，不认真学习，不去仔细琢磨如何把坏事变成好事。不爱学习差一点害死我了！

后来我深深认识到，生活是最好的老师，实践是检验真理的唯一标准。事实证明，在我的情况糟糕得不能再糟糕的时刻，事物已经开始朝相反的方向转化。这就是所谓的物极必反的道理。

关山，我的阿骨，我们女知青朝思暮想梦寐以求的偶像，正是因此而真正地走进了豆芽菜的个人生活！

在初冬的连绵阴雨中，豆芽菜把自己关在宿舍里剥棉桃，一关就是半个月。豆芽菜坐在一堆没有盛开的萎缩苍白的棉花垛中间，机械地剥着棉桃。她的手指头剥得长满了倒刺，粉红色的棉铃虫爬满了她的衣裳，还三三两两地垂吊在她的长发上。豆芽菜潦草的大辫子活像没有刷洗的马尾巴，眼睛肿得像灯笼。

马想福队长把他打草鞋的家伙移到我的宿舍门口，他的狗也跟着过来了。马想福队长不声不响地打他的草鞋，他的狗也不声不响地蹲在一边。马想福是一个最好的贫下中农，他把我们宿舍的农药、镰刀和锄头都收拾掉了。马想福是怕豆芽菜出事。可是豆芽菜如果要出事，谁又能够守得住呢？不过，豆芽菜心里还是非常知道好歹的。除了马想福，豆芽菜谁都不让进她的宿舍。只要有人过来探头探脑，马想福就劝他们说："走吧走吧。"

原来豆芽菜以为，小瓦是一定要来看她的，半个月过去，小瓦没有露面。看来小瓦也是一个狗杂种！豆芽菜这才懂得，在人生的关键时刻，可以发现很多好朋友都是狗杂种。都说傻豆豆傻豆豆，到底谁傻？连豆豆都懂得"无限忠于"是好朋友之间的根本原则。无论在什么情形之下，好朋友之间首先要怀疑的是别人，而对自己人，一定要深信不疑！无论出了什么事情，好朋友永远是对的，因为真理往往掌握在少数人手中！否则，何谓好？何谓亲密无间？人们又要好朋友做什么？不要说小瓦不来看望豆芽菜，就算他来了，豆芽菜也不会见他，豆芽菜彻底寒心了。

半个多月以后的一天,老王和冬瓜到公社开冬季农田水利工作会议去了。他们背走了三斤粮食,是两天的会议。大队干部到公社开会,只需要带口粮,白吃公社蔬菜,一般马想福是不肯耽误会议的。这一次马想福没有去。马想福说你们去我就不去了,你们把会议精神带回来就行了。豆芽菜听了马想福的话,在宿舍里暗暗发誓,她说只要这一次她大难不死,日后回城上班了,第一个月的薪水就给马想福买一双皮鞋,好歹马想福也是一个干部啊,不穿皮鞋哪里来干部的派头呢?

老王和冬瓜走了不大一会儿,马想福在外面轻轻地叩门,说:"豆豆,豆豆,开开门,再给你一筐棉桃吧。"

豆芽菜是需要再来一筐棉桃!她想再来五筐十筐一百筐棉桃!豆芽菜希望今年全公社的棉花都没有成功地炸桃,都需要她逐一地掰开将棉花剥离出来。豆芽菜希望她能够在宿舍里封闭一辈子,一辈子不见人,一辈子剥棉桃!

豆芽菜打开了房门,门外当面立着的人,却是关山。豆芽菜立刻关门,而马想福抢在她的前面把脚插进了门坎。马想福说:"豆豆,公社领导特意来看望你,你有什么话就对公社领导说吧。人是铁,饭是钢,你这小小年纪,正是吃饭的时候。你老是不吃饭,公社领导能够不管吗?饿死了知青,我们怎么向伟大领袖毛主席他老人家交代啊!"

原来马想福还这么会说话!他说得我理屈词穷。眨眼之间,马想福重新带上了房门,关山却已经在我们宿舍里面了。

豆芽菜蔫头耷脑地坐在棉花堆里,想必她的模样一定是无法形容的单薄虚弱,孤立无助。因为关山看着豆芽菜的目光是那么地温柔。关山就那么温柔地看着豆芽菜,悄然地走了过来,从豆芽菜的身后,轻轻地揽过她头发凌乱的脑袋。关山的动作对于豆芽菜来说是太突然了。男女接触已经成了豆芽菜的过敏症。豆芽菜一声尖叫,手脚挣扎。然而,就在这个时候,关山附在她的耳边说:"豆豆,你这个傻丫头啊,世界上哪里找你这么好的人啊!这种事情怎么可以代人受过呢?"

豆芽菜把这话一听,顿时打了一个激灵,脑袋立刻转了过去,眼睛直直地望着关山，饱满晶莹的泪珠子一颗颗地滚落下来。党啊，党啊，敬爱的党啊！毛主席的恩情，比天高，比地厚，更比海洋深——豆芽菜耳朵里嗡嗡作响反复回旋的就是这样一些歌词的旋律。关山哪里是阿骨，他是党和毛主席的化身啊！亲娘都不问青红皂白，大打女儿的嘴巴子，还是党和毛主席了解他的孩子啊！关山一句话，等于就给豆芽菜平反昭雪了，纠正冤假错案了。豆芽菜万分激动，心潮澎湃。平日最讨厌的关山扶腰眼的动作，豆芽菜忘记了；关山满脸青春痘的淤斑，豆芽菜也视而不见了。豆芽菜的手脚绵软了下来，整个人从身体到灵魂，土崩瓦解、稀里哗啦地倾泻在了关山的胸前。关山被豆芽菜冲撞得摇摇晃晃，他及时地调整着身体重心，好不容易才把豆芽菜体体贴贴地抱在了怀里。

只需这么一个细节，关山便掌握了豆芽菜的状态。豆芽菜连拥抱都不会，显然是一个再纯洁不过的姑娘，她的时髦、放任、大胆、热闹和妖娆，那都是表面的。关山就是想要一个外表活泼漂亮、内心纯洁娴静的女朋友，这样的女朋友现在太难找了。像冬瓜那种死板的外表，关山没有兴趣，像冬瓜那样精明的内心，关山只有厌恶。关山绝对不要有政治野心的女人，政治是男人的游戏，女人掺和什么！这些年来，关山在暗中经历了不少女知青，她们要么就是人漂亮心不好，要么就是心好人不漂亮；要么就是面孔漂亮性格不活泼，要么就是性格活泼面孔不够漂亮。只有豆芽菜这丫头，是比较完美的。不过就是顽皮了一些，不那么能够吃苦耐劳，不那么要求进步。正好关山私心的希望就是不要自己的女朋友政治上太突出。况且在迎接新知青的第一天，豆芽菜就点亮了关山的眼睛。这丫头又调皮又迷人，又是那么景仰和崇拜他，关山可不就是要这样一个女朋友吗？关山下放五年了，不久就要去上海读大学了，他应该及时找到自己的幸福。

关山把这么一个苗苗条条、柔柔韧韧、妖妖娆娆、哭哭泣泣的女孩子拥抱在怀里，他的心中陡然涌起了万般的爱怜。他情不自禁地伸出手来，那么一下子一下子地、切切实实地、极其温柔地抚摸她的头发。豆芽菜则完全沉浸在劫后逢生的大喜之中：她马上就可以把这些无穷无尽的棉桃一脚踢开了；她马上就可以去烧大盆大盆的热水，洗干净她的长发，然后在自行车后座上站立起来，迎风招展了；解放区的天，是明朗的天了；解放区的人民，是好喜欢了！关山和豆芽菜，这一对男女知青，无论他们的出发点是多么地不同，他们的美好感觉却在这个阴霾的上午，在这间满地棉桃的知青宿舍里，相遇和相交了。

随着时间的推进，男女双方的身体自然发生了化学变化。豆芽菜不由自主颤抖了起来。可怜的豆芽菜，她不知道自己的身体出了什么问题，更不知道自己下一步应该怎么办，她只是一眼一眼地偷瞥关山。豆芽菜一点都不知道自己的眼睛已经不是平常的眼睛，她的眼睛又红又亮，光芒灼灼，内心之火在熊熊燃烧。关山发现了豆芽菜的眼睛，受到了极大的鼓舞。关山可是知道往下应该怎么做的。关山捧起了豆芽菜的脸，一通猛烈的亲吻。在这势不可挡的激情亲吻之中，小丫头豆芽菜彻底地晕乎了。关山乘胜前进，他是不会甘心单方面投入的。

关山说："抱我！"

豆芽菜答："嗯。"

关山说："摸我！"

豆芽菜答："嗯。"

关山说："亲我！"

豆芽菜答："嗯。"

关山说："舌头！"

豆芽菜答："嗯。"

豆芽菜无法抗拒关山。豆芽菜就没有意识到关山是能够抗拒的。关山不是普通知青，而是公社党委副书记，是全市的知青模范。关山是豆芽菜的太阳，照亮了她人生最倒霉的时刻。关山的青睐就是豆芽菜的荣幸。

在关山的支配之下，豆芽菜顺从地做着一些她从来没有做过的动作。这些动作，是以"文化大革命"为日常生活的豆芽菜见所未见、闻所未闻的。豆芽菜的辫子早散了，她的长发飘荡着，纠缠着，仿佛乌黑的鬼影追随着他们滚动的身体。傻豆豆真是心惊魄动。

关山说:"手!"

豆芽菜答:"嗯。"

关山说:"腿!"

豆芽菜答:"嗯。"

关山说:"扣子!"

豆芽菜答:"嗯。"

豆芽菜头晕目眩。豆芽菜热血沸腾,大汗淋漓。女孩子仅存的本能向她预告着危险的迫近,强烈的恐惧交织着强烈的刺激,使豆芽菜紧咬的牙关发出了咯咯的错齿声。

突然,关山停顿下来了。这一刻,整个世界万籁俱静。关山扑倒的姿态就跟死亡了一样。豆芽菜观望良久,慢慢动弹起来,她费劲地支起酸痛的胳膊,无声地看着关山,她依然懵懂无知,依然不知道自己应该做些什么。无意间,豆芽菜的手指触碰到了一种冰凉滑腻的东西,她惊恐地尖叫道:"蛇!"

关山忍不住笑了。傻豆豆多么单纯啊!豆芽菜发现的当然不是蛇。粘在她裤子上的这摊透明液体是人类生命的起源。如果它喷射在了豆芽菜的身体里面,豆芽菜就有可能孕育一个新的生命。豆芽菜赶紧缩回自己的手指,羞得面红耳赤。

关山终于说话了。他说:"豆豆,相信我,我是一个有非常的克制能力的男子汉。我不会让你在我们结婚之前怀孕的。现在我们只是谈恋爱。我的话你听懂了吗?"

豆芽菜十分难为情地说:"懂了。"

关山又笑了。关山说:"豆豆啊,看你满口叶子呀,麦子呀,其实纯洁得很呢。"

豆芽菜还在那里不知所措地举着她的手指,她把这液体怎么办呢?一切都是关山指导豆芽菜的。关山说:"你不要害羞了,不要害怕了,我们是恋爱对象,我们之间发生的是人类最正常的事情。你起床吧,洗洗手吧,抹一点雪花膏吧,把裤子和床单都换掉吧,装出什么事情都没有发生的样子吧,给我到厨房去炒个菜吧,打个鸡蛋汤吧,男人在这种事情以后尤其需要滋补。马想福会给你几个鸡蛋的,我早就和马想福谈过话了,马想福是一个非常厚道的人,他结过两次婚,有三个孩子,他什么都明白。"

豆芽菜百依百顺地遵照关山的盼咐,洗脸、洗手、梳理头发,更换了衣服和铺盖,抹雪花膏的时候敞开了房门,让那生命起源特有的腥气被香气裹胁,由流动的空气散发出去。豆芽菜就像解放前的地下党员,尽量有条不紊地、假装不动声色地、内心却充满紧张地做着一系列含有特定意义的日常举动。

豆芽菜的房门向世界打开了。一个崭新的豆芽菜头脸整洁、香气扑鼻地走了出来,首次与马想福见面。马想福递过来两个鸡蛋,两人说话心照不宣,活像间谍在接头。

马想福对豆芽菜说:"等了半天,它们只下了两个。"

豆芽菜假装镇静地说:"两个就很好了。母鸡下蛋嘛,又不听人的指挥。"

马想福说:"赶快去打汤吧。"

豆芽菜说:"真不好意思,把你们家娃儿的作业本吃掉一个了。"

马想福说:"不要紧,明天母鸡还要下蛋的。公社领导来了,哪能鸡蛋都吃不上呢。"

豆芽菜的脸还是红了,她赶紧点点头,跑到厨房去打鸡蛋汤去了。马想福坐下来,埋头打他的永远都供不应求的草鞋。只有马想福的狗是坦然的,它似乎闻到了什么气味,便伸出鼻子,四处地嗅嗅。

饭菜做好了,豆芽菜把饭菜端到了宿舍。就这工夫,关山歪在豆芽菜的被窝上打了一个小盹,即刻就是精神焕发的样子了。关山与豆芽菜对坐着,他大口大口喝着鸡蛋汤,同时滔滔不绝地与豆芽菜说话。

关山说:"豆豆小丫头,你知道不知道今天我对你满意极了!我非常舒服你知道吗?我太喜欢你了知道吗?以后我们每个星期至少要见面三次明白吗?"

关山说:"今天我一回公社就找老王谈话,豆豆你别害怕,我只是要老王明白你的为人，你的清白和纯洁，还要让老王明白我与你的关系。肃清舆论上的流言蜚语，主要还是靠老王做工作，所以我必须找老王严肃地谈一次。"

关山说："我还要找冬瓜谈话的。豆豆你别急别急，我做事情你尽管放心好了，我当然成全你要好人做到底的，我不会公开揭穿冬瓜的，要揭穿早就揭穿了，上次查房捉奸就是针对她和阿瓢来的，他们两人都是知青队长，却一味沉湎于私人感情，公然未婚同居，简直伤风败俗，我们是不能不管他们的，豆豆啊，只有你这个丫头才这么单纯，冬瓜和阿瓢，他们心里早就明白，我的批评，他们都能听得懂，也只怪冬瓜和阿瓢政治野心太大了，下放才一年，阿瓢就已经入党，突出地表现自己，好像要取代我的样子，这怎么行呢？冬瓜大约也想取代我吧？刚刚下放的新知青，不老老实实埋头苦干，不谦虚谨慎坚决维护党的一元化领导，动不动就想取代上级领导，动机太不纯了！我是绝对不允许动机不纯的人混入党内的！"

关山说："好了，不与你说这些了，你也不要为冬瓜操心了，她还是马裆的知青队长，她必须担负起对你的保护责任，因为你是我的女朋友了。"

关山说："豆豆，你这个小傻瓜。你知道不知道，今天我是特意为你来的。我早就想好了，在离开黄龙驹之前，我首先就要与你确定恋爱关系，免得你日后被别人抢走了。第二，我要为你安排好一切，不让别人欺负你，还要让你在两年之后，顺利地回城与我在一起。否则，我怎么能够放心啊。"

可怜的豆芽菜，心里从来没有装过这么多事情，除了频频点头之外，她还能做什么呢？她只求听得懂关山的话就不错了。豆芽菜只知道，所有女知青都爱慕的关山，却主动地向豆芽菜敞开了他的怀抱。豆芽菜受宠若惊。仅仅是虚荣感，仅仅是有关山这么一个重要的人物如此地看重她和保护她，就把豆芽菜幸福得够呛。

好了，豆芽菜现在是关山的女朋友了，将来便是关山的妻子。一切都不用豆芽菜发愁了。广大的贫下中农和知青朋友们，很快就会有一个新的故事讲述和流传，在这个新的故事里，豆芽菜将会还原成一个美好的令人羡慕的豆芽菜。

我的坏事就这样变成了好事。

天气也遂人愿，黄昏时分，天空放晴了，云朵的罅隙里放射出了温和的橙色光芒。关山在豆芽菜的陪同下，推着自行车，离开马裆回公社。马裆知青队所有的知青都出来了。他们成群结队地站在长满癞痢的大树下，看着关山和豆芽菜远去的背影，叽叽喳喳地议论。豆芽菜落后关山半步，他们之间相隔一只胳膊的距离，这是毛泽东时代的正经恋人在大众场合公开亮相的经典模式。

豆芽菜把关山送到了大路边，与关山挥手再见。豆芽菜伫立在大路边，一直目送到关山的身影在视野中消失。豆芽菜回返马裆的时候，走路格外轻快。在马裆大队的全体知青的眼里，豆芽菜是从田野里冉冉升起来的。收割之后的田野广阔无垠，首先是豆芽菜妃红色的发卡在闪动，接着是豆芽菜大辫子上扎的花手绢在摇摆，再就是豆芽菜领口翻出的鲜艳衣领在炫耀。豆芽菜的胸部挺得高高的，腰肢扭动得格外带劲，一双胳膊摆动得像骄傲的鹅的翅膀，假装庄重的神态里是一股挡不住的春色和得意。这个豆芽菜不再是从前的豆芽菜了！几个女知青连连说："呸！呸！"男知青倒是对于新豆芽菜没有明确的表示，他们在豆芽菜就要走近的时候突然一哄而散了。

亢奋状态的豆芽菜是麻木的，她还没有清醒的意识去感觉同伴们的态度。豆芽菜就这么从田野上径直走进了她的宿舍，砰的一声又关紧了房门。豆芽菜这才感到了一种透彻的困乏，她要睡觉！豆芽菜这一睡，就睡了一夜又一天。豆芽菜紧紧裹在自己的被窝里，睡得死去活来。在半醒半梦之间，豆芽菜一遍又一遍回味和咀嚼她与关山发生的事情。所有的细节，一再被重复和放大，豆芽菜调动了她十八年的所有经验和生活常识，对它们进行了认真的触类旁通的思考和研究。豆芽菜一想到自己在两天以前，居然还以为赤脚碰上了男人的身体就会怀孕，这实在令她羞惭不已。关山说他非常舒服，豆芽菜倒是没有感觉到什么舒服不舒服。不过，豆芽菜很愿意关山带她进步到了一个成人的境界。关山真的是她的阿骨了，对吗？

第二天黄昏降临的时候，马想福的狗欢闹起来，老王和冬瓜回来了。在冬瓜进房之前，豆芽菜的一声叹息是那么悠长和成熟。

只需要两天的时间，一个小丫头便成长为大姑娘了。

冬瓜来到了我的床前，隔着蚊帐默默站立。若是以前，我早就要叫嚷冬瓜冬瓜你搞什么鬼呀。现在冬瓜不说话，我也就不说话。豆芽菜不再是前天的豆芽菜了！我知道关山找冬瓜谈过话了，我还感觉关山对冬瓜不会太友好的，可是关山已经是我的男朋友，他是公社党委副书记，我只能维护他的威信。虽说阿瓢的党内处分我取消不了，我也无法把他从最遥远荒凉的羊尾大队调回鸡肠大队，可是对于冬瓜，毛主席他老人家在上，我已经尽力而为了。至于我身份的巨大变化，我对冬瓜也无话可说。是的，豆芽菜在前天之前，还是一个落后青年，今天却是谁都要忍让三分的关山的女朋友了，这是有一点天翻地覆慨而慷的味道。别说冬瓜一下子转不过这个弯来，我自己也是沉睡了二十四小时才转过这个弯的。大家都是人，为什么一定总是冬瓜占上风呢？风水轮流转，今天到我家，难道就不可以吗？关山选中了我，认为我是一个百里挑一的好姑娘，冬瓜有必要这么难过吗？

冬瓜和豆芽菜在蚊帐内外对峙了好久好久，最后还是冬瓜掀开了豆芽菜的蚊帐。冬瓜一脸霉气，目光像针尖一样逼视着豆芽菜，说："恭喜你！贺喜你！看来我真是小看你了！"

豆芽菜说："冬瓜。"

冬瓜说："别叫我冬瓜！"

冬瓜把头一扭，气冲冲就走。走到房门口，她又停了下来，回头对我说："当然，你可以去向你的男朋友告状，说我向你申明：我的名字叫李红英，不叫冬瓜！"

豆芽菜气坏了！豆芽菜使劲擂了一下床帮，叫喊道："我是那样的人吗？"

于是，我又发现，好事也可以变成坏事，生活真是充满了辩证法。知青们后来都知道了豆芽菜没有与阿瓢睡觉。豆芽菜是替冬瓜顶罪的。按说大家都应该赞赏豆芽菜而鄙视冬瓜，可微妙的是，大家好像不那么鄙视冬瓜，也不那么赞赏豆芽菜，因为事情最后的结果是：冬瓜比较悲惨，豆芽菜却非常幸福。豆芽菜高攀了关山，显然将会有一个光明的前途。而冬瓜，尽管她累活重活都抢着干，年纪轻轻就落下了妇女病，入党的希望却变得遥遥无期；她的男朋友阿瓢，不仅有一个跟随终身的污点：党内警告处分，还被发配到了黄龙驹公社的"西伯利亚"羊尾大队，那里还是一个严重的血吸虫病疫区。

豆芽菜没有预期地恢复从前的公众形象，关于她的流言蜚语反倒更多了。毕竟她先与阿瓢同坐一只被窝筒子，后又与关山单独过了一天。居然有人能够把老奸巨猾的关山勾引到手，大家怎么能够对她没有兴趣呢？不把她议论得乱七八糟把谁议论得乱七八糟呢？

生活原来是这么复杂，到了某种时刻，红与黑不重要了，进步与落后也不重要了，政治因素统统都被世俗感情所替代；所有的团体，派别和阵营都可以重新分野。值得同情的只是弱者。原来弱者才是这个世界上真正的胜利者。战胜胜利者的必将是弱者。然后必将会有下一个弱者出现。循环往复，永无止境，成其为这个生态平衡的大千世界。豆芽菜茅塞顿开，十八年的混沌人生"嘭"地裂开了一个小孔，她从这个小孔里窥见到了一些世事。这样，豆芽菜就想通了。豆芽菜在她日记中写道：让别人说去吧，走自己的路！

五

后来，在豆芽菜长到二十五岁的时候，她总结过十七八岁的这一段时光。二十五岁的豆芽菜已经很老了。贫下中农关于二十岁就是老姑娘的理论，在豆芽菜的脑子里早就根深蒂固。二十五岁的老豆芽菜已经没有人叫她的绰号了，她走路不再连蹦带跳了，她已经医学院毕业，每天都一本正经地穿着白大褂，胸前挂着听诊器，迈着沉稳的脚步在心血管病房里查房。她因为自己工农兵大学生的身份深感自卑，所以总是强烈地表现自己的才气，在疑难病例会诊的时候一定要把别人驳斥得哑口无言。她晚上总是捧着书本入睡，一双不再清亮的眼睛对外界充满冷漠的怀疑。豆芽菜老了，她五官依旧，却不再生动，干巴巴毫无意趣还非常地自以为是，再也没有男人热情奔放地追求她。于是，豆芽菜就有许多时间回忆往事。豆芽菜最喜欢回忆的当然还是她作为知青的两年历史。豆芽菜依然并将永远打从心眼里热爱那两年的时光。我的农村，我的广阔天地，我的知青朋友们，我亲爱的以马想福为代表的贫下中农们，他们给了豆芽菜多么快乐的日子啊！真不敢想象豆芽菜一直待在城里，一直与她父母居住在一起的结果。结果肯定无比悲惨，因为豆芽菜就上不了医学院了，就不会拥有那么曲折跌宕的浪漫人生了，也就不会因为声名狼藉而让许多人牢牢记住她了。

　　二十五岁的时候，我终于明白，当年把自己弄得声名狼藉的，不是冬瓜，不是阿瓢，不是关山，不是小瓦，不是别的任何人，正是豆芽菜我自己。当年，假如我与关山好了之后，能够从一而终，我的名声就会渐渐好起来。一个安分守己、死守着一个男人的女人，最终都会博得好名声，因为她不可能得到别的东西了！不幸的是，豆芽菜就是一个水性杨花的女人。更不幸的是，豆芽菜还以水性杨花为荣，那就没有办法了。小丫头豆芽菜探索自由和爱情的兴趣，天然而生且永无止境。黄龙驹公社的知青历史因为声名狼藉的豆芽菜而充满色彩，豆芽菜因为历史的生动而声名狼藉，大家都拥有了美好的回忆。后来社会逐渐恢复了正常秩序，豆芽菜被迫迁就了强大的社会规范力量之后，便飞速地衰老了。英雄暮年，美人晚景，剩下的，除了美好的回忆还是美好的回忆。不过，幸亏还留下了一段美好的回忆。

豆芽菜和关山的恋爱，很快就没有什么好说的了。我们首次的激情碰撞，也就是最后的激情碰撞。我们的关系公开之后，关山反而表现得一本正经。特别是在公开场合，关山一定要设法表明他谈的是革命恋爱，清心寡欲，手都不拉，只关心如何为共产主义事业奋斗终身。私下里，关山的表现也就是"老三篇"：第一，不顾轻重地将我胡乱摸捏一通；第二，命令式地要求我亲他一通；第三，用他的生命源泉弄脏我的棉裤。为此，豆芽菜不得不在贫乏的物质生活中再勒紧裤带，为自己添加两条罩裤，以便换洗。关山应该知道豆芽菜是多么需要添加罩裤，可是他好像一点感觉都没有。也就是为了前后加起来不到十分钟的"老三篇"，严格地说，其实是为了关山最后几秒钟的舒服，豆芽菜就要忍饥挨饿好多天。长此以往，豆芽菜心里怎么能够不窝火？

应该说，豆芽菜还是非常尊重和迁就关山的。她知道自己得到关山是占了全体女知青的大便宜，因此她本能地知道珍惜。在长达两个月的时间里，豆芽菜克己奉公，尽量配合关山，在公众场合拚命假装淑女状。在两人相处的关键时刻，豆芽菜本来是要抗议的，但是她懂事地把抗议改为了提醒，她希望关山注意一点，不要把她的裤子弄得太脏。可是关山不但不领情，反而大为光火，当场就翻脸，凶狠地对豆芽菜叫嚷："真是扫兴！"

难道关山就没有扫豆芽菜的兴吗？

吃饭总归是谈恋爱的必须内容。每当关山尽兴之后，他都要打个盹。豆芽菜就在一边洗涤自己的裤子，收拾残局。关山的盹打完之后，立刻就要吃东西。关山每一次都要喝鸡蛋汤。他喝的那个贪馋样子俨然是在捞救命稻草。豆芽菜难过地发现，关山的确是不爱吃回锅肉，他酷爱喝鸡蛋汤，关山把回锅肉都给豆芽菜，鸡蛋汤却从来都不给豆芽菜一口。说起来真丢人，其实豆芽菜并不是要争这一口鸡蛋汤，是她觉得关山的行为不对劲。

更可笑的是，吃完了饭之后，关山马上就命令豆芽菜与他分手。关山认为他们在一起的时间待长了影响会不好。关山说我们来日方长嘛。关山说现在是我等待上海交通大学录取通知书的关键时刻，我要在农村站好最后一班岗。关山从来不问豆芽菜是否愿意。

小瓦是在豆芽菜与关山第一次激情碰撞之后，来看望豆芽菜的。这时候的豆芽菜非常地骄横。小瓦端着一碗豆腐出现在豆芽菜的门口，豆芽菜一看见小瓦就横眉立眼地说："滚！"

小瓦愣了。豆芽菜再次唇红齿白地说："滚！"

冬瓜在一边嘿嘿冷笑。冬瓜说："小瓦，你就滚吧，你看了不少书，一定懂得'一人得道，鸡犬升天'这句成语吧？"

豆芽菜却还不懂得这句成语的意思，只是知道冬瓜不会有什么好话。豆芽菜对冬瓜已经到了忍无可忍的程度。今天当着小瓦的面，豆芽菜就不想客气了。冬瓜话音刚落，豆芽菜上去就括了冬瓜一记清脆的耳光。对不起，豆芽菜今天这是杀鸡吓猴，豆芽菜对整个世界都不客气了。冬瓜历来是一个好学生，绝对听毛主席的话，严格遵守三大纪律八项注意，众所周知毛主席说过第五不许打人和骂人，而豆芽菜却公然地打了人！可怜的冬瓜，她的震惊有甚于疼痛，她捂着自己的脸蛋直打寒战，说不出任何话来。

小瓦把他手中的一碗豆腐举了起来，朝着豆芽菜的脚，狠狠砸了过去，之后转身便走。豆芽菜的反应相当敏捷，她的震惊仅仅只有一眨眼的工夫。一眨眼的工夫，豆芽菜就从豆腐的烂泥中拔脚出来，抓起了她们宿舍角落的一把镰刀，朝小瓦追赶过去。

知青们没有谁敢阻拦红了眼的豆芽菜，只好大呼小叫："小瓦快跑！小瓦快跑！"

小瓦本来走得很快，听到大家的叫喊声，他回头一看，反倒停了下来。小瓦难道是吃素的吗？两条长腿善于奔跑的豆芽菜已经来到小瓦面前，她挥舞镰刀就砍人。小瓦躲闪了几下，随即用手握住了镰刀的刀口。小瓦握着镰刀，渐渐发力，他的手掌被割破了，一线鲜血顺着白亮的刀刀流了下来。豆芽菜咬住自己的嘴唇，与小瓦僵持。小瓦行若无事地面对着豆芽菜，任自己的鲜血越来越快地流向豆芽菜紧握镰刀的手。也就是眨眼的工夫，豆芽菜坚持不下去了，她叫道："松手啊！"

小瓦不松手。

豆芽菜急得直跺脚，她叫嚷："小瓦！你做事太不清爽了知道不知道啊！我倒大霉的时候，你躲到哪里去了？现在我的形势大好了，你就送豆腐来了？你什么东西！现在我不傻了，我知道你们的心里盘算着什么。哦，下放两年多了，想巴结公社干部尽快得到回城的指标是不是？滚你妈的蛋吧！我说了滚蛋又怎么样？你们是一些什么朋友，谁能够公正地对待我？我豆芽菜从前真是年轻不懂事，瞎了眼了！你还不松手是吧，那你就去死吧！"

小瓦还是没有松手。豆芽菜只好松开了镰刀，推开包围着他们的知青，自己跑掉了。

自从我追杀了小瓦之后。马裆知青队的空气一片萧瑟。老王召集全体知青开了整整一天的会议，各自都要作自我批评。老王率领我们重温毛主席的各种教导，对我们再三地强调了组织纪律。对于豆芽菜，大家都敬而远之。冬瓜以没有安全感为理由，征得了老王和马想福的许可，搬出了我们共同的宿舍。很好！独自居住是豆芽菜求之不得的理想生活。而且关山来看望我就更加方便了。反正我没有和关山睡觉，大家也认定我和关山睡觉了，索性我就把自己的宿舍关紧了，与关山共读他的"老三篇"吧。

然而，只有老天爷知道，我越来越嫌恶关山的"老三篇"了。只是形势逼迫得我必须装出欢天喜地的样子，我必须用我的骄傲把对他们的打击进行到底。可是，当关山离开之后，我是多么痛苦啊！他喝鸡蛋汤都想不到豆芽菜！

豆芽菜不送关山了。豆芽菜一般都躲在自己的宿舍里面，披头散发地抹眼泪。等到夜深人静的时刻，她悄悄打开房门，抱着破吉他，隐没在旷野之中。马想福的狗总是要跟随着豆芽菜的。豆芽菜把它带到广阔天地的最空旷地带，与它依偎着坐下，胡乱弹拨破吉他。豆芽菜久久望着漫天的寒星，觉得心里有说不出的苦，于是就要乱蹦乱跳它一阵子，放开喉咙大吼几声。豆芽菜不想谈这种鬼恋爱了，因为她不快乐。豆芽菜有了男朋友但是一点都不快乐。豆芽菜怎么办？豆芽菜可是一个不愿意欺骗自己的人啊！

可是豆芽菜没有办法。豆芽菜与关山的恋爱关系已经超越了恋爱的意义，成为了豆芽菜与大家战斗的武器，她不能放下这个武器。尽管后来豆芽菜已经知道小瓦没有来看望她的原因，那是小瓦回家了一段时间。小瓦是突然被接回家的，因为他的妹妹跳江自杀了。豆芽菜在小瓦的影集里看见过小瓦的妹妹，那是一个笑眯眯的女孩子，她的自杀使豆芽菜深感不安和难过。豆芽菜再不懂事，也能够明白小瓦在她这里的无辜。豆芽菜对小瓦深感抱歉，也惦记着小瓦手掌上的伤口，但是，豆芽菜并不打算投降。是他们首先欺负豆芽菜的，豆芽菜绝不首先低头。豆芽菜宁可碎玉不可碎瓦！

说来可笑，豆芽菜毕竟还是豆芽菜，对于快乐与自由的向往和追求，血液一般时刻流动在她的血管里，外在因素也许可以暂时冷却它，但是不能够持久地凝固它。某一天的夜晚，旷野深处的吉他刚刚拨响，马想福的狗便发出了警觉的低狺，豆芽菜凝神一看，是小瓦来了！

小瓦说："下雪了。"

我看看天空，发现是下雪了。小瓦首先找我说话，我的心就软了。我想起了他可怜的妹妹，一个笑眯眯的女孩子，难道那个女孩子真的就这么消失了吗？我难过得心里发堵，我强忍着哽噎，低声咕噜说："是下雪了。"

小瓦把他的军大衣披在我身上，说："穿上吧，特意给你送来的。我看见下雪了，心想豆芽菜再凶恶，也不能让她冻成冰棍啊。"

我忍不住笑了，我说："讨厌。"

小瓦替我穿大衣的时候，我还以为我只是在穿大衣，却不料自己已经偎进了小瓦的怀抱。

小瓦说："豆豆，我来晚了，对不起啊！"

豆芽菜哪里经受得起小瓦的道歉呢，哇的一声就哭开了。这个野丫头，人道高一尺，她就要魔高一丈，人家若敬她三分，她就要还人一尺。她说："小瓦是我对不起你！小瓦我太不是人了！小瓦你家里出了这么大的事情我还责怪你，你狠狠揍我一顿吧！小瓦你给我看看你的手，会不会留下终身的疤痕？要不你也划我一刀吧。小瓦啊小瓦，其实我不会杀你的！我是吓唬他们的，他们太欺负人了！小瓦我要冲红糖水给你喝，给你补补血！"豆芽菜这一顿好哭，果然是如泣如诉，感天动地。小瓦将豆芽菜搂在怀里，不住地安慰她，一把一把地替她擦鼻涕和眼泪。雪是越下越大了，风也越刮越紧，小瓦说："豆豆啊，咱们也别太高尚了，这么冷的天气，还在野地里使劲展开批评和自我批评，怎么变得有一点像冬瓜他们了呀。"

小瓦又把豆芽菜逗笑了。于是，他们带着马想福的狗，来到了小瓦的豆腐房。豆腐房里大锅、大灶、大水缸、大木桶，热气腾腾，豆香扑鼻。火在灶膛里盖着，拨开面上一层灰，加一只稻草把子，火苗就蹿起来了。豆腐房是很富裕的地方，有着成垛的劈柴。小瓦往灶膛里架了几根粗大的劈柴，锅里的豆浆立刻就沸腾了。原来小瓦已经为豆芽菜准备好了一切：豆腐房多了一只椅子，椅子旁边支了一张简易的小木桌，小木桌上反扣着一只搪瓷茶缸，这是知青们创造并盛行的蜡烛烛台，小木桌上还有一只半导体收音机，锅里是热豆浆，干净瓷碗里面已经放好了白砂糖。豆芽菜坐在椅子里，接过小瓦替她舀的一碗热豆浆，喝了一口，想起关山贪婪地喝鸡蛋汤的样子，不禁又是泪眼婆娑了。小瓦又逗豆芽菜，说："真是士别三日，当刮目相看啊，铁姑娘以及母夜叉豆豆同志，怎么变得如此多愁善感起来了？"

这一次我笑不出来了。小瓦永远都不会知道我为什么笑不出来。我是不会告诉小瓦说关山连鸡蛋汤都舍不得给我喝的。因为我不是为了鸡蛋汤。

在小瓦的豆腐房，我待到了深夜。小瓦打豆腐，我帮忙。我们前嫌尽释，但是并不深谈。他妹妹自杀的话题，我与关山是否上床的话题，我们都是浅谈辄止，生怕触痛对方。小瓦不需要我帮忙的时候，我就听收音机。收音机不好听的时候，我就翻翻小瓦的书。小瓦有好几本鲁迅的书，还有在城市里被禁止和烧毁的《封神榜》之类的小说，小瓦还有不少被撕掉了封皮的杂志。奇怪的是，我拿起书，翻着翻着，怎么就觉得有味道起来，不知不觉地，也就翻得很细致了。待我发现小瓦在惊奇地看我，我的脸都红了，我觉得自己有一点猴子戴帽假充人的嫌疑。因为我以前一直都不好好看书，除了情节特别好看的小说之外，一般的书总是勾不起我的兴趣。

我红着脸解释说："我真的发现我喜欢书中的某些句子，因为我觉得它们非常能够表达我的感情。"

小瓦说："我相信你是真的。我一看就知道你是真的。可是你突然喜欢的是鲁迅的杂文啊，我不理解你怎么突然就变得这么深刻了呢？"

我打了小瓦一巴掌，说："少嘲笑我。鲁迅深刻并不等于喜欢读他的文章的人也深刻。"

小瓦鼓掌道："哎呀说得太好了！豆豆，你真的令我刮目相看啊。你说的简直就是至理名言啊！从哪里学来的？"

豆芽菜敏感地以为小瓦暗指她是跟着关山学来的。豆芽菜的自尊心受到了伤害。她跟着关山什么也没有学到！豆芽菜严肃地对小瓦说："不要以为我是一个稀里糊涂的人，这一年多来，我从生活当中学会了很多真理。"

小瓦说："豆豆真是亚克西！"

小瓦情不自禁地停下了手里的活计，胸前还挂着豆腐师傅那种厚帆布的长围裙，坐到豆芽菜身边与她说话。豆芽菜捧着书，忍不住给小瓦朗诵："当我沉默的时候，我感到充实；我将开口，同时感到空虚。我自爱我的野草，但我憎恶这以野草作装饰的地面。"

小瓦说:"这是鲁迅先生《野草》的题辞。"

豆芽菜继续朗诵道:"为我自己,为友与仇,人与兽,爱者与不爱者,我希望这野草的死亡与朽腐,火速到来。要不然,我先就未曾生存,这实在比死亡与朽腐更其不幸。但我坦然,欣然。我将大笑,我将歌唱。"

小瓦说:"豆豆真是豆豆,胆大包天,竟敢擅自把文章中间的句子换到最后。"

是的,我是胆大包天,我喜欢小瓦和他的豆腐房就是因为我在这里可以胆大包天。这里没有告密者,没有"文化大革命",我不会因为擅自串连了鲁迅的文章而受到严厉批判和处罚。我就是喜欢最后这一句,我最懂得这一句,我就是要用它结尾,我认为结尾是一个高潮。我实在喜欢阅读这种句子时候获得的某种感觉,某种很知心、很解气的感觉。

小瓦再次拥抱了我。我羞愧地拥抱了他。我们相依相偎地面对火光,朗读一些文章中我们喜欢的段落,借以抒发这一段时间我们各自的遭遇中难以言说的痛苦。

最后,小瓦、我还有马想福的狗,都尽情喝了一通鲜嫩的豆腐脑。小瓦的技术的确了不得。时间已经是深夜十二点多了,外面已经是一片银色的世界。小瓦还是让我穿上他的军大衣,用自行车送我回马裆知青队。我抱着马想福的狗坐在自行车的后座上,骑术高超的小瓦,在有雪的路上也只得歪歪扭扭地前行,一路上受尽了我的嘲笑。半路上,豆芽菜想吃水果一样的脆生生凉冰冰的红皮萝卜,小瓦便与她志同道合地去牛胯大队的菜地里偷了十几个。这一天晚上,豆芽菜过得开心极了,多日来的阴霾和乖戾的情绪基本一扫而光。

以前,我也数次到小瓦的豆腐房玩耍和聊天,也曾多次地喝甜豆浆和鲜嫩的豆腐脑,翻阅小瓦的书,那是日常动作了。可是,经过了冬瓜事件又经过了与关山的交往,这个雪天的豆腐房之夜,便有了崭新的意义。好几天过去了,雪下得更大了,地冻三尺了,所有的人都猫在屋里烤火,大地空旷辽阔得似乎所有事物都荡然无存,都得等待来年春天的发萌;可是豆腐房之夜的温暖、和谐、自由和友爱,却在我心头和眼前挥之不去。我怀着一种感恩的心情,想念那把为我而设置的椅子,想念那盏为我点亮的蜡烛,想念那个洁净的瓷碗,想念鲁迅先生那强烈的激情和刻薄拗口的语句,想念那雪野之中热气腾腾的屋子。我已经离开,可我舍不得那红光闪烁的大灶膛;舍不得小瓦那种坦然的自觉的给予豆芽菜的关爱,好像豆芽菜就是他自己的手或者是胳膊;舍不得与小瓦在一起说什么都投契、说什么都有趣、说什么都有呼应的那种感觉。从前的豆芽菜真是不懂事啊,她挥霍了多少生活当中稀有和珍贵的东西呢!

独自坐在宿舍的窗口,望着大雪覆盖的田野,我的脑子里突然冒出了一个结论:豆芽菜其实是在与小瓦恋爱!

从初次见面就骑自行车到一年多以后豆腐房的夜晚,他们俩一直相爱着!要不,他们怎么会有那么自然的拥抱呢?拥抱对于中国人,绝对不仅仅是一个礼节性动作,它一定是爱的表达和爱的结果,尤其是"文化大革命"末期的拥抱,那是不可能在平常的男女之间发生的。豆芽菜和小瓦的拥抱之所以发生得像阳光和空气一般健康自然,那只能说是他们早已相爱。

我决定马上动身去小瓦的豆腐房。我是这么急于见到他,一刻也不想耽误,因为我敢打赌小瓦一定也急于见到我,只是他在克制自己。小瓦绝对是一个有风度的君子,他知道我已经是关山的女朋友因此他不能让自己横刀夺爱。那么历史的重担,即我自己这辈子的幸福、小瓦这辈子的幸福,都落在了我的肩上。豆芽菜呀,年龄十八不算小,一定得挑上这八百斤!让我再次下地狱吧,让关山恨我、整我吧,让所有知青再次震惊吧,让妈妈再次昏倒吧,让舆论再次咒骂我是一个喜新厌旧玩弄男性的小妖精吧。只要小瓦不怕人们说他不正派,我简直对正派这种评价不屑一顾。我相信这些幼稚的知青们,没有谁比我更理解什么是正派。关山已经多少次弄脏我的棉裤了,可是我去看他的时候,他还是要让办公室留一点门缝。关山说他们共产党的干部,单独与女性相处的时候,都要用门缝来证明自己生活作风的正派。这岂不是太可笑、太此地无银了！假如心里无私，何须借门缝表达？何况门缝本身就很不健康，它的存在鼓励的是窥视、偷听和告密，全是龌龊行为！关山的门缝能够证明他正派吗？而小瓦细心关闭豆腐房，能够证明他不正派吗？

我说走就走。我穿上小瓦的军大衣，戴上天蓝色的绒线风雪帽，这又是从上海流行过来的最时髦的东西。黄龙驹公社的女知青，又是我率先戴上风雪帽，我所到之处，无不让人频频回头。今天我要把自己打扮得最最漂亮，去见我的爱人小瓦。

在没及小腿肚子的雪地里跋涉了半个小时，牛胯大队的豆腐房终于遥遥在望，我用双手做成喇叭，使劲叫喊道："小瓦——"

我没有指望小瓦会听见的，可是小瓦从豆腐房出来了！我欣喜若狂地向他奔跑过去，小瓦也同样欣喜若狂地向我奔跑过来。雪地里没有人烟，只有受惊的野兔飞快地逃窜，清新凉爽的空气里饱含着炊烟的香气，我们再一次地拥抱了。这一次的拥抱不再被我们故意疏远和遗忘，我们手牵着手跑进豆腐房，小瓦细心地把风雪和外面的世界都紧紧拒绝在门外，而豆芽菜已经脱掉了大衣，仅仅穿着一件紧身的毛衣，浑身发热，脸颊通红，笑嘻嘻地抓了一把藏在口袋里的雪，塞进了小瓦的衣领。这一夜，豆芽菜没有回队。豆芽菜要坦白地承认，她与小瓦上床了。这一次是真正意义上的睡觉。豆芽菜和小瓦，他们都感到非常非常地舒服。他们的话说不完，他们的觉也睡不够，真是良宵苦短啊！第二夜，豆芽菜还是没有回队。第三天，大雪初霁，豆芽菜和小瓦在豆腐房门口堆雪人，老王、马想福和冬瓜来了。

知青运动在中国，肯定是一页不可忽视的历史，从而黄龙驹公社知青运动历史上，也一定要留下关于猪臀大战的一笔。

公社党委副书记、知青的偶像关山，在知青当中非常有威望，他的身后，很有几个甘愿为他效劳的死士。豆芽菜为了小瓦公然抛弃关山，这实在是关山的奇耻大辱，也是关山追随者的奇耻大辱，使关山以及他的死士们感到是可忍孰不可忍！在关山对豆芽菜软硬兼施，做过了深入细致的思想工作而没有取得成效的情况之下，关山的死士们决定文的不行就上武的。他们向他们的领袖关山起誓，一定要狠狠教训小瓦和豆芽菜一顿，彻底打消他们的资产阶级嚣张气焰，批倒批臭他们糜烂的小资产阶级生活情调，让他们从此噤若寒蝉。死士们到处煽风点火，说什么无产阶级"文化大革命"白搞了，资产阶级思想又在黄龙驹公社的知青中抬头了，毛主席对我们知青的关怀和信赖被辜负和玷污了，如果不给小瓦和豆芽菜一点教训，不让他们出出血，他们是不会知道无产阶级的厉害的。关山的死士们在很短的时间内，纠集了大批积极要求进步的知青，准备打断小瓦的双腿，破掉豆芽菜的麦子，为伟大的知青运动伸张正义，为关山讨回公道！

而小瓦在知青当中，强大的凝聚力也是不容置疑的。一大批好逸恶劳却骁勇善战的知青都是他的拥趸，长期喝他的豆浆的进步知青，例如冬瓜之流，也是他暗中的强大支持者。站在小瓦这边的知青们理直气壮地认为：毛主席和国家的法律都提倡恋爱自由，豆芽菜就是可以自由地爱小瓦而不爱关山。关山及其追随者，目无党纪国法，拉大旗作虎皮，假公济私，仗势欺人，应该得到应有的惩罚！要开战，好啊！这些人个个都骨头发痒，整日里想找人打架。既然关山他们挑战，那咱们就不要客气了。关山这一伙口是心非、假模假式、结党营私、专门整人的家伙，早就应该被整顿整顿了！打别人还不过瘾，打关山多么过瘾啊！

一场恶战不可避免地发生了。

猪臀大队是黄龙驹公社边缘的一块半圆形地盘，三面都与其他公社接壤，边界地区，管理松懈，土地贫瘠，生产落后，大片的沼泽荒芜，贫下中农觉悟不高，非但不对知青进行再教育，反而看见了知青就躲开。猪臀是一个理想的战场。

关山没有到场，他的身份和他的心计都决定了他不会到场，而且事后他会申明他根本不知道这件事情。但是，所有知青的心里都明白关山是一方的实际首领。代替关山公开站出来的首领，绰号叫作媚子。因为他十分巴结关山以及所有领导，所以大家叫他媚子。媚子生得膀乍腰圆，浓眉大眼，自以为是天生的干部料子，走到哪里都应该是一个头目，对于小瓦在知青中的好人缘怀恨已久。媚子率领他的三十多人马，摆出斗志昂扬的气势。他的武器是一条冲担，冲担两头都十分尖利，磨得雪亮。

小瓦是自己阵营的当然首领。为了爱情和正义，他必须血战一场。这日他扎了绑腿，剃了个青皮光头，握着一把自制的弹簧匕首。他率领的人马也有三十好几，人人手里也都操着镰刀、斧头、冲担、扁担、锄头之类的农家家伙。

开战的这一天，天气寒冷，阳光惨白，空中的灰喜鹊和乌鸦激动不安地盘旋。双方在老远的地方就开始叫骂和呐喊，互相都骂对方是资产阶级，是牛鬼蛇神，是不耻于人类的狗屎堆。双方都有大嗓门，都说"老子今天要开荤，老子今天要打断你的腿，老子今天要让你认识你爷爷"。双方人马叫着骂着冲着，一会儿就短兵相接了。混乱的兵器声响成一片，寒光在田野上繁星一般闪烁。

为了陪着爱人上战场，也为了表示自己的气魄和胆量，豆芽菜也到场了。豆芽菜还着意打扮了一番，穿着一条俏皮的考板裤，一件那种用明线扎了竖道道的志愿军棉袄，发际上别着她那月牙形的红发卡，脖子上扎了一条小瓦送的纱巾。豆芽菜把手抄在口袋里，袖子里藏了一根毛线针。如果谁真的敢来划她一刀，豆芽菜就敢用毛线针直刺他的眼睛。

小瓦时刻回护在豆芽菜的身边，绝对不让媚子的冲担接近他的爱人。但是媚子志在必得，每一次进攻都下死手。小瓦的衣服已经被他刺破，胳膊上也已经多处见血。小瓦再三说："媚子！你要是再下死手，我就不客气了！"

媚子杀红了眼睛，说："你给老子少要面子！打不赢就是打不赢！看老子今天不打断你的腿！不破那小婊子的相！"

媚子恶毒地骂了我，小瓦就不再忍耐了。他把眼睛一闭，腰一猫，嗖地贴紧媚子的身体。只听得媚子惨叫一声，倒在地上，小瓦的匕首将媚子的臀部捅了一个血窟窿。配合媚子攻击我们的喽啰们，见状纷纷撤退。而此时的整个战场,到处都有血花飞溅,到处都是仇恨的诅咒与痛苦的呻吟。肉搏战成了主要的战斗形式,平日互相看不顺眼的知青们纷纷扭打在一起,你咬我的耳朵,我踢你的胯裆。

是冬瓜带领一群干部和贫下中农赶来,强行结束了四十多分钟的战斗。结果一共有五十多人流血,四十余人需要上医务所,十五人头部受了重伤,六人原因不明地昏迷不醒。几乎所有的重伤员都是媚子的人马。小瓦的手下兴高采烈,过节一般。豆芽菜宛如被宠坏的公主,面对血腥的场面,露出了她满足的微笑。

黄龙驹公社的六十多号知青聚众斗殴的消息,成为头号大新闻震惊了四面八方,受伤的知青的家长们纷纷上访告状。省级的报纸发了一个内参,据说惊动了中央首长。我们当然是被集中了起来,没完没了地办学习班,因此还幸运地躲避了早春的插秧。

关山如期离开黄龙驹,去了上海,让人捎给我一封没有封口的信,关山在信中义正词严,他以抛弃我的姿态通知我解除我们的朋友关系。可怜的关山!我理解关山并且当众默许了他的决定。本来大家以为小瓦和媚子都得遭殃,非得让他们在农村多干几年不可了。没有想到,他们的回城指标立刻下达了,媚子回省城当了光荣的钢铁工人,小瓦如愿以偿地去北京师范大学念书。他们一走,等于釜底抽薪,广大知青便老实多了。豆芽菜真是高兴,知青们因祸得福了。她尤其为她的爱人小瓦高兴。小瓦既为他们的爱情打了一场漂亮仗,又因此如愿以偿地上了大学。太清爽了!

只有豆芽菜,成了一个声名狼藉的女孩,是小妖精的代名词,对她真情永不变的只有马想福的狗。

二〇〇〇年十一月十八日　汉口

(原刊于《收获》2001年第1期)

淡绿色的月亮

须一瓜

一

不是谁都能看到淡绿色的月亮的,它只是有的人在有的时候能够看到。

芥子在那天晚上看到了。她是在钟桥北的汽车里看到的。桥北到机场接回了回娘家一周的芥子。然后,他们停好汽车,手牵手开门进屋。桥北在开门的时候,顺势低头吻咬了芥子的耳朵。

保姆睡了。她把房间收拾得很干净,能发亮的物件都在安静地发亮。玄关正对着大客厅外的大落地窗,阳台上的风把翡色的窗帘一阵阵鼓起,白纱里子就从翡色窗布的侧面,高高飞扬起来。卧室在客厅侧面隐蔽的通道后面。

芥子的头发还没吹干,桥北已经在床上倒立着等她了。说是倒立健脑,桥北还有很多健身的方式,比如,每天坚持的二千米晨跑，周末三小时的球类运动。桥北无论生活还是工作，都充满创意。比如，做爱。近期，桥北在玩一种花生粗细的红缎绳。芥子叫它中国结，桥北不厌其烦地纠正说，叫爱结。红缎绳绕过芥子的漂亮脖颈，再分别绕过芥子美丽的乳房底线，能在胸口打上一个丝花一样的结，然后一长一短地垂向腹深处。桥北给全裸的芥子编绕爱结的过程，也是他们双方激情燃烧的美妙过程。芥子喜欢这个游戏。

　　入睡的时候大约是晚上十二点。芥子一直毫无睡意，起来服用安定的时候，她不敢看钟。再次醒来的时候，她第一感觉是谁在喊叫。有一只一人高的小白兔站在她床前。眼睛很涩，她睁开眼睛马上又想闭上，可是，她突然打了个激灵，一下从床上坐了起来。

　　是的，不是做梦，真的有人站在她面前，手里有刀！桥北不在身边。那人脸上戴着小白兔面具，白兔一只耳朵翘起，一只耳朵折下来；客厅灯亮着。芥子一张嘴就想喊桥北，小白兔一下捂住了她的嘴，刀尖差一点就要扎在芥子的鼻子上。芥子闻到那只陌生的粗糙的手手心上的汗味混合什么的怪味。

　　小白兔的表情始终是得了大萝卜的高兴表情，可是面具后面的人挥着刀，手势十分凶狠，敢喊，我就不客气！喊不喊？

　　芥子慌忙摇头。小白兔用力捏了下芥子的脸颊，拿开了他的手，但刀没移远。出去！那人说。

　　芥子下床。她穿着冰绿色的细吊带丝质睡裙，睡裙长达脚面，可是胸口比较低，所幸爱结还在脖颈上，松松垮垮地吊着，芥子觉得多少掩饰了一些空当。

　　桥北在客厅，他被绑在一张餐椅上，一个戴着大灰狼面具的人站在他身边。没有看到保姆。一见到芥子，桥北就做了个没有食指配合的"嘘"的表情。芥子知道桥北要她安静、镇静，可是，芥子克制不住地颤抖，想哭，也想叫喊。小白兔晃了一下耳朵，大灰狼就过去拖过一张餐椅。大灰狼去拖餐椅的时候，芥子发现他是个不太严重的瘸子，不知想平衡还是想掩饰，大灰狼用跳跃的方式行走。

大灰狼把椅子放在沙发前，离桥北四步远的地方。芥子被小白兔用力按坐了下去。大灰狼马上拿着不知从哪里拿出来的棕绳，要绑芥子。芥子尖叫起来，小白兔一巴掌就甩了上来，芥子噤声，转头看桥北。桥北没什么表情，似乎闭了下眼睛，还是要芥子安静的意思。芥子的一颗眼泪掉下来。大灰狼就把芥子的手熟练地反绑在后面了。桥北对芥子说，别紧张，没事，他们不是有困难，不会到我们家的。是吧？兄弟，看喜欢什么，你们拿好了，我们也不报警，只请你别伤害我们。

桥北的包、芥子的包、两人的手机都在沙发前的大茶几上。小白兔示意大灰狼看好两人，他开始搜包，两人包内每一个夹层的东西都倒出来了，大小面额的钱、购物发票、优惠卡、会员卡、身份证、医疗卡、口红、粉盒、卫生护垫倒了一大摊，桥北的包竟然只有一个旧的电话本、一部摩托罗拉 V998 手机和两块电池；小白兔在一个夹层中找到五十元和包着它的一张发票；芥子的包内东西占了一大堆，可是，这一大堆里的钱只有两百多元。桥北现在使用的黑包不在。

芥子想幸好把两千元钱给了妈妈，还有桥北现在用的黑包肯定是落在车上了，这个是他已经不用的旧包。小白兔突然冲到桥北面前，一把揪起桥北的睡衣前襟：还有的钱在哪儿！

桥北说，我也不清楚。包不是都翻了吗？三部手机你们都拿走吧，请把 SIM 卡留下好吗？

大灰狼瓮声瓮气地说，这手机当然是我们的。还有钱呢？

小白兔面具的眼睛窟窿位置，射出非常阴冷的光。显然他是主谋。你们俩住这样的房子，不是只有这点钱的人！快点！我没时间！

大灰狼面具的嘴巴窟窿，能隐约看见后面的人脸上有一副挺长的暴牙，人脸瓮声瓮气地说话，可能是想把牙齿遮盖得好一点，以至于养成了习惯。他说我大哥一旦见了血，就收不住手了。你们最好不要让他见血。

桥北说，到卧室的床头柜抽屉里看看吧。

二

歹徒是凌晨五时离去的。他们在用人房找到了被毛巾堵嘴、捆绑得快死过去的保姆。钟桥北说，歹徒大约是凌晨四时进来的。他是在卧室卫生间听到客厅好像有异常动静，于是走到通道观察的时候就和两名歹徒相遇了。月亮非常亮，西斜的月光洒过阳台，透过白纱窗帘，照在沙发上。小白兔和大灰狼的黑影就突兀在沙发前。然后他们扑了上来。

歹徒总共得到了五千二百元现金，其中五千元是银行卡上根据密码到柜员机上连夜提的款；四万元航空债券，再过两个月到期；两个戒指、一条白金项链；三部手机，其中桥北的是才买一个月的商务通手机，价值近五千元。

警察接到报警电话就来了。先是两个，后来来了好几个，乱哄哄的。芥子想想就想哭。警察分别给桥北和芥子、保姆做了笔录，不同的警察，问的问题差不多，但是，他们还是一对一地反复提问、记录。警察似乎越来越怀疑保姆，有关她的问题，问得越来越细。

钟桥北和芥子离开刑警中队的时候，已经中午十二点半了。保姆要稍后问完，他们就先走了。也许受了警察影响，钟桥北也开始分析保姆作案的种种可能性，但芥子不想参与分析，她不想说话。就是不想说话。桥北说，你怎么啦？

芥子小声说，很累。

两人到牛排馆随便吃了点午餐。桥北说，回家睡一下就好了。别难过。钱毕竟是身外物。想开点，好吗？

芥子还是不想说话。桥北说，这案子你说能破吗？

一块牛排被芥子割得稀烂，她只是吃了一个煎鸡蛋。桥北已经明显感到芥子情绪低落。他动手用自己的叉子叉了一块牛肉往芥子嘴里送。芥子扭过头，不接。芥子说，他们都比你个子小很多，其中有个人是瘸子。

桥北愣了愣。可是，桥北说，他们手上有刀。对不对？

芥子点头。

桥北是当晚七时的飞机。飞大连，有个展览会。他不知道芥子午睡也失眠，芥子当时尽量不动地躺在桥北身边，桥北打呼噜的时候，她悄悄爬起来，一到客厅，凌晨四时发生的一切又历历在目。歹徒是开门进来的。她不知道桥北是和歹徒怎么遭遇的，她对她醒来的前面，一无所知。只是警察进门之前，他们说了几句。桥北说，我一看见陌生人，就什么都明白了。我马上说，你们要什么就拿吧。我不反对，大家出来混也都不容易。桥北说，幸好我反应快，开了灯我才发现他们手里有刀！

下午五时许，桥北提着行李出门。三分钟后，他又回来了。他说，你情绪很差，要不我叫我妹妹来陪你？芥子说不要。芥子不喜欢钟桥南，桥南是那种直爽和无耻分不清界限的人。

你开门。

芥子把防盗门打开。桥北进来，放下包，用力抱了抱芥子。你行吗？桥北说，我不放心。芥子说，你走吧，我不害怕。你快走吧，赶不上飞机了。

芥子是站在窗前看着桥北下楼后，穿过后围墙被人图走近道而拆毁的铁栅栏，走到马路对面的停车场的。桥北的确非常帅气，高大结实，开车的样子也像个赛车手。芥子站在窗前回忆，小白兔和大灰狼好像都和她差不多高，应该在一米六七左右。

保姆怨气冲天地煮了两份面条。她说她都快被坏人弄死了，到现在胳膊还在痛，那些警察案子又不会破，一直问我们有什么用啊。她把面条放在桌上，就翻起衬衫给芥子看她被捆得发青的绳痕。

芥子说，要不要涂什么药？保姆哼了一声，说又没破。那两个坏蛋如果抓住了，我要亲口咬死他们！芥子说，收拾好了，你早点睡吧。昨天没睡好。

芥子临睡前又把门和窗看了一遍。都是反锁反扣好的，如果没人配合，外面的人是进不来的。可是，芥子在床上还是翻来覆去睡不着。她爬起来，想象凌晨四时的情景。她先到卧室的卫生间。桥北站在卫生间听到了外面的异常动静，然后，他怎么走过两米多的通道呢？客厅里站着两个陌生动物，其中一个还匆匆调整了一下面具。桥北没有扑过去，如果扑过去会怎么样呢？桥北反应过人、孔武有力。可是，桥北没有扑过去，而是矮小的入侵者向高大的桥北扑来。

芥子开着灯，在沙发上久坐。保姆出来了，揉着眼睛说，为什么不睡呀，睡吧，没事了，你到自己房间把门反锁好就行了。要不要我陪你？

芥子忽然感到了极度的恐惧，谁是真正的敌人啊。芥子站起来，说，我没事，我这就去睡，你也睡吧。芥子连忙进了房间，把门反锁后又检查了两遍。整个晚上睡不好。

次日一早，警察上门请走了保姆。芥子吃过麦片，靠在沙发上竟然睡了过去，直到电话响起来。桥北说，你没事吧？

芥子想哭，可是她感到自己不想让桥北知道她想哭了。她说，我没事。飞机很顺利是吗？桥北说，很顺利，进城安顿下来太迟了，没敢去电话，怕吵你。芥子，听我一句话，钱是身外物，你别看不开。破财消灾，懂吗？

我知道。芥子低声说。她本来想说，这不是钱的事。但芥子说，那你什么时候回来？桥北说，七八天吧。有事打小王的手机，我都和他在一起。你记下他的手机号好吗？

芥子说，好，你说吧。其实，芥子手上没有纸也没有笔。桥北在电话里三个一组地报号码，芥子三个三个地重复着，但什么也没记下来。

三

芥子到她的"芥子美剪"美发店的时候，早班的员工都到了，几个洗头工在叽叽喳喳地议论芥子家的事。因为昨天芥子跟师傅阿标说了几句，就到警察那里忙了大半天，一整天没过来看店。阿标手艺不错，就是见人就黏糊，店里的洗头小女工被他泡得争风吃醋，吵来吵去，可是，很多女顾客喜欢阿标料理头发。阿标的大腿会讲话，手上的剪刀不停，动作准确，腿上的膝头也善解人意地和女顾客促膝谈心。钟桥南最会骂阿标，可是，她指定阿标做她的头发，不管是剪还是染，非阿标不干。再迟也等。

钟桥南来做头发倒是都付钱的，她说亲兄弟明算账，可是，她要是带朋友来弄头发，就非常豪迈。走时，照例喊一声，多少钱？芥子照例说，算了算了，自家人你干什么呀？

钟桥南就说，那好吧。或者转身就对朋友说，怎么样，下次还来找芥子、阿标吧？我叫他们优惠。

芥子就笑着送客。阿标有时会撒娇，拦着不让桥南走。因为他是靠抽成的。他说，姐姐，我欠房租了，你不付钱苦了我啦，要不我晚上睡你身上？桥南伸手就狠捏阿标无肉的腮帮，阿标就顺势矮下来，杀猪一样叫唤，啊，姐姐！那你睡我吧！姐姐！睡我吧，怎么睡都行！

阿标一看到芥子进来，就拨开了身边的女孩，站了起来。他说，怎么样啊，老板？有希望破案吗？芥子说，天知道。反正都抢走了。阿标说，真的是好几万吗？芥子不想多说，她说，前天毛巾谁洗的，一股味道。客人提意见了。不是说过，这些小节要注意吗？阿标你查一下。扣钱。

正说着，桥南进来了。桥南像一个两头尖的大柠檬，她理着板寸头，金色的头发，穿着青黄色的大号T恤，下面是一条牛仔热裤，短得到了大腿根，衣服一盖，就像没穿裤子。阿标一见就哇哇大叫起来，姐姐，我受不了你啊，求你穿上裤子再来吧！桥南二话不说，一屁股坐到了阿标的腿上，还用力蹾了一下。

桥南说，怎么回事？芥子，我哥给我打电话了，让我来看看你。真是怪了，肯定是你保姆里应外合干的！

芥子虽说是嫂子，可是，桥南比她大四岁，平时都是桥南说话，没有芥子多说的份，芥子也不喜欢和桥南抢说什么。芥子说，警察还没破案呢，我也不知道是怎么回事。

　　桥南说，我分析呀，就是那个保姆。我平时看她就贼眉鼠眼的。他们带刀是吗？听说连脸都不敢露出来，肯定是熟人！芥子认为有道理。

　　他们怎么进来的，个子高吗？什么口音？桥南像侦探一样发问。芥子就她知道的部分，粗略地说了一下，因为她不愿意在店里谈这些问题，尤其是小工这么多的情况下。

　　桥南不管。桥南说，没错，那个保姆最值得怀疑。苦肉计嘛，谁都会！我早就跟我哥说过，芥子你记得吧，我早就说换掉她。我哥那人，唉，傻逼一个！平时整天跑步健身什么的，好像牛得不行，结果，真的来了劫匪，扯！和他们谈判！卖家求和！要是我啊，非和他们拼了不可！在自己家，谁怕谁啊，他们心虚得脸都不敢露出来，要我先一把扯下它！再用凳子砸，动静一大，吓都把他们吓跑啦！

　　姐姐啊，你是孙二娘啊。怪不得我怕你。

　　桥南瞪了阿标一眼，去！闲着就给我洗洗头、吹吹。我没空和你啰嗦。快点，用沙宣。

　　芥子说，可是，他们有刀。

　　刀？刀算什么？关键是他们做贼心虚！你一凶他们就软了，你反抗他们就怕了，他们还会用好刀吗？我哥腿那么粗，一脚就踢飞他的狗屁刀。天下歹徒都一样，唉，你们两个窝囊哪，尤其是我哥，真没劲！我要在你家，一棍子劈死他们！

　　正在给桥南满是泡泡的头发上抓洗的阿标，听了吃吃笑。

四

　　晚上回到家就十点半了。是阿标提醒芥子要不要先走，他来顾店，并说要不要送送她。芥子说很近，路灯又亮，就先走了。保姆真的被警察留住了，接下去不知道会怎么样。想起保姆前一段和芥子聊天时说，看到什么什么地方的人，因为面对歹徒不肯交钱，结果被砍了二十多刀。真是不值得，人嘛，把钱看得比命还重是傻瓜。芥子说，是啊，命比钱重要。

现在回想起来，这保姆真是像同伙，是不是提前做思想工作来着？芥子进屋后，仔细检查门窗，然后开始洗澡。关掉客厅的灯回卧室的时候，她发现客厅月光明亮。她站了一下，不由又站到了桥北听到动静后出来的位置，是啊，看客厅非常清楚，两个小个子歹徒是一目了然的。桥北说什么，他说幸好他反应快，马上就说，要什么你们拿去，你们出来混也不容易，喜欢什么就拿吧。

是这样说的吗？是这样说的。后来开灯才发现，他们有刀。就是说，还没看见刀的时候，桥北就妥协了。对吗？

昨天凌晨的事态中，芥子有三次感到强烈委屈。一是，桥北说我不知道钱在哪儿，那一瞬间，芥子感到压力特别大。是啊，很多人家都是女人管钱的，也许歹徒家也是；后来，桥北让芥子指引歹徒到卧室床头柜开抽屉。

抽屉的钥匙在书房第三格书架的杂物盒里。小白兔解开芥子和椅子绑在一起的绳子，但还是反绑住她的双手。他要她带他们拿钥匙、开抽屉。在桥北无奈和鼓励的眼神下，芥子乖乖地带着他们取钥匙。就是这次，他们找到了银行卡和债券还有首饰。

他们重新回到客厅。这一次没有再把芥子和椅子绑在一起，小白兔让芥子坐在沙发上。他把银行卡拿在手上晃动，他说，说出密码！

桥北和芥子互相看着。小白兔站起来，用刀在桥北的脖子上划了一下，芥子瞪大了眼睛。看上去不重，可是，有一颗血珠在桥北脖子划痕的下端慢慢大了起来。芥子又开始颤抖。桥北说，告诉他吧。

小白兔点头。似乎是赞同，也似乎是明白了：是这女人管家。

小白兔坐到了芥子身边。沙发陷了陷。芥子尽力挺直胸，想让衣服和身体接触密实，因为只要两肩一松，旁边人就很容易从胸口看到乳房，甚至透过乳沟看到小腹。桥北确实是不知道这张银行卡的密码，可是，芥子还是再次感到委屈。

芥子报出的是错误密码。小白兔看了芥子好一会儿，似乎在判断她有没有撒谎。芥子低下头。小白兔起身再次检查了桥北的绑绳，让大灰狼飞快地出门找柜员机提款去了。

小白兔更近地挨着芥子坐下。芥子想站起来，被他一把拽下，几乎跌在小白兔怀里。再不老实，把你再绑到椅子上！芥子感到面具后面的人脸不怀好意地笑了一下。小白兔重新把放在茶几上的刀拿在手上把玩。

别那样！桥北说，大哥，不是要什么都让你拿了吗？

小白兔这回笑出了声。真的吗？

他用刀尖把芥子脖子的爱结，小心翼翼地挑了出来，端详着，兔子的耳朵碰到了芥子的脸。芥子努力往后，小白兔突然用力扯了红绳子一把，芥子栽向他，然后，他把爱结调个头，长带放脖颈后面，似乎换一个角度欣赏着，可突然从背后猛提起绳子。芥子的脖子一下被卡得火辣辣，舌头被勒得伸了出来。可是，小白兔马上把手松了。芥子剧烈咳嗽，她闭上眼睛。她觉得自己差点就死了。

小白兔又把红绳子调转回头。芥子抖得无法克制，可是，她知道桥北救不了自己，所以就不肯睁开眼睛。小白兔坐在了芥子的大腿上，然后不是用刀，而是用手，把爱结轻轻放回原来的地方。他的手食指少了一节，好像是被切断重长的，因此，指甲变形，指尖圆大得像个肿瘤。那手送红绳子进去后，就停在她的乳房上。芥子觉得，那只肮脏的手，停着，开始慢慢地用力，她不由全身绷紧了。就在这时候，门外响起了大灰狼的脚步声，小白兔像弹簧一样，高高跳离了芥子。

芥子睁大眼睛看桥北，桥北也大睁着眼睛看她。芥子大睁着眼睛，泪水就越过睫毛掉了下来。

芥子在月光明亮的客厅内走动，桥北的位置、她的位置、小白兔的位置，还有大灰狼的位置。她一一都走到位，停留，昨天晚上的一切历历在目。她到烘干的衣服里找到了爱结，看了很久，然后，她找出剪刀，在茶几上，把它一截一截地剪碎了。

还是睡不着觉。什么人都没有的房间不时发出了啪嗒的细微响声，像有人从隐蔽的角落出来，不慎碰到了什么。芥子感到害怕，而且越来越怕。她把灯打开，又把卧室的门锁检查了一遍。快十一点四十了。桥南本来说要来陪她睡，可是她不肯，说自己一点也不怕。现在，给谁打电话呢？没想到，她拿起电话就按了谢高的电话。

谢高说，是你。有事吗？

芥子说，噢，没事。听说你通知明天下午开业主会议？

是啊，居委会综治小组长都通知了吧。你自己来吧，要整治发廊秩序了，有些新规定。

我自己来。会开很久吗？

不会。说说整治计划，签个责任状就好了。你就这事啊？

嗯。我问问。那再见吧。

过了两分钟，电话响了。芥子以为是桥北，却是谢高的。谢高说，我知道你家出事了。钟桥北做完笔录出差了。你是不是一个人害怕？

没有。我不害怕。

你是害怕。要不我过去陪陪你？今天我值110。

我不害怕。

谢高很轻地叹了一口气，说，你自己关好门，我叫联防队员巡逻时多走你那段。好好睡吧，不可能再发生一次的。没这个概率。

五

谢高是这个辖区的治安警察，专门管特种行业的，什么发廊啊，按摩院啊，洗脚城还有歌厅舞厅娱乐厅的。很多小业主都巴结他，可是谢高总是神情郁闷。他郁闷着脸到处转悠，看到不顺眼的张口就骂、抬脚就踢。今年特种行业放开了，不需要公安审批，申请人只要完成工商、税务登记什么的，就能开张。一时之间，这条街上冒出了十几家发廊，还不算小巷深处的。如果五十米内有六家发廊，你说靠什么竞争呢？实际上，这六家可能都不是发廊了，可能合起来，都找不到一个正规师傅甚至一把剪刀。你叫它色情按摩院也对，尤其是偏远一点的小店。

在"芥子美剪"的后面拐角一个叫"情思"的发廊，水平不怎么样，可是生意兴隆。每天都有几个乳房快跌出小衣服的小姐，坐在店门口，飞着媚眼，打捞路过的男人。两对男女被突然行动的谢高他们逮个正着，两个正在从事色情摸弄的小姐都是包着毯子押出来的。阿标他们看到了。芥子后来问谢高为什么，谢高说，一穿上衣服，她们就什么都不认账了。没办法。

还是抓不过来。这个"情思"关了，还有更多的"情思"缠绵着开。谢高他们挺烦的，大骂工商闭着眼睛审批，根本不看市场需求，人为恶化治安环境；可是，工商那边也不含糊，说不是一切由市场调节吗？谁要管那么宽，经营不下去，自然就倒了。谁爱开谁开。

等黄了一条街的时候，人民群众当然大骂警察笨蛋，有人往市人大、政协写信，信访件一层层转下来，谢高他们就要一件件去文字说明情况。谢高就经常恼火，看到张店光线不良、李店小姐媚笑，甚至偷做隔间，就气不打一处来，态度十分恶劣。而他已经无权封他们的店了。

但是，谢高对芥子非常友好。芥子一向守法经营，芥子有阿标这样的小有名气的两位大师傅，还有两个小师傅，还有六名基本安分守己、技法熟练的洗头工，芥子还有一大群的固定顾客，因此，从来不给谢高他们添乱。认识谢高的时候，谢高还是责任区警察。两个喝多了的东北人，一头撞进店内，开口就要小姐。值班师傅说这里没有，他们竟然就把师傅痛殴了一顿，把店里砸得乱七八糟。通过那事，来处理案件的谢高就认识芥子了。

同行竞争难免蜚长流短，就有人说，芥子是靠谢高的保护伞发财的，说芥子和谢高关系很那个。芥子自己的员工有的也这么偷偷议论，有些洗头工流动性大，流来流去说只看见谢高在芥子面前会有笑容。芥子不管它，她爱桥北，桥北也知道，桥北从来不把发廊里那些东西当回事，比如，那个不男不女的阿标，而一个小警察，桥北就是听到什么，也断然不屑放在心上。他们互相认识，桥北对谢高十分客气，见面总说，谢谢老哥关照；谢高对桥北也非常礼貌，谢高对芥子说，你老公挺不错，又帅。

会议在街道办三楼小会议室开。谢高主持的，他们所领导也来了。街道分管治安的副书记、街道综治办主任及各居委会综治小组长都来了。美容美发行当小老板、小业主都来了。讲了辖区治安情况，讲了精神文明，讲了发案率，点名批评了不良发廊，表扬了包括"芥子美剪"在内的守法经营店家，然后，各家签下治安责任状，发誓保证本店文明守法，并积极检举揭发他店破坏治安的不正当竞争行为。举报有奖。

散会的时候，谢高叫住芥子帮他收拾会场。谢高说，晚上一起吃饭好不好？反正你保姆出不来了。

芥子说，我的保姆真的有问题？

你以为我们总是乱抓人吗？

芥子说，去哪儿呢？我是说吃饭。芥子突然很想和谢高待在一起，她否定是情感上寻找依靠，她认为她只是想知道一些关于这起入室抢劫案的内幕。所以，芥子说，我请你好吗？

谢高笑起来。好啊，你不怕别人说你拍我马屁？

我又不干坏事，我拍警察干吗？

谢高到所里换下警服，就和芥子一起走了。

六

"茉莉苑"是利用一栋旧别墅改建的酒家，外墙和内部装潢都非常温馨怀旧，就像别人的温暖的家的感觉。老板是个男人，打扮得像刚从高尔夫球场归来。看到谢高，奔过来就拥抱，好像久别重逢。谢高没有表情地和他拥抱一下。他们互相拍了拍对方的后背。原来这是谢高过去在这儿做责任区警的朋友。谢高说,有包间吗?拐角那个小间的。

老板看着芥子,暧昧地说,有有有,给你留着呢。谢高也不怎么笑,说,菜快点上好吗?我中午没吃饭。芥子觉得谢高真的脸色郁闷,好像没什么人能令他愉快,不过谢高看到桥北真的非常友好,虽然他们毫无友谊可言,这样说来真是可贵。三楼拐角的小包间是利用小阳台改建的,玻璃墙看出去就是微波荡漾的茉莉湖,垂柳弯弯的,扶桑花在水边的柳丛下,火一样,一团一团的。景致很深远。

这包间还只能坐两个人。谢高说,喜欢吗?

芥子说,真没想到。以后我还来。她本来想说,下次我要和桥北一起来,可是话到嘴边就不想说了。谢高说,我喝点啤酒,你要不要?或者来点果汁。芥子说,我也喝酒吧。

两人就没话了。芥子第一次单独和谢高一起吃饭,本来有很多话想说,可是,一时不知如何开口,只好等谢高问。她以为谢高会问前天晚上的事,可是,谢高不说话了,只是抽烟。

芥子尴尬起来。点菜的小姐怎么还不来?她说。

谢高说,不用点,他们知道我爱吃什么。你今天就陪我吃我爱吃的吧,好不好?钟桥北什么时候回来呀?

七八天吧。芥子说。谢高轻轻笑了,你老实说吧,昨天半夜打电话是不是吓到了?芥子摇头。谢高点头笑了笑。

我的保姆真的是一伙的?

我不知道。案件不是我办的,但他们不会抓错人的。

你是不是不想对我说真实情况?

你要知道什么真实情况?

我家的事。我不知道保姆说了什么?你们抓她是发现了什么不对头的地方吗?还有同案的人在哪里?

我真的不知道,即使我知道,可能也不便告诉你,因为现在案件还在侦查审理中。你别想这个事好不好?

小姐端来一个小瓦斯炉,原来全部是蛇。蛇皮蛇肉分开了,切装了十几个小碟，白的肉、黑花的皮，还有棕色的调味酱、芫荽、青瓜什么的摆了一桌。蛇骨不知怎么团成一个圆圈，正放在汤里熬。

谢高说，我听说过你吃蛇。吃吧，降火。你上火了。

芥子会吃蛇，但不爱吃蛇。谢高说她上火，她就想自己一直没睡好。谢高替她舀了蛇汤，然后把白白的蛇肉片放进沸腾的小锅中。等水一开，他就把烫熟的蛇肉放在芥子碗里，教她蘸着调味酱吃。

芥子说，如果歹徒是到你家，你会怎么样？

谢高惊讶地扬起脸，我？没想过。

那你想想吧。情况和我家的一样。两个小个子进来了，谢高你有多高？

一米七九，比你老公矮。

你家突然出现的两个歹徒，只有我这么高，有一个还是瘸子，不过他们手上有一把匕首，像一本书那么长，很尖。你会怎么办呢？

我不能回答好。也许我会本能地抵抗，制服了他们；也许我被砍伤砍死了；也许我把钱给他们，就像你们做的那样。

你为什么要给他们钱？

因为他们可能丧心病狂，我不是对手。其实这个问题，一定要看具体的情景，你在当时会形成具体的感觉，并判断什么反应是最正确的。你为什么问这个？

要是我们就是不合作呢？

那我可能已经见不到你了。谢高笑了笑，你为什么一直问这种傻问题。告诉你，你碰到的歹徒是新手，如果是老手，早就搞定了，没必要拖那么久，危险性大大增加了。还被你蒙骗错误密码，来来去去的。

你知道案情呀？

快吃吧，清凉降火。我也饿了，你老问话，我才吃了两块。

过了一阵子，芥子忍不住又说，你真的会妥协吗？可你是警察啊！

警察也是人啊。别想这事了，案件有希望。办得快的话，东西都能找回来。谢高边说边站起来，不断往芥子碗里放烫熟的蛇肉。

如果我现在和你穿过茉莉湖，碰到歹徒，你会怎么办？

唉，又来了。打得过就打，打不过就给钱。如果还要人身侵害，比如劫色，只好和他们拼了。

但是，那时候你已经被打坏了，或者被绑起来了，因为你一开始就不反抗。

你能不能不说这个问题啊。要不，我们现在就下去走走，看看有没有歹徒出来，让我们实验一下？你这是怎么啦？

我觉得一般人都会认为和警察在一起比较安全。

看到谢高的脸色阴郁下来，芥子闭嘴。开始自己打捞蛇肉。谢高不再回答问题。芥子也不敢再问了。谢高后来意识到了什么，说，喝酒吧，芥子。我们说点轻松的，免得你晚上又睡不好。来，多喝点，晚上好睡觉。等会儿我送你回去，好吗？

七

桥北回来的前一天，案件告破了。办案刑警叫芥子前去指认。芥子其实认不清楚作案人的脸，因为他们始终戴着面具，她是凭他们的身形辨认的。大灰狼有点瘸，没错；小白兔的手粗糙短小，左手的食指第一节缺失，而食指尖变得像蛇头一样尖圆。保姆确实和他们是一伙的。在警署，警察把戴着手铐的保姆带过芥子身边时，保姆冲着芥子笑，还想用手拉芥子，芥子惊叫一声。警察呵斥着保姆，推她走。

手机三部销赃出一部，是芥子的三星；首饰和航空债券都未及出手，现金五千二百元只剩几百元。警察说，要等开退赃大会的时候，一起领。

桥北在电话里知道案件告破非常高兴，说回来请警察吃饭。桥北回来的时候，直接进了家，然后给店里的芥子打电话，要芥子回来。芥子说，买点菜吗？每次从外面回来，你不是都想吃稀饭？

桥北说，保姆不在不方便。我们上街找稀饭吃。

在"无名指"吃饭的时候，桥北说，我再给你买部手机吧。你高兴吗？等会儿就上手机店挑去。

芥子说好。桥北说，这件事把你胆子练大了。我本来以为你会不敢一个人待着。桥南却说你一点都不怕。

是谢高说，不可能再发生第二次的。

回头你跟谢高说，明天我请他和他的办案兄弟们喝酒。请他帮忙招呼。谢高人不错啊。他到我们家过吗？陪你？

没有。他让联防队员巡逻的时候，多巡我们这一带了。谢高说，如果那事发生在他家，他可能会抵抗，制服他们；也可能像我们一样，把钱给他们。

他毕竟是警察，和我们不一样。我要是警察，保姆她敢叫同伙来试试。

芥子说，要是你一开始就反抗会怎么样？

桥北停下来，看着芥子。芥子把眼睛转开了，看大街上。

一开始我冲过去了，我踢倒了一个，桥北说，可是我被茶几绊倒了，他们两个就扑过来，压住我。我的脖子被踩住了，后腰被踢了，第二天青了一片，现在都褪色正常了。我知道他们会玩命的，所以我说，要什么你们拿，别这样吓人，我不会报警。你吃了安眠药，你什么动静都听不到，等你出来就看到我被绑在椅子上了。对吗？

芥子点头。

谢高叫了两个承办刑警过来，其中一个是陶峰，是他的同学、好朋友。桥北也叫了公司两个朋友过来，因为在桥北走后，他们都很关心朋友妻子，桥北不在的时候，总是来电问需要什么帮助。

陶峰很爱说话。大家喝着酒，吃着螃蟹，吹着海风，听陶峰主说。原来是这样，保姆的丈夫就是小白兔，而大灰狼是保姆的亲弟弟，实际上就是姐夫和小舅子的搭档配。桥北公司的朋友笑着说，原来两匪互为中纪委啊。大家笑，桥北也笑。芥子看到，谢高看了她一眼。谢高本来就不喜欢笑。芥子也没有笑,她在想那只曾经放在她乳房上的手。这一节,做笔录的时候,第一次她曾含糊说到,第二次以后,就不愿意再说了,每次都跳过去。她也不知道为什么。桥北当然看得很清楚,但是,桥北会说吗?应该也不愿说。

如果他们不是姐夫小舅的搭档配,接下去会发生什么呢?芥子突然一阵反胃,呕了一把,她慌忙用手堵嘴。耳朵下的皮肤和手臂外侧,激起一片鸡皮疙瘩。桥北说,你没事吧?

桥南说,食物中毒喽!说完自己哈哈大笑。芥子也笑了笑,说,吞了一个甲锥螺。桥北拍了拍芥子的背,说,好,算我们补钙。

大家喝了酒,随便一句话都滥笑。谢高喝了很多酒,但很少笑。

晚上芥子又失眠。她以为桥北睡着了,便爬起来吃药。以前桥北总是一沾枕头就睡的。可是,今天芥子刚吞下药的时候,桥北背对着她说,我给你按摩一下,好吗?

芥子有点反应不及,说不出话来。桥北从来没有躺下这么久没有入睡的。所以,芥子说,你怎么没睡呀?

你怎么又服药呢?桥北说,你不是说偶尔一两次吗?或者喝浓茶、做爱太兴奋。昨天我们没有做爱,可是你也服了,我并没睡着;今天也是,你怎么又服呢?你这样会上瘾的。

我不知道。越急越睡不着,所以我就……

我走的这八天,你是不是天天失眠?我看到你的药瓶了,一下少了那么多。

芥子爬到床上。桥北伸出胳膊把她搂向自己,我告诉你,你不能这么脆弱。这事已经过去了,永远过去了。没有什么大不了的,大部分东西不是都在吗?

芥子点头,说,我没有想这事了。

那你刚才想什么?说真话。芥子看到桥北的眼睛闪烁着暧昧的意思,可是,她不需要。桥北开始抱紧她,芥子把他胸口推开,说,我头发晕。桥北伸出手,手掌盖在她脸上,大拇指和无名指分别按摩她的太阳穴。

我跟你说啊，芥子，人家说破财消灾，还有塞翁失马，焉知非福，知道吗？我知道你不是小心眼的人，不是爱钱如命的人，你只是惊吓过度，对吗？现在我回来了，天天在你身边，你看，你伸手一摸，我就在你旁边，热乎乎的。你还担心什么呢？

如果，芥子在他手掌下面说，如果他们两个不是那种关系，你说，他们会怎么样？

谁？他们啊，反正钱是少不了的。怎么分赃是他们内部的事。

我不是说这个。

为什么要找难受呢？你这个傻瓜。现在不是一切都挺好？睡吧，要我抱着吗？如果再不睡，明天我开车会危险的。

八

开退赃大会的时候，桥北正好又出差了。骑着警用摩托的谢高在公安分局门口看到芥子，说，噢，退赃会。钟桥北呢？

芥子说，他出差了。谢高说，细软很多吧？上来。我送你的宝贝回家。

到宿舍楼，芥子邀请谢高上楼到她家去。谢高有点意外，几乎有点不好意思。他有点口吃起来，我，还有事，要不，我陪你上去一下。

新保姆到位了，可是还不是太利索，洗个水果又把盘子给打了。芥子赶紧去帮忙，她怕慢了，谢高要走。谢高在她家走动着，四处观看，似乎非常欣赏。然后谢高就坐在沙发上，就是那天晚上芥子和小白兔并肩坐的位置。

挺漂亮的，你家。谢高说。

芥子说，陶峰那人很有趣啊。你们两个很合得来呀。

我们当年住在一个宿舍。他很讨女孩子喜欢，也很能干。

我还不知道你是调过来的，我还以为你和陶峰他们一样，是分配过来的。调过来不容易吧?

在那儿混不下去了,死活得调过来。再不卖人卖血也得调。

现在你坐的位置,就是那天晚上我坐的位置,那里的窟窿就是被刀扎的。桥北在那儿,他被绑着和椅子连在一起,不能动,站不起来了。后来,一个歹徒坐在我身边。

谢高眼睛一眨不眨地盯着芥子,芥子突然明白,谢高什么都知道,于是她停了下来。谢高开始吃杨桃,他小心地用小叉子,一片片叉起来送进嘴里。芥子看着谢高。谢高说,你来一片?很甜。

芥子说,要是那两个人不是姐夫和小舅子,你说会发生什么?

你比我清楚。谢高说。

我不要这个结果。我们真的什么也不能改变吗?

谢高叹了一口气。你是我见过最固执的女人了。想听警察的忠告吗?警察从来不鼓励受害人盲干硬顶,尤其是力量悬殊的时候。生命是无价的,最值得珍惜的只有它。美国警察告诉市民,身上最好放一点小钱,是的,就是花钱消灾用的。你可以尽量记住犯罪人的特征,随后报警,为警察提供最好的线索。要知道,你是老百姓,首先要爱护自己。

那见义勇为怎么办?报纸上还不总是报道那些不畏强暴、勇敢的人。

那是报纸。不过,我从心底也敬重那些不畏强暴、见义勇为的人。可我是警察,警察要保护老百姓,所以,我们首先希望老百姓都能平安。

求你查个问题,好吗?

谢高说,只要我能办到。你说吧。

出事那天晚上,我因为用药,醒来之前发生什么事,我都不清楚。我很想知道前面的事。我想,你帮我了解一下好吗?

钟桥北不是醒着吗?

芥子点头。可是,我还想知道他们两个是怎么说的。有的事桥北也不知道。我想看他们的口供笔录。

看笔录,这不可能。你查问这有什么意义呢?你听不懂我的话,唉,我有点明白你是怎么回事了。但我真的不希望你这样固执。

你帮不帮我？你不帮我我就直接去找陶峰。

谢高不说话，看着芥子。你真的很傻。谢高站了起来。

芥子一把拉住谢高的手，帮我！好吗？悄悄地。

九

连续一周，芥子有空就给谢高打电话。谢高总说忙。芥子说，那你就在电话里告诉我，他们两个说了什么？

开始谢高说，他还没看笔录，后来说找不到陶峰他们，后来又说电话上不好说，其实情况就那样，和你知道的差不多。芥子就拿着电话不说话。谢高停了一下，说，你生气了？芥子还是不说话。谢高说，下午我来你店里吧。芥子说，我下午不去店里，到我家好不好？芥子是不愿意店员们听到什么，到店外说话，又怕大街上闲言碎语。

谢高犹豫了一下，说，我四点来吧。有变我打电话。

谢高很准时。才坐下，芥子就说，他们两个怎么说，是不是一致的？

差不多。大约凌晨三点半，保姆把门打开，然后，他们进了保姆房间，捆绑、堵毛巾，把床翻乱，椅子放倒，制造完现场，然后戴上面具。

谢高述说的时候，芥子慢慢把大拇指甲竖在唇边，她的眼睛睁得很大，她在咬指甲。

他们来到客厅，小舅子拔电话线的时候，碰倒了那盆龟叶菊盆上放的电蚊拍，之后，走到前面的姐夫把这个放杂志报纸的杂物夹给踢倒了。这时，卧室通道有光射出来，卧室开门了，随后，桥北走出来查看。桥北个子很大，小舅子想跑回保姆房拿忘在那里的刀。

他是瘸子。

对。关于这一节，两人供述不一致。姐夫说小舅子吓了一下，想逃跑，小舅子说是想去找刀。接下来供述又是一致的，姐夫一见桥北就马上扑上去了。桥北闪身说，别这样！我配合！想要什么你们就拿吧。这工夫，小舅子从后腰踹了桥北一脚，桥北身子一歪，他们两个趁势扑了上去，压住了桥北并捆绑。桥北很生气，桥北说，兄弟，你紧张什么？我不是让你拿吗？我也知道，你们不是有困难，不会来找我。大家都不容易，喜欢什么就拿吧。拿了就走。

捆好桥北，小舅子就赶紧去保姆房拿刀。姐夫接过刀，要小舅子看着桥北。他收拢客厅找到的你们的包和外衣，然后，姐夫提着刀往卧室走去。桥北大喊一声，钱都在包里！小舅子甩了桥北一巴掌。

谢高突然伸手打掉了芥子放在嘴里使劲噬啃的手。芥子愣了愣，说，后来呢？

后来你醒了。发现两只大动物在你家。

那灯什么时候开的？我醒来时，客厅灯是亮着的。

我忘了注意了。亮着就亮着吧。也许他们控制了钟桥北胆子就大了。

他们两个真的都是那么说的？

口供基本相吻合。应该就是事实了。

那桥北是怎么跟你们说的呢？关于这一段。

基本差不多，区别在钟桥北说他一眼就看见了他们有刀，他感到极大的威胁。

我是说，桥北他有反抗吗？比如打他们、踢他们？

谢高又开始看芥子，他停下不说了。芥子说，我想听下去呀。

谢高说，我记不住了。钟桥北跟你是怎么说的呢？你说说，我也许能回忆起来。

我忘了。芥子说。你下次再帮我查看一下吧。

谢高轻轻地笑起来。你是傻瓜，这样做，你会后悔的。

芥子不说话。芥子后来说，你走吧。

谢高走后，芥子一个人坐在沙发上发了很久的呆，新保姆从厨房跑过来，迟疑地为她开了灯，又问要不要开电视。其实遥控器就在芥子手上把玩。芥子说，给我一杯冰橙汁吧。保姆说好，转身进厨房没十秒钟，只听当啷一声,她又把什么给打破了。新保姆上任一周,已经打破包括汤匙在内的六七样器皿了。芥子懒得进去,连问也不愿意。过了一会儿,新保姆脸涨得红红地出来,双手递过一杯冰橙汁,说,对不起,杯子滑掉了。芥子摇摇头,说,没事。

小白兔押着芥子去卧室开床头柜抽屉取东西出来,桥北说,喝点什么吧,冰箱有啤酒和橙汁,你们要吗?

歹徒没有搭理桥北。

大灰狼一瘸一瘸气急败坏地进来,说,密码是错的!小白兔就一刀扎进真皮沙发里。他站在桥北和芥子之间,说,谁告诉我正确的?我只问这一次!

桥北说,让她再想想!你们吓着她了。芥子!再想想!别紧张,钱赚了就是大家花的,对不对?你们二位喝点什么吧?让她想一想。

芥子竟然又报出了错误密码。当大灰狼第二次气急败坏、一歪一歪地冲进来时,还没说话,小白兔就一把将扎在沙发上的刀,拔了出来。

告诉他们!桥北低声喊,芥子!别孩子气!求求你了!

十

桥北经常冲着新保姆发脾气。那个有刀伤的棕色大沙发,他要求保姆去找一个好师傅,尽量不露痕迹地缝合好,可是,保姆找来的师傅,开价又贵脾气又大,还竟然把一块浅棕色的皮垫补了下去。看那沙发就像画上了一个嘴巴,比以前的伤口还醒目。桥北回家,站在沙发面前,瞠目结舌了好一会儿,猛然挥手,大吼一声,给我拆了!再不行,把沙发换了!新保姆当场要哭出来。

当他发现芥子屡屡失眠而且再也找不到制作爱结的红缎绳时,他就经常一个人看电视到深夜,或者很迟回家。终于有一次,他问芥子,我们的红绳子呢?

芥子说，不知道。看到桥北有点锋利的目光，芥子说，也许保姆收到哪儿去了，或者会不会洗了被风吹走了？要不我们再买一条吧？

桥北不说话，但他再也不提红绳子的事了。

有一天，芥子独自在家看片子《纽约大劫案》，桥北回来，看了一眼，就走开了；后来有一次在音像制品店，两人发生小小争议，因为芥子很想买《石破天惊》和《生死时速》。桥北说，你别那么孩子气，美国拼命树立孤胆英雄只是为了票房价值。就骗你这样的傻瓜的钱。你以为是真的？

又有一天，他们在家正吃晚饭，桥南带着儿子来了。然后报告社会新闻。桥南说，前天晚上在小伊甸园那个景区，一个大学生遇到两个抢钱的坏人，就和他们打起来了，那个男学生被砍了十几刀，血淋淋地到一个公用电话报警，结果，警察在轮渡口把两个歹徒都抓住了。早上在出租车上听广播说，连医务人员都很感动。很多市民带着花篮、水果篮去看望那大学生，嗨，我想主要是老阿婆老阿公啦，谁那么有空。

他个子很大吗？芥子脱口而出。桥南说，我怎么知道？要不你也去看看那个勇士？哎，钟老哥，那天你要是反抗了，会不会也被砍十几刀啊，我的天哪，那我们家也出英雄啦！

桥北笑了笑，说，我已经被砍死了！我的傻老妹，你还想当英雄的妹妹啊。就你这样疯疯癫癫的，我真担心你儿子被你带傻了。小鱼头，跟舅舅过吧，舅舅带你坐飞机去，来，我们现在就去！

桥北把孩子抱到阳台上去了。桥南追了过去，声音又响又亮，想儿子自己生去！又不是生不动；生不动，小鱼头就送给舅舅舅妈好啦！

桥北的公司在岛外，那天晚上，桥北来电话，说有一单出口业务要谈，不回来了。芥子洗了澡早早上床，胡乱看着电视，不知怎么就睡过去了。迷糊中，感到脖子发痒，翻了个身，痒的范围更大了。是有人在轻轻地抚摸她。

芥子睁开眼睛。是桥北躺在身边。对不起，桥北轻声说，我不想弄醒你的，可是，看你睡熟的可爱样子，无忧无虑的，忍不住想亲亲你，我马上就睡……

芥子把手伸给了桥北，抱住了桥北的脖子。你不是说不回来吗？

是的，桥北的脸在芥子的颈窝里，他像在呜咽一样地说，我改变主意了。芥子的敏感部位，桥北很清楚，但是，现在好像它们转移到桥北不知道的地方了。芥子不安了，小声说，对不起。桥北说，没关系。放松，你放松，慢慢放松，我等你。

芥子还是不行。越急越不行，她无法集中感觉。对不起。芥子说。桥北把她的嘴吻住了，一直摇头，示意她闭上眼睛。

现在行了，芥子说，你上来好吗？

芥子从卧室的卫生间出来，桥北把她搂在怀里，弄疼你了是吧？

没有。怎么会呢？

你骗不了我。你在假装。

不是这样。

就是这样。

第二天一早，桥北就走了。芥子醒来的时候，只看到他喝剩的奶杯，他最喜欢吃的大理石蛋糕，一点都没动。新保姆去买菜了。这是他们最后一次做爱。阳光洒在了芥子的床尾，芥子忽然想起那天晚上看到的淡绿色的月亮。

十一

桥北似乎开始千方百计地出差，把别人的活都揽过来做了。他南征北战地到处飞，接单、谈判、巩固客户关系，每一次都带小礼物给芥子，他们说话和以前一样地和气温馨，但是，他们和过去的生活有点不一样了。

谢高似乎也尽量回避芥子，芥子经常看不到他，有时他经过店里，也是例行公事地转转，就走了。芥子到底忍不住，那天，叫住了正在离开店内的谢高。

你欠我的事呢。

谢高不说话。芥子看他胸部深深地起伏了一下，知道他在叹气。晚上我请你喝咖啡，好吗？芥子说。谢高说，怎么说你才明白呢，你在糟蹋自己的生活啊！

你去不去？

几点？最好别在我们辖区。

在山楂树咖啡馆的水幕玻璃墙下面，他们坐在带绳索的摇椅上。面对面，芥子不喝咖啡，要了芦荟牛奶，换穿便衣的谢高不喝咖啡也不喝茶，只要了钴蓝色的蓝珊瑚，又要了红粉佳人冰激凌。

谢高说，老实告诉你，我不想做那事了。案件卷宗我实在不想再去看。讲个故事给你听吧。芥子神情黯然，说，我知道，你不愿意帮我了。你现在老回避我。

我回避你干吗呀，这不是小事一桩吗？这我就要回避，我当什么警察啊，比这麻烦讨厌的事多着呢，我回避得了吗。喂，听不听故事？

芥子看着谢高，谢高不等她表态，就说了。从前啊，沙漠上有一只聪明的猴子，它过着无忧无虑的快乐生活。可是有一天，它在一块大石头下面，突然看到一条毒蛇，猴子当场就吓晕过去了。它知道那块石头下面有条蛇后，每一次经过那里，都忍不住想翻开石头看看，可是，每次翻开石头，它都看见了那条毒蛇，结果，每次它都会被吓晕过去。即使这样，每次路过，它还是想看石头下面的东西……

你在说我。芥子说，我像个傻猴子，是吗？

原来的生活不是挺好吗？石头下面有什么和你有什么关系呢？不该探究的，就要学会放过去。你这个样子很折磨人。折磨男人，也折磨警察。

怎么会呢？我怎么会折磨……还，折磨到你？

对。你不了解我。你的确在折磨我。听我一句话，不要再看石头下面的东西了，好吗？那并不影响你的生活。

你不了解我的感受。那天晚上我多次想哭，不是因为害怕。你知道我的意思吗？我知道你懂很多东西，我看得懂你不说话的眼神，可是，你不明白我的感受。你真的不明白。因为你是男人。

我肯定明白。我明白无误。就是因为我是男人，我是警察，所以我太明白你的感受。可是，那没有意义呀。你真的就绕不过那块石头吗？

我不知道……女人总希望男人是勇敢的，他有勇气、有能力保护自己的家，保护自己心爱的一切。桥南都说了，要是那天晚上她在，她会一棍子劈死他们的。

谢高笑起来。桥南是个二百五，是个大三八，难道你不知道吗？谢高说完又笑，态度很轻蔑。芥子不再说话。谢高说，你有没有想过，那天晚上，如果桥北动手了，可能惹来杀身之祸，结果仍然是，他保护不了包括你在内的任何东西。这样的结果你愿意看到吗？

芥子摇头。不愿意，我爱他。芥子说，可是，我真的很想看到他不是那样……芥子想说窝囊，但不肯说出口，她说，我心目中的人和那天晚上的突然不一样了，就是不一样了，再也不一样了，我回不去了，我也不愿意这样，可是我回不去了……

泪水忽然就溢出了芥子的眼眶。谢高把头转向窗外行人。

十二

怀孕太让芥子意外了。医生说去做孕检，芥子脱口而出，不可能！我没有……填化验单的医生很不友好地瞪了她一眼，想想，抬起头，又瞪了她一眼。小便化验是明白无误了。拿着报告单，芥子懵里懵懂地站在妇科门口，她在想肯定就是那次不愉快的做爱了，也就是他们最后一次的做爱。每次做爱都有安全保障的，但有时会出点技术偏差。

她本来就和桥北说好，过两年再要孩子，而现在纷乱心绪中，她更是一点思想准备都没有，胎儿来得太匆忙，不请自到，好像是赶来弥合什么缝隙的，也许就像赶来补那个受伤豁口的沙发。这么想着，芥子更加难以适应。她给桥北打电话，桥北在上海，马上要飞去日本，可是，拨到最后一个号，她又放下了电话。

芥子突然想起来，一个月左右前她因为感冒咳嗽，吃了一些药，还拍过X光胸透片。她打电话给桥南。桥南一听，就说，打掉！万一生个有毛病的，你们这辈子就完蛋啦。马上打掉！我给你联系好医生。

芥子说，你哥要是不同意怎么办？

不可能！拍过X光的胎儿，要长恶性肿瘤的！他怎么会那么傻。我哥聪明人哪！再说，你要等他半个月从日本回来决定，就太大了。不行不行！我决定了。听我的，我这就联系一个非常好的医生。是我同学的妈妈。

桥南办事快刀斩乱麻，第二天就把芥子弄到妇产专科医院。等桥北回来，已经过去半个月了。桥北又带了礼物，每个人都有份，包括小鱼头的。桥北一直对小鱼头非常疼爱。看到桥北像没长大的男孩一样在反复端详小鱼头的礼物，芥子怎么也开不了口，她不敢说。第一天过去了，第二天晚饭后，他们一起到桥南家去送礼物。在路上，芥子开始担心桥南那个快嘴，肯定要告诉桥北，她想可能还是她自己先说比较好，可是，桥北在车上，一边开车，一边一直在接一个什么电话，听上去事情有点棘手，他在训什么人，有时声音很大。

芥子想在车上给桥南打电话，但马上觉得不可能了，桥北就在旁边。她一心指望一到桥南家，就能悄悄拉过桥南请她干脆不要提那事。没想到，一进去，桥南就奔过来咋咋呼呼地喊，哈，老哥你要感谢我，你看芥子这小月子坐得多好，这气色多水灵。我们小鱼头还亲自去给舅妈送过一只土鸡呢，儿子哎，快来看！舅舅给你带日本礼物来啦！

桥北瞪着眼睛看芥子，又看桥南。芥子说，那个，不行……

桥北根本没听明白，连芥子自己也不明白自己说了什么，但是，桥北点了点头，就脱鞋进去了。他和小鱼头一起拆礼物包装纸，然后，对着礼物，和小鱼头一起振臂发出"耶——耶！"的惊呼声，什么异常也看不出来。桥南说，我哥越来越不行啦，老啦，慈祥啦，想要小孩啦。桥北还是笑眯眯地和小鱼头一起组装玩具。

桥南过去踢了桥北屁股一脚，哥！要是这次不流掉，你想要男的还是女的？

芥子紧张得不敢呼吸。可是，桥北笑嘻嘻地说，当然是儿子，不过女儿也不错。我会有一个漂亮的女儿的，芥子会把她打扮得像小天使，对吗？桥北回头看芥子。芥子连连点头。

回去的路上，桥北一句话也没有说。他一直专注地开车，好像车上只有他一个人。芥子感到了巨大的压力，可是，她不知道压力从哪里来，桥北的反应，让她完全不适应，甚至她有点侥幸地推想，桥北也许也根本没有要孩子的思想准备，这事可能就这样过去了。

到家后，芥子洗了就到床上去了，桥北在客厅看大电视，好像在频繁换台；芥子在卧室看小电视，本来想选个DVD好片子看，又觉得心里毛躁，就没看；桥北一直没进来，也不洗澡，他接了两个电话，大约在十二点的时候，把电视关了，芥子以为他接下来会进卧室，或者去冲澡。可是，电视声音一停，客厅非常安静。

芥子起床，轻轻走到门口，走到通道口。桥北头枕着两臂，仰面躺在沙发上，眼睛在看天花板。芥子走到他身边，桥北没动，芥子蹲在他身边，开始用手摸桥北的脸，头发。桥北闭上眼睛说，你把孩子流产了？

因为不知道怀孕，上次感冒吃了药，还拍了胸透……

芥子看着桥北，有点结结巴巴，他们说这样的孩子不好……会畸形……长肿瘤，我就……

为什么不告诉我？

怕你……生气……

孩子多大？

四十多天吧。

桥北坐了起来。可你的胸透是两个月前做的。我陪你去的，我记得时间，因为正好接了一个出口大单。

芥子也觉得好像真是两个月前做的。她困惑慌张地看着桥北。

你是故意的，你不想要我的孩子。桥北站起来，走到窗前。芥子跟了过去，她站在桥北的后面。芥子说，我不是故意的，我知道这不好，但我不知道这么严重，我只是……

桥北猛然转过身，眼睛喷火，你！你杀我的儿子！

不是这样，我真的不是……

芥子第一次看桥北眼眶里闪出泪光，她自己霎时也忍不住泪水直淌。

桥北一下就恢复了正常。桥北把手搭在芥子的肩头，他不是我的孩子，对吗？

十三

桥北连续八天都没有回来睡觉。他说公司事情太多，因为准备到大连参加一个投洽会。桥北岛外公司是有宿舍，但都是单身公寓，要是午睡，桥北都是睡在自己办公室的沙发上。芥子到衣服柜里看了看，也看不出桥北有没有拿走衣服，平时这些都是保姆打理的。

但桥北几乎每天都会打个电话来，简单说一两句。芥子觉得很奇怪，原来桥北也会在电话里简单说一两句什么，听起来特别体贴，现在好像话也差不多，可是，再也没有原来那种感觉。究竟是谁的问题呢？

这期间，芥子碰到谢高两次。一次是谢高到店里视察，芥子跟他笑笑。谢高说，老板，你可真憔悴啦。谢高就走了。芥子天天在镜子里看自己，因为店里到处都是镜子，所以，她倒不觉得自己脸色异常。谢高走后，她悄悄叫过阿标。阿标，芥子坐在一张空椅子上，看着镜子，我最近很瘦吗？

芥子声音很小，阿标声音却很大，阿标说，不是瘦。是气色很不佳。你熬夜太多啦。两个正在焗头发、耳朵又尖的熟客就吃吃笑起来。阿标说，我请你去吃药膳吧，我请客，你买单。我保证挑一份最合适你的。

第二次碰到谢高是在街头大药房门口，人家不卖那么多安定给芥子。一次只能给四片。芥子讲了一大堆谎言，无人相信。谢高正好就从马路对面过来。他看到了芥子。芥子如见救星。谢高一说，大药房主任就给了芥子一瓶。

桥北离家第九天的早上，芥子手机的短信息响了。她没看，磨磨蹭蹭起来洗漱吃饭，后来就忘了。她也没在店里待多久，照例打的到几个大商场闲逛。桥北这八天不在家，她至少买了四千元左右的衣服和皮鞋。也不知道为什么，就是要买、买。已经有两件，还没到家就送给店里的小妹了。

大约是傍晚的时候，她提着三个购衣袋坐在巴黎春天的咖啡座上。这种设置在商场里夹层的咖啡房，大约专为购物狂休息小憩而设的。电话又响了。是谢高。谢高说，生日快乐。

芥子大吃一惊。谢高怎么知道，而桥北怎么忘了打电话，这两个问题交织在一起，使她脑子混乱，一下子什么也说不出来。最近是有点恍惚，她也忘了自己的生日。

芥子说，我想见你。你来找我好不好？我不给你添麻烦。

谢高说，你在哪儿呢？我来接你。我开着朋友的车呢。

谢高在巴黎春天的咖啡座上找到芥子时，一边走近一边就看见正看着他的芥子，脸上的泪水成串地跌落下来。谢高快到她面前时，芥子用双手掩住了脸。她非常安静，肩头也不抽动，谢高只看到泪水不断地顺着芥子的手往下流，流到咖啡桌上。

谢高说，到我车里去吧。谢高提起她脚边的购物袋。芥子就掩着脸，低头跟着走了。

早上就给你发了短信，祝你生日快乐。

芥子掏出手机，这才打开短信。芥子说，你怎么知道我生日？

不是让你们填过平安共建表吗？去哪里？

我不想回家。还去茉莉苑吧，不，去茉莉湖划船，我不想吃东西。

不，我要先吃饭，我饿了。在茉莉苑吃了饭，再去划船，万一碰到歹徒，我有点力气总好。芥子通过后视镜，看谢高不像是刺激她，可是，心里还是有点难受，想多了，又有点想哭。谢高非常敏感，他冲着后视镜说，你哭起来真难看。别再哭了。

谢高，你停一下好吗？

谢高瞪着后视镜，又干脆转过头来，看到芥子神色确实异常，就把车靠路边，停下。他转身看着后排座上的芥子。芥子说，抱我一下，好不好？我想有人抱抱我。谢高似乎想从车子中间跨过去，考虑个子太大，他跳下汽车，拉开了后车门。

谢高踏上车，芥子往旁边让了点，谢高抱住了芥子。芥子嘴一撇，终于爆发了。她把脸藏在谢高的怀里，非常失态地号啕大哭。谢高说，小声点好吗？让你哭够了再走。芥子哭得很痛快，把眼泪、清鼻涕流擦在谢高胸口一大片。爆发了一分钟，哭声渐渐小了下来，变成一串串轻轻的、呼吸不畅的抽噎。她呜咽着说，桥北……呜……可是……我还是……爱他的啊……

谢高眼神里是我知道的表情，可是他沉默着。

你知道选调生吗？谢高看着车窗外的行人，就是政府组织部门到大学考核后挑选出来的认为品学兼优、具有绝对培养价值的大学生，可以说是凤毛麟爪、前程锦绣。我有一个同学，大学毕业时就是作为选调生分配在省公安厅，后来安排他先在一个基层单位锻炼。很多同学非常羡慕，他自己也很珍惜机遇，非常努力。没有多久，责任区群众对他好评很多。在一起追捕网上通缉犯中，他受伤了。手术的时候，辖区很多老百姓自发去看望他。送水果，送土鸡，熬营养粥，因为秩序不良，老百姓和护士还差点吵架。当年度，这个选调生就被评为区人民满意好警察，并记三等功一次。给一个新警察这样的荣誉是很少见的。他真是太走运了。

可是，现在，你想知道这个人怎样了？他早就放弃了锦绣仕途，甚至不愿再做警察。

十四

芥子停止了抽泣。谢高拧开一瓶矿泉水，递给了芥子。芥子喝了一小口，将水倒在纸巾上，开始洗脸。谢高默默抽着烟，散漫地看着打开的窗外。

芥子说，后来呢？他为什么要放弃这么好的开始呢？

谢高喝了几口水，似乎有些倦怠。芥子说，你把故事说完，好吗？芥子不想马上出现在餐厅，她不希望有人发现她哭泣过。

谢高说，第二年的春末，那个选调生利用一个出差的机会，回老家去看望父母。当时，回程上火车的时候，他穿的是警服。本来非工作场所，大家都不会穿的，可是，那次没带换洗衣服，又嫌家里过去的衣服不好看，就又穿上出差用的警服。后来，他非常后悔。他说，如果那天我不是穿警服，情况肯定就不是那样了。就是说，如果他不是穿着警服，那么他现在还在省厅，肯定早就提拔了。因为起点本来就确实和普通警察不一样。

这个同学穿着警服上了火车。他是中铺。下铺是个好像生病的女人，上铺的一个大学生模样的女孩在一路照顾她。他对面下铺和中铺，是一对退休的老夫妇，再上铺可能是个生意人。列车的终点站就是省城，晚上十二时到站。晚上十一点左右，我同学坐在靠过道的窗前的翻夹椅上。忽然车厢就骚乱起来，那个同学站了起来，马上就有两个男人挥着刀，直冲他而来，一左一右站在他身边。我同学看见车厢前后门都站着拿马刀的男人，还有三个人挥舞着枪，不知道是真是假的枪。有个女人尖叫了一声，但马上就被什么掐掉似地虎头蛇尾，突然就没了。

有个男声撕裂喉咙似地吼喊，都别动！谁动就打谁！

车厢里顿时鸦雀无声。站在那个同学左右的男人说，小警察，听好了！你不管，大家都好，你敢动，现在就试试！

两把刀都顶在他的腰上。回去后，他看见两侧都刺破了，有点血，但他说当时并不觉得痛。可他不知道他为什么那么快就做出了决定。他说，好，我不动。但是这对母女，还有这对老夫妇都是我们领导的人，我必须完整带他们下车。

两个男人眼珠子交换了一下，一起点头说，行。你坐铺位里边去！

那个同学遵从了。车厢里的人，很多人都在看他，整个车厢安静极了。开始的巨大安静是迫于恐惧和震慑，后来的安静，这个同学明白，是因为期待和困惑。很多人被逼出钱后，还频频往他这边看，是的，他们和警察同车，他们有理由感到安全；在受到侵害的时候，他们有理由无法理解。他们不断往我同学这边看，他们摘下首饰、交出钱包之际，都在往这边看。因为他们以为奇迹总会发生的，就像电影上演的那样。

可是我的同学，一动都没动。车厢像死亡一样安静，脸色惨白的人们就像在哑剧中。他听到咣当咣当的巨大的火车声几乎碾压了一切。但他自己的心脏却在耳膜上像击鼓一样地猛烈跳动。歹徒守信了，他们略过了他的上铺下铺，略过了对面的老夫妇，可是，他们照样洗劫了他对面上铺的那个像做生意的中年男子。中年男子的一个不起眼的黑塑料袋中，被歹徒搜出了可能有两万块钱。

那个同学很意外他有那么多钱，但他也没有动。

七八名歹徒动作很快，他们洗劫了除协定保护之外的所有乘客。只有一个有点酒意的乘客，因为配合动作慢，小臂上被划了一刀。

歹徒们在省城站的前一个小站下车，然后迅速消失在夜色中。同学一直站在窗前，看着恶徒们的背影远去消失。随后，他身后就像发生了大爆炸，哭声、叫骂声、歇斯底里的尖叫声爆起。那个同学始终面对着车外，突然，有人用劲把他推倒了，他不知道是谁，回过头，看见中年男子，也就是那个像生意人的男人，把一瓶喝了一半的啤酒瓶，猛地摔砸在那个同学头上。血从头上流下来，没有人说什么，只有那个生病的女人有气无力地说，别打他，他只是一个人呀。

他听到非常多的声音：警察！这种见死不救的警察养着干吗！打死他！还有人喊出了警匪一家！说不定就是他勾结的！很多人在喊，有几个妇女把甘蔗段和鸡蛋摔在他身上。很多人围了过来。他们非常冲动，这种情况下,你不可能指望他们冷静。很多人扑了过来。愤怒像火山爆发,人们把财产损失带来的所有愤怒全部转泄到那个同学头上。那个同学事后说,好在空间小,要不打死我我也觉得很正常。他们实在还没怎么解恨呢。

我的同学无话可说。他的肋骨被打断了两根,多处软组织挫伤,轻度脑振荡。他咳了很长时间的血。最后是他对面的两个老人哭着跪下来求大家住手,老人说,他真的都不是我们的熟人。

下车的时候,全身的伤痛使那个同学几乎拿不了自己的行李,没有任何人帮助他。应该的,对吗,因为就在他们最需要警察帮助的时候,警察却在袖手旁观。他在人人侧目之下艰难地离开了车站。这一夜,那个同学真是一夜扬名。很多人记住了他的警号,投书报社、投书公安督察,他住院也瞒不了任何人。第三天至少有两家报纸,没有采访他就将此事报道出来。他臭名远扬。他们找到了这个社会正不压邪的原因。

芥子完全被故事吸引了。谢高停下来,默然地看着芥子。芥子等了一会儿,推了他一把,后来呢?

谢高说,你说,如果他们真来采访了我……那个同学,他又能说什么呢?你连你丈夫都不理解,普通群众为什么要理解一个警察呢?对吗?芥子,你也认为他活该,你也一定认为他当时就应该冲上去,和他们拼个鱼死网破。对吗?

芥子摇头。缓缓摇头。你是这样想的。谢高扳正芥子的脸,我知道,你宁愿看到烈士,也不愿意看到你的英雄梦破灭。是啊,你们有理由这样。

会不会……如果你同学动手了,会……带动其他乘客一起抵抗……

有可能,但是,老百姓的损失可能会更大,流血,甚至严重伤亡。你说,作为势单力薄的警察,两害取其轻,是不是更正确的抉择?

后来呢?

后来那个同学快崩溃了。单位虽然没有处分他,但是领导们只愿意在非正式的甚至私人的场合口头肯定他,认为他尽了最大的也是最理智的努力。此外，局里、厅里的领导，也无法招架媒体的攻势，警方非常被动。唯一令他安慰一些的是，同车的两位老人还有那个女大学生，他们终于主动来做了证明。

他现在在哪里，真的不当警察了？

不知道。但我知道他过得很不好。因为还有更多的像你这样的人，永远永远都不会原谅他。他的压力太大了，经常彻夜失眠。在那个特定的场合，他知道他对不起很多人，所以，他很想忘了那些事。可是，每天都会有人提醒他，煎熬着他。他想忘也忘不了了。他不愿看到石头底下的东西，可是别人会翻给他看。他只能远离沙漠，逃离那块石头。

那他现在好过些了吗？

我不知道。但我现在想，即使他不当警察了，肯定也过不好，比如，他做了你丈夫。

他真的问心无愧吗？芥子小心翼翼地说。

你说呢？要是你，你问心有愧吗？

十五

芥子站在茉莉苑门口，谢高在拐角钟楼的芒果树下泊车。芥子的电话响了。一看电话是桥北的，芥子有点轻微的紧张。拿着电话，她手指迟疑着按下通话键。她不敢肯定桥北会不会说生日的事，也有点害怕他问她在哪里。所以，接电话的时候，她一直感到口干。桥北说，你在哪儿？紧接着他说，我回来了，在盲人按摩中心门口。你来轻松一下好吗？我来接你。

芥子在干巴巴地吞咽不存在的口水。停好车的谢高正在走近，芥子看着谢高，说，我在……买衣服……吃过了……我过来吧，我打的来……

谢高看定芥子的脸色。在茉莉苑三角梅爬满的门廊外，在那半明半暗的光线中，谢高似乎古怪地笑了一下，转身又走向汽车。芥子跟了过去，芥子在他身后小声说，桥北回来了，你送我到盲人按摩中心好吗？

谢高发动汽车，然后打开了汽车音响。汽车主人听的是《天鹅湖》。两人不再说话。行驶了好一会儿，谢高把音乐调低，说，他是回来陪你过生日的。

芥子不说话，她不愿意说，桥北已经忘了今天是她生日。他是叫她过去按摩的。他们有年卡，平时两人不定期会过去。看芥子不说话，谢高又把音量调高。再也没有人说话。快到路口的时候，谢高说，要不要送到中心大门口？不方便你就现在下吧。芥子说，方便，我买衣服啊，半路碰到你了。

老远就看到桥北和一个朋友站在按摩中心门口，没有看到他的车，可能在地下停车场。谢高下车的时候说，生日要快乐啊，别做小猴子。

桥北迎上来接过芥子手上的购物袋。他邀请谢高一起上去按摩。谢高说，还有活要做。欠我一次吧。

三个人被领到有六张床的按摩房。桥北点的号，都是中心几个最好的盲人按摩师，每次，他给芥子点的都是93号。93号被人一牵进来，桥北就说，失眠，她最近失眠很厉害。

93号笑了，说，两位好久没来了。你颈椎好点吗？他开始像按一只足球一样，在按芥子的脑袋。

芥子敷衍地说，好点了，手指没怎么发麻了。等会儿请你再帮我牵引一下。

93号经络摸得特别准，可是下手也特别狠，经常把芥子按得哀叫。93号从来不为所动，我不能让你花冤枉钱。93号说，看你这经络都紧结成球了，不想松开它你就别来这儿保健按摩啊！你花血汗钱，我挣血汗钱才心安。

能说会道、心狠手辣的93号瞎子，经常逗得桥北吃吃笑。如果芥子忍不住抬手阻挠按摩师的手，隔壁床的桥北就会伸手抓牢她的手。但是，今天桥北始终闭着眼睛，那个朋友也像睡过去一样，接受一个戴墨镜的老姑娘按摩。按摩房里非常安静，只有低低的背景音乐弥漫如淡雾。是卡朋特的《昨日重现》。

后脑风池穴，被93号按得令芥子疼出薄汗。芥子尽量忍着。这么多年来，桥北好像是第一次忘了芥子的生日。生活确实是发生很大改变了。芥子感到越来越复杂的失落感。这种情绪从桥北离家，就弥漫起来了。是开始害怕失去吗？是害怕不该失去的正在失去吗？今天，芥子又被谢高的故事搅乱了脑子。如果谢高是正确的，桥北就是正确的，对吗？桥北的应急反应，是一个成熟的男人最正常的、最出色的反应，对吗？

桥北和朋友到地下停车场取车，芥子上一层就出了电梯，到左边的大门等候。桥北的汽车开了过来，靠近石阶边。他并没有像往常一样，为提着购物袋的芥子拉开车门。芥子慢吞吞地拉开车门，车门一开，车顶灯就亮了。就在她抬腿跨上去的时候，她左眼角似乎扫到了什么异常的东西，随着车门拉上，车内灯黑了，但空气中有清甜的气息。芥子迟疑了一下，疑惑着又扳开车门扣，借着骤亮的车顶灯，她扭头朝后排座看了一眼——

后排座上，整个后排座上，满满当当，全部是花！是百合花！至少有上百枝的百合花，怒放的、含苞的，绿叶掩映中葱茏蓬勃地一直铺到后车窗台上；雪白的、淡绿着花心的百合丛中，插着几枝鲜红欲滴的大瓣玫瑰。车顶上还顶着好多个粉色氢气球，飘垂着漂亮的带卷的粉黄丝带，每一条丝带上都写着，生日快乐！我的朋友。

芥子在发愣。她慢慢抬手，捧住了自己的脸。这就是钟桥北，永远和别人不一样的钟桥北啊。

桥北倾过身替她把车门关上，随即打开车灯，同时发动了汽车。

你好吗，今天？桥北说，我没有忘记你的生日，可是，我忘了今天是几号。最近这一段，日子过得很恍惚。下午在健身馆，突然在墙上看清了今天是你的好日子。

芥子伸手摸了摸桥北的脸。芥子说，如果你不知道今天是几号，那么，你健身完会回家吗？

桥北扭过脸,看芥子。他没有回答。

芥子说,往左吧。

家在右边方向。但芥子说,芥子轻轻地说,去那个店。我们去过的那个手工店。我想再买两条中国结。

桥北迟疑了好一会儿,说,快十一点了,关门啦。芥子说,不,我知道店主的家就住那上面。我们去敲门。

芥子真的用力在敲人家没关死的卷帘门。戴着眼镜的店主可能是用遥控器把门打开了。卷帘门才升卷起半人高,芥子就弯腰进去了。站在柜台后面的店主说,不是从下面看到你是女人,我可不开门。要什么吗?

芥子指那种最粗的红缎绳子。芥子说两米四,一米二一条。店主把绳子放在玻璃柜台边沿上刻好的尺度,边量边问,门都要打破了,干吗呢?

桥北笑着,绑住——爱。懂吗?

十六

不是任何人在任何时候都能看到淡绿色的月亮的。那天晚上,桥北载着芥子开往回家途中,芥子躺在后排百合玫瑰的鲜花丛中,透过车窗灰绿色的贴纸,她看到了沿路的路灯,一盏盏都飘拉着青蓝色或者橙色的丝般的长光,把夜空装饰得像北极光世界,去了两盏又迎来了两盏,迤逦的光束不住横飘天际,这个时候,芥子又一次看到了淡绿色的月亮。

红绳子绕过芥子光滑美丽的脖子,慢慢地勾勒一对美丽青春的乳房,在那个雪白细腻的胸口上,红缎带正一环一环、一环一环地盘丝般,构造一个爱之结。

芥子的后背在微微出汗。因为她感到慌张。出汗,是因为害怕让桥北觉察到她的慌张。其实,桥北所有的手势、动作和过去一样吧,可是,芥子感到自己的身体和过去就是不太一样了。因为觉察到不一样，觉察到自己身体对红丝带反应迟钝，心里就更加慌乱了，而身体就更加木然。她被绝望地排斥在情境之外。猴子看到了沙漠石头下的蛇，就晕倒了；猴子不应该有这样的反应，这是错误的，猴子应该快乐地跳跃过去，奔向快乐的远方。身体看到红丝带，也不应该有错误的反应，红丝带是你熟悉的，它不是石头下面的东西，是激情的火苗啊，是燃烧的欲望，它是快乐的远方啊，是平时一步就能到达的仙境，不是吗，你怎么统统忘了呢？

芥子绝望地闭上眼睛。她的脑海中一片黄沙，荒凉无际。她的全身都变成了干涸绝望的大沙漠。

桥北终于住手，闭上了眼睛。

（原刊于《收获》2003 年第 3 期）

龙凤呈祥

李 洱

种上了麦子，那地就像刚剃过的头，新鲜中透着一种别扭。孔繁花的腰也有点别扭。主要是酸，酸中又带着那么一点麻，就跟刚坐完月子似的。有什么办法呢，虽说她是一村之长，但家里的农活还是非她莫属。她的男人张殿军，是倒插门来到官庄村的，眼下在深圳郊外的一家鞋厂打工，是技工，手下管了十来号人。殿军自称在那里"搞事业"。种麦子怎么能和"搞事业"相比呢？所以农忙时节殿军从不回家。去年他没有算好日子，早回来了一天，到地里干了半晌，回家就说痔疮犯了。几天前，繁花给他打过一个电话，问他什么时候回来。她本来想说，村级选举又要开始了，想让他回来帮帮忙，拉拉选票，再写一份竞选演讲词。上次竞选的演讲词就是殿军写的。上高中的时候，殿军的作文就写得好，天边的一片火烧云，经他一写就变成了天上宫阙。好钢要用在刀刃上，现在就到了要用他的时候了。可是她还没有把话说出来,他就又提到了痔疮。他说厂里正赶一批货,要运往香港和台湾,不能马虎的,同志们都很忙,他也很忙,忙得痔疮都犯了,都流血了。"同志"两个字,人家说的是广东话,可说到了"台湾",人家又变成普通话了。他说,他是在为祖国统一大业添砖加瓦,再苦再累也心甘。还说"军功章里有我的一半,也有你的一半"。孔繁花说:"我那一半就算了,全归你。"后来殿军又提到了布谷鸟,问天空中是否有布谷鸟飞过,说梦中听到布谷鸟叫了。这个殿军,真是说梦话呢。布谷鸟是什么时候叫的?收麦子的时候。随后殿军又提到了"台独"分子,说他那里可以收看"海峡那边"的电视节目,一看到"台独"分子,他的肺都要气炸了。繁花说:"不就是吕秀莲那个老娘儿们吗,你一个大老爷儿们,堂堂的技工,还能让她给惹毛了?"殿军说:"行啊你,你也知道吕秀莲?不过,请你和全家人放心,搞台独绝没有好下场。"繁花说:"张殿军,你给我听着。你最好别回来,等我累死了,你再娶一个年轻的。"

当中隔了两天,殿军还是屁颠屁颠地赶回来了。他戴着墨镜,也就是官庄人说的蛤蟆镜,拎着箱子走进院门的时候,女儿豆豆正在院子里和几只兔子玩儿。豆豆今年五岁了,大半年没见到爸爸,都已经不认他了。殿军蹲下来,在西装口袋里掏啊掏的,掏出来一根橡皮筋、一只蝴蝶结,然后用普通话说:"女儿啊女儿,你比那花朵还娇艳,让爸爸亲亲。"豆豆哇的一声哭了,立即鼓出来一个透明的鼻泡。他赶紧从包里掏出一只望远镜,往豆豆的脖子上挂。他还掏出一张照片让女儿看,照片上的他骑在骆驼上面,家里也有这张照片的。"你看,这是你爸爸,你爸爸就是我。"他指着骆驼,让豆豆猜那是什么。豆豆怯生生的,说那是恐龙。这时候岳父掀开门帘出来了。岳父咳嗽了一声,说:"豆豆,别怕,他不是坏蛋,他是你爸爸。"殿军赶紧站了起来,把墨镜摘了,手伸得很长,要和岳父握手。老爷子走过来,一手摸着豆豆的头,一手去拎那只箱子,还摸了摸上面的轮子。"回来了也不说一声,让繁花去车站接你。"老爷子说。殿军问老爷子身体怎么样,老爷子突然提高嗓门,朝着房门喊了一声:"老太婆,殿军回来了,赶紧给殿军擀碗面条。"殿军问豆豆:

"豆豆,你妈妈呢?"豆豆刚止住哭,水汪汪的眼睛还盯着他手中的墨镜。老爷子替豆豆回答了,说繁花去县城开会了。

县城远在溴水。溴水本是河流名字,《水经注》里都提到过的,百年前还是烟波浩淼,现在只剩下了一段窄窄的臭水沟。县城建在溴水两岸,所以这个县就叫溴水县,人们也就称县城为溴水。官庄村离乡政府所在地王寨村十里,从王寨村到溴水城二十里。晚上七点多钟的时候,繁花还没有回来,手机也关机了。殿军着急了,要到村口接她。正要出去,繁花回来了。繁花手中拎着一个包,里面装着她的妹妹繁荣给两位老人买的东西。繁荣在县城的报社工作,丈夫是县财政局的副局长,繁花就是妹夫派车送回来的。去年,村里有人顶风作浪,老人死了没有火葬,而是偷偷埋了。上头查了下来,撤掉了繁花村支书的职务。要不是这个妹夫从中周旋,繁花的村委主任也要撤掉。这会儿,殿军赶紧站了起来,双手放在裆部,站在屋门口,脸上是那种讨好的笑。看到殿军,繁花一愣,但繁花没有搭理他。繁花扬了扬手中的包,对父亲说:"帽子、围巾,还有一条大中华。我妹夫孝敬您的。"然后她把东西塞给了殿军:"接住呀,想累死我呀。"殿军用双手捧住了,然后交给了岳父。老爷子拿出那条烟,撕开抽出了一包,又还给了殿军。繁花问殿军:"祖国统一了?这么大的事我怎么没听说?"殿军哈着腰说:"痔疮不流血了。"繁花又问:"听到布谷鸟叫了?"殿军抬头望了望天,又弯下了腰,说:"天上有个月亮。"小夫妻的对话,像接头暗号,像土匪黑话,两位老人都听迷糊了。老爷子说:"哪有什么布谷鸟啊,早就死绝了。也没有月亮啊,殿军,你的眼睛没问题吧。"

上门女婿不好当啊。只要两位老人在家,殿军永远放不开。这天上床以后殿军才放开,才有了点当家做主的意思。他上来就把繁花扒了精光。繁花反倒有点放不开了,眼都不敢看他。当他急猴猴地骑到繁花身上的时候,繁花用胳膊肘顶着他,非要让他戴上"那个"不可。瞧瞧,繁花连避孕套都说不出口了。可是"那个"放在什么地方,殿军早就忘了。他让她找,她不愿找,说这是老爷们儿的事。他说:"你不是上环了吗？哦，你不是怕我在外面染上脏病吧？我可是有妻有女的人。我干净得很，不信你看。"繁花斜眼看了，脸埋进了他的肩窝。不早不晚，两个人刚钻进被窝，就有人敲门了，把院门的锁环拍得哗啦啦响，还在外面喊："我，是我，是我啊。"殿军问那人是谁。繁花说："还能是谁，庆书，孟庆书。"孟庆书是个复员军人，在部队时入了党，现在是村里的治保委员，兼抓计划生育。以前殿军最喜欢和庆书开玩笑，称他为妇联主任，还故意把字句断开，说他是"专搞妇女，工作的"。庆书呢，不但不恼，还说自己最崇拜的人就是赵本山，因为赵本山演过男妇联主任，知道这一行的甘苦。这会儿，殿军正有点闷闷不乐，一听说来的是庆书，咧开嘴就笑了，说："今天我就不见他了，改天我请这个妇联主任喝酒。"繁花边穿衣服边说："庆书现在积极得很。快选举了嘛，人家已经有要求了，要求新班子成立以后，再给他多压些担子。"殿军说："压担子？这词用得好。"繁花以为庆书又是来要求"压担子"的，就对着窗户喊道："是地震了，还是天塌了，有什么事明天再说。"庆书还是喊："我，是我，是我呀。"繁花只好穿起了衣服。她还像哄孩子似的，拍了拍殿军的屁股，说："别急，打发走了这催命鬼，我让你疯个够。"

黑灯瞎火的，繁花看见除了庆书，还有一个女的。领他们进了做厨房用的东厢房，繁花才看清那是裴贞，民办教师李尚义的老婆。裴贞和庆书的第二个老婆裴红梅是一个村的，还是本家。裴贞以前也是个民办教师，有点知识女性的意思，天一暖和就穿上了裙子，天一冷就穿上了高领毛衣。这会儿她手里就打着毛衣，不时地还穿上两针。繁花以为庆书和红梅打架了，平时充当"大姨子"的裴贞看不过去，把庆书押来说理的，就问红梅为什么没有来。庆书说红梅是条瞌睡虫，早就睡了。繁花又看了看庆书，庆书脸上没有血道子，不像是打过架的样子。繁花拎起暖水瓶，问他们喝不喝水。他们说不喝，繁花就把暖水瓶放下了，动作很快，好像稍慢一步，他们就会改变主意似的。"那是怎么回事？裴贞，是尚义欺负你了？不像啊，尚义老师文质彬彬的，放个屁都不出声的。"裴贞说:"他敢,有你给我撑腰,他敢。"繁花说:"是啊,还有庆书呢。庆书文武双全,收拾一个教书先生可是不在话下。"庆书说:"尚义对裴贞好着呢。"裴贞用鼻孔笑了,说:"再好也没有殿军对繁花好啊。我可看见过,繁花怀豆豆的时候,殿军每天给繁花削苹果。"庆书说:"你也有福气啊,我可看见尚义给你嗑瓜子了。文化人心细,细得跟针尖麦芒似的。"这两个人深更半夜来了,当然不是为了苹果皮和瓜子皮。繁花就问庆书是不是有什么要紧事。庆书说:"先说个小事,令佩从号子里放出来了,剃了个光头。"令佩是村里最有名的贼,小时候就在溴水后街拜师学艺,学的是掏包儿。他师傅把猪油加热,往里面丢一个乒乓球,让他捏,什么时候捏出来就算出师了。那是童子功啊。他确实很有出息,那楼房就是他掏包儿掏起来的。半年前派出所在庆书的协助下把他弄住了。庆书经常吹的"捉贼捉赃",指的就是这个。其实,他们是从被窝里把人家揪住的,那时候人家并没有"上班"。这会儿,繁花对庆书说:"改天咱们去看看他,给他送套锅碗瓢勺。组织上关怀关怀,还是应该的。"庆书说:"狗改不了吃屎,他还能缺了吃的,缺了穿的。"繁花说:"先不说这个。还有什么事?你们不会是为令佩来的吧?"庆书挠着头,说:"有点情况说大也大,说小也小。你先听听裴贞怎么说吧。"裴贞让庆书说。庆书急了:"路上不是说好了嘛,事情由你来说,我来补充。支书需要掌握第一手材料嘛。"繁花先纠正了他,叫他别喊支书,然后对裴贞说:"说吧,这里又没有外人。"裴贞终于开口了,可她的话绕来绕去的,一点不像是教师出身的。裴贞从她家的猪说到了她家的肥料,又从肥料说到了厕所,再从厕所说到了擦屁股纸。说到擦屁股纸的时候,裴贞还很文雅地捂起了鼻子。这时候庆书已经抽完了第二根烟。他终于忍不住要亲自上阵了。庆书说:"支书,简单地说,就是李铁锁和裴贞两家共享了一个茅坑。为什么呢,因为李铁锁家的茅坑塌了,没钱修。然后,问题就出来了。"

一说到具体"问题",庆书的声音就压低了,很神秘。官庄村西边靠水,北边靠着丘陵,村里的副业主要是养殖:养牲口,养羊,养鸭。动物们的叫声把庆书的声音都压住了。很远的地方，传来了马打喷嚏的声音。孔繁花知道那是村东头李新桥一家喂的马，快生骡子了，有一种要生杂种的兴奋。想到了杂种，繁花心头一闪，莫非裴贞蹲坑的时候，让铁锁给撞见了？还有什么动作？或许是李铁锁的老婆雪娥蹲坑的时候，叫李尚义给撞见了？这种鸟事确实不太好说。繁花就问："后来呢？"庆书这会儿干脆变成了假嗓，捏得细细的，一点不像个行伍出身的，都快成娘儿们了。庆书说："后来，裴贞就发现了猫腻，这猫腻就出在裤衩上。隔三岔五的，女人的裤衩就会像那火烧云。可起码有两个月了，铁锁老婆姚雪娥的裤衩都没有火烧云了。"繁花说："你说的是月经带吧？"庆书说："对，就是那个。两个月没用了。"繁花身子往上一仰，长喘了一口气，然后又往前一探倒抽了一口气："你的意思是……"庆书又点了一根烟，慢慢吸了，说："娘儿们的事，我不是很懂。大概就是那意思吧。"繁花又问："你是说……"庆书说："支书，我说的只是现象。本质呢，还得你亲自去找。其实，这些本该裴贞来说的。大老爷儿们一说，好像有点低级趣味，而我们共产党人最反对的就是低级趣味。你说呢，裴贞？"裴贞好像没听见似的，拎着毛衣，对繁花说："繁花，你看这袖口该不该多打一针。"

"你看着办吧。"繁花说。她都顾不上和裴贞客套了。什么本质不本质的，他们的话外之音就是"本质"。繁花想，他们无非是要告诉我，雪娥肚子大了。裴贞遮遮掩掩还可以理解，庆书你是干部，管的就是这个，不该吞吞吐吐嘛。繁花就对庆书说："今天的会议你不是想知道吗？没错，是布置村级选举的会。可管计划生育的张县长也发言了，还是长篇发言。你是管这一块的，我本想明天告诉你的，现在就给你说了吧。上面千条线，下面一根针，张县长可是强调了，基层工作要落到实处。计划外怀孕的要坚决拿掉。只要出现一个，原来的村委主任就不再列入选举名单了。出现两个，班子成员都得滚蛋，滚得远远的，谁也别想成为候选人。"庆书倒吸了一口气："我操，来狠的了。"繁花说："还有更狠的呢，以后再给你说。"庆书感叹了一声："官越大越好当，刀往别人脖子上一架，只管吩咐任务就行了。"繁花说："所以我要提醒你，我们的脖子上都架着刀子呢。我可不是吓唬你，我的担子重，你的担子也不轻。雪娥可是生过两胎了。"庆书说："我就猜到上头又要抓计划生育了。所以，一听说这事，就赶来向你汇报。"裴贞说："我可什么也没说。红梅月经不正常。问到我了，我这当姐的能不管吗？我笨嘴笨舌的，说了一句雪娥的月经也不正常，庆书就留意了。不过，我可把话撂到这儿了，我可什么也不知道。支书，你看这袖口是收一针好呢，还是放一针好？"

繁花明白了，裴贞是等着看戏的。几个月前，裴贞也怀了孩子。她已经生了两个男孩了，一定要生个丫头，还说生了丫头花色就齐了。不就是罚款吗？她娘家有的是钱。繁花就找到裴贞和尚义，又是讲国情又是讲政策。裴贞说，不就是人口多底子薄吗？尽管放心，我们不会拖国家后腿的。小家伙们长大了，都要送去美国的。为国家多赚一点外汇违法吗？不违法嘛。繁花就说，美国是那么好送的吗？送一个要花多少钱你知道吗？就凭尚义一个月五六百块钱工资？裴贞小腰一扭，扭进了里屋，在里面说，五六百块钱怎么了，那是干净钱，是一根根粉笔头换来的。这话比狗屁都臭。繁花说，我跟你说不通，我是来跟我尚义老师商量的。繁花对尚义说，你不是五好家庭吗，只要你把这孩子打掉，我就让你当计划生育的模范。这两个加起来，每年就得奖给你三千块钱。再加上你的工资，这钱够你给两个儿子交学费了吧？裴贞又在里屋喊，三千块钱就把女儿卖了？繁花恼了，冲进里屋，朝着裴贞就是一通吼："你怎么知道你怀的是女孩呢？你看见了？你撒泡尿照照自己，你是不是当丈母娘的命。我看你不是。你就死了这条心吧。"镇住了裴贞，繁花又来给尚义做工作。她向尚义透露，修高速公路的时候，国家占了村里一百多亩地，补偿金已经到账了。她说她已经想好了，那笔钱谁也不能动，村里谁的孩子考上了大学，村里就补贴一笔钱。你的孩子不是中考第一吗，你就等着领钱吧。她还对他说，已经有红头文件了，超生一个，一把手就得下台。她要是下台了，那笔钱她可就做不了主了。你不会盼我下台吧？软磨硬泡了几天，裴贞终于把孩子打了。看来，裴贞直到现在还记仇呢。繁花想，这也好，不怕贼偷就怕贼惦记，现在全村女人的肚子都在裴贞眼里盯着呢，我可以少操心了。

繁花接过毛衣看了，说："裴贞真是心灵手巧，全村的女人加起来，也没有你巧。尚义娶了你真是有福了。"繁花说着，给他们各倒了一杯水。刚坐下，一拍巴掌又站了起来，连声说道忘了忘了。她拉开冰箱，取出来两只金黄的橙子，说是殿军刚捎回来的。"殿军回来了？"庆书问。繁花拐着弯把殿军夸了一通，说："刚回来，挣了点钱，现在烧包得很。改天你拧着他，让他请大家喝酒。裴贞，尚义喝酒你不管吧？"切橙子的时候，繁花又说："裴贞，你说庆书该不该掌嘴？你明明是他的大姨子，他也不说叫你一声姐，还一口一个裴贞。"裴贞说："人家是大干部，哪能看得起我们平头百姓。"庆书说："鸡巴毛，我站起来撒尿的时候，你还在你爸腿肚子里转筋呢。"繁花说："我给你们出个主意，这个叫那个一声哥，那个叫这个一声姐，谁也不吃亏。"说过这话，繁花突然问庆书："这两天你看见姚雪娥了吗？肚子是不是大了？平时你的工作做得那么细，这一点怎么忽略了。"庆书说："我就两只眼，也有看不到的地方嘛。再说了，我一个党员同志，哪能整天就盯着女人的肚脐眼。"繁花说："死样子，我说的是肚子，可不是肚脐眼。"

繁花很早就醒了。殿军醒得更早，正坐在床头剪脚趾甲。晚上，他的脚趾甲把繁花的腿都划破了。这会儿，繁花让他看划破的地方："都怨你，在我身上蹭来蹭去的。"殿军突然说他整夜都没有睡好，老是听见什么东西哭。"哭？谁哭？我怎么没听见？""瘆人，真瘆人，鬼哭狼号的。"繁花笑了："你说对了，那还真的是狼号。庆林家里喂了一头狼。"繁花从被窝里钻出来，两手支楞在耳尖，扑向了殿军，说："狼，大灰狼。"两个人打闹的时候，母亲已经把早饭做好了。吃饭的时候，繁花对殿军说："待会儿你出去走走，看看村里的变化，跟街坊邻居聊聊。"殿军说："我哪儿也不去，就在家里带孩子。"繁花说："你可以带着豆豆一起出去嘛。马上又要选举了，你得好好想想，我的演讲词该怎么写。"殿军说：

"我都成捉刀人了。"繁花没听明白,问他带刀干什么。殿军摇着头,说:"太封闭了。捉刀人就是替总统写演讲稿的人,工资很高的。"

繁花放下碗就出去了。她要实地考查一下雪娥的肚子。她感到奇怪,一个月前乡计生办还搞过一次检查,计划外怀孕的当场就拿下了,怎么把雪娥给漏了?莫非裴贞看走眼了?裴贞当然不会像她自己说的那样,是在厕所发现猫腻的,她看的也是人家的肚子。但愿她看走眼了。不过,如果雪娥的肚子真的鼓了起来,那问题可就大了。那就不是肚子了,而是定时炸弹了。跟国务院总理一样,繁花脑子里也有一大串数字,而记得最牢的都是关于女人的。官庄村一千二百四十五口人,分五个村民小组,育龄妇女一百四十三个,结扎过的七十八个,再刨掉四个生不出来的,那么肚子随时可能鼓起来的就有六十一个。其中政策允许鼓起来的有三十七个。这么刨下来,还有二十四个肚子呢。这二十四个肚子就是二十四颗炸弹,引爆了其中一颗,别的还能老老实实待着?用庆书的话来说,那就是"核灾难"了。一想到这个,繁花头皮都发麻了。雪娥一家和庆林住对门。快到那地方的时候,繁花听见了一阵脚步声,脚步声很快,踢踢踏踏的。那是庆林家喂的狼在跑动。那头狼刚运回来的时候,庆林到处吹牛,说是他自己在丘陵上逮来的。后来有人告他滥捕野生动物,犯了王法,他才改口说是从汉州动物园买来的,有证书的,只能养着玩不能杀了吃。庆林当然不是为了玩,而是要让它和狗交配,生狼狗。狼和狗交配生出来的第一代狼狗最值钱,一只能卖七百块钱,都抵得上两头猪了。庆林现在不喂狗,只喂狼,也就是只管配种,不管生产。有人开玩笑,说庆林家弄了个配种站,狗日的配种站。庆林一本正经地纠正人家:"错了,错了啊,不是狗日的,是日狗的。"庆林说,他的狼今年两岁了,要按人的属相,它刚好是属狗的,天生就是吃这碗饭的。庆林曾伸出两根指头,对繁花说:"我的狼往狗身上一趴,起码这个数。"二十块?庆林在繁花的手心画了个十字,说,乘以十。好家伙,就进去那么一下,二百块钱就到手了。村里的人民调解委员孔繁奇曾说,得研究研究了,要不要把庆林选为"双文明户"了。他说,养狼是保护生态环境，属于精神文明范畴，人家是物质文明精神文明双丰收啊。这会儿，繁花想到了李铁锁和姚雪娥。铁锁啊铁锁，雪娥啊雪娥，你们养条狼也比养个孩子强啊。

　　铁锁家的大门纹丝不动。街的这一边，庆林正抡着铁锤砸骨头。他要把那些骨头砸碎，再放到石臼里捣，捣成粉末，然后拌到食料里去。"对狼比对你媳妇都好。"繁花说。庆林把铁锤放下，说："哦，是支书啊，吃了？"繁花说："吃了。"繁花说着这话，眼睛还瞟着铁锁的门。她的话刚好让庆林媳妇听见了。庆林的媳妇是一袋大米外加一壶香油从山西换来的，五六年过去了，当地的口音她还是听不大懂。这会儿，她就听岔了，说："嗯，庆林对俺不赖。"庆林头也不抬，像赶苍蝇似的，说："死样子，一边去。"庆林把锤子一撂，又对繁花说："这鸡巴媳妇算是白娶了，就知道吃。前天白陀沟人来配种，给狼买了二斤牛肉。一转眼，她就把肉煮了。狼辛苦了半天，一口肉都没吃上。"庆林媳妇在一旁听了，不但不恼，还笑呢，手比划着说："俺喂了它恁大一块呢。"她比划着，比划得越来越大，都赶得上半个牛犊了。繁花想，这娘儿们虽说是外乡人，可住久了，也知道了这里的风俗，知道面子比油都贵重的。这是在炫耀着呢。庆林却不理会老婆的一片苦心，立眉瞪眼的，说："日你娘，我早就说了，要喂生肉，这是科学。不听科学的，狼哪来的力气。惹恼了我，看我不把你剁了喂狼。"

　　后来繁花突然听见了门响。原来是尚义老师出来了。尚义胳肢窝夹着书本，边走边把衬衣的领子往外面拽。看见繁花站在庆林家门口，他没有像村里人那样问"吃了没有"，而是很文明地说"你好""早上好"。走出几步远以后，尚义又回头看了一眼，有点"狼顾"的意思。就是那个"狼顾"让繁花看出来了，裴贞告状的事他是知道的，说不定还是他鼓动的。她正想着，听见庆林"扑哧"一声笑了，说尚义只跟两个人说"你好"，一个是繁花，另一个就是他的狼。尚义第一次来看狼，说的就是"你好大灰狼"。这时候，背书包的孩子们纷纷出现在街上。那些孩子路过庆林家门口的时候，都要探头往里边看看，捣蛋的男孩还故意学两声狼叫,逗得那只狼在屋里一阵乱跑。繁花还看见了前任村长孔庆茂,他要送孙女去上学。天还不冷,庆茂就袖起手,还缩着肩,到底是上年纪了。繁花喊了他一声叔,庆茂站住了。庆茂把手从袖口掏出来,揉着脸,说:"嘀,来视察工作了。"繁花说:"走到这里了,顺便过来看看。"庆茂说:"值得看。那不是狼,那是庆林家最先进的生产力。"繁花说:"还是叔说得好。"庆茂摆了摆手说:"胡咧呢,胡咧十句还能不蒙对一句。"繁花一时有些失神。庆茂是三年前下台的,这才几天啊,头发都白完了。上次选举的时候,有三个人竞选村委主任,他一个,繁花一个,祥生一个。第一轮投票,眼看自己的得票少了繁花许多,他当场宣布退出选举,要求投他票的人下一轮改投繁花,都有点美国人的意思了。这一招很厉害的,给自己留下了一条光明的尾巴。当时的乡党委书记姓郭,郭书记对庆茂的做法很欣赏,表扬庆茂识大体,有大局观念。庆茂说:"圣人之后嘛,凡事讲究个礼字。不能给老祖宗丢人。"庆茂还说:"孔庙虽然毁了,但礼数不能毁。不能跟有些村那样,下台干部把人都捅了。南辕乡不是有个村子吗,捅了九刀。再多捅一刀,就凑够整数了。那可不是捅刀子,那是剁饺子馅呢。"郭书记连忙称是。庆茂又说:"我是属马的,老马识途啊。繁花是属龙的,天生要穿龙袍的。"这话就有点不着调了,但上头还是点了头。繁花知道,庆茂有些话其实是说给她听的。礼尚往来,她也不能不讲"礼"啊。她让团支部书记孟小红到溴水城买匾,要送给光荣离职的庆茂。小红拿了三百块钱去买匾,见那匾额只有一百三十块钱,就买了两块。往上面题字的时候,庆茂说,就题个"一岁一枯荣,一花一世界"吧。字是尚义写的。尚义说"枯荣"有点"那个"。庆茂问:"那个是哪个?"尚义说:"有点悲凉,有点雨打芭蕉的意思。"庆茂用烟袋敲着桌子,说:"什么折扇羽扇芭蕉扇的,咬文嚼字我不如你,可我就是喜欢'枯荣',由'枯'到'荣'嘛。一年比一年好。"庆茂拿走了"一岁一枯荣",留下了"一花一世界"。庆茂也是有解释的,"花"是繁花,"世界"就是官庄村,就算是他对繁花的祝福吧。离任村官是要审计的,后来审计的时候,繁花给庆茂做的那个结论可真叫好啊。

按那个结论,庆茂都可以调进中南海了。村里有个石灰窑,繁花和村委一商量,就交给庆茂承包了。又过了半年,繁花才听祥生说,庆茂当初退出选举,也是因为圣人的话。孔子家训里讲了,"男不得为奴,女不得为婢"。嘀,这话说的,当副手就是"为奴"了?看来,庆茂肚子里还是有情绪的。

  庆茂走远了,繁花又去看了看庆林的狼。那只狼关在西厢房,狼是昼伏夜行,太阳一出来,它就躺到了地上,下巴很舒服地抵着一堆沙土。要不是耳朵直立,还有点瞧不起人似的斜着眼,还真看不出它是一只大尾巴狼。庆林在一边说:"人家讲究着呢,一天不给人家换沙子,人家就不高兴,新郎官都不愿当了。唉,惯出毛病了。"繁花说:"人家是先进生产力嘛,闹点情绪也是正常的。"庆林突然问:"支书,听说有一种药叫伟哥,男人吃了能疯一晚上,这药狼也能吃吧?"繁花说:"你吃过?"庆林说:"有我也舍不得吃啊。我听祥民说,伟哥跟薄荷片一样发蓝?"祥民经常吹牛,说他把先进文化带到官庄。莫非这就是他说的先进文化?这时候,那边终于有了动静。繁花看见了铁锁的两个女儿亚男和亚弟出来了,雪娥也出来了。雪娥紧追了几步,撵上了小女儿亚弟,往她口袋里塞了一团纸:"再用袖口擦鼻涕,看我不捶扁了你。"什么事就怕先入为主,放在平时繁花肯定看不出来,可这会儿她上去就看出来了。雪娥的步态确实有点"笨",是孕妇特有的那种"笨"。雪娥原来很轻盈的,像一只飞蛾。现在呢,挺胸翘屁股,都有点像企鹅了。等雪娥掉头往回走的时候,繁花叫住了她。繁花说:"哟,亚弟哪里惹着你了,你要把人家捶扁了。"雪娥朝繁花走了过来,走着走着,还侧身指着女儿说:"气死人了,一天下来袖口就明晃晃的。"繁花说:"这不能怨亚弟,这是遗传。铁锁小时候就是个鼻涕虫。还不如亚弟,他连鼻涕都懒得擦,都是用舌尖舔。"这么说的时候,繁花的眼睛可没有闲着,就跟探雷器似的,在雪娥的肚子上扫过来扫过去。雪娥说:"听说殿军在深圳挣大钱了?"繁花说:"他那个德性,挣再多的钱也不够他一个人花。你看人家庆林,不显山不露水,还不费一点力气,钱就挣到手了。"庆林受了很大委屈似的，说："还不费力气，整天就围着它转了。"繁花说："费你什么力气了？活儿是狼干的还是你干的？"繁花把自己说笑了，雪娥也笑了。雪娥那么一笑，繁花就进一步看出了问题。雪娥捂肚子了。雪娥一只手顶着后腰，一只手捂着肚子。顶后腰是因为腰疼，捂肚子呢，那是肚子沉啊。瞧这架势，起码有三个月了。雪娥啊雪娥，怕疼不怕疼，你都得挨上一刀了。

庆林媳妇从茅厕里出来，捋起袖子就去帮庆林搅拌食料。庆林用胳膊挡住了她，让她先把"爪子"洗干净。别看庆林脖子黑得跟车轴似的，该干净的地方人家还是很干净的。繁花想，真该给妹妹繁荣说说，让她给庆林照张相登在报纸上。庆林身上有戏啊，早年是个二流子，就知道偷鸡摸狗，连媳妇都是用大米换的，后来在党的富民政策鼓动下，在村干部的帮助下，靠养殖求发展，一步一步走向了小康。她又瞥了一眼雪娥的肚子，想，等雪娥的肚子收拾利索了，雪娥家里可以养条狗嘛，当然是母狗。庆林的狼往后面一趴，狗肚子就大了。那可是一摞摞百元大钞啊，有领袖头的。现在的母狗都是外村的，肥水都流外人田了。虽说是市场经济了，不能再搞地方保护主义了，但先尽着本村的母狗用，总不是原则性错误吧？趴一次不是二百块钱吗，她可以给庆林说说，打不了五折就打八折。这样一来，妹妹就可以在报纸上写了，在村干部的领导下，全村一盘棋，官庄村的人口增长率下去了，动物出栏率却上去了，村民的生活越过越好了。

官庄的村委设在一个大院子里。早年那里有一个孔庙，庙不大，四周也没有院墙。庙里敬奉着泥塑的孔子像，和从山东曲阜抄来的《孔子世家谱》。批林批孔的时候，官庄人为了批判封建宗法，一把火把它烧了。据说第一把火是孔昭原烧的。昭原当时是村革委会主任。他召集村人到孔庙前开会，批过"孔老二"，又批"林秃子"，然后再把"孔老二"和"林秃子"放到一个锅里煮，说他们早就串通好了，一起来挖"社会主义墙角"。他越批越来劲，越批越上火，扭头看了一眼孔庙，突然来了一句:"娘那个×,我就想一把火点了它。"老年人说,昭原其实是个老实人,说过就害怕了,一哆嗦,人都变矮了。但是老实人也有不老实的地方。哆嗦完了,他就环顾众人,等着有人反对他。但他等来的却是一阵高呼,点,点,点!开弓没有回头箭啊,但节骨眼上人家昭原又玩了一手。他在身上摸啊摸的,掏啊掏的,找火柴呢。身上翻了两遍之后,他又喊道:"谁有洋火?谁有洋火?"当时送上火柴的,就是现在的治保委员孟庆书。庆书当时才四五岁,还穿着开裆裤呢。庆书的父亲稍不留神,庆书就把他的火柴掏了出来。老人们后来说,那比令佩的手都快,令佩下手前还要先望望风呢,人家庆书连望风都省了。拿到了火柴,庆书还想再拿父亲的烟袋。他以为昭原是要抽烟呢。当爹的不给他,他就咧嘴大哭。这一哭,目标就暴露了。昭原就说:"日你妈,呈上来吧。瞧瞧咱们的革命接班人,多有觉悟啊。"拿到了火柴,昭原又问谁家有引火的干草。都是席地而坐,好多人屁股下面都垫着干草,但就是没有人送上去。后来有人说话了:"你老婆的屁股就坐着干草!"昭原没辙了,只好来到群众当中,从他老婆的屁股下面抽干草。他抽了一下又一下,不管怎么抽,他老婆搂着儿子就是一动不动。抽到第三下的时候,终于抽出来了几根。不过,那干草已经让他老婆给尿湿了。就是一根冰棍,他也得点啊。昭原就点,汗都出来了,还是没能点着。据老人们说,庆茂当时刚二十出头,正想着出风头呢,就在下面背着语录给昭原打气:"下定决心,不怕牺牲,排除万难,去争取胜利。"关键时刻昭原他爹站了起来。他爹说:"德性,眼瞎了?前头那么多人,谁的屁股下面没有干草。"昭原连他爹的话都听不见了,还在那里点,急得他爹直跺脚:"聋了?耳朵割了喂狗算了。"昭原还是听不见。他爹没辙了,只好亲自过去把火给点着了。这个老狐狸,火点着以后,并没有把火交到昭原手上,而是"一不小心"掉到了地上,掉到了前排的革委会成员的脚下。再后来,那火就从庙外烧到了庙内,天空都烧红了,那是真正的火烧云,三百多年的老庙说没就没了。过后,人们经常看见昭原背着手在那个地方走,一圈圈地走。过了几天,他说:"这地方太空了,看得人心里空落落的。还是修个舞台吧。舞台好啊，可以唱样板戏，宣传毛泽东思想。"一万年太久，只争朝夕，昭原说干就干。那一年小麦越冬的时候，台子就修好了，屋顶上的大梁用的是村里仅有的一棵银杏树，据说树龄比官庄村的历史还要久远，可以追溯到康熙年间。用的檩条也是百年槐木，像石头一样结实，把刨子的锋刃都打豁了。风水轮流转，乾坤大扭转，多年以后，当年被批倒批臭的孔子又吃香了，当年的愣头小伙孟庆茂当上了支书。庆茂一上台就在东边建了三间土墙瓦房，外面抹着白石灰，和舞台连在一起，就像东厢房，里面又摆上了《孔子世家谱》。庆茂还把戏台又修了一下，主要是加固了一些台基，包了一层石头，石头上还雕了一幅画，叫《龙凤呈祥》。雕画的那师傅是从省会请来的，雕得那叫好啊。龙是飞龙，张口旋身，回首望凤。凤是翔凤，展翅翘尾，举目望龙。朵朵祥云飘在龙头凤尾，一派祥和景象。当时就有人说了，说庆茂这是给自己打基业呢，要活到老干到老，要鞠躬尽瘁呢。可庆茂一下台，这院子这基业就留给了繁花。前年，繁花又在西边修了三间青砖瓦房，就像四合院的西厢房。这一下齐了，真正成了一个龙凤呈祥的四合院了。这一次繁花没有再涂白石灰，也没有再雕龙画栋，而是里里外外镶上一层白瓷片，有点像大城市里的公共厕所。当时瓷片很紧俏，溴水的大街小巷都在贴瓷片，说这样一来就"城市化"了，就成了省会的卫星城了。那一车瓷片繁花还是托了妹夫才弄来的。

  东边有一大片火烧云。早晨的火烧云像红绸，薄暮的火烧云像炭火。繁花来到村委的时候，整个院子都像铺了红绸。农谚说，早烧不出门，晚烧行千里。看来天气要变坏了。庆书正坐在办公室里打电话。样子很严肃，中山装的扣子一直系到下巴。还梳了个大背头，涂了发油的，又亮又光，苍蝇落上去都会滑下来的。看到她进来，他愣了一下，放下电话，说："起这么早？殿军好不容易回来一趟。"说这话的时候，庆书舔着嘴唇，一脸坏笑。繁花说："德性，正经一点。再胡说看我不撕烂你的嘴。"庆书把脸凑过来："撕呀，撕呀，撕烂了谁替你做工作。"庆书问繁花看没看早间新闻。繁花说她白天从不看电视。庆书就说遗憾啊，太遗憾了，实在太遗憾了。繁花问他到底看到什么了，是上头死了什么领导，还是中东又开战了？庆书说："比中东还有意思。省电视台把你们的会议当新闻播了。我还看到了你的镜头。"繁花说："胡扯，那么多人在下面坐着，怎么能轮到我上镜。"庆书说："全县就你一个女村长，还是县人大代表。你是一朵鲜花插在那牛粪上，你不上谁上。"繁花说："没丢官庄人的脸吧？"庆书说："嚛，怎么会呢，你是我们的形象大使嘛。"

庆书出门的时候喜欢握着手机，这会儿庆书又把手机掏了出来。繁花问他要到哪里去。庆书说，他得到学校去一趟。校长来电话了，说乡教办要到官庄小学听课，安排在下个礼拜一。校长很着急，因为教室的桌子都有断腿的，只是临时用砖支着。还有，小鸡巴孩儿们打烂了几块玻璃，也得赶紧补上，不然不好看。繁花说："一个萝卜一个坑，你找祥生去呀。"祥生是村里的文教卫生委员，兼着村里的会计。他比繁花和庆书都大，快五十了，可按辈分他得叫繁花姑姑，叫庆书爷爷。庆书说："打电话找你找不着，只好给祥生打电话。祥生让我先帮他办了。"繁花说："祥生呢，还在溴水城卖凉皮？"庆书说："养兵千日，用兵一时。可是每次用到他，他都不在。等他回来了，非把他押送到庆林家不可。"繁花听不明白了，这事怎么又扯上庆林了？庆书脸上又堆起了坏笑："村里的事一点不放在心上，不是狗日的是什么。"祥生不在，村里用钱都是繁花先给垫上。这会儿繁花给了庆书二百块钱。她说："桌子该修的修，玻璃该安的安。不够你再另想办法。"庆书拿到钱，样子很感动。繁花说："别急着走，查一下，雪娥上回怎么漏网了。"庆书把头皮挠得沙沙响，说他也正纳闷着呢。十月怀胎，这会儿雪娥应该有两三个月了，可是一个月前怎么没有查出来呢？难道她肚子里装的是秘密武器，可以有效地完成"反侦探行动"？这个庆书，说着说着就又跑到军事上去了。繁花急了，一急就把雪娥的怀孕日期提前了几个月。繁花说："两三个月？三四个月也有了，搞不好都七八个月了，都快临盆了。"

计划生育是村里的头等大事。老话说，天大地大没有肚子的问题大。以前说的是吃饭，说的是肚子空了。现在意思变了，说的是女人的肚子鼓了。有一次庆书又要求压担子，繁花就说，你的担子够重了。在美国最重要的职务是国务卿，在官庄最重要的职务就是你的妇女主任。为了突出他的重要性，繁花单独给了他一间办公室。这会儿，庆书甩着钥匙链，带着繁花往他的办公室走。一进门，就可以看到墙上的那两张表。一张是男女身体穴位表，正面，背面，各个穴位分得很细，是他从村医孟宪玉那里踅摸来的。一张是全村育龄妇女一览表，这张表分得更细，刚结婚的，正怀孕的，带了环的，结过扎的。每一类下面又分几个小类，形成一个个金字塔。比如刚结婚的，又分为已经申请生育指标的和尚未申请的。申请过指标的，又分为已经批准的和尚未批准的。表格上还画了好多图。凡是没有超生的，名字下面都画着一只麦穗。凡是只生一个的，除了画红旗，还画了五角星，意思是"排头兵"。带了环的画了个满月。结过扎的画了半个月亮，庆书说那其实是镰刀。庆书进门先拉开抽屉，取出来一根电视天线，用手帕从头到尾擦了一遍。然后，往表格跟前一站，胸脯挺起来，腰也叉起来了，都像沙盘前的将军了。繁花说："别傻站了，快给我查查。"

天线在麦穗、五角星、月亮和镰刀之间游动，在"姚雪娥"三个字下面停了一会儿，然后顺着红色箭头指示的方向跳到了"定期体检"栏。天线的顶端在表格上点来点去的，像军人原地踏步，也像蜻蜓点水。过了一会儿，庆书的报告出来了："很清楚啊，没种上啊。"繁花说："都鼓起来了，还没种上？"庆书踩着椅子，趴到表格上面看了看，然后又向繁花报告："对呀，没种上啊。"庆书从椅子上跳了下来。他跳得很别致，是越过椅背跳下来的，就像体操运动员跳鞍马似的。落地以后，庆书斜着眼，盯着房梁想了一会儿，突然拉开了抽屉，取出了一份《解放军画报》。画报里面粘贴着各种单子，抬头都印着"王寨医院"四个字。庆书沾着唾沫，快速翻动着，最后停在了一张单子上。那是雪娥的体检单，机器打出来的，在"孕否"一栏里打了个"否"字。繁花说："不对啊，这骗得了别人，可骗不过我。"庆书说："我日，机器出毛病了。激光制导炸弹你知道吗？计算机控制的，世界上最先进了，不该出问题吧，可该出还是要出。所以毛主席说，美帝国主义是纸老虎。"繁花急了，一急粗话都出来了："德性！别瞎鸡巴扯了，赶紧去一趟王寨医院，把问题落实一下。"这么说着，繁花突然笑了，还像男人那样吹了一下口哨。她发现问题了。单子上的名字是姚雪娥，可年龄却不是姚雪娥的。雪娥多大了？有三十五了吧，可单子上的年龄却是三十岁。最要紧的是，上面还写着"卵巢发育不良"。这话说的，雪娥要是卵巢不好，那世上就没有一副好卵巢了。"单子要保存好，"繁花说，"说不定还要用上的。"庆书说："放心吧支书，我会像爱护自己的眼睛一样爱护它的。"繁花又纠正了他，叫他不要瞎喊。庆书说："那你赶紧恢复职务呀，那样我就不会喊错了。"繁花想，庆书是真不明白还是假不明白，村支书都是上头任命的，是由选举出来的村委主任兼着的，不是她想恢复就能恢复的。

庆书不愿去王寨医院。他说，每次去都有人笑他，还问那肚子里的孩子是不是他的种，烦都烦死了。"还是让你们女的去吧，小红怎么样？"庆书说。亏他想得出来，小红还没结婚呢，一个姑娘家怎么好意思插这个手呢。最后还是繁花去了。繁花先去找了宪玉，宪玉是村里的医学专家嘛。但是宪玉一听说是雪娥的事，就连连摆手。繁花这才想起来，雪娥曾和宪玉老婆翠仙吵过架。雪娥的母鸡飞过院墙，跑到宪玉家里下了蛋，宪玉的老婆翠仙就把那鸡蛋收到罐子里了，后来就吵开了，还打呢，又是揪头发又是咬。宪玉上前拉架，雪娥就连宪玉一起骂了，说他也不是好东西，每次给女人打针，两眼放光不说，手也不闲着，便宜不占够绝不让人家提裤子。这会儿，宪玉看了看那张体检单，很神秘地笑了笑，说："这个臭娘儿们我可惹不起。"繁花笑了，说："你就当她不是雪娥，而是你老婆，不就得了。你是专家，我主要是怕医院的人骗我。"宪玉说："她要是我老婆，我早就让她安乐死了。再说了，人家若要骗你，我也没鸡巴法子。"繁花说："你不是跟他们很熟吗？只是让他们核对一下，再出一份证明。"宪玉突然张开嘴巴，两眼瞪得溜圆，一脸呆相。繁花不知道他搞的什么名堂，哪料到他只是要打个喷嚏。在溴水，打喷嚏可是很有象征意义的,可以象征背后的思念,也可以象征背后的诅咒。繁花很担心宪玉将它理解为诅咒。但你越是怕鬼,鬼越来敲门。宪玉果然认为有人在背后骂他,而且那个人就是铁锁。宪玉说:"铁锁听到风声了?他肯定在背后骂我呢。"繁花赶紧说道:"他知道个屁,我以人格担保,一定替你保密。"宪玉笑了,笑得很坦然,都有点肆无忌惮的意思了。宪玉一拍胸脯,说:"吃饭吃稠,怕他算毬。骂就骂吧,他还能把我怎么样?再说了我这不是为了自己,而是为了落实基本国策。操,老子豁出去了。"

  王寨医院刚刚扩建完毕,这幢楼上盖个琉璃瓦大屋顶,那幢楼上搞个锡皮鼓似的圆球,圆球上再耸着一个越来越细的塔,就像个尖顶。因为现在的乡长姓牛,有人就说了,那圆球加尖顶很像带蛋的牛鞭。扩建以后,繁花还没有来过,这会儿见了,觉得还真像那么回事。宪玉说,妇产科就在那个塔上面。繁花说:"这就怪了,来妇产科的多是挺了大肚子的,爬那么高多不容易啊。"宪玉开玩笑说:"就是要让你望而生畏,少生为好。不过有电梯的。"他们就坐着电梯往上升。那电梯里有股子臊味。繁花笑了,臊就对了,电梯本来就是"牛鞭"的尿道嘛。到了妇产科,宪玉找了一个熟悉的医生。一看到那个医生,繁花就有些不自在了。繁花生豆豆的时候,就是那个人接生的,事先殿军还塞给他五百块钱红包。那医生姓王,就是王寨村人。殿军送完红包,拐回来对她说,就当是喂王八了。王医生并没有认出她。宪玉递上烟,然后又递上了那张单子。王医生说:"字迹很清楚嘛。"繁花赶紧说:"这人生过孩子的,上面却写着卵巢有病。"王医生说:"生过孩子就不能出问题了?谁规定的。"繁花赶紧示意宪玉给人家点烟。繁花说:"可这上面写的是卵巢发育不全?"王医生说:"这就是科学的力量了,科学技术是第一生产力嘛。发育不全不要紧,可以想办法让它长全。"繁花说:"发育不全,不就是有毛病吗?还有——"繁花还没有说完,王医生就说:"真有了毛病也不要紧,把那二两肉摘下来就行了。"宪玉说:"王老师,她的意思是,这体检单出问题了。这个人的卵巢好得很,上面却写着卵巢发育不良。还有,这女人的年龄也写错了。"王医生说:"操,老虎的屁股摸不得,女人的年龄问不得,谁知道怎么回事。"繁花说:"是不是机器出问题了?"王医生说:"什么都会出问题,更何况一台机器。"繁花急了,说:"这女人明明怀孕了,上面却写着没怀孕。这是大问题呀。"王医生说:"你看你这个女同志,总比没怀孕却写着怀孕了好吧?那可是一场空欢喜。"说着,王医生把单子还给宪玉,又回了门诊室。繁花恼了,低声说了一句:"这个王八蛋,他到底是真傻还是装傻?"宪玉说:"当然是装傻。多一事不如少一事嘛。"繁花看着那上面的签名,那签名像是蚯蚓爬出来的,蜘蛛织出来的,反正不像是人写的。繁花推着宪玉,把他往门诊室里推:"你再问问他,这是谁签的名。"宪玉只好硬着头皮进去了。那王医生本来是近视眼,这会儿却像远视眼似的,远远地举着那张单子,还边看边摇头。繁花在外面给宪玉使眼色,让他再拿给对面的医生看看。对面的医生看了,也摇了摇头。那医生说:"这字体真是龙飞凤舞啊,舞得我都不认识了。"他问宪玉:"你认识吗?"宪玉说不认识。那医生就说:"就是嘛,你不认识,我怎么会认识呢?"

  繁花想,或许应该去找一下牛乡长。但她很快就又改变了想法。前年冬天,为了乡提留的事,她跟牛乡长争辩过几句。牛乡长对纸厂的停产,心中也是窝了火的。谁都知道,牛乡长跟纸厂的厂长是哥儿们。牛乡长去东南亚考察养鸭和水稻栽培,路费就是纸厂掏的。只是看在妹夫的面子上,牛乡长才大人不计小人过,没跟她翻脸。这事情要是让牛乡长知道了,那还了得,说不定会把官庄村当作反面教材的。去他娘的,错就错吧。如果真的是机器出了毛病,也不见得是坏事。到时候各村都有超生的,又不是官庄村一个。再说了,她有把握找到雪娥,把雪娥给收拾了。而别的村长,却不见得有她这么大的本事。繁花和宪玉坐着电梯,从"牛鞭"里走了出来,到街上拦车。来了一辆面的,繁花正要招手,宪玉说:"怎么也得坐个轿的啊。"繁花说:"丢你的面子不是。"宪玉不好意思了,说:"有点面子也全丢光了。"这么说着,宪玉突然一拍脑门,说:"想起来了,有一个人可以帮忙。"宪玉这么一说,繁花就知道他说的是谁了。那是个女知青，姓范，早年也曾是个赤脚医生。这个范医生当年最崇拜两个人，一个是电影《春苗》里的赤脚医生田春苗，另一个是扮演田春苗的李秀明。她要算是最早的追星族了。她连自己的名字都改了，由范抗美改成了范苗秀。范苗秀和宪玉在溴水卫校进修的时候曾经好过一阵的，她现在是住院部的主任。宪玉和繁花找到住院部的时候，范医生刚好从病房出来。范医生刚染过头发，远看还很年轻，近看就不行了，就像朽木上长出来的黑木耳。不过，她看宪玉时候的那种眼神，还有年轻人的那种醋劲，带着一点幽怨，也带着一点奚落，也带着那么一点臊。繁花夸她年轻，越来越年轻了。范医生淡淡一笑，对宪玉说："你们家谁又病了，不会是你家里那位吧？"宪玉说："瞧你说的，没病没灾就不能来看你了。"范医生引他们在办公室坐下，说："我就不给你们倒水了，一次性杯子用完了。说吧，什么事？"宪玉又说了点别的，然后让繁花把那单子拿了出来，又讲了讲事情的原委。范医生看了看单子，说了三个字："认栽吧。"繁花吓了一跳，连忙问到底怎么回事。范医生朝门外看了看，又把门关了，说："这不是机器的事。不就是尿检吗，容易得很，一般不会出问题的。"宪玉朝繁花使了个眼色，意思是终于找对人了。范医生说："不管我说什么，等你们走出这个门，我就不认账了。"宪玉说："那是。"繁花说："我们根本就没有来过。"范医生说："这人已经调走了。升天了。"宪玉说："死了？"范医生说："反正是升了。这人你们说不定认识。她叫张石英，她姐姐就在你们村。"繁花说："谁啊，我怎么不知道？"范医生说："她姐姐就很漂亮，叫张石榴。"宪玉说："张石榴啊？确实很漂亮。不过她是中看不中用，全村只有四个女人不会生，她就是其中一个。"范医生说："这当妹妹的会不会生，我不知道。也应该是不会生吧。韩国不是有个戏子叫金喜善吗？不知道？宪玉，你不是挺爱学习的吗，怎么变得不读书不看报了？金喜善是韩国第一美人。这位呢，就号称是中国的金喜善。时代不同了，脸蛋也能当饭吃，升了！"繁花问："去溴水医院妇产科了？"范医生说："再往上。"宪玉说："当溴水医院的院长了？"范医生说："瞧你那点志向。

再往上。"宪玉说:"再往上就上到月亮了,她总不会当嫦娥了吧。"范医生说:"当嫦娥是要守寡的。她怎么会守寡呢?一天都守不住的。她嫁给县长的儿子了,现在是卫生局的副局长。"繁花有点想不通,这样一个人,为什么要帮铁锁呢?这个范医生真是个刀子嘴,说:"两种可能,一种是无意搞错了,因为她本来就是个绣花枕头;一种是有意搞错的,因为往枕头上绣花也是要花钱的。"繁花傻眼了,一时都不知道该说什么了。要不是宪玉提醒,她都不知道为什么来了。宪玉说:"能不能再检查一次,证明确实搞错了。"范医生说:"这倒不难,一个月体检一次,到时候你把她领来就行了。"宪玉连说太好了,太好了,还说请她看在他的面子上,到时候一定帮助照看一下,千万不要再出错了。范医生用眼睛瞟着宪玉,突然问:"那女人肚子里的孩子,不会是你的吧?"宪玉忙着解释,又是赌咒又是发誓,还拉住繁花的胳膊,让繁花给他作证。范医生的目光移开了,移到繁花的胳膊上,然后又移到了繁花的脸上,好像繁花就是单子上写的雪娥。繁花想,这女人可真没劲,本来我还想感谢你的,拉倒吧。

  庆茂当政的时候有个口头禅,用的是毛主席语录,说的是思想工作的重要性,叫"扫帚不到,灰尘不会自己跑掉"。临交班的时候,庆茂还当着乡干部的面,把这句话又重复了一遍,说这是村干部的"传家宝",不能丢的。第二天,繁花就去找了雪娥,她要通过思想工作的这把"扫帚"扫掉雪娥肚子里的"灰尘"。繁花是拉着庆书一起去的。繁花说:"本该你去的,你管这一块嘛。"可庆书并不领情,他说,张县长可是在电视里讲了,各村都要一把手挂帅,他充其量只是个跑腿的。这个庆书,关键时候不说冲锋陷阵,反而成了缩头乌龟。繁花皱了皱眉头,说:"你看着办吧。"庆书又嘟囔了几句,还是跟在繁花屁股后面去了。

  铁锁到溟水城外修公路去了,就雪娥一个人在家。铁锁去修公路,还是村里推荐的。繁花通过妹夫,搞到了十个名额,这十个人不是没搞养殖,就是养了却折了本的,都是些没出息的家伙。雪娥现在只是养了十几只鸡，一头猪。那头黑猪正靠着一棵槐树蹭痒，一根又短又细的尾巴荡来荡去的，很舒服的样子。雪娥端着一只盛有玉米的破碗出来喂鸡，嘴里咕咕咕叫着。"别叫了，姑来了，"繁花说，"来看你的大彩电了。"雪娥家的那台日立牌大彩电是铁锁摸彩摸来的，繁花已经听人讲过无数遍了，这会儿，繁花就像刚听说似的，又问起了摸彩的事。"嗬，这就是铁锁摸来的那一台？铁锁真有一手，手上抹香油了还是打香皂了？"雪娥端着脸，半眯着眼，美滋滋地陷入了回忆。说那天铁锁扛着铁锹出门的时候，遇到了一个和尚。官庄村什么时候来过和尚？一百年也来不了一个。和尚可不是凡人，修了身就成佛了。来了一个，还让铁锁给碰上了。繁花没有驳她，离官庄村不远就有个普济寺，住了两三个和尚，她也在路上遇到过的。雪娥又说，那一天公路刚好修到新开张的漠水超市门口，铁锁想起来亚男亚弟早就吵着要买个文具盒，中午吃过饭，铁锁就进了超市。其实很便宜的，一个才四块钱。铁锁买了两个，八块钱。铁锁买东西从来不开票的，那天见好多人开了票，他也就跟着开了。卖东西的说，这位大哥你再买点别的吧，买够十块钱就可以摸彩了。铁锁面子薄啊，比鸡蛋皮都薄，看人家是个姑娘，他也不好不买。他就又买了一支圆珠笔，然后就跟着别人去摸奖了。佛祖保佑，前头的人没摸着，后头的人也没摸着，偏偏叫铁锁摸着了。繁花说："还得谢谢亚男和亚弟，她们要是不用文具盒，铁锁本事再大也摸不来。"庆书在一边说："摸个屁，无源之水嘛。"繁花说："说来说去，还是你的闺女好啊。令辉不是也在那里修路吗？他也摸了，为什么没有摸着？"雪娥说："就是，那天令辉买了七八十块钱东西呢，屁也没摸着。"繁花说："所以，还是你的两个闺女争气。等她们长大了，你和铁锁就等着享福吧。"

然后繁花又问，铁锁修路一天挣多少钱。雪娥不说话，起身到里屋翻了一阵，拎出来一个塑料袋，倒出来了一看，原来是几双皮鞋："娘那个×，就发了个这。上个月发了五双，说是一双值七十块，还说是名牌。我当姑娘的时候，也是穿过名牌的。我就想，算了，就当是自己买的。我就试了一双，没穿一个礼拜，脚指头都拱出来了。后来才听说这鞋是交通局局长的小姨子做的，咱溴水产的！"繁花说："你看你，给人家退了吧，你穿过了。不退吧，明明上当了。你太马虎了，穿之前为什么没有好好看看呢？"庆书插了一句："是白局长吗？他也当过兵。"雪娥指着庆书，说："对，就是这个姓白的。白脸奸臣啊。"庆书躲开她的指头，说："他姓白，长得可不白，黑不溜秋的。当兵那会儿，他是学雷锋先进分子。他学雷锋，我们学他，新兵学我们。他怎么说变就变了。"

后来就谈到了那张体检单。繁花说："雪娥，瞧你那点德性，不是我说你，你这个人就是太马虎。皮鞋的事马虎一下还不要紧，体检的事你也敢马虎。上回你在医院体检，单子填错了你知道吗？我就知道你不知道。庆书，把单子拿出来给雪娥看看。雪娥你好好看看，上面填错了。"雪娥的表情一下子变得很奇怪，似笑非笑。她坐得好好的，一动没动，可是头发却突然披了下来，把半个脸都遮住了。繁花又说："幸亏只是计划生育体检，错了还可以再改。要是真有什么病，没有查出来，那可就误大事了。"雪娥看着那张单子，嘴巴发出吸溜吸溜的声音，还用舌头顶着腮帮子，好像牙疼似的。繁花继续批评她："不该马虎的时候马虎了，是要出乱子的。当然这也不是你的错，责任在王寨医院。可是，你拿到了单子，总该好好看看吧。我估计，医院是把你和另外一个人搞错了。说不定那个人有问题，可现在还蒙在鼓里，还在和她的男人加油干呢。加油加油，怎么加油都不行，稻田里能种出花生吗？花生地里能养鱼吗？"这话繁花是笑着说的，说着便把脸扭向了庆书："庆书，你说呢？"庆书立即附和道："种个屁，养个屁。"搭了桥就该过河了，繁花这就顺理成章地把庆书拉了进来："雪娥，你也不用谢我。要谢你就谢庆书。庆书眼尖，这问题还是人家庆书发现的。"庆书顿时慌了，好像被火烫住了，连连摆手："我，我，我可不敢贪功。"繁花说："当然，是我叫庆书复查的。这一复查就查出了问题。事不宜迟，赶紧再去医院查查。这次可不敢马虎了，查仔细一点。花多少钱，都由村里掏。"雪娥把头发掖到耳轮后面，连掖了几次，脸上还是那种似笑非笑。繁花想，我可把台阶给你铺好了，你只要顺着台阶走下来就行了。她万万没有料到，雪娥把单子还给庆书的时候，会来那么一句："这单子好好的呀，看不出来什么呀。"现在轮到繁花似笑非笑了。先是似笑非笑，然后是大笑，都笑得前哈后仰了。繁花说："德性！还没问题呢，卵巢都弄错了。"雪娥现在倒变得镇定了，二郎腿都跷起来了。她问繁花："卵巢是什么东西？长在哪里？你拿出来叫我看看。"繁花继续笑，笑够了，才说："亚男和亚弟是从哪里来的？"雪娥说："你家豆豆从哪里来的，亚男、亚弟就是从哪里来的。"庆书说："卵巢是排卵的地方。""排卵，排什么卵？这你们可哄不了我。我也是读过高中的。卵就是蛋，鸡卵呢，就是鸡蛋。孟主任，你见过女人下蛋吗？"庆书说："没见过，真没见过。支书，你见过吗？"繁花口气变了，已经是软中带硬了："雪娥，别犯傻了。听话，再去查一次。我这是为你好。"雪娥说："啥叫卵巢我还没搞清呢，怎么查？查什么？"繁花说："要不咱们进到里屋，你把衣服脱了，我指给你看？"雪娥的舌头又把腮帮子顶了起来，半天没有吭声。院子里静得很，黑猪的哼哼声都听得一清二楚。透过竹帘，繁花看见一只公鸡像飞机滑翔似的，斜着翅膀在追逐一只母鸡。室内气氛很紧张，跟高压锅似的。为了缓和一下气氛，繁花指着门外开了句玩笑："雪娥，你家里什么都忙，连鸡都忙得很。"雪娥没接腔，而是咬着指关节望着房顶，好像屋里没有别人。繁花说："怎么，想明白了？要是还不明白，那就把裤子脱了。"雪娥欠了欠屁股，好像准备着脱裤子了。可是当繁花站起来的时候，她却又坐下了。她说："你要是翠仙，我就把裤子扒了，可你不是。翠仙不光扒男人的裤子，还扒女人的裤子。连亚男都知道，这叫同性恋。"啧，这个雪娥，夹枪带棒的，又把宪玉的老婆翠仙骂了一通。繁花想，这就是胡搅蛮缠了，就是给脸不要脸，不见棺材不掉泪了。繁花忍住笑，脸一板，说："雪娥，咱们打开窗户说亮话，你是不是又怀上了？我看像。你这可是计划外怀孕，不是开玩笑的，要罚款的，十台电视机都罚进去了。"繁花正说着，雪娥突然站起了身，掀开竹帘就出去了。繁花和庆书不知道她要干什么，都撩着竹帘往外看。只见雪娥一横一横的，走到院子的中央，一拍屁股突然蹦了起来，把正在刨食的鸡都吓飞了。雪娥朝着西院墙骂道:"娘那个×,欺负到老娘头上了。撒泡尿照照,老娘是好惹的吗?我日你八辈子祖宗。""日"完西边再"日"东边,还是一蹦三尺高:"良心都喂狗了呀,娘那个×,我日你八辈子祖宗呀。"庆书眯着眼,脸上挂着笑,说:"说得轻巧,你拿什么'日'啊?"繁花正在气头上,听不得这种话,就对庆书说:"嘴巴干净点。"庆书脸上发讪,指着雪娥说:"你看,本来还好好的,一扭脸就变成了母夜叉。"繁花说:"这娘儿们不通事理。你赶紧往工地跑一趟,把铁锁给我叫回来,回来以后马上通知我。"

门口已经围了一群女人和孩子,都是来看热闹的。裴贞也在里面,手中照例还打着毛衣。看见庆书出来,裴贞就说:"打架了?铁锁怎么能这样呢,雪娥在家里替他养孩子容易吗?"裴贞又对身边的二愣媳妇说:"咱女人腰板再硬,也经不住男人的拳头啊。"二愣媳妇的娘家与雪娥的娘家是一个村的,自然要站在雪娥的立场上说话。不是一家人,不进一家门,二愣就够愣了,他媳妇比他还愣,都有些愣头青、二百五的意思了。这会儿,二愣媳妇"呸"地吐了一口痰,叉着腰说:"嚆,这不是妇联主任吗,你可得替妇女说话。"见庆书要走,她就抓住了庆书的袖子:"跑鸡巴跑!解放军叔叔怎么能当逃兵呢?不准跑。"当然,有心机的很快就想到了生孩子的事。前任支书庆茂的媳妇就想到了。庆茂媳妇抱着半岁的小孙子乐乐,一边给乐乐喂奶瓶一边说:"铁锁也真是的,雪娥哪点不好?不就是没生个带把儿的吗?带把儿的有什么好,就会气人。"庆茂媳妇很严肃,是那种高干夫人的严肃,很有内容的。庆茂媳妇把奶瓶夹到腋下,腾出手来撩着乐乐的小鸡鸡,说:"乐乐啊乐乐,你说是不是?你就知道吃,吃完就会气人。"还要唱呢:"小小子儿,坐门墩儿,哭着嚷着要媳妇儿。要媳妇儿干啥呢?铺床,叠被,端尿盆儿。"她还要把乐乐递给庆书,让庆书先替她抱着,她好进去劝架。还没等庆书反应过来,庆茂媳妇就把乐乐塞到了庆书怀里。抱着那软乎乎的东西,庆书就像端着一盘豆腐,顿时不知如何是好了。突然手心一热,吓了他一跳,差点把孩子撩起来。原来是乐乐尿了。他赶紧把乐乐塞给裴贞。裴贞想躲，但庆书有办法治她。庆书凑到她耳边只说了那么一句，裴贞只是愣了片刻，就乖乖地把孩子接住了。庆书低声说："还是你眼尖，组织上谢谢你。"

庆书一走，看热闹的就拥进了院子。二愣媳妇咋咋呼呼地站在最前头，嚷道："铁锁你给我出来，雪娥哪点不好？白天给你干活，晚上陪你睡觉，容易吗？给我出来。"竹帘掀开了，繁花拎着一双皮鞋走了出来。二愣媳妇说了一声"我日"，就愣住了。繁花往前走，她往后面退，退到拴猪的那棵榆树跟前的时候，二愣媳妇一下子蹲到了地上，用手捂住了脸。繁花笑了笑，把二愣媳妇拉起来，还叫了她一声"嫂子"。然后繁花拿着那双皮鞋走到众人跟前，说："都来看看，这就是上头发的鞋。还没穿两天呢就开帮了，脚指头都拱了出来。这事搁到谁身上不生气？还让不让老百姓活了？你们说，这该不该骂。"这时候，雪娥已经扭身进屋了。繁花对着屋门口喊道："雪娥，你别着急，我会给你做主的。"说着，繁花就走到了门口，掀着门帘说："不就是几双鞋嘛，犯不着生那么大的气。气坏了身子，铁锁还得回来伺候你。"繁花说得有鼻子有眼的，众人听了，还真的以为雪娥是为一双臭鞋发火，没什么看头，就纷纷散了。剩下繁花和雪娥两个人的时候，繁花又把脸板了起来："闹够了吧？没闹够接着闹。闹够了，就乖乖地往王寨跑一趟。让铁锁陪你去。放心吧雪娥，铁锁的工钱扣了多少，村里就补给他多少。够意思了吧？嗨，谁让咱们关系不错呢？咱们是打断骨头还连着筋呢。"繁花把那堆皮鞋拾进塑料袋，说："送佛到西天，好事做到底，这鞋我带走了。殿军回来了，我让他给你修修。修不好，你打他一顿我都没意见。"

午饭很丰盛，母亲做了几个菜，荤素搭配。其中的一道荤菜，那真是荤到了家，叫牛鞭炖土豆。牛鞭是从罐头瓶里取出来的。妹夫每过一段时间就送回来一批罐头，都是送礼送的。这会儿，繁花的父亲用筷子翻了翻，夹起来的却是一块土豆。殿军嚼着牛鞭，脸都红了。繁花想笑，却不敢笑，也不好意思笑。可怜天下父母心啊。繁花当然明白，老两口做梦都想抱孙子呢。这是给殿军进补呢，给殿军打气呢。还有土豆，土豆也是很有深意的。半个月前繁花就听母亲说，有人告诉她，要想生男孩就得多吃土豆。繁花问谁说的，母亲说反正是个文化人。繁花没猜错，她说的那个人果然是裴贞。母亲说，裴贞说了，那土豆不光要吃，而且一定要多吃，一次起码要吃两个。两个土豆放在一起像什么呢？男孩的蛋嘛。母亲还把自己埋怨了一通，埋怨自己真是白活了这么大岁数，这么浅显的道理都没弄明白。这个裴贞，怎么能想出这种歪门呢？这不是拿老太太开涮吗？亏你还是人民教师出身。后来有一天，繁花在地里拢田垄的时候见到了裴贞，就问她吃土豆和生男孩到底有什么关系。这一次裴贞没有再说"土豆和蛋"，而是说吃了土豆，子宫里面的碱性就多了，碱性一多就会生男孩了。碱性不碱性的，母亲自然是不知道的，母亲知道的还是两个土豆放在一起就像"男孩的蛋"。母亲也不知道那土豆该由繁花来吃。瞧，这会儿她就夹了一只土豆，放到了殿军的碗里。

  繁花一直在等庆书和铁锁。饭吃完了，碗筷也洗过了，庆书和铁锁还没有出现。繁花等得心焦，就带上豆豆陪着殿军出去走了走。一来是散心，二来是想趁这个时间向殿军介绍一下村里的情况，说白了就是让他熟悉一下她的成绩，好让他写演讲词的时候心中有底。当然，她还想让殿军和他的狐朋狗友们见见面，联络联络感情，也算是替她拉拉选票。怎么说呢，尽管她有充足的理由连任，并且恢复村支书的职务，但是不怕一万就怕万一啊。老话是怎么说的？人心隔肚皮，狗心隔毛皮。万一有人在背后捣蛋，到时候她可就抓瞎了。老天爷啊，我心中的宏伟蓝图还没有完全实现呢，总不能半途而废吧？殿军装了一盒大中华，又戴上了墨镜。"把那蛤蟆镜摘了！"繁花说着就给他扯掉了，交给豆豆玩去了。殿军又把那个儿童望远镜拿了出来，说是要好好看看故乡的山，故乡的水，也看看费翔唱过的"故乡的云"。繁花拧了一下他的鼻子，说："云就免了，你还是好好看看改革开放的成就吧。"

  到了村口，繁花跺着脚下的柏油路，对殿军说："看见了吧，这段路就是我领着修的。还记得吗，当年你娶我的时候，就是从这里进村的。

车都陷进去了。你看看，现在比打麦场都平展。"殿军说："别搞错了，是你娶的我，不是我娶的你。"繁花捅了他一拳："德性！我不是说了嘛，当两位老人过世了，就让豆豆跟你姓张。你说说，到底谁娶了谁？"村西有一条河，官庄人都叫它西河。西河的西边，原来有一个造纸厂，是乡上建的，排出来的废水就像婴儿屙出来的粑粑，黄的，又臭又粘又腥，整条河都污染了。庆茂当政的时候，就向村民许诺要和纸厂谈判，让他们处理废水。不处理就跟他们来硬的，把大门给他们堵了。但几年下来，人家不光废水照排，而且大门越修越漂亮，门前的石狮子本来是青石做的，这会儿又换成了汉白玉狮子。村里有个白痴，是后天患上的白痴，早年在北京当过兵，见过几个外国人。这白痴说，这狮子不是中国狮子，而是外国的狮子。外国人都是白人，所以他们雕出来的狮子也是白的。这不着调的话后来竟然传开了，有些人还真的以为这狮子是从国外运来的。两只外国狮子卧在村边，这说明什么呢？只能说明纸厂越搞越好，而庆茂的工作却越搞越糟。有一次村委开会，庆茂就差扇自己的脸了，不过他说这不能怨他。道理很简单，你就是走到了天涯海角，就是坐宇宙飞船上了月亮，胳膊也扭不过大腿。官庄村就是那条胳膊，王寨乡就是那条大腿，所以这不能怨他。这会儿，繁花指着西河，问殿军还记不记得她是怎么治理这条河的。繁花说，当初我偏偏不信那个邪，不就是个牛乡长嘛，再牛也只是个乡长，大腿再粗也没国家的大腿粗。他要是国家主席，我就认栽了，可他不是。繁花说得没错，上台以后，她就和纸厂重开谈判。女将出马，一个顶俩。繁花先哄着纸厂给村里安上了路灯，然后又让他们给学校"赞助"了课桌、幻灯机和一台计算机。为了加强官庄村和纸厂的联系，也"为了方便纸厂职工子弟在官庄小学上学"，繁花又让他们在河上新修了一座石拱桥。起初，他们哼哼唧唧的，不愿掏钱，但临了还是乖乖地把钱掏了。当然，这当中也有孟小红的一份功劳，因为那主意是孟小红出的。孟小红说，我听别人说，现在教育上有规定的，要减轻学生负担，不能给小学生布置课外作业，但是你把放学时间推迟一个小时，学生做不完作业不准回家，上头就没话可说了。小红很有把握，说用不了半年，就会有职工子弟掉到河里面去，到时候什么都好说了。按说小红还是个丫头，她的话不能当真的，但繁花还是很尊重她，从善如流，采纳了她的建议。后来果然有人掉下去了，而且一掉就是两个，一个男孩一个女孩，都是中层干部子弟。好啊好啊，小红说，这就叫龙凤呈祥，好事成双。再后来，那桥就修起来了。最后，又让他们一次性补偿村里五十万元污染费。钱一到账，繁花就利用妹妹繁荣的关系，请来省里的记者，让他们把纸厂的污水排放曝了光。没过多久，省里一张红头文件就把纸厂给封了。"这可是我的得意之笔。不过，你既不能提我的名字，也不能提繁荣的名字。纸厂那帮杂种会报复的。你点到为止就行了，就说村委尊重民意，成功地完成了污水治理。如果我再次当选了，我就要集资贷款，把纸厂收过来，重打鼓另开张。这方面你可以重点写写。"

  殿军问："你想办什么厂呢？"繁花笑了，说："你不是有望远镜吗？你说说，以后这里能干什么？"殿军说："办鞋厂吧？缺少我这样的技术人员。办个皮鞋批发市场吧？这里又远离闹市。"繁花抱起豆豆，指着那座纸厂的院墙问："豆豆，你说说，你想在这里看到什么呢？"豆豆脱口而出："动物园，我要看恐龙。"繁花说："你看，连豆豆都知道。我想在这里办个动物养殖场，至于养什么动物，你得替我好好想想。反正庆林喂狼给了我很大启发。我的理想是带着全村人致富。到时候，你也别去深圳了。不就是打工嘛，哪里都能打。你就等着回来帮我照看场子吧。"殿军说："我知道了，夫人的理想就是，配种加养殖，养殖加配种，实现共同富裕。"繁花说："德性，正经一点。"路上不时有人和繁花打招呼，那问候语虽然很平常，还是那句"吃了没有"，但其中却都透着恭敬，还有那么一点拘谨。别看殿军比繁花高出一头，人们总是先看到繁花，再看到殿军。和殿军说话的时候，那些人就不那么拘谨了，一开口就是我日我日的。殿军还忙着掏烟，一盒烟都快散完了。每当殿军散烟的时候，繁花就会来上一句："这烟你是在哪里买的，不会是假的吧？"殿军便骑驴就磨台来上一句："假烟？我操！我老张别的烟抽不出来真假,大中华还是能抽出来的。"

后来,他们就走到了村后的丘陵。天穹之下,那丘陵起伏绵延,一派苍莽。远处有一面白镜,那其实是一片水域。离村子不远有一片低凹之处,蒿草足有半人之高,婚前繁花和殿军曾在那里打过滚的。这会儿站在高处往下一望,他们脸上就有隐隐的笑意,不约而同向那边走去。殿军说:"这里可以养骆驼的。骆驼什么都吃。"正走着,他们突然看见了李皓——正在放羊的李皓。李皓、繁花和殿军都是高中同学。在溴水一中上学的时候李皓有两个绰号,一个是化学脑袋,一个是小数点。化学脑袋是说他脑子快,快得都不像人脑了,小数点是说他能背圆周率,背到小数点之后多少多少位。其实李皓还有一个外号的,叫铁拐李,只是没有人敢当面叫。他天生的小儿麻痹,瘸子,不过李皓一般不架拐。李皓最讨厌的人,就是孟庆书最喜欢的人,也就是赵本山。这是因为赵本山演过一个小品叫《卖拐》,有好长时间,一些孩子一见李皓就喊赵本山。其实当年读高中的时候,李皓也是架过拐的,通常情况下是一年一次。因为他是残疾人,只要动动手就是劳动模范,所以每年都当选三好学生,年终发奖的时候,他必定会在众目睽睽之下架拐上台领奖,以示名至实归。唉,说起来,要不是当年的高考体检过严,他早就远走高飞了,早就当官了,说不定都混上二奶了。可他现在只是个羊倌,连媳妇都没能娶上。繁花曾经想过把他拉到班子里来,让他当村里的会计。但上次选举的时候,他又出去相亲了。他对祥生说,"鸡巴问题"是革命的首要问题,"鸡巴问题"解决了,别的问题也就迎刃而解了。结果,"鸡巴问题"没有解决,竞选也错过了。据说他后来有点后悔,一生气把几只羊都打瘸了。但世上什么药都有卖的,就是没有卖后悔药的,错过也就错过了。好在还有下一次。这一次,繁花就想把他拉进班子。村里有十几个残疾人,除了两个白痴,其余的一个比一个聪明。李皓是他们的头儿,李皓要是支持她,那十几个残疾人也会投她的票。日后,那养殖场要是建起来了,这些残疾人也是能够派上用场的。脑袋瓜子灵一点的,可以进入管理阶层,笨一点的,可以让他们扫扫地,接接电话,搞搞收发。至于那两个白痴，反正他们也分不清香臭，就让他们垫圈起粪算了。这会儿，十几只山羊像朵朵白云点缀在丘陵之上。豆豆看见羊，就在殿军的肩头扭来扭去的，非要下来和"羊羊朋友"一起玩耍不可。豆豆跑过去的时候又喊又叫的，李皓既然看见了豆豆，肯定知道繁花在后面跟着。但他没有回头。残疾人大都很要面子，自尊心很强，你不跟他打招呼，他是不愿搭理你的。这会儿，李皓就顺着坡势躺下了，躺在一片草丛之中，还用褂子盖住脸，好像睡着了。繁花正要喊他，丘陵之上突然响起了赵忠祥的声音，很深情，深情得都有点过了，有点肉麻了。赵忠祥当然不可能来到官庄，到了官庄也不可能来丘陵放羊。那自然是李皓的声音，是李皓在吟诗："大梦谁先觉，平生我自知。草堂春睡足，窗外日迟迟。"繁花有点想笑。一个快四十岁的光棍汉，不用你多嘴人们也知道你已经是"日迟迟"了。这是在向组织上诉苦呢。繁花想，这个问题其实很好办，只要你跟我走，当上我的会计，身份一变，工资一领，我保管你能娶上媳妇。她把这意思给殿军说了。殿军说："你想歪了，人家吟诵的是诸葛亮的诗。这个铁拐李，一高兴就把自己当成了卧龙了。"繁花说："有知识，还是你有知识，行了吧？"接着，繁花就喊了一声："小数点，你的狐朋狗友来看你了。"李皓翻了个身，在褂子下面说："谁啊谁啊，净耽误老爷儿们睡觉。"殿军把李皓的褂子一掀，喊了一声铁拐李。李皓这才像毛驴打滚那样，在草地上打了一个骨碌，坐了起来。接过殿军递过来的烟，李皓瞟了一眼牌子，吐掉当牙签用的草茎，说："我日，你阔了呀。"那个"阔"字是用力说出来的，还拉得很长，本来是赞美的，可听上去却是怪怪的。繁花说："阔不阔又顶个屁用。还是悠闲了好。他哪有你悠闲啊，你过的是神仙日子。我以后不叫你小数点了，干脆叫你活神仙算了。"

李皓拿起铁铲，铲住一块土坷垃，朝羊群扔了过去，嘴里说："那倒是。放放羊，看看景，一人吃饱，全家不饥。"这李皓虽然才学满腹，却还是像一条狗，你扔给他一截砖头，他就把它当成排骨了。瞧，你一说他是活神仙，他就把手上的褂子当成了羽毛扇，扇着扇着就唱了起来，唱的是《空城计》："我正在城楼观山景，耳听得城外乱纷纷。旌旗招展空翻影，却原来是司马派来的兵。"殿军说："你是卧龙，我可不是司马懿。我只是一个做鞋的。"李皓说："你当然不是司马懿。司马懿是儿子做了皇帝，你呢，是夫人当了皇帝。"繁花听了直撇嘴，说："这帽子我可戴不起。现在搞的是民主选举。皇帝轮流坐，明天到我家。后天就到你家了。"李皓不理她，自顾往下说："有一回，我正放羊，来了几个同学，就是考上大学的那几个。都他妈的阔了。在城里住烦了，带着啤酒、罐头到这荒山野岭度周末来了。我当场给他们宰了一只羊，架火烤了，就着这岭上的野蒜，吃得他们，嚼，满嘴流油。他们问孔繁花呢，我说繁花随团到外地考察去了。当时我可没说你是皇帝。我给他们说了，人家繁花现在可是女王。殿军，你猜他们是怎么说你的，他们说那么张殿军就是菲利普亲王喽。所以说，我认为你不是司马，你是菲利普亲王。"繁花说："他哪有菲利普亲王的福气。他是个吃苦的命，什么事都得自己干，我可帮不上他什么忙，我和豆豆就靠他养活了。"繁花顺便问李皓，那天来的都是谁。听到那堆人里面有南辕乡的乡长刘俊杰，繁花就说："这个刘俊杰，考察团里原来有他的，他说工作太忙走不开，原来他是跑到我们官庄逍遥来了。哪天见了他，看我怎么收拾他。"殿军问："刘俊杰也在县城买房了？"李皓说："那当然，买了房就好互相串门了，串了门就可以摸清敌情了，摸清了敌情就可以使绊子了，使过绊子就可以升官发财了。都是一环扣一环的。"殿军说："不管他，李皓，改天咱们一起喝酒，喝个痛快，喝死拉倒。我请客。"李皓说："你又不是不知道，我这人不胜酒力。"繁花说："不让你多喝。再说了，马上要选举了，有些事我正想征求你的意见呢。"李皓多聪明的人，当然是知道她的意思的，这会儿都已经开始低头沉思了。沉思了一会儿，李皓说："我照你的懿旨办不就行了。不过，有些事啊，人少了做不得，人多了也做不得。"这就像是偈语了，凡人猜不透的。见繁花有些愣怔，李皓就自己解释了，说这是《水浒传》中吴用军师说的，意思是人多了，鸡一嘴鸭一嘴的，什么事也办不成。繁花立即表示，闲杂人员一个也不叫，就三个老同学在一起聚聚。

　　离开了丘陵，他们往回走的时候，繁花顺便拐到了学校。校长是新来的，姓许，本来在乡教办工作，据说是因为生活作风问题被人揪了辫子，才下放到乡村小学的。繁花很少和许校长打交道，倒不是怕人说闲话，而是因为学校是归祥生管的，每年置办桌椅板凳，购买教具，里面多少都是有些油水的，她不想搅进来。许校长正背着手在操场上散步，繁花喊了一声许校长，他老远就伸出双手，一路小跑赶过来了。繁花介绍他认识了殿军，许校长立即说，他早就想请"张先生"来学校讲讲课。"他能讲什么？"繁花说。"讲讲改革开放的大好形势啊，村里上千口人，谁有张先生见多识广？"殿军说："知道一点，但不是很系统，我只是一般的工程师。"繁花白了殿军一眼，对校长说："老许，你别听他瞎吹。"许校长立即板起脸，把繁花"批评"了一通："孔支书，我比您大几岁，可敢批评您。张先生的成就可是有目共睹的。张先生在哪里工作？深圳！深圳是什么地方？改革开放的最前沿。张先生要是不能讲，'改革开放'四个字整个溴水县就没人敢提了。眼界，关键是眼界。时间是金钱，眼界是效益。具体到教育上，眼界就是成绩。所以孔支书，您可不能藏着掖着，一个人独享啊。"繁花想，这么会拍马屁的人，上头怎么会舍得把他下放呢？看来不光是生活作风问题。繁花说："许校长，这事先放着。听说上头要来听课？那么多村子，为什么单单挑了官庄？是不是吃柿子专拣软的捏？"许校长"哼"了一声，说："软柿子？谁的柿子有咱们的硬？你可是县人大代表。强将手下无弱兵，村里搞得好，学校搞得也不坏呀。他们是轮流听的。你放心吧，咱村的教学水平全县一流，正好向他们展示一下。"繁花又问，人来了，要不要管饭。许校长说，那就看谁带队了，要是教办主任带队，那这顿饭是躲不过的。倘若来的是副主任，那就不一定吃饭了。繁花说："副主任比较廉洁？"校长笑了，"廉洁？就算是吧。其实呀，人家是韬光养晦，正树立形象呢。"殿军说："越是这样越要请。"他拍了拍胸前挂的望远镜，又说："山不转来水也转，凡事要看得长远一点。繁花，村里反正又不在乎那几个小钱。"许校长立即指着殿军说:"看,这就是眼界。一开口就跟别人不一样。"繁花心里暗暗叫苦,不该把殿军带来了。殿军是站着说话不腰疼啊。那些人嘴刁得很,没有油水不行,油水大了也不行,一顿饭下来几百块钱呢,一个农民一年的开销啊,传出去不得了的。繁花眼睛望着别处,说:"等祥生回来了,再研究研究吧。听谁的课,定下来了吗?"许校长说,上边规定要民办教师讲,据说全乡要挑两三个讲得好的,有机会让他们转成公办,所以他决定让尚义老师讲,尚义老师也主动请缨了,捋胳膊卷袖,正要大干一场。繁花说:"这可是天上掉馅饼了。尚义的普通话怎么样?"许校长说:"好着呢,都快撵上赵忠祥了。"

转了一圈回到家,繁花就盯着殿军看。殿军以为脸上粘了东西,抹了几下,又去照镜子。繁花继续盯着他,嘴里说:"行啊,行啊。"殿军发毛了,说:"有什么你就说嘛,老盯着我干什么。"繁花说:"行啊,什么时候摇身一变,成了工程师了。"殿军脸上闪过一丝尴尬,然后清了清嗓子,说了一句模棱两可的话:"人要精神树要皮嘛。"繁花说:"什么皮不皮的。别的本事见长了没有,我没看出来,吹牛的本事你可是见长了。现在你哪句话是真的,哪句话是假的,我都分不清了。殿军,你不会有什么事瞒着我吧?"殿军说:"瞧你说的,我对你可是忠心耿耿。再说了,我也没说什么呀。你的理想是带领官庄人民走上小康,我的理想就是当工程师,当资本家。怎么了?"繁花没有跟他啰嗦,而是把雪娥的那堆鞋拎了出来,"砰"的一声丢到了他面前:"好吧,工程师,请你把它们拾掇好。"

庆书的手机从来不关的。以前如数报销手机费的时候,他的手机费总是最高的。可这会儿,他却把手机关上了。繁花往团支部书记孟小红家里打了个电话,让她通知干部们晚上开会。人对脾气狗对毛,繁花对孟小红总是有一种说不出的喜欢。自从听了她的建议,建起了那座石拱桥,繁花对她更是高看一眼。孟小红本来有个哥哥,可是那年发大水的时候淹死了。她哥哥跳进河里捞河柴,让漂过来的一根房梁给打沉了,再浮上来的时候已经泡得滚瓜溜圆,就像一只碾米的碌碡。所以,这孟小红以后也是要步繁花后尘，招个入赘女婿的。繁花听说令佩很喜欢小红，可他们隔着辈份呢。没隔辈份也不行啊。令佩是个"三只手"，怎么能配得上小红呢。小红是只金凤凰，金凤凰是要落在桐树上的。这丫头很聪明，一点就透。上次村里规划道路，要扒掉一些民房，重新划分一些宅基地。小红家里也申请了。她父亲非要去村东头不可，说那里风水好。好多人都要到村东头，急得繁花嗓子眼冒火。关键时候，繁花只是轻轻地点了一下小红，小红就把那申请给改了。繁花说："高速公路可是从村西头过的，这次政府可不会赖账了，因为那钱是国家统一划拨的。你跟别的姑娘不一样，以后不能靠男方的。"小红一下子就明白了，知道动用了民居，国家是会补钱的。后来，果然补了一大笔钱。按照上头颁布的《宅基地使用规定》，村里必须优先解决这些人的住房问题。村委会就开会研究，又在村东头划了一片地。小红是一箭双雕啊，既发挥了党员的模范带头作用，又如愿以偿地在村东头盖了房，还赚了一笔。还有一件事，让繁花觉得小红太聪明了。繁花说，小红啊，你可以把名字改了，改成孟昭红。听听人家小红是怎么说的？小红说："旧戏里的小红都是丫鬟，我就是个丫鬟命。在咱们的班子里，我就是你使唤的丫鬟。"这话说的，谁听了不高兴？这可不是拍马屁，因为人家是这样说的，也是这样做的。跟小红一比，别的丫头就低一个档次了，就知道疯，打情骂俏，臭美。繁花当时对小红说："咱们有缘分啊。花红花红，花哪有不红的，不红还叫什么花呀。你还年轻，红艳艳的，好日子多着呢。好好干，以后我还得给你压担子呢。"小红很谦虚，说："村里的能人多的是，你还是先给他们压担子吧。我一个黄毛丫头，承担不起。"这话说得好啊，主要是位置摆得正，知道自己几斤几两。哪像庆书，明目张胆地伸手要官，一点也不知道韬光养晦。繁花想，我再干上几届就不干了，到时候我一定想办法把位子传给孟小红。孟小红就是我的影子，她干还不跟我干一个样？

这会儿，一听说跟计划生育有关，小红就说："我就不用大喇叭通知了。我刚吃完饭，正想出去转悠呢，往每个人家里跑一趟正好。村民组长是不是就不通知了?"瞧瞧,聪明人就是聪明。当然不能用大喇叭。李皓不也说了嘛,人多了不好,人少也不好。当然不能让那么多人知道。五个村民组长也不能参加,又不是什么代表大会,鸡一嘴鸭一嘴的,没那个必要嘛。小红"无意"中还向她报告了一个消息,用庆书的话说也就是"信息"。她说她刚才看见庆书了,庆书还开了辆车。她说她从来没见过庆书开车,没想到庆书开得那么溜。繁花这会儿就问父母,庆书来过没有。父亲说:"年纪轻轻的,忘性这么好。他昨天晚上不是刚来吗?冰箱里的橙子是他吃的吧?"繁花正问着话呢,突然听见小红说:"喂,你现在用的是洗衣粉还是肥皂?"繁花说:"用洗衣粉也用肥皂,怎么了?"小红说,她只是随便问问。小红接着又问:"庆书要是开车出去了,那就只好打他的手机了。他的手机号没有换吧?"

一想到庆书,繁花就有点生气。再等一会儿吧,等庆书上门了,我一定要批评批评他。这个庆书,吃了豹子胆了,竟然把我的话当成了耳旁风。她就在家里等。殿军在屋里翻箱倒柜,找他早年修鞋的"行头"。他是一肚子不情愿啊,叮咣叮咣的,声响很大。繁花在外面边等边看电视。心气不顺,电视遥控器便成了她发泄的对象。中央一台正放着《焦点访谈》,山西一家煤矿又瓦斯爆炸了,尸体放在运煤的筐里,正从矿井往外吊,就像从地窖里吊红薯似的。繁花平时最喜欢看《焦点访谈》,她是一村之长,国事家事天下事,她都是事事关心。可这会儿繁花却把它按了过去。上海卫视正播着宋祖英的歌曲《今天是个好日子》。繁花平时也是喜欢宋祖英的,除了《今天是个好日子》,她还喜欢她的《辣妹子》。辣妹子辣,辣妹子俏,繁花本人就是个辣妹子嘛。不辣还能震住手下的那帮老爷儿们?俏当然不比从前了,可在溴水县的村级干部里面,她应该是最俏的一个,因为全县只有她一个女村长嘛。县长也说了,她是全县的一枝花。这会儿她把宋祖英也按过去了。好什么好,好个屁!繁花一脚下去就把那堆鞋踢散了,其中飞起来的那一只还差点砸着殿军。殿军说:"豆豆,快看,你妈变成还珠格格了。"父母在一边看了,也骂她"发神经了"。繁花把遥控器往沙发上一扔,说:"你们看吧,我开会去了。"

每次开会,她都要带上她的黑皮笔记本。殿军说,那黑皮是真牛皮,可以做个好鞋面。那是妹妹繁荣送给她的,是妹夫到省里开会带回来的,封皮上还印着"省财政厅"四个字。可这会儿,她怎么也找不到那个本子了。她问殿军有没有见到。殿军正对着雪娥的一双皮鞋冷笑,被她揪住领子一问,连忙摆着手说:"我不是笑你,我是笑这双鞋。我操,这也叫鞋?"雪娥又问母亲,跟母亲比划了半天,母亲才想起来,厨房里好像有那么个东西。繁花跑到厨房一看,本子果然放在那里,本子上面还放着两片橙子皮。繁花这才想起来,那本子是和庆书、裴贞说话的时候拿过来的。繁花又回到堂屋,用那个本子敲了一下殿军,说:"修好修坏,你都得动一次手。人家可等着穿呢。"这时候,有人敲响了院门上的锁环。繁花以为是庆书来了,气鼓鼓地开了门,才发现来的是祥生。"哟,祥生回来了?你怎么敢回来,不害怕耽误了生意。"大概是她的口气有点冲,祥生听了,咬着嘴唇只是笑。跟着繁花走进了院子,祥生没有立即进去,而是站在门口,对屋里边的人说:"谁惹我的姑奶奶生气了?哦?殿军?哪股风把你给吹回来了。你吃了豹子胆了,回来就惹繁花生气?"

祥生和殿军开了一会儿玩笑,才和繁花一起出来。出了大门,祥生突然长长叹了口气。繁花不知道他为什么叹气,还以为他真的为生意操心。"不就是少卖几碗凉皮吗,犯得着这样?"繁花说。祥生"啧"了一声,又一跺脚:"什么呀,我是在为村委感叹,感叹你们几个下手晚了。"什么"你们""我们"的,繁花都听糊涂了。祥生身体后仰,有一束灯光照着祥生指向苍天的那只手,那只手有点哆嗦,尤其是竖起来的那根食指,一直在抖动。抖动了好一会儿,祥生才把话说出来。祥生说:"我日,你是真不知道还是假不知道?雪娥跑了,姓姚的那个贱货跑了呀。"什么,雪娥跑了?繁花脑门一热,耳朵也跟着轰隆一声响。她没有搭话,而是一直往前走,走得很紧,就跟小跑似的。走了几丈远,繁花才想起来祥生还跟在后面呢。她就停了下来,等祥生慢慢赶上。待祥生走近了,她咽了一口唾沫,让自己镇静下来,然后说:"把心放到肚子里。跑,往哪里跑？跑了和尚，跑不了庙。"

还没有走进村委大院，就听见有人在喊，活要见人，死要见尸。谁的嗓门那么大，放炮似的。繁花根本想不到，那人竟然是李铁锁。活见鬼了，这个铁锁向来低眉顺目的，一副可怜相，这会儿是吃了豹子胆了？放跑了老婆，他还有理了？到了会议室门口，繁花没有进去。繁花倚着门框站在外面，她倒要看看铁锁要耍什么把戏。那么多人都在抽烟，烟雾向门口涌来，繁花的眼泪都要呛出来了。铁锁也拿着烟，但他没有吸，而是捏在手里。铁锁那副架势，繁花还是第一次看到。脚踩板凳，手撩褂子，还梗着脖子，很有点像老电影里的地下党。繁花看他不说话了，正要进去，铁锁突然又开口了。铁锁捏着那支烟，指着庆书，说："我可把话撂到这儿了，雪娥三天不回来，我就敢把这房点了。反正过不成了。"庆书的身体一直向后仰着，差点连人带椅翻到后面去。铁锁又说："明天我就去你家吃饭。你家吃完了，就去他家。他家吃完了，我就吃孔繁花的。共产党总不能叫人饿死吧。"铁锁越说越来劲了，把睡觉的事都安排好了，时间都已经安排到数九寒天了。"天冷了，还得有人给我暖被窝，你们研究吧，我先去哪一家。"祥生说了一句："铁锁，你可别吓住人家小红。"小红这会儿正躲在墙角，还拿着一本书，好像没有听见铁锁和祥生的话。怎么能听不见呢，繁花知道，小红其实什么都听见了。小红开会的时候有个习惯，凡是装着没有听见，她就嚼着泡泡糖乱翻书。铁锁这会儿换上另一只脚踩着板凳，说："我可不是好伺候的，我一天要吃两个鸡蛋。一个鸡蛋也行，但必须是双黄蛋。"嗬，真是想不到啊，铁锁竟然学会幽默了。许校长说得对，眼界，关键是眼界。这不，铁锁出去修了几天公路，眼界就开了，本事就见长了。说过了"双黄蛋"，铁锁又提到了他的"臭脚"。铁锁拉起裤腿，说："先声明一下，我自己可是从来不洗脚的，都是雪娥给我洗。"铁锁说得很利落，不但不磕巴，而且手势、语调都配合得恰到好处，真把一个无赖给演活了。繁花想，这是有备而来的呀。他这副架势肯定是练出来的。可这又能说明什么呢？只能说明这一切都是蓄谋已久的,是在有计划地对抗组织。笨蛋!你演得越好,暴露得也就越充分。

瞧,这个笨蛋转眼间就露怯了。他张着嘴,显然还想再说点什么的,但是看到没人应声,他竟然什么也没说,就那样闭上了。当他把那根烟夹到耳朵后面的时候,他的手都有点哆嗦了。繁花就是选中这个时机进来的。看到繁花,铁锁赶紧把他的脚放下来。繁花把笔记本往桌子上一拍:"蹄子放得好好的,取什么取?就那样放着吧。"还没等铁锁做出反应,繁花就来了第二句:"我们到庆书的办公室开个会。铁锁嘛,就让他一个人先待着。小红,你留下,继续看你的书。年轻人爱学习是好事。"她用眼神告诉小红,她说的是真的。等小红又坐下了,繁花又说:"不要怕他。他不是孟昭原。孟昭原点房子那是响应党的号召,批林批孔。铁锁要是敢点房子,那就是找死。"然后繁花用那个笔记本敲了敲板凳:"铁锁,你刚才有句话我特别欣赏。'活要见人,死要见尸'。对,这也是组织上对你的要求。"

繁花先走了出来,在院子里站了片刻。虽然天色昏暗,但还是可以看到舞台屋脊两端的兽头。年深日久,屋顶瓦棱上长满了草。此时那草在风中摇晃,似乎有人群俯仰于云端。那深秋的草早已干枯,俯仰之间刷刷作响,也似有众人窃窃私语。远处传来几声狗叫,是那种小心翼翼的叫,有些哼哼唧唧的,显然是夹着尾巴的。繁花说:"天变了,好像要下雨了。"没有人接腔。繁花又说:"下了好,下了就有墒情了。"有人咳嗽,但还是没人说话。到了隔壁的办公室,繁花哈哈笑了两声,先拿庆书开了个玩笑:"不愧是搞妇女工作的,这办公室装扮得花花绿绿的,又干净又漂亮。大家还记得以前令文的办公室吧,那真是跟狗窝一样。"这句话也是有所指的,那其实是一剂预防针。令文是庆书的前任,因为工作不得力,被繁花撤了。有人说,这比牛乡长的办公室都漂亮。话音没落,就有人接了一句:"乡长?再挂一幅世界地图,都抵得上美国总统了。"繁花说:"这也是应该的,庆书肩上的担子本来就比较重嘛。"祥生说:"等村里有钱了,再给庆书配台电脑。有了电脑,这些表格啊,红旗啊，就没必要挂在墙上了。"繁花说："我妹妹繁荣的屋里就放了个电脑。十个指头，这个敲一下，那个敲一下，那些字就像跳蚤似的，一个个往上蹦。"说完这个，繁花把笔记本往桌子上一放，突然转入了正题："庆书，你先给村委会汇报一下，到底是怎么回事。"

庆书脸一紧，又拿起了那根电视天线。这次，他没有再往墙上指，而是像拍巴掌似的，一下一下地拍到另一只手上。他说，他深知肩上担子很重，所以得到支书的命令，他就赶往了溴水。在部队的时候他开的是敞篷汽车，从未开过轿车，但是为了尽早完成任务，他还是开着祥民的轿车跑去了。庆书说的祥民是祥生的弟弟，是个跑单帮的。这几年在山西、溴水之间来回倒牲口，倒女人，赚了不少钱，买了一台夏利。庆林的老婆就是坐着他的夏利来到官庄的。繁花插了一句："公事公办，祥民的油钱、租金都由村里付。庆书，你先挑重要的说，别的事会下再商量。"庆书说，到了溴水城南，发现那里到处都是工地，一派蓬勃景象。这本来是好事，可这时候好事却变成了坏事。那可真叫难找哪，他的鞋底都磨薄了。繁花说："可惜这不是部队，不然就得给你记功了。找到铁锁以后呢？"庆书说，在一个石灰坑里，他终于找到了铁锁。抓住铁锁，他就把他训了一通，又把国情和基本国策给他讲了一遍。铁锁低着头，好像听进去了。他问铁锁有什么想法，铁锁说，他干了一天活儿，肚子饿了，头晕，想吃点东西。他就带着铁锁进城找东西吃。后来就见到了祥生，在祥生那里吃了一碗凉皮。拌了芝麻酱，浇上蒜泥，嘀，那真叫好吃啊，又香又爽口还有嚼头。说到这里，他扭脸问祥生："调料里面没放大烟壳吧？"祥生捅了庆书一拳，说："放了，日你娘，那是专门给你放的。"繁花说："别闹了。祥生，一碗凉皮多少钱？待会儿我签个字，给你报了。"祥生说："见外了见外了，不就是几碗凉皮吗？"庆书说，吃凉皮的时候，祥生也把铁锁训斥了一通，差点把凉皮扣到他脸上。祥生说："我日，一碗凉皮三块钱呢。我怎么会扣到人家脸上呢？动之以情晓之以理，教育他几句，倒是真的。"庆书说，然后他就和祥生一起回来了。一路上他和祥生你一句我一句，劈头盖脸的，骂得铁锁头都抬不起来了，脑袋都要掖到裤裆里了。说到这里，庆书把天线放下，模仿了一下铁锁"掖脑袋"的动作。繁花说："行了行了，说说回村以后的情况。"庆书又拿起了天线。这一次，庆书没有拍来拍去，而是把天线从脖子后面塞了进去，挠着自己的后背。他说："回到村里，他就回家了嘛，我也回家了。汇报完了。"

"这就完了？雪娥呢？雪娥和铁锁打照面了没有？你又见到雪娥了吗？"繁花问。庆书继续挠着后背，说："你让我接铁锁，又没叫我看雪娥。"繁花听了，喘气声都变粗了。繁花说："那我问你，你什么时候知道雪娥跑了？"庆书说："我回到家，洗了把脸，随便吃了点东西。听说晚上要开会，就赶紧把碗放下了。路过铁锁他们家，我看见有人和庆林谈配种，嘻嘻哈哈的，围了好多人，就在那里待了一会儿。支书，我其实是想听听有什么信息。"繁花说："再纠正一遍，我不是支书。"庆书说："我正要走，就看见铁锁出来了。铁锁问我吃了没有，我说吃了。他问我吃啥，我说面条。他说他最喜欢吃面条了。我说雪娥给你擀碗面条不就得了。同志们，老少爷儿们，你们猜猜他是怎么说的？他说，擀，擀个屁，雪娥不知道去哪儿了。五雷轰顶啊。我浑身打了一个激灵，赶紧往他家跑。到了那里，只看到了他的两个丫头，大的哭，小的闹。"繁花的脸色已经越来越难看了，可庆书还在继续讲着："那个小的，还在地上打滚，驴打滚呀。鼻涕拖得这么长。"看着庆书又放下了天线，要去比划鼻涕有多长，繁花终于忍不住了。繁花拾起那根天线，"啪"的一声拍了一下桌子："够了。"随着那一声吼，众人都愣了。繁花长长地喘口气，然后轻轻地把天线放到了桌上，说："不就是亚弟吗，亚弟会魔术吗？我就不信，打着滚鼻涕还能拖那么长。庆书，不是我批评你，都已经火烧眉毛了，你还在这里瞎鸡巴扯呢。还信息长信息短的，这就是你说的信息？你说说，这些信息哪一条管用吧？我是怎么交代你的，让你一回来就把铁锁交给我，你倒好，直接交给雪娥了。我敢打保票，雪娥就是铁锁打发走的。你说说，你办的这叫什么事啊。"庆书说："支书，我是——"繁花打断了他："主任同志，你还是叫我繁花吧。"庆书脸都涨红了，还了一句嘴："我也不是妇联主任，我只是个治保委员。"繁花再次打断了他："治保委员连个娘儿们都看不住？养条狗还会看门呢。"这话有点重了？重就重吧，乱世须用重典嘛。繁花停顿了一下，又说："你刚才说什么？给我汇报？你是在给村委会汇报你知道吗？明说了吧，雪娥肚子大了，你也有一半责任。同志们都在帮助你，关心你，你知道吗？你对得起同志们的关心吗？你让同志们说说，你对得起谁了？"

当然没有人吭声。庆书都开始用目光求人了，但求也没用。庆书慢慢站了起来，又慢慢弯下了腰。那架势，像是准备给大家认错。这时候，不知道谁家的狗突然"汪"地叫了一声，声音很亮，应该是尾巴蜷起来叫的。庆书侧了一下脸，似乎被那声狗叫吸引住了。那一会儿，他大概想起了繁花说的"狗还会看门"，脸就又涨红了。他的腰很快直了起来，啤酒肚都挺起来了。手也没停，在胯部摸来摸去的，像是要掏枪。都以为他会吼起来的，哪料到转眼之间，他又一屁股坐了下去，还变成了个嬉皮笑脸。不过那嬉皮之中带着那么一点僵硬，笑脸之上浮着那么一点冷漠。他终于开口了。那声音是从喉咙里挤出来的，虽然很低，却有着恶狠狠的味道。庆书说："我，我也是有人格的。"哟，想炝蹶子了是不是？繁花"哼"了一下，说："别扯那些没用的，说吧，你什么时候陪雪娥去打胎，我就要你这一句话。"

庆书又不吭声了。要不是孔繁奇出来打圆场，还真是无法收场了。繁奇的嘴皮子天生就是薄的，已经连任了多届调解委员，职业就是打圆场，和稀泥。繁奇有句口头禅，叫"人心都是肉长的"。李皓曾经说过，千万不能小看繁奇的这句口头禅。很有深意的，在外交上这就叫"求同存异"。繁花和庆书斗嘴的时候，繁奇坐在一边，掏出一支雪茄烟，像演三级片似地舔来舔去，一句话也不说。这会儿繁奇出马了。繁奇把那包雪茄烟从兜里掏出来，说："日他妈，儿媳妇到北京出差，从北京捎回来的，抽着跟红薯叶似的。说那是孝敬我的，还说是古巴进口的，毛主席在世的时候抽这个，美国总统也抽这个。古巴不是出糖的吗，怎么出烟了？我那儿媳妇不愿生孩子，日他娘，说什么两个人过最潇洒。我从来不愿搭理她。可人心都是肉长的，人家捎回来了，我只好接住。来，都来尝尝。"他先递给庆书一支，然后又撒了一圈。繁花也接了一支，说是要拿回去让殿军尝尝。繁奇说："殿军？殿军回来了？殿军什么烟没抽过？"繁花说："他倒是带回来了几包烟。好像是叫大中华，红皮的。听他说是好烟，我也不知道是真好还是假好。那人喜欢吹。"祥生说："人家可没吹，那真是好烟。"繁花就说："这样吧。哪天让殿军请客，大家把烟给他抽了，免得他天天熏我。"大家都说保证完成任务。只有庆书没吭声。繁花就说："怎么了庆书？你不愿去？"庆书这一下开口了。庆书说："光抽烟啊？酒呢？"祥生一拍胸脯，说："酒包在我身上了。"繁花顺势开了句玩笑："先说好，这酒钱可不能让村里报销。"

气氛转眼间就活跃了，但还是不够热烈。大家都挺忙，开一次会不容易，不应该搞得很沉闷。电视上不是天天讲吗，北京又开了个什么会，上海又开了个什么会，不管是北京还是上海，与会人员都要进行"热烈讨论"，然后形成决议。那意思很明确，只要是会议，就应该是热烈的。繁花有办法让会议热烈起来。办法是现成的，那就是出张县长的洋相。管计划生育的张县长是个麻子，是溴水县最有名的麻子，所以人们私下叫他麻县长。他的麻不是因为天花，而是因为"大跃进"。"大跃进"那年全民炼钢，作为农村青年中的炼钢积极分子，他每天都战斗在火红的炼钢炉前，轻伤不下火线，一张白净的脸皮终于让迸溅的火星"炼"成了麻子。他是溴水县南辕乡人。据当年的积极分子回忆，当时天气本来就热，再加上烟熏火燎，那麻坑免不了要化脓淌水，就跟杨梅大疮似的。可是领导喜欢啊，上级领导一表扬，大喇叭里一宣传，人家就成了一个"典型"，就从农村青年变成了公社革委会成员。不过，因为他是本地人，又没有后台，转干以后就一直待在南辕。几年前，他还是南辕乡的党委书记。后来机会来了，因为计划生育搞得好，他终于提上去了，成了副县长。十个麻子九个俏，麻县长的俏不光体现在嘴上，体现在手势上，还体现在那一脸麻子上。那麻子也是很会表情达意的，高兴的时候麻坑发红，好像鼓起来了，发怒的时候麻坑发黑，也能鼓起来似的。麻县长的一举一动都很有喜剧效果，都快比得上庆书最崇拜的赵本山了。这会儿，繁花一提起麻县长，有人就咧开了嘴。繁花说，有的人大概已经知道了，这次开会麻县长又做了长篇报告，而麻县长举到的那个例子，就跟雪娥的例子差不多。麻县长说，东边的一个村子里，有人带着怀孕的老婆周游列国，生了孩子才回来，说那孩子是在路上捡的。繁花说，说到"周游列国"的时候，麻县长的两只手就像小船荡起了双桨，这样划一下那样划一下。繁奇插了一句，那不是荡起双桨，那是狗刨。大家都笑了。繁花说，麻县长又说了，孩子是那么好捡的吗？县里准备和国外一个认领婴儿的机构取得联系。他们想要咱中国的孩子，说咱中国的孩子聪明，好看。黑头发黑眼睛黄皮肤，红头绳红肚兜虎头鞋，布娃娃似的，好玩得很，长大了又听话。好啊，我们可以把多生的孩子送给他们。"送"这个手势，麻县长做得最好，有点像"文革"时候跳的忠字舞，上身一耸，两只手在胸前翻出了一个花，然后突然朝外一送，还在空中停留片刻，好像是等着有人来接孩子似的。说到这里，繁花说："要是令文还在这里就好了，令文的忠字舞跳得最好，至少不比麻县长差。"

　　这时候，小红来到门口，报告说铁锁睡着了，还打呼噜呢。繁花说，睡着了好，打呼噜？还流口水了吧？太好了，说明他睡得香。雪娥要是没有下落，你喂他一瓶安眠药，他都睡不着。小红把钥匙亮了一下，意思是她已经把门锁住了。有人提议让小红进来比划一下"忠字舞"，说年轻人跳舞最好看。小红问什么叫"忠字舞"，繁花说："他们逗你呢，钥匙放到这儿，你快回去吧。回去晚了你妈不放心。"小红走了以后，繁花又接着讲麻县长。说，麻县长一边讲，一边在台上走。那步子走得俏啊，很有点女儿态。一边走，一边把手中的文件卷成了一根棍，那根棍最后落到了一张地图上面。那本来是溴水县的地图，可麻县长一高兴就把它当成了世界地图。麻县长在上面比划来比划去，说，别以为我们会把它们送到美国，送到欧洲。美死你了。世界大得很，除了欧美还有亚非拉。要多考虑非洲和拉丁美洲，重点是非洲。那里地广人稀，弄到那里刚好可以当牲口使。麻县长还模仿了赶牲口的口令，喏，呼。说以后送来的男孩都叫"喏",还要有编号的,喏一、喏二、喏三、喏四。女孩嘛,都叫"吁",吁一、吁二、吁三、吁四。怎么,嫌这名字不好听,想换个名字?不行不行,万万不行,你就是想叫张三、李四、王麻子都不行。众人大笑,繁花说,麻县长大概是喝了点酒,特别放得开,那真是深入浅出,妙语连珠,谈笑风生啊。社会福利委员李雪石把烟头一踩,说:"我日,雪娥要是生了,连名字都省得起了。"

繁花让大家静下来。繁花说,麻县长的风格大家都是知道的,团结紧张严肃活泼。玩笑归玩笑,麻县长突然一板脸,一咳嗽,一弹麦克风,转眼间就换了个人。脸色都变了,厉害得很,麻坑都变黑了,好像都鼓起来了。繁花说,一看这阵势,下面的人都不敢笑了,都竖起耳朵听麻县长训话。麻县长果然来了个"厉害的"。麻县长说了,计划生育可不仅仅是裤裆里的事,关系到国计民生,也关系到资源枯竭、可持续发展战略以及地球变暖等一系列问题。所以,以后再出现此类情况,村干部一律下台,主要负责人不能再列为村级选举的候选人。麻县长可是说了,不要以为下了台,拍拍屁股就可以走了。没那么简单。当干部不是当和尚,当天和尚撞天钟,不当和尚不念经。不行的!上头有精神的,干部离任后要查账,因为计划生育问题下台的干部更要查账。只要兜底一查,查不死你也要把你查傻。到时候你花了多少,吃了多少,不光要给群众说清楚,更要给组织上说清楚。有人就要问了,说不清楚怎么办?好办,全都给我屙出来。有人又要问了,屙不出来怎么办?好办,捆起来就行了。有人可能会说,我有后台,我是千佛手,你捆了我两只手,我还有一千九百九十八只手。好吧,那就试试看吧,看看到底是你的千佛手厉害,还是无神论者的法律厉害。介绍到这里,繁花着重做了个补充,说那麻县长以前兼过派出所所长的,捆人可是他的强项,一米长的麻绳,人家结结实实地能捆三个。

有人笑,也有人低头沉思,还有人盯着墙上的表格发愣。繁花想,这个会开得好啊,该说的都说了,利害关系也都讲明了。繁花把笔记本一合,说:"联系我们村的实际,目前最主要的问题就是雪娥的肚子。都想一想,雪娥会往哪里跑。咱们这些人啊,可都是一根绳上的蚂蚱,想不团结都不行。各唱各的调,各吹各的号,那是行不通的。庆书刚才就跑调了。"庆书本来在低头沉思,这会儿被繁花一点名,浑身一抖,肩膀都竖立起来了。不过,他很快又变成了嬉皮笑脸。心里不服呀,繁花想。不过,繁花愿意从正面解释庆书的嬉皮笑脸。繁花说:"庆书,你别笑。我知道你有点不好意思了,脸都红了嘛。这说明你已经认识到自己的错误了。亡羊补牢,犹未晚矣。这样吧庆书,你把桌子拉开,再支张床。你睡床,让铁锁睡桌子。庆书,你可是治保主任,总不会让铁锁再跑了吧。祥生呢,你回去给祥民说一下,明天村里要用车。"庆书悠悠地问了一句:"你呢?"繁花脸一板,翘起指头戳了一下庆书的太阳穴,都有点像撒娇了:"德性。你就怕我闲着。我把铁锁的两个丫头领回家,当姑奶奶一样敬着。这一下你满意了吧。"

后半夜下了一场雨。秋风秋雨的,天顿时凉了半截。铁锁的那两个姑娘,当晚就跟豆豆挤在一起。小孩子都贪睡,尤其是妹妹亚弟,带过来的时候还哭鼻子抹泪呢,可扭脸就睡着了。繁花的父亲当天晚上睡在客厅里,母亲带着三个孩子睡。繁花平时就起得早,这天起得更早。她先到母亲的房里看了看。听见她进来,母亲拉亮了灯,然后翻身朝里睡了。老人家是嫌她多事,不高兴了呀。三个孩子睡得正香,就像三只猪娃躺在老母猪旁边。繁花忍不住笑了,然后蹑手蹑脚退了出来。再次来到院子的时候,繁花先将她和殿军的内衣内裤洗了,挂到屋檐之下,然后又把院子扫了,还往兔笼里丢了几把草。平时,她早上就喜欢在街上走,遇到有人"投诉",她能解决就当场解决,解决不了的就拿到村委会上解决。这天,因为有雨,街上空落落的。繁花很快就走到了村外。小麦还没有破土,地里还是光溜溜的。有一片菜地,瓜棚豆架还支在那里,黑黑的木头上长了一层苔藓。盯着那片薄薄的绿色,繁花在雨中站了许久。出来的时候,田边的沟渠里,有一只死鸡。不会是鸡瘟死的吧?繁花用树枝挑着,把它扔到了麦地里,然后就用那根树枝刨了坑,埋住了。

正要从麦田走出来,繁花隐隐听见有人唱歌。歌声是从一株柿子树那边传过来的。柿子树很大,枝干黑如炭条,叶子红如晚霞。雨水一淋,那叶子变成了暗红,像初凝的血。树下的那个茅屋,原是看瓜人住的。繁花听出来是男的在唱,沙哑中有一种柔情,不会是雪娥。那会是谁呢?是庆书吗?庆书在北京当过兵,最喜欢唱《北京颂歌》,亮开嗓门就是"灿烂的朝霞,升起在金色的北京"。但繁花还是往那边走了过去。原来是令佩。令佩用树枝扎着个柿子当话筒,正在唱《掌声响起来》:"孤独站在这舞台,听到掌声响起来,我的心中有无限感慨。多少青春不在,多少情怀已更改,我还拥有你的爱……"一盏煤油灯将令佩的光头照得贼亮。现在哪里还有这油灯啊?繁花觉得奇怪,心中又突然有些酸楚。她不想惊动他,慢慢退到离茅屋几步远的地方,喊了一声:"好啊,嗓门好啊,谁呀?"歌声马上停了,剩下了雨声。还有一种声音,是地里渗水时冒出的气泡破了。那声音有些顽皮,像孩子的呢喃。再听,它还有些像呻吟,像长痛不息的哀叹。令佩的脑袋伸了出来,那小脸养得粉嘟嘟的,头皮却有些发青。看到是繁花,令佩赶紧走了过来,手贴裤缝站在那里。繁花记得他是外八字脚,从他父亲那里遗传来的。外八字脚的人最适合摇耧种地,他父亲生前就是生产队里的耧播高手,和繁花的父亲很谈得来的。那个耧播高手一定想不到儿子会成为"三只手"。不过,浪子回头金不换,改了就好。这会儿,因为拘束,令佩却站了个里八字。令佩盯着脚尖,不说话。繁花说:"我正要去找你的。怎么,见到我也不打声招呼?"令佩吐出了两个字:"支书。"繁花拍着他的肩说:"按辈分,你得叫我一声姑奶奶。"说着,繁花就进了茅屋。进去之后才发现,里面还有六七个人,当中还有两个女的。灯捻晃动,灯光忽明忽暗,有些像《西游记》里的情形。令佩说:"这是我姑姑,她来看望大家了。"有一个人,看样子比繁花还大,油嘴滑舌地说:"原来是咱姑姑啊,一家人嘛。姑姑好。"繁花皱了皱鼻子,侧身问令佩在这里干什么。令佩说:"在怀念一个人,我们的师傅。"师傅?莫非教他们偷包儿的老家伙死了?这倒是溴水人民的幸事。繁花就问:"老家伙死了?"令佩说:

"老人家要长命百岁的。"繁花这就不懂了。令佩说:"老人家门路很熟,后台很硬,我们几个都是他弄出来的。"繁花在里面站了一会儿,然后把令佩推了出来。她一时不知道从何说起,就问那油灯是怎么回事。令佩的话慢慢多了起来,说家有家法,行有行规。行当不同,仪式也就不同。有些仪式用礼炮,有些仪式用焰火,他们用油灯。繁花倒吸了一口凉气,"你们是不是准备重打鼓另开张?皮肉之苦还没有受够?"令佩说:"支书,你放心,我的情怀已更改。我要金盆洗手了。"繁花又问那两个女孩是怎么回事。令佩一愣:"女孩?哦,你说的是那两个豆花吧。江湖上的朋友。"豆花?这名字起得好。见繁花不太明白,令佩就挠着头皮解释了一下,说他们这一行把女孩叫"豆花"。繁花当胸捅了令佩一拳,说:"什么乱七八糟的。赶快跟你这帮狐朋狗友们散了。哪天我再单独跟你谈,谈谈你的工作问题。我都想好了,要给你一份工作干着。你得好好干,给我争口气。"这么说着,繁花脑子里突然闪了一下,就是让令佩帮助照看一下纸厂。纸厂停工以后,经常有人越过院墙从纸厂偷东西。乡派出所的人已经找繁花谈过话了,让繁花在村里盯紧一点。当时繁花不认账,不承认是官庄村人偷的。但是嘴上这么说,她心里其实是知道的,那确实是官庄村人干的。这会儿,繁花这么一说,令佩连忙问道:"姑姑,什么工作?"繁花说:"想让你先去纸厂上班。"令佩又改叫"支书"了,说:"支书,你别蒙我,我在里面都听说了,纸厂已经停工了。"繁花说:"停是停了,但迟早要开工的。现在老是有人进厂偷东西,逮了几次逮不住。我可不是要揭你的短,这方面可是你的强项。你去替我看看门,我给你发工资。"令佩把手指关节拽得咯吧咯吧响,说:"姑奶奶,你就等着看戏吧,看我怎么收拾他们。"繁花说:"不让你动手,只是让你做个记录。谁偷的,偷什么,什么时候偷的,谁在外面接应,都记下来。但是,你谁也不能说。"繁花瞟了一眼茅屋:"包括你那些豆花。你敢走漏半点风声,看我不把你的舌头割了。"令佩说:"姑奶奶对我真好啊,都比得上我师傅了。"这话虽然难听,但意思到了。繁花说:"好了好了。师傅领进门,修行在个人,你好好干吧,别再给我添乱。"

回到家，她下厨给亚男、亚弟煎鸡蛋。繁花想，待会儿她要亲自送她们去上学，顺便交代一下许校长，多照看一下这姐妹俩。鸡蛋出锅以后，妹妹亚弟及时地出现在了门口。她问亚弟，是不是平时就起这么早？亚弟说，她今天不上学了。这孩子闹情绪了？人不大，心事倒是不少。繁花腾出手，弯腰摸着亚弟的脸蛋，说："听话，吃完饭就去上学。等你放学了，你妈就该回来了。你妈最疼你了。你妈没有走远，是走亲戚去了。"亚弟说，今天是星期六。哎呀呀，真是忙糊涂了，连星期几都忘了。繁花说："星期六还不睡个懒觉。"亚弟舔着嘴唇，不吭声。繁花想，还说亚弟呢，自己小时候其实也是这样，越是星期天起得越早，只怕没玩够呢天就黑了。一会儿，姐姐亚男也出来了。平时总是赖床的豆豆，这会儿像个跟屁虫似的，也跟了出来。豆豆平时不吃鸡蛋的，说里面有鸡屎味，这会儿见两个姐姐吃了，她也要争着吃。一看见亚弟吃鸡蛋时的那种馋猫样，繁花就知道了，别看雪娥喂了十几只鸡，其实鸡蛋都舍不得给孩子吃的。亚男到底大了几岁，知道讲究吃相了，一小口一小口地咬着蛋黄。繁花顿时想起铁锁的那句话，就是他每天早上都要吃两个鸡蛋，没有两个，那就必须是双黄蛋。繁花就对亚男说："待会儿，你去给你爸爸送鸡蛋，你告诉他，这都是双黄蛋。"亚弟说："我爸爸去哪儿了？"繁花说："他升官了，在村委办公呢。"亚男揪了一下妹妹的头发："小心爸爸打屁屁（股）。"繁花看出了门道，铁锁肯定吓唬过这两个丫头，不准她们胡说。过了一会儿，繁花的母亲梳洗完毕，繁花就让母亲领着姐姐亚男去村委送饭，同时也给庆书捎了一份。他们一走，繁花就问亚弟："亚弟，你爸爸打过你的屁屁？"亚弟小嘴一噘，还没有哭出声，泪就下来了。繁花说："他敢，他再打你的屁屁，我就打他的屁屁。打疼他。我还叫你妈打他的屁屁。告诉姑姑，你妈去哪儿了？"亚弟说："我爸说了，谁要问，就说去姥姥家了。"童言无忌啊，这一下繁花知道了，雪娥哪里都可能去，就是没有回娘家。

一会儿，小红来了，手中举着一把伞，胳膊下面还夹着一把伞。小红还带来了一只毛线编成的兔子，说是给亚弟玩的。"这姐妹俩要是想要豆豆的兔子，你说给不给？给吧，豆豆不愿意。不给吧，又说不过去。"小红考虑得真是周到。小红把毛线兔子给了亚弟，然后问繁花，还开不开会了？要不要她再挨家通知。繁花告诉她，十点以后再通知他们开会。小红看了看挂在屋檐之下的衣服，嘴里"噢"了一声，又拍了拍自己的脸，说："你看我多粗心。差点忘了，我给你捎了两条肥皂。"说着就从裤兜里把肥皂掏了出来。小红说："也不知道好不好用。不好用，你可不要骂我。"繁花接过肥皂，这样摸一下那样摸一下，好像那不是肥皂，而是孩子的脸蛋。那肥皂好不好用不知道，牌子倒是挺好，虽说土气了一点，但挺合农民兄弟的胃口，叫"好光景"。摸着"好光景"，繁花脸是笑的，嘴里却是骂的："小红，我要骂你了，你有点不像话了，都快成散财童子了，这样下去怎么行。我得把钱给你，多少钱？"小红说："你要给我钱，那我可就真的发财了。因为这是人家白送的，人家连个钢镚儿都没要。"繁花"哦"了一声，意思是懂了。繁花笑了，但很快又把那笑收住了，显得很郑重："小红，是不是哪个男孩送的。男方家里是开工厂的？你可得给我说实话，让我替你高兴高兴。"小红嚼着泡泡糖，大大方方的，脸一扬，说："什么也瞒不住你。还真的是男孩送的。"繁花低声问："哪个村的？"小红笑了，拍着繁花的膝盖，说："阎家寨的。这一下你知道了吧？是我表哥送来的。我表哥是开家具厂的，出去要账，人家不给钱，给了几卡车的肥皂，家里堆得跟小山似的。一辈子？两辈子都用不完。我这是替他消化呢，他还得感谢我呢。你要是觉得好用，尽管去家里面取。"

繁花心里突然亮了一下。何不把这些肥皂弄来，给老百姓发下去呢？那些老百姓，尤其是上了年纪的，你给他发钱他却不一定记得住你的好，你要发给他一块肥皂，尽管狗屁不值，他却会记住你的恩德。繁花就说："小红，你去给你表哥说一下，这肥皂咱们村里买了，反正又不值几个钱。你让他出个价，比出厂价低一点就行了。"小红说："你是不是想给大家发福利？"这小红真是个鬼机灵。繁花说："就算是吧，再说了，多多少少的，你表哥总算可以拿到一笔钱，减少一点损失嘛。"说到这里，繁花顿时想到，小红说不定就是为这事来的，她只是没有明说罢了。繁花以为小红推让两下，就会代表表哥感谢她的，可她想错了。小红摇着脑袋，脑后的一双长辫都甩到繁花身上了。小红说："不敢不敢，吓死我了。谁的钱都能挣，尤其是公家的钱，不挣白不挣。可是这不一样啊，这公家不是别人的，是你的，是咱们的。挣了这个钱，我要做噩梦的。不敢，你别吓我。"繁花有点感动了，心里潮乎乎的。这就是境界了。不像祥生，当面锣背面鼓，总想把钱往自己的兜里塞。祥生是一只油耗子，钻在洞里的，而且是成精了的，几只猫都看不住的。小红呢，小红是一只鹰，鹰是身披朝霞在云彩里飞的，不干不净的东西送到了嘴边，都不愿瞟上一眼的。

她们正说着话，豆豆和亚弟突然揪到了一起。豆豆想要那只毛线兔子，亚弟舍不得给，两个孩子就像拉锯一般，你拉我扯，将兔耳朵拽得比兔子还要长。小红要去把她们拉开，繁花按住了她，远远地喊道："豆豆，松手。"豆豆松开了手，但很快又拉住了亚弟的衣服。小红说："亚弟这孩子也真是的，一点也不认生。"繁花说："豆豆给爷爷奶奶惯坏了，从来不会让人。"小红说："要不我把亚弟和亚男领走？反正我也帮不上你别的忙。"小红从口袋里掏出手绢，要给亚弟擦鼻涕。亚弟想躲，小红指着手绢上绣的兔子，说："快看，这上面也有兔子。"亚弟就靠到了小红身上，仰着脸让小红给她擦。这时候，亚男回来了。小红把用过的手绢叠起来，塞到亚男的口袋里，让她多替妹妹擦鼻涕。亚男咬着嘴唇，很生气地盯着妹妹，好像在埋怨妹妹不争气。小红有办法让亚男高兴起来。小红对繁花说："这亚男真是越长越好看了，你看那鼻子、眼睛，特别是那眉毛，秀气得很，雪娥还是很有福气的。"这话其实是说给亚男听的。亚男果然不再生气了。她到底大了几岁，已经知道害羞了，脸上浮着笑，小脸却红得樱桃似的。小红把伞"哗"地一撑，对亚男说："好孩子，跟我走。你给妹妹打伞。"繁花陪着小红走了出来，走到繁新家的牛棚旁边的时候，繁花说："小红，令佩回来了，你知道了吧？"小红辫子一甩，说："他没死到里头啊。"繁花说："我看他活得挺好的，好像还吃胖了。"小红撇了撇嘴："你说说,他怎么没死到里头啊。"这会儿,繁新把奶牛赶出来了。奶牛身上一片黑,一片白,黑的像棉桃,白的像棉花。小红毕竟还是个姑娘,正爱干净呢,见奶牛走了过来,就牵着孩子的手,捂着鼻子就跑开了。繁花笑了笑,直接去了村委。

铁锁已经吃完了早餐。繁花还没开口,铁锁就抢先说道:"喂,你家的鸡喂了食品添加剂了吧,鸡蛋一点也不好吃。"繁花家里没有养鸡,鸡蛋都是在村里买的,其中就有铁锁家的。繁花没理他,先打开窗户给房间通风透气,然后又把掉到地上的一只枕头捡起来。繁花背对着铁锁,拍着枕头上的土,说:"那你可以不吃嘛,饿死算了。"铁锁说:"你这是软禁。"繁花把枕头扔给庆书,说:"庆书,我们软禁他了吗?"庆书说:"我日,他倒睡得香,还说梦话呢,说说笑笑,搞得我一宿没有合眼。"繁花转过身来,面对着铁锁,说:"哟,铁锁,梦见生儿子了吧?"光天化日之下,铁锁竟然装起了迷糊:"谁生儿子了?这么说,我刚好赶上喝喜酒了?"繁花的火气噌噌往上蹿,声音突然就抬高了:"装什么蒜!雪娥怀孕了你知道吧?"铁锁说:"不知道。"庆书一下跳了起来:"不知道?你敢说你不知道?"铁锁说:"我也是从你那里知道的嘛。"繁花说:"你自己干的好事,跟庆书有什么关系?"铁锁说:"反正是他告诉我的。反正我不知道。"繁花说:"照你这么说,难道是别人替你下的种?雪娥要是知道你这么乱咬,非把你的嘴撕烂不可。你让人家雪娥以后怎么有脸见人?"铁锁急了,先是双手乱抖,随后竟然扇起脸来:"我,我,我也没说什么呀?"繁花给庆书使了个眼色,让他准备记录。庆书没有翻本子,而是从抽屉里取出了一个扑克牌大小的录音机。繁花对铁锁说:"那你现在可以说了。"铁锁说:"让我说什么呀?"繁花说:"雪娥是怎么怀孕的你就不用说了。不说我们也知道。怎么逃避了体检的,你也不用说了,我们查得出来的。你只要说出雪娥藏在哪里就行了。只要你说出来,我亲自去接她。"铁锁说:"我要是知道还能不告诉你?我是真不知道呀。"看来这人是吃了秤砣,铁了心了。繁花想,只可惜我是女的,还是名干部,好歹也是个人民公仆,不然我真敢扇他。繁花坐到了办公桌上，这样一来她就比铁锁还高了，说起话来好像就平添了一份威力。繁花正要训他，突然想起雪娥说的出门见到和尚的事。繁花就问："铁锁，前段时间你家门口是不是来了一个和尚？"铁锁说："和尚？什么和尚？你总不会说雪娥跟和尚有一腿吧？"繁花说："我要是雪娥，非把你的嘴撕烂不可。我是问你，你是不是遇到了一个和尚？"铁锁这才说遇到过。繁花一拍大腿，顺风扯旗来了一段："你完了。你彻底完了。和尚是什么人？和尚能传宗接代吗？唉，你出门就遇到了和尚，这可不是什么好兆头。"铁锁嘻嘻一笑，说："你说不是好兆头就不是好兆头了？那我的电视机是怎么摸来的？"繁花一时还真的接不上茬了。庆书也傻了，眼神都变虚了。但繁花毕竟是繁花，怎么能让铁锁给唬住呢。繁花换了个坐姿，靠着墙，还把枕头当作靠垫靠着，那样子就像准备持久战了。繁花尽量把声音放平，说："那电视机你要是没摸住倒好了，摸住了反而坏事了。你是抓了芝麻丢了西瓜。福无双至，祸不单行嘛。这是什么意思你懂吗？懂了就好。这说的就是你。就你这个样子，还想生个男孩？做梦吧你。"铁锁说："豆豆也是女孩，你也遇到和尚了？"繁花说："我没有你运气好，没遇到和尚。所以我想生什么就生什么，想生女孩就生了个豆豆。女孩好啊，女孩长大了孝顺。"铁锁用鼻孔"哼"了一下，不吭声了。繁花说："该说的我都说了，你再想想吧，想通了就把雪娥交出来。"铁锁呢，像个没事人似的，从地上捡起一只烟头，借庆书的火点着，有滋有味地抽上了。收回火机，庆书把那火机打得啪啪直响，突然来了一句："哈哈，拉丁美洲。"话说得突然，繁花一时没有反应过来。片刻之后，她才想到庆书是鹦鹉学舌，学的是麻县长。庆书又说："非洲。"繁花想，庆书这是在提醒我呢，提醒我吓唬吓唬铁锁呢。但是麻县长的话怎么能当真呢？那只能吓唬三岁小孩儿。其实三岁小孩儿也吓唬不住，非洲又不是老虎。繁花正想着下一步该怎么办，铁锁突然扔掉烟头，说："对，非洲。娘那个×，那娘儿们扔下我们爷儿仨，跑非洲去了。"

真是对牛弹琴了。要真是对着繁新的奶牛弹琴的话，那奶牛说不定还真的会像电视上说的多下几两奶呢。看来，铁锁连头奶牛都不如。繁花都懒得搭理他了。繁花顺手拿起一张报纸看了起来。看了一会儿，她掏出手机给小红打了个电话。趁电话没有接通，她对庆书说："待会儿，你在会上提一下，这个月的手机费每人多报五十块钱。我批了就是了。"小红的电话还是没有人接。繁花这才想到，小红可能带着铁锁的两个女儿出去转悠了，也可能是牵着那双姐妹的手，正挨家挨户通知干部们前来开会。她不想再看见铁锁，就从房间走了出来。空气中有股子臊味，还有股子腥味。臊是动物的臊，腥是男女裤裆的腥。臊了好啊，臊是牛欢马叫，是政绩和选票。腥呢？腥就得一分为二了。往好处说是男欢女爱，是子孙繁衍。往坏处说呢，那就是操来操去，把计划生育都操到脑后了。那是掉下去的政绩，是流走的选票，还是麻县长发火时黑成一片的麻子。也不知道怎么搞的，一到下雨天，繁花就会想到房事，就会想到那股子腥味。她对那股子腥味有一种厌恶，但是怪就怪在这里，厌恶当中又有一种迷恋，而有了这迷恋就又有了一种不要脸的快意。他娘的，要不是铁锁这种鸡巴事，这会儿她真的会和殿军蜷在被窝里。豆豆就是在连绵的雨天怀上的。一想到豆豆只能和兔子一起玩儿，她的心就一软，就像一朵漏摘的棉花，还淋着雨，很可怜地挂在枝头。唉，其实刚才说给铁锁的那些话，她自己也是不信的。她只是迫不得已，信口胡说。她其实也想再生个男孩。他娘的，要不是干这个村委主任，必须给别的娘儿们做表率，她还真想一撅屁股再生一个。

过了一会儿，开会的人都来了。祥民也来了，祥民把他的夏利车开进了院子，钥匙丢给了繁花。繁花问他，最近生意怎么样。祥民说，山西他是不敢再去了，村里的小伙子看见他的车就砸。繁花说："千里姻缘一线牵嘛，他们有什么想不开的。"祥民说："话可不能这么讲。我要把你卖到了山西，我姑父张殿军怎么办？"繁花拿着钥匙朝祥民打了过去："死样子，没大没小的，看我不打死你。"祥民跑了。地上有泥，他没跑几步，就像踩住了西瓜皮似的，一下子滑倒了。人们都笑了，坐到会议室以后那笑声仍在继续。他们开始讨论雪娥的藏身之所。经过一夜的"休整"，庆书现在变得积极了。他放了头一炮。他提到了雪娥的娘家，五里之外的姚家庄。女人出了事就往娘家跑，蚂蚁遇到苍蝇就往窝里叼，天经地义嘛。祥生提到了铁锁的舅家，姚家庄南边的水运村。理由是外甥是舅家的狗，吃了喝了还要卷着走。外甥媳妇肚子大了，当舅的自然不能不管，所以去一趟是免不了的。李雪石说，雪娥的舅家也得去一趟。铁锁的舅是舅，雪娥的舅也是舅，都是舅。李雪石话音没落，人们已经笑成了一团。这里面有典故的。庆茂当支书的时候，李东方的媳妇张石榴追求上进，想入党，找到了庆茂。庆茂这人除了私心大，还有一个毛病，就是老牛吃嫩草好那一口，见到漂亮媳妇就走不动。张石榴的妹妹是否真的像范医生说的跟韩国影星一样漂亮，繁花不知道，但繁花知道张石榴确实很漂亮，像港台影星。张石榴以前在溟水最大的超市当过导购小姐，也当过迎宾小姐，到现在还喜欢趿拉着拖鞋在村子里走猫步。庆茂那天刚好喝了酒，舌头都大了。见到了石榴，糊里糊涂的，就把心里话说出来了。庆茂说，你想入我的党，我得先入你的裆。你的裆是裆，我的党也是党，都是党（裆）。说着，还把自己的脑袋摇得跟拨浪鼓似的，说，当哩咯当，当哩咯当。这会儿雪石见人们都笑了，就装得不明白似的，问："笑什么笑，谁敢说雪娥的舅不是舅？"繁花用钢笔敲了敲笔记本，说："好，雪娥的舅家也算上。"祥生提到了丘陵地里的那个水泵房。那是农业学大寨的时候修的，从来就没用过。繁花说："改天，我问问李皓，他常在那里放羊。谁还要发言？"

　　铁锁一直站在门口，繁花让他贴墙避雨，他却站在雨中，浇了个半湿。嗬，他可真会玩啊。先玩了个三十六计走为上计，这会儿又玩上了苦肉计。你不是想玩吗，我就让你玩个痛快。会议进行到一半的时候，祥生问繁花，要不要叫他进来？繁花说，叫他再淋一会儿吧，淋了好，淋了就清醒了。会议快结束的时候，繁花吐口了，让庆书把他叫了进来。铁锁前脚进门，繁花就扯起桌布，兜脸甩给他，叫他先把雨水擦干。当着众人的面，繁花问他："铁锁，我们的工作重心是什么，你知道吧？"铁锁说："经济建设嘛。"繁花说："不简单，铁锁不简单，铁锁还是懂政治的。但是！因为你，就因为你，因为雪娥的肚子，我们的工作重心已经转移了。这是什么错误，这是政治错误啊。"听到"政治错误"四个字，铁锁似乎有点慌了。还摸了摸头，好像在估算那"帽子"是否合适。繁花又吼了一声："再给你一个机会，只要你说出雪娥的下落，这事就当没有发生过。"铁锁说："你们不是说去非洲了吗？"繁花说："都看见了吧？他是吃了秤砣了呀。"人们都说是，是铁了心了。繁花说："找人的费用村里不能再垫了。具体该谁掏，大家都心里有数，羊毛要出在羊身上嘛。"这时候，庆书说："这个月，手机费肯定要往上蹦了。"繁花说："那也是工作需要嘛。大家说说该怎么办？祥生你说呢？"祥生说："你做主吧。"繁花说："你先拿个意见出来嘛。"祥生的口气有点变了，都有点撂挑子的意思了。祥生说："我什么事都没意见。"繁花笑了笑，说："反正我们不能再往里面贴钱了。这样吧，每人先补五十块钱。我想，这五十块钱，也会出在羊身上的。"

庆书开车，繁花、祥生、雪石，四个人一起奔赴姚家庄。庆书还特意带上了一截武装带，准备捆人呢。繁花当然知道雪娥不会躲在姚家庄，但她还是决定去一趟。姚家庄紧挨着麻县长的老家张店村，它们都属于南辕乡。她的老同学，也就是南辕乡的乡长刘俊杰，和麻县长私交很好。她想，退一步说，最后要是没能找到雪娥，刘俊杰就可以替她给麻县长捎话，说她是尽了力的。这会儿，她掏出手机给刘俊杰打了个电话。她没说她是孔繁花，说了，那小子可能就溜了。刘俊杰牛皮哄哄地"喂喂喂"，问她是"哪一位"。繁花用普通话说："报告一下你目前的位置。"完全是上级的口气。刘俊杰一下子谦恭起来了，繁花能想象到他耸起了双肩，缩起了脖子。刘俊杰报告说，他正要下乡，因为风雨来得骤，他得下去检查一下农田灌溉设施。还说他现在充分认识到，农闲时不修渠，到了排涝、浇地的时候，临时抱佛脚，佛都不理你。俊杰那张嘴啊，可真是能吹啊，一套一套的。繁花忍住笑，说："好，很好，下午两点钟回到办公室即可。"合上手机，繁花很是乐了一阵。突然，几乎是出其不意地，她肚子里泛上来了一股子酸水。当初，要不是和殿军谈恋爱，成天逃课往校外的青纱帐里钻，她现在肯定比刘俊杰混得好。青纱帐里蚊虫肆虐，可当初我为什么就那么鬼迷心窍呢？唉，这都是命啊。

　　繁花和祥生坐在后排。繁花问祥生："听说你把咱村好几个媳妇都弄到城里卖凉皮了。"祥生说："她们求到我，我也没办法。"繁花说："那营业证也是你替她们办的？"祥生说："鸡巴毛，营业证是那么好办的？不送礼，一年都批不下来。用的都是我的营业证。反正摊位连在一起，就算一家人开的吧。我已经把检查人员喂饱了，他们睁只眼闭只眼也就过去了。"庆书扭回头，说："怪不得人家说你后宫三千。"祥生说："庆书啊庆书，你真是狗嘴里吐不出象牙。"繁花说："就是，兔子还不吃窝边草呢。祥生，这是好事，解决了农村的剩余劳动力，为村里立了大功。要不要我给繁荣打个招呼，让她在报纸上替你吹一下？"祥生连连摆手，一叠声地说"不敢不敢"，不就是卖个凉皮嘛，小本经营，值得吹吗？不值得。繁花想，祥生是聪明人。还真的不敢吹，一吹就露馅了。繁花听坐在前排的雪石说过，祥生是鸠占鹊巢。那些摊位原来属于陕西人，祥生雇了几个街头的混混，把人家都赶到城外了。这会儿，雪石说："祥生，我那闺女今年要是考不上重点高中，就让她跟你干吧。"祥生说："我可不敢耽误孩子的前程。孩子只要能考上，我赞助一笔学费。"繁花说："我替殿军做主了，殿军也赞助一笔。"

　　雨雾中出现了一片农舍，还有些酒的香气，很有些古诗中杏花村的意思。那就是姚家庄。跟官庄比起来，姚家庄可真算是"古"的，也就是穷。虽然也盖了些两层楼房，但院墙却多是土坯垒成。越穷的地方，酒风越盛。雪石发了声感慨："还是繁花说得好啊，要注意解决剩余劳动力问题。这问题太重要了，抵得上计划生育了。吃完饭没事干，夹着鸡巴到处窜，窜到东家喝杯酒，再去西家的麻将摊。那还了得？"都笑了，笑声中听到了猜拳行令的声音。那声音是一截土墙后面传过来的。这里的土墙上到处是石灰刷的标语，大都是宣传计划生育的。那标语很有麻县长风格的。比如"横下一条心，挑断两根筋"。那"两根筋"自然是输精管和输卵管。"筋"字下面有一堆垃圾，垃圾旁边是一个树枝围起来的厕所，屎尿都从里面流出来了，树枝上落了一层苍蝇。从那里往前看，又看到一条标语，"上吊不解绳，喝药不夺瓶"。这说的就是见死不救了。难怪南辕乡的计划生育搞得好，人家是屁股夹斧头，破屎（死）上了。那字足有一人高，一条标语写下来，往往要经过院墙、猪圈、牲口棚、麦秸垛，跑到另一堵院墙上面。"这都是先进经验啊，"庆书说，"尚义的毛笔字不是写得好吗，回去就让他写。"有一堵院墙上只写了一个字，"瓶"。"瓶"字后面就是姚雪娥的娘家。庆书一下车，就把武装带甩来甩去的。繁花让他收了起来。姚雪娥的母亲在家里，皂青色的布衫，头上挽了个髻，很利索一个老太太。听说是官庄来的，老太太脸一皱，撩起衣襟擦着手，半天没吭声。大概以为是报丧来的，嘴唇还抖了半天。繁花忙说，路过这里，知道是铁锁的丈母娘家，就来讨碗水喝。老太太放松了，随即捋起袖子要下厨房擀面。繁花连忙拉住她，说一会儿就走。老太太问繁花跟雪娥谁大。繁花说："我是姐，雪娥是妹子。"老太太下巴一收，说："雪娥可比你显老。"繁花说："雪娥是让孩子给连累的，两个孩子跟在屁股后面要吃的要喝的，还要上学，操持那个家不容易啊。"老太太说："两个孩子怎么了？雪娥弟兄姊妹四个，俺还不是把他们拉扯大了。雪娥最小，三岁了还吃奶呢。奶水都没了，可她就是不松嘴。雪娥是给惯坏了，长大了屁本事没有。"繁花想，看来雪娥从小就会撒泼了。繁花问老太太，雪娥多长时间回一次娘家。老太太说："嫁出去的闺女泼出去的水，轻易不回来。她还是种稻子的时候回来过。"喝着水，繁花对老太太说："雪娥的那两个姑娘有出息，成绩很好。"老太太说："好是好，就是没生个带把儿的。"繁花说："带把儿的有什么好，小时候调皮捣蛋，长大了还得跟你要媳妇。"老太太说："俺也是这么说她的，可她就是不听。生了又是罚款又是扒房，还得娘家往里贴。她三个哥哥都是媳妇当家，谁敢给她贴钱。"繁花对祥生他们说："老太太脑子多清楚。不像我那婆婆，天生个糊涂蛋，整天就会在背后嘟囔，说我没给她生个带把儿的。"祥生多聪明的人，就跟她肚子里的蛔虫似的，上来就理解了她的意思，低声说了一句："反正殿军他妈早就死了，你怎么骂她也听不见。"繁花陪老太太说话的时候，庆书到房间里转了一圈。庆书可真能出洋相，连院子里的鸡窝也没有放过。繁花准备起身的时候，老太太突然来了一句："官庄的井水没毒吧？"这一句毫无来由，听得繁花一愣。繁花问："井水怎么会有毒呢？"老太太说："这村井水里就有毒。也真是怪了，每年种完麦子，井水就有毒了。得罪了老龙王？"雪石还有一口水没有咽下，赶紧吐了。从那里出来，繁花说："老太太真是不能夸，刚夸过她脑子清楚，转眼就又糊涂了。把龙王都扯出来了。"

回到写有"瓶"字的那堵墙下，繁花交代祥生和繁奇，让他们再到雪娥的三个兄长家里查看，然后她让庆书将她送到了南辕。到了南辕，庆书就又拐了回去。繁花一个人在街头吃了饭，熬到两点半钟的时候，她来到了乡政府大院。刘俊杰果然在那里等她，准确地说是在等"上级领导"。看到刘俊杰那个样子，繁花差点笑出来。刘俊杰拎着帆布雨衣，眉毛上挂着水珠，裤腿一直卷到膝盖，地上有两片泥，真的像是刚刚视察归来。不过那办公桌上倒是紊而不乱，还摆着一面小红旗。繁花听妹夫说过，官员办公桌上也是有讲究的，分境界的。最高的境界就是"紊而不乱"。"紊"说明工作忙，"不乱"说明思路清楚，胸有成竹。这会儿，看到进来的是繁花，刘俊杰的嘴巴一下子张大了。握手的时候，他还舍不得把雨衣放下。他先给秘书挂了个电话，让他上来一趟，然后对繁花说："我要接见一个人，先让秘书给你倒杯茶，过一会儿我去找你。"繁花说："你怎么了？让车撞了？身上哪来那么多泥？"刘俊杰没说他下乡了，而是说不小心滑倒了。他揉着膝盖，咧着嘴，倒吸着冷气，好像真的很疼。事已至此，繁花当然不能说出真相，只能与他一起演戏。她问："要不要到医院看看？"俊杰说："男子汉大丈夫，咬咬牙就过去了。你先下去吧。"

繁花跟着秘书下了楼。见那秘书衣服整洁，繁花就问他是不是没跟刘乡长下乡。秘书说："下乡？刚才刘乡长还在主持会议呢。"繁花赶紧把话题引到了绿化问题上，说："这院子绿化得好啊，天都冷了，还开着花呢。"秘书说,那些花木都是张(麻)县长以前栽下的,现在专门有人照看,连施的肥都是从山区运来的。繁花不懂了,为什么要用山区的肥料?秘书说,山区的人吃的屙的都没受过污染,屎尿很干净,花木用了不容易生虫。又说,好是好,就是运费太贵了,运过来比可口可乐都贵。这院子后面,还有一片林子。秘书说,到了春天,桃花怒放,樱花遍地,连铁树都会开花。秘书的态度很热情,热情都有点过了。就看你怎么理解了,反正繁花从中感受到那么一点嘲讽。那秘书说:"既然是刘乡长的老同学,那肯定是贵客了。这样吧,晚上我安排你到林子里住。"他说,那林子里有几个小木屋,外面看着简陋,里面设施却是一应俱全。一般人是不会让住的,只有上面来了人,或是乡长的老朋友来了,才会接待的。这就是不打自招了。毛主席在世的时候说过,党内无派,千奇百怪。繁花想,这秘书肯定是刘俊杰的反对派。繁花连说:"不敢麻烦,不敢麻烦。"秘书很诡秘地笑了笑,说:"男的来了比较麻烦,这个不行,那个也不行。你是个女的,有什么麻烦的?"繁花不敢接腔了,接下去秘书的嘴里不定会飞出什么幺蛾子呢。繁花换了个话题,问秘书在这里工作多少年了。秘书伸出了三根手指头。繁花还以为是三年,不料人家说的是三届。在院子里站了一会儿,秘书将繁花领进了办公室。办公室的墙上挂着一幅放大的照片,是麻县长升官之前和乡干部的合影,麻县长面部很矜持,矜持中带着一方诸侯的尊贵,他身后站的那个人就是俊杰,俊杰穿着中山装,口袋里别着钢笔。那时候的刘俊杰还有点羞涩,下巴是勾着的,好像不敢看镜头似的。繁花正看着照片,刘俊杰进来了。他亲自来叫繁花了。一转眼,刘俊杰已经装扮一新,西装都换上了。繁花说:"对不起,事先应该给你打个电话。"刘俊杰问繁花,上次去外地考察玩得怎么样。繁花说:"一路上净听黄段子了。一个比一个臊。"刘俊杰把繁花领出秘书的办公室,说:"告他们,告他们语言性骚扰。"繁花说:"你去了,也好不到哪里。"刘俊杰说:"我要去,可就不光是口头上了,我还得有实际行动,争取给殿军戴顶绿帽子,让他冬天暖暖和和的。"繁花说:"德性,臭美吧你。"

上了楼,刘俊杰说有什么事需要他办,尽管提。繁花说没什么事,只是路过这里,过来看看老同学。刘俊杰手按办公桌,身体往前一探,像鸡那样来回侧着脸,说:"真的没事?过后你可别埋怨我。"繁花说:"真的没事。"刘俊杰把脚放在另一张椅子上,捋着领带,说:"晚上我摆一桌,把南辕的老同学都叫过来。"繁花说:"我女流之辈,不能喝酒。一喝酒,什么事都耽误了。"刘俊杰立即坐正了,用红蓝铅笔点着桌子,说:"你看,还是有事嘛。说吧,只要是归南辕地界的,我保证让你满意。"繁花说:"说了你也办不成。"刘俊杰说:"激将法是不是?是亲戚上学的事吧?告诉你,南辕初中还有两三个内部名额。"繁花这才告诉她,是计划生育的事。刘俊杰说:"哪个亲戚多生了?操,你真算难住我了,什么事我都可以给你办,就这种扯蛋事,我帮不上忙,要摘乌纱帽的。"繁花已经憋了好半天了,再憋下去就憋出毛病来了。但她没好意思大笑,笑了两声就止住了。刘俊杰说:"我操,原来你是吓唬我的。"繁花说:"吓唬你干什么。我说的是真的。我的村子里有人计划外怀孕了,她的娘家在姚家庄。我带了一帮人来这里找她。路过你这方宝地,我就拐过来看看你。"刘俊杰说:"姚家庄?姚家庄可是文明先进村。"繁花说:"还文明呢,屎尿遍地流。"俊杰说:"瞧你说的。没有屎尿臭,哪有稻米香?说说看,人抓到没有?"繁花说:"抓个屁。你们南辕的女人怎么跑得比兔子都快。"刘俊杰说:"兔子可都是趴在地上交配的,我还没听说边跑边交配的。所以,要批评,首先得批评那只公兔。说吧,那只公兔是不是你的本家,你不好下手。"繁花说:"他姓李,我姓孔,狗屁本家,八竿子都不着。"刘俊杰说:"那你罚他不就行了?先罚他个半死,再来上一刀劁了他。"繁花说:"罚?他穷得都快揭不开锅了,怎么罚?他是要钱没有,要命有一条。眼下最关键的是找到那个女的,让她把孩子打掉,再晚就来不及了,肚子已经大了。"刘俊杰说:"我怎么有点听不懂了。不是一个月检查一次吗,肉眼都看出来了,机器还能看不出来?机器坏了?"繁花说:"谁知道呢,反正肚子大了。"刘俊杰说:"要真是机器坏了,那多生的可就不是一窝两窝了。要真是那样,那可就有你们王寨乡的好看了。你们的牛乡长不愧是姓牛的,全溴水吹牛皮第一高手。他说了,你们乡一定会完成任务的,这一下算是吹破了。人啊,不定会栽在什么地方呢。"刘俊杰脸上飞出了三朵红云,两朵飞在腮帮,一朵飞在额头。还有些雾气腾腾的,那雾气是从肉里透出来的,那是一种杀气。刘俊杰突然又问:"你跟牛乡长关系怎么样?他是不是经常找你?"繁花说,他找我干什么。刘俊杰说:"他难道不深入群众吗?"繁花说:"我又不代表群众。"刘俊杰说:"要是这样,你就别指望他帮你了。"繁花说:"我本来就没指望他。你要在王寨村的话,那该有多好。"刘俊杰说:"那倒是,咱们是老同学嘛,一个锅里吃过饭的。但是眼下,你得集思广益,拿出个办法。"

  繁花连忙问他有什么办法。刘俊杰摘下眼镜,用桌子上的那面红旗擦了擦镜片,说,他也没有什么好办法,不过前段时间在党校学习的时候,"无意中"听到北边"某个乡"的乡长讲过怎么搞计划生育,倒是受到了一些"启发"。繁花立即表示愿意学习先进经验。刘俊杰说,只是手段有些损,只能口传心授,不能形成文件。再说了,南辕乡的计划生育已经搞得很好了,没必要再多此一举了,所以他当时并没有太留意,只是听了个大概情况。繁花的胃口被吊得高高的,喉咙都有些响了。刘俊杰说,那人的意思说白了其实很简单,就是想办法让怀孕的人感到恶心。不是生理上的恶心,而是心理上的恶心。具体地说,就是让那娘儿们自己都感到这孩子不能要了,一天不打掉,就做一天的噩梦。刘俊杰说,那人说得很邪乎,说到了那个时候,那娘儿们自己都会往医院跑,你拦都拦不住。繁花想,世上竟有这等好事?我怎么一点都不知道?难怪殿军说我"太封闭了"。俊杰滋溜了一口茶,说:"就这些,听明白了吧。"繁花愣了,还没有开讲呢,我有什么明白不明白的。俊杰说:"挺聪明的人,非得我说透不可啊?"繁花赶紧把自己骂了一通,说在下面待久了,脑子都生锈了。俊杰说:"孕妇最怕什么?生怪胎,双头人什么的。"俊杰双手握拳,拳头竖在耳边,代表另一只头。"你就问她,怀孕的时候有没有感冒。我敢肯定她感冒过。然后你就问她吃了什么药,打了什么针。

然后你就一吐舌头,什么也别说,站起来就走。她越是拉住你让你说,你越是不说,急死她狗日的。当中隔一天,你就让村里的医生来问她,问她最近身体怎么样,脸色怎么有点不对劲。医生你总可以买通吧?不就是一个赤脚医生嘛,你要不让他干,往地上撒几个玻璃碴,就把他治趴下了。"撒玻璃碴那个动作,俊杰做得最潇洒,像京戏中甩的水袖。繁花想,这怎么有点像麻县长了?俊杰又说:"你放心,孕妇可能不信你的话,但医生的话她不能不信。医生让谁死,谁今天脱了鞋明天就不穿了。医生一开口就是科学。明白了吧?"

听倒是听明白了,问题是理论和实际有些四六不靠。村里有些人遇到头痛脑热,那是从来不看的,挺尸一样躺上两天就又下床干活了。雪娥就是这样,去年下田插秧,脚板被铁丝扎了,都快扎透了,她都舍不得上医院。再说了,她跟宪玉是吵过架的。别说宪玉不会去说,就是说了,她也不信。"遇到这种鸟人,又该怎么办呢?"繁花问。"举一反三,只要让她恶心就行,"俊杰都急了,"比如水,水是可以污染的吧?你就说井水污染了,为了让人相信,你可以组织人给井水消毒。这样一来,她不信也得信了。堂堂的官庄村总不至于连消毒水都买不起吧?"繁花突然想起来了,姚家庄那个老太太曾问过她,官庄的井水有没有毒。看来,老太太说的就是这件事。繁花没有说破此事,只是问:"有人是刚结了婚怀孕的,人家不也跟着倒霉了?"俊杰又把"北边的某个乡长"抬了出来:"问得好,当时也有人这样问。你猜那位老兄是怎么回答的?宁可错杀一千,决不放掉一个。"说这话的时候,俊杰用红蓝铅笔在下巴那里比划了一下,很轻盈,很优雅,很酷。俊杰说:"这办法有点狠,我也很反感。但是有人说了,可以批判地接受。"

唉,找不到雪娥,再好的办法都是白搭,所以繁花还是愁眉不展,身体都塌到椅子里了。刘俊杰叹了口气,说:"那就让她生呗。只要她能证明哪个孩子是心脏病,或者是个傻×,必须再生一个养老送终。"繁花说:"这我知道,以前用过的。"刘俊杰说:"看看,繁花还是很聪明的嘛。人还能让一泡尿憋死?办法总是有的。"繁花说:"实在没办法了,也就只好再用一次了。唉，听你这么一说，我心情好多了。你要是在王寨乡任乡长，我就可以经常请教你了。"刘俊杰说："其实，有些事你可以问问铁拐李。我还得经常向他请教呢。异人必有奇志，奇人必有妙想。铁拐李放的可不是羊。他麾下的那群羊都有官衔，局长、处长、县令、太尉。你不知道？你看，深入群众还是做得不够吧？人家那群羊，最不济的一个也叫押司，宋江宋押司。反正啊，古今中外全都齐了。那只头羊就叫总统，总统的女儿叫格格。那天去官庄，我们就把格格给烤了吃了。"

  那辆破旧的红旗轿车，是由省里淘汰到溴水县，再由溴水县淘汰到南辕乡的。繁花就是坐着那辆破车回到官庄的。出来的时候，俊杰塞给繁花一瓶五粮液、一瓶波尔多葡萄酒，还有一条万宝路香烟，说是给殿军的。路过一个集市时，繁花又买了几个凉菜、一只烧鸡、一只熏兔。没有刘俊杰的这番话，她也正准备拉李皓喝酒呢，现在她只是要把"请李皓喝酒"改成"拜访李皓"。回到官庄，殿军见她坐的是红旗，就说："行啊你，你是'红旗半卷出辕门'啊。"繁花不懂什么意思，只是叫他别贫了。他说："别说你不懂，刘俊杰也不懂。"

  那瓶波尔多殿军留下了，五粮液和万宝路都给李皓提了过去。李皓住在村西头，院子里堆满了草料。羊的咩叫声很动听，有一种柔情，有一种童趣，就像孩子闹着要吃奶似的。殿军也陪着来了。殿军进门就盯上了墙上贴的精美画报。画报上的女孩说不上漂亮，但很有肉感。胸脯绷得那真叫个紧呀，上面的扣子都绷掉了。那乳房就像一对兔子，随时都要跳出来似的。殿军说："这我可认识，泰坦尼克号，演露丝的那个。"李皓说："你再看看？"殿军像壁虎那样贴着墙，鼻尖都抵着人家的脸了："还是露丝，英文的意思是玫瑰。得过奥斯卡奖的。"李皓说："泰坦尼克号当然值得研究，人类的大灾难嘛。可它不是。"殿军说："打赌？输了，这瓶五粮液你就全喝了，我喝溴水大曲。"李皓说："你输定了，她不是露丝。我对好莱坞不感兴趣。她是莱、温、斯、基。想起来了吧，就是把克林顿的裤门拉开的那个。这个娘儿们有意思，有点意思。都快比得上把吴王夫差拉下马的西施了。"繁花把凉菜摆上,把烧鸡和熏兔撕开,对李皓说:"我家里不方便,老人吵,孩子闹,还是你这里清静啊。"李皓说:"这熏兔塞牙,我去弄几根牙签。"考虑他身体不便,繁花拿着手电筒跟着出去了。在门廊下,李皓拿起扫帚,折着上面的竹枝。羊粪蛋从上面掉下来,像六味地黄丸似的,滚了一地。繁花说:"你可真能将就。没个女的替你操持,行吗?不行嘛。我真是不放心。"李皓说:"羊粪不脏。羊最干净了,西方人还把羊当宠物呢。"

  繁花也能喝点酒。这会儿跟李皓碰过杯,繁花就说:"又要选举了,这次你可一定要出马啊。我想让你把村提留、公积金、管理费、公益金都管起来。日后村里还要成立民主理财小组。到时候,也得由你牵头。"李皓剔着牙,说:"祥生呢?"繁花说:"祥生在城里忙他的生意,他把钱看得比命都重要。我看他已经想撂挑子了。"李皓说:"何以见得?"繁花笑了,一摊手,说:"开会他都很少参加,你知道上头把这种人叫什么?叫走读干部。这还是在会上说的,会下批评得更难听。批评他们是二八月狗走窝,是走窝干部。"李皓把牙签上的东西一吹,继续剔牙,说:"走窝归走窝,毕竟回窝了。"繁花说:"你的意思是,他还有想法?"李皓说:"人心啊。"繁花已经拿起了鸡爪,听他这么一说,又把鸡爪放下了:"你的意思是,祥生想干村委主任?"李皓真是金口玉言,多说一个字都不肯。李皓说:"你说呢?"繁花又拿起了鸡爪,这次是为了用它敲盘子。繁花敲着盘子,说:"德性,你放开了说嘛。是不是跟羊待久了,都不会说人话了。"李皓终于多说了几个字,不过他说的是羊,而不是人:"跟羊在一起,我说一天话都不累。羊多好啊,羊多良善啊,你说什么它听什么。"殿军说:"李皓,你真成仙了。喝。"繁花说:"祥生不像是有什么想法的人啊?"李皓端起一杯酒,"滋溜"一声喝了,说:"待会儿祥生就来找我了。"繁花差点站起来。李皓说:"别担心,羊会给我报信的。有一只羊,外号叫情报局长,很通人性的,能听出祥生的脚步声。祥生一来,它就会叫。它跟别的羊不一样,除了咩咩叫唤,还要用犄角抵门,嗒嗒嗒,嗒嗒嗒,就跟发报机一样。"繁花说:"祥生的生意不行了？不会呀，不是正在招人吗？"李皓说："那是招兵买马，以图决战。"李皓的声音很低，很冷，是月光下冷兵器的那种"冷"，泛着青光。繁花打了一个激灵："招兵买马？决战？"李皓说："说说看，他招的都是哪些人？"繁花说："不就是一帮娘儿们吗，三虎媳妇，宪强媳妇，庆西媳妇，铁蛋媳妇，反正是一帮娘儿们。"李皓说："这些人哪个不是被你处理过的，有的是给你逼着打了胎的，有的是偷树被你罚了款的。庆西媳妇不过是偷了几穗嫩玉米，你就在会上把人家骂了一次。"繁花说："我没有点她的名啊。"李皓说："你说那人是水蛇腰，谁不知道庆西媳妇生不出孩子，到现在还是个水蛇腰。这帮女人身后都站着一个男人，男人身后都站着一家子人。不就是投票嘛，谁票多谁上台嘛。"繁花听得头皮都发麻了，那头皮好像还带着静电，有些刷刷作响。这时候，羊突然叫了起来。繁花马上想到，如果祥生来了，她就跟李皓谈谈丘陵上的水泵房，那也是雪娥可能的藏身之处，她在村委会上提到过的。李皓说，不是情报局长叫的，是麦当娜叫的。麦当娜在羊群中嗓门最大，最风骚，睡觉都撅着屁股，相当于电视台文艺处处长。这个麦小姐，现在肯定在勾引头羊呢。殿军说："我操，你这是联合国啊。"李皓说："联合国？我这里面还有嫦娥呢。"殿军说："有意思，太有意思了。"男人在一起就这样，三句话不离女人。繁花的兴趣不在这儿，繁花"咦"了一声，问："祥生怎么还没有来？"好像盼着祥生来似的。李皓说："过一会儿就来，这会儿肯定在尚义家聊天呢。"繁花说："他跟尚义有什么好聊的？"李皓身子往后一仰，说："咱们是老同学，所以我才跟你说这些。尚义的笔筒里插有令箭的。哪个是三好学生，哪个是奖学金获得者，哪个是优秀学生干部，都得由他的嘴皮子说了算。哪个家长不看重这个？豆豆还没有上学，所以你脑子里没有这根筋。"李皓又说："你是属龙的吧？祥生是属虎的，这就叫龙虎斗。"殿军在一边喝闷酒，转眼间就喝多了。这会儿听李皓谈到"龙虎斗"，殿军还以为他是在谈吃的。他问李皓是不是吃过这道广东名菜。李皓满肚子才学，这道菜却没有听说过。殿军拿着筷子比划着，说龙是蛇，虎是猫，放在一起炖了，就叫"龙虎斗"。繁花让他闭嘴，伸手打了他一下，把筷子都给他打掉了。繁花又问李皓："小红呢?"李皓的回答终于让繁花满意了一次。李皓笑了，说："小红是只金凤凰，你们是龙飞凤舞，龙凤呈祥，就跟戏台上雕的画一样。她是你天生的接班人。"繁花听了很高兴，但还是故意问李皓，小红为什么是"天生的"。李皓的"结论"让繁花很满意，但"推论过程"却让繁花有些不舒服。李皓说："咱们村委是女人当家，这一点全县知名。女人当家好啊，一来物以稀为贵，二来现在讲究女士优先。有什么好处，肯定会落到女人头上。一帮男人和一个女人争，争个什么劲啊？王寨村比咱们村还富，还是乡政府所在地，靠山吃山，靠水吃水，靠着政府吃政府。但是，你是县人大代表，王寨村的村长却狗屁不是。所以，现在是女人吃香，快到女权社会了嘛。"繁花小心翼翼地问了一句："什么社会？女权社会？党章上没有这一条啊。"李皓就说，这东西很复杂的，一句话两句话说不清楚的。大致意思是，虽然以前已经说好了，女人只要半边天，可现在女人又变卦了，半边天可不行，得多给一点。但是呢，给多少是个够，女人自己也说不清楚，反正能多要一点就多要一点。繁花说："你把我搞糊涂了。咱们说小红呢，你怎么扯到这儿了？你不是变着法子骂我吧？"李皓说："骂你？再借一个胆，我也不敢。我只是想说，现在女人吃香，好办事。以后让小红当你的接班人，肯定是最合适的。"繁花想，这还用你说。她就对李皓说："好了好了，不说小红了。雪石呢？"李皓说："雪石是'悬崖百丈冰'，衬的就是你这'花枝俏'。可以不理他。""繁奇呢？""既然他说人心都是肉长的，那他的心肯定也是肉长的。这个人心肠软，成不了大事。""那庆茂叔呢？"李皓"啧"了一声，很不屑的样子："人家自己都讲了，老马识途。现在驴肉比牛肉贵，牛肉比马肉贵，他就等着死后当驴肉卖了。有的人死了，他还活着。有的人活着，他已经死了。庆茂已经死了。当然不是真死。到他真死的时候，你要排排场场地给他开个追悼会。"

殿军去屋里躺了一会儿。这边正说着话，殿军在那边突然咋呼了一句："我操，行啊你。"李皓以为殿军是在夸他，谦虚了一下，说："放羊的喝多了，胡扯呢。"殿军拿着一本书跑了出来，书皮已经揉得皱巴巴的，就像腌过的咸菜。"你真的研究起女权主义来了？"李皓说："这书是俊杰的女朋友的，上次吃烤羊羔的时候，她丢到这里了。我是当闲书看的。"李皓把书收了过来，压到了屁股下面。殿军说："女朋友？俊杰离了？"李皓说："狗屁，那是个二奶。"殿军说："我操，俊杰混得不错啊，二奶都混上了。"繁花觉得这话怎么有点别扭。繁花说："眼红了不是？瞧你那个德性。"繁花问李皓："祥生怎么还没有来？"李皓说："这会儿又去开会了。"繁花一惊，问开什么会。李皓又变成了金口玉言，说："碰头会。"繁花不吭声了。繁花不吭声是为了造成冷场。她算是吃透李皓了。你越是求他，他越是把自己当人。可是你要两分钟不吭声，他就忍不住了。李皓果然忍不住了。李皓先咳嗽了一声，然后说："庆书向你提出过给他压担子的事吧？"繁花没吭声。李皓又说："庆书看什么书你知道吗？"繁花还是没吭声。李皓说："我可知道，都是从我这里借的嘛。"繁花这才说："喜欢看书是好事嘛。"李皓就说："他借的全是关于林彪的书，井冈山平型关，辽沈战役庐山会议，从正面经验到反面教训，从红旗到底能打多久，到怎么混上国家主席。他整天研究的就是这个。庆书一撅屁股，我就知道他要拉什么屎。林彪想当国家主席，庆书想当村委主任。"繁花说："暂时好像还轮不着他。要照你刚才说的，我就是不干了还有小红呢，还有祥生呢。"李皓把鸡头咬开，用那根自制的牙签挑着里面的脑髓，又不说话了。那脑髓本来是白的，煮熟了却变得很暗，像羊粪蛋。李皓的目光也变得很暗。李皓说："祥生掌舵，庆书划船。一个是支书，一个是村长。"

喝多了，李皓看来是喝多了，繁花想，一喝多就不着调了。胡说八道嘛，溴水县所有的村子，支书和村长都是同一个人担任的。几年前，有些村子倒是分开的，但是支书和村长往往是狗咬狗，闹得不可开交。后来就改了，改成一肩挑了。事情是明摆着的，祥生要么是支书村长一肩挑，要么还干他的文教卫生委员。这个话题可以告一个段落了。因为担心祥生突然出现，繁花就把话题扯到了雪娥身上。她问李皓，丘陵上的那个水泵房到底能不能藏人？她说，这几天她都顾不上选举的事了，整天就围着雪娥的肚子打转转。李皓说："台风眼儿是最宁静的。"繁花说："你的意思是？"李皓说："什么地方离眼睛最近？"繁花说："眼睫毛。"李皓说："还鸡巴毛呢。眼睫毛不能算，因为它是眼睛的一部分。鼻子！鼻子离眼睛最近。可是你能看见自己的鼻子吗？除非你是大象。"说着，李皓突然站了起来，在头发上擦了擦手，又在裤子上擦了擦手，然后拉开了门。进来了一阵雨声，还有树枝的断裂声，咔嚓咔嚓的。羊也叫起来，像产房中婴儿的啼哭。庆林的狼也在叫，号叫，还有些呜呜咽咽的，就像寡妇哭坟似的。李皓把食指竖在嘴边，"嘘"了一声，说："祥生来了。"

  门口站了一个人，打着一把伞。果然是祥生。祥生进来就说："繁花也是来问水泵房的吧？"还没等繁花回答，祥生就又问李皓："李皓，那水泵房到底能不能藏人？"祥生的演技真高啊。殿军刚才说什么来着，奥斯卡奖？繁花想，祥生的演技都能得奥斯卡奖了。祥生手里还拎着一个塑料袋。繁花对那个塑料袋很感兴趣。"淋透了吧，快把东西放下。"繁花说着，就把塑料袋接到了手里。"里面装什么好吃的，不会是来给我们送菜的吧？"那当然不是菜，也不是酒。那是几块肥皂，"好光景"牌肥皂。

  天气预报还有雨的，可是早上起来，却是碧空万里。墙根的草经水一泡，由枯黄变成了苍黄。竟然还冒出来了一些新芽，那新芽是嫩黄色的，细得像豆芽似的。街头横着一些被风吹断的树枝。繁花把一根挡道的树枝挪到路边，然后往学校走。她想去查查祥生的账。李皓的话不能全信，也不能不信。祥生不是想支书村长一肩挑吗？不要以为有人选你，就没人能够拦住你了。拦路虎还是有的，那就是账单。麻县长说得好，你吃进了多少，就得屙出来多少。繁花想，让不让你屙那是下一步的事，我首先得搞清楚你吃了多少。远远地，她突然看见了小红。小红领着亚男和亚弟。那对小姐妹很时髦，都穿着牛仔服。繁花撵上去，扯扯亚男的袖子,问小红:"你买的?"小红说:"哪来得及,是我上中学时候穿的,刚改出来的。"繁花拽了拽亚弟的领子,说:"是啊,买的哪有这么合身的。"小红说:"合不合身也就这样了,我也就这么大的本事了。"繁花突然想起了祥生拎的那袋肥皂,就问小红:"昨天我见祥生拎着一袋肥皂,我问他从哪儿弄的,你猜人家怎么说的?人家说路上拾的。"繁花说完就笑了,笑得很开心,都有点傻笑了,胸无城府的样子。小红说:"我妈送给他的。我妈这人简直是个糊涂虫,向来分不清青红皂白。"繁花说:"你妈是吃斋念佛的人,乐施好善呗。"小红说:"不说她了。你要没别的事,我就先回去了。"繁花说:"你去跟祥生说一下,让他们跑一趟水运村。"水运村隔河一分为二,南水运,北水运。铁锁的舅家在北水运。

　　看到校门口贴的那些标语,繁花才想起来乡教办今天要来听课。她本想拐回去的,但许校长眼尖,很远就看到了她,非要把她拉进去不可。乡教办的人还没到,繁花跟别的老师说话的时候,许校长站到水泥板搭成的乒乓球台上,开始了训话。训上两句,吹一下哨子,问学生们明白了没有。学生们一齐喊:"明、白!"许校长又吹了一下哨子,说:"升旗!奏乐!"国歌响起来了,红旗也冉冉升起。孩子们面对国旗,右手举过头顶,手臂弯得像一张弓。红旗升到顶端的时候,许校长又吹了一下哨子,让学生们把手放下来,立定站好。许校长说:"同学们欢迎孔支书给大家训话。"繁花没料到许校长来这一手。好在她是见过世面的,在县太爷面前都发过言的,所以并不慌乱。俗话说,到什么山上唱什么歌,这会儿她先喊了一声"稍息",然后鼓励大家为官庄的明天,为溇水美好的明天,为中国灿烂的明天,认真学习,吸收人类文明的一切优秀成果,力争成为新世纪的弄潮儿。掌声齐刷刷地响起来,又像刀切一般齐刷刷地结束了。许校长又吹了一下哨子,说:"解散!"大概事先交代过的,只有一个班的学生没动,就是乡教办要听课的那个班,亚男就在这个班里。许校长脸一板,说:"谁没有洗脸,请举手。"没有人举手。繁花顿时想起了在县人大"举手"的事。当时主持人也是这样弄的。每到举手的时候，主持人就用麦克风喊道，谁反对谁举手。但从来没有人举手，举了手大概就相当于孩子承认"没有洗脸"，所以任何时候都是全票通过。这会儿，许校长又换了个说法："谁洗脸了，请举手。"孩子们还是全部举了手。繁花正有些纳闷，旁边的一个老师对繁花说："你看出来了吧，手举得高的就是洗了脸的，那五六个举得低的就是没洗脸的。毕竟是孩子，还没有学会理直气壮地说谎，说谎也说不圆的。"这当然也逃不过许校长的法眼，许校长说："上个星期我是怎么交代你们的，每个人都要洗脸，为什么有的洗了，有的却没有洗？"许校长走到队列当中，突然加大语气，问："为什么？"许校长还弯下腰，抽查一个手举得高的。那是祥民的孩子奥运，就站在亚男前面。奥运扬着下巴，手还举在那里，而且越举越高，脚尖都踮起来了。许校长并不看他的手，许校长微微颔首，目光其实是落在奥运腋窝的位置。许校长说："个人卫生可不光是个人的事，还是集体的事。两者之间有辩证关系的。奥运同学就很好地处理了这二者的关系。"奥运肯定不知道什么叫"辩证关系"，小脸上顿时笼罩了一层雾。接下来，许校长又检查了一个手举得低的，也就是没有洗过脸，没有"处理"好那"辩证关系"的。那是二愣的儿子摸鱼。摸鱼的手虽然还举着，但已经是越来越低，都低到耳垂的位置了，已经像是投降了。那头也是勾着的，脸也不敢抬。许校长说："摸鱼同学，别人的脸是脸，你的脸就不是脸？都是脸啊。"繁花差点笑出来，知道这典故的老师也都笑了。许校长又说："摸鱼同学，你是存心要给学校脸上抹黑啊？"摸鱼同学说："明天，我一定洗。"许校长弯起食指在摸鱼头上敲了一下："明天？明天还来得及吗？啊？"许校长抬腕看了看表，说："好了，以点带面，今天不多批评了。现在，没有洗过脸的同学，马上去井边洗。"这一下，可不止五六个，大约有七八个同学都跑到井边去了。繁花听见尚义补充了一句："脖子也要洗。"尚义穿着西装，打着领带，如果不是因为农活连累导致面皮粗糙，都有点像电视里的大学者了。大概是有点不习惯，他不停地捋着领带。繁花问他准备好了没有。他说，准备什么，早就滚瓜烂熟了。还拍了拍肚子，意思是都在肚子里装着呢。

上课铃响过以后，尚义上课去了，繁花由许校长陪同在校院里散步。繁花问，今天检查，明天竞赛的，学校的开支肯定要长了吧？许校长立即掏出来几张发票，说是"祥生同志"已经签过字了，等支书签过字，就可以去"祥生同志"那里领钱了。那是买玻璃、配板凳、买彩色粉笔的发票。好，太好了，一块玻璃竟然二十块钱，上次村委办公室的玻璃烂了两块，连买带安才十块钱呀。是防弹玻璃还是照 X 光的玻璃？板凳更是贵得离谱，不过是一只方凳而已，竟然比带靠背的椅子还贵。这是买凳子还是买龙椅？"是你亲自买的还是祥生买的？"繁花问。许校长说，是祥生"亲自"买的，还说昨天晚上又检查了一遍，发现还差两个凳子，尚义先把他们家的方凳搬来了。尚义说了，就当是支持学校建设的。繁花说："尚义的心意我们领了，过这两天还要退还给人家。"许校长又说："尚义的夫人裴贞同志还送来了一束鲜花。"繁花说："好，很好，裴贞不愧是教师出身。"繁花把发票叠好，装进口袋，然后说："还有什么地方需要花钱，都说出来，咱们一并解决算了。"许校长脸上挂着笑，下巴一点点的，就像锄地似的。后来，繁花发现校院的围墙上有个洞，就笑着问许校长："这是给狗留的？"许校长笑了，说："前段时间茅坑的粪便溢出来了，有些男生就从这里钻出去解手。"繁花立即想起了姚家庄的那个厕所，厕所墙上黑压压的一层苍蝇，差点吐出来。"现在还往外溢吗？"繁花问。许校长又笑了："那就要看老天爷的脸色了。下雨就溢，不下雨就不溢。"繁花说："昨天可是刚下过雨啊。"许校长说："昨天的雨下得不大不小，所以是将溢而未溢，刚好一碗水端平。"繁花说："你制定个方案，马上交给我，我签过字以后转给祥生。趁祥生这几天没有外出，让他马上去办。"繁花心里想，修个厕所可是要花不少钱的，祥生啊祥生，我倒要看看你能往腰包里装多少。这时候，学校的体育老师骑着车子跑了过来。他骑得太快了，都有些上气不接下气了。他对许校长说："进村了，鬼子进村了。"原来他是被许校长派去放哨的。许校长吹了一声哨子，老师们就走了出来，列队站在了校门两侧。一个女教师还捧着一束鲜花，那自然是裴贞送来的鲜花了。过了一会儿，乡教办的人来了。他们坐的也是红旗轿车，比南辕乡的那一辆还要破旧，像是从上甘岭上开下来的。听了许校长的介绍，繁花才知道来的是乡教办主任，而不是还在"韬光养晦"的副主任。繁花立即想到，中午这顿饭想躲也躲不过去了。趁许校长和教办主任寒暄的时候，繁花给小红挂了个电话，让她到公路上拦一辆出租车，开到学校门口等候。然后，她又给公路西边的一个野味店打了个电话，让他们提前准备。

　　那堂课繁花也陪着听了。繁花发现尚义讲的是《掩耳盗铃》。尚义说："今天这堂新课，很有意义的，可以让同学们树立起正确的人生观、价值观。"尚义让同学们先默念一遍课文，把那些"拦路虎"也就是生字都挑出来。然后，尚义又让奥运同学站起来，将课文高声朗读一遍。奥运太激动了，起头就高了，后来越念越高，都像知了叫了。尚义只好打断了他，说："奥运同学第一段念得很好，再叫个同学念第二段。叫个女同学吧。亚男同学，你来念第二段。"亚男念得又太低，越来越低，都像蚊子叫了。孩子们紧张啊。繁花看见坐在后排的孩子耳根都红了。但尚义有办法让孩子们放松。尚义一开讲，孩子们就身临偷盗现场，忘了有人在后面听课了。别说，人家尚义的讲述还真是绘声绘色，尤其是那偷盗过程，都有些原汁原味的意思了。尚义的动作也做得好，下腰，劈叉，用粉笔表演侧翻，真是惟妙惟肖。繁花想，职业高手令佩看见了，也要自叹弗如的。那个下腰的动作，繁花很面熟，后来才想到这其实是裴贞的常见动作。裴贞说，下了腰，毛衣的前摆刚好褪到肚脐那里，那就说明毛衣的长短正好合适。不过，裴贞下腰的时候，脸上有些媚，还像跳肚皮舞似的，小腰一扭一扭的，特别把自己当回事。尚义不是。尚义不管做什么动作，脸上都保持着庄重，是那种"太阳底下最光荣的职业"的庄重。不过，正是因为有了这庄重，那偷盗就好像显得很正义，很勇敢，有点孤胆英雄的意思。繁花估计，捣蛋的男生肯定会羡慕那个盗贼，也想一试身手。其实个别同学当场就有反应了，腿在桌子下面抖来抖去的。通讲完毕，尚义才开始划分层次，总结段落大意。然后，尚义又让同学们总结主题思想。一个男孩说："明明知道错了，还要那样做，太笨蛋了。"尚义说："讲得好，但是，'笨蛋'这个词不准确，有点像骂人，所以应该换个说法。"一个同学说："明明知道错了，还要那样做，是愚蠢的。"尚义高兴了，一高兴英文都出来了："Yes，very good。说得太好了，应该不应该鼓掌？"同学们一齐鼓了掌。尚义就把那个同学的话写到黑板上，让大家不光要抄下来，还要牢牢"记在心坎上"。然后，尚义开始提问，学了这篇课文，大家还受到了哪些教育。有的同学说，树立了正确的人生观、价值观。有的说，一定要做一个聪明的孩子，把才华献给祖国。尚义又把摸鱼同学叫了起来。摸鱼同学说："盗铃的时候不能捂耳朵。"同学们都笑了，连听课的老师都笑了。这是一台戏啊，摸鱼就是鼻尖上涂了白粉的那个，少不了的，专门出丑的。当然，对摸鱼来说，这不是演戏，就是演戏人家也是本色演员。繁花虽然也笑了，但仔细一想，摸鱼说的也不能算错。但尚义却认为摸鱼错了。尚义说："摸鱼同学，请你再往深处想一下，比如人生观？"摸鱼说："不能盗铃，盗铃不是好学生。"繁花觉得摸鱼说得很有道理，但是尚义这一关显然没能通过，或者说"教学大纲"这一关没能通过。尚义又开始了启发："摸鱼同学，那他为什么不是好学生呢？是不是因为他没有树立——"摸鱼终于给了尚义一个标准答案："因为他没有树立正确的人生观。"一朵桃花飞到了尚义的脸上，尚义捋着领带，说："同学们，摸鱼同学回答得正确不正确？"同学们的喊声还是像刀切一般整齐："正确！"尚义又问："摸鱼同学有没有拉大家的后腿？"有的说拉了，有的说没拉。尚义把自己的领带当成"后腿"，用手拉了一下，又快速松开了。尚义说："我认为没拉。或者说，看着像拉了，其实没有拉。摸鱼同学虽然脑子笨一点，但是经过老师和同学们的帮助，已经迎头赶上了。这也给了大家一个机会，什么机会呢？就是帮助同学的机会，让大家学会了怎么助人为乐。大家说，应该不应该给摸鱼同学鼓鼓掌？"尚义时间掌握得真准啊，半分钟都没有浪费。掌声落处，下课铃声响了。

　　说起来乡教办的人还是很敬业的，听完课，顾不上休息，就开了个评估会。繁花也应邀列席。他们对尚义的课评价很高，是"知识性、思想性、趣味性的完美结合"。繁花说:"为了感谢领导同志对官庄村的支持,也为了有更多的机会向你们讨教,我给领导同志安排了一顿便饭。放心,我不会让大家犯错误的,简单得很。你们就别反对了,反对也没用,因为已经安排下了。这样吧,你们先开会,我再去落实一下。"出了会议室,繁花看见尚义正围着乒乓球台,像毛驴拉磨一般一圈圈地走。看到繁花,尚义就说:"摸鱼真是个榆木脑袋,差点坏了我的大事,我真想扇他几耳光。"繁花说:"何必呢,五根指头还不一般齐。"尚义说:"那倒是。好在他还可以充当反面教材。"繁花笑了,说:"尚义,为了你,我今天可是破费了。中午安排他们吃野味。你现在陪我去看一下。中午,你陪他们吃饭。"尚义说:"合适吗?"繁花说:"嗬,瞧你说的。只要我当一天村委主任,我说合适就合适,就这么定了。"

坐了出租车,他们驶上了高速公路。快到收费站的时候,他们又下了高速公路,沿着一条土路向西,开了一里多地,看到了一片林子。再穿过林子,就看到了一片水域。林子和水域之间,有一个木头搭的小房子,简陋得都快赶得上牛棚了。两位厨师正在水边宰杀斑鸠、麻雀,从冰箱里取出来的蝉蛹正在解冻。一只野鸡已经开膛破肚,尾巴上的翎子已经用玻璃纸包好了,斑斓耀眼,那是要送给主宾的。妹妹繁荣的书房里就有这样的翎子,上次繁花就是跟着妹妹、妹夫来的。当时那房间里点着煤油灯,用妹夫的话来说,求的是个"意境"。这里的所有野味,都有另外一个名字的,麻雀叫麦鸡,斑鸠叫亚鸽,野鸡却叫家雀。在林子里,繁花问尚义:"现在你轻松了吧。我可不是哪壶不开提哪壶,当时你要把那孩子生下来,累也把你累死了。还想搞事业?你想搞事业,事业也不让你搞呢。"尚义叹了口气,说:"曹雪芹说得好,女孩是水啊。日他娘的,我命中缺水。"繁花说:"缺什么就喜欢什么。你大概听裴贞说了,雪娥又怀孕了。她想生个男孩。可是你想生什么就能生什么吗?"尚义立即有点慌了,那慌主要体现在手上,那双手拽着领带,往下狠拽,脸都勒红了。一会儿又把领带松开了,后来干脆解下来了。尚义说:"支书开玩笑呢,裴贞怎么会知道这个?她不知道,我敢打赌她不知道。"繁花说:"那你知道此事吧?"尚义咽了口唾沫,说:"我好像知道一点。"好像知道?这话有点怪。繁花就问:"那你是从哪里知道的?"尚义眼望着树梢,说:"一时想不起来了。"繁花说:"听祥生说的吧?祥生这个人什么都好,就是嘴巴不负责任。"尚义说:"好像是听他说的吧,我记不清了。这两天忙着应付听课,别的都没往脑子里去。"繁花说:"功夫不负有心人,你讲得真好。孩子们当你的学生,真是有福了。许校长也说,你比公办教师讲得好。刚才我有个想法,还没有顾上给许校长说,那就是从明年一月份开始,不管你能不能转正,公办教师领多少工资你也领多少。同工同酬嘛。咱教得比他们好,没比他们多拿工资,已经是做出牺牲了。"尚义一听,又捂住了耳朵。当然这次不是为了表演盗铃,而是要表示不敢相信。繁花说:"事成之前,你谁也别讲,祥生也不能讲。"尚义说:"请放心,我不会搬起石头砸自己脚的。"要紧的话讲完了,繁花本想坐着出租车回村,但是突然觉得就这样走掉,似乎有些突兀了,好像就是来卖乖似的。她就又提起了雪娥和铁锁:"你有空的时候,不妨跟铁锁聊聊,叫他别犯傻了,赶快把雪娥的肚子收拾了。你是文化人,又是计划生育模范,他听你的。"尚义说:"我又不是医生,他怎么会听我的。你应该找宪玉。"繁花说:"雪娥不是跟宪玉媳妇吵过架吗?她还以为人家是黄鼠狼给鸡拜年呢。"说到了鸡,繁花突然想起了野鸡尾巴上的毛。她就对尚义说:"看见那个花翎了吗?对,就是玻璃纸包的那个。旧戏中武将头上都要插那玩意儿。待会儿你把它送给教办主任。那可是吉祥物,顶戴花翎的意思嘛。"

铁拐李说得对,鼻子离眼睛最近,眼睛却看不到鼻子。除非你是大象。要不是令佩无意中说了出来,繁花根本想不到,雪娥就藏在村西的纸厂。还有更想不到的,那就是每天给雪娥送饭的不是别人,竟是裴贞。这简直就是掩耳盗铃的官庄版嘛。唉,细想起来,最先透露这个消息的,应该是张石榴,但当时她却一点没有留意。这天上午,繁花在王寨乡听牛乡长宣讲村级选举的重大意义,学习选举法。从会场出来,她在王寨医院门口遇到了范医生。范医生还认得她，主动和她打了招呼。繁花顿时想到了范医生骂过的体检医生张石英，然后繁花又想到了张石英的妹妹张石榴。繁花想，应该去张石榴家看看。虽然庆茂老婆背地里骂张石榴是个婊子，但是婊子不婊子，人家都算是"皇亲国戚"，多走动走动还是应该的，说不定什么时候还要用上人家呢。也真是巧了，繁花快到庆林家门口的时候，刚好看见张石榴走了过来。天毕竟冷了，张石榴没穿拖鞋，人家提前穿上了长统靴。毛裤是外穿的，屁股蛋绷得很紧。张石榴一边走还一边唱，吊嗓子呢，啊——噢！啊——噢！有点海鸥叫的意思，也有点演三级片的意思。反正是骚，从屁股蛋骚到嗓子眼。连狼都有反应了。她那么一"噢"，繁花就听见了一阵小碎步，那是狼跑动时的小碎步。庆林出现在了门口，拍着手，美滋滋地笑着。他大概以为有人牵着母狗来了。一看是张石榴，庆林就拍着腿："我还以为是来配种的。"张石榴是谁啊，"皇亲国戚"，那可不是吃素的。张石榴说："还是留着给你媳妇配吧。"庆林说："我说的是实话呀，你一来，我的狼都睡不好。"张石榴说："放你妈的狗屁。"庆林说："真的，你听，它白天从来不动的，这会儿一直在跑。"繁花刚好走到，就训了庆林一句："庆林，别胡说。"张石榴叉着腰开始骂了。张石榴叉腰的动作也是很美观的，不是雪娥那种农妇所能比的。张石榴是手背朝里，手指还翘着，很有点兰花指的意思。张石榴骂道："你才是狗日的，你们全家都是狗日的。"庆林也不说话，一摸脑袋，弯下腰，就朝张石榴顶了过来。张石榴赶紧往繁花怀里躲。繁花侧转身，拿着那个黑皮笔记本，朝着庆林的脑袋就是一下。繁花说："德性，我看你也喂出狼性来了。"庆林没脾气了，揉着脑袋拐了回去。繁花又倒过来劝张石榴："石榴妹子，他是个粗人，咱不跟他一般见识。"

顺理成章地，繁花就把张石榴送回了家。见张石榴依然怒气未消，繁花就顺着张石榴又骂了一通庆林。然后繁花话题一转，提到了张石榴的丈夫李东方。张石榴说，东方跟着她妹夫在外面干工程呢。繁花问什么工程，石榴说在溴水修桥。繁花就说："嗬，铺路架桥可是积德行善,大工程吧?你妹夫是干什么的?"石榴说:"也没干什么,就是修座桥,铺条路。东方跟着他,也就是赚个零花钱,万儿八千的,还不够塞牙缝。"繁花拿起张石榴的手,放到自己的膝盖上拍了拍,说:"石榴啊,你知足吧,你的牙缝也别太大了。当然了,东方娶了你,也是上辈子烧高香了。"繁花顺势就提到了铁锁。繁花说:"一个人一条命,说起来铁锁也是修路的,可是一年到头只挣了几双臭皮鞋。"繁花叹了口气,又说:"雪娥呢,也挣不了钱,就喂了几只鸡。我还听说雪娥怀孕了。到时候再罚她万儿八千的,那日子可就别想过了。"张石榴说:"我听说了,还有人说是我妹妹给她弄错的。"繁花说:"你妹妹?怎么扯上你妹妹了?"张石榴说:"村里有人乱嚼舌头,让我听见了。还有人给我送钱,让我给妹妹说一声,下次体检的时候也睁只眼闭只眼。"繁花说:"大妹子,咱可是党员,咱可不能干这个。"石榴说:"谁说不是呢。我还给她们说了,我最讨厌生孩子了,孩子有什么好?又是屙又是尿的,还不如养条狗。"繁花虽然知道张石榴不会生育,但还是说:"这我可得批评你了,你也得考虑要个孩子了,东方挣那么多钱,以后总得有人花吧。不过,你把她们打发回去,那是值得表扬的。"繁花又突然问道:"我还是不明白,雪娥怀孕,跟你妹妹有什么关系?你妹妹是不是王寨医院做体检的?就是做错了,也不能怪你妹妹啊。要是机器搞错了,怎么能怨得了人呢?"石榴说:"再说了,做十个错不了一个,但是做了一百个,出个错总是难免的吧。"仅仅谈了一次话,还不能完全把话说透,但繁花还是想让她知道自己的难处。繁花站起身,捶着腰,说:"我该走了,我得去忙雪娥的事了。我都快累死了。雪娥这娘儿们,有点风吹草动,就夹着尾巴跑了。我是想拉着她再去做一次体检,可就是不知道她躲到哪去了。"石榴说:"总不会上天了吧?要让我说,她不会走远,指不定躲在哪个角落里呢。"繁花就问:"那你说,她会躲在哪个旮旯儿里呢?"石榴说:"穷得叮当响,肯定不会住饭庄。总得有人给她送饭吧?"繁花说:"有她的消息,你一定告诉我。我一定以党的名义,替你严守机密。"石榴说:"我巴不得你很快找到她,那样我妹妹就不必替她背黑锅了。像村后的水泵房啊,纸厂啊,学校的仓库啊,都可以找找。不过,我可什么也没给你说过。雪娥那种人,头发长见识短,我可不想跟她结仇。"

繁花总觉得张石榴平时没心没肺的,说话没个谱,所以当时并没有太在意。第二天早上,当令佩告诉她,他在纸厂看到雪娥的时候,繁花才突然想起,张石榴其实已经提到了纸厂。这天早上,繁花刚把庆书支走,让他到铁锁的姨奶奶家再跑一趟,令佩就来了。令佩进来就说:"桥下有人。"繁花以为他说的有人偷东西的事,就挥了挥手,说:"一星期汇报一次就行了。"他不走,又说了一遍桥下有人。繁花不耐烦了,顺口说了一句:"说清楚,死人还是活人?"令佩说:"像是个死人。"繁花一下子站了起来,赶紧追问了一句:"死透了没有?"令佩说他没看清楚。他娘的,不会是雪娥吧?雪娥还不至于跳河吧?她就又问令佩那人是男的还是女的。令佩说是女的。繁花急得一拍桌子:"还愣着干什么,赶紧把她捞上来呀。"令佩说:"不用捞了,已经冲到岸上了。"繁花喘着粗气,问他到底有没有看清楚男的还是女的。令佩说:"你也太小看我了,我这么大了,还能分不清公母?"繁花低声问了一句:"你没看她是不是雪娥?"令佩说:"雪娥?李铁锁家的雪娥?我昨天还见雪娥了,肯定不是雪娥。"繁花一下子没反应过来,慌慌张张出门的时候,才醒过来神:"你说什么,你见到雪娥了?在哪里见到了?"令佩说:"纸厂啊,怎么了?"和雪娥一比,淹死人的事就显得次要了。繁花又打开门,重新回到了办公室,很郑重地问令佩:"你别开玩笑,你是什么时候见的雪娥?"令佩被繁花搞得一脸雾水:"昨天见的,怎么了?"繁花逼近他,小声地问:"你敢保证没有看错人?"令佩吓得直往后退,都有点结巴了:"她都是个老娘儿们了。豆花多的是,我跟她真的什么也没干。"繁花说:"好,很好,你就当什么也没看见,别跟任何人说。"令佩说:"我知道了,是你把她藏在那里的吧?我肯定谁也不说。不过,裴贞已经知道了。"繁花说:"裴贞怎么会知道呢?"令佩说:"送饭啊。"繁花说:"裴贞看到你没有?"令佩说:"看个屁,我怎么能让她看见呢。"繁花都恨不得亲令佩两口了。繁花说:"你千万别让她们发现。过几天,姑奶奶会好好赏你的。"繁花这才想起来,该去河边看看那个死人了。令佩说,昨天晚上他就发现桥下有人。他想,那会是谁呢?是不是偷了东西,藏在那里不敢出来?他还想会不会是雪娥从纸厂偷了东西,要等到夜深人静的时候再出来?他就跟那人"耗",看看谁能"耗"过谁。在号子里的时候,他别的本事没有见长,"耗"的本事却长了不少。他就继续"耗"。一直到天亮了,他才感觉有点不对劲。下去一看,嗬,原来是个死人,白"耗"了。

  他们往河边走的时候,已经有人知道了此事,也在往河边赶。一些孩子又蹦又跳的,跟过节似的。到了河边,那些人给繁花让了一条道。繁花下去一看,终于松了一口气。死者不是官庄人,显然是涨水的时候从上游冲下来的。现在雨一停,河水一落,就把她撇在岸上了。这时候宪玉也来了,众人又给宪玉让开了一条道。宪玉望着那具尸体,半天不说话,就跟望诊似的。然后宪玉捡起一截树枝,用树枝挑着死人的头发,又挑了挑眼皮。突然,那人嘴里爬出来一只螃蟹。众人无声地向后退了一步。宪玉把那只螃蟹挑到一边,然后又用树枝挑了挑那女人的鞋。鞋还穿在脚上,布鞋,带有鞋襻的那种。宪玉用树枝替人家脱了鞋,又去挑人家的裤腰。宪玉的老婆翠仙在后面"咳嗽"了一声,但宪玉没有理她。繁花说:"还是先通知派出所吧。"宪玉还是不吭声,继续挑。女人裤腰上没系皮带,系的是一条用碎布做成的腰带。有人正等着宪玉再往下面挑呢,宪玉却不挑了。人们都不再看那女人了,都来看宪玉了。宪玉把手套慢慢拽下来,说:"派出所懒得管的,因为她不是本地人。"繁花问:"那是什么地方人?"宪玉卖了个关子,说:"庆林知道,祥民也应该知道,这是山西人。"庆林刚好在场,听宪玉这么一说,赶紧挤到前面看了看。但他并没有看出门道。宪玉说:"看那腰带,那鞋襻,关键是脚趾甲。趾甲壳里面还有煤渣呢。没错,这是山西人,跟庆林老婆是老乡。"繁花说:"派出所怎么能不管呢?好歹是条人命嘛。"这时候,已经有人把派出所的电话打通了。听说可能是山西人,对方就说:"原地先埋了,别让狼给叼跑了。"那人把意思转告给了繁花,繁花还没说什么呢,庆林倒先生气了。庆林说："狼怎么会吃这玩意儿？狼讲究得很，嘴巴刁着呢。"

铁锁也来看热闹了。见繁花注意到了他，他的目光躲开了。繁花经过他身边的时候，故意说了一句："你也来看了，吓得尿裤子了吧？"铁锁没吭声。繁花说："明天我们还得往南程子跑一趟。你舅爷爷家不是南程子的吗？"铁锁说："你快点找吧，我还等着有人做饭呢。"半个小时之前，听到这话繁花肯定气得半死，但现在繁花不生气了。不但不生气，还有一种秘而不宣的快感，好像捏着戏票就等着入场了。繁花一下子变得很客气，还拍了拍铁锁的肩膀。繁花说："好，很好，你就等着看戏吧。"

空气好啊。一场雨过后，小麦已经破土了，空气里有一种草青味。那味道有点甜，也有点苦，淡淡的，凉丝丝的，很沁人心脾。繁花的心情很舒畅。晚上开会时，戏台屋脊两端的兽头繁花都觉得很好看。月光也好，那半弦月很秀气，像姑娘启唇浅笑。繁花也在笑，但那笑不能挂在脸上，只能藏在心里。会议开始了，繁花先让祥生和庆书汇报工作。祥生说学校的厕所已经开挖了，下一步就是砌墙了，得准备瓷片了。庆书汇报了找人的经过，说他现在已经兵困马乏，开着车都差点睡着。繁花说："有什么线索，又花了多少经费，都报告一下。"庆书说，加油费、过桥费、餐费，这些发票祥生都已经签过字了。繁花说："好，很好，都交给我，这事办完以后一并报销。"繁花看庆书抽的是万宝路，就又问道："你们买烟没开发票？"祥生说："烟就算了。"繁花说："公事公办嘛。到了什么地方，让对方几根好烟，是个礼数嘛。明天记着开票。"然后繁花就讲了下一步工作。总的来说，分两类，一类是继续找人，一类是筹划选举，这两者相辅相成，密不可分。繁花说："即便我落选了，我也不能把雪娥这个尾巴留给下一届村委主任。下一届村委主任，是这屋里边的哪一个人我不知道，但不管是谁，我都要对人家负责。"这么说着，繁花眼圈都红了，是被自己感动的。雪石说："繁花这是动真情了。"繁奇说："人心都是肉长的，有什么话你尽管说,大家都能理解。"繁花说:"比方说吧,下一届村委主任是庆书——"庆书赶紧站了起来。繁花示意他坐下,然后说:"我是打个比方,比方说是庆书。庆书上去了,可是屁股还没有坐热呢,雪娥就把孩子生出来了,上头一恼,就把庆书给撸了。这算什么事呢?猪八戒吃人参果,还没品出滋味呢就已经下去了。真到了那个时候,庆书还不把我骂死。"庆书又站了起来,繁花这次是用手把他按下去的。繁花说:"近期的一个工作,就是夏利照样跑,雪娥照样找。我个人的看法是,庆书以后就单独负责这个工作。"繁花的手一直放在庆书的肩头,所以庆书想站也站不起来。不过,庆书的嘴巴是长在脸上的,不是长在屁股上的,所以人家坐着也可以发表意见。庆书说:"我日,就我在外面跑,这合理吗?"繁花说:"我这是发挥你的优势嘛。一、你本来就是负责这一块的;二、你会开车;三、你是当兵出身,学过擒拿格斗,要是见到雪娥,你一个人就把她治住了。"庆书气鼓鼓地坐着,暂时不吭声了。繁花又说:"第二个工作,就是选举,要宣传选举政策,提前制作选票,一大摊事。这个工作由我和祥生负责。你说呢,祥生?"繁花想,祥生啊祥生,你每天在我眼皮底下工作,我倒要看看你怎么搞小动作。繁花又说:"前期的宣传工作,由小红负责。小红,从明天起,大喇叭一天广播三次。"然后繁花问大家有没有什么意见。见没有人吭声,繁花又问祥生:"祥生,你说呢?"祥生说:"我听组织的。"繁花说:"那我们就举手通过?"这时候庆书跳了出来。庆书说:"我们不能因噎废食,雪娥的事可以先放一放,集中力量搞好选举。"繁花说:"庆书,你只要能找到一个人,符合那三条中的任何一条,我就不让你去了。"庆书说:"你这是给我下套呢。"繁花对祥生说:"祥生,要么你自己先忙着?我掏钱雇个司机,我自己去找。找到雪娥以后,咱们再一起工作?"祥生虎着脸,说:"庆书,你坐下。"那声音不高,却把庆书镇住了。繁花想,这很能说明问题啊,这就是同盟军了。一个唱白脸,一个唱红脸啊。繁花说:"这样吧,我们还是举个手,少数服从多数。"除了庆书,所有人都举手了。但繁花还是让小红清点了一下人数,记录在案了。

繁花正要宣布散会，院子里突然来了几个人，还来了一辆毛驴车，一个老太太和一个姑娘坐在车上。一听口音，繁花就知道是山西人。是二愣把他们领来的。二愣指着繁花说，这就是我们的领导。那个赶驴车的男人膝盖一软，朝着繁花就要磕头。繁花没有猜错，他们就是淹死的那个人的家属，男的是死者的丈夫，老太太是死者的婆婆。繁花让他们坐下来慢慢讲。那男人突然指着垃圾筒里扔的方便面盒子，问："那是啥呀？"繁花知道，这是饿坏了，是在拐弯抹角要吃的。繁花就派庆书去买吃的。看见那个姑娘站在门口，繁花就问那男的，那姑娘是谁。男的说，那是他的小姨子。姑娘跺了一下脚进来了，进来就说："去你妈的，谁稀罕做你的小姨子。"男的连忙向姑娘鞠躬，姑娘一扭身，躲了。那男的说，他已经生了三个"毛毛"了，都是黄毛丫头，做梦都想生一个"带把儿"的"毛毛"，生出来一看又是个黄毛丫头。这时候，庆书把方便面买回来了。繁花对庆书说："去，快去叫铁锁，让他过来好好听听。"庆书倚着门，说："没看见我正喘气的嘛。"繁花说："好吧，你喘口气就去。"祥生说："要不，我跑一趟？"繁花说："你别去，就让庆书去，这是他的工作嘛。"庆书很恼火，说："好，很好，好得很，我要不去我是孙子。"说完一横一横走了。繁花说："德性，惯出毛病来了。"然后，她让那男的先吃面，吃完再讲。见老太太嚼不动方便面，繁花对祥生说："你赶快打庆书的手机，让他再买个面包捎过来。"祥生说："还是我去买吧。"繁花说："不行，他不是要求给他压担子吗，一个面包又压不死他。"

那男的很快吃完了，吃完就又要讲。繁花让他再喝点水。那姑娘肚子也饿了，这会儿面向着墙，一小口一小口地吃着方便面，边吃边流泪。过了一会儿，庆书和铁锁来了。铁锁进来以后，繁花把自己的位置让给了他。繁花说："这才是我们的领导，你从头讲吧。"那个男的信以为真，朝铁锁鞠了躬，磕了头，就又讲了一遍。原来，第四个"毛毛"一生下来，一看又是个黄毛丫头，那当妈的脸一扭，就让接生婆把"毛毛"按到了水缸里。一般的"毛毛"，按下去浮上来，三个来回就呛死了，可那个"毛毛"命硬啊，只是呛晕了，没死，只好再呛。"杀人犯！"那个姑娘突然喊了一声。那男的愣了一会儿，对姑娘赔了个笑脸，又接着对铁锁说，那接生婆问他，到底还呛不呛了，他说，那得问问老婆。他对那姑娘说："俺问过你姐的，你姐没吭声，没吭声就是同意了呀。"那姑娘跺着脚，哭着说："胡勒！狗戴嚼子，胡勒！"繁花走过去，拉住姑娘的手，又替姑娘擦了泪，悄声说："听他还能胡勒些什么。"然后繁花又问那男的："就那样呛死了？"那男的说："又呛了两次，才呛死的。你说，这毛毛的命咋恁硬啊。"繁花已经听出门道了，肯定是那女的受不了这般刺激，投河自尽的。但繁花不问，繁花想让铁锁问。繁花对铁锁说："你问问他，孩子他妈是怎么死的？问呀！"铁锁把脸扭到一边。繁花就又对那男的说："你再给我们这位领导讲讲，孩子他妈是怎么死的。是投河自尽的吧？"那男的突然蹲了下去，哭了，说女人月子里是不能出门的，可她趁家人不注意溜出去了。村里有人看见她，说她到河边找那死去的"毛毛"了。后来，他们就顺河而下，找到了这里。

　　繁花对众人说："看见了吧，多么生动的教材啊。铁锁，你就是铁石心肠，也应该有所触动啊。"这会儿，那男的突然朝铁锁磕了个头，说是有事相求。铁锁吓得站了起来，直往繁花身后躲。繁花又把他按到椅子上，说："你先坐下，听听教材上还说了些什么。"那男的说，他想借"贵村"的"一方宝地"，把人给埋了。铁锁再次站了起来，这次他躲到了小红的身后。繁花正想着如何回答，小红先替繁花回答了。小红说："什么条件都可以答应，就这一条不能答应。这村里的人死了还得火葬呢。"繁花想，小红的心肠也真是够硬的，要是我，我还真开不了这个口。奇怪的是，那男的竟然不同意火葬，说以后还要来起坟的，要埋入祖坟的。那姑娘这时候突然说话了，说她赞成火葬。那男的几乎是捶胸顿足，对姑娘说："火一烧，啥都没有了呀。"那姑娘说："火葬咋了，周总理、邓小平还火葬了呢。"她说了，她要把骨灰带回去的，放在床头，永远陪着姐姐。那男的突然耍赖了，说他身上连个钢镚都没剩下，想火葬也火葬不成啊。那姑娘很镇定，说，她可以先把姐姐埋了，然后在这里打工挣钱，等把姐姐火葬了再回去，反正不能让姐姐入他家的祖坟。

这姑娘很有主见啊，很聪明啊。深山出俊鸟，要论模样，她比小红还要俊三分呢。繁花想，令佩跟这姑娘倒是挺般配，都无依无靠的，金花配银花，西葫芦配南瓜，谁也别嫌弃谁。繁花随即安排姑娘晚上就睡在办公室。那对母子呢，繁花想，唉，我可管不了那么多了，就让他们睡在舞台上算了。

　　小红也注意到了那个姑娘。走出那个院子的时候，小红说："那丫头长得不丑啊。"繁花说："我想给令佩说个媒，你看怎么样？"繁花本以为，小红听了会很高兴的，不料小红却虎着脸说："令佩不是有'豆花'吗？我看你还是给李皓做个媒更好。你们不是老同学吗？你说呢？"繁花想，还是小红考虑得周到。小红说："你要是不反对，我这就回去抱一床被子，让李皓给送过来。"繁花当然只能赞成不能反对。小红说完就跑了，有点争分夺秒的意思，一双辫子在月光下像马尾巴那样一甩一甩的。繁花只是有点想不通，小红为什么那么讨厌令佩。这时候，小红又拐了回来，喘着气说："刚才人太多，有件事我没办法给你说。"繁花说："你尽管说，我给你办了就行了。"小红说："三年前选举的时候，村里请县剧团唱过一台戏，这次咱们也请一台戏吧，就算是宣传选举法的。"繁花说："哟，这事你不提我都忘了。你看唱哪出戏好呢？"小红说："随便什么戏都行，图个热闹呗。明天我要进城给我爸爸抓药，我顺便到剧团打个招呼。"繁花说："最好是现代戏。"小红说："还是古装戏好，老人们喜欢。豆豆的爷爷奶奶就很喜欢。你放心，唱戏的人都有吃柳条屙筐就肚编的本事。事先打个招呼，让他们到时候来一段山东快板，宣传一下选举和计划生育，他们保证能让你满意。"繁花说："不是有一出戏叫《龙凤呈祥》吗，是说刘备招亲的，我家老爷子最喜欢看。"小红说他父亲也喜欢看，豫剧叫《龙凤呈祥》，京剧叫《甘露寺》，其实是同一出戏。小红这丫头懂得真多啊。繁花说："那就《龙凤呈祥》吧，图个吉利。"小红问经费问题怎么解决。繁花说这得和祥生研究，他毕竟是管钱的。小红说："这样吧，我先给他们谈。如果必须先交定金，我先垫上就是了，反正又花不了几个钱。"

本来当天晚上就应该到纸厂看看的，可繁花没去。繁花命令自己不能去。繁花总觉得这里面有戏。那戏还没有开演呢，现在响的只是开场锣鼓。幕后的人还在对镜梳妆呢。锣鼓声越来越急，像密密匝匝的雨点，然后会有一个停顿，就像骤雨初歇，然后又是一阵锣鼓，这时候大幕才会徐徐拉开。繁花想，这唱戏的人当中应该有庆书和祥生。还是那句话，庆书是唱白脸的，祥生是唱红脸的。她一本正经地派他们出去，他们也装模作样地到处找人。他们是给我磨洋工呢。繁花想，要是真把人惹恼了，她就在选举的节骨眼上，把这件事宣讲出去，让村里的老少爷儿们知道，"某些人"到底是怎样的人。她还要把这事告诉妹妹繁荣，让繁荣捅到报纸上去，让全县人民都知道，"某些人"是怎样破坏选举的。

只是隔了一天，繁花就忍不住了。有一只小猫钻到了她的肚子里，那小猫调皮得很，小爪子一点点地挠着她。挠得她心里痒酥酥的。到了这天下午，她实在忍不住了。她对殿军说，你想不想陪我去看戏。殿军正在起草竞选纲领，刚好写到纸厂的利用问题。他说，什么动物适合这里的气候，都得通盘考虑。繁花说："你现在就跟我到纸厂去，那里正演戏呢。看过以后，你可能会来灵感呢。"殿军问："又不想搞养殖场了？"繁花说："养啊，怎么不养？这会儿已经开始养了。雪娥正在那里养孩子呢。"繁花最看不惯殿军拿望远镜的样子，这会儿却提醒他一定要带上。走到桥头，繁花遇见了令佩。令佩靠着那只脏兮兮的汉白玉狮子，和一个"豆花"在桥头聊天。那"豆花"繁花不认识，看上去比那个山西姑娘要洋气一些，穿着皮裙子，眼圈儿涂得像熊猫，头发弄得像吊兰。繁花把令佩叫过来，说："你不去看人，在这儿干什么？"令佩说："有人替我看着呢。"令佩考虑得很周到，他让他的两个狐朋狗友在那里看人，说雪娥不认识他们，不会起疑心。繁花让令佩带他们去，令佩看看天色，说现在太早了吧。繁花说早什么早，天都快黑了。天确实快黑了，因为天上乌云聚集。那滚滚的乌云就像是一台戏，唱戏的全是黑脸，或甩袖，或弄棒，或翻着跟头从这头一直翻到那头，好像是要下雨了。那"豆花"走在前面，繁花和令佩跟在后面，边走边说话，看上去像是繁花代表组织给令佩做思想工作似的。繁花也确实做了些思想工作。繁花问令佩:"这姑娘不错嘛,要是谈得差不多了,就把她娶过来算了。"令佩说:"你就没看她走路有些叉腿?"令佩的声音很低,很神秘。繁花说:"不叉腿怎么走路?"令佩说:"小红就不叉腿。小红走路的时候,腿夹得紧紧的。一叉腿就是打过胎的。"什么乌七八糟的!繁花做出要打他的样子。令佩躲开了,但很快又凑了过来,说:"我是故意和这个姑娘混在一起的,为的是气气小红的。我要让小红嫉妒。"繁花说:"你拉倒吧,小红可不会理你这一套。"这会儿,他们已经走到了纸厂的西边。眼看四周没人,令佩就很得意地说:"已经有效果了。小红已经找我谈话了,还送了我两块肥皂。千里送鹅毛,礼轻情意重啊。"这个令佩,还在做梦呢。繁花说:"小红也送了祥生两块肥皂,这能说明什么问题呢?什么也说明不了嘛。"令佩"咦"了一声,说:"不一样的,那肥皂是'好光景'牌的,意思是让我向前看,很有深意的。而且,她还跟我谈心,让我出个节目。"这倒很稀奇,令佩又能出什么节目呢?令佩弯腰把挡在繁花前面的一截树枝扔到一边,然后说:"她让我给选举助兴,表演怎么从猪油里抓乒乓球。我正准备答应她。"繁花想,挺聪明的一个人,怎么突然傻得不透气呢?看来真是鬼迷心窍了,把挖苦都当成奖赏了。繁花站在原地等着殿军,半天没有吭声。令佩还在说。他已经把小红叫成"红红"了。他说:"当初我也没答应红红。打人不打脸,揭人不揭短。这不是打我的脸吗?可后来红红给一做思想工作,我就想通了。红红说了,我只要走出了这一步,那就证明我已经彻底悔过自新了,已经能够把自己的所学献给人民群众了。红红用的都是大词,压得人喘不过气,我虽然有点配不上,但还是很感动。"繁花忍住了,没有笑出来。令佩又说:"红红还说了,宪生要在旁边给我伴奏的。"宪生?繁花有点吃惊。这宪生是个瞎子,会拉二胡,早年是毛泽东思想宣传队里的活跃分子,可自从单干以后,他就一年到头不着家,靠卖艺求生。前些日子繁花派小红到北京出差,小红回来说,她在北京地铁口见到宪生了。宪生像个艺术家似的,头发留得很长,面前放着一个茶缸,茶缸里是行人丢的钢镚。现在连宪生都回来了？这会儿，当令佩征求繁花的意见，问他到底该不该上台表演的时候，繁花还能说什么呢？她只能说应该。她说："你摸乒乓球，宪生来伴奏，好啊。还是你的红红考虑得长远啊。"繁花接下来又教训了一通令佩，说既然小红对你有意，那就别再和"豆花"鬼混了。令佩的表情一下变得很神秘。令佩说："红红的水还没烧开呢，还欠一把火。这豆花就是那把火。"

纸厂的西边原来是一大片杏林，学大寨那年全都砍光了。现在是一片荒地，遍布杂草、荆棘和酸枣树。间或还能看到几株杏树，都是后来从根上发出来的。树也是需要人气的，没有了人气，它就变成了野树，矮矮的，都看不出树的模样了。繁花对殿军说："这荒地也值得一写的，种上什么果树，或者干脆放养些牲口？你琢磨琢磨吧。"殿军说："这里适合喂骆驼。骆驼最好养了，耐旱，脾气好。骆驼浑身都是宝，我已经想好，用骆驼皮做皮鞋，这是一项空白，搞好了还可以申请国家专利呢。"院墙上有一个洞，比学校院墙上的那个洞稍大一点。繁花说："这洞摩托车可以开进去吧？"殿军说："骆驼可进不去。"繁花盯了他一眼，他不吭声了。那个洞用砍下来的杏树枝条和酸枣树挡住了。令佩看了看树枝摆放的样子，又看了看地上的脚印，打了一个响指，说："没人来过。"繁花问："你的朋友呢？"令佩说："也在里面。"令佩将树枝拨出一条缝，繁花果然看见了两个年轻人，是一对男女。他们正在打羽毛球，远远看去就像是在演皮影戏。繁花问："是私奔的吧？"令佩说："差不多吧。"繁花用手指戳着令佩的太阳穴，说："你呀，什么时候能让我放心，让你的红红放心。"那对年轻人还在院子里铺了一块布，是用来盖机器的那种防雨的帆布，帆布上放着稻草。殿军说："嘀，挺浪漫啊，快比得上深圳了。"令佩说："不会吧，深圳可以领导潮流的。还是有差距的，深圳的年轻人打的是高尔夫球，溴水的年轻人只能打羽毛球。"繁花说："你们能不能谈点正事？"令佩脸一紧，赶紧开始"汇报工作"。不过，人家的"汇报"是设问式的，卖关子式的。他问繁花："看见那个汽车轮胎上的那个东西了吗？猜猜那是什么？"那是一个方匣子，远看就像个骨灰盒，上面盖着一层塑料布。繁花接过殿军的望远镜看了，还是没看出它是什么玩意儿。繁花盯了令佩一眼，令佩就不敢再卖关子了，说那是一台电视机。还说，昨天晚上雪娥也出来看电视了。"裴贞看了没有？"令佩说不知道，因为这电视机是刚搬来的。"偷的吧？"令佩说："是我的电视机。"繁花说："你的电视机就不是偷的了？别以为我不知道。以后可不敢这样了。"令佩笑了笑，然后指着院子里一个巨大的广告牌，说雪娥就藏在广告牌后面的房子里。令佩搞错了，那并不是广告牌，而是"治污倒计时"宣传牌。繁花记得，"倒计时"进行到最后一天的时候，省里的报纸和电视台又来了。那天晚上零点刚过，繁花领着那些记者拍下了纸厂通过暗渠排污的镜头。这是她当政期间干得最漂亮的一件事。这会儿，那宣传牌突然摇晃了起来。起风了，一阵狂风过后，雨来了，是深秋时节少见的暴雨。在雨中，天色慢慢变得明朗了。繁花看见院子里的那对男女，并没有进到屋里去。他们很快活，又蹦又跳的，就像甘霖中的蟋蟀。繁花浑身都湿透了，殿军脱下衣服让她顶着，她却不愿顶。她说这样挺好，淋了雨很痛快。令佩也脱下了衣服，这次繁花接住了。她想，铁锁上次淋雨是为了给我玩苦肉计，我呢，我为什么要给雪娥玩苦肉计，没那必要嘛。她顶着令佩的衣服，等着那暴雨过去。凡是暴雨都下不长的。果然，那暴雨来得快去得也快，吃碗饭工夫，天色就又放晴了。雨水冲走了地上的树叶，那野草本来是黄的，这会儿颜色一深，好像变成黑的了。那对年轻人，下雨的时候待在外面，雨停了反而钻到屋里不出来了。盯着那空旷的院子，繁花曾动过了一个念头，就是想等裴贞来，看看她是如何演戏的。她甚至有一种冲动，那就是告诉雪娥，最初就是裴贞告发了她。当然她是不会这样做的，一来不符合干部的身份，二来那就同时得罪了裴贞和雪娥、铁锁和尚义。她打了一个激灵，想，何不直捣那裴贞的老巢，装作什么也不知道，看看裴贞在家里搞什么名堂？

等她回家换了衣服，再来到裴贞家的时候，天已经快黑了。裴贞正在炒菜。她没穿高领毛衣，穿的是一件军用绒衣，油渍斑斑的。那绒衣很短,像个马夹,里面的衬衣都露在外面。繁花说:"做什么好吃的,一进院子我就闻见了。"裴贞已经炒好了一份土豆、一份南瓜,都是满满的一大碗。繁花顿时想到了裴贞说过的土豆的妙用,就是让子宫里多加一点碱,好生儿子。但繁花没说土豆,繁花这会儿说的是南瓜。繁花说:"我最喜欢吃南瓜了,让我尝尝你的手艺。"但下筷子的时候,繁花夹的却是一块土豆。她的动作很自然、很家常,因为家常而透着那么一股子亲切。她还眯起了眼睛,是那种吃到美食后陶醉的表情。然后她又夹了一筷子南瓜。这次她没再眯眼睛,相反还把眼睛瞪得很大,那是因为过于好吃而吃惊。"你可以去开饭馆了,"繁花说,"哪天我请客,你就去给我掌大勺吧。我就不给你酬金了,谁让咱们是好姐妹呢?"裴贞说:"支书你别笑话我。"繁花说:"真的,殿军想请客,可我不会做菜,正想找个人呢。"裴贞说:"就这,尚义还整天说我做的菜是喂猪的。"繁花说:"这南瓜做得好,放了鸭蛋黄了吧?"裴贞说:"宪法家的鸭蛋贵得很,咱买不起,这是鸡蛋黄。"繁花笑着说:"我吃着正好,可是殿军肯定会说觉得酸。你放醋了吧?"裴贞说:"醋好啊,醋软化脑血管。文化人的脑血管跟麦秸秆似的,脆得很,薄得很。文化人娇着呢。"这尚义还没有转正呢,裴贞就一口一个"文化人"了。繁花说:"怀孕的女人都喜欢醋,我怀着豆豆的时候,顿顿离不开醋,都成了醋坛子了。不怕你们文化人笑话,放个屁都是酸的。"

繁花搬过凳子自己坐了。那凳子很沉,像是用枣木做的,可是再一看又不像枣木了。主要是比枣木的纹理细。枣木的纹理是用烙铁烙出来的,这木头的纹理却是绣花针钩出来的。莫非是栎木做的?那年纸厂进了一批栎木凳子,曾派人给繁花送了几个,但被繁花拒绝了。这会儿,趁裴贞没注意,繁花把凳子翻过来看了看,凳子底下果然写着"王寨纸厂"的字样。这个尚义,将自家的凳子拿到学校,再把纸厂会议室的凳子搬回家里,你唱的是哪一出啊,狸猫换太子?繁花把凳子放好,笑着问裴贞,尚义怎么还没有回来。裴贞说,尚义从来都回来得晚,现在讲究升学率,狗在后面撵着的,一步也不能放松。尚义的小儿子突然说话了,说爸爸去喝酒了,还带着手绢呢。繁花问他,带手绢做什么?儿子说,他的酒不往肚里咽,都吐到手绢上了。小家伙长大当了兵,肯定是特务连的。但繁花却把他批评了一通:"这孩子,可不敢胡说。"那孩子说:"我知道,我从来不说的。"完了,特务连进不去了。连裴贞都笑了。裴贞对繁花说:"你别听他胡扯,他爸爸一会儿就回来了。"繁花就说:"那好吧,我就等一会儿尚义。我有话要给他说。"裴贞给繁花盛了饭,繁花稍加推辞就接住了,然后问起了尚义转正的事情。裴贞说:"咱既没关系,又没钱送礼,只好听天由命了。"繁花把饭一放,说:"这态度可不行。有一分希望,就要做十分努力。"这时候尚义的儿子又说话了:"祥生伯伯说了,让我爸爸当校长。"裴贞脸色变了,竟然举起凳子要砸儿子的"狗头"。儿子哭了。裴贞说:"我还没死呢,你给谁哭丧呢,滚。"儿子只好到外边哭去了。童言无忌啊,繁花想,这顿饭我可是没有白吃啊。繁花对裴贞说:"德性,儿子又没说错什么呀。这本是我的意见。祥生这个人啊,什么事都不能告诉他。他是狗窝里放不住热馒头。"

吃过饭,繁花感到有点发冷。都是那场雨给淋的,好像是感冒了。但她还是没有要走的意思,她倒要看看裴贞怎么去给雪娥送饭。可裴贞倒能沉得住气,又打起毛衣来了。不过,繁花看得出来,裴贞还是有些手忙脚乱。瞧,那毛线球就从腿上滚下来了两次。当然,后来她还是沉不住气了,主动提到了雪娥。裴贞用打毛衣的针挠着头皮,若无其事似的,问:"听说雪娥出去了?是串亲了还是卖鸡蛋去了?"繁花说:"这件事我现在都不愿提了。是,是有人说她跑了。跑就跑吧,跑得了和尚跑不了庙。"裴贞说:"外面有些人说闲话,说是我告发的。支书,我可什么也没跟你说过。"繁花笑了,说:"你给我说什么了?我怎么不知道?"裴贞说:"这不能胡说的,要结子孙仇的。"繁花说:"其实,我知道她藏在哪里。裴贞,有人给我说,你还跟她见过面。我当时就批评了他们。我给他们说,裴贞怎么会干这种事呢,裴贞是谁?裴贞是文化人。文化人都是懂规矩识大体的,怎么会干这种傻事?我还问他们,你们说裴贞跟雪娥见过面,那你们一定也见到雪娥了。你们说说,雪娥藏在哪里?"裴贞说:"就是,让他们说个明白,说不明白就撕烂他们的嘴。"这时候,尚义的小儿子把舔得很干净的碗送进来了。小孩子没记性,拉着他妈的胳膊,要求看电视。繁花倒希望他能坐在屋里看电视,可裴贞不愿意。裴贞虎着脸,又让人家滚,还让人家滚得远远的。那孩子又哭着出去了。裴贞把他的碗送到了灶房。繁花还以为她会洗了碗再过来的,没想到她很快就过来了。还没等裴贞开口,繁花就说:"他们说得有鼻子有眼的,说裴贞每天给雪娥送饭,裴贞考虑得很周到的,菜里面都要加醋的。还说雪娥喜欢吃南瓜炒鸡蛋,裴贞就做南瓜炒鸡蛋。还有更绝的呢,说那鸡蛋都是铁锁送过来的。"繁花也只是顺口这么一说,她想裴贞肯定会否认的。那团毛线又掉到了地上,这次是繁花帮她捡起来的。繁花把毛线交给裴贞,说:"他们还不如说,那鸡蛋都是铁锁下的。这不是更离奇了吗?"繁花没有想到,无论如何也没有想到,裴贞竟然当场就承认了。不过,人家说得很巧妙,简直是天衣无缝,让繁花不得不自叹弗如。裴贞接过那团毛线,吹了吹上面的灰,说:"我就不信雪娥会跑。往哪儿跑?我知道她没跑,她就待在纸厂。"

"纸厂?"繁花身子往前一探,手都放到了裴贞的膝盖上,并且又抓住那团毛线。裴贞让繁花替她撑着毛线,她好把线团松一下,再缠一下。裴贞缠着毛线,自自然然地说道:"她只是在那里躲两天,等着铁锁脑子转弯呢。铁锁就想生个男孩,可你想生什么就能生什么吗?生个熊猫能卖几十万块钱呢,可你能生出来吗?"繁花说:"别熊猫了,猫都生不出来。"裴贞说:"就是嘛。雪娥就是要让铁锁明白这个道理。"繁花说:"铁锁真是个榆木疙瘩,不,是铁疙瘩。"裴贞说:"我还在想呢,等铁锁脑子转过来弯,我就去把雪娥叫出来,交给铁锁。现在看来,我只能把雪娥交给你了。"繁花说:"裴贞考虑得真周到。"繁花想,裴贞其实还是没有把心里话说出来。她这样做,其实是要打消雪娥对她的怀疑。裴贞啊裴贞,你真是高啊,日你娘,你真是高得不能再高了。但是裴贞下面说的一句话,却让繁花吃了一惊。裴贞说:"其实我什么都知道的,你们早就知道我在给雪娥送饭了。你们不是已经派人来顶替我了吗?今天不是小红送饭吗。小红给我说了,在这节骨眼上,不能让那么多人知道雪娥怀孕了。"繁花坐在那里没动,手里还撑着毛线。那毛线很轻,可她却觉得胳膊越来越酸了,好像那不是毛线,而是钢筋,腰都要压酸了。现在,人家裴贞又倒过来批评繁花了。裴贞对繁花说:"不是我说你,你一进来我就知道你干啥的。你呢,偏偏要拐弯抹角的。我拿你当亲姊妹,你也应该拿我当亲姊妹呀……"裴贞还说了些什么,繁花听不清楚了。繁花只看到裴贞的嘴皮子在动,嘴角还出现了一点白沫,跟肥皂泡似的。繁花还有点冷,眼皮都有点睁不开了。那其实是因为身子滚烫,扒光衣服都可以当熨斗了。但她的脑子还是清醒的,还知道该怎么收场。她说:"雪娥在那里有吃的,有喝的,我很放心。就让她在那里再住两天吧。铁锁的脑袋不是铁疙瘩吗?铁疙瘩也有烧化的时候。"

从尚义家里出来,繁花就有些不对劲了。一开始是头重脚轻,好像自己的脑袋变成了铁疙瘩,双脚却像是踩在棉花上一般。没走几步,又颠倒过来了,变成了头轻脚重,那铁疙瘩好像就绑在自己的腿上。路过繁新家的牛棚的时候,她靠着牛棚的栏杆休息了一会儿。牛在反刍,跟吃泡泡糖似的,咂得很响。庆林家的狼又在叫了,不是长号,而是断断续续的,有些上气不接下气的意思。再听下去,那狼又不叫了,变成了狗叫,不是一只狗叫,好多狗都在叫。繁花明白了,庆林的狼肯定又当上了新郎官了。庆林说过,他的狼每次配种,村里的狗都要叫。公狗叫是嫉妒,母狗叫是羡慕,反正都有"反应"的。狗叫当中,还有人在拉二胡。那肯定是宪生在拉,拉的是宋祖英的《今天是个好日子》。本来挺欢快的一支曲子,上了二胡就有些呜呜咽咽了。拉完了《今天是个好日子》,人家又拉上了李皓爱唱的《空城计》。果然,繁花隐隐听见李皓在唱:"我本是卧龙岗上散淡的人,凭阴阳如反掌保定乾坤。先帝爷下南阳御驾三请,算就了汉家的业鼎足三分……闲无事上敌楼我亮一亮琴音……"李皓嗓子哑了,破锣似的,听上去有些恶狠狠的,黑压压的,好像那手中摇的不是诸葛亮的羽扇,而是张飞的蛇矛、李逵的板斧。又过了一会儿,繁花看到尚义回来了。尚义喝醉了,跟跟跄跄的。不过有人在旁边搀着,那人是小红。尚义毕竟是个文化人,喝醉了还很有礼节。他在向小红道歉,说不该吐到她身上。"脸都丢尽了,我真想扇脸。其实我没喝高,遇到这么高兴的事,我怎么会喝高呢。没喝高,再喝几杯也不高。"小红说:"对,没高。你还能喝。"尚义说:"你回去给祥生说,就说我说了,我没高。"小红说:"你没高,他高了。"尚义又说:"学生家长都听我的,你信不?连二愣那种傻瓜都望子成龙呢,不听我的行吗?"小红说:"不行,行也不行,你最厉害了。"等他们走远了,那股子酒味还滞留在繁花的鼻子跟前。突然,空气中又升腾起来一股子草味,热烘烘的,味道很重,还带着那么一股子臊味。牛反刍的声音变弱了,好像也在闻那股味道。以后每过一会儿,那味道就重上一次。迷迷糊糊之中,繁花终于想到了,那是新鲜牛粪的味道。嗬,人家是怎么说的?说我是一枝鲜花插在牛粪上,这会儿倒是真的插上了。等她顺着栏杆出溜下去的时候,她的脑子还在转。过几天,等小红当上了村委主任,人们又该怎么说呢?其实小红才是鲜花,地地道道的插在牛粪上的一朵鲜花,红艳艳的,好看着呢。

天越来越冷,繁花的额头却越来越热。选举的前一天,县里的剧团来了,唱的就是《龙凤呈祥》。繁花在家里挂吊瓶,家人都去看戏了,就殿军在家,殿军坐在床头给繁花削苹果。殿军给她说了实话,说那鞋厂倒闭了,他已两个月没有工作了。他说他准备回来喂骆驼。骆驼浑身都是宝,驼绒可以卖钱,肉可以做罐头,皮可以做鞋。他说,他本来想把这个主意献给村委,现在还是自己留着吧。放在往常,繁花听他谈骆驼,是从来不接腔的,觉得他是满嘴跑舌头,胡吹呢。这会儿,繁花支起身子,接了一句:"不是还能照相吗?"殿军高兴坏了,苹果差点扔到地上。殿军说:"对呀,给骆驼梳梳头,理理毛,打扮得漂漂亮亮的,当模特呀。"

这时候有人敲门。殿军出去开门的时候,繁花拉开窗帘的一角,看清来人是小红和宪玉。宪玉是来换吊瓶的。殿军说:"小红,又来送肥皂了?"小红很自然地说:"用完了?用完了我再送。"说着就进了屋。小红很大方的,进了屋就坐上了繁花的床沿,还把繁花的手从被窝里拉出来,贴到脸上。"烧有点退了。"她对宪玉说。繁花一直在装睡,这会儿睁开了眼睛,很吃惊地说:"哟,你什么时候来的?你看我,也不能起来陪你说话。"小红的手指竖在嘴边,"嘘"了一声,说:"别说话,好好养着。你吓死我了。真悬啊,没让牛给踩伤,真是万幸。要是把你踩伤了,你看我怎么收拾繁新。"这倒好,还没有上任呢,就不让我说话了。殿军突然又说了一句:"小红,这次没带肥皂?"繁花说:"殿军,你出去给小红倒杯水。"小红一只手握着繁花,一只手在繁花的手腕上按着,问宪玉:"这次换个手扎吧?"宪玉说:"那就换个吧。"繁花说:"不换了,反正又扎不死人。"宪玉拿着针管,看看繁花,又看看小红,不知道该听谁的了。繁花把握在小红手里的胳膊抽出来,缩到被子里,让宪玉还扎原来的手。繁花对小红说:"雪娥她——"繁花话没说完,小红就虎起了脸:"七分靠治,三分靠养。听话,好好闭目养神。"繁花说:"我是说,雪娥她怎么钻到了那样一个鬼地方。"小红这次没有虎脸。小红用手抓住那个晃动的吊瓶,眼睛也看着吊瓶,说:"雪娥也真是狠心,扔下铁锁,也扔下一对姑娘,就那样藏起来了。"这话等于什么也没说。殿军端着水站在一边,说:"雪娥哪有那个脑子,肯定是有人指使的。"小红说:"是人家夫妻两个商量出来的。这对夫妻,真是在一个罐子里尿的,想出来的主意都是臊的。"还是等于什么也没说,而且有点夹枪带棒了,再说下去可能就要翻脸了。这会儿宪玉扎完了针,行头还没有收拾完,就说:"我走了,待会儿再来。"繁花说:"你去看戏吧,殿军已经会拔针头了。"小红对殿军说:"那就看你的了。伺候好繁花,你就给村里立了功。我给祥生说了,这医药费都是要报的。繁花要是转成了肺炎、心肌炎,有个三长两短,我们可饶不了你。"繁花越听越别扭。倒不是怀疑小红咒她要得心肌炎,而是因为那个称呼。小红平时从来不直呼其名的,可这会儿开口繁花闭口繁花的,繁花真是有点不习惯。

　　第二天选举的时候,繁花的烧已经退了。她没去会场,就坐在自家的院子里。村里的大喇叭好像刚换了个新的,声音很清脆,正放着庆书最喜欢的那首歌。那歌中唱着朝霞灿烂，巨人向前。家里的人都去投票了，连豆豆也跟着爷爷奶奶去了，家里只剩下了繁花和几只兔子。她听出来是牛乡长在主持会议。牛乡长代表王寨乡感谢上届村委为官庄村做出的巨大贡献，还特意表扬了"孔繁花同志"，说她身上有一种精神，为了人民的利益鞠躬尽瘁的精神，这是官庄村干部的"传家宝"啊，不能丢的。然后是演讲。最先演讲的是孟小红。孟小红平时只要站在大喇叭跟前，都是用普通话说话的，这会儿用的却是本地方言。孟小红重点提到了纸厂的改造。她说，纸厂放在官庄村，那是官庄的骄傲，是乡政府对官庄的信任。她表示要和乡领导紧密合作，一手抓生产，一手抓治污，两手都要硬。她的声音突然放低了，提到了她那死去的哥哥。她大概搞错了，竟然说哥哥就死于西河的污染。她说，她比任何人都痛恨污染，所以请大家放心，她会下决心配合纸厂搞好治理。接着小红的嗓门又抬高了。说乡里已经同意了，纸厂将实行股份制，官庄村以一百万元入股，村里的各家各户也可以入股。小红特意提到，在外面工作的官庄人，已经有人提出入股了。小红提到了一串名字，其中有张石榴的丈夫李东方、李雪石的儿子李小双、孔繁花的妹妹孔繁荣。繁荣也入了股？繁花不敢相信自己的耳朵。小红说，纸厂将优先解决官庄村剩余劳动力的问题，也就是"吃完饭没事干"的问题。她，官庄村人民的女儿，将像孝顺自己家的老人一样，孝顺官庄村人民。然后是有人向她提问。繁花听出来了，提问的是李尚义。李尚义问到了计划生育问题。想起来了，尚义是计划生育模范呢。小红先感谢了"尚义老师"的先天下之忧而忧，然后说，只要措施得当，相信村里的老少爷儿们、婶子嫂子姐妹们，都会理解她的。随后小红就举了一个例子，说雪娥虽然是医院检查出了错，怀孕不能怪雪娥，但雪娥还是非常通情达理，愿意去做手术。在对待计划生育问题上，她一定要做到"你仁我义"，那种"不仁不义"搞软禁的事、扒房的事，再也不会出现了。繁花的耳朵"叽叽"叫了两声。小红说，雪娥做手术的费用、手术后的养护费用，一律由村里报销了。接下来，祥民提到了火葬问题，本村人死了必须火葬，外村人死到了官庄该不该火葬,火葬费该谁拿。小红说,当然该死者家属拿。有人说,就是嘛,本村的人是人,外村人也是人,都是人嘛。接着传出来一阵打闹声,牛乡长只好插了一句,要大家冷静下来。小红说,前几天河里冲下来的那个人,现在已经火葬了,火葬费已经有人拿出来了。有人追问是谁拿的。小红说:"过几天,大家喝喜酒的时候,就什么都知道了。到时候不光要喝喜酒,还要吃烤全羊。"这一下,所有人都知道是李皓拿的了。繁花想,看来铁拐李也要进入村委了。小红发表过演说以后,繁花正等着听祥生和庆书发表演说呢,乐曲声却响了起来。嘀,这就开始投票了?看来庆书和祥生已经放弃竞选了。这次换了个曲子,是《解放军进行曲》,繁花双手给兔子择草,双脚却跟着那旋律打起拍子。那旋律一遍挨着一遍放,像狗咬尾巴似地首尾相接。后来,那乐曲声突然停了。小红又发表了演说,那自然是就职演说了。现在小红又改成了普通话。那普通话说得好啊,都有点像倪萍了,哗啦啦地就把观众的感情给煽起来了。但小红说了些什么,繁花却没有听清楚。因为有人在放炮,噼噼啪啪好一阵乱响,像过除夕似的。

别说,到了晚上,村里还真有点除夕的意思。各个路口的灯光都亮了起来,大喇叭里放一段戏曲再放一段相声,赵本山也出来了,又出来卖拐了。赵本山的拐刚卖出去,宪生又接上了。这就是实况直播了,宪生的二胡拉得很欢快,有些牛欢马叫的意思,都不像是二胡了。宪生正拉得起劲呢,小红突然在大喇叭里说话了,说从今天开始,村里的电费都由纸厂来出,在用电方面以后实行"按需分配"。繁花披着殿军的棉袄坐在院子里,听喇叭里这么一说,立即交代殿军把屋里的灯泡都换了,换成大的。繁花膝盖上跳动着一个毛线球,她正在给豆豆打毛衣。连任人民调解委员的繁奇坐在她旁边,夸她打得好。她说:"还好呢,多天不摸针线,手指头比脚指头都笨。哪天我得去问问裴贞,这胳肢窝怎么打。"繁奇对繁花的父亲说:"我看出来了,我这妹子做针线活也是好手。"殿军在旁边问了一声:"这庆书不是老想着给自己压担子的嘛,怎么还没压上,还是'专摘妇女工作的'?"繁奇"啧"了一声,说:"等下届吧。小红说了,她只干一届,然后就去纸厂当个普通工人。"殿军又问:"有一点,我一直不明白,小红为什么要把雪娥藏起来?"繁奇摇晃着膝盖,哈哈笑了,说:"小红说了,雪娥那是在替纸厂看家,以后要补发工资的。"繁花问繁奇:"你入股了吗?"繁奇说:"谁都知道,只要不闹事,纸厂是一本万利,为什么不入呢?你们家不是也入了吗?"繁花说:"老哥,你别开玩笑了,连我都不知道,你怎么会知道呢?"繁花的父亲说:"是繁荣入的股。你妹妹说了,这一下姐姐就可以安心给咱们孔家生个男孩了。"看来小红演讲的时候并没有胡说,人家连繁荣的工作都做通了。繁花"噢"了一下,继续打她的毛衣。繁奇给殿军递了一根雪茄烟,说:"人心都是肉长的,到了这一步,我心里也怪不是滋味的。好在繁花能想得开,不然我这张老脸都没地方放。你说呢,殿军?"殿军说:"我不管你们的鸡巴事。我要养骆驼了。"殿军很兴奋。繁花知道,这没心没肺的东西,兴奋并不全是因为骆驼,还因为可能再次当爹。这会儿,他不光给繁花削苹果,还捏着餐巾纸,等繁花擦嘴。繁花突然想起了殿军为雪娥修补的那几双鞋。她让繁奇带给雪娥。手工费就免了。新补了几块皮子,换了两个鞋跟,一块皮子三元,一只鞋跟五元。雪娥要是手头紧张,也就算了。

　　街上传来一阵杂沓的脚步声。从门口望出去,繁花看见了小红、祥生和李皓。李皓手中捧着一张玻璃匾。繁花知道那是送给自己的。李皓一脚深一脚浅的,那块玻璃也就摇过来摇过去,像阳光下晃动的镜子。要是没有意外,匾额上题的应是"一花一世界"。快走到繁花家门口的时候,小红把那匾额接了过去,自己抱着。繁奇已经出门迎接去了,很匆忙的样子。有那么一会儿,繁花仰起了脸。灯光未及之处,天光幽暗而浩瀚。那脚步声越来越近,好像正从天上传过来,传过来。

二〇〇三年四月—六月写于郑州、北京

(原刊于《收获》2003 年第 5 期)

姐姐的丛林

笛 安

一 绢姨

三年前的这个季节,姐姐离开了家。那是在秋天,我们从小长大的这条学院路落满了梧桐叶。绢姨抬起头,说:"今年的叶子落得真早。"十月的阳光铺满了绢姨的脸,她还是那么漂亮。姐姐像以前那样拥抱了我,姐姐说:"安琪,再见。"她露在藏蓝色毛衣领口的锁骨硌了一下我的胸口。

那天晚上我一如既往地失眠。火车在我们这个城市的边缘寂静地呼啸着,比睡着的或睡不着的人们都更执着地潜入黑夜没有氧气,也没有方向的深处。我知道姐姐现在也没有睡着,她一定穿着那件藏蓝色的毛衣,半躺在列车的黑夜里。长发垂在她性感而苍白的锁骨,那是一个应该会有故事发生的画面。如果交给绢姨来拍,她会把姐姐变成一个不知道渥伦斯基会出现的安娜。注意角度就好,避开姐姐那张平淡，甚至有点难看的脸。

绢姨一直都用她的职业习惯，裁剪着她的生活。那份她自己都没觉察到的冷酷隐藏在她美丽的眼睛里，我和姐姐不同，我有点怕她。所以我讨厌用她的方式讲故事，我不想给所有的人，包括我自己找任何借口。

我的手机响了。是绢姨。对不起我忘了告诉你们，我叫林安琪，十九岁，在一个离家很远的城市念大学，艺术系，大二。绢姨前年春天去了巴黎，她梦想了很久的地方。

"安琪，我们上个礼拜到布列塔尼去拍大海，太棒了。"

"安琪，你的法语现在怎么样了？"

"安琪，画画一定要到法国来……"

每一次电话她都是这个程序："我们"怎样了，法国多么好，等等。这个"我们"，指的是她和一个叫雅克的法国男人，比她小十岁，她的助手——工作室里的和床上的。她是一个阅尽风景的女人，像有些女人收集香水那样收集生活中的奇遇。一直如此。

十年前的某一天，妈妈把她从北京带回来。那一年，她二十二岁，和姐姐离家时一样大。她也是瘦的。和姐姐一样，领口露着苍白而性感的锁骨。可是姐姐的瘦是贫瘠，她的瘦是错落有致。冬天正午的阳光下，她明媚地对我们一笑，那种和我们当时的生活无关的妩媚让九岁的我和十五岁的姐姐不知所措。妈妈安顿她睡下，然后像往常一样走进厨房，水龙头和油锅的声音一点都没变，可是我知道从此有一样障碍横亘在我的生活中，尽管这障碍是一个千姿百态的园林。其实我对这个绢姨一无所知，只知道她是妈妈最小也最疼爱的妹妹。姐姐却浑然不觉，她说："天哪安琪，她像费雯丽。"

那天晚上姐姐照了很久的镜子。然后轻轻地叹一口气，拧亮台灯，摊开她厚厚的练习题。我蜷在棉被里，看着灯光映亮姐姐的侧影。长发垂在没有起伏的胸前，还有苍白的手背。姐姐很辛苦，她的灯每天都会亮到凌晨，但她永远只是第二名，她不明白，自己为什么赢不了那个把大部分时间都交给篮球的男孩。看着姐姐，我想起绢姨。绢姨是个大学生，在中国最棒的外语学院学法语，不过她因为自杀未遂让学校劝退——自杀的原因是那个不肯和自己的妻子离婚的老师。妈妈从不把我们当成小孩子，所以我知道了这个故事。我不明白为什么有的人就可以活得这么奢侈，同时拥有让人目眩的美丽，一种那么好听的语言，过瘾的恋情凄凉的结局之后还有大把的青春。连痛苦都扎着蝴蝶结。太妙了。可是我的姐姐，那本《代数题解》已经被她啃了一个月，依然那么厚。

"安琪，你还没睡着？"姐姐回过头，冲着我笑了。灯光昏暗地映亮了她的一半脸，她的笑容因此奇怪而脆弱。那个时候的姐姐几乎是美丽的。可是除了我，没有谁见过她这种难得的温柔。她的脾气坏得吓人，我们俩这间小屋里的每一样东西都曾因为她毫无道理的愤怒遭过殃。但是，往往是在深夜，她会从台灯下抬起头，看一看被子里的我，笑笑。要是那些在背后嘲笑她的男孩子们见过她此时的表情，说不定他们中的某一个会突然想爱她。

姐姐迷恋绢姨。绢姨的美丽、绢姨温柔宁静的语调和有点放荡的大笑都让她惊讶和赞叹。她喜欢跟绢姨聊天，喜欢看绢姨在暗房里冲照片——那个时候绢姨成了一家艺术杂志的摄影记者——喜欢听绢姨讲那些为了拍照而天南海北的游荡。绢姨就像是一个从天而降的理想，在我们这个贫乏的北方城市里绽放着，我也喜欢绢姨，很喜欢。只不过我讨厌她说："安琪长大了一定是个漂亮姑娘。"因为我知道她心里清楚我永远不会像她一样漂亮。我们三个人成天缩在绢姨的小屋里，那里有满墙的照片和厚厚的摄影集，我一张张地抚摸那些铜版纸，还有纸上的风景和凝固在纸上的人们的表情。绢姨打开一页，说："这张照片叫《纽约》。我最喜欢这个克莱因的东西了。"

我清楚地记得那种震撼，尽管我才九岁。那个叫克莱因的外国人，他把那座世界上最繁华的城市拍成了一个寂静而辽阔的坟场。绢姨美丽地叹着气："你们看，多性感。"姐姐惶恐地抬起头，还以为自己听错了绢姨的用词。这时候我们都听见厨房里妈妈的声音："三个小朋友，吃饭了——"

那天晚上睡觉时，姐姐问："安琪，你想变成绢姨那样的女人吗？"我不情愿地点头。姐姐说："我也想。"我不知道姐姐脸上算是什么表情。后来她就开始像做代数题一样认真地画画了——从三年前开始我们俩每周都去一个老师的画室里学画，这是爸爸的意思，但姐姐从来都没有这么投入过——那些石膏像就像情人一样点亮了她的眼睛。她开始努力，就像她努力地要考第一名那样努力地变成绢姨那样的女人，姐姐从小就是一个相信"愚公移山"这类故事的孩子。当老师接过我们的作业时总会说："安琪，你应该像北琪一样努力。"可是我看得出来，老师看姐姐的画时，是在看一张作业；看我的画时，眼睛会突然清澈一下。不过我不会把这件事告诉姐姐。妈妈告诉过我们，人不可以欺骗人，但妈妈也说过，有时候隐瞒不算欺骗。

妈妈是个医生，也是个冰雪聪明的女人。虽然她永远也记不住黄瓜多少钱一斤，记不住我和姐姐的生日到底谁的是八月十号，谁的是十月八号；但是她永远微笑着出现在全家人面前，用她看上去敏感而苍白的手指不动声色地抚摸着空气中的裂痕，说话的语气永远温柔安静，让人以为一切都理所当然。我相信，能做妈妈的病人也是种幸运。我常常在饭桌上看着妈妈和绢姨，觉得她俩很像，可是妈妈不像绢姨那样令人眩惑。

绢姨是妈妈的另一个孩子，背着沉重的相机回家时连手也不洗就贪婪地冲到妈妈正在摆的红红绿绿的餐桌旁。爸爸于是就笑："你还不如安琪。"她也笑："我累了嘛。都跑了一天了。"她头发散乱着，笑容好看得要命。她永远需要新奇的风景，也许这就是她的照片永远不能像那幅《纽约》一样打动人的原因。可她给人留下的那种"追寻"的印象，就像一群突然飞过蓝天的鸽子，生动而美好地撞击人的视觉。也许正是因为这个，她的大学老师才会像拥抱一个假期那样拥抱她吧，可惜那个男人并没陶醉到忘乎所以，他还清楚"假期"在生活中应有的比例。

我似乎说过，绢姨是一个从天而降的理想，在我们这个贫乏的北方城市绽放着。又一个冬天来临的时候，绢姨的个人摄影展也要开幕了。在我们全家的记忆中，那种幸福的忙碌再也没重演过。全家人帮她选照片，给照片起名字，妈妈的同事甚至病人和爸爸带的研究生也被发动了起来。最兴奋的人，当然是姐姐。深夜里我看着她在台灯下，常常对着绢姨的新作发呆。黑白的，彩色的，在午夜的灯光下凝固着。其实最动人的，不是它们，是十六岁的姐姐的眼睛。姐姐考上了一所最棒的高中，她依然辛苦地让台灯亮到午夜或者凌晨，可是这台灯证明的早已不再是当初为了拿到第一名而拼搏的荣耀，姐姐已经变成一个为了勉强维持中等水平而努力的学生。他们说高中很难念，也许是的。经常是在凌晨两点，我迷迷糊糊地醒来，台灯依旧疲惫而衰老地支撑着这个小屋的夜晚，我几乎听得见台灯咳嗽的声音。姐姐瘦了。饭桌上更加沉默甚至僵硬，好多个夜晚我看见她咬着嘴唇把一张张试卷和老师不再给她高分的素描撕得粉碎，我害怕地缩在被子里，听着纸张碎裂的声音，下意识地分辨着姐姐正在撕的是试卷还是素描纸，还有姐姐也许夹杂着哽咽的喘息。那个时候我就想，要是有一个男孩来爱姐姐，她会不会好一些？

绢姨的摄影展代替了我假想中的男孩。除了我，没有谁见过姐姐不美丽的脸和凝视绢姨的照片的眼睛搭配起来是一个怎样的瞬间，还有周围艰难的灯光。那时候我真心实意地祈祷绢姨的影展能够成功，为了姐姐。

我做不到像姐姐一样，我无法百分之百地仰慕绢姨的作品。当我用十九岁的眼睛来打量它们时，看见了一个又一个"优美的沧桑""精致的颓废""美好的悲哀""尊严的贫穷"——这类的偏正短语我相信还有很多——你说世界上没有尊严的贫穷？那你一定没去过西藏。要拍废墟时，绢姨的眼睛就会变成月光，看似温柔地笼罩其实远隔万里；要拍伤疤时，绢姨的眼睛就变成手术刀锋上的那一抹寒光，看似凌厉其实小心翼翼地切去一切不堪入目的部分。它们很美，我承认，可它们没有《纽约》里的那种勇气。但是十六岁的姐姐，她崇拜一切完美。

现在我回想起绢姨开影展的那年冬天，觉得自己的童年就是在那个季节结束的。

傍晚，妈妈接我从学校回家的时候，我们发现家门居然开着，走进客厅，绢姨房间的门也半开着，从我站的角度，正好可以看到墙上那幅《纽约》。还有爸爸和绢姨。绢姨的脸埋在爸爸的肩头，爸爸的胳膊紧得有些粗暴地扼着她的腰。妈妈从后面捂住我的嘴，她的手上还带着户外的寒气，妈妈在我的耳朵边说："宝贝，爸爸和绢姨都是出过国的，这在西方只是一种礼节。"妈妈的声音里有一种很奇怪的清澈。她已经很久没叫过我宝贝了。

后来我常常想，还好那个时候姐姐还没有放学。我不知道后来发生过什么，只知道妈妈还是一如既往地安静，生活不动声色地继续着，绢姨的影展意料之中地成功了。影展开幕的那一天我第一次看到绢姨浓妆的样子，展厅的灯光恰如其分地铺垫着她周围的阴影，我不知道是她还是她的照片征服了我们这个寒冷和荒凉的城市，她穿着深蓝色的唐装上衣和铁锈红的大裙子，她真的很美。我从来都不能否认这个。影展后不久的一天早上，绢姨在早餐桌上对我们说："安琪，北琪，绢姨要搬出去了。"

"为什么？"姐姐重重地把碗砸在桌上，一声钝响。

"北琪，绢姨有工作。"妈妈把果酱放在桌上，安静地说。

"在家里就不能工作了吗？我不想让你走！"姐姐盯着绢姨，"安琪也不想让你走！对不对，安琪？"姐姐热切地转过了脸。

我低下头的一瞬间，知道妈妈看了我一眼。然后我抬起头，说："可是绢姨一直都嫌咱们家离暗房太远了呀……"我笑着，如果妈妈没有看我那一眼，我也许不会在一秒钟之内想到这个绝妙的理由。

爸爸笑了："北琪，你看，安琪比你小六岁呢。"

姐姐扔下筷子，拎起书包，委屈地冲了出去，重重的摔门声让我打了个冷战。妈妈笑笑："别理她，吃饭。安琪，把牛奶喝完，不可以剩下。"

我喝着牛奶，努力地吞咽着。早上特有的那种像是兑过水的阳光映在玻璃杯的边缘,我听见爸爸喝粥的声音。一切如常,只有我,我成了妈妈的同谋。在一个飘满牛奶、果酱、煎蛋和稀粥香气的早上,我们所有的人都是同谋——科学家管这叫"纳什均衡"。只有姐姐,落入一个不动声色的圈套。她的委屈和愤怒都尴尬地赤裸着,就像一只不断撞击着玻璃窗的飞蛾,不明白自己为什么飞不进去。姐姐是无辜的,只有姐姐一个人是无辜的。我不怪妈妈把我拉了进来,我知道她爱爸爸,她叠我们的衣服时永远不会像叠爸爸的衬衣一样认真。可是没有人能代替我忍受那种蜕变的滋味。

晚上姐姐哭了。她做作业的时候突然扔下了笔,然后我就听见她像是来自体内很深的地方的呜咽。我冲下床紧紧地抱住她的后背,她背上的两块骨头一下一下地刺痛着我。"姐姐。"我叫她。"安琪,为什么,为什么你不帮我把她留下?你讨厌她吗安琪?"我不知道该怎么说。我只好紧紧地抱她,紧得我自己都觉得累。姐姐的眼泪温润地打在我的手背上,我不怪妈妈,如果姐姐没有伸出指尖,轻轻把泪珠从我的手上抹掉。可是她这样做了,她的手指真凉。

绢姨搬走了。妈妈帮她料理一切可以想到的事情,好像她要走得很远,其实不过是几条街的距离。绢姨走的那天,我跑到她住过的小屋里,墙上还挂着几张照片,真好,《纽约》还在。原来我留恋那张《纽约》胜过留恋绢姨。我还是不怪妈妈,我想明白了,因为我也想让她走。

二 谭斐

爸爸和绢姨的情节只是花边,我的故事里的爱情从这一节登场。

九月的星期天很暖和。每周的这天我都会带着一身的油彩味去上法语课。从画室里出来的时候我会厌恶地闭一下眼睛,心里想的是:太阳真好。我的同学们有的在睡觉,有的去谈恋爱,用功的出去写生——但是比起写生,我更喜欢坐在空空的画室的地板上,翻阅一本又一本的画册。指尖和铜版纸接触时有一种华丽得近似于奢侈的触觉。我喜欢夏加尔，喜欢凡·高，喜欢德拉克洛瓦，喜欢拉图尔，不喜欢莫奈，不喜欢拉斐尔，讨厌毕加索，痛恨康定斯基。姐姐的电话有时会在这个时候打来，问我的画、我的法语、我的男朋友。我没有男朋友，在这个城市里我只有一个可以聊天的朋友。不是美术系里那些自以为自己是有权利用下半身说话的艺术家的男孩，是我法语班里的同学，他叫罗辛，喜欢说"他妈的"，最大的梦想是当赛车手，然后有一天死在赛场上，把自己变成烧掉自己赛车的火焰的一部分。

"要是有一天我能去突尼斯开拉力赛，一定有成堆的美女追我，到时候我没工夫跟你聊天的话你也一定要理解。"这家伙最大的本事就是用庄重的表情把死人说活。

"要去突尼斯的话为什么学法语？"

"小姐，因为突尼斯是说法语的，谢谢。我听说过你们学画画的都是些文盲，百闻，"他停顿了一下，"果然不如一见。"

我在电话里给姐姐重复我们诸如此类的对话，姐姐总是笑到断气。姐姐说：你要是能喜欢上他就好了，他真可爱。这个时候我突然发现姐姐变了，以前姐姐喜欢完美的东西，现在，二十五岁的她喜欢干净的。

所以，我决定不告诉姐姐，罗辛笑起来的时候有点像谭斐。

认识谭斐的那一年，我是十四岁，正是自以为什么都懂的时候。当然自以为懂得爱情——朱丽叶遭遇罗密欧的时候不也是十四岁吗？所以我总是在晚上悄悄拿出那些男孩子写给我的纸条，自豪地阅读，不经意间回头看看熟睡的姐姐。昏暗之中她依旧瘦弱，睡觉时甚至养成了皱眉的习惯。我笑笑，叹口气，同情地想着她已经大二了却还没有人追。我忘了姐姐也曾经这样在灯光下回过头来看我，却是一脸温柔，没有一点点的居高临下。

二十岁的姐姐现在是爸爸的大学里英语系的学生，跟十六岁的时候相比，好像没有太多的变化，混杂在英语系那些鲜艳明亮、声势夺人的女孩子里，我怀疑是否有男孩会看到她。偶尔我会幻想有一个特帅、特温柔的男孩就是不喜欢众美女而来追善良的姐姐。事先声明我讨厌这样的故事，极其讨厌。只不过姐姐另当别论。可是奇迹意料之中地没有发生，姐姐不去约会，不买化妆品，不用为了如何拒绝自己不喜欢的男孩而伤脑筋，唯一的乐趣就是绢姨的暗房。虽然绢姨已经搬走了很久，我们还是常常去她那里玩。看她新拍的照片，听她讲旅途中或离奇或缱绻的艳遇。二十七岁的绢姨似乎更加美丽，迷恋她的男人从十六岁到六十岁不等。她很开心，很忙，周末回我们家的时候还是记不得帮妈妈洗碗。

谭斐是在一个星期六的晚上跟爸爸一起从学校来到家的。爸爸其实早就告诉我们星期六晚上会有客人来——是爸爸在中文系发现的最有前途的学生。我的老爸热衷于这套旧式文人的把戏。只是这一次有一点意外，我没有想到这个"最有前途的学生"居然这么英俊。他站在几年前绢姨站过的位置，在相同的灯光下明亮地微笑，没有系格子衬衣领口的扣子。那一瞬间我听见空气里回荡着一种倒带般"沙沙"的声音，我想那就是历史重演的声音吧。又是一个站在客厅里对我微笑的人。

饭桌上我出奇地乖。倾听着他们的对话，捕捉着这个客人的声音。偶尔借着夹菜的机会抬一下头，正好撞得到他漆黑而烫人的眼睛。于是我开始频频去夹那盘离我最远的菜，这样我的头可以名正言顺地抬得久一点。他突然微笑了，他的眼睛就像是很深很黑的湖，而那个微笑就是丢进湖里的石块，荡起揉着灯光的斑驳，我几乎听得见水花溅起来。他把那盘离我最远的菜放到我的面前。"你很喜欢吃这个，对不对？"那是他跟我说的第一句话。

妈妈说："安琪，你不谢谢哥哥？"然后她说："谭斐你知道，我这道菜是看着张爱玲的小说学做的。"爸爸笑道："她喜欢在家里折腾这些东西。"谭斐说："林教授说，师母还喜欢写小说。"妈妈笑了："都是些见不得人的东西，我像你们这么大的时候倒是还成天想着当作家，现在，老了。"妈妈叹口气，她有本事在跟人聊天的时候把一口气叹得又自然又舒服。

我忘了说一件事，自从绢姨搬走之后，妈妈业余的时间开始试着写小说，爸爸很高兴地对我们说那是妈妈年轻时候的梦想。我想是绢姨的事情让妈妈发现爸爸偶尔也需要一个奔跑中的女人吧。于是妈妈就以自己的方式开始奔跑，速度掌握得恰到好处。

"我吃饱了。"姐姐说。然后有点匆忙地站起来，还碰掉了一双筷子。"鱼还没上来呢。"爸爸说。"我饱了。"姐姐脸一红。妈妈笑："我们家北琪还跟小时候一样，认生。谭斐你一定要尝尝我的糖醋鱼。你是南方人对吧？""对，"他点头，"湖南，凤凰城。""谭斐是沈从文先生的老乡。"爸爸端起杯子。"那好，"妈妈又笑，"人杰地灵哦。"

湖南，凤凰城。我在心里重复着，多美的名字。

门铃就在这时候叮咚一响，门开了，绢姨就在这样一个突兀而又常常是女主角登场的时刻出现在我们面前。"有客人呀？"绢姨有一点惊讶。谭斐站起来，他说："你好。"绢姨笑了："你是姐夫的学生吧。"他点头，他说："对，你好。"他说了两次你好，这并不奇怪，百分之九十的男人第一次见到她都会有一点不知所措。可我还是紧紧地咬住了筷子头。妈妈端着糖醋鱼走了进来，她特意用了一个淡绿色的美丽的盘子。"绢，别站着，过来吃饭。"妈妈看着谭斐。"她很会挑时候，每次我做鱼她就会回来。"绢姨拨一下耳朵边一绺鬘发，瞟了一眼谭斐，微笑："第六感。"他没有回答，我想他在注视绢姨修长而精致的手指。

绢姨深呼吸，很投入地说："好香呀。"然后她抬起头，看着爸爸妈妈，认真地说："姐，姐夫，其实我今天回来是想跟你们说，我可能，当然只是可能，要结婚。"

我像每个人那样惊讶地瞪大了眼睛，仰着脸，谭斐棱角分明的面孔此时毫无阻碍地闯进了我的视线，但是他并没有看我，他望着这个脸色平淡地道出一个大新闻的美丽女人。我闻到了一种不安的气味，一种即将发生什么的感觉笼罩了我。就在它越来越浓烈的时候，却意外地听到了里面的门响。"绢姨，你要结婚？"姐姐站在卧室的门口，正好是灯光的阴影中。"奇怪吗？"绢姨妩媚地转过头。"那……和谁？"这个很白痴的问题是我问的。妈妈笑了。"安琪问得没错,和谁,这才是最重要的。""当然是和我的男朋友了。"绢姨大笑,和以前一样,很脆,有点放荡。"好了,你们不用这么紧张,其实我也并没有决定好。详细的我们以后再说,今天有客人呢。"她转过了脸。"你不介意的吧,客人?我这个人就是这副德性,想到什么就说什么。"他当然不会介意,她当然也知道他不会介意,所以她才这么问的。一个男人怎么会介意一个美丽女人大胆的疏忽呢?果然,他说:"我叫谭斐。""挺漂亮的名字呢,客人。不,谭斐!"她笑了。

  坐在她的对面,我看着绢姨笑着的侧脸。我知道她又赢了,现在谭斐的大脑里除了我的绢姨,不会再有别的,更别提一个只知道伸长了胳膊夹菜的傻孩子。绢姨要结婚。没错,不过那又怎样呢?我嚼着妈妈一级棒的糖醋鱼,嚼碎了每一根鱼刺,嚼到糖醋鱼的酸味和甜味全都不再存在,使劲地吞咽的一瞬间,我感觉到它们从我的咽喉艰难地坠落,我对自己说:我喜欢上谭斐了。

  那个时候我不懂得,其实十四岁的罗密欧与朱丽叶是真的不懂爱情,懂爱情的,不过是莎士比亚。

  我真高兴谭斐现在成了我们家的常客,我也真高兴我现在可以和谭斐自然地聊天,不会再脸红,不会再像以前那样语无伦次。他是个很会聊天的人,常常用他智慧的幽默逗得我很疯很疯的大笑。我盼望着周末的到来,在星期五一放学就急匆匆地赶回家换衣服,星期五是我和姐姐那个小小的衣柜的受难日。所有的狼藉都会在七点钟门铃"叮咚"的一声响声里被掩盖,我很从容地去开门,除了衣柜,没人知道我的慌乱,尤其是谭斐。绢姨现在周末回家的次数明显地多了,不过她有名正言顺的理由——她的婚礼在三个月之后举行。她有时连饭也不吃就跟大家再见——那个男人在楼下的那辆"奔驰"里等着。我们谁都没见过他,所以我们戏称他"奔驰",绢姨总是说:"下星期,下星期就带他回家。"但是这个"下星期"来得还真是漫长,漫长到在我的印象中,"奔驰"已经变成了一样道具,给这个故事添加一个诡秘的省略号。虽然有的时候顾不上吃饭，但跟谭斐妩媚地聊上几句还是来得及的。她的耳环随着说话的节奏摇晃着，眼睛总专注地盯着谭斐的脸，偶尔目光会移开一个，蜻蜓点水地掠过别的什么地方。我想我知道为什么古人用"风情万种"这个词形容这样的女人，因为她们不是一种静止，她们在流动，永远是一个过程。

越来越有意思了。我对自己说。绢姨和谭斐——德瑞那夫人和于连？这个比喻似乎不太经得起推敲，但是很合衬。我知道我赢不了绢姨，确切地说，我不具备跟绢姨竞争的资格。我知道自己是谁。可我毕竟才十四岁，只要我愿意，我可以认认真真地喜欢谭斐十年或者更久，十年以后我二十四岁，依然拥有青春，我闭上眼睛都猜得到当谭斐面对二十四岁的我，恍然大悟是这个不知何时已如此美丽的女孩爱了他十年——想起来都会心跳的浪漫。但绢姨你呢？但愿你十年之后依然风韵犹存，如果你从现在开始戒烟，戒酒，戒情人，那时候的你应该看上去不太憔悴。也但愿你的"奔驰"还能一如现在般忠诚。你们大人还不就是这么回事吗？

仔细想想也许每个女孩都经历过一个只有当初的自己才认为"可歌可泣"的年代。乳房猝不及防的刺痛，刚开始不久的每个月小腹的酸痛，还有心里想起某个人时暖暖的钝痛。碰巧这三种痛同时发生，便以为自己成了世界头号伤心人。有点决绝，有点勇敢地准备好了在爱情这个战场捐躯——以纯洁、纯情和纯真的名义。殊不知所谓"纯洁"是一样很可疑的东西，要么很廉价，要么很容易因为无人问津而变得廉价。可我义无反顾地掉进去了。世界运转如常，没有什么因为一个十四岁的小姑娘的恋情而改变。除了她自己。她开始莫名其妙地担心自己的头发是不是被刚才那阵风吹乱了。万一吹乱了，而她在这个时候突然在街上撞见谭斐怎么办？尽管她自己也知道这种可能性微乎其微。可是喜欢上一个人本身就是一件概率在千分之一以内的事情，所以恋爱中的人都莫名其妙地相信"偶然"。我不知道照这样推理下去，是不是可以得出恋爱中的人都有变成"守株待兔"里的主人公的结论。

可是我还是不敢嘲笑爱情。因为种种症状都淡忘了之后，我画的画却依然留着。那个时候我和姐姐的房间分开了，我自己有了一间十平方米左右的小屋。我开始失眠，在凌晨两点钟的黑夜的水底静静地呼吸，闭上眼睛，就看见微笑着的谭斐，或者不笑的。身体在每一寸新鲜的想念中渐渐往下沉，沉成了黑夜这条温暖的母亲河底的松散而干净的沙，散乱在枕上的头发成了没有声音却有生命的水草。突然间我坐起来，打开了灯。我开始画画。不画那些让人发疯的石膏像，我画我的爱情。当我想起星期五就要到了，谭斐就要来了的时候，我就大块地涂抹绿色，比柳树的绿深一点，但又比湖泊的绿浅一点，那是我精心调出来的最爱的绿色；当我想起绢姨望着谭斐微笑的眼睛，我就往画布上摔打比可口可乐易拉罐暗一点，但又比刚刚流出来的血亮一点的红。我画我做过的梦，也画别人给我讲过的梦；我画我想象中的罗密欧与朱丽叶的开满鲜花的阳台，月光流畅得像被下弦月这只刀片挑开的动脉里流出的血；我也画我自己的身体，赤裸着游泳的自己，游泳池蓝得让人伤心，像一池子的化学试验室里的硫酸铜，也像一只受伤的鸟清澈而无辜的眼神。清晨的时候我困倦地清洗着花花绿绿的胳膊，心里有一种刚刚玩完"激流勇进"或者是"过山车"的快乐。

后来有一天，老师看过了我的画之后，抬起头来看着我。

"全是你自己想出来的？"

我点头。

他笑了，他说："有一张真像契里科。"

我问："老师，契里科是谁？"

他又笑了，对我说："安琪，请你爸爸或者妈妈方便的时候来一趟，记住了。"

我想我是在喜欢上谭斐之后才知道自己原来是这么地爱着画画。就在那些失眠的深夜里，一开始是为了抗拒以我十四岁的生命承担起来太重了的想念，到后来不是了，我的灵魂好像找到了一个喷涌的出口，以及理由。我一直都不太爱说话，所以我不知道自己原来这么想要倾诉，我在调色板面前甚至变得絮絮叨叨，急切地想要抓住每一分哪怕是转瞬即逝的颤抖。我变得任性，变得固执，也变得快乐，我心甘情愿地趴在课桌上酣睡，我高兴地从几何老师手里接过打满红叉的试卷。谁也休想阻止我在黑夜里飞翔，更何况是这落满灰尘的生活，休想。

只有一个人知道我的秘密，就是我的同桌——刘宇翔。他望着政治课上伏在桌上半睡半醒的我，作痛惜状地摇头："唉，恋爱中的女人哪——疯了。"那个时候刘宇翔成了我的画的第一读者。我想那是因为我还是需要倾诉的，他正好又离我最近。他总是夸张地问我："你白痴吧你，你不知道什么叫'红配绿，是狗屁'？你大小姐还他妈专门弄出来一天的红再加一地的绿。不过……"他正色。"我也不知道为什么，你这么一画，操，还真是蛮好看的。"其实他是一个跟别人有点不一样的人，因为他总是说我的画"蛮好看的"，不像我的那些一起学画的同学，他们总是有点惊讶地说："林安琪你真酷。"虽然刘宇翔说话满口的脏字，虽然他是个今年已经十七岁的"万年留级生"，可我还是愿意把他当成一个可以讲些秘密的朋友。那个年龄的女孩子是最需要朋友的，但是没有多少女孩子愿意理睬我。当然我也懒得理她们，刘宇翔最好，他愿意听我讲谭斐，听我讲那些谭斐和绢姨之间似有若无的微妙，然后评论一句："操！"

其实直到今天，我也依然无法忘记那些日子里干净而激烈的颜色。生活中的我和一种名叫"堕落"的东西巧妙地打着擦边球，我偶尔逃课跟刘宇翔和他的那些狐朋狗友出去玩，偶尔考不及格——可是我总是无法对那种不良少年的生活着迷，因为我只为我的画陶醉——在深夜一个人的漫游中，我把跟刘宇翔他们在一起时的那种气息用颜色表达出来。那是一种海港般的气息，连堕落都是生机勃勃的。然后我有点惶恐地问自己：难道我，经历一切的目的都是为了画画吗？那么"生活"这样东西，对于我，到底有几分真实？但我不会让这个棘手的问题纠缠太久，因为我闭上眼睛都看得到老师惊喜的眼神。老师的那种目光我已经看过很多次了，不过我永远不会对那种目光"司空见惯"。

昨天我梦见了我的中学教学楼里长长的走廊——就是曾经放学后只剩下我和刘宇翔的空空的走廊，夕阳就这样无遮无拦地洒了进来。刘宇翔靠在栏杆上，歪着头，像周润发那样点烟。他说为了这个正点的姿势他足足苦练了三个星期。烟雾弥漫在因为寂静所以有些伤怀的走道里，刘宇翔说："丫头，还不回家？今天可是周末。"我懒洋洋地回答："老爸今天中午说了，下午学校开研讨会，谭斐也参加，晚上都不会回来，我那么急着回去干吗？"

"操，"刘宇翔对着我喷出一口烟，"女大不中留。"

"去死。"我说。

"我真想揍那个他妈的谭斐，长得帅一点就他妈不知道自己姓什么——"

"闭嘴！"我打断他，"你说话带一百个脏字都无所谓，可是你叫谭斐的名字的时候一个脏字都不许带，否则我跟你绝交。"

"绝交？"他坏笑，"绝什么交？"

"你不想活了！"我瞪大眼睛。夕阳就像一种液体一样浸泡着我们，坐在地板上的我，还有抽烟的刘宇翔——仔细看看这家伙长得挺帅。我们在那种无孔不入的橙色中就像两株年轻的标本。对呀，夕阳浸泡着的人就像标本，我要把它画下来，用淡一点的水彩，今天晚上就画。

"安琪——"我突然听见姐姐的声音，被走廊拉长了。

她的影子投在我和刘宇翔之间，也许是我多心了：姐姐今天看上去有一点阴郁。

"姐？"我有点惊讶。

"妈妈让我来叫你回去吃饭。"姐姐说。

"哦，"我拉住姐姐的手，"刘宇翔，这是我姐；姐姐，这是我同桌，刘宇翔。"

"你好。"姐姐淡淡地笑了。夕阳把她的笑容笼上了一层倦意，她苍白的锁骨变成了温暖的金红色。

刘宇翔有点做秀地把烟扔在地上，歪了一下头，笑笑："你好。"

然后我就跟姐姐走了出去，踩着刘宇翔长长的影子。走下楼梯的时候正好遇到刘宇翔的那群死党从对面那道楼梯喧嚣地跑上来，他们对我喊："林安琪你要回家？你不去啦？"我也对着他们轻松地喊："不去啦，我姐来叫我回家了！"

他们乱哄哄地嚷着：

——是你姐呀！我还以为是高二的那个王什么婷。

——SB！没看见戴着 S 大的校徽呢。

——我 KAO！老子就是没看清楚又怎样？

——姐，你好！

——林安琪再见！还有姐，再见……

好像他们不喊着叫着就不会说话一样，可是被他们席卷过的楼梯突然安静下来，还真有点让人不习惯。姐姐突然说："安琪，告诉你件事，你不可以对任何人说。"

"你有男朋友啦？"我惊讶地笑着。

她不理我，自顾自地说："绢姨怀孕了。"

我一时有点懵："那，那，也无所谓吧。反正她马上就要结婚了。"

"这个孩子不是'奔驰'的。"

我不记得自己当时在想什么，确切地说，我的思维在一片空白的停顿中不停地问自己：我该想什么，该想什么。

姐姐还是不看我，还在说："我今天到绢姨那儿去了，门没锁，可她不在家，我看见了化验单，就在桌子上——前天，前天她才跟我说，她和'奔驰'从来没有，从来没有，做过。"

"做过"，这对我来说，是个有点突兀的词，尽管我知道这代表什么，我是说，我认为我知道。我们俩都没有说话，一直到家门口，我突然问姐姐："妈知道吗？"

"安琪，"姐姐有些愤怒地凝视着我，"你敢告诉妈！"

"为什么不呢？"我抬高了嗓音，"妈什么都能解决，不管多大的事，交给妈都可以摆平不是吗？"激动中我用了刘宇翔的常用词。

"安琪，"姐姐突然软了，看着我，她说，"你答应我了，不跟任何人说，对不对？"

……

"我知道，我没想说，我不会告诉妈，你放心，"我看着姐姐惶恐的眼神，笑了，"没有问题的，绢姨也是个大人了，对吧。她会安排好。"我的口气好像变成了姐姐的姐姐。

我深呼吸一下，按响了门铃。

餐桌前只有我们四个人：妈妈、绢姨、姐姐和我。四个人里有三个各怀鬼胎——绢姨怀的是人胎。妈妈端上她的看家节目：糖醋鱼。她扬着声音说："难得的，今天家里只有女人。""我不是女人。"姐姐硬硬地说。"这么说你是男人？"绢姨戏谑地笑着。

"我是'女孩'。"姐姐直视着她的眼睛。

"对，我也是女孩，我是小女孩。"我笑着说。这个时候我必须笑。

"好，"妈妈也笑，"难得今天家里只有女人和女孩，可以了吗？"

"大家听我宣布一件事。"妈妈的心情似乎很好。"今天我到安琪的美术老师那儿去过了。安琪，"妈妈微笑地看着我，"老师说他打算给你加课，因为他说明年你可以去考中央美院附中，他说，你是他二十年来教过的最有天分的孩子。"

"天哪——"绢姨清脆地欢呼，"我们今天是不是该喝一杯，为了咱们家的小天才！"然后她就真的取来了红葡萄酒，对妈妈说："姐，今天无论如何你要让安琪也喝一点。"

妈妈点头："好，只是今天。还有安琪，今天你们班主任给家里打电话了，他说你最近总和一个叫刘什么的孩子在一起，反正是个不良少年。妈妈不是干涉你交朋友，不过跟这些人来往，会影响你的气质。"

绢姨突然大笑了起来。

"你吃你的。"妈妈皱了皱眉。

姐姐的丛林

"姐,你还记不记得,我上中学的时候你跟我说过一样的话。一个字都不差!"

"你,"妈妈也笑,"十四岁就成天地招蜂引蝶,那个时候爸就跟我说,巴不得你马上嫁出去。"

"你还说!"绢姨开心地嚷,"爸最偏心的就是你,从小就是……"

对我而言,所有的声音都渐渐远了,我的身体里荡漾着一种海浪的声音,遥远而庄严地喧闹着,"中央美院附中",我没有听错,我不惊讶,这一天早就应该来临,可是我准备好了吗?我准备好一辈子画画了吗?一辈子把我的生活变成油彩,再让油彩的气息深深地沉在我的血液中,一辈子,不离不弃?天哪我就像一个面对着神甫的新娘——"新娘",我想我脸红了。

"嘿——小天才!"我听到那个似乎危机重重的"准新娘"愉快的声音,"是不是已经高兴得头都晕了?绢姨星期一要出去拍照,大概两个星期后才会回来,最近我突然想到郊外去逛逛,所以决定用这个周末的时间,带上你和北琪,把谭斐也叫来,明天我们四个一起去玩,怎么样?"

"叫他干吗?"姐姐皱了皱眉。

"你说呢——"绢姨有点诡异地笑着,眨了眨眼睛。

"你们说,"妈妈突然开口了,"谭斐跟我们北琪,合不合适?"

"妈!"姐姐有点惊讶,有点生气地叫着。

"有什么不好意思的吗?"妈妈笑了,"你以为我跟你爸为什么每个礼拜都叫他来?要是你和谭斐——那是多好的一件事情。有你爸爸在,谭斐一定会留在这所大学里,你们当然可以一起住在家。把你交给谭斐,爸爸妈妈还有什么不放心的?你——"

姐姐重重地放下了碗,她盯着妈妈的脸,一个字一个字地说:"你们是什么意思?你们知道我配不上谭斐!"

"胡说些什么!"妈妈瞪大了眼睛。

"什么叫胡说?"姐姐打断了她,"你看得见,长了眼睛的人都看得见,要不是因为讨好爸,他谭斐凭什么成天往咱们家钻?我就算是再没人要，也不稀罕这种像狗一样只会摇尾巴的男人！"

"闭嘴！"妈妈苍白着一张脸，真的生气了。

"北琪。"绢姨息事宁人地叫她。

"你们胡说。"所有的人都被这个声音吓了一跳，刚才的那场大人们的争吵中，她们都忘记了我。"安琪这跟你没关系。"绢姨有点急地冲我眨了一下眼睛。

"你们胡说。"我有点恶狠狠地重复着。我绝对，绝对不能允许她们这样侮辱谭斐，没有人有资格这样做。我感觉到了太阳穴在一下一下地敲打着我的神经，我的声音有一点发抖。

"谭斐才不是你们说的那样，谭斐才不是那种人，你们这样在背后说，你们太卑鄙了。"我勇敢地用了"卑鄙"这个词。

"你懂什么？"妈妈转过脸。有点惊讶地望着我的眼睛，我没有退缩，跟她对视着，尽管我知道，也许妈妈会看出来我的秘密，可我还是要竭尽全力，保护我的谭斐。我在保护他的什么呢？我不知道。眼泪突然间开始在身体里回响，就要蔓延的时候我们都听到了电话铃的声音，感谢电话铃，我有了跑出去的理由。

听见妈妈在身后跟绢姨叹气："她们的爸爸把她们宠坏了——"

我拿起电话，居然是刘宇翔。

"林安琪，"他的声音里有一种奇怪的沙哑，"你姐姐叫什么名字？"

"你问这个干什么……"

"麻烦你告诉你姐姐，我要追她。"说完这句话他就挂了，酷得一塌糊涂。

三　刘宇翔

就这样，又一个角色在姐姐的舞台上登场，以一个有点荒唐的方式。我没有追问刘宇翔为什么喜欢上了姐姐，姐姐也该有个人来追了，虽然这个人有点离谱，但也是好的。我没有了关心其他人的心情。原来我搞错了真正的情敌，原来这不关绢姨什么事，他们想把姐姐塞给谭斐。好吧，这下我更不会输了。等一下，如果不是为了绢姨，谭斐为什么总是来我们家？他知道爸爸妈妈心里想的吗？也许。谭斐难道真的是为了姐姐？不可能的。难道说——我的心就在此时开始狂跳了——不对，林安琪，我对自己说，人家谭斐是大人，你还是个小孩子呢。可是那又怎样呢？世界上没有不可能的事情……天哪，我长长地叹着气：让我快一点长大吧，我就快要长大了不是吗？

我依然在午夜和凌晨的时分画着。大块的颜色在画纸上喧嚣着倾泻，带着灵魂深处颤抖的絮语，我震荡着它们，也被它们震荡着，我听得见身体里血液的声音，就像坐在黑夜里的沙滩上听海潮的声音一样，自己的身体跟这个世界之外某种玄妙而魅惑的力量融为一体。我想如果是绢姨的话，她会用三个字来概括这种感觉："真性感。"性感，是这样的意思呀。

绢姨出去拍照的这一个礼拜中，姐姐天天晚上都会到我的小屋来聊天，带着那种我从没见过的红晕，我们天南海北地聊，姐姐总是几乎一字不落地"背诵"她和刘宇翔今天电话的内容。刘宇翔采用的是他惯用的方式，"初级阶段"用比较绅士的"电话攻势"，尤其是对比较羞涩的女孩子，刘宇翔告诉过我："对那些好学生，乖乖女，欲速，则不达也。"

"他问我周末什么时候可以出来，"姐姐扬着脸，对着窗外的夜空，抑制不住地微笑，"我说我下星期要考试了，很忙，你猜他怎么回答我？"姐姐转过脸，眼睛是被那个微笑点亮的。"他说，对不起请你听清楚，我是问你什么时候有时间，不是问你有没有时间。"姐姐笑了，"他还挺霸道。"

鬼知道那个家伙用上了哪部片子的台词。"姐，"我有点不安地问她，"你不是就只见过他一次吗？""对呀，是只有一次，但是我记得他很帅的对吧？""他比你小三岁。""那又怎样？"姐姐问。"而且他是个万年留级生，就知道抽烟泡迪厅打群架。爸爸妈妈准会气疯的。""有什么关系吗?"姐姐几乎是嘲讽地笑了。"我没有问题了。"我像个律师那样沮丧地宣布着,有点不可思议地看着我笑得几乎是妩媚的姐姐。

很多年后的今天,我依然记得姐姐夜空下泛红的、可以入绢姨镜头的笑脸。我进了大学,看够了那些才十八岁却拥有三十八岁女人的精明的女孩,看够了她们用自己的头脑玩弄别人的青春,于是我才知道,那一年,我二十岁的姐姐,为一个十七岁的小混混在夜空下闪亮着眼睛微笑的姐姐,原来这么可爱。

周末姐姐自然是答应了刘宇翔的约会,那天早上我们家的信箱里居然有一枝带着露珠的红色玫瑰,姐姐把它凑到鼻子边上,小心地闻着,抬起头笑了:"安琪,我还是更喜欢水仙花的香味。"她的声音微微发着颤,脸红了。"拜托,"我说,"哪有这种季节送水仙花的?""也对。"她迟疑了一秒钟,然后拿起了电话,第一次拨出那个其实早已经烂熟于心的号码。"喂,刘……宇翔吗?是我。我今天有空。"

星期六的下午我一个人坐在小屋里画画,听见姐姐哼着歌出门:"喜欢看你紧紧皱眉,叫我胆小鬼,我的感觉就像和情人在斗嘴——"姐姐的声音里有种很脆弱的甜蜜。我知道姐姐没看见过刘宇翔紧紧皱眉的样子,只不过在她的想象中,刘宇翔已经成了她的情人。爱情,到底是因为一个人的出现才绽放;还是早就已经在那里寂寞而无主地绽放着,只等着一个人的出现呢?想象着姐姐和刘宇翔约会的场景,我都替姐姐捏一把汗。她连平时的小考试都会紧张得要死,真不知道她有没有办法来应付刘宇翔那个有的是花招的家伙——比如,他们会接吻吗?我问自己,如果刘宇翔坏笑着猛然俯下头去,姐姐懂得自然而然地迎上自己的嘴唇吗?很难讲,不过要是我的话,如果谭斐在某一天突然吻住我,我是知道自己该怎么办的。会有那一天的,我对自己说。

"早就想看看你的画了。"我被这个声音吓了一跳,怎么会——是谭斐呢。

谭斐对我微笑着——他的脸真的是完美——可那并不是我想要的微笑。"安琪,其实我早就想看看你的画,可以吗?"

"可以。"我自己都不知道自己在说什么。该死,我应该更大胆一点不是吗?

他走了过来,很有兴趣地看着我的画纸。"这么多的蓝色,"他说,"这幅画叫什么名字?"他笑着问我,就像在问幼儿园的小孩儿。

我冷冷地看他一眼,什么都没说。

"我想你画的是大海。对吧?一定是大海。"他依旧是那种语气,好像认为他是在帮助一个叼奶瓶的小朋友发挥想象力。

"将进酒。"我说。

"什么?"他显然是没听清楚。

"就是李白的那首《将进酒》,这些蓝都是底色,一会儿我要画月亮的。我要画的是喝醉了酒的李白眼睛里的月亮。"除了我的老爸和谭斐以外,我最喜欢的男人就是李白。钟鼓馔玉不足贵,但愿长醉不复醒。古来圣贤皆寂寞,惟有饮者留其名。真他妈的性感。"如果我是个唐朝的女孩,"我对谭斐说,"我一定拚了命地把李白追到手。"

"你要画李白吗?"他问我,明显认真了许多。

"不画,只画月亮。因为没有人可以画李白。"我说。

"我可以问,你想把月亮画成什么样子吗?"他专注地看着我,用他很深的眼睛。我低下头,每一次,当他有些认真地看着什么的时候,那双眼睛就会猝不及防地烫我一下。

"裸体,"我的脸红了,"膝盖蜷在胸口的女人的裸体。李白没有爱过任何女人,除了月亮,月亮才是他的情人。"我说得斩钉截铁。我没有告诉谭斐,我的这个感觉来源于一部叫《情人》的电影。是我和刘宇翔他们在一个肮脏的录像厅里看的。他们激动地追随着那些做爱的场面——术语叫"床戏",可我,忘不了的是那个女孩子的身体,那种稚嫩、疼痛的美丽。苍白中似乎伤痕累累。"可是今天的月亮已经变成《琵琶行》里的那个女人了。弟走从军阿姨死,暮去朝来颜色故。屈原、李白、杜甫们都死了,天文望远镜照出来她一脸的皱纹,再也没人来欣赏她。她是傻瓜,以为她自己还等得来一个李白那样的男人呢。"

谭斐有点惊讶地望着我。然后他慢慢地说:"安琪,你很了不起。"

"画好了以后我把它送给你。"说这句话的时候我的心都快要跳出来了,勇敢地抬起头,注视着他的脸。

"谢谢。"他笑了。尽管那依然不是我想要的那种微笑,但我已经很高兴了。我低下头,装作调色的样子。我绝对不可以让他看出我的手指在发颤,他会猜出我喜欢他的。

客厅里一声门响。然后是姐姐的脚步声。

"姐你回来啦——"我叫着。跑了出去。

姐姐脸上没有那种我想象中的红晕,她现在反倒是淡淡的,就好像她是和平常一样刚从学校里回来。"姐,怎么样?"我急切地问。

"挺好。"她笑笑,像是有一点累的样子。

"再讲讲嘛——"

"没什么可说的,就是挺好。"她看着我,眼睛里全是奇怪的温柔。

"北琪你今天很漂亮。"谭斐对姐姐说。

"谢谢。"姐姐点点头,没有表情。

姐姐再也没有对我提过那天她和刘宇翔的约会,我不知道他们去了哪里,也不知道他们有没有接吻。只知道从那天以后的又一个星期之内,刘宇翔只打过两个电话,接完第二个电话的那天,姐姐没有吃午饭,妈妈摸摸姐姐的额头:"是不是病了?"姐姐把头一偏:"没有。"我看见姐姐的眼里泪光一闪。

我拨通了刘宇翔家的电话:"刘宇翔,你给我滚到学校来,我在操场等你。"

那是记忆里最漫长的一个下午。春天的风很大。学校的操场上扬着沙。我等了一个小时、两个小时,还差一刻钟就满三个小时的时候,刘宇翔来了。他的头发被风吹乱了。慢慢地,走到我的面前——我就站在国旗的旗杆下面,他一眼就看到了我。我们都没说话,我想如果有人在操场边上的楼里看着我们的话,会奇怪地发现两个在风中沉默的小黑点。

"林安琪……"

"刘宇翔。"我们同时开了口。

他说:"你先说。"

"刘宇翔,"我问,"如果你不喜欢我姐姐,为什么要追她?"

"第一次见她的时候,"他慢慢地说,"可能因为是傍晚了吧,光线的关系,觉得她真像吴倩莲。可是真到约会那天,在阳光下看她,发现错了。对不起,我……"他困难地解释着。"我知道我说得不清楚,可是我承认,我承认决定追她是有点仓促了——"

"刘宇翔,"我打断了他,几乎是有点悲愤地打断了他,"我从一开始就有点担心,因为我知道我姐姐不够漂亮,不,不是不够漂亮,是很不漂亮,可是她善良,好像你们男生不太在乎这个。我还以为这一次,姐姐真的找得到一个人来爱她——"我重重地喘着气。

"林安琪,"他说,"只有你这种小孩儿才动不动就爱不爱的。我……"他笑了。"我不知道什么叫爱,我追女孩儿是为了泡,不是为了爱。"

"你混蛋。"我说。

他看着我。"你再骂一句试试看。"

"混蛋。"我重复。

他走近了两步,低下头,吻了我。一阵短暂的眩晕,远方的天在呼啸。

他放开我。开始点烟。可是风太大了,他按了好多次打火机才点着——他正点的点烟姿势因此变得狼狈。终于点着的时候,他瞟了我一眼。居然有点羞涩。

"刘宇翔你这个王八蛋!"我尖叫着扑了上去,打掉了他的烟和打火机。我不大知道自己在干什么,我骂尽了我知道的脏话,他扭住了我的胳膊,我挣脱不出来,于是我用膝盖狠狠地撞他的肚子,他真的被我激怒了,他开始打我,他的拳头落在我的背上、肩上,我撕扯他的衣服,用尽全身力气咬他的手臂。

有一双陌生的手从后面护住了我的背,把我们拉开,我依旧尖叫着,挣扎着,挥着拳头,我听见一个声音在吼:"你这样打一个女孩子你不觉得丢脸!"然后是刘宇翔的吼声:"你自己问她是谁先动的手?!"那个陌生人紧紧地抱着我,箍着我的身体,他的大手抓住了我的小拳头,他说:"好了,安琪。听话——"我终于安静下来,他不是陌生人,他是谭斐。

眼泪是在这个时候涌出来的。我梦想过多少次,在我无助的时候,谭斐会像从天而降一样地出现在我的眼前,我还以为这种事永远只能发生在电影里。现在这变成了真的:他就在这儿,紧紧地搂着我,他的外套,他的味道,他的体温。可是我把我的初吻弄丢了,那是我留给谭斐的,刘宇翔那个混蛋夺走了它。我哭着,我从来没有一个时候这么委屈,这么难过。"安琪,乖,好孩子,没事儿了安琪。"谭斐的声音真好听。他理着我乱七八糟的头发,看着我,伸出手抹了抹我的泪脸,然后笑了。我也笑了,是哭着笑的。笑的时候发现嘴角里腥腥的,我想是刚才让刘宇翔的手表划破的。

他捧着我的脸:"听我说,安琪,是你爸爸让我来学校找你的。我们必须马上到医院去。你绢姨出车祸了,很严重。"

"她会死吗?"我问。

"还不知道,"他说,"正在抢救,所以你爸爸才会让我来找你。"

我点点头,谭斐拉起我的手,我们走了出去。他的手真大,也很暖和。其实那家医院离我们学校特别近,可是记忆中,我们那天走了好久,是绢姨的灾难把那天的我还有谭斐连在一起的,这样近,要不是绢姨还生死未卜的话,我就要感谢上天了。绢姨的劫难就在这种温暖的瞬间里变得遥远,变得不真实。直到我看见手术室上方的灯光。

妈妈有点异样地望着我的脸。我这才发现原来谭斐一直拉着我的手。

我的手从谭斐的手里坠落的一瞬间,手术室的门开了,惨白的绢姨被推了出来。这么说她没死,我看见姐姐紧握着的拳头松开了。她的眼睛里终于有了一点算得上是"神色"的东西。爸爸妈妈迎上那个主刀的医生:白衣,白帽,白口罩,露着那双说不上是棕黑色还是深褐色的眼睛。像是个鬼。后来一个身段玲珑的女护士走了出来,袅娜地扭着腰,怀里抱着的白床单上溅满了血。很多血。我奇怪我为什么依然认为我见到的是一条白床单。她心满意足地哼着歌,是王菲的《红豆》。

我走到了洗手间。打开水龙头,把水撩在脸上。从对面脏脏的镜子里看见了窗外的夕阳。火红的,我在自己那么多的画里向它致敬:为了它的化腐朽为神奇——经它的笼罩,再丑陋的风景也变得废墟一般庄严;再俗气的女人也有了一种伤怀的美丽。可是就是它,我爱的夕阳,跟我的姐姐开了这样大的一个玩笑。我模糊地想着,走出那间不洁净的洗手间。谭斐站在绢姨病房的门口,逆着夕阳,变成一个风景。可对我来说,这已经没什么神圣的了。

"安琪,"他有点不安地叫我,"安琪你怎么了?"

我想我快要睡着了。闭上眼睛的一刹那,我的眼前是一片让人目眩的金色。金色的最深处有个小黑点——我一定是做梦了,我梦见我自己变成了一块琥珀。

四 我

我生病了。妈妈说我倒在靠近绢姨病房的走廊上,发着高烧。病好了回到学校以后,再也没见过刘宇翔,有人说他不上学了,还有人说他进了警校,我倒觉得他更适合进警察局。

绢姨正在痊愈当中。我和姐姐每天都去给她送妈妈做的好吃的。绢姨恢复得不错,只是精神依旧不大好。她瘦了很多。无力地靠在枕上,长长的鬈发披下来,搭在苍白的锁骨。原来没有什么能夺走绢姨的美丽。我们终于见到了一直都很神秘的"奔驰"——个子很矮,长相也平庸的男人。他站在绢姨的床前,有点忧郁地望着她的睡脸。可是他只来过一次,后来就没有人再提绢姨的婚礼了。这场车祸让她失去了腹中的孩子,倒是省了做人工流产的麻烦,但是"奔驰"知道了她的背叛。还有一个秘密，妈妈说这要等绢姨完全好了以后再由她亲自告诉绢姨：绢姨永远不会再怀孕了。我倒觉得对于绢姨来讲，这未必是件坏事。——不，其实我不这么觉得，我这样想是因为我很后悔，要是我当时跟妈妈说了这件事，也许妈妈不会让绢姨出这趟远门的，至少会……也许这样，绢姨的婚礼就不会取消。想到这里我告诉自己：不，这不关我的事，绢姨本来就是这样的，不对吗？

绢姨出院以后又搬了回来。所以我和姐姐又一起住在我们的小屋里。不过姐姐现在只有周末才会回家。家，好像又变回以前的模样，就连那幅《纽约》都依然挂在墙上。只不过，星期六的晚餐桌前，多了一个谭斐。妈妈的糖醋鱼还是一级棒，可是绢姨不再像从前那样，糖醋鱼一端上桌就像孩子一样欢呼。只是淡淡地扬一下嘴角，算是笑过了。所有的人都没注意到绢姨的改变，应该说所有的人都装作没注意到。倒是谭斐比以前更主动地和绢姨说话，可是我已经不再嫉妒了。那次手术中，他们为绢姨输了很多陌生人的血。也许是因为这个，绢姨才变得有点陌生了吧。日子就这样流逝着，以我们每一个人都觉察不出来的方式。直到又一个星期六的晚上。

"我跟大家宣布一件事情，"我环顾着饭桌，每个人都有一点惊讶，"我不想去考中央美院附中了。"

寂静。"为什么？"爸爸问我。

"因为，我其实不知道我是不是真的那么喜欢画画。"我说，故作镇静。

"你功课又不好，又不喜欢数学，以你的成绩考不上什么好高中……"

"好高中又怎么样呢？"我打断了爸爸，"姐姐考上的倒是最好的高中，可要不是因为爸爸，不也进不了大学吗？"

"少强词夺理，"爸爸皱了皱眉，"姐姐尽力做了她该做的事情，你呢？"爸爸有点不安地看看姐姐，她没有表情地吃着饭，像是没听见我们在说什么。

"那你们大人就真的知道什么是自己该做的事情，什么是不该做的吗？"

"你……"爸爸瞪着我，突然笑了，"安琪，你要一竿子打死一船人啊？"于是我也笑了。

"先吃饭，"这是妈妈，"以后再说。"

"安琪，"谭斐说，"你这么有天赋，放弃了多可惜。"

"我们家的事情你少插嘴，"姐姐突然说，"你以为自己是谁？"

满座寂静的愕然中，姐姐站了起来："对不起，谭斐，我道歉。爸，妈，我吃饱了。"

绢姨也突然站了起来："我也饱了，想出去走走，北琪你去不去？"

"还有我，我也去。"我急急地说。

至今我依然想得起来那个星期六的夜晚。刚下过一场雨，地面湿湿的。整个城市的灯光都变成了路面上缤纷的倒影。街道是安静的——这并不常见，汽车划过路面，在交错的霓虹里隐约一闪——在那一瞬间拥有了生命。

绢姨掏出了烟和打火机。"你才刚刚好一点。"姐姐责备地望着她。绢姨笑了："你以为我出来是真的想散步？"打火机映亮了她的半边脸，那里面有什么牵得我心里一疼。

"北琪，"她长长地吐着烟，"知道你有个性，不过最起码的礼貌总还是要的吧？"她妩媚地眯着眼睛。绢姨终于回来了。

姐姐脸红了："我也不是针对谭斐。"

"那你就不该对谭斐那么凶！"我说。

"你看，"绢姨瞟着我，"小姑娘心疼了。"

"才没有！"我喊着。

"宝贝，"绢姨戏谑着，"你那点小秘密瞎子都看得出来。"

"绢姨，"姐姐脸上突然一凛，"你说什么是爱情？"

"哈！"她笑着，"这么深奥的问题？问安琪吧——"

"我是认真的。"姐姐坚持着。

"我觉得——"我拖长了声音，"爱情就是为了他什么都不怕，连死都不怕。"

"那是因为你自己心里清楚没人会逼你去为了他死。"绢姨说。我有一点恼火，可是绢姨的表情吓住了我。

"我爱过两个男人，"她继续，"一个是我大学时候的老师，另一个就是……"她笑着摇摇头。"都过去了。"

"另一个是谁？绢姨？"我急急地问。是那个让她怀了孩子的人吗？现在看来不大可能是谭斐。总不会是我爸爸吧？一个尘封已久的镜头突然间一闪。我的心跳也跟着加快了。

"安琪，问那么多干吗？"姐姐冲我使着眼色。

虚伪。我不服气地想。你敢说你自己不想知道？

一辆汽车划过了我们身边的马路，带起几点和着霓虹颜色的水珠。绢姨突然问："我住院的那些天，他真的只来过一次吗？我是说——后来，在我睡着的时候，他有没有来过？"

"他是谁？"我问。

"没有，"姐姐和我几乎同时开的口，"不，我是说，我没有见到。"

"那个孩子是一个大学生的，"绢姨静静地说，"我们就是一群人去泡吧，我喝多了……本来觉得没什么的，本来以为做掉它就好了……"她眼眶一红。

"绢姨。"姐姐拍拍她的肩膀。

"我太了解他了，"灯光在绢姨的眼睛里粉碎着，"他不会原谅这些。不过这样也好。我就是这样一个女人。要是我们真的结了婚，说不定哪天，他会听说我过去的事情。那我可就真的惨了。"绢姨笑笑。

谁都想到了，就是没有想到他。我还以为绢姨不过是看上了那辆奔驰，我还以为他不过是有了香车还想要美女。那个个子很矮、长相平庸的男人，我的绢姨爱他，我美丽的绢姨。

那天晚上姐姐回学校去了，当然是谭斐陪姐姐回去的。我一个人躺在床上，我睡不着。我也不想画画。这是第一次，在很激动的时候，我没有想到用颜色去宣泄。我知道了一件我从来都不知道的事，它超出了我的边界——就是这种感觉。闭上眼睛，我的眼前就会浮现错落的霓虹中，绢姨闪着泪光的眼。可是姐姐就知道这一切。我想起那天，姐姐告诉我绢姨怀孕时那一脸的忧伤。原来姐姐之所以难过是因为绢姨背叛了她自己的爱情。是从什么时候起，姐姐了解了这么多呢？

妈妈在外面敲着门："安琪，天气热了，妈妈给你换一床薄一点的被子。"

妈妈进来，换过被子以后，她坐在床沿，摸着我的头发："安琪，爸爸和妈妈都觉得，你会更优秀。"

"噢。"我心不在焉地应着。

"安琪，"妈妈继续着，"你发烧的时候，一直在叫'谭斐'。"

我抬起头，愕然地看着妈妈的脸。

"妈妈不知道你为什么不想去考美院附中，但我觉得这和谭斐或多或少有些关系。宝贝，妈妈也有过十四岁——"妈妈笑了，"可是妈妈现在回想起来，觉得如果我真的跟我十四岁那年喜欢的男人结婚，我会后悔一辈子。安琪，爸爸和妈妈觉得你是个有天赋的孩子，你的一生不可能被圈在一个城市里，你应该而且必须走出去；至于谭斐呢，是个不错的年轻人，所以我们很希望他跟你姐姐……但是你，妈妈知道将来安琪的丈夫是个优秀的男人，而不仅仅是'不错'而已，你懂了吗？"

"不懂。"我说。

"我十四岁那年喜欢的是宣传队里一个跳舞的男孩，"妈妈说，"那个时候我只能坐在台下，仰着头看他。妈妈今年四十四岁了，如果我跟他生活在一起，大概今天我不会再抬着头看他，因为一个四十岁的女人，她知道世界上还有你爸爸这样的男人。安琪，爸爸妈妈爱你们，所以我们要为你的前途尽一切力量，我们也要为了你姐姐一辈子的幸福尽一切力量。安琪是好孩子，不要给姐姐捣乱，明白了？"

妈妈亲亲我的额头，走了出去，轻轻地关上门。

我最终还是去考了中央美院附中，不过没有考上。

放榜那天我挤在黑压压的人群里，意料之中地没有找到我的名字。周围有人开始欢呼，有人开始大哭，有人踩了我的脚。一切都变得像个站台：印象中，站台上总是难过的人多些。北京真是个大城市，我想，容得下这么多的人。

回来后老师拍着我的肩膀："安琪，这没什么，很多大画家年轻的时候都不被人赏识。"

这话对我没用，因为就算那些人年轻的时候不曾被人赏识，他们毕竟成了大画家。只有成功的人才有回忆"不堪回忆"的回忆的资格。回到家以后我最不想见的人就是绢姨，因为最终让我决定去考这个倒霉的学校的人，是她。

那是一个碰巧只有我们两个人在家的下午，那段时间我正和爸爸妈妈僵持着，我不肯去美术老师家上课，妈妈只好给老师打电话说我不舒服。就是那个下午，绢姨走到我面前，像所有的人一样问我到底为什么不愿意去考中央美院附中。我已经受够了这个问题，所以我跟她说不考又死不了人。

绢姨看着我，问："你是害怕考试，还是害怕考上？我想是后者，对不对？"

"你为什么这么问？"我盯着绢姨，"你也跟我妈妈一样，以为我是害怕去北京念书就要离开谭斐对不对？"我的声音不知不觉间抬高了。"为什么你们大人都这么喜欢自作聪明呢？你们以为我这些天过得很高兴是不是？告诉你，我不想去考是因为我害怕画画了，再这样画下去，我不知道什么是真的，什么是假的。"眼泪闯进了我的眼眶，可我依然倔强地仰着脸。"我画出来的东西都不是真的，可是我自己画完以后就会觉得它是真的，可是它总归还是假的！我不想变成一个一辈子都分不清真假的人！你们每一个人都要问我为什么，我真的说出来你们会懂吗？"

"这么说，你怕的还是考上？"绢姨的语气依然安静。

"就算是吧。"我几乎是咬牙切齿地说。

"你还没有去考，你怎么知道你一定考得上？"她慢慢地说。

这句话打中了我。

"你知不知道对于很多人来讲，你想的东西都太奢侈了？——因为你从小什么都不缺，你不知道有很多人想要考上这个学校是想改变自己的命运。我在北京拍过那些孩子们，从很偏的地方来，父母把家里的东西全都卖掉，带着他们到北京租一间十几平方米的小屋子，为了考音乐学院附中和美院附中。跟这种孩子们竞争，你有什么资格这么轻松地担心自己考上之后会怎么样？你从来就没见过这个世界是什么样的，你凭什么以为一切都在你自己的掌握之中？"

我看着绢姨，从来没有一个时候，她像今天一样让我惊讶。她原来是如此犀利，甚至是凌厉的。她的话像子弹一样击穿我心里一个很深的地方，然后宁静地微笑着，似乎是欣赏她的照片一样欣赏我赧然的表情。我被激怒了，仔细想想那段时间我真像一只很容易就被激怒的小母狮子，我跳起来，对她大声地说："好，我去考！我倒要看看中央美院附中是不是救济院，谁苦谁难谁可怜才会收谁！"然后我就怒气冲天地一边收拾起我的画具，一边告诉绢姨："麻烦你跟我妈妈说，我去老师家上课。"摔门的时候听见绢姨似乎是在给妈妈打电话："姐，没问题了。"

结果是：我知道了中央美院附中不是救济院，虽然它没有收不苦不难也不可怜的我。我不想看见绢姨，但她还总是在家里晃来晃去的，有时还跟妈妈开开玩笑："姐，安琪好像没有原来那么嚣张了。"全家人都不在我面前提中央美院附中的事，这也是最让我恼火的一点。那是记忆里最漫长的一个夏天，我意料之中地考取了我们这个城市最烂的高中。可是我却收到了姐姐那所高中的录取通知：我是作为美术特长生被录取的。大家都很高兴地在饭桌上议论着要把这件事放在我十五岁生日那天庆祝，就连谭斐都跟着起哄。这群无聊的人，这样对我表示一下同情似乎是为了感动他们自己。只有姐姐，有天晚上她走到我的房间里来，跟我乱无头绪地聊了一会儿，突然涨红了脸："安琪，其实我一直都觉得，你的画很棒。"然后她就手足无措地走出去了，这是我那些天里听到的最舒服的一句话。

我在那个漫长的夏天里冬眠。每天把空调的温度调到很低再裹上大棉被睡长长的午觉。拒绝出门，看着窗外繁盛得让人觉得下贱的绿意，觉得这和自己无关。那个暑假里只完成了一幅画，我把我家的空调画了进来。只不过我把它画成了长满铁锈的样子——巨大的空调，掺着淡金色的灰黑，开着大朵的红色铁锈，庞大的蒸汽发动机连在后面——我画的是十九世纪工业革命时候的空调，如果那个时候有空调的话。我一直都很喜欢工业革命时候的老机器，它们都有很笨拙、很羞涩的表情。就像一只被使用了很久的萨克斯风。这台不太灵光的老空调忠于职守得过了分，把整间屋子变成了北极。窗外，还是夏天，我摔打成片的绿色时毫不犹豫，一只熊栖息在夏天的树阴里，望着窗里的空调，还有窗玻璃上美丽绝伦的冰花，一脸莫名其妙的表情。湿漉漉的小鼻头有点忧伤。

这幅画我画得很慢，很艰难，经常是画着画着就必须停下来。因为大脑空了。也许不是大脑，是那从前沉睡着好多颜色的身体最深的地方出了问题。我找不到那种喷涌的感觉——所有的颜色像焰火一样在身体的黑夜里开放。现在我得等，我想是我的身体停电了。可是当我画完最后一笔的时候，我才看出来，这幅画里有一种不一样的地方。这次，我是完全靠自己画完的，我是说没有那个浪潮般的力量的推动，我从来没有像画这只熊一样这么具体地画出一种表情。以前我以为自己不屑于画这种东西，现在明白，我过去不是不想画，是画不出。

血液的温度冷了下来，我冷冷地拒绝刘宇翔曾经的那些死党打来约我出去疯的电话，我冷冷地看着谭斐开始一次又一次地约姐姐出去看电影。姐姐心情好的时候也会答应他的邀请，不过脸上永远是一副在嘲讽什么的表情。只有画着那只熊，心里才会漾起一些温情。于是我知道，我还是爱画画的。我终于辨别出，曾经我对画画的爱里，原来掺了那么多的虚荣：我想被赞扬，想被嫉妒，想被羡慕，想听掌声。当这一切远离，我才发现不是我选择了画画，是画画选择了我。

某一个午后，谭斐和姐姐一起从外面回来，姐姐在浴室冲澡的时候，谭斐看着客厅墙上的《熊和老空调》。他突然对我说："安琪，你想不想去看看熊？——你不能总这样窝在家里。"于是我们顶着烈日坐上开往动物园的公车。我们选择了一天中最愚蠢的时候，人的脑袋热成了糨糊。买票的时候我突然问谭斐："你说，开这路公车的司机会不会很高兴？终点站是动物园，每天都可以拉很多高高兴兴的小孩儿。"谭斐笑着揉揉我的头发："你是日剧看多了吧？"我大声说："对，要让柏原崇来演司机——本来是个大学生，因为失手杀了人才来换一种生活逃避现实！"谭斐笑着接口："要让藤原纪香来演每天坐这班公车的饲养员——原本是个富家小姐，只是不喜欢那种'被束缚的生活'！""不会吧——你喜欢她？"我叫着，我们一起开怀大笑。很久没有这么开心了，远远地动物们的气息飘了过来，它们近在咫尺。

"安琪，"谭斐说，"你笑的声音很好听。"

我看着他，脸突然一热，我知道他来这儿完全是为了让我高兴，我说："谢谢。"

那只大熊还在睡午觉。棕色的毛均匀地起伏着。动物园里人很少。知了悠长地叫着，那种声音听多了会觉得悲怆。熊的味道扑面而来，很难闻，可是有一种泥土的气息。我们站在笼子外面的树阴里，静静地看着它。"它会翻身吗？"我小声问谭斐。"会吧。"他的语气一点都不肯定。熊的耳朵灵敏地耸了耸。"被我们吵醒了？"我惊讶地压低了声音，还好它睡得依旧酣畅，让人羡慕。

"谭斐，你有没有看过《恋爱的犀牛》，就是那出话剧。"我问。

"小姐，你忘了我是话剧社的社长？"

"你喜欢那出戏吗？我蛮喜欢那个故事，可是我讨厌那个结局。他居然把犀牛杀了。凭什么呀。可是我爸爸就说是我不懂，他说男主角杀犀牛只是一个象征——那只犀牛是他在这个世界上唯一的希望，那象征着他已经绝望了。可是我就是讨厌他们这样象征。他们有这个权力吗？谁知道犀牛自己想不想死？谭斐你懂我的意思吧？"

"我懂。"谭斐看了我一眼，笑了。"我想那个写剧本的人，一定是从小就生活在大城市里的。如果她像我一样，有过跟大自然很亲近的经历的话，她就不会这样安排结局。"

"那我也是从小在城市里长大的。"我不同意地说。

"所以说你很了不起。"谭斐肯定地说。

"你开玩笑吧。"我低下了头。"以前我也以为自己很了不起。其实，根本不是那么回事。我去考试的时候见到了很多人的画，他们才是真的了不起。我一点都不意外我自己落选。"这是我第一次主动跟人谈起那场考试。"谭斐，可是我喜欢画画，就算永远有很多人比我画得好，我也还是想画画。"我抬起眼睛，他还是用我最习惯的眼神，认真地看着我。我不好意思地笑了。"我就是想找个人说说，说说就好了。"

"谁都得低头，"谭斐说，"不管因为什么原因。我像你这么大的时候也狂得要命。那是因为我觉得没有人比我更热爱'文学'这个东西。我妈妈是苗族人，她没念过什么书，汉语都讲得不大好，可她特别喜欢听我给她念我写的东西。她喜欢听我写的我们那个小镇，尽管那是她再熟悉不过的，她听到我写她的时候脸都会红。当然她也喜欢听我想象着写出来的城市，尽管我俩都没去过那么远的地方。我在中学里办文学社，自己走遍了山路去搜集湘西各个民族的民歌。你猜我给校刊起了什么名字？——《山鬼》。"他的眼睛亮了，我想我的也是。

"有一天我走在山路上，走累了，坐下来。你知道，我一直都怀疑这件事是不是我自己搞错了。因为那简直像梦一样。"他眨眨眼睛。

"你快点说嘛！"我急了。

"我听见头顶上有一阵很奇怪的风声，然后我就顺着那棵大树往上看：是一只狼。雪白的母狼。后来没人相信我的话，其实我自己也不太相信。她就在比我高出四五米的石头上卧着，很安静地看着我。我连害怕都忘了。因为她看我的眼神简直可以说是'妩媚'，不知道她怎么会是雪白的，然后她就立起来，摆摆尾巴，似乎是笑着看了我一眼，轻轻一跳，就不见了。山鬼，只有这两个字可以形容她。所以我们的校刊才有了这个名字。我妈妈说，我看见的是狼神。然后我就写她，写她的时候我真高兴，好像诺贝尔奖就等着我去拿。"他笑了。

"人都会经历这样的阶段。"他正色。"从一开始以为这个世界上只有自己，到明白自己的天赋其实只够自己做一个不错的普通人。然后人就长大了。"

"可是谭斐你一点都不普通。"我摇头。

"谢谢。"他微笑。"做普通人没什么不好。为了变成一个不普通的人，学习做普通人是第一课。你知道吗安琪，大学四年里我很用功，很努力，可我还是费尽心机才考上你爸爸的研究生。你知道我的硕士论文会写沈从文，是因为你爸爸最喜欢他。可是我，我喜欢的是郭沫若。应该说，我能理解他。可是我大三那年暑假跟老师一起去过一个研讨会，吃饭的时候跟你爸爸同桌，他们聊天说起郭沫若，你爸爸说他丢尽了中国文人的脸……"谭斐摇摇头。"我那个时候已经在准备毕业论文了，还好上天可怜我，让我早一点知道不该写郭沫若。"他笑着。"安琪，我尊敬你爸爸，不过有时候他太自信。"

"谭斐，"我突然问，"你为什么要对我说这些？"

他说："因为我们是朋友。还因为……"他停顿了一下。

"还因为你想告诉我，我终有一天也会发现自己是一个'不错的普通人'吗？"

"不是。"他很认真，甚至是严肃地打断我。"安琪，你不普通。我看你的画的时候就这么想。要说我这个人唯一的过人之处，恐怕是我能在一秒钟之内看出来谁有才华，而谁没有。你总有一天会让所有的人大吃一惊。会远远超过你的绢姨。只不过你还需要时间。"

"你怎么能说这是你'唯一的过人之处'呢！"我热切地望着他的脸。

"因为我见过天才呀。"他又像揉小猫一样揉着我的头发。那只大熊不知什么时候已经醒来了，呆呆地坐在那里，身上粘着稻草，对我们视而不见。也许还在回想刚才做的梦吧。

"春天的时候,你爸爸收到一封信和一篇论文。"谭斐安静地继续着。"那是个太天才的家伙。本科读的是计算机,考了哲学系的硕士,明年又想做你爸爸的学生,读中国现代文学的博士。这在别人几乎是不可能的事情,但……"他笑笑。"我看过那家伙的论文。我必须承认人和人之间有差别。明年我硕士就要毕业了,可是你知道吗,明年你爸爸只会在本校的硕士生里招一个博士生。安琪,我看得出你爸爸有多欣赏他,我也看得出来他已经开始为难了。"他长长地叹了口气。

"所以,你希望在明年之前追上我姐姐,对吗?"我仰起脸。第一次这么无遮无拦地看他的眼睛。他有点不自然地笑笑,转过了视线。"我早就说你了不起,你还不承认。"他避重就轻地调侃着。

"你喜欢我姐姐吗?"我固执地坚持。

"安琪,"他看着我的脸,"我答应你,我不会……我是说,我尽最大努力,不去伤害北琪。不过我倒觉得她不大可能喜欢上我。这样也好。还有,我已经考了托福,申请了几所美国大学的东亚系,我也知道希望不大,尤其是我没有经济来源,只有申请到全额奖学金才有出去的可能。可是……"

"可是一定要试一试!"我激动地打断他,"我相信你……"

"那你也不用这么激动吧。"他戏谑地笑着。

"我——相信你现在会去给我买冰激凌。"我快乐地叫。

"还吃?!"他瞪大眼睛。

"刚才吃的是巧克力的和柳橙的,还没吃草莓的呢!"

"你赢了。"他开心地叹着气。

我站在七月的阳光里,和孤独的熊一起凝视着你的背影,谭斐。我心里涨满了一点一滴的疼痛。刚才,或者说现在,似乎发生过了一些事情。比方说,我知道了你并不完美——谢谢你这么相信我;比方说,现在的你无心去顾及一个孩子对你的迷恋——但你知道吗?我现在已经不害怕看着你的眼睛了。不过谭斐，看着你挺拔的样子，我还是，好喜欢你。

五 姐姐，姐姐

秋天来了，我变成高中生了。九月里妈妈还是像往常那样买回好多很大很甜的紫葡萄，然后嘱咐我一次不可以吃太多；依然像往常一样，做了好吃的以后让我或是姐姐给绢姨送去。绢姨已经搬回她的小公寓了。只不过有一点不同，我开学以后的第一个星期五，晚餐桌前的谭斐变成了江恒。

七点钟的时候门铃一响，我去开门。可是门外没有谭斐，只有爸爸和一个瘦瘦的、看上去有点高傲的家伙。爸爸不太自然地微笑着。"谭斐说，他今天晚上有事不能来。"

如果我没记错的话，整整一年过去了，一年前的这个时候，我跌进谭斐明亮而幽深的眼神里，再也看不见其他的东西。今天，是这个江恒坐在我的对面，我知道他就是谭斐说过的那个太天才的家伙。我冷静，甚至略带敌意地打量他，他长得没有谭斐一半帅，可是他的眼神里有一种我从没见过的东西。如果把那些骄傲、冷漠，还有我认为是硬"扮"出来的酷一层又一层地剥掉的话，里面的那样东西，我凭直觉嗅得出来有一种危险。

妈妈也有一点不自然。我看出来的。虽然她还是用一样的语气说着："江恒你一定要尝尝我的糖醋鱼。"可是她好像是怕碰触到他的眼神一样侧过了头："绢，要不要添饭？"我想起来了，当他和绢姨打招呼的时候，没有半点的惊讶或慌乱。这不寻常。我想，是因为他不平凡，还是因为我的绢姨已经太憔悴？我想两样都有。

车祸以后的绢姨抽了太多的烟，喝了太多的酒，更重要的是，现在已不大容易听见她甜美而略有点放荡的大笑了。我胡乱地想着，听见了门铃的声音。这一次，是姐姐以一个醒目的方式出现在我们面前。

"你是谁?"姐姐还是老样子,一点都不知道掩饰她的语气。

"江恒。"他冷冷地微笑一下,点点头。

"北琪,坐下。你想不想吃……"

"不用了,妈,"姐姐打断了妈妈,"我要和谭斐去看电影。"

爸爸笑了:"噢,原来这就是谭斐说的'有事'。"姐姐看了他一眼,然后对我说:"安琪,你想不想去?"

"安琪不去,"还没等我回答,妈妈就斩钉截铁地说,"一会儿吃完饭我要带安琪去我的一个朋友家。"我看见江恒轻轻地一笑。

晚饭以后我一个人在客厅里看《还珠格格》,爸爸和江恒在书房里说话,所以我特地把电视机的音量调得很吵。我们当然是没去妈妈的朋友家,妈妈和绢姨一起在厨房里洗碗,水龙头的声音掩盖了她们的谈话,我似乎听见绢姨在问妈妈:"姐,你看北琪和谭斐,是不是挺有希望的?"妈妈叹着气,什么都没说。

爸爸跟江恒走了出来,我听到爸爸在对他说:"跨系招收的学生是需要学校来批准的,不过我认为你有希望。"

"谢谢林老师。"江恒恭敬地说。

妈妈跟绢姨也从厨房里走了出来。"姐,我回去了。"绢姨理着耳朵边的头发。

"你住得离这儿很远?"江恒突然问绢姨。

"不,"绢姨答着,"几条街而已。走回去也就十几分钟。"

"我可以先陪你走回去,再去公车站。"他不疾不徐地说,望着绢姨的脸。

"不必了。"绢姨勉强地笑着。

"也好,"爸爸说,"这样安全。"

于是他们一起走了出去,然后爸爸妈妈也走到里面的房间,我听见他们在很激烈地争论着什么,客厅里又只剩下了我。我嗅到了风暴的气息。十一点钟,姐姐回来,那气息更浓了。打开灯,我听见自己的心跳。然后我爬起来,画画。我已经很久没有在午夜里恣情恣意地飞了,因为我的作业在一夜之间变得那么多。我表达着这种山雨欲来的感觉，画着鲜艳的京剧脸谱的迈克尔·杰克逊在幽暗的舞台上跳舞，那双猫一样性感而妩媚的眼睛约略一闪，舞台的灯光切碎了他的身体。他微笑的时候唇角的口红化了一点，就像一缕血丝。虽然我自己为不能百分之百地表达杰克逊的魅惑而苦恼，可是老师看过之后，还是决定将它展出。冬天，老师要为他的十几个学生开集体画展，这之中当然有我。

江恒已经变成"星期六晚餐"的常客了。晚餐之后当然还是顺理成章地送绢姨回去。江恒代替得了"奔驰"吗？至少我不希望这样。谭斐也会来，他跟江恒"撞车"的时候倒也谈笑风生，不显露一点尴尬。他约姐姐出去的时候总也忘不了问我想不想一起去。对我而言，这已经很幸福了。妈妈已经把他看成是姐姐的男朋友，每次给姐姐买新衣服以后总是问谭斐觉得好不好看。这是一场战争，是江恒和谭斐的，也是爸爸和妈妈的。姐姐倒还是一如既往地平静。就像台风中心那个依然风和日丽的台风眼。饭桌上我依旧很乖，我不愿意抬头，因为一抬头就会看到姐姐和谭斐并排坐着的画面，我不喜欢。那会让我的心里一疼。

是在一天傍晚看到谭斐和姐姐一起回来的时候，疼痛突然间绽放的。牵扯着内脏和比内脏更深的地方，有时候它突然咬住某一点狠狠一叮，有时候排山倒海地袭来。我手足无措地咬紧牙忍着。不要紧。我对自己说：谭斐并不是真的喜欢姐姐，不对吗？姐姐也不会喜欢谭斐的，至少现在还不喜欢。这个我看得出来。可是姐姐的脸上已经不是总挂着那种讽刺的微笑了，反倒还有一丝快活，这又算什么，又是为什么呢？

在南方的某个温暖潮湿的傍晚，我给罗辛讲起我们的故事。每一幕都异常清晰，可是讲到这一段的时候，我自己也很糊涂。是因为那些日子里发生了很多事情，还因为我自己变了太多，那些事情在我的心里早就不再是当初的模样。讲述的时候，我常常会有点混乱，正在讲述的，是十五岁的我，还是十九岁的我呢？还好罗辛听得很认真，从不提任何问题。

十一月，天气渐冷。清晨的空气里已经有了冬天的气味。绢姨重新忙碌了起来，也重新美丽了起来。都是拜江恒所赐，忙碌的原因，是她开始为江恒将要出版的诗集配照片；美丽的原因，还用我说吗？不过我还是很高兴地看着绢姨背着沉重的相机，手也不洗就冲到餐桌旁的样子。"安琪，"她快乐地叫着，"你愿不愿意给江恒的诗集画封面？"我本来是不想的，可是当我读到他的诗时，不得不承认，这个家伙的句子让我深深地心动。于是我也忙碌了起来，我画了很多张，可我总是画不出江恒的诗里那种饱满。还有，一种我不了解的东西。"都很好嘛。"绢姨快乐地说。

"不，"我摇头，"不好。都不太像江恒。"

"江恒，"绢姨出神地念着，"江恒。多好听的名字。"我看着她陶醉着，并且娇媚着的脸，知道她的伤痛又痊愈了。

"不如就画一条大江好了，简单点。'江恒'嘛。对不对……"绢姨继续梦游着。我的心里则像触电般如梦初醒：一条大江。我怎么就没想到呢？还是恋爱中的女人最聪明。

于是我花了几天的时间画那条大江。我画得很用心，我在饭桌上甚至肆无忌惮地盯着江恒的脸，想从他的身上听见那条大江的声音。很遗憾，我寻不到任何蛛丝马迹。倒是注意到他现在在饭桌上已经理所当然地坐到了绢姨的旁边。"小丫头，你看上我了？"有次爸爸妈妈都不在座的时候，他戏谑地对我说。

"胡说八道些什么？"绢姨用筷子头打了一下他的手背，斜睨着他的眼睛。然后用纤细的手指轻轻按着他的手。"没打疼你吧？"这时候妈妈从厨房里走了出来，我看见她轻轻地摇了摇头。

"我想，森林是吸着土地的血才能长大的。我家乡的土地很贫瘠，所以我的童年是在一个没有树木的村庄度过的。……"上面那句话，是江恒诗集里的《自序》，我还记得我第一次读到它的时候心里那种冷冰冰的感动。有一天我和罗辛闲得无聊，我一时兴起就跟他玩了一个游戏，我告诉他我会念四段现代诗，这里面只有一段是个大诗人写的，让他猜是哪一段。但事实上，我念了两句翻译得很烂的波德莱尔还有叶赛宁，念了两句顾城的败笔（我敢保证他从没听过这些名字），最后，我清清嗓子，背出来江恒写的《英雄》：

没倒下的，是死去的树；
倒下的，是没有腿的战马，
你寂静地立着，
风吹疼了，你流血的肩膊。

罗辛说："我选 D，肯定是最后一个，前三个都太业余了……"我告诉他真相以后，他愤怒地弹了一下我的脑门，说："坏女人。"

我那条大江在农历的"霜降"那天完成。我在画面里一个很深的地方画上了一只豹子。他面无表情地望着这一江水，眼睛里全是在长夜里跟"秦时明月汉时关"相互取暖后的冷酷。那天妈妈包了好多饺子要姐姐给绢姨送去，我也正好要把那幅画交给绢姨，于是我们一起走到已经萧瑟了的马路上。风挺冷的，唯一有点热气的是那只装满饺子的保温壶。

"你又忘了戴手套了。"姐姐把她的手套摘下来递给了我。

"你呢？"

"我不要紧。"姐姐说。

"那我来提这个壶，你把手放口袋里吧。"我说。

"好。"姐姐笑了。

"姐……"沉默了一会儿，我突然问，"你，你原来，不是很讨厌谭斐吗？"

姐姐看着我，又笑了："安琪，你放心。"

"什么意思嘛——"我的脸上一热。

"就是这个意思，"姐姐笑着，"你放心好了。"

我没有忘记姐姐冷风里的笑脸。

走到绢姨家楼下的时候，我们都听见楼上传来的什么东西的碎裂声，还有绢姨声嘶力竭地叫："你给我滚……"然后江恒跑了下来，依旧面无表情，只是看到我们时才略有一点慌张。我们跑上去，门敞着，绢姨抱着膝盖，蜷缩在小小的沙发上。台灯碎了一地。

"绢姨。"姐姐迎上去，扶住她的肩膀。

绢姨笑了笑，说："没事。"然后她又开始点烟，那支烟颤抖着，好不容易才靠近打火机的火苗。她深深地吸了口气，她说："我告诉他，我再也不能生小孩。"她停顿了一下。"你猜他说什么，他问我：'你这是什么意思？'还说，这样他就不用成天想着戴套了。"她喷出一口烟，微笑。"所以我叫他滚。"

姐姐握紧了她的肩膀。"绢姨，"姐姐叫她，"绢姨。"她深深地望着她的眼睛。"看着我。"

绢姨愣了一下，我也是。姐姐说："我会保护你。"

几秒钟的寂静之后，我突然说："你们，吃饺子吗？"直到现在我都觉得，我实在太幽默了。

我小时候，爸爸跟我说：世界上的小孩都是好人，大人都是坏人。小孩子长大之后就会变成坏人，可是再坏的大人生的小孩都是好人。

推开爸爸办公室的门时，我突然想：从现在起，我就要变成坏人了。

爸爸有点惊疑地看看我："安琪，你怎么来了？"

"爸，"我静静地说——我认为这样的镇静应该是坏人的语调，"你不能让江恒做你的学生。"

"安琪，"他笑了，"大人的事情跟你没有关系。"

"有，"我斩钉截铁，"爸，江恒他是个骗子。他跟绢姨在一起，他跟绢姨做爱，可是他根本就不想娶绢姨，他不是个好人。"

"安琪，"爸皱了皱眉头，"谁叫你来说这些的？"

"是我自己要来的。"我看着他。"我刚刚从绢姨那儿回来，绢姨是真的喜欢他，绢姨都告诉他自己不能再有小孩。那还不是真心待他吗？可是你知道……"

"我知道你绢姨可以'真心'待任何男人。"爸爸打断了我。

"爸?"我瞪大了眼睛。

"安琪,爸爸当你是大人,所以跟你这么说。我没有权力干涉江恒的私生活。我希望他做我的学生是因为他是个天才,而不是因为他对得起或对不起哪个女人。如果他伤害的是你姐姐,那是另外一回事;可是你的绢姨——安琪,你们小孩子不会懂这些——你绢姨不被人爱是因为她不自爱。她受伤害未必是因为那个男人品质不好,懂吗?"

"可是现在这样姐姐就不会受伤害了吗?爸,你看得见,谭斐已经在追姐姐了——"

"全是你妈不好。"爸冷笑着。"你知道她现在也天天跟我吵。就为了给你姐姐找个丈夫,我就得放弃一个几十年才出一个的人才。何况是个人就看得出来北琪跟谭斐不大可能。真不知道这帮女人的大脑是怎么长的。安琪,"爸爸突然很认真地看着我,"爸爸不希望你变成这样的女人。这是大人的事,等你长大以后你就会明白爸爸为什么这么做。"

"爸,"我仰起脸,"谭斐对你,已经没有用了是吗?"

"安琪,"爸爸无奈地笑着,"话不是这么说的。而且我并没有最后决定……"

"你骗人!"我叫着,"那是因为你自己心里也觉得对不起谭斐,你这么说也不过是给你自己找理由!"突然间,我心里很难过。"爸,我不想让谭斐因为这个来追姐姐。我害怕他追上姐姐,也害怕他追不上。爸,"我含着眼泪看着他的脸,"我喜欢谭斐。等我可以结婚了,我就要嫁给他。"

爸爸看着我,他突然笑了一下,揉揉我的头发:"爸爸的小安琪也长大了。"

那天的谈话就是这么结束的。然后爸爸拉着我的手,我们去大学对面的那家麦当劳吃的午饭。我吃了一个巨无霸,还有六块麦乐鸡。当然还有薯条可乐。爸说我再这样吃下去就别想让谭斐喜欢上我了。小时候,要是妈妈中午在医院里回不来,姐姐在学校里吃午饭,爸爸就会带我到这儿来。不过那个时候我吃不了这么多。姐姐还生过气,说爸爸偏心,爸爸会说那是因为姐姐的中学离这里太远。现在我才想起,我已经很久没有跟爸爸一起吃麦当劳了。

接下来的日子里,每个人都在忙。我忙着年底的画展,妈妈忙着撮合姐姐和谭斐,绢姨一边忙着江恒诗集的收尾工作,一边借着这份忙碌忘记着江恒。只有姐姐看上去比以往更从容。大四本来就没有多少课了,她有很多时候都留在家里,偶尔周末的时候跟谭斐约会,还常常带上我。现在帮绢姨冲照片成了她的主业。

我常常想起绢姨的暗房——我是说现在。暗房里的灯光是世界上最脏的一种红色。人就像被装在一个用旧了的灯笼里面,变成没有轮廓的、暧昧的影子。那真是偷情的绝好场所。绢姨洁白光滑的脖颈不知被多少男人在暗房的灯光下或如痴如醉,或心怀鬼胎地吮吸过。那可不是一个适合姐姐的地方。

一九九八年年末,很多事情在一夜之间发生,我们的画展是圣诞节后开始的。这本来是个跟我没什么关系的节日,可是平安夜,展厅对面的本城最大的迪厅举行了规模空前的圣诞 Party,特邀的香港 DJ 让这群北方城市里荒凉的年轻人 high 到了最高点。午夜,城市最北端的天主教堂开始唱圣歌,同一时间,这边的迪厅里人们开始嗑药,裸奔,互相砸啤酒瓶。众神狂欢也好,群魔乱舞也罢,都结束在警车呼啸而来的那一瞬间。警察带走了不少人,重点是,这其中,有江恒。据说警察进来时他正十分豪爽地把啤酒瓶丢向一个人的脑袋,还好没打中。从头到尾他都保持沉默,只是告诉了警察我们家的电话号码。

江恒在这个城市里没有任何亲人,是爸爸去给他付的保释金。我也一起去了。我跟爸爸说我一直都想知道警察局是什么样子,其实我是想看看那个家伙低下他高傲的头颅时是什么样子。可是我很失望,因为他还是没有任何表情。酷得不屈不挠。一个很年轻的警察把他押出来的。我们都愣了一下,那时候这个警察甚至忘了维持自己脸上的威严。"林安琪?"他说。我回答:"刘——宇——翔?"这便是一九九八年圣诞节的奇遇了。

后来刘宇翔的一个哥们儿告诉我说，其实平安夜那天，是刘宇翔告诉他的上司应该严密注意那家迪厅，因为这是第一次我们这个城市为了一个Party请来香港DJ。刘宇翔当然最清楚这个群体了。意外的收获是警方还擒获了一个外省走私团伙的小头目。就这样刘宇翔得到一笔不错的年终奖金。

那天晚上我用了整整一夜的时间完成了一幅名叫《背叛》的画——我用我的方式把这件事全部画下来——离画展开幕还有三天，老师临时决定从展厅里取下一幅他自己的素描，把我的《背叛》送去装画框。老师说："安琪，也许三天之后，会有很多人知道你的。"

江恒还是一如既往地沉默，爸爸也没有再多问这件事，爸只是说："赶紧把那篇文章写出来，学校那边我会去解释的。"爸爸现在已经开始把原先交给谭斐做的工作分一部分给江恒了。"当天才就是好，"姐姐在饭桌上当着江恒的面调侃道，"做什么都可以被原谅。"有时我真佩服姐姐的胆量。绢姨放声大笑。妈妈皱了皱眉："吃饭。北琪，一会儿你打个电话给谭斐，让他除夕务必来吃饭。我们要庆祝安琪的画展呢。"爸爸笑着："你倒提前庆祝了，画展还没开，你怎么知道成不成功？""会成功的。"沉默了很久的江恒突然说。

画展那天全家人都去了，还有谭斐。江恒打电话说有事不能来。妈妈知道后笑笑："也好。这样只有我们全家自己人。"爸爸说："差不多点，谭斐什么时候变成我们家人了？"绢姨笑着："他会是的。对不对，安琪？"大家哄笑。

那天来了很多人。展厅里甚至有点热。快要结束的时候，一个穿一身职业装的女人走到我面前："请问，您是林安琪小姐吗？"还从来没有人这么称呼我。她给我一张名片，然后说："我是'麦哲伦'咖啡馆总店的公关经理。我们老板很喜欢你的画。他很希望你的画能挂在我们的咖啡馆，还有每一家分号。""也就是说……"我有点糊涂。"也就是说，"她笑笑，"我们老板想买你的画。他想跟你见个面，谈谈价格。""价格？""对，价格。这是第一次有人买你的画吗？"我听见一个男人的声音。"他就是我们老板。"公关经理训练有素地微笑着。

我见过这个男人。个子不高、长相也平庸的男人。但是他站在绢姨的病床前忧伤的表情其实还留在我的记忆里。"奔驰"。我没想到会以这样一种方式跟他重逢。他不认识我,毕竟我只在病房外面偷偷地看过他一眼。"麦哲伦,"我重复着,"是那个航海家吗?""没错。"他笑了。"你想要我的哪幅画呢?"我问。他想了想,然后说:《背叛》《空调和熊》《将进酒》。这三幅一定要挂在总店里。至于其他几幅,挂在分号。""你是说,全部吗?你都要?"我瞪大了眼睛。"当然,"他说,"我在这里,还有其他几个城市一共有五家分店,你今天展出来的画一共只有七幅。全买下来都未必够。"我们一起笑了。我想我有一点明白绢姨为什么会爱上这个人。

"安琪,大家都在找你呢。"绢姨向我走了过来,愣住了。"是你?"

"你好。"他笑得有点不自然。

"这是我小姨。"我装作不知道他们认识的样子,介绍着。

"幸会。"绢姨伸出了手。她一向都很有风度。

"不好意思,"当绢姨要带着我离开时,我对他说,"我刚才忘记了。那幅《将进酒》我不能卖。真对不起,我答应过一个朋友的,这幅画我要送给他。"

"没有问题。"他的微笑已经恢复了原先的平静。

就这样,我成了那次画展最大的赢家。妈妈高兴得准备了一桌足够二十个人吃的晚饭。那顿晚饭大家都很开心,除了绢姨。她喝了好多的酒,却没吃什么。然后她说:"对不起各位,我喝多了些,我想先回去了。""你一个人太危险,我陪你回去。"姐姐站了起来。"你一个人也太危险,"谭斐说,"我们一起去送她。"姐姐淡淡地看了他一眼,我注意到姐姐的眼里有种近似于"厌恶"的东西轻轻一闪,于是我跳起来:"我也要去!"

绢姨在路上不停地重复着:"我今天真高兴。真的高兴。我们家出了个小天才。你们知道吗，我一直有种预感，我就知道他会喜欢安琪的画，我甚至都觉得他会来看这个画展的，我还以为这只不过是胡思乱想呢。可是居然是真的，对不对？他的咖啡馆叫'麦哲伦'，那是因为他从小就羡慕那些能航海的人。本来他想叫它'哥伦布'的，可是注册商标的时候发现已经有酒吧叫'哥伦布'了。我还跟他开过玩笑，问为什么不叫'郑和'？……"绢姨第一次这么喋喋不休。脸越来越红，眼睛里像含着泪一样，路灯倒映进去，顿时有了月光的风情。回家之后绢姨吐了。姐姐就留下来照顾她，让谭斐送我回去，我终于可以跟谭斐单独待一会儿了。

我们静静地走着，我突然说："谭斐，绢姨很可怜，对不对？"

他说："对。"我真高兴他没像爸爸一样说绢姨是自作自受。然后他说："安琪，恭喜。"

"谢谢。"我低下了头。"还有谭斐，那幅《将进酒》我没有卖——是留给你的。你记不记得我说过要把它送给你？"

"不好意思，"他笑笑，"我以为你就是随便那么一说。"

"才不会，"我大胆地看着他，犹豫了一下，终于说，"跟你说过的话，我是绝对不会忘的。"

"谢谢。"他说。

"去美国的事情，有消息吗？"我问。

"还没。正在等。"他回答。

"谭斐我不愿意你去美国，"不知是什么东西让我在那天晚上变得那么大胆，"我会很想你的。"

他笑笑，像回避什么似地说："我买了手机，把号码给你。等画展结束以后，你打给我，我去你家拿画。"他把手伸进羽绒衣的口袋，找着。"糟糕，我把它忘在你绢姨家了。"

我们又走了回去。我上去拿手机，谭斐在楼下等。

门没有关。谭斐的手机孤单地躺在沙发上。我走进去，绢姨的小卧室的门也没关。绢姨的公寓很小，站在沙发旁边的话什么都看得到。

其实我一点都不意外。她们紧紧地拥在一起。绢姨的脸上全是眼泪，似乎已经入睡。姐姐轻轻地亲吻她的脸，她的泪痕，还有她还残留着口红的嘴。绢姨突然醒了。姐姐微笑，望着她有点诧异的眼睛。"绢姨，我说过，我会保护你。""北琪。"她望着她，新的眼泪涌了下来——仔细想想我从没见过绢姨的眼泪。"北琪，男人全是混蛋。"姐姐抱紧了她，直起了身子，跪在绢姨的床上，她正好看见我的时候，我也正好看见她的脸。姐姐从来没有这么美丽过，像个母亲一样，脸颊贴着绢姨乱乱的头发。我倏然转身离开，因为我觉得姐姐不愿让人看到那样的美丽。它来自另外的地方。我突然想起小时候第一次见到绢姨，她站在明亮的客厅里，对我们一笑，我顿时不知所措。原来不是只有绢姨那样的女人才会拥有这种瞬间。

谭斐奇怪地看看我。"怎么了，安琪？""没有。"我笑笑，我听见自己的心脏像只小野马一样狂奔着。我把手机放进他的口袋里，突然发现这个动作有点太亲昵了，可是我不愿意把手抽出来，我离他这样近，我的手指触得到他的气息。他眼睛望着前面的路灯，他的大手也放进了口袋里，然后，他的手握住了我的。他说："忘戴手套了吧，冷吗？"路的尽头，烟花升上了天空，一九九九年来临。我说："谭斐，新年快乐。"

一九九九年，全人类都在欢天喜地地迎接新世纪，地球并没有如诺查丹玛斯同学所说的那样 GAME OVER。在我们的城市，任贤齐的《伤心太平洋》唱红了大街小巷；年底的时候，一个似乎从好莱坞电影里窜出来的杀人狂搅得人心惶惶——全城的中学取消了晚自习。这就是我记忆中的一九九九。

三月七日，既不考研也不忙着找工作的姐姐跟绢姨一起去了贵州。在山明水秀的苗族瑶族侗族壮族自治乡里拍摄那些唱山歌的姑娘。回来后，路途的劳顿反而让姐姐胖了一点，更加神采奕奕。她说那真是世外桃源。

四月十五日，博士考试结束。谭斐和江恒的成绩不相上下。爸爸选择了江恒，不过江恒这种跨专业的学生需要学校的审核和特别批准——所以从理论上说，结果还算悬而未决。不过我们家倒是已经阵线分明。妈妈那天没做晚饭，我和爸爸又去了麦当劳。想叫姐姐一起去的，可她忙着在暗房帮绢姨冲照片，没空。

五月四日，谭斐收到美国中西部一所大学东亚系的全额奖学金通知。

六月七日。星期六。夏天来临。

爸爸在学校里有学术研讨会，谭斐跟江恒都参加。晚餐桌前，又只剩下了女人以及女孩儿。只有四双碗筷的餐桌看上去难得地清爽。最后一道菜上桌，妈妈的心情似乎很好。"喔——"绢姨叫着，"真可惜姐夫不在。""不在更好，"妈皱着眉头，"省得我看他心烦。"我和姐姐相视一笑，姐姐淘气的表情令人着迷。

"绢，你跟她们说了没？"妈妈放下胡椒瓶，问道。

"还没。"绢姨还是淡淡的。

"说什么？居然不告诉我？"姐姐装作生气地瞪着眼睛。

电话铃响了。妈妈接完电话后对我们说："有一个病人情况突然恶化了，我得去看一下。你们慢慢吃。半个小时以后别忘了把炉子上的汤端下来。"于是只剩我们三个面对这桌菜，有种寡不敌众的感觉。

"开玩笑，"绢姨说，"谁吃得了这么多？"

"妈做七个人的菜做习惯了。"姐姐笑。

"也对，"绢姨也笑，"不过以后谭斐是不大可能再来了。我想姐也不会愿意邀请江恒。"

"安琪，"姐姐转过脸，"怎么办？谭斐不会再来了。"

"讨厌！"我叫着。

"别戳人家小姑娘的痛处。"绢姨也起着哄。

"讨厌死了！"我继续叫。

"不过话说回来，"绢姨叹口气，"我以后一定会想念姐做的菜。鬼知道我会天天吃什么。"

"你，什么意思？"姐姐问。

"安琪，北琪，"绢姨换了一个严肃的表情，"有件事情还没跟你们讲。绢姨要到法国去了。"

　　"姐姐也一起去？"我问。

　　绢姨还没回答，姐姐就站了起来。"这是什么意思？"姐姐问。

　　"北琪，"绢姨拿出打火机，开始在口袋里摸索烟盒，"别这么任性。"

　　"我听不懂你在说什么！"姐姐喊着，"你为什么不告诉我？"

　　"我正在告诉你。"绢姨淡淡地说。

　　"不对！"姐姐的声音突然软了。"不对。"她重复着。我在她脸上又找到了当时她在台灯下撕那些试卷和素描纸的表情，我低下头，不敢看她的脸。"不对，你说过，你忘了，在贵州的时候，你说过。等我大学毕了业，我们就到那里租一间房子，住上一年，你想拍很多那里的照片，你还说——"

　　"北琪，我们都是成年人，不是孩子，对不对？"绢姨的眼睛里，有泪光安静地一闪。

　　姐姐跳起来，冲进了她的房间，我们听见门锁上的声音。不知道过了多久，绢姨按灭了手里的烟。"安琪，绢姨回去了。"我想问她你是不是该解释点什么，可是我说："用不用把这些菜给你带一点？"她说不用。我一个人坐着，姐姐的房间里出奇地安静，我不时望望她的门，不敢望得太久，就好像那里面有炸弹，看一眼就会引爆一样。菜全都凉了，空气里有一种分子在跳舞般"沙沙"的声音。我想把一片雪花落地时的声音扩大一千倍的话，就应该是这个了。门铃一响。我有点心慌。如果爸爸或妈妈回来，如果他们问起姐姐，我会说姐姐睡了。还好，是谭斐。

　　"就你一个人在家？"他有点惊讶，"我是来拿画的。"

　　我笑了："你吃不吃饭？妈妈今天做了好多呢，都没人吃。"

　　他也笑："是吗？我还真饿了。"他晒黑了，这反倒让他的笑容更明朗了。他吃得很开心，问我："你不要？"我摇摇头，我真喜欢看他吃东西的样子。

　　"你们真幸福，"他说，"有这么能干的妈妈。"

"我……"我鼓足了勇气，说，"我也可以学做菜。"

"你，"他笑，"等你学会了，我早就在美国了，也吃不到。"

"等我上完大学也去美国，你就吃得到。"

"等你上完大学，"他说，"我就该回国了。"

"那更好，我就省得去那么远。"

"好！"他用筷子敲敲我的头，"我记住了。"

"可要是……"我低下头，犹豫着。

"要是什么？"他问。

"要是那个时候，你有了女朋友，那怎么办？"我说。

"有什么怎么办？你做给我们俩吃啊。"

"不，"我看着他的脸，"不管怎么样，我学做菜是为了做你的女朋友。"我觉得说这句话的时候，我的心脏差不多不跳了。

安静。然后他夸张地说："小家伙——"

"我又没说现在，我是说等我长大了以后嘛！"我跟他一起笑了，突然觉得无比轻松，都快忘记刚才姐姐的事情了。

姐姐。我看看那扇门。还是老样子。可是门里面的姐姐呢？

十点了。家里没有人回来。谭斐走了以后，我就学着妈妈的样子把所有的菜用保鲜膜套好放进冰箱。我幸福地做着这项工作，心里又浮现出谭斐刚才吃得开心贪婪的样子。突然想，结婚，是不是就是这个样子的？

一声门响，姐姐站在灯光下面。

"姐？"我叫她。

"她走了吗？"姐姐面无表情地问我。她的脸很白，倒是找不到眼泪的痕迹，可是那种消失很久的累累的僵硬又占据了她脸上每一寸肌肤。

"走了。"

她沉寂了一秒钟。"安琪，我要出去一下。"

"你别去。"我说。

"很快就回来。"她往门边走。

我拦住她。"不行,别去。"

"让开。"姐姐说。

"不。"我说。于是她推我,大声地喊:"我叫你让开!"

我也推她,她看上去很凶的样子,其实早已没什么力气了。"我知道你要去干什么,"我说,"你要去找她。我知道。你不要去,没有用。"

"这不关你的事!"她吼着。

"姐,"我的背紧紧地贴着门,"我不想——你,你这是自取其辱。"我终于找到了这个词。"她会走的。姐姐,她不可能把你看得比她自己重要。"

"可是我就是把她看得比我自己重要。"姐姐看着我,她哭了。

我抱紧了姐姐。就像以前那样,紧得我自己都觉得累。我知道姐姐现在只有我。还好只有我。

六月八日,姐姐回学校了。一如既往地沉默,妈妈只是很奇怪地问她为什么这么热的天气还要去住宿舍。

六月十三日,传来谭斐被美国大使馆拒签的消息。对于办美国签证的学生而言,这当然不新鲜。距离爸爸系里博士生录取最后结果的公布,还剩三天。

六月十四日,晚餐。

绢姨在饭桌上正式宣布了要去法国的消息。爸爸于是提议开一瓶酒,绢姨跟江恒碰杯的时候,两个人都还是一如既往地有风度;跟姐姐碰杯的时候,姐姐一口气喝干了它。爸爸说:"今年夏天还真是闲不下来。这个学期刚刚完,又得准备八月份的研讨会——江恒,那篇报告应该开始了吧?""是,"江恒回答,"其实就用您这本书里的第六章就可以。""我也这么想。"爸爸说。"还有林老师,"江恒的嘴角又浮起一抹冷冷的微笑,"我看过谭斐写的那几节,我想重写。""用不着重写,"爸爸说,"修改一下就好。谭斐一向很严谨,这你可以放心。""可是林老师,"江恒坚持着,"第六章是整本书的重头戏,应该更精彩。"爸爸笑了。"七月五号就要提交提纲,来得及吗?""没有问题。"江恒很肯定。

我把筷子摔在了桌上。"这么大的人了，连个筷子都拿不好？"爸爸微笑地看着我。我不知道该说什么，我也不懂什么专著报告研讨会的，我只知道那些东西都是谭斐从图书馆搬回摞起来比他都高的资料，辛辛苦苦写好的。

"得意不要忘形。"姐姐说。大家都吓了一跳。姐姐深深地看着江恒的脸。"我是说你。"

"北琪！"爸爸严厉地呵斥了一声。

"吃饭。"妈妈安静地说。爸爸收敛了神色，对江恒苦笑着："我的这两个女儿都是被宠坏的。"我看见绢姨的眼里有一点不安。

晚饭后我很郁闷地窝在沙发里，看那些弱智的电视节目。妈妈走进厨房洗碗的时候还说："安琪，都快期末考试了，也不知道复习。"我懒洋洋地回答反正复习不复习都还是垫底。听见妈妈在跟绢姨叹气。绢姨说："总归是要考美院的，由她去吧。"妈妈说："也不知道怎么搞的，北琪最近也是阴阳怪气的。反正这两个没一个让人省心。"

电话响了，是谭斐。

"安琪，你好。"他的声音里有种难说的东西。"我要跟你姐姐说话。"

"说吧。"我听见了姐姐的声音，她拿起了房间里的分机。她的声音里现在也有了一种陌生的东西。我知道这不道德，但是我没有放下手里的电话。我尽力地屏住了呼吸，而事实上这两个人并不在乎我是否在听。他们无心在乎这个，对于谭斐来说，他只剩最后一张牌。

"北琪，你好吗？"

"好。"

"我现在就在你家楼下，我想见你。"

"见我？"

"对，想见你。"

"谭斐你喜欢我吗？"

"北琪？"

"谭斐，你见我是不是想要跟我说，你喜欢我？"

"……"

"然后呢谭斐？要是我说我也喜欢你，你会怎么办？我们一起去见我爸爸妈妈，告诉他们我们要结婚，这样你就赢得了江恒了，对不对？可是你会毕业的，几年以后也许你会走得更远，那个时候你就觉得我扯你的后腿。然后呢？我们到那个时候再分开吗？何必这么费事？"姐姐笑了，"谭斐，其实我早就看出来，你眼睛里只有安琪，可是你运气不好。你以为我爸爸妈妈会把安琪交给你吗？不可能的。他们只希望我和你。我也不知道在他们的心里，什么样的男人才配得上安琪。你懂了吗？再见谭斐，我很高兴我认识过你。"

他们俩几乎同时挂上电话。窒息的一秒钟过去之后，我跳起来，打开门，往楼下冲。他说过，他就在楼下；姐姐说过，他眼睛里……

真的只有我吗？可是我看不到他的眼睛。背影还是谭斐挺拔的背影，我叫着他，他停下了，可是没有回头。我冲上去，紧紧抱住了他。多少次，幻想过这个场景的紧张和甜美。但不知怎么回事，没有电影里的心跳、激动和甜蜜，没有任何一种我熟悉的符号般的情感。我就是想紧紧地抱他，有多紧就抱多紧，疼痛而幸福地嵌进他的血肉，变成他的一部分。

"谭斐，你别走，"我说，"我喜欢你。"

我终于说了。没有想象中那么紧张。

我听见他从胸腔里发出的声音："走开。"

我坐在研究生宿舍楼门口的台阶上。等着他回来。天早就黑了，灯光就像浮出水面般亮起来，照亮来来往往的人，他们都奇怪地看看我。后来灯光像泡沫一样熄灭的时候，他回来了。

他站在我的面前。低下头。我已经闻到他身上的酒气。我站起来。他说："安琪？"我看着他的脸，我告诉他："我想你。"然后我们接吻。

一九九九年六月十五日凌晨一点左右，我变成了女人。

那天夜里下着暴雨，电闪雷鸣的。雷雨把整个世界变成一个巨大的迪斯科舞厅。闪电切割着黑暗的形状，树木在昏乱地舞蹈。我们脱掉了彼此的 T-Shirt 和牛仔裤。他突然说："不行。"他说我送你回家，他还说等你清醒了以后你会后悔。我不理他，我抚摩他和——它。它乖乖地在我的指尖下面颤动着，就像是阳光下的小动物。原来它自己是有生命的，它是个敏感的小生命。我笑了，我想：好孩子。

我和谭斐疼痛地飞翔。后来我感觉到了它的眼泪。它哭了，因为就连它也知道，可能我和谭斐再不会相逢。我也哭了，我说："谭斐，我爱你。"

"安琪，"他吻着我，"我现在连自尊都没了，你真傻。"

我心疼地看着他。他不是什么白马王子，杀魔鬼救公主的勇气对他而言太奢侈了。他只不过是小王子——没法面对玫瑰花的小王子，星球上甚至放不下一只绵羊。可是这根本改变不了我对他这么深的心动，我知道这就是爱。

"安琪，"他说，"我怎么现在才想明白，其实不念那个博士，又有什么大不了的？老天很公平，我现在有你。"

"嗯。"我点头。

"宝贝，"他抱紧我，"我想去上海，或者再往南走。等我闯出来——"

"我就嫁给你。"我说。我站在那一天的晨光中，觉得自己的身体睁开了一只眼睛。这个世界的阳光和声音深深地拥了进来。我和我生活的世界建立了更彻底的联系。我想这就是变成了女人吧。我不知道我和谭斐是不是真的有那么一个美丽的未来。以前人们总说："这种事电影里才会有。"可现在，越来越多的电影都愿意走"写实"路线，不再安排大团圆的结局。不过我终究相信着一个连电影都正在怀疑的结尾。让聪明的人尽情地嘲笑吧。我是比他们幸福的傻瓜。

"你去哪儿了？"姐姐问我。她背对着我，眼睛看着窗户外面。"你一整夜不回来，把爸爸妈妈都急疯了。"

我不说话。

"你还不快点给爸妈打电话,告诉他们你回来了。我想他们多半是正在报警。"姐姐的声音没有起伏,我看不到她的脸。

"知道。"我说。

"你和谭斐在一起?"姐姐说,"放心,我什么都没说。"

我也什么都没说。我看着姐姐的背影,发现她瘦了。我是说更瘦了。她穿着白色衬衣的肩膀看上去就像一张纸片。窗户开着,风吹进来,纸片在抖。不对,是姐姐在哭。

"姐。"

"安琪,"她的声音还是没有起伏,"我马上就要毕业了,我想去一个远一点、风景不错的地方。比如说贵州。我喜欢那儿。真是漂亮,可是有很多地方很穷,小孩子需要老师。其实这个世界上没什么世外桃源。都是骗人的。"

"姐。"

电话铃在响。姐姐说:"你去接。准是爸妈。"这个时候她终于转过了头,脸上全是眼泪,宁静地笑着。

结　局

结局由很多次的告别组成。

八月的时候,江恒死了。他从一座十二层的楼上飞下来。把自己变成这个城市上空一笔潦草的惊叹号。原因是他得到曾跟他同居了七年的前女友嫁人的消息。我不知道他原来还是个情种。不,我还是应该尊重死者。反正他就是一个天生能轻而易举得到太多别人费尽心机也得不到的东西的人。所以他有资格活得这么奢侈——好听一点,叫浪漫。

谭斐赢了。虽然赢得莫名其妙。爸爸跟他讲这件事时脸上的表情有点尴尬。他听完,很自然地一笑:"林老师,我是来辞行的。"

他说:"我觉得我自己不适合做学术。谢谢林老师。"

爸爸有点惊讶:"你有什么打算吗?"

"我想去南方。"他说。

"我在南边有几个朋友,待会儿我把他们的电话抄给你。"

"不必了,谢谢您。"谭斐笑笑。

"那,保重。"爸爸看着他的眼睛。他们对望时的眼神就像金庸的小说的场景,我想。谭斐终于选择了一个最漂亮的方式退场。

姐姐是在十月初的时候离开的。回到这个故事开头的地方,我记得我说过姐姐离开家的那个秋天很美丽。不过我没说,妈妈在姐姐临走的前一天晚上来到姐姐的房间,对她说:"北琪,你是个好孩子。妈妈还真担心过你不会清醒呢。她是艺术家,她可以离经叛道,但你不行。还好——"我得声明我是无意中听到的。

第二年年初,绢姨走了。

再后来,我也离开了家。我故事里的角色就像化学试验里的分子一样被震荡到我们彼此都不熟悉的地方。还有一件事必须说:后来我和谭斐分手了。没有什么为什么。靠着长途电话维系的爱情未免脆弱。聪明的人们可以暗自庆幸,你们的经验是正确的。这个世界上的确存在某些规则。要想打破它,除非你有足够的力量。比方说:绢姨那样的美丽,妈妈那样的聪明,江恒那样的挥霍,总之你就是不能只有体温。可是我真高兴我们都反抗过了。姐姐、我,还有谭斐——我爱过,可能依然爱着的男人。

我生活在这个南方的城市里,已经两年。逐渐习惯了炎热、潮湿和寂寞。在姐姐或爸妈,或者绢姨的电话里想念北方的四季分明。还学法语。跟法语班上一个叫罗辛的家伙是好朋友。因为我也想到法国去,去画画。

来南方以后,我发现我使用颜色的习惯都在改变。我原先可不太喜欢参差的对照。现在却不太多画大红大绿了。昨天我又接到了绢姨的电话,她在电话里哭。因为那个法国男人跟另一个女孩一起到南美洲去了。她说:"安琪,男人全是混蛋。"我没有提醒她她跟姐姐说过一样的话。

我没有说她本来有过机会不再做"假期","奔驰"给过她机会,姐姐也给过。

上个月,得到谭斐就要结婚的消息。那天我问罗辛愿不愿意逃课。然后我们在这个城市游手好闲地逛。直到晚上,我给罗辛讲了这个故事。听完后他问我:"你很难过?"我说怎么会。他说那就好。他还说:"林安琪,等我们都到法国了以后,我第一件事,就是追你。"然后他低下头,可我没有让他顺理成章地吻我。"罗辛,"我说,"我们还是做好朋友吧。"

那天晚上回到学校,我钻进了空荡荡的大画室里。木头地板凉凉的,飘满石膏像和油彩的气息。我翻开那些厚厚的、精致的画册,那些大师们手下美丽的女体。我问自己:会是哪个画家的女体更像谭斐的妻子?她是个什么样的女人?应该是个有时温柔、有时强硬的率性女子,聪明、善良。我不知不觉睡着了。在画室的地板上,我梦见姐姐打来的那个电话。

是姐姐告诉我谭斐要结婚的消息的。我真高兴是姐姐来告诉我。姐姐说:"安琪,你要好好的。"我说当然。姐姐说:"过些天,五一放长假的时候,我去看你。"姐姐现在是贵州北部一个风景如画的小镇的中学老师,教英语。姐姐是个很受欢迎的老师,因为她对那些基础奇差的学生都有用不完的耐心,还因为她总是宁静地微笑着。后面那条原因是我自己臆想出来的。

"姐,"我说,"你,也要好好的。"

"我当然好了,"姐姐笑着,"比以前要好太多了。"

"那就好。"

"安琪,你会再碰到一个人的。你会像喜欢谭斐一样地喜欢他。"

"姐,"我说,"你也一定会碰到一个人的,这个人会把你看得比他自己重要。"

我被地板的温度冻醒,醒来时听见自己的手机在响。

"安琪,我是谭斐。我听说你要去法国?"

"我听说你要结婚。"

"对,"他笑笑,"明年一月。"

"我,"我也笑了,"我也是明年一月走。"

"安琪,"他说,"我,我现在在火车站,你能来吗?"

"你是说……"我提高了声音,"我们这儿的火车站?"

他站在人群里,我一眼就看见了他。他依然英俊,瘦了些,脸上有种时间的气息。我迟疑了片刻,又犹豫了一下,又看到他脸上的微笑时,我跑了过去,我们紧紧地拥抱。

"安琪,"他的声音离我这样近,"长大了。"

亲爱的朋友,如果你碰巧生活在这个南方城市里,如果你碰巧在今年四月二十号上午九点左右到过火车站,你是否想得起你看见了一对年轻的男女,在站台上忘形地拥抱着。——我承认这个风景在火车站并不特殊。可能你认为,这不过是一对就要离别或刚刚重逢的情人。你想得没错,但事实又远非如此。

二〇〇三年七月十八日　TOURS

(原刊于《收获》2003 年第 6 期)